Robert Focken

Arnulf

Die Axt der Hessen

Historischer Roman

Focken, Robert: Arnulf. Die Axt der Hessen, acabus Verlag 2021

6. überarbeitete Auflage
ISBN: 978-3-86282-340-6

Dieses Buch ist auch als eBook erhältlich und kann über den Handel oder den Verlag bezogen werden.
PDF-eBook: ISBN 978-3-86282-341-3
ePub-eBook: ISBN 978-3-86282-342-0

Lektorat: Daniela Sechtig, acabus Verlag
Umschlaggestaltung: Marta Czerwinski, acabus Verlag
Umschlagmotiv: Krieger: © Andrey Kiselev - Fotolia.com
Axt: © Valery Sibrikov - Fotolia.com

Bibliografische Information der Deutschen Nationalbibliothek:
Die Deutsche Nationalbibliothek verzeichnet diese Publikation in der Deutschen Nationalbibliografie; detaillierte bibliografische Daten sind im Internet über http://dnb.d-nb.de abrufbar.

Der acabus Verlag ist ein Imprint der Bedey & Thoms Media GmbH, Hermannstal 119k, 22119 Hamburg.

Alles hat seine bestimmte Stunde,
jedes Ding unter dem Himmel hat seine Zeit.
Töten hat seine Zeit, und Heilen hat seine Zeit.
Weinen hat seine Zeit, und Lachen hat seine Zeit.
Schweigen hat seine Zeit, und Reden hat seine Zeit.
Lieben hat seine Zeit, und Hassen hat seine Zeit.
Der Krieg hat seine Zeit, und der Friede hat seine Zeit.

(Altes Testament, Prediger, Kap. 3; Sprüche Salomos)

Sprachliches Zeitkolorit: Althochdeutsch

Nicht jeder Orts- und Flussname ist für das achte Jahrhundert belegt. Damals sprach man im deutschen Sprachraum das sogenannte Althochdeutsch, das sich noch einmal in fränkische und sächsische Unterformen bzw. Dialekte gliederte. Ich habe mich bemüht, die historisch korrekten Bezeichnungen zu verwenden. Diesem Gedanken folgen auch einige Begriffe aus der Alltagssprache wie *gilerito* (der Gelehrte), *ahta* (die Achtung bzw. der Status) oder *samantwist* (das intime Zusammensein).* Die Bedeutung dieser kursiven Wörter ergibt sich jeweils aus dem Textzusammenhang, dies ist zumindest die Hoffnung des Autors.

Städte, Flüsse, Gaue	Heutige Bezeichnung
Adrana	Eder
Amanaburg	Amöneburg
Aquisgranum	Aachen
Aroldis	Bad Arolsen
Babenberg	Bamberg
Curbeki	Korbach
Dimella	Diemel
Eresburg	Obermarsberg
Franconofurt	Frankfurt
Friedeslar	Fritzlar
Fulda	Fulda
Haerulfisfeld	Bad Hersfeld
Ingilinheim	Ingelheim
Kolna	Köln
Loganagau	Lahngau

Mariburg	Marburg
Milisunge	Melsungen
Moyn	Main
Mulinheim	Seligenstadt
Paderburni	Paderborn
Ratisbon	Regensburg
Rinah	Rhein
Sanctos	Xanten
Spiragau	Speyergau
Warmatia	Worms
Wetereiba	Wetterau
Wisera	Weser
Wisabada	Wiesbaden

* unter Verwendung des »Althochdeutschen Wörterbuchs« von Gerhard Köbler, (6. Auflage) 2014; http://www.koeblergerhard.de/ahdwbhin.html

Personenverzeichnis

Arnulf	Holzhauer und Krieger, genannt *sax hamar*
Ansgar	Krieger der königlichen Leibwache (Scara)
Bernhard	Fränkischer Waisenjunge
Blutmund	Händler und Eulenjäger
Boso	Priester in Friedeslar, Vertrauter Childerichs
Buddo	Sippenältester im sächsischen Dorf Aroldis
Childerich	Graf des Hessengaus
Dietmar	Arnulfs Onkel väterlicherseits und Stiefvater
Dodo	Heerbannkrieger aus dem Rinahgau
Dudo	Mönch des Klosters Haerulfisfeld
Einhard	Königlicher Berater (Consiliarius) und Gelehrter
Erika	Halbschwester Herzog Widukinds
Esiko	Hauptmann der königlichen Leibwache (Scara), genannt *harto*
Fulrad von Metz	Bischof und Hofkapellan, Leiter der königlichen Amtsgeschäfte
Gero	Bogenschütze in der Leibwache Childerichs
Grimbald	Heerbannkrieger aus dem Rinahgau
Gunther	Bogenschütze aus Friedeslar
Hilde	Tochter des Friedeslarer Baumeisters
Idorich	Berater Herzog Widukinds

Liudger	Bannerführer im Rinahgau-Heerbann
Karl	König der Franken, Sohn des Königs Pippin
Konrad	Bruder von Arnulf, Prior des Klosters Haerulfisfeld
Lothar	Jugendfreund Arnulfs
Mildred	Childerichs Ehefrau
Notker	Baumeister in Friedeslar
Ragla	Mädchen in Blutmunds Diensten
Rato	Sächsischer Kriegsführer aus Ostfalen
Rogan	Sächsischer Krieger
Rudolf	Waffenmeister des Hessengrafen Childerich
Ruodbert	Graf, Befehlshaber der königlichen Leibwache (Scara)
Samo	Sächsischer Krieger
Skerva	Sächsischer Edling
Thegan	Gefolgsmann des Hessengrafen Childerich, Paladin
Tristan	Schreiber und Diener Einhards
Widukind	Herzog der Sachsen
Witigo	Widukinds Bruder
Wulfram	Schankwirt aus Franconofurt

Weitere Begriffe

Scara	Leibwache des Königs, unterteilt in Hundertschaften, genannt *unfortha* = die Furchtlosen

Prolog

So wie ein Pflug den Boden aufreißt, so brachen die sächsischen Krieger in die Schlachtreihe der Franken ein. Hass, Angst und Wut entluden sich in einem Gebrüll, das Arnulfs Blut gerinnen ließ. Er sah Widukinds Haupt aus dem Angriffskeil hervorragen, unbehelmt, nicht einmal einen Schild hatte er – aber eine Langaxt, die mit fürchterlicher Gewalt in die ersten Reihen der Franken fuhr.

Arnulf riss seinen Schild hoch. Er sah das Rot eines geöffneten Rachens, Klingen zischten durch die Luft, Schwerthiebe ließen den Schildbuckel dröhnen. Sein Unterarm sandte Blitze des Schmerzes aus. Keuchend wich er zurück.

»Wooodaan!« Immer lauter dröhnte der heidnische Schlachtruf über die Ebene. Wenn es den Sachsen jetzt gelang, den *skaron* der Franken auseinanderzusprengen, dann waren sie verloren: dann wären die Heidengötter stärker als der Allmächtige, dann würde Arnulf, dann würden die Hessen hier mit den anderen fränkischen Gautruppen sterben.

»Bleibt stehen, bei Gott! Kämpft!« Er selbst rief das. Dann musste er den Schild hochreißen, um einen Schwerthieb abzuwehren. Die Klinge des Sachsen ließ das Rund aus Lindenholz erdröhnen, Arnulf starrte für einen Moment in ein bärtiges Gesicht mit blutunterlaufenen Augen. Mitten hinein schmetterte er seine Streitaxt, sah den anderen zusammenbrechen und riss sofort wieder den Schild vor seinen Körper, um die Stöße der nachdrängenden Krieger abzuwehren. Blutspritzer trafen ihn von links, ein Schwertstreich trennte die Hand seines Nebenmannes ab – aber Arnulf hatte nicht einmal Zeit hinzuschauen, wollte er nicht in Stücke gehauen werden. Für einen Augenblick waren beide Heere ineinander verkeilt wie Wisentbullen. Doch unaufhaltsam begann der rechte Abschnitt der Sachsen die fränkischen Krieger zurückzudrängen. Und dann verspürte Arnulf einen Gluthauch zwischen Nacken und Ohr. Widukinds Langaxt war nicht mehr im Getümmel zu sehen! Wenn der Herzog wirklich den magischen Rabenstein hatte, konnte er überall auftauchen – auch in ihrem Rücken. Der Hesse wehrte einen Speerstoß ab, machte einen schnellen Schritt nach vorne und rammte seine Schildkante in den Kiefer eines Angreifers. Schwer atmend warf er einen Blick über die Schulter – und konnte sich im letzten Augenblick zur Seite drehen. Der Axtkopf schwang an seiner Schulter vorbei und grub sich in den Boden. Arnulfs Blick kreuzte den Widukinds – einer von ihnen würde das Blutfeld nicht lebend verlassen!

Kapitel I

Friedeslar im Hessengau, 752 nach Christus

Der Hessengau war die Grenzmark im Norden. Dahinter kamen nur noch endlose Wälder, bewohnt von Wolfsrudeln und Heiden. Sie beteten Wodan und Donar an und nannten sich Falen oder Engern; die Hessen sprachen von ihnen schlicht als Sachsen, dabei spuckten sie aus oder bekreuzigten sich. Wenn die Krieger dieser Heidenstämme in das Frankenreich einfielen, wanderten Rauchwolken durch die Täler der Adrana und der Fulda. Dann blieb nur die Flucht in befestigte Städte wie Friedeslar, wo der Graf des Hessengaus residierte: Etwa zweihundert strohgedeckte Häuser mit winzigen Fensterluken drängten sich auf einem Hügel über der Adrana, umringt von einem zwölf Fuß hohen Palisadenwall. In ihrer Mitte erhob sich das hölzerne Gotteshaus, das nur vom steinernen Palas des Gaugrafen auf der Hügelkuppe überragt wurde.

In einer gewitterschwülen Sommernacht stieß ein weißer Finger aus dem Himmel und entzündete das Schindeldach der Kirche. Der Bau brannte bereits lichterloh, als die ersten Menschen mit Eimern vom Brunnen herbeieilten. Am nächsten Morgen glommen nur noch schwarze Trümmer, wo die Kirche gestanden hatte. Es war eine doppelte Katastrophe: Das Holz jener Kirche war nicht irgendein Holz gewesen, es stammte vom Kultbaum des Heidengottes Donar. Diese Eiche war einst vom großen Missionar Bonifatius gefällt worden, Bonifatius dem Heiligen – er hatte Hessen für das Christentum gewonnen.

Später sprach sich herum, dass in der Nacht des Kirchenbrandes ein Kind geboren worden war. Die Eltern nannten den Jungen Arnulf: Adler und Wolf, beides klang in dem Namen an. Arnulf reichte seiner Mutter bis zur Hüfte, als er sie fragte, ob er in die Hölle müsse. Andere Kinder sagten, er sei nicht getauft.

»Du bist getauft. Wer etwas anderes sagt, der lügt.«

Wenn sie an warmen Tagen am Flussufer nach Krebsen suchten und die nassen Haare an der Kopfhaut klebten, konnten die anderen ein großes Muttermal hinter seinem rechten Ohr erkennen. Harmknabo riefen sie ihn dann, Unglücksbringer; manchmal schlug er sich mit denen, die das sagten.

»Es sieht aus wie ein Fünfeck«, erklärte ihm schließlich sein älterer Bruder Konrad. »Bete so oft wie möglich zum Herrn, damit er dich davon befreit.«

Arnulf wusste nie so recht, ob er auf Konrad neidisch sein sollte. Bei Raufereien – Arnulf schien sie anzuziehen – drückte sich der Ältere. Früh aber konnte er ausrechnen, wieviel Scheffel Korn für den Zehnt anfielen, der von der Ernte an die Kirche gegeben wurde. Die Geistlichen schickten ihn schließlich an die Schule des Haerulfisfelder Klosters, was seine Mutter sehr stolz machte. Arnulf dagegen schauderte: In der Schule, hörte er, saß man den ganzen Tag in einer Kammer und kritzelte winzige Zeichen auf Pergament. Lieber ließ er sich von seinem Vater den Umgang mit Pfeil und Bogen beibringen.

Arnulf war gerade vierzehn geworden, also volljährig, als der Vater sich an einem frostigen Herbstmorgen für eine Wolfshatz fertig machte. Mit Sorgfalt stopfte der Jäger Streifen von dichtgesponnener Schafwolle unter die Beinriemen, die die Franken zwischen Knöchel und Knie trugen, denn der Schnee war in diesem Jahr früh gefallen.

»Lass mich mitkommen, Vater! Du hast es versprochen!«

»Du bleibst hier«, sagte der kräftig gebaute Mann nur. Er griff zu seinem Jagdspeer und warf einen Umhang aus Bärenfell über, der ihn noch größer erscheinen ließ.

»Ich schieße fast so gut wie du!«

»Wölfe bewegen sich, eine Zielscheibe nicht. Hilf deiner Mutter, die Hasen zu häuten!«

Von einem hariskild, einem Geplänkel, sprach man später. Die Wolfsjäger stießen auf Sachsen; vielleicht waren sie ebenfalls auf der Jagd. Abends erreichte die erschöpfte Truppe der Jäger wieder die Stadt und legte einen Schwerverletzten in der Vorhalle des Palas ab. Der Waffenmeister des Gaugrafen war betrunken, aber er erkannte den Sterbenden und ließ nach dessen Familie schicken. Als Arnulf und seine Mutter endlich erschienen, fanden sie den Vater im zuckenden Fackellicht reglos auf einem Tisch liegen. Auch der Priester kam zu spät: Arthur von Friedeslar trat Gott gegenüber, ohne seine Sünden gebeichtet zu haben.

Das Schluchzen von Arnulfs Mutter steigerte sich zu einem verzweifelten Schreien, bis Dietmar erschien, der Bruder des Toten. Er stützte die Gebrochene. Auch als man Tage später den Leichnam im weißen Totentuch in eine drei Fuß tiefe Grube senkte, hielt Dietmar die Hand der Witwe. Der Priester bat den Allmächtigen um Gnade und nannte den Toten eine treue Christenseele. Nicht jeder empfand das so, denn Arnulfs Vater war zu Lebzeiten nur selten beim Gottesdienst erschienen. Sogar sonntags war er in den Wald verschwunden, um zu jagen, murmelte man hinter vorgehaltener Hand. Kein Wunder, dass ausgerechnet dieser Mann – hatte er nicht gar die alten Götter angebetet? – von den Heiden getötet worden war …

Auch Arnulfs Bruder Konrad war aus Haerulfisfeld herbeigekommen. Er hatte einen beachtlichen Bartflaum und trug eine raue, sackartige Kutte, die unter den wollenen Manteldecken der Friedeslarer hervorstach.

»Ich muss mit dir über Gott sprechen, Arnulf.«

»Wozu? Bist du ihm begegnet?«

»Narr! Vater war ein aufrechter Mann, aber er hat dir nicht immer die nötige Klarheit des Glaubens vermittelt …«

»Aber er hatte gute Waffen! Ich nehme den Bogen, hörst du?«

Noch vor dem Frühjahr war Dietmar bei ihnen eingezogen. Bei Sonnenaufgang weckte er sie mit einem Psalm, dann stand Arbeit auf ihrem Acker vor der Stadt an. Dietmars Streifen grenzte an das Feld von Arnulfs Familie, aber auf den Äckern des Onkels wuchs viel weniger Unkraut: Arnulfs Vater hatte den Jagdbogen der Sichel vorgezogen. Auch der Junge verdrückte sich lieber in den Forst, anstatt auf dem Feld zu schuften. »Feldarbeit ist für Frauen und Knechte!«, ließ er seinen Onkel bei solchen Gelegenheiten wissen. Knechte freilich hatten sie nicht.

Wohin mit dem Jungen? Die Antwort auf diese Frage erschien in Form eines Händlers namens Blutmund. Er belieferte die Siedlungen im Adranatal mit Wein, Stoffen, Gewürzen und anderen Dingen, die er weiter im Süden einkaufte. Arnulf sträubte sich nicht, als Dietmar vorschlug, ihn Blutmund als Dienstjungen zu überlassen. Arnulf konnte mit diesem Onkel nicht auf Dauer unter einem Dach leben, ja, er hasste die Geräusche, die nachts vom Bett der Erwachsenen ausgingen. Mit dem Händler herumzuziehen, verhieß dagegen Aussicht auf Abenteuer ohne sinnlose Ackerfron … Weder Dietmar noch Arnulf ahnten, dass Blutmund so gut wie ruiniert war. Im Trunk hatte der grobschlächtige Mann den Hörigen eines Lieferanten erschlagen. Um wieder freizukommen, musste er ein schmerzhaftes Wergeld zahlen. Wenig später wurde eine seiner Ladungen von Wegelagerern geraubt. Kurz nachdem Arnulf sich bei ihm für zwei Mahlzeiten täglich verdingt hatte, verkaufte Blutmund seinen Ochsenwagen, um Schulden zu begleichen. Seine Helfer verließen ihn, denn er konnte sie nicht mehr bezahlen. Arnulf aber blieb zurück, ihm stand noch kein Lohn zu; und wohin hätte er auch gehen sollen? Weder Dietmar noch seine Mutter machten Anstalten, ihn nach Hause zu holen.

Neben Arnulf gab es in Blutmunds schäbigem Lager noch ein Mädchen mit rötlichem Haar und einem schiefen Schneidezahn. Sie hieß Ragla und galt als Blutmunds Eigentum. Niemand wusste, ob sie getauft war oder nicht. Sie kochte für Blutmund und schlief bei ihm. Das sorgte für Gerede. Als der Händler im Herbst des Unglücksjahres mit einem Eselkarren in Friedeslar Station machte und sich abends der Schenke näherte, trat ihm der Diakon in den Weg.

»Woher kommt das Mädchen, Blutmund?«

Er kratzte sich zwischen den Beinen, einfach, weil es dort juckte. »Ich hab' sie als Tochter angenommen, Priester.«

»Stimmt es, dass du sie für ein Silbergeschmeide gekauft hast?«

»Ja, losgekauft von Heiden! Seid mir dankbar!«

»Dann schick sie in die Kirche! Kennst du das Vaterunser?«

Aber dann brach der Tod über das Adranatal herein. Für einen verwilderten Händler interessierte sich niemand mehr: Tagein, tagaus erteilte der Priester Menschen die Sterbesakramente, wenn sie mit blutigen Beulen am ganzen Körper vom Leben zum Tod hinübergingen. Freilich, einige Familien wurden nicht von der Heimsuchung berührt; sie hatten Eulenflügel über die Tür genagelt oder Euleneier unter ihren Betten vergraben. Das war ein altes Mittel gegen Unheil. Es hatte schon in Zeiten gewirkt, als noch niemand im Hessenland den Namen Jesus Christus vernommen hatte. Die Priester wetterten gegen diese Bräuche, denn sie wussten: Wer mit Eulenzauber der strafenden Hand Gottes entkam, der würde heimlich wieder die alten Götter anbeten, die man längst nach Norden vertrieben wähnte. Blutmund aber witterte ein neues Geschäft. Bald zog er mit seinen Helfern immer wieder in den Forst, wo Ragla und Arnulf in dreißig oder vierzig Fuß Höhe Eulengelege leerten. Manchmal trafen ihre Pfeilschüsse das Muttertier. Dann tauschte Blutmund die Beute meist rasch in Bier ein. Arnulf und Ragla ernährten sich von Weizengrütze und dem, was der Wald hergab. Immer häufiger schlug Blutmund nach Arnulf, wenn er betrunken war, oder fiel über seine angebliche Tochter her.

Eines Tages – Arnulf war in seinem fünfzehnten Jahr und nur noch wenige Zoll kleiner als Blutmund – überkam den Jungen die Verzweiflung. Blutmund war zu einem Tauschhandel am Oberlauf der Adrana aufgebrochen, und Ragla saß vor ihrer Erdhütte am Waldrand und pulte Bucheckern aus der Schale.

»Ich will fliehen, Ragla. Komm mit!«

Sie richtete sich auf und sah sich um, als könnte ihr Herr sie hören; mager war sie, das hemdartige Kleid hing wie ein Segel an ihr herab. Ihre Gesichtszüge hatten kaum noch etwas Mädchenhaftes. »Wohin denn? Er wird uns überall finden. Und dann …«

»Nach Haerulfisfeld, zu meinem Bruder.«

»Aber wie willst du da hinkommen? Blutmund holt uns doch ein!«

Arnulf rückte seinen Gürtel über der löchrigen, harzverschmierten Tunika zurecht und seine Hand umfasste die Scheide mit dem Messer; der Griff war aus dem Geweih eines Hirsches gefertigt, den sein Vater einst geschossen hatte. »Heute Abend, wenn er wieder da ist und schlafen geht, dann ramme ich ihm das Messer ins Bein, dann haben wir Vorsprung …«

Ungläubig sah sie ihn an. »Das wagst du nicht. Er bringt dich um!«

Doch zunächst ergab sich keine Gelegenheit für Arnulf, diesen Plan umzusetzen. Ahnte Blutmund etwas? Als Arnulf sich Tage später mit einem in einer Schlinge gefangenen Hasen ihrer Erdhütte aus Stecken und Grassoden näherte, kam Blutmund ohne ein Wort aus der Türöffnung hervor. Er hatte blutunterlaufene Augen. Der erste Schlag traf den Jungen unerwartet, er fiel in einen Korb, in dem sie die Eier ablegten.

»Satan!«

Blutmund schlug erneut nach ihm. Arnulf rappelte sich wieder hoch und lief panisch in die Richtung, aus der er gekommen war. Aber sein Peiniger folgte ihm mit einem Knüppel in der Hand. Arnulf spürte, dass dieser Mann ihn totschlagen würde, dass er endgültig dem Leibhaftigen verfallen war.

Blutmund war nur noch wenige Schritte hinter ihm, als sie eine Lichtung mit frischen Baumstümpfen erreichten. Männer mit langen Äxten schlugen Kerben in eine Ulme. Arnulf stürzte dem Erstbesten zu Füßen. Er trug Stiefel. Ihr Leder war dick und sauber gegerbt und kündete vom Wohlstand ihres Besitzers.

»Herr …«, keuchte Arnulf, »helft mir!«

Hinter ihm kam sein Verfolger schnaufend zum Stehen.

»Gebt ihn raus!« Blutmunds Kopf war rot wie ein Kürbis. Schwer atmend stand er den drei Männern gegenüber, die sich um Arnulf herum aufgestellt hatten. »Er ist mein Dienstjunge! Er hat alles verhext!«

»Er lügt, Herr!« So schnell er konnte erzählte Arnulf von Blutmunds Gewalttätigkeit, von dem Mädchen Ragla und dass sie kaum noch zu essen bekamen. Dann hob der Gestiefelte eine Hand, als hätte er genug gehört. Er hatte durchdringende Augen, einen sauber geschnittenen Schnurrbart und seine Tunika war makellos.

»Unser Priester hat mir von dir erzählt«, sagte er mit bedrohlicher Ruhe zu dem Wüterich. »Von dir und diesem Mädchen.

Und dem Eulenzauber ... Wir sollten dich durchprügeln, bis du nicht mehr weißt, wo unten und oben ist.«

Blutmunds Kiefer klappte nach unten. Plötzlich wirkte er gar nicht mehr so wütend. Hier stand einer, der ihn verachtete. Der wahrscheinlich auf gutem Fuß mit dem Priester und dem Gaugrafen stand. Und der kräftige Helfer hatte ...

»Du wirst deinen Dienstjungen an mich abtreten, Blutmund. Und ich bin bereit zu vergessen, was du hier treibst ...«

Blutmund sah in die kühlen Augen des Gestiefelten, betrachtete die schweren Fälläxte der Arbeiter und beschloss, dass nachzugeben hier das Beste war.

»Das ist nicht recht, Herr. Aber wenn Ihr mich zwingt ...« Der Knüppel in seiner Hand sank zu Boden.

Arnulf spürte eine riesige Erleichterung. Langsam richtete er sich auf, geradezu vorsichtig, als könnte eine unbedachte Bewegung Blutmund noch einmal herausfordern. Umso überraschter war er, als sein Retter von Blutmund noch etwas anderes forderte: Blutmund sollte ihm zwei Eulen liefern, ohne Entgelt!

»Du bringst sie zu meinem Haus unterhalb des Palas. Frag nach dem Baumeister Notker! Wenn du bis Sonntag nicht da warst, kommen wir und schneiden dir den faz ab, du Vieh!«

Arnulf klopfte sich den Schmutz des Waldbodens von seiner Tunika. Er wusste nicht, was Notker mit den Eulen vorhatte und in diesem Augenblick war es ihm auch gleichgültig. Er hatte Arnulf zunächst einmal gerettet: die Gesundheit und vielleicht sogar das Leben. So bedankte er sich mit einem Wortschwall beim Baumeister, während Blutmund sich grollend auf den Weg machte.

Nun endlich blickte Notker freundlicher. »Du hast was in den Armen, das sehe ich dir an ... Erstmal müssen wir dich aufpäppeln! Meine Leute bekommen jeden Tag Fleisch. Wirst sehen, in ein, zwei Jahren bist du einer meiner besten Hauer!«

Kapitel II

Friedeslar, Mai 772

»Du magst sie, oder?«

»Kann sein.«

Mit lautem Schnaufen ließ Arnulf den zugehauenen Balken auf den fertigen Unterbau des Speichers krachen. Er wischte sich den Schweiß mit dem Handrücken von der Stirn und fuhr sich durch das über die Ohren hängende, fransige Haar, das in der Mittagssonne hellbraun leuchtete und fast schwarze, nasse Strähnen im Nacken bildete. Aus den Augenwinkeln heraus hatte er das Mädchen längst wahrgenommen: Hilde, die hochgewachsene Tochter Notkers, näherte sich mit zwei Körben der Baustelle.

Lothar fuhr sich mit einer langen, spitzen Zunge über die Lippen. Sein Adamsapfel zuckte, als er die junge Frau musterte, so wie die Männer manchmal ein besonders schnelles, feingliederiges Pferd betrachteten. »Was für ein hübsches Ding ... Die hat was zu bieten, beim Bonifaz!«

Arnulf machte einen knurrigen Ton, denn er wusste, dass Lothar ihn reizen wollte. Beide Männer hatten stachlige Bartstoppeln am Kinn, beide trugen einen kurzen Schnurrbart, doch sonst schienen sie grundverschieden: neben der massiven Statur Arnulfs mit den muskulösen Oberarmen und dem kräftigen Hals sah Lothar schmal und fast hager aus. Seine Augen aber waren lebhaft und immer in Bewegung, und häufig ging ein Mundwinkel leicht nach oben, wenn ein Scherz bevorstand.

Tatsächlich strafften sich die schmalen Lippen zu einem Grinsen: »Ich kannte mal eine aus Haerulfisfeld, die war genauso blond, trug ebenfalls solche Zöpfe und die hatte untenrum …«

»Und ihr hattet *samantwist* bis zum Morgengrauen, was? Du alter Schwätzer!« Er stieß ihm eine Zuhau-Axt vor die Brust, mit der flachen Seite. Lothar schaffte es, gerade stehenzubleiben. Arnulfs graublaue Augen funkelten ihn unter dicken Brauen an.

»Du siehst ein bisschen wie eine Bestie aus, wenn du so guckst«, sagte Lothar ohne zu blinzeln. »Kühl dich ab, ja? Hol dir einen Schluck Wasser …«

Am Vormittag hatten sie ein halbes Dutzend Tannen in den Wäldern gefällt und mit Ochsengespannen in die Stadt geschafft. Mit Äxten und Sägen wurden sie zu Bauholz verarbeitet, aus dem ein neuer Speicher für das Getreide von den gräflichen Feldern entstand. Notker zahlte nur einen Denar für eine Woche voll Fron; doch um seine Leute bei Laune zu halten, versorgte er sie einmal am Tag mit gegartem Fleisch und Grütze, manchmal sogar mit Brot.

Wie zufällig kreuzte Hilde Arnulfs Weg zum Wassereimer, der im Schatten einer Hauswand stand. »Bringst du was Leckeres?«

»Tu' ich das nicht immer, Mann?« Ihre Augen funkelten vor Lebenslust.

»Heute Abend am Fluss?« Das war so gedämpft gesprochen, dass das halbe Dutzend schwitzender Kerle beim Gebäudefundament ihn nicht hören konnte.

»Nein, besser morgen. Oder übermorgen …« Da war ein Anflug von Röte in ihren Wangen.

»Also, morgen Abend. Aber lass mich nicht wieder warten!«

Ohne Anstrengung hob er den fast vollen Kübel hoch und ließ sich das lauwarme Nass in den geöffneten Mund rinnen. Das meiste lief am Kinn hinab, über die vorgewölbte Brust und die Wellenlinie der Muskelstränge über dem Hosenbund.

Fünf Jahre, nachdem er Blutmund entkommen war, war er zu einem der kräftigsten Arbeiter Notkers herangewachsen. Kaum jemand ging geschickter mit dem Beil um als Arnulf.

Als er den Eimer absetzte, sah er Hilde von den anderen Hauern umringt. Sie lachte über irgendetwas und warf den Kopf in den Nacken. Arnulf liebte dieses Lachen.

Später jedoch, als die Arbeiter auf zähen Rindfleischstreifen herumkauten und über heiratsfähige Mägde sprachen, bot sich ihnen ein unheimliches Schauspiel: Dutzende fremder, abgerissener Gestalten trafen auf dem Platz zwischen Brunnen und Kirche ein. Sie führten ihre kümmerliche Habe auf zweirädrigen Karren mit sich und zogen ein paar Kühe am Strick hinter sich her. Manche trugen blutgetränkte Verbände.

Die halbe Einwohnerschaft Friedeslars strömte herbei, um Näheres zu hören, die Holzhauer mittendrin. Um einen dürren, kahlköpfigen Mann mit weißem Nackenhaar bildete sich ein Kreis: Den Zeigefinger anklagend in den Himmel reckend, schilderte er mit krächzender Stimme, wie sein Fronhof am Unterlauf der Adrana heimgesucht worden war. Sächsische Streifscharen hatten die Siedlungen im Norden überfallen!

»Sie haben die Männer gemordet und die Frauen geschändet, der Herr ist mein Zeuge!«

Da drängte sich Childerichs Paladin hoch zu Pferde durch die Menge. Dieser Mann namens Thegan war der erste Gefolgsmann des Gaugrafen Childerich und führte dessen Amtsgeschäfte. Er hatte einen herrischen Gesichtsausdruck, zu dem die schmale, hervorstechende Nase nicht ganz passen wollte; das glatte, schwarze Haar lief als sorgfältig gestutzter Rahmen um das Gesicht. Ein schwarzgrauer Rock, Lederpanzer mit Eisenbeschlägen und Reiterstiefel unterstrichen seine Autorität.

»Wie willst du denn davongekommen sein, Alter, heh? Warum haben sie dich nicht aufgeschlitzt?«

»Ich habe mich im Backhaus versteckt, Herr«, rief der Alte.

»Wo genau liegt eure Siedlung? Wo haben die Heiden sonst noch angegriffen?«

Verschiedene Stimmen aus der Flüchtlingsgruppe antworteten, jeder erzählte etwas anderes. Die Augen des Paladins wurden schmal, sein Blick streifte Arnulf, der einem der Flüchtlinge den Wassereimer der Hauer reichte. »Du arbeitest doch für Notker? Er soll in den Palas kommen.« Dabei wendete er bereits seinen Rappen, die um ihn Stehenden beiseite drängend.

Arnulf fand seinen Brotherrn am Stadttor, wo er eine Fuhre frisch gehauener Stämme begutachtete. Er nickte stirnrunzelnd, als er von Thegans Botschaft hörte und fuhr sich mit der Hand durch das kurze, borstige Haar.

»Ich muss etwas mit dir besprechen.« Sein Blick vermied Arnulfs Augen, er schien unschlüssig. »Aber nicht hier … Bring das Holz erstmal zur Baustelle. Und nehmt die Werkzeuge wieder auf, hörst du? Der Speicher soll nächste Woche fertig sein, so ist es mit dem Paladin abgemacht.«

Wollte Notker mit ihm über Hilde sprechen? Der Gedanke sorgte bei ihm für ein Kribbeln im Bauch. Sie war fünfzehn, die meisten Mädchen in ihrem Alter waren verheiratet. Und er war sich sicher, dass Notker insgeheim von ihren Treffen wusste …

Abends rumpelte erstmals seit langer Zeit ein Ochsenkarren mit Getreidesäcken zur steinernen Fluchtburg auf dem Nachbarhügel hinauf; auf dem Wall wurden die Wachen verstärkt. Mit den anderen Holzhauern drängelte sich Arnulf in die Schenke. Viele mussten stehen, so voll war der niedrige Raum. Der Geruch von trockenem Holz und schalem Bier wurde vom Schweißdunst Dutzender Männer überlagert.

Ein vom Rinah eingetroffener Händler posaunte, die Sachsen hätten auch im Westen angegriffen, mit zehnfacher Stärke:

»Der König bietet den Heerbann auf, Leute, glaubt mir! Ich bin Königsboten begegnet, sie fordern Truppen von jedem Gau!«

Was folgte, war eine Art Tumult. Jeder überschrie jeden.

»Zur Hölle! Ein Heerbann gegen die Sachsen, das wird böse enden!«

»Drei Monate mit dem Bann unterwegs und hier verrottet die Ernte!? Wer passt auf *meinen* Hof auf?«

»Dein Weib, Mann! Bei welchem Feldzug warst du überhaupt dabei?«

»Sein Schwert hat weniger Blut gesehen als meine blinde Ziege!«

Ein älterer Mann versuchte das Getöse zu übertönen. »Was schreit ihr so? Die meisten von euch besitzen weniger als eine Hufe[1] Land! Also müsst ihr auch keinen Kriegsdienst leisten.«

So ging es hin und her. Gebannt lauschten die Holzhauer denen, die schon Feldzüge gegen die Sachsenstämme mitgemacht hatten – oder die so taten. Schließlich stand Lothar auf und entriss dem Wirt noch einen Tonkrug mit Bier, für den er seine letzte Münze opferte. »Ich gehe nicht in den Krieg!«

»Woher weißt du das?«

»Wir mussten unser Land verkaufen, weil mein Vater nach der großen Missernte kein Geld mehr für Saatkorn hatte.«

»Gut, dann bist du bei meiner Hochzeit dabei«, grinste Arnulf. Bier flutete wie eine Welle der Zuversicht durch seine Adern. »Ich werde Notker um Hildes Hand bitten.«

Das abermals einsetzende Gebrüll in der Schänke übertönte Lothars Reaktion.

---

1   Mittelalterliches Ackermaß: etwa zehn Hektar

Kapitel III

Am Rinah, Juni 772

So prahlerisch der Händler vom Rinah geklungen hatte, die Wirklichkeit war schlimmer: Wochen zuvor war eine tausend Kopf starke Sachsenhorde von ihren westfälischen Grenzfestungen aus am Rinah stromaufwärts marschiert. Sie mordeten, was sich ihnen in den Weg stellte, sie raubten Pferde und Frauen und plünderten die Altargefäße der Kirchen. Was brennen konnte, zündeten sie an. Als der Frankenkönig Karl endlich den langen Weg von Burgund nach Kolna am Rinahufer zurückgelegt hatte, war der Feind längst abgezogen. Zunächst blieb dem zornigen Herrscher nichts, als einige Tage Fasten anzuordnen und Zwiesprache mit Gott im Gebet zu suchen. Dann nahm er mit seinem Gefolge im nahegelegenen Edelhof eines Vasallen Quartier, um das weitere Vorgehen zu beraten. Zunächst galt es, sich ein Bild von den angerichteten Verwüstungen zu verschaffen.

Einer der Gefolgsleute, die dabei mittaten, war ein schmächtiger, nicht mehr ganz junger Mann mit ernstem Gesichtsausdruck, gekleidet in graue und blaue Stoffe, die feiner waren als das fränkische Leinen. Er sprach ein Fränkisch fast ohne Akzent, und nur die Hofleute, die selbst am Moyn aufgewachsen waren, ahnten, dass Einhards Familie in jener Region beheimatet war.

»Einhard von … ?«

»Einhard. Nichts weiter.«

Der Schreiber stutzte. Die Spitze des Federkiels schwebte über dem dicken Pergament, auf dem bereits das Zeichen des Königs mit seinem Siegel angebracht war.

»Soll ich Euren Vater dazusetzen, Herr?«

»Nein.«

Durch die geöffneten Fenster sah Einhard die Krieger im Hof auf die Pferde steigen. Aber der Schreiber gab noch nicht auf.

»Manche Consiliari lassen noch ihre Familie …«

»Werdet endlich fertig!«

Ein letztes Zögern, dann fuhr die Feder des Kanzleisekretärs abermals über das Schriftstück, das bei Amtleuten, Äbten und Grafen Einhards Zugehörigkeit zum königlichen Gefolge bestätigen würde.

»Schert Euch nicht um das Pergament, Consiliarius!« Es war die scheppernde Stimme Graf Ruodberts, die vom Hof durchs offene Fenster drang. »Beim Bart von Petrus, Ihr braucht keinen Pass, wenn Ihr mit dem Befehlshaber der Scara reitet!«

Einhard verstaute beim Hinauseilen den Freibrief in seiner Schultertasche und stieg eilig in den Sattel seiner Stute.

»Ich hätte Euch rasch eingeholt, Graf!«

Ein Knurren kam aus Ruodberts Kehle; der dicke, grausilberne Haarbusch gab dem Führer der königlichen Leibwache etwas von einem alternden Löwen.

Neidisch verglich Einhard die Mähne mit seinem eigenen, immer dünner werdenden Haar: verdorrtes Gras im Spätsommer.

»Wer hat Euch überhaupt angewiesen mitzureiten? Bischof Fulrad?«

»Der König«, sagte Einhard schnell. Tatsächlich hatte der Herrscher ihn nach Einhards Rückkehr aus dem Süden ein- oder zweimal angehört, zwischen Bad und Jagd, mit halbem Ohr; viele vermeintlich kluge Ratgeber drängten sich um den

König, und längst nicht jedem mochte der Herrscher zuhören. Wie weit man dem Papst entgegenkommen durfte oder musste, darum ging es immer wieder. Und als hätte Karl keine sonstige Verwendung für den so schmächtigen Diplomaten, ließ er ihm irgendwann den Auftrag geben, Ruodberts Erkundung am Rinah zu begleiten.

»Und warum glaubt der König, dass wir zum Zählen zerstörter Städte einen *Ratgeber* brauchen? Was?« Das Wort, nichts anderes als die Übersetzung von ›Consiliarius‹, klang in Ruodberts Mund wie ›Hofnarr‹.

»Da sind einige Königshöfe zwischen Kolna und Sanctos, die mit ihren Abgaben im Rückstand sind. Der König will, dass sie Zaumzeug und Waffen herstellen und Reitpferde liefern. Das wird meine Botschaft an die Amtleute sein.«

»Falls sie noch am Leben sind!« Ruodbert spuckte aus. »Die Sachsen haben alles abgefackelt.«

Schon setzte sich die Gruppe von einem halben Dutzend Offizieren in Bewegung, gefolgt von einer langen Doppelkette von Kriegern. Das erste Stück Weg war mit Steinen gepflastert, weithin war das Getrappel der Hufe zu hören. Doch schon am Ufer des Rinah endete die Römerstraße. Felder dehnten sich um sie herum, die sanft zum Fluss hin abfielen. Die Sonne hatte sich zwischen den Wolken hervorgearbeitet und beschien eine fast schon liebliche Landschaft – ein milder Frühsommertag stand bevor.

»Was habt Ihr da zwischen den Beinen, Consiliarius?«

»Wie?«

»Das Tier da.« Unterdrücktes Gelächter kam von hinten; die Hauptleute schätzten den Humor ihres Anführers.

»Meine Stute? Sie hat mir über die Jahre treu gedient.«

»Das Fell ist stumpf wie bei einem toten Hund. Ihr braucht ein Ross, das zwölf Stunden Ritt durchhält ohne zu lahmen! Wir ziehen schließlich in den Krieg.«

»Nicht so schnell, Graf! Der König hat noch nicht über einen Feldzug entschieden.«

»Macht Eure Augen auf«, schnaubte Ruodbert unwillig, denn Einhards prompte Antwort gefiel ihm nicht. »Der Sachsenherzog Widukind hat die Engern- und Falenstämme geeint! Sie sind uns tributpflichtig. Ihr wisst, was das bedeutet!?« Der Heerführer ritt jetzt schneller, fast schon im Galopp.

Einhard trieb sein Pferd an, um auf derselben Höhe zu bleiben. »Wenn wir nach Norden ziehen und Krieg gegen Widukind führen – wie schützt Ihr gleichzeitig Rom? Der König hat dem Papst Schutz versprochen gegen die Langobarden …«

»Hört auf mit Rom! Wir sind Franken, und dies ist fränkische Erde!« Misstrauisch starrten Einhard graublaue Augen unter drahtig wuchernden Brauen an. »Wo kommt Ihr überhaupt her? Warum habe ich Euch noch nie im Gefolge gesehen?«

»Ich war lange in Italien. Mein Herr leitete die Gesandtschaft beim Heiligen Vater.«

Eine Art Grunzen entwich Ruodberts Kehle, ein Geräusch von urwüchsigem Zorn. »*Ihr* habt Euch das ausgedacht, dass wir dem alten Sack unsere Schwerter leihen sollen? Der Papst kann sich noch nicht mal gegen seine Römer wehren, bei allen Heiligen! Weil diese Stadt ein einziges Loch von Heuchlern und Meuchlern ist!«

»Drückt Ihr Euch gegenüber dem König auch so freimütig aus!?«

»Seid Ihr der König? Ihr seid nur ein Consiliarius mit zu viel Ehrgeiz …« Ruodberts Reitpeitsche klatschte auf die Kruppe des Apfelschimmels, der in Galopp überging. Verunsichert drückte Einhard seiner Stute die Hacken in die Seite.

»Was habt Ihr da gesagt?«

»*Gilerito* nennen sie Euch, richtig? Ihr seid dieser Bücherleser!«

»Man wird nicht dümmer von Büchern.«

»Pah! Könnt Ihr Widukind mit Pergamenten Angst machen, ja? Habt Ihr jemals ein Schwert geführt?«

Schuldbewusst berührte Einhard das Kurzschwert an seiner Seite, das eigentlich nur ein langes Messer war. Keiner der Krieger hinter ihm, der nicht ein Langschwert am Gürtel hatte; niemand, der nicht schon das Blut eines Feindes vergossen hatte.

Der Gegenwind hatte Ruodberts Umhang zurückgeweht, und nun sah Einhard den goldenen Armreif am linken Oberarm. Der Kriegsmann tippte mit der rechten Hand auf eine zwei Zoll lange Verdickung auf dem Reif. »In dieser Kapsel ist eine Locke von Chlodwig dem Heiligen! Einer meiner Vorväter rettete ihm in der großen Alamannenschlacht das Leben. Chlodwigs Kinder haben Frauen meines Geschlechts zum Weib genommen. Aus welcher Familie seid Ihr?«

»Mein Vater war Amtmann eines Königsguts, am oberen Moyn.«

»Amtmann …?! Und dessen Vater?«

»Hufschmied«, sagte Einhard tonlos.

Ruodbert warf ihm einen ungläubigen Blick zu, wie ein Pferdehirt, der eine Ziege unter seinen Rössern entdeckt. Plötzlich ritt er nur noch im Trab, denn Fahrrillen von Wagenrädern zwangen sie zu langsamerer Gangart.

»Bei Gott, Ihr habt es weit gebracht, Einhard vom Moyn«, lachte der Heerführer krächzend.

»Was ist daran komisch?«, fragte Einhard eisig.

»Gar nichts.« Ruodbert fuhr sich mit einer Hand über das kantige, graustopplige Kinn. »Aber Ihr werdet wenig Freude am Hof haben.«

»Was soll das heißen?«

»Wegen Bischof Fulrad. Der fette Vorbeter hat Karl mit seinen König-David-Geschichten so beeindruckt, dass er ihn zum Leiter der Hofkapelle und der Kanzlei gemacht hat.« Er blickte Einhard spöttisch – oder mitleidig? – an. »Fulrads Gunst ist für Euch Consiliari wichtiger als der Allmächtige selbst, *gilerito*!«

»Ach ja? Ein kluger Mann kann mit jedem auskommen.«

»Ziegendreck!«, gab der Kriegsmann zurück. »Es gibt zwei Arten von Gefolgsleuten, die der Hofkapellan nicht duldet: Menschen, die klüger sind als er selbst, und Leute ohne Abstammung. Gehört Ihr zu einer dieser Gruppen?«

* * *

Als die Scara-Hundertschaft unter Führung Graf Ruodberts schließlich wieder nach Kolna zurückkehrte, erfuhren sie, dass der König mit dem Gefolge nach Aquisgranum weitergezogen war; die Pfalz konnte mit warmen Bädern und anderen Annehmlichkeiten aufwarten. Diese letzte, in militärischem Tempo gerittene Etappe war noch einmal eine brutale Probe für Einhards Wirbelsäule. Er murmelte Dankgebete, als sie am Nachmittag endlich das gut gesicherte Tor der Pfalzanlage erreichten.

Um die Königshalle wucherten Baugerüste in die Höhe, und der Beginn eines mächtigen Runds wuchs einen Steinwurf weit von der Halle empor, wo eine Kapelle aus Sandsteinquadern entstand. Das lärmende Durcheinander von Steinmetzen und Mörtelmischern, von Lasten- und Wasserträgern verdrängte die Bilder von Trümmern und Toten, die sie mitbrachten. Die Pfalz wuchs!

Der Herrscher war nicht auf der Jagd, und er war auch nicht in der neu errichteten Badeanlage, sondern in seinen Gemächern. Doch dort prallte Einhard ab. Ein Empfangszimmer – das hatte es früher gar nicht gegeben!

»Zum König? Das will jeder ... Haltet Euch an die Audienzstunden.« Der Sekretär hinter dem Eichentisch hatte eine

Mönchstonsur und Tinte an den Fingern – einer der Schriftkundigen der Hofkapelle also, die den Regierungsapparat des Königs bildete. Zwei breitschultrige Scarakrieger im Lederpanzer lehnten links und rechts des Tisches auf ihren Speeren. Der eine kaute stoisch auf einem Grashalm wie ein Rind.

Einhard räusperte sich. »Hört zu, ich komme gerade vom Oberlauf des Rinah zurück. Wir sind bis Sanctos geritten! Der Herrscher selbst hat mich beauftragt ...«

»Der König ist beschäftigt.«

»Dann bringt mich zum Bischof!«

Der Sekretär prüfte seine tintigen Fingernägel. »Das geht nicht.«

»Und warum nicht?«

»Weil er beim König ist.«

Einer von Fulrads Leuten reichte aus, Einhard den Zugang zur Macht zu verwehren. Schließlich war Einhard nur *ein Consiliarius mit zu viel Ehrgeiz* ... dass selbst der Befehlshaber der Scara von diesem Prädikat gehört hatte, war ein Warnzeichen: Einhard musste sich demütiger geben. Doch Ehrgeiz glomm in ihm wie ein Wurzelbrand. Er konnte nicht sagen, woher dieses Streben nach Höherem kam. Wenn es von Gott kam, warum hatte er ihn nicht in ein altehrwürdiges Geschlecht hineingeboren? Kam der Drang hingegen vom Leibhaftigen, dann ... er dachte den Gedanken nicht zu Ende.

Vor seiner Kammer, die er im Unterkunftsgebäude der Kanzlisten bezogen hatte, wartete ein schlaksiger Kerl mit tief in die Stirn fallenden schwarzen Haarsträhnen. Die Daumen hatte der Jüngling lässig hinter den Gürtel gehakt. Er hatte lange Wimpern und schöne Augen, fand Einhard – sofern ein Mann schöne Augen haben kann.

»Mein Name ist Tristan, Herr. Der Leiter der Kanzlei hat mir erzählt, dass Ihr einen Schreiber braucht.«

»Einen schreibkundigen Diener, richtig …« Er musterte den Empfohlenen mit einem kritischen Blick. »Nimm die Hände aus dem Gürtel, das sieht respektlos aus!«

»Der Gürtel war am Rutschen, Herr.«

»Ein loses Mundwerk hast du jedenfalls …« Einhard zog einen Mundwinkel hoch. »Lass mich raten – du kommst aus Kolna?«

»Ja«, grinste der Jüngere. »Mein Vater ist Bierbrauer. Aber ich hab' drei ältere Brüder.«

»Und dich haben sie auf eine Schule geschickt … Kennst du die Namen der dreißig wichtigsten Familien des Reiches?«

»Der wichtigsten fünfzig, Herr! Ich hab' dem Erzbischof gedient.«

»Der hat dich wegen deiner Zottelhaare verjagt, was? Schneid' sie ab, du siehst nichts mehr!«

»Ich sehe gut«, sagte Tristan unbeeindruckt. »Vorhin, da war zum Beispiel ein Offizier hier. Der hat nach Euch gefragt.«

»Wirklich?« Einhard spürte wieder seine Rückenwirbel. »Was wollte er? Wissen, wie man das Wort ›Wein‹ buchstabiert?«

»Er hat gesagt, Ihr sollt zum König kommen.«

Einhard schnappte nach Luft. »Das erzählst du jetzt erst?«

* * *

Es war hell in der Königshalle, doch spürte Einhard keinen Luftzug. Glas – die Fensteröffnungen hatten Glaseinsätze! Was Einhard so oft in Rom und Ravenna gesehen hatte, breitete sich nun auch in den ersten Königspfalzen aus. Er fühlte frischen Mut.

Der Herrscher stand am Fuß seines mit blauem Tuch ausgeschlagenen Steinthrons und spielte mit einem großen Hund. Karl trug die einfache Tunika fränkischer Männer, frischer Dreck klebte an Schuhen und Beinriemen. Mit einem Kopfnicken nahm er von Einhard Kenntnis. Am Tisch stand der Befehlshaber der Scara und fuhrwerkte mit einem Stück Kohle auf einer gespannten Tierhaut herum. Die schwarzen Linien sahen in Einhards Augen wie eine Skizze von Rhina, Moyn und dem Verlauf der Sachsengrenze im Norden aus. Einhards Herz schlug schneller.

»Warum lasst Ihr mich warten, Einhard?«

»Heil, mein König! Ich bin vorhin abgewiesen worden. Einer von Fulrads Geistlichen ...«

»Schon gut. Der Kapellan passt besser auf mich auf als meine Mutter.« Ein Lächeln überflog die Züge des Königs. Das Gesicht wirkte voller, männlicher, fand Einhard – vielleicht lag es an dem sichelartigen Schnurrbart, der sich neuerdings breit die Wangen hinab zog. Karl richtete sich zu seiner ganzen hünenhaften Größe auf und stieß einen Knochen in den Rachen des Hundes. Der wollte mit der Beute verschwinden – doch der Herrscher ließ nicht los.

»Die Heidenstämme haben sich verbündet. Was nun, Einhard? Wollt Ihr immer noch die Scara nach Italien schicken? Meine besten Krieger?«

Einhard räusperte sich. »Nun, einerseits müssen wir dem Heiligen Vater ...«

»Ha!« Ruodbert lachte auf.

Der König entlockte dem Hund ein tiefes Knurren, als er am Knochen zog. »Graf Ruodbert hatte gewettet, dass Ihr mit *einerseits-andererseits* anfangt.«

»Ach ja?« Einhard lächelte mühsam. »Soweit ich weiß, kann das Abwägen von Handlungsmöglichkeiten das Ergebnis positiv beeinflussen.«

»Also gut, weiter!« Mit einer Hand hielt der König immer noch den Jagdhund hin, der nicht ohne Beute gehen wollte. Irritiert musterte Einhard das fließende Spiel der Muskeln unter dem kurzen Fell des Tieres. *Warum jagt er den Köter nicht weg?*

»Herr, Ihr werdet den Heerbann im nördlichen Reichsteil aufbieten und den Sachsenherzog zur Unterwerfung zwingen. Der
Heilige Vater wird zunächst eigene Truppen aufstellen müssen.«

Der Blick des Königs erschien Einhard wohlwollend. »Wir
werden die Frage heute Abend im Kronrat entscheiden.« Karl
machte eine kurze Pause und als er wieder anhob, war seine
Stimme kalt. »Eine Sache noch ... Ihr habt Widukinds Zerstö-
rungen mit eigenen Augen gesehen. Was haben seine Leute in
meiner Pfalz in Sanctos angestellt? Ihr seid in das Bad hinabge-
stiegen, sagte Graf Ruodbert ...?«

»Ja, es war voll Blut.«

Die Erinnerung an die dunkelbraune Kruste, die die Mar-
morfliesen bedeckte, ließ Einhard schaudern. Die wackeren
Krieger der Scara hatten heidnischen Zauber gefürchtet und
sich nicht mit hinabgewagt.

»Was habt Ihr gesehen?«

»Sie haben einem Pferd die Kehle durchtrennt. An den
Schweif des Rosses war ein Priester gebunden.«

»Die Bastarde! Hat er noch gelebt?«

»Nein ... Sie hatten ihm ein Holzkreuz durch den Leib
getrieben, Herr.«

Der König schloss die Augen, wie für einen Moment der
Konzentration. »Dafür werden sie bezahlen.« Er ließ den Knochen los und bekreuzigte sich. Der Hund blieb stehen, verwun-
dert, dass das Spiel vorbei sein sollte.

»Da war noch etwas anderes, mein König. Das Pferd ...«

»Was war damit?« Zwei schräge Falten waren auf Karls Stirn
erschienen, die in der Nasenwurzel zusammenliefen.

Einhard zweifelte plötzlich, ob er die brutale Wahrheit wirklich aussprechen sollte.

»Auf dem Pferdekopf steckte ein Reif aus Eisen. Es sah aus
wie eine Krone.«

»Horkind!«

Ein Fuß Karls traf den Brustkorb des Hundes so kräftig, dass das Tier jaulend vor Einhards Füßen landete. »Dieser Hurensohn soll ans Kreuz geschlagen werden! Seine Krieger werden daran vorbeiziehen, gefesselt, gedemütigt und gebrochen ... Wir werden diesen Heidenglauben ausbrennen, bei Gott!«

»Amen! Das wäre ein frommes Werk, das dem Allmächtigen gefallen würde!«

Ein untersetzter Mann von beachtlichem Umfang hatte den Raum betreten. Riesige, vorgewölbte Lippen dominierten sein Gesicht. Er trug eine helle Robe, die mit goldenen Borten besetzt war, und an seinen fleischigen Fingern glänzten Edelsteine.

»Gott mit Euch, Bischof!«, sagte Einhard höflich.

»Und mit Euch ... Darf ich den Consiliarius für einen Augenblick entführen, *Carolus Rex*?«

Der König machte eine gleichgültige Handbewegung. »Ich nehme ein Bad. Der Kronrat soll eine Stunde vor Sonnenuntergang zusammenkommen. Denkt an die Landkarten!«

Der König und Ruodbert verließen die Halle. Zurück blieben nur zwei Diener an der Tür, die den Bischof und den Consiliarius respektvoll beobachteten.

Wie konnte Fulrad bleiben, wenn der König selbst ging?

»Ihr geltet als Mann mit politischer Fantasie, *gilerito*.«

Der mächtige Mund mit den nach unten zeigenden Mundwinkeln erinnerte Einhard an einen Fisch, den sein Vater einst aus dem Moyn gezogen hatte. Ein schwerer Leib hatte da am Ufer gezappelt ...

»Ich diene dem König, so gut ich kann.«

»Irrtum, Einhard. Ihr dient *mir. Ich* bin der Hofkapellan des Reiches, *ich* berufe den Kronrat ein und *mir* untersteht die Hofkanzlei mit den Schreibern. Ihr habt dem Leiter der Gesandtschaft in Rom klug gedient, wie ich höre – auf dem Platz, der Euch zustand. Aber macht nicht den Fehler, Euch hier einen Platz neben dem König suchen zu wollen. Ihr entstammt einer Familie ohne Namen und ohne Besitz. Ihr lauft herum wie ein Nackter unter Bekleideten, also macht dabei bloß nicht so viel Lärm, verstanden?«

Einhard atmete tief ein und aus. Er hatte diesen Mann unterschätzt – diesen *Wels*. »Euer Gnaden, ich bin mir Eurer Stellung bei Hofe bewusst. Aber der König hatte nach mir geschickt …«

»Wenn Ihr von einer Mission zurückkehrt, *gilerito*, meldet Ihr Euch bei *mir*. Der König ist gutmütig, ich weiß, er spielt mit Hunden und hat noch für den letzten Schweinehirten ein freundliches Wort. Aber wenn *Carolus Rex* direkt nach Euch schickt, dann zieht Ihr mich hinzu, *ist das klar?*«

Einhard nickte. Sein Gesicht war wie steifgefroren.

»Gut!« Plötzlich gingen die Winkel des Fischmauls nach oben. »Wir werden Euch als Königsboten losschicken. Ihr werdet Truppen für den Kriegszug sammeln, und zwar in den Gebieten nördlich von Franconofurt. Kennt Ihr den Hessengau?«

»Ein wenig.« Er hatte sich wieder unter Kontrolle. »Wölfe im Herbst, Schnee im Winter, sagt man …«

»Und Sachsen im Sommer«, ergänzte Fulrad mit boshaftem Lächeln. »Die Hessen sind rau, für *einerseits-andererseits* haben die so wenig Sinn wie der Heilige Bonifatius mit seiner Axt: Der hat den Heiden nicht lange die Dreifaltigkeit erklärt, sondern einfach ihren Kultbaum umgeschlagen! Also zitiert dort oben keine alten Schriftsteller, *gilerito*, sonst landet Ihr in der Jauchegrube!«

Glucksend lachte der Bischof auf, die Vorstellung schien ihm zu gefallen; seine Edelsteinflosse berührte Einhards Schulter. Von Ferne hätte man sie für Freunde halten können.

Kapitel IV

Friedeslar, Juni 772

Wilde Gerüchte flogen durch Friedeslar. Stand ein Feldzug bevor? Dann war die Ernte in Gefahr!? Die Freien strömten zum Palas und trugen bei Childerich vor, wie viele Heerzüge ihre Sippen in der Vergangenheit schon mitgemacht, wie viele Verletzungen man davongetragen hatte. Schon sahen sich die Wohlhabenden nach ärmeren, nicht dienstpflichtigen Männern um, die für ein Pfund Silber oder einige Rinder an ihrer statt Schild und Schwert nähmen ...

Arnulf und Lothar verzehrten nach einem schweißtreibenden Vormittag ihr Brot, als der Baumeister erschien und erzählte – er klang ungewöhnlich freundlich –, dass der Gaugraf am darauffolgenden Tag eine Erkundertruppe am Fluss entlang schicken wollte. »Thegan sucht noch Leute, die mit einem Bogen umgehen können.«

»Warum nimmt er nicht seine Leibwache?« Lothar hatte nicht nur ein loses Maul, er hatte auch eine Art, alles erst zu hinterfragen.

»Die Bogner der Leibwache sind auf dem Wall verteilt«, erklärte Notker. »Falls es einen Überraschungsangriff gibt.«

»Das leuchtet ein«, sagte Arnulf und wischte sich Brotkrümel aus dem Gesicht. »Aber der Speicher hier ...«

Doch von Eile bei der Fertigstellung war nun keine Rede mehr.

»Wenn ihr mitgeht, werdet ihr als mutige Kerle gelten. Wahrscheinlich bekommt ihr sogar Silber dafür.«

Selten hatten sie Notker so verbindlich erlebt.

Lothar sah Arnulf an: Ohne ihn würde er nicht mitgehen, vielleicht, weil Arnulf der bessere Schütze war.

Mit einem ersten Anflug von Ungeduld fügte Notker hinzu, dass sie auf Pferden der Leibwache reiten würden.

Den Fluss entlang reiten, statt in der Hitze zu schuften?! Sie stimmten zu.

Seine Mutter aber erschrak, als er am späten Nachmittag die Bogensehne und die Befiederung der Pfeile überprüfte. Zwölf Pfeile würden reichen; mit weniger Pfeilen hätte der Köcher schlicht zu leer ausgesehen.

»Schwöre, dass du vorsichtig sein wirst, Junge!«

Die Angst seiner Mutter klang so aufrichtig aus ihren Worten, dass Arnulf einer seltenen Regung nachgab und sie umarmte. Dass sie und Dietmar ihn Blutmund ausgeliefert hatten, hatte er ihr längst verziehen – es war nicht seine Art, lange über Vergangenes nachzudenken.

»Mach dir keine Sorgen! Die Bogenschützen bleiben hinten. Vorne sind die mit Schwert, Schild und Lanze.« Als er die Tür hinter sich schloss, hörte er sie für seine Heimkehr beten. So wie damals für seinen Vater, als der zur Wolfsjagd gezogen war.

Die Turtelstelle war etwa tausend Schritt vom Stadttor entfernt, am Waldrand oberhalb des Wäscheplatzes. Hilde kam später als sonst, ohne ihre natürliche Unbeschwertheit. Sie kniete neben ihm nieder und sagte ohne Einleitung: »Meine Eltern wollen mich verheiraten.« Mit einer Mischung aus Ratlosigkeit und Verlegenheit guckte sie ihn an. Ein Zopf glitt langsam durch ihre Finger. »Sie dürfen nicht wissen, dass ich hier bin.«

»Müssen sie auch nicht …« Er wollte seine Hand in ihre Tunika stecken, doch sie schob seine Finger zurück. Arnulf räusperte sich verlegen. »Dein Vater hat etwas angedeutet. Ich will morgen zu ihm gehen und mit ihm sprechen. Ich ... ich bitte ihn um deine Hand.«

Sie wirkte überrascht. »Liebst du mich?«

Diese Frage aus Hildes Mund klang unerwartet ernst. Ernster als die Fantasien, die er von ihrem Zusammensein oder gar Zusammenleben hatte. »Ich bin dir lieb, ja! Sonst würde ich nicht hier sitzen ...«

Sie seufzte. »Meine Mutter sagt, dass es auf Gefühle nicht ankommt.«

»Worauf denn?«, fragte er gelinde verwirrt.

»Darauf, dass man zusammenpasst.«

»Das tun wir.«

»*Ahta* ist wichtig, sagen meine Eltern.« Ihre Wangen hatten Farbe bekommen. »Land und Vermögen. Und Herkunft ...«

»Wär ich ein besserer Kerl, wenn wir zwanzig Hufen hätten? Wenn ich Knechte hätte? Ich bin ein Freier, Hilde! Ich schulde niemandem Gefolgschaft.« Dies kam aus tiefstem Herzen.

Doch sie blickte nur zu Boden und flocht schweigend einen langen Grashalm zu einer Schlinge.

Er setzte nach: »Ich gehe mit der Leibwache auf Erkundung gegen die Sachsen. Dein Vater selbst hat mich gefragt! Hätte er das getan, wenn er niedrig von mir denken würde?«

»Wieso du? Was hast du mit der Leibwache zu schaffen?«

Sie sah besorgt aus, das machte ihm Mut. Er hatte häufiger gehört, dass Frauen ihre Männer zwar nicht kämpfen sehen wollten, den fertigen Helden aber bewunderten. Er wollte ihre Wange streicheln, doch sie wich aus. Schlimmer noch, sie stand auf.

»Was hast du?«

»Lass mir besser ein Stück Vorsprung.« Dann nestelte sie an ihrem Hals und zog eine etwa zweieinhalb Zoll breite, fein geschnitzte Knochenscheibe an einer Schnur hervor, mit ineinander verwobenen Mustern.

»Hier. Es wird dich beschützen.«

Sie drehte sich nicht noch einmal um.

* * *

Thegan sollte den Trupp anführen. Mit Neid und Bewunderung betrachteten die Freiwilligen am nächsten Morgen vor dem Palas Thegans Kettenhemd und den Helm mit Wangenschutz, der unter dem Kinn zusammengebunden war.

»Für so einen Helm zahlst du ein paar Kühe«, raunte Lothar.

Als die etwa dreißig Mann starke Truppe schließlich an den Schaulustigen vorbeiritt, sah Arnulf Hildes Gesicht in der Menge. Zögerlich hob sie eine Hand zum Gruß. Er lächelte und umfasste das Amulett unter dem Hemd; auf der Rückseite der Scheibe spürte sein Daumen die Form eines eingeritzten Jesus-Kreuzes. Ein Teil von ihr begleitete ihn.

Sein Pferd hatte stumpfes, gelbbraunes Fell und eine filzige Mähne. Es war das langsamste in der Kavalkade, doch irgendwie schaffte Arnulf es, mit den anderen Schritt zu halten. Immer weiter ging es ostwärts am Fluss entlang, vorbei an Fischerkaten vor denen Aale an Holzgestellen trockneten. Bis zur Straße reichte der Geruch. Die Straße war eigentlich nichts als ein Weg, ein Nebeneinander von Wagenspuren, die in den Frühjahrsregen regelmäßig zu tiefen Furchen wurden, bevor sie sich im Sommer allmählich wieder mit Dreck, Steinen und dem Dung von Pferden und Ochsen füllten. Nach ein paar Meilen schreckten sie die Feldarbeiter eines Fronhofs auf, die sofort zum Waldrand liefen.

Die Sonne stand bereits hoch am Himmel, als Thegan den Trupp hinunter ans Wasser führte. An dieser Stelle machte das Tal einen Schwenk nach Nordosten. Mittels einer flachen Furt konnte man das andere Ufer erreichen, wenn man nach Süden, nach Haerulfisfeld oder Richtung Franconofurt unterwegs war. Als die Pferde anfingen zu saufen, ertönte ein Ruf von vorn: Weiter im Osten hing eine Rauchfahne über den Hügeln. Irgendwo dahinten lag eine fränkische Siedlung namens Milisunge …

Arnulf fühlte ein Kribbeln in seiner Körpermitte. Fliegen umschwirrten die Pferde, Schweiß rann ihnen in die Augen. Arnulf sah Lothars Kehlkopf auf und niedergehen.

»Wenn die Heiden Milisunge gestürmt haben, dann war mehr als nur eine Streifschar unterwegs …« Gunther, ein anderer Freiwilliger, nickte düster und zog die Sehne auf den Bogenstock auf. Die anderen taten es ihm nach.

Thegan beriet sich halblaut mit seinem Waffenmeister Rudolf, dem stärksten Kämpfer der Leibwache. Dann teilten sie die Männer auf: Der Paladin selbst ritt mit etwa zwanzig Mann durch das knietiefe Wasser ans andere Ufer, wo sie zwischen den Bäumen verschwanden. Rudolf aber blieb mit dem halben Dutzend Bogenschützen und ein paar Speerträgern zurück. »Beobachtet die Straße!«, rief er ihnen zu. »Wenn Sachsen kommen, dann von dort!« Etwa zweihundert Schritt weit konnte man die Straße flussabwärts einsehen, bevor die Biegung des Flusses und herabhängende Zweige die Sicht verdeckten.

»Warum reiten die anderen weiter, Waffenmeister?«

Der Angesprochene musterte Arnulf ohne Gesichtsregung vom Pferderücken aus. Rudolfs tiefliegende Augen waren von Narben umgeben und sein Schnurrbart wuchs wild die Wangen hinab – niemand fing freiwillig mit ihm Streit an. »Der Gaugraf wartet auf eine Frachtlieferung. Kann sein, dass die Sachsen den Transport überfallen haben.« Er spuckte aus. »Kann sein, dass die Fuhrwerke noch unterwegs sind. Vor Einbruch der Dunkelheit wissen wir's.«

Er selbst schien sich zu langweilen, denn wenig später ritt er ein Stück flussaufwärts zu einer kleinen Insel, die das Wasser des Flusses teilte. Dort lag das angespülte Skelett eines mächtigen Wisents, in dem Rudolf herumzustochern begann. Arnulfs Schar ließ sich unterdessen auf der flachen Böschung nieder. Der Wald wich hier bis auf knapp hundert Schritt vom Ufer zurück; Reste einer Hütte und eine Feuerstelle mit verkohlten Aststümpfen kündeten von besseren Zeiten. Sie schlugen nach Mücken und fluchten auf die Schwüle.

»Die Sachsen fressen Pferdefleisch, wusstet ihr das?«, fragte Gunther. »Und wenn sie mit dem Schwert in der Hand sterben, gehen die direkt zu ihrem Wodan auf!«

»Ruhig Blut, Leute«, sagte einer von Thegans Leuten, dem hellblonde, schweißverklebte Strähnen ins Gesicht hingen. »Euch passiert schon nichts!« Er zupfte die Bogensehne mit den Fingern, als wäre er ein Spielmann. »Hundert Schritt, zielsicher – wie weit kommt *ihr*?«

»Nur Jesus trifft auf hundert Schritt«, murmelte Arnulf.

»Und ich, Gero«, grinste der Blonde. »*Skizan*, was ist das?«

Ein reiterloser Gaul trottete die Straße entlang auf sie zu. Nervös warf er den Kopf zur Seite, als der Blonde nach dem herunterhängenden Zügel griff. Verkrustetes Blut klebte an einer Wunde in der Schulter, Fliegen umkrabbelten die Wundränder. Gero legte die Hände an den Mund und rief Rudolf, den Waffenmeister, herbei. Beklommen musterte Arnulf das Halbdunkel zwischen den Buchenstämmen hinter der Hüttenruine; hoher Farn wucherte in den Wald hinein. Stand dort jemand?

»Ein Sachsengaul?« Rudolf sprang vom Pferd. Misstrauisch schritt er um das zugelaufene Tier herum. Mit verkniffenen Zügen musterte er die Umgebung, dann wieder seine Männer.

»Steht hier nicht rum wie auf dem Markt, verdammt!«

In diesem Augenblick nahm Arnulf Schemen zwischen Farnen und der Hütte wahr. Er hörte noch das Schlagen der Sehnen, das Zischen des Pfeils. Doch da war es zu spät: Gunthers Kopf wurde nach hinten gerissen, er fiel auf den Rücken wie ein Betrunkener, reglos: Ein zwei Fuß langer Pfeilschaft steckte in einer Augenhöhle.

»*Almahtigan*!«

Kapitel V

Friedeslar, Juni 772

Warum musste es ausgerechnet heute so heiß sein?

Einhards Gedanken kreisten um eine Kanne mit kühlem Wasser, als er sich schließlich mit der drei Dutzend Mann starken Eskorte dem Stadttor von Friedeslar näherte. Er zügelte sein Pferd und schirmte die Augen mit einer Hand gegen die Sonne ab. Auf der Hügelkuppe westlich der Stadt ragte eine alte Steinfestung auf, die Büraburg. Ihre Mauern, wusste Einhard, hatten manchen Sachsensturm überstanden und einst dem großen Bonifatius selbst als Herberge gedient.

»Könnt Ihr da oben jemand erkennen, Esiko?«

Der Offizier kniff die Augen zusammen. »Vielleicht zwei oder drei Mann.«

»Mehr nicht?« Einhard schüttelte den Kopf. »Fühlen sie sich so sicher?«

»Die sind einfach faul«, knurrte Esiko und kratzte sich mit dem Stumpf des linken Zeigefingers am Kinn. Es sah unheimlich aus, als bohre sich der Finger in den Kiefer. »Ihr werdet dem Gaugrafen einen guten Arschtritt geben, ich spür's!«

»Sicher nicht«, sagte Einhard nüchtern und fing einen herausfordernd-angriffslustigen Blick des Offiziers auf, ganz so, als hätte Einhard ihm ein Leid getan. Aber Esiko guckte oft so, hatte der Consiliarius festgestellt. »Mit Tritten, Hauptmann, treibt man vielleicht Soldaten in den Kampf, aber man gewinnt nicht die Fürsten für sich. Oder besser gesagt, für den König.«

Esiko zuckte grinsend die Achseln. »Wisst Ihr, wie ich mir den Himmel vorstelle? Weiche Wolken, in denen lauter liebe Menschen wie Ihr sitzen!«

Einhard zog es vor, nichts auf diese Respektlosigkeit zu entgegnen.

Königsbote – das Wort lief ihnen voraus wie die Bugwelle einem Schiff. Die Stadt quoll über von Menschen: Halbnackte Kinder liefen um ihre Pferde, und überall folgten ihnen die Blicke von Männern und Frauen, die vor den Häusern und auf dem Brunnenplatz zusammenstanden. An der Innenseite des Stadtwalls waren Flüchtlingsunterkünfte errichtet, primitive Verschläge aus Zeltbahnen und einigen Stangen, zwischen denen Schafe und Ziegen herumliefen.

Schließlich erreichten sie die Kuppe der Anhöhe mit dem durchaus imposanten, zweistöckigen Palas aus Stein. Vor dem Eingang hieß sie ein hagerer Mann mit erdfarbener, knöchellanger Kutte willkommen, dessen kahler Kopf wie ein polierter Rundstein glänzte. Ein Kreuz aus Eisenblech vor der Brust wies ihn als Geistlichen aus.

»Mein Name ist Boso. Willkommen im christlichen Hessengau, Consiliarius!« Wimpernlose Augen hefteten sich auf Einhard und schienen ihm bis in die Seele zu schauen.

»Gott mit Euch, Priester. Wo finden wir den Gaugrafen?«

»Childerich ruht, er wird Euch bei Zeiten begrüßen.«

Esiko machte ein Geräusch, als huste er eine Fliege aus. Ja, es klang lächerlich, aber es war Einhard recht: Er lechzte nach einer Erholung. Ein Bediensteter führte sie in eine kühle Stube im Erdgeschoss, wo der Königsbote seine Glieder auf einem erstaunlich weichen Bett ausstreckte.

Esiko machte sich unterdessen mit ein paar Scarakriegern zur Büraburg auf, um dort die Verteidigungsvorbereitungen zu prüfen.

Irgendwann am späten Nachmittag klopfte es an der Tür. Gleich darauf stand der Priester im Raum. »Verzeiht die Störung, Consiliarius. Darf ich Euch in einer persönlichen Sache sprechen?«

»Ihr sprecht bereits«, bemerkte Einhard trocken. Bosos Stimme war zu laut, um angenehm zu sein. Sie hatte etwas Harsches, das irgendwie zu dem starren Blick passte. »Also?«

»Ihr kommt vom Königshof, nicht wahr? Habt Ihr einen Brief vom Hofkapellan für mich?«

Einhards Blick streifte die Tasche aus Wachstuch am Fuß des Bettes, in der tatsächlich eine Sendung an Boso steckte. Doch irgendetwas ließ ihn zaudern.

»Weshalb sollte der Hof einem Priester in der Grenzmark einen Brief schicken?«

Der Geistliche legte eine Hand auf sein Eisenkreuz und ein Lächeln ging über seine Züge. »Der Herr ist mir erschienen, im Traum ... die Apostelkirche des Bonifatius in Fulda hat keinen Hirten mehr, seitdem Abt Sturmius nach Jumieges verbannt wurde. Das darf nicht von Dauer sein!« Boso bekreuzigte sich, als müsste er seinen persönlichen Ehrgeiz tarnen.

Einhard stand vom Lager auf und strich seine Tunika glatt. Boso wollte Abt von Fulda werden! Hatte er Verbündete bei Hofe ...? »Helft meiner Erinnerung, Boso: Warum hatte der König Sturmi abgelöst? Ich hatte von ihm und dem ganzen Kloster nur Gutes gehört!«

Der Priester knetete seine knochigen Hände und starrte durch Einhard hindurch. »Bischof Fulrad, der Hofkapellan, hat mir noch an Weihnachten Hoffnung gemacht, dass der Hof eine gerechte Wahl treffen wird.«

Einhard war überrascht, dass der Geistliche seine Frage nicht beantwortete; dieser Mann war ihm nicht geheuer. »Warum war Sturmi damals abgesetzt worden? Er war der größte Schüler des Bonifatius!«

»Am Ende hielt er sich wohl für Bonifatius selbst …«, antwortete Boso mit etwas weniger lauter Stimme, in der nun Häme durchklang. »Er hat den Erzbischof Lul von Moguntia und damit die ganze Kirche herausgefordert, nicht wahr? Er wollte sich Lul nicht beugen. Er beharrte auf seiner Eigenständigkeit in Fulda und gebärdete sich wie …«

»Die Abtei Fulda *ist* eigenständig«, sagte Einhard mit plötzlicher Schärfe. Die verzerrte Darstellung und die Scheinheiligkeit Bosos ärgerten ihn. Natürlich kannte er den Hintergrund: Der Machtmensch Lul hatte nach Bonifatius' Tod dessen gesamtes Missionsgebiet an sich gerissen und dem Bistum Moguntia unterstellt. Nur Sturmi in Fulda – ein Mann, der das Edelste des Christentums in sich trug – hatte ihm nicht weichen wollen. Intrigen des Erzbischofs sorgten schließlich für Sturmis Entmachtung und Verbannung. Und niemand anderes als der Hofkapellan Fulrad von Metz, der mit Lul verwandt war, hatte an dieser Intrige mitgewirkt – und ihr am Ende zum Durchbruch verholfen.

Einhard merkte, dass ihm Blut in die Wangen geschossen war. Aber er durfte sich hier nicht zu sehr mit diesem Manne einlassen, daraus konnte nichts Gutes entspringen. Ruhig fuhr er fort: »Ohne Zweifel wird der König bei Zeiten eine weise Entscheidung treffen. Der König, wohlgemerkt! Auch wenn Bischof Fulrad gerne so tut, als hätte er selbst die Krone auf.«

»Ich vertraue auf die Weisheit des Herrschers«, brachte Boso krächzend hervor, als sei er ein fremder Fürst aus dem Morgenland.

»Wenn ich's recht überlege: Der König sprach mit mir über Fulda.«

»Also doch!?« Bosos Augen bekamen einen leichten Glanz.

»Tja …« Einhard strich sich über den Bart. »Wie viel Mann wird Childerich für den Heerbann abstellen?«

»Was hat das mit dem Abtstuhl zu tun?«

»Viel«, log Einhard. »Wann gedenkt Childerich, uns zu empfangen?«

Bevor Boso antworten konnte, hörten sie eine weibliche Stimme, irgendwo von oben, aus Richtung des Schlafgemachs Childerichs. Der nur schwach hörbare Laut wiederholte sich. Das Gesicht des Priesters nahm noch mehr Farbe an.

»Er ist jetzt bald fertig, oder?«, sagte Einhard, ohne den anderen anzusehen. »Das trifft sich gut, wir haben nämlich Hunger.«

* * *

»Zurück!«, schrie Rudolf. Sie drängten, stolperten die Böschung entlang zu ein paar Weiden, die weiter flussaufwärts auf Höhe der Insel standen. Ein halbes Dutzend Gestalten am Waldrand schickte ihnen Pfeil um Pfeil hinterher. Die Geschosse schlugen vor ihnen und neben ihnen ein, bohrten sich in die Baumstämme und zischten vorbei, um weit hinten im Wasser zu landen.

»Wir müssen weg!«, keuchte Lothar und riss Arnulf am Arm. »Zu den Pferden!«

Arnulf stieß Lothars Hand zurück. »Nimm deinen Bogen, Mann!«

Er selbst fingerte endlich einen Pfeil aus dem Köcher, brachte ihn auf die Sehne und schoss. Harmlos verschwand er zwischen den Farnkräutern – zu hoch! Der nächste Pfeil zwang einen der Sachsen in Deckung, immerhin. Aber sie selbst waren weiterhin Ziele: Rudolf krümmte sich mit einem Schmerzensschrei zusammen, ein weiß befiederter Sachsenpfeil hatte die Schulter des Waffenmeisters durchbohrt.

»Achtung, Reiter!«

Geros Bogensehne erzeugte ein hartes Klatschen, als sein Geschoss in Richtung der Straße davonschwirrte. Arnulf sah ein sich aufbäumendes Pferd, das den Reiter abwarf. Eine ganze Horde preschte nun heran, direkt auf sie zu: Männer mit bärtigen Gesichtern und fliegenden Haaren, die wilde Kriegsschreie ausstießen. Die Bogenschützen hatten ihnen lediglich den Weg gebahnt: Umso schneller würden sie nun die kleine Schar der Hessen in den Boden reiten ...

Der Anführer, ein brüllender Kerl mit einem Wurfspeer, war auf zehn Schritt herangekommen. Noch während der Speer in der Luft war, ließ Arnulf die Sehne los – und sah die Pfeilspitze im Oberschenkel des Angreifers steckenbleiben. Hastig griff er abermals in den Köcher, da stieß ein mutiger Mann der Leibwache den Sachsen mit einer Lanze aus dem Sattel. Arnulfs Herz hämmerte, schon wieder hatte er die Sehne bis zur Wange zurückgezogen, als er Lothars Hilferuf hörte.

Arnulfs Kamerad starrte fassungslos auf ein Loch in der Tunika, über dem Gürtel trat Blut hervor. »Lauf zu den Pferden!«, schrie Arnulf, doch Lothar war wie gelähmt.

»Schießt!«, bellte Gero. »Schneller!« Tatsächlich lenkten einige Sachsen nun ihre Pferde rechts von ihnen ins seichte Wasser, um von mehreren Seiten anzugreifen. Dann ertönte ein tiefer Hornstoß.

Schreie und der Lärm von Pferden drangen vom anderen Ufer herüber. Reiter donnerten durch den Fluss, Thegan an der Spitze. Dahinter polterte ein schwerer Wagen ins Wasser, wie wahnsinnig peitschte der Fuhrmann auf die Pferde ein. Der Transport! Die Sachsen ließen prompt von den Bogenschützen ab und stürzten sich auf den Wagen. Arnulf sah den Paladin mit wuchtigem Schwertstreich einen Krieger vom Pferd hauen, einem anderen die Hand abschlagen. Das alles spielte sich nur zwanzig, dreißig Schritt von den Bognern entfernt im flachen Wasser ab.

Für einen Augenblick hatten Arnulf und Gero leichte Beute: Sie zielten auf die Pferde der Sachsen, vorbeischießen war nicht möglich. Arnulf traf einen Falben in den Hals, die Vorderläufe knickten ein, der Reiter landete im Wasser. Kaltblütig schoss Gero einen Sachsen vom Wagen, der mit einem Kurzschwert über den Fuhrmann herfallen wollte.

»Sie hauen ab«, grunzte Gero. Arnulf hörte ihn, ohne ihn zu verstehen. Tatsächlich fuhr der Wagenlenker schräg durch die Furt, passierte die Flussmitte knapp unterhalb der Insel mit dem Skelett: Thegan und seine Männer wichen den von rechts andrängenden Angreifern aus. Sie hatten die Fracht und scheuten nun das Gefecht. Arnulf ließ einen weiteren Pfeil fliegen, das getroffene Pferd ging durch und schleifte den Reiter im Steigbügel durchs Wasser.

Und plötzlich stand er allein zwischen den Weiden; Gero rief ihm etwas zu, der agile Bogner hat schon die Haselnusssträucher erreicht, wo sie Stunden zuvor die Pferde angebunden hatten. Wie Wachs im Feuer schmolz die Zeit, sich selbst zu retten! Denn die Sachsen setzten den Fliehenden nach. Und zwischen ihnen und dem davondonnernden Wagen stand ein Bogner, der eben den elften Pfeil verschossen hatte.

Flüchten – aber wie?

Ein Kerl mit Helm und Kettenhemd kam in diesem Augenblick die Böschung hinauf, die Schwertspitze voraus; Arnulf sah die gelben Zahnstümpfe im geöffneten Mund. Ohne zu zielen, riss er die Sehne nach hinten und jagte ihm einen Pfeil in den Leib. Dann rannte er mit Riesenschritten zu den Haselnusssträuchern. Gero war im Sattel, aber wo war sein eigener Gaul? Verschwunden, losgerissen in der Panik! Lothar hing mit beiden Händen am Sattelknauf, einen Fuß im Steigbügel. Das Pferd bockte und zerrte ihn zum Wasser. Dann krachte er mit einem gurgelnden Schrei zu Boden – der Stiel einer Wurfaxt ragte aus Lothars Rücken. Schon eilte der Werfer herbei, ein schlanker Kerl mit Lederpanzer, der die Axt aus dem Körper hebelte und sie auf Lothars Schädel niedersausen ließ – ein dumpfes Knacken ertönte.

Der Holzhauer – *der Mann, der mit dem Bogen umgehen konnte* – raste voll Todesangst die Straße entlang, den anderen hinterher. Hörte die Rufe der Sachsen, ihre tiefen, ungewohnten Laute; ein Pfeil zischte an seinem Ohr vorbei. Rechts tauchte ein halbtrockenes Bachbett auf, mit Angst im Nacken rannte er hinein. Büsche, Bäume gaben ersten Sichtschutz. Doch erst als er das Halbdunkel des Waldes erreicht hatte, lief er langsamer. Irgendwann sank er atemlos auf einem Flecken Moos am Waldboden nieder.

Er schien abermals das Geräusch der Axtklinge zu hören. Sein Magen zog sich zusammen. Thegan und die Kämpfer mit Panzer und Helm hatten sich in Sicherheit gebracht. Die Freiwilligen, die Bogenschützen aber hatten dafür gezahlt. Ein Erkundungsritt, hatte es geheißen. Bogner, die von hinten schießen, wenn überhaupt …

Notker! Der Baumeister hatte sie mehr oder weniger zu diesem Abenteuer überredet! In die Wut mischte sich Fassungslosigkeit. Hätte er wissen können, dass Thegan die Freiwilligen wie ein paar Hunde opfern würde?

Arnulf sah in das Blau des Himmels hinauf. Weiße, wattige Wolken hatten sich gebildet. »Milchschaum« nannte Hilde solche Gebilde. Er fingerte nach dem Amulett und verspürte ein übermächtiges Verlangen, sie an sich zu drücken und ihre Stimme zu hören.

Was war auf dem verfluchten Wagen?

* * *

Am Abend ließ sie der gräfliche Paladin Thegan in der großen Halle mit verschiedenen Sorten Fleisch, frischem Brot und Wein bewirten. Am unteren Ende der Tafel fanden die engeren

Gefolgsleute des Gaugrafen Platz, und auch Boso, der Priester, ließ sich mit einer gewissen Verspätung zwischen ihnen nieder. Zur Rechten Einhards saß Esiko. »Wo ist der Graf, Consiliarius?«

»Beim Zwiegespräch mit dem Allmächtigen«, murmelte Einhard. Er versuchte, ruhig zu bleiben: Niemand anderes als der König selbst hatte ihm bedeutet, pfleglich mit dem Hessen umzugehen: *»Schmeichelt ihm, wenn nötig! Wir brauchen für den Feldzug unbedingt stabile Verhältnisse an der Grenze!«*

Mit einem Ohr lauschte er auf die Melodie eines Lautenspielers, die vom Schmatzen der Männer fast übertönt wurde; mit dem anderen nahm er eine wilde Geschichte von Thegan auf, der Stunden zuvor einen Sieg gegen sächsische Streiftruppen talabwärts errungen hatte. Der selbstherrliche Paladin war ihm unangenehm, vielleicht, weil er anderthalb Kopf größer und fünfzig Pfund schwerer als der magere Königsbote war; Einhard ahnte, dass Thegan ihn für einen Pergamentfresser ohne Mark in den Knochen hielt.

»Seht Ihr die Axt dort, Consiliarius?« Er zeigte auf die Querwand des Raums, wo zwischen Bärenfellen und Auerochsen-Gehörn eine Axt mit breiter Klinge hing. »Das Beil des Bonifatius!«

Frech vermeldete der darbende Tristan von hinten, dass die *echte* Bonifatiusaxt in der Kirche in Kolna hänge. Es war das Schicksal des Schreibers, nahe seinem Herrn sein zu müssen, ohne vom Tisch essen zu dürfen.

»Dort, und in Fulda, und in Moguntia …«, knurrte Einhard, ohne den Kopf zu drehen.

Endlich erschien Childerich. Graue Strähnen durchzogen den Bart des Gaugrafen; Tränensäcke unter den Augen ließen ihn aufgedunsen erscheinen, doch seine Augen wirkten lebendig. An seiner Seite war Mildred, seine Frau. Sie schien deutlich jünger als er und musterte die Besucher mit warmen Augen, aus denen kaum gezügelte Sinnlichkeit sprach. Der Ausschnitt ihres Kleides war weit, ein schmaler, mit Perlen und Steinen verzierter Gürtel betonte ihre Hüfte. Immer wieder kam ihre Hand auf Childerichs Arm zu liegen. Einhard spürte einen Stich tief im Innern – seine Frau wäre heute nur wenige Jahre älter.

»Aus welcher Familie stammt sie?«, raunte er seinem Schreiber über die Schulter zu.

»Aus dem Geschlecht der Widonen. Ihr Vetter ist der Bischof von Moguntia.« Triumphierend leuchteten seine Augen unter den Zottelsträhnen.

»Gut, mein Junge.« Einhard drückte ihm mit fettigen Fingern ein halbes Huhn in die Hand, er hatte es sich verdient.

»Auf Karl, den König der Franken! Gott segne seine Waffen!« Childerich hatte sich mit einem Becher in der Hand erhoben und brachte donnernde Trinksprüche aus. Sein Gast stand ebenfalls auf und antwortete mit einem Trinkspruch auf die schlachterprobten Hessen und ihren mächtigen Gaugrafen.

»König Karl hält große Stücke auf Eure Krieger, Graf Childerich. Kaum ein Gau hat bessere Streiter als Ihr!«

»Wir wissen uns zu wehren, lieber Einhard!«, posaunte der Gaufürst. »Meine Männer haben heute sächsische Truppen zurückgeschlagen und ihnen Beute entrissen …« Anerkennend ruhte sein Blick auf dem Paladin zu seiner Rechten. »Nicht nur die Gebiete am Rinah werden angegriffen!«

»Es ist gut für das Reich, dass Ihr die Grenzmark schützt«, nickte Einhard. »Allerdings ist die alte Feste auf dem Hügel leer bis auf ein paar Wachen. Was ist, wenn ein Sachsenführer hier mit tausend Mann auftaucht statt mit fünfzig?«

Childerich zwinkerte, als überraschte ihn die Frage; vielleicht war es auch nur die Zahl fünfzig, hatte Thegan doch von hundert und mehr Sachsenkriegern gesprochen. »Consiliarius, wir können Euch hier unten eine bessere Unterkunft bieten. Glaubt mir, binnen eines Tages können wir mit allen, die es wert sind, die Büraburg beziehen.« Er nickte nachlässig mit dem Kopf in Richtung des Hügels. »Es wäre nicht das erste Mal.«

Zu Einhards Überraschung erhob nun Mildred die Stimme: »Wenn Ihr zwei Tage später gekommen wärt, Einhard, hättet Ihr sogar in einer Kammer mit Glasfenster übernachten können!«

»Glasfenster! Wie in Aquisgranum, im Palas des Königs?!« Einhard hatte Mühe, sich zu beherrschen. Mildred und Childerich teilten nicht nur nachts, sondern auch tagsüber das Lager. Und das war zweifellos im Palas gemütlicher als in der primitiven Fluchtburg … Plötzlich merkte er, dass ihm die Sonne zugesetzt hatte. Die Rückenschmerzen hatten aufgehört, doch ein immer stärker werdender Druck ging von der Mitte des Schädels aus. Umso froher war er, als sich Mildred entschuldigte, Unwohlsein vorschützend. Auf Childerichs Zeichen erhoben sich auch seine Gefolgsleute am unteren Ende der Tafel, nur der Priester und Thegan blieben sitzen. Das Tauziehen begann.

»Zweihundertfünfzig Reiter und fünfhundert Mann zu Fuß«, nannte Einhard ohne weitere Umschweife. »Genauso viel wie der Bischof von Moguntia versprochen hat, Euer Verwandter!« Tatsächlich hatte der weniger zugesagt, doch mit der kleinen Unwahrheit konnte Einhard leben.

»Wir brauchen allein zweihundert Mann, um die Mauern der Burg zu verteidigen«, sagte Thegan, als sei das ein Gesetz.

»Greift auf die Flüchtlinge in der Stadt zurück«, entgegnete der Königsbote trocken. Er nahm einen Schluck Wasser, ohne Childerich aus den Augen zu lassen. In den Schläfen war nun das Pochen, das schwere Kopfschmerzen ankündigte. Doch er durfte sich nichts anmerken lassen, nicht jetzt.

»Bald beginnt die Ernte«, brummte der Gaugraf und klaubte sich Fleischfasern und Fett aus dem Bart. »Wenn die Bauern

Kriegsdienst leisten, können sie nicht alles einbringen. Wie sollen wir durch den Winter kommen?«

»Schlimmstenfalls werden wir das Korn auf den Feldern der Sachsen ernten. Wir haben Krieg! Hauptmann Esiko hier ist Offizier der Scara. Er ist mit der Feldzugsplanung vertraut. Hört ihn an!« Esiko stand auf. Seine tiefe, kräftige Stimme hätte Steine bewegen können. Laut rezitierte er die vom Kronrat festgesetzten Größen an Schwerbewaffneten, Speerträgern, Bogenschützen, an Proviant, Zelten und zusätzlichen Waffen.

Stille entstand, als er fertig war. Die Spielmänner waren längst verschwunden; auf der Tafel lagen kreuz und quer die Knochen und Gräten des Mahls, vermengt mit Brotresten. Schweigend holte Childerich mit einem Holzspan Essensreste unter seinen Fingernägeln hervor, während Esiko sprach. Zwei- oder dreimal rülpste er leise, dann ging ein Zittern durch den mächtigen Körper. Schließlich verschränkte er die Arme über der Brust und fragte in Einhards Richtung, wo er all die genannten Waffen hernehmen sollte: Die wenigsten der Heerbannpflichtigen besaßen Schild und Schwert! Düster nickte Thegan dazu.

Eine Schmerzwelle zwang Einhard, die Augen zu schließen. Esiko räusperte sich. »Die Gaufürsten stellen aus ihren Mitteln sicher, dass die Krieger ausreichend bewaffnet sind!« Mit der Kriegsbeute, fügte Einhard angestrengt hinzu, werde sie der König entschädigen. Das verursachte ein verächtliches Schnauben des Gaugrafen: »Woher wissen wir denn, ob es Beute geben wird? Und in welchem Verhältnis wird sie geteilt?«

Esiko kratzte sich mit dem halben Finger am Hals, wie er es häufig tat, wenn er nachdachte. Nur gab es auf die Frage keine Antwort, wusste Einhard. Allein die Frage zu stellen, war eine Dreistigkeit, wenn auch eine geschickte. »Ihr zweifelt daran, dass unser von Gott gesalbter König die Sachsen niederwerfen wird? Bei Pippins Schwert, seid Ihr nicht *Gefolgsleute des Königs*?«

»Einhard, hört mir zu …« Childerich war rot angelaufen.

»Nein!« Einhard stand auf. Erschöpfung und Schmerz ließen seine Geduld ersterben. »Im Namen des Herrn, verschleudert Euer Silber nicht für unnütze Glaspracht! Umso leichter könnt Ihr Schwerter und Speere für Eure Krieger fertigen lassen! Eure Frau wird Euch darum nicht seltener lieben, Graf!«

»Ihr geht zu weit!« Childerich war ebenfalls aufgesprungen.

Einhard stützte sich mit den Händen auf der Tischplatte ab. *Alles lief aus dem Ruder* … Aber er konnte nicht mehr. »Entscheidet jetzt, Graf. Morgen sehen die Dinge nicht anders aus als heute! Der Bann marschiert in der ersten Woche des Heumondes[2] im Loganagau auf, vor der großen Festung über dem Amanafluss.«

»In vier Wochen?« Wiederum gestikulierte Childerich.

»Oh ja! Boso, auf ein Wort!« Einhard nahm den Priester beiseite, der den Schlagabtausch ohne sichtbare Gefühlsregung verfolgt hatte. Seine Kutte war unbefleckt von Essen und Trank. »Sprecht mit Childerich unter vier Augen. Betet mit ihm! Und ich sorge dafür, dass Ihr Abt werdet!«

Boso bekreuzigte sich, als hätte Einhard ein Verbrechen vorgeschlagen. »Habt Ihr denn mehr Einfluss als der Hofkapellan?«

»Auch Fulrad ist nur ein Werkzeug Gottes, nicht wahr? Also, tut, was ich Euch sage! Morgen früh erwarte ich eine Truppenzusage!« Erschöpft wankte Einhard in seine Schlafkammer und sank auf dem Lager nieder.

---

2   Monat Juli

Kapitel VI

Friedeslar, Juni 772

Die Dämmerung ging in Dunkelheit über, als eine einsame Gestalt sich dem Stadttor näherte. Auf dem Wehrgang entstand Bewegung.

»Wer da?«

Ein Schnauben kam von unten. »Arnulf von Friedeslar. Lasst mich ein.«

»Arnulf wer?« Räuspern. »Von wo kommt Ihr?«

»Arnulf, der Sohn von Arthur. Ich war mit der Leibwache unterwegs.«

Einer rief, er solle näher ans Tor treten. Ein kräftiges Knirschen erfolgte, als der Querbalken zurückgezogen wurde. Das Tor öffnete sich einen Spalt breit. Arnulf zwängte sich hindurch.

»Gelobt sei Jesus Christus! Alle sagten, die Sachsen hätten dich erschlagen!« Der Sprecher hatte breite Lippen und eine platte Nase, er war mit Arnulfs Vater befreundet gewesen. »Wie bist du entkommen? Läuft da draußen noch jemand rum?«

Er hatte nicht die Muße, die Fragen der Posten zu beantworten. Kalter Zorn saß wie ein Klumpen in seiner Kehle, und er war froh, dass ihm auf den letzten hundert Schritt zum Palas niemand begegnete. Dass eine Wache vor der Eichentür stand, hatte er in seinem Groll vergessen. Der Mann ließ ihn nicht ein. Ein Königsbote war eingetroffen, hieß es. Da hörte er Notkers Kommandostimme aus einem der ebenerdigen Räume des Palas. Ohne zu zögern schrie Arnulf den Namen seines Brotherrn. Eine Fensterabdeckung aus gespannter Tierhaut wurde zurückgeschoben, Notkers Gesicht erschien und wenige Augenblicke später geleitete ihn der erstaunte Baumeister in einen fünf mal fünf Schritt großen Raum, in dem eine flache Holzkiste auf dem Boden stand. Drei von Notkers Leuten wühlten zwischen Stroh und Fellen runde, durchsichtige Scheiben von der Größe eines Pilzkopfes hervor, die sie vorsichtig in einen Bleirahmen einsetzten.

»Beim Bonifaz, wo kommst du her?«

»Von der Furt. Wir mussten kämpfen … Was ist das? Glas?«

»Ja.« Der sonst so beherrschte Notker konnte eine gewisse Verlegenheit nicht verbergen. »Es war auf dem Frachtwagen.«

Arnulf sah Notker an, dann wieder die Arbeiter mit den Scheiben, die schön aussahen, wie klares Eis.

»Lothar ist tot. Und Gunther ist tot … Sind sie für diese Scheiben da gestorben, Notker?«

Der Baumeister presste die Lippen zusammen, die Hand ging zum Kinn. »Das konnte ich nicht ahnen …«

»Ist der erste Rahmen endlich fertig?«

Mit festen Schritten hatte eine hochgewachsene, dunkel gekleidete Gestalt den Raum betreten. Flugs wandten sich die Arbeiter wieder der Kiste zu. Thegan und Arnulf starrten einander an wie überraschte, aber kampfbereite Bullen. Der Paladin verstand sofort, dass dieser verdreckte, zerschlissene Kerl nicht zu den Glassetzern gehörte.

»Du warst heute mit dabei, an der Furt?«

»Allerdings.«

Thegan sah Notker an, dann den überraschend lebendigen Freiwilligen; hinter der glatten Stirn arbeitete es. »Bist du verletzt?«

»Nein.«

»Dachte ich mir … Andere Freiwillige kamen hier ohne eine Schramme an, und zwar als erste!«

Arnulfs Blut kochte. »Und wo waren Eure Kämpfer? Ihr seid einfach davongeritten! Ich war der Letzte, der geschossen hat!«

Thegans Rechte ging zum Schwertgriff, und selbst im Dämmerlicht konnte Arnulf ihn erbleichen sehen. »*Arswisk*, wie kannst du es wagen …«

Ohne Thegan aus den Augen zu lassen, sagte Arnulf, Wort für Wort betonend: »Sie haben Lothar totgeschlagen wie ein Stück Vieh. Warum habt Ihr uns dahingeschickt, Notker?«

»Genug!«

Mit einem scharfen Kommando schickte Thegan die Arbeiter aus dem Raum und machte einen Schritt auf Arnulf zu, eine Zornesfalte über der schmalen Nase. »Du beleidigst mich! Ich müsste dir mein Schwert in den Bauch rammen! Ihr werdet diesen Kerl entlassen, Baumeister! Ich will ihn hier nie wieder sehen.«

»Herr … Ja, Herr.«

Sprachlos musterte Arnulf seinen Brotherrn.

Thegan sog tief Luft ein. »Er weiß, dass er einen großen Bogen um Eure Tochter zu machen hat?«

Noch nie hatte der Holzhauer den Baumeister von Friedeslar rot werden sehen – jetzt war es soweit. »Ich hatte noch keine Zeit, Paladin …«

»Nun, also: Ich werde Hildegard zur Frau nehmen.« Thegan funkelte Arnulf an. »Lass dich nicht in ihrer Nähe blicken. Und jetzt verschwinde!«

Arnulf versuchte zu verstehen, was Thegan gesagt hatte. »Stimmt das?«

Der Baumeister sah durch Arnulf hindurch. Thegan verschränkte die Arme über der Brust. »Du dachtest im Ernst, die Tochter des Baumeisters heiratet einen *Holzknecht*?«

Da schlug Arnulf zu.

Es war die Faust eines Holzhauers: Hart, schwielig, wuchtig. Der Hieb traf Thegan völlig überraschend, fast wäre er in den Glaskasten gestürzt. Blut strömte aus der Nase und malte dunkle Formen auf die Tunika.

»Ihr seid nicht besser als ich, bei Gott!«, keuchte der Holzhauer und Bogenschütze. Thegan schüttelte den Kopf, fassungslos. Er berührte seine Nase.

»Wache … die Wache!«, gurgelte er.

Der Baumeister lief zur Tür. Arnulf verstand erst jetzt, was er getan hatte: Er musste als erster durch die Tür, oder er würde morgen unter der Femeiche vor dem Palas sein Haupt verlieren! Mit zwei, drei Sprüngen hatte er Notker den Weg abgeschnitten, rammte ihn mit der Schulter zur Seite. Durch die Tür, um eine Ecke, dann waren es nur noch wenige Schritte zum Ausgang. Hinter ihm hörte er Notker nach der Wache rufen, laut und deutlich.

* * *

Es wurde kein ruhiger Schlaf. Das Hämmern in Einhards Kopf ließ nicht nach. Irgendwann bat er Tristan ihm von dem schwarzen Kümmel zu geben, den er für solche Fälle stets im Kräuterbeutel mitführte. Kaum hatte sich sein Schreiber von seinem Lager am Fuß von Einhards Bett aufgerichtet, ertönten heftiges Lärmen und Geschrei im Gang. Zaghaft fragte Tristan, ob das vielleicht die Sachsen seien, die Friedeslar angriffen … Unwirsch befahl ihm Einhard selbst nachzuschauen – sofort. Mit unglaublicher Langsamkeit entzündete der Schreiber eine Harzfackel, entriegelte die Tür und trat vorsichtig hinaus. Ein kühler Luftzug ging durch den Raum, Linderung für die Stirn. Einhard döste eine Weile halb sitzend im Bett, den Rücken an der Wand, als ihn das Geräusch der sich öffnenden Tür hochschreckte.

»Herr, der Paladin!«, rief Tristan sichtbar aufgeregt. »Jemand hat ihn niedergeschlagen!«

Einhard fühlte sich müder denn je. Aber was half es? Er winkte Tristan herbei und forderte ihn auf, sich deutlicher auszudrücken. Tristan kniete vor dem Bett nieder und erzählte mit mühsam gedämpfter Stimme, dass bei Thegans Kriegern, die am selben Tag gegen die Sachsen gekämpft hatten, auch Freiwillige gewesen waren. Einer von ihnen, der schon als tot galt, war spät abends zurückgekehrt: »Er hat Thegan das Gesicht zerhauen!«

Dem hochnäsigen Thegan ... »Und warum?«

»Ein paar der Freiwilligen haben ihr Leben gelassen. Einer war ein Freund von diesem Kerl ... Arnulf, so heißt er.« Tristan zwirbelte sein Ziegenbärtchen und sah Einhard an, als rechne er damit, dass sein Herr nun sogleich einen Sinn aus all dem machen würde. Doch Einhard schloss nur erschöpft die Augen.

»Für den Paladin tut es mir leid ... nein, eigentlich nicht. Diese Sache geht uns nichts an. Gute Nacht.«

* * *

Arnulf eilte durch dunkle Gassen auf das Haus seiner Mutter zu – aber dort würde man ihn zuerst suchen! Schon in wenigen Augenblicken konnte die Leibwache dort sein. Er hatte nur eine Wahl, wollte er Thegans Rache entkommen: Er musste aus der Stadt fliehen! Das Tor war bewacht. Also über den Wall! Er hastete in östliche Richtung zur Mühle, hinter der ein Aufstieg zum Wehrgang führte. Atemlos drückte er sich an die Rückwand der Mühle, ins Dunkel lauschend: Vom Palas her war das metallische Klirren von Bewaffneten zu hören. Der Schein von einem Dutzend Fackeln bewegte sich den Hügel hinunter.

Etwas Feuchtes, Haariges streifte sein Bein. Er zuckte zusammen und sah in zwei große Hundeaugen. Der Rüde, der seinen Vater einst auf die Jagd begleitet hatte, rieb seine breite Schnauze an Arnulfs Oberschenkel. Erschrocken und erleichtert zugleich strich Arnulf über sein Fell, das längst nicht mehr so voll und glatt war wie früher. In diesem Augenblick vernahm er schlurfende Geräusche auf dem Wehrgang. Keine zwanzig

Schritt weiter näherte sich ein Posten. Das Mondlicht war zu schwach, um sein Gesicht zu erkennen – war es möglich, dass er Arnulf nicht sah? Mit beiden Händen drückte er das Maul des Hundes zu. Wenn er nur nicht winselte! Dann, nach endlosen Herzschlägen, bewegte sich der Posten Richtung Haupttor.

Arnulf fuhr noch einmal durch das borstige Fell des Tieres und stieg mit angehaltenem Atem die ausgesägten Stufen eines Baumstammes zum Wehrgang hinauf. Da zerriss das Bellen des Rüden die Stille. Arnulf versuchte krampfhaft, den Boden auf der anderen Seite des Walls zu erkennen – waren dort Löcher?

»He da, stehenbleiben!« Er sprang ins Dunkel.

Der Aufprall war hart. Er rappelte sich auf und lief los, so schnell er konnte. Nach Norden, wo eine halbe Meile entfernt die Umrisse mächtiger Buchen Schutz verhießen. Ein Waldkauz rief, schien den Kreaturen der Nacht anzukündigen, dass hier ein Flüchtling aus Friedeslar kam: ein Menschenkind, verzweifelt genug, um im Wald Schutz zu suchen. Dorthin würden sie ihm nicht folgen, nicht in der Dunkelheit! Der Herrgott war angeblich selbst im düstersten Forst – aber eben nicht nur er. Da waren auch andere Wesen, Geschöpfe der Finsternis. Niemand bei Verstand wollte sie freiwillig kennenlernen …

Mit klammem Herzen lief er am Waldsaum entlang, eine Hand an Hildes Amulett. Schließlich erreichte er den Hexenstein: ein etwa fünf Fuß hoher Felsblock mit einer Schräge auf der dem Tal zugewandten Seite. Erschöpft kauerte er sich nieder und legte die Stirn an den kühlen Fels.

Noch letzte Woche hatten sie abends hier zusammen gesessen. Er erinnerte sich an den Geschmack von Hildes Lippen … Sie hatte erzählt, dass bei Vollmond Frauen zu dem Stein kamen, die nicht schwanger wurden. Rutschte man dreimal hintereinander die Schräge hinunter und sprach einen alten Spruch, dann kam neun Monate später ein Kind.

Warum nur hatte er sich darauf eingelassen, mit Childerichs Männern loszuziehen? Seine Mutter würde sich nicht nur fürchterliche Sorgen machen: Thegan konnte sich jederzeit an ihr rächen! Ihm war alles zuzutrauen. Und Arnulf konnte sehen, wie Dietmar sich bekreuzigte, die Hände rang und murmeln würde: Dieser Bursche, ich hab' es ja immer gesagt …

Zorn stieg in ihm auf, als er an Notker dachte. Er war ihm mehr als ein Brotherr gewesen – wie einen Vater hatte Arnulf ihn in den letzten Jahren empfunden. Streng, aber gerecht hatte er Arnulf behandelt, mit einem versteckten Wohlwollen. Sogar mit seiner Tochter hatte er Arnulf anbandeln lassen. Dieser Mann hatte ihn verraten! Arnulfs Blick ging nach oben, klammerte sich an die blasse Scheibe des Mondes, die von Wolken fast verdeckt war. In der Ferne erklang ein langgezogenes Heulen: Wölfe.

»Herr Jesus, verlass mich nicht …«

Fröstelnd richtete er sich auf, die Arme um den Oberkörper geschlungen. Konnte er sich bis zum Bruder nach Haerulfisfeld durchschlagen? Der wäre entsetzt, die Geschichte zu hören. Aber sie waren Brüder! Konrad würde ihn erst einmal verstecken, davon war Arnulf überzeugt. Von Haerulfisfeld war es nur ein Steinwurf bis zum Gau Wetereiba im Süden, wo Childerichs Wort keine unmittelbare Macht mehr hatte … Auf der Straße waren es zwei Tagesmärsche. Straßen aber musste er meiden! Hielt er sich an den Waldsaum und umging Wegkreuzungen, konnte er es in drei Tagen schaffen.

Es sei denn, er lief den Sachsen in die Arme.

Kapitel VII

Friedeslar, Juni 772

Am nächsten Morgen sagte der Gaugraf mit gleichgültiger Miene achthundert Mann zu, ausgerüstet und verproviantiert für neunzig Tage. Flink brachte Tristan alles auf ein Pergament.

Einhard erschrak, als er Thegan zu Gesicht bekam: Dessen Nase war ein schiefer, blauroter Klumpen. Hass loderte in seinen Augen, und er interessierte sich nicht im geringsten für Einhards Fragen, als sie über Ernteverzeichnisse, Forsterträge und Einnahmen aus den umliegenden Fronhöfen sprachen – in einem Zimmer mit echtem Glasfenster.

So legte Einhard auch keinen Wert auf Begleitung, als er später einen flussaufwärts gelegenen Königshof besuchte, oder besser gesagt, überprüfte. Der dortige Amtmann erholte sich schnell vom ersten Schreck, als Einhard eintraf, und holte Einnahmen- und Abgabenlisten aus einer modrig riechenden Kiste hervor. Manche waren von Mäusen angefressen, aber die Sorgfalt der Aufzeichnungen gefiel Einhard; hier wirkte ein ehrlicher Verwalter.

Befriedigt kehrte er am späten Nachmittag zurück. Er verzichtete auf ein weiteres Bankett mit dem Gaugrafen und ging früh zu Bett. Und als er am nächsten Morgen mit Esiko die Aufzeichnungen ihrer Reise durchging, fühlte er sich so erholt wie lange nicht mehr.

»Hält Childerich Wort? Was meint Ihr, Hauptmann?«

Einhard hatte die Lederbespannung aus dem Fensterrahmen genommen, um frische Luft einzulassen. Eine Amsel hüpfte erwartungsvoll auf der Fensterbank umher. Zwischen Pergamentrollen, Tintenfass und ledernen Etuis lag ein Brotrest auf dem Tisch, den Esikos Finger zerkrümelte.

»Kann sein. Ihr habt getan, was Ihr konntet …«

Da war ein Funkeln in den Augen des Kriegsmannes – Hohn? Seine Züge waren nicht leicht zu lesen; das Kinn des Offiziers war von dichten, schwarzbraunen Stoppeln bedeckt, die Nase sprang vor wie ein Sporn, und auf Höhe der Nasenwurzel war eine Verdickung, die seinem Blick stets etwas Drohendes gab. *Harto* nannten ihn seine Leute, und kaum ein Beiname war treffender: Esiko hatte mehr Männer auf dem Schlachtfeld getötet als ein Kettenhemd Ringe hatte, hieß es.

»Wir haben Zusagen über zweitausend Mann; wenn die anderen Boten genauso viel mitbringen …«

Esiko nickte und warf der Amsel einige Krümel zu, die vor dem Vogelschnabel landeten. »Der König wird ein großes Heer haben. Vielleicht das größte, das jemals nach Norden zog.«

»Falls die Gaue wirklich Bewaffnete schicken. Und nicht nur halbwüchsige Trossknechte und Pack – das denkt Ihr jetzt, nicht wahr?«

Esiko nickte grimmig, der verstümmelte Finger erzeugte ein Raspelgeräusch am Kinn. »Der Heerbann hilft, den Feind zu erschrecken. Aber für das Kämpfen selbst taugen nur die *unfortha*.«

Die Furchtlosen, so nannten sich die Krieger der Scara selbst. Die aus der Leibwache des Königs entstandene Streitmacht zählte ungefähr eintausend Mann, organisiert in Hundertschaften. Es waren nicht nur einfache Freie, sondern auch die Sprösslinge einiger Adelsgeschlechter, die im Königsdienst Waffenruhm erwerben wollten – und Land, denn wo das Frankenheer siegte, pflegte man dem Feind Land zu nehmen und an die Getreuen zu verteilen.

Gutgelaunt packte Einhard das Schreibzeug zusammen. Als sie auf den Hof hinaustraten, hatten die Männer ihrer Eskorte bereits aufgesattelt. Vier Tage würde der Ritt nach Franconofurt dauern, wo der Herrscher ungeduldig auf seine Boten wartete, um die letzten Vorbereitungen für den Feldzug persönlich zu überwachen.

Childerich hatte ihnen für alle Fälle einen Führer mitgegeben, einen Mann mit langen blonden Haaren namens Gero. Auch Boso ritt mit. Nach dessen Unterstützung beim Ringen mit Childerich hatte Einhard ihm das Schreiben Fulrads ausgehändigt. Es stellte sich heraus, dass Boso nach Fulda beordert wurde, wo der König alsbald mit dem Heer durchziehen würde. Dafür konnte es wohl nur einen Grund geben …

* * *

Halb sitzend, halb liegend hatte Arnulf die Nachtstunden unter einer ausladenden Eiche am Waldrand verbracht. Bei Sonnenaufgang rappelte er sich hoch, rieb seine kalten, schmerzenden Glieder und stolperte weiter, bis er irgendwann die Fischerhütten am Ufer der Adrana erreichte. Mit angehaltenem Atem ging er ins Wasser, bis er keinen Boden mehr unter den Füßen spürte. Für einen Augenblick packte ihn Angst, als er mit dem Kopf untertauchte. Er musste an die Leichen denken, die manchmal bei Hochwasser den Fluss heruntertrieben; Menschen, die den Flussgeistern zum Opfer gefallen waren, sagten die Alten.

Prustend und triefend stapfte der Flüchtling wenig später auf der anderen Seite durch den Ufermorast. Im ersten Morgenlicht stieg Dampf über dem Fluss auf. Dunkel war der Waldrand südlich der Adrana zu erkennen. Zwischen ein paar jungen Fichten schreckte ein Hirsch auf. Gefolgt von einer Hirschkuh jagte das Tier in großen Sprüngen davon.

Endlich fielen die düsteren Wachträume von ihm ab. Nach Osten, Richtung Sonnenaufgang musste er sich durchschlagen, aber ohne zu weit vom Flusstal abzukommen. Irgendwann würde er dann auf die Nord-Süd-Straße nach Haerulfisfeld stoßen ...

Aber Dickichte aus jungen Bäumen und daumendicken Brombeerranken zwangen ihn immer wieder zu Umwegen, und der Saum von Bachläufen lockte ihn in die falsche Richtung. Als mittags die Sonne im wolkigen Dunst verschwand, verlor er jedes Richtungsgefühl.

Da waren uralte Bäume mit knorrigen Aststümpfen – bei Mondlicht hätte er sie für Gespenster halten können; Senken, in denen es dunkel und sumpfig war; Wildpfade, die menschliche Wege vortäuschten. Gefallene, von Stürmen entwurzelte Riesen lagen übereinander, ineinander verkeilt wie Schiffskörper, besiedelt von Moos und Pilzen; aus ihnen heraus wuchsen neue Bäume, ihre Spitzen zum Blätterdach reckend, dem Licht entgegen. Die Baumkronen waren so dicht, dass Arnulf bald kaum noch den Himmel sehen konnte. Beklommen stimmte er das erste Lied an, das ihm in den Sinn kam. Es handelte von einem Jäger, der in den Wald ging, um einen prachtvollen Hirsch zur Strecke zu bringen ... und der nicht mehr nach Hause fand.

Der Gedanke, in dieser Wildnis übernachten zu müssen, ließ ihn schneller laufen. Bald stolperte Arnulf einen Hang hinunter, auf die turmartigen Reste einer Eiche zu, als er neben dem Fuß des Baumes etwas Helles auf dem Waldboden sah. Er hob es auf und drehte es beim Weitergehen in der Hand – der Rückenwirbel eines Hirsches? Plötzlich rutschte er weg: Eine Erdöffnung, halb zwischen, halb unter den Baumwurzeln. Erschrocken hielt Arnulf sich mit beiden Händen an Wurzelenden und Erdreich fest – unter ihm war eine Höhle. Wildes Knurren ertönte, Zähne bohrten sich in seinen Schuh.

»*Almahtigan*!«

Zu Tode erschrocken strampelte und kletterte der Flüchtende nach oben, graue Schatten unter sich. Er stürzte kopfüber den

Hang hinunter und überschlug sich. Kaum hatte Arnulf sich aufgerichtet, sprang ihn der Wolf an. Entsetzt spürte er, wie sich die Kiefer um seinen Unterarm schlossen. Die Bestie starrte ihn aus schwarzgelben Augen an, sie schien genauso groß zu sein wie er selbst. Brüllend versuchte Arnulf das Tier abzuschütteln. *Das Messer!* Er musste das Messer ziehen und in den Wolfsleib rammen …

Plötzlich ließ das Tier ab, Arnulfs Stoß ging ins Leere.

Blindlings rannte er los. Als er endlich langsamer wurde, mochte er eine Meile zwischen sich und die Höhle gebracht haben. Keine Bestie verfolgte ihn. Aber da war etwas anderes, das fast noch schlimmer war. Während sein Herzschlag ruhiger wurde, pochte etwas heftig hinter seinem Ohr. Das Mal dort fühlte sich heiß an; kaum wagte er, die Fingerspitzen der rechten Hand an die Kopfhaut zu legen. Er wollte Gott anrufen, aber die Worte blieben ihm im Hals stecken.

Woher hatte er das Zeichen?

Vom Teufel?

* * *

Nachts raunte ihm Hilde zu, dass sie ihn am Fluss treffen wollte. Am Bach!, rief er. Das leise Gurgeln dieses Baches vernahm er selbst im Traum. Von Reichtum und Einfluss hatte sie gesprochen, die ein Mann haben müsste … Childerichs Paladin hatte all das. Konnte es sein, dass nicht Arnulf ihr leid tun würde? Sondern *Thegan* mit seinem kaputten Gesicht?

Am Morgen klarte es endlich auf. Arnulf tröstete sich damit, nun mit Sicherheit nach Osten zu laufen, auf die große Straße zu. Der Hunger ließ seinen Magen rumoren; er malte sich aus, wie Konrad ihn bald, sehr bald mit allen Schätzen der Klosterküche bewirten würde … Das bösartige Pochen hinter dem Ohr hatte aufgehört. Arnulf versuchte krampfhaft, nicht daran zu denken. Aus Angst es könnte wieder beginnen.

Eine Lichtung ließ sein Herz schneller schlagen. Zwischen verkohlten Baumresten wuchsen Birken und Haselnusssträucher nach. Waldbrand oder gezielte Brandrodung? Brombeerbüsche hingen voll mit grünen und roten Beeren.

Plötzlich hörte er einen Schrei. Abrupt blieb er stehen, alle Sinne angespannt. War es wirklich ein Schrei gewesen? Erregt überquerte er die Lichtung. Ein breites, fast trockenes Bachbett kreuzte seinen Weg, mühelos konnte er am Ufer entlanglaufen. Wieder ein Schrei – ja, das war ein Mensch! Gänsehaut lief ihm den Nacken hinab. Endlich erblickte er Licht zwischen den Bäumen: Eine Viehweide lag vor ihm, dahinter ein Kornfeld und jenseits des Feldes die Schindeldächer eines Hofes. Der Pfahlzaun rings herum war höchstens fünf Fuß hoch. Vor dem Tor erkannte Arnulf eine Gruppe Reiter, einige waren abgesessen. Ein riesiger Hund umkreiste sie ohne zu bellen, still wie ein Wolf – das Tier musste zu ihnen gehören. Dann kam ein Kerl mit langem schwarzem Haar aus der Anlage: Er zog eine junge Frau am Strick um den Hals hinter sich her. Sie fing an zu schreien und wehrte sich, bis er ihr ins Gesicht schlug. Selbst auf die Entfernung sah Arnulf ihren Kopf nach links und rechts fliegen. Nach dem dritten Schlag stürzte sie in den Staub. Schon war der Hund über ihr, und für einen Moment sah es aus, als würde er zubeißen. Doch der Schwarzhaarige schob das Tier beiseite, hob die Frau auf wie eine Puppe und warf sie bäuchlings über eines der Pferde.

Die Sachsen waren nicht nach Hause gegangen.

Heiß und kalt durchlief es ihn. Eine Rauchsäule stieg über den Dächern auf, Flammen züngelten die Giebel empor. Arnulf konnte das Gelächter der Männer hören, als sie in die Sättel stiegen und dem unteren Lauf des Baches folgten.

Er schlug einen großen Bogen um das Kornfeld herum. Mit klopfendem Herzen näherte er sich dem Hauptgebäude des

Hofes, dessen Dach jetzt lichterloh in Flammen stand. Funken stoben ihm entgegen, landeten auf seinen Schultern. Zwischen den Häusern lag ein totes Schwein, Fliegen krabbelten im geöffneten Mund herum. Dahinter, mit verdrehtem Körper, ein Mann in einer Blutlache. Die rechte Hand umklammerte noch den Griff eines Beils. Durch die offene Haustür konnte er in das Innere sehen – im Eingang hing ein Bogen, zusammen mit einem Pfeilköcher! Er hielt die Luft an, stürzte durch die wabernden Rauchschwaden und riss Bogen und Köcher von den Wandhaken. Eilig lief er durch das Tor nach draußen. Der Weg war übersät mit den Abdrücken von Pferdehufen. Wenn er den Mordbrennern folgte, würden sie ihn irgendwann zur Straße führen …

* * *

Sie durchquerten eine hügelige Landschaft mit lichtem Wald, der von Feldern und kleinen Weiden durchbrochen war. Meist lief der Weg auf den Höhen und an den Hängen entlang, wo sich kein Regenwasser sammeln konnte. Die Hitze der letzten Tage hatte die Wege staubig gemacht, ein ums andere Mal wischte sich Einhard Schweiß und Dreck aus der Stirn. Als sie die Zugochsen brüllen hörten, verringerten die Männer wie von selbst den Abstand auf den Vorausreitenden.

Ein Fuhrwerk war die Straßenböschung hinabgerutscht und lag dreißig Fuß tiefer in einer morastigen Senke. Holzkisten, Stoffbündel und Ballen gegerbter Häute lagen herum. Eines der Tiere schien tot zu sein; drei Männer versuchten, die gesunden Tiere aus dem verdrehten Geschirr zu befreien. Lärmend kreisten Krähen über der Unglücksstelle.

»Gelobt sei Jesus Christus, Euch schickt der Himmel!«

Einer der Fuhrleute schnaufte den Hang hinauf, ein Kerl mit wettergegerbtem Gesicht, der trotz der Wärme eine Filzkapuze trug. Mit heftigen Gesten fing er an, auf sie einzureden. Misstrauisch betrachtete Esiko die Lage des Fuhrwerks, die Hand am Schwertgriff. Prompt drängte sich Boso nach vorne.

»Hilfe in der Not ist Christenpflicht!«, rief er, die Hand wie zum Segen gehoben. Dann erst trat er an den Rand der Böschung und starrte hinab.

»Wie lange würde eine Bergung dauern?« Einhard bemühte sich, nicht nervös zu klingen.

»Das ist nicht Euer Ernst!?«, schnaubte Esiko, als hätte Einhard etwas vollkommen Idiotisches geäußert. »Wir müssen nach Franconofurt, zum König!«

Der Blick des Offiziers durchbohrte Einhard wie ein Eisennagel. Der Königsbote spürte, wie sich alle Augen auf ihn richteten – und er widerstand der Versuchung, sich mit der Hand über den Bart oder durch das Kopfhaar zu fahren, denn dies würde dem Kriegsmann nur zeigen, wie verunsichert Einhard war. Stattdessen sagte er in beinahe normalem Gesprächston:

»Wir können die Leute nicht ihrem Schicksal überlassen. Helft ihnen, Esiko, so schnell es eben geht!«

»*Skizan*«, zischte Esiko. »Was für eine beschissene Barmherzigkeit …« Bevor Einhard auf die Unverschämtheit eingehen konnte, sprang der Offizier aus dem Sattel und eilte zum gestrandeten Wagen hinab.

Nervös sah der Königsbote sich um. Boso hatte Recht: Zu helfen *war* Christenpflicht! Doch Esikos Protest war genauso berechtigt. Es war Einhards Pflicht gegenüber dem Hof und dem König, so schnell wie möglich Franconofurt zu erreichen und sich nicht unnötig in Gefahr zu begeben … Er seufzte. *Sehen, abwägen und entscheiden – der Rest liegt bei Gott.* Das waren die Worte seines alten Lehrmeisters, eines Beraters von König Pippin. Er war hochbetagt im Bett gestorben.

»Sachsen! Dahinten!«

Aufgeregt stieß Gero mit dem Bogen in die Richtung, aus der sie gekommen waren. Zwei oder drei Pfeilschussweiten hinter ihnen mündete ein Hohlweg auf die Straße; ein Pulk von Reitern tauchte dort auf, ausgerüstet mit Helmen, Speeren, Kriegsgerät. Schon kam Esiko atemlos den Hang heraufgeeilt.

»Wie viele?«

»Ein paar Dutzend!«, rief der Bogner aufgeregt. »Das sind die Kerle, die uns an der Furt angegriffen haben!«

»Aufsitzen!«

Sogleich war die gesamte Truppe wieder im Sattel. Nur Boso nicht: Der Priester – eine Hand auf dem Holzkreuz vor der Brust – sah sich um, als wüsste er nicht mehr, wo er war.

»Tristan, hilf ihm aufs Pferd!«, befahl Einhard. »Rasch!«

Eine Gruppe von Reitern hatte sich aus der Sachsenhorde gelöst und hielt auf sie zu, Kriegsrufe ausstoßend. Einhards Magen zog sich zusammen. »Wollt Ihr kämpfen, Esiko?«

Die Kiefermuskeln des Offiziers arbeiteten. »Ich bin dafür verantwortlich, dass Ihr gesund zurückkehrt, verdammt! Wir wagen kein Gefecht!«

Die Sachsen waren nahe genug, um aus dem Sattel die ersten Geschosse in Richtung der Franken fliegen zu lassen – als würden sie streunende Hunde verscheuchen, die dem eigenen Hof zu nahe gekommen sind.

»Wir verschwinden!«, rief Esiko mit rotem Gesicht.

»Gott sei den Kerlen gnädig«, murmelte Einhard und schämte sich einen Augenblick lang seiner Erleichterung, dass sie nicht in einen Kampf verwickelt wurden.

Schon gaben die Scarakrieger ihren Pferden die Sporen. Gellende Schreie der verzweifelten Fuhrleute folgten ihnen. Zurückblicken ließ die Männer der Eskorte erst der Hilferuf Tristans. Einhards Schreiber stolperte in großem Abstand hinter ihnen her – zu Fuß! Sein Pferd machte Bocksprünge. Zwei der Sachsen hatten Tristans Sturz beobachtet und jagten ihre Gäule die Straße hinunter, um sich auf den Nachzügler zu stürzen. Noch wenige Augenblicke, dann würden ihre Speere im Rücken des Jungen stecken ...

Einhard spürte einen Stich in der Brust. »Esiko!«

Der Scaraführer brachte seinen Rappen abrupt zum Stehen. Ein Blick auf das Drama genügte ihm. Er schrie seinen Leuten etwas zu und raste in gestrecktem Galopp zurück.

Tristan hatte den Fahrweg verlassen und versuchte, den nahen Waldrand zu erreichen. Esiko hätte Tristan wohl noch vor den Sachsen erreicht, wäre da nicht Boso gewesen. Der Priester hing ebenfalls zurück und war auf halber Höhe zwischen der Eskorte und dem Gestrauchelten. Als Esiko nun quer durchs Buschfeld ritt, das die Straße vom Wald trennte, machte Boso plötzlich einen Schlenker nach rechts – das Pferd des Offiziers prallte fast mit dem Ross des Priesters zusammen, die erschreckten Tiere bäumten sich auf, Staub hing in der Luft.

»Kommt!« Gero zerrte den Consiliarius am Arm. Hundert Schritt weiter war eine Art Engpass, wo ein paar Felsblöcke und dicke Tannenstämme links und rechts des Weges vorläufigen Schutz boten. Einhards Hände hörten nicht auf zu zittern. Lebte Tristan noch? Vier oder fünf von Esikos Männern waren ihm hinterhergejagt, und ihren Zusammenprall mit den Sachsen hörte man mehr, als dass man ihn sah: Das Knirschen von Metall, das Klirren von Schwert auf Schwert, Schreie und Flüche. Da kam der Priester herbeigeritten mit hochrotem Kopf, der Schädel wie ein glühender Fliegenpilz. Schweiß rann seine Schläfen hinab.

»Wo ist Tristan?«, herrschte Einhard ihn an.

Aber da kam er schon, der Schreiber! Auf einem weißen Pferd, auf dem wenige Augenblicke zuvor noch einer seiner sächsischen Verfolger gesessen hatte. Und vor ihm im Sattel saß ein Unbekannter, höchstens ein oder zwei Jahre älter. Er hielt die Zügel mit beiden Händen, einen Bogen quer über dem Sattel. Grinste er? Nein, aber der breite Mund schien bereit dafür. Verfilzte Haare hingen ihm in die Stirn, und über einer kurzen, kräftigen Nase strahlten Augen, wie sie besonders einfältige oder besonders erleuchtete Menschen mitunter haben.

Für Erklärungen war keine Zeit, denn der Scaraführer kehrte mit seinen Männern im Galopp zurück, vornübergebeugt im Sattel. Tristans Retter war aus dem Sattel gesprungen und lief ihnen entgegen, einen schussfertigen Bogen in den Händen. In schneller Folge schoss Gero, der Bogner, drei Pfeile auf die Verfolger ab. Die Sachsen bremsten ab. Einhard sah ihre wutverzerrten Gesichter: Sie schrien Beleidigungen hinter ihnen her und gaben die Sache auf – beim verunglückten Wagen erwartete sie leichtere Beute!

Esiko führte sie in raschem Trab ein paar Meilen weiter nach Süden. Auf einer lichten Hügelkuppe hielt der ganze Trupp. Von hier war die Straße in beiden Richtungen einzusehen. Einer der Krieger, ein untersetzter Mann mit breitem Schnurrbart, war im Sattel zusammengesunken. Blut sickerte aus einer Wunde unterhalb des Herzens. Es war Ansgar. Einhard kannte den Namen, weil der Krieger ebenfalls vom Oberlauf des Moyns stammte. Seine Kameraden halfen ihm vom Pferd, nahmen den Lederpanzer ab und begannen, die Wunde mit Tuchstreifen zu versorgen.

Tristan war der Schreck noch anzumerken. Ergriffen reichte er seinem Retter die Hand, nannte seinen Namen und auch den Einhards: »Mein Herr dient dem König!«

Der Fremde schien beeindruckt. Offensichtlich hatte er Einiges hinter sich: Sein Gesicht war zerschrammt, die Tunika hatte Risse und Harzflecken, ein Ärmel war regelrecht zerlöchert. Eine Schulternaht war aufgerissen und entblößte muskulöse Haut.

»Ich bin aus dem Adrana-Tal«, sagte er, unsicher von einem zum anderen sehend. »Ich hab' die Sachsen plündern sehen und bin ihnen gefolgt.« Er nickte Tristan zu. »Und dann sah ich ihn, dahinter die Reiter ... da hab' ich geschossen.«

»Ohne dich bräuchte der Consiliarius einen neuen Schreiber!« Esiko war hinzugetreten, mit einem Wolfsblick, die linke Hand an den Halsansatz gepresst; frisches Blut rann klebrig durch seine Finger. Mit der anderen Hand packte er Tristan am Oberarm und beschimpfte ihn wild.

»Lasst ihn!«, rief Einhard scharf. »Es war Pech ...«

»Verdammte Trödelei war es! Ansgar dahinten hat ein Loch in der Brust, und ich hatte noch Glück ...« Er nahm die Hand vom Hals, und eine Schnittwunde wurde sichtbar. Schmerzhaft sah das aus.

»Der Priester kam nicht in den Sattel«, sagte Tristan mit feuerroten Wagen. »Und dann wusste er nicht, wohin ...«

»Der Priester?« Durch Esikos Kiefermuskeln lief ein Zittern. Er starrte Boso an, der auf sie zukam. »Der ist ja halbblind ...«

»Stimmt«, sagte der Fremde. »Boso kann auf zehn Schritt eine Kuh nicht von einem Pferd unterscheiden.«

»Du kennst ihn?«, fragte Einhard schnell. »Du bist aus Friedeslar?«

»Ja, aber ...« Er wechselte das Gewicht von einem Fuß auf den anderen. Plötzlich roch Einhard Gefahr.

»Du bist ein Freier, oder?«

»Ein Vogelfreier ist er!«

Boso hatte Tristan zur Seite geschoben und baute sich mit seinen hageren sechs Fuß Körpergröße vor dessen Retter auf. »Arnulf, du hast schwer gesündigt!« Er hob die Hand, wie zu einer Ohrfeige, doch der Andere packte ihn blitzschnell am Handgelenk. Einhard zuckte zusammen.

»Ihr seid der Mann, der Thegan niedergestreckt hat?«

»Eben der.«

Herausfordernd funkelte er sie an. Mit Mühe zog Einhard den Eifernden von Arnulf weg. »Hier ist nicht der Ort für ein Gericht, Priester!«

»Ihr müsst ihn festnehmen«, knurrte Boso. »Er ist ein gesuchter Verbrecher. Hauptmann der Scara, tut Eure Pflicht!«

»Verpflichtet bin ich dem König«, entgegnete Esiko kalt. »Erzählt Euren Bauern in Friedeslar vom Himmelreich, mir habt Ihr nichts zu sagen!«

»Seid Ihr sicher?« Ein hochmütiges Lächeln erschien auf den Zügen des Hitzigen und er straffte die Schultern. »Ich werde der neue Abt von Fulda sein! Des Königs Kapellan, Bischof Fulrad von Metz selbst wird mich weihen! Und dieser Boden, auf dem Ihr steht, gehört wie Haerulfisfeld auch dem Fuldaer Kloster!«

Esikos Blick suchte Einhard – *konnte das sein?*

»Noch seid Ihr nicht geweiht«, sagte Einhard trocken. »Tristan, zeig dem Priester sein Pferd.« Er fuhr sich mit der Hand durch die dünnen Haare. Der Gedanke, dass Boso ihn beim ersten Berater Karls anschwärzte, verursachte ihm Übelkeit. »Ich fürchte, es stimmt, was er sagt«, raunte er mehr zu Esiko als zu Arnulf hin. »Wäre er schon im Amt, dann …«

»Ein Abt … ach, verfluchtes Pfaffenpack!« Esiko drückte wieder die Hand auf den Hals und knirschte mit den Zähnen. Einhard stählte sich für den Vorwurf, Esiko nicht in die Hintergründe von Bosos Begleitung eingeweiht zu haben. Doch damit hielt sich der Offizier gar nicht auf, er war bereits einen Schritt weiter: »Wenn unser Kahlkopf nicht noch vom Pferd fällt und sich das Genick bricht, *gilerito*, dann habt Ihr ein Problem!«

»Was Ihr nicht sagt.« Einhard fischte ein Seidentuch aus einer Tasche seiner Tunika und gab es dem Soldaten, der es mit dankbarem Grunzen auf seine Wunde legte. Beunruhigt blickte Arnulf zwischen ihm und dem Königsboten hin und her.

Einhards Fuß stieß einen Stein beiseite. Fieberhaft überlegte er: Als Priester von Friedeslar stand Boso mit Sicherheit auf gutem Fuße mit Graf Childerich; gleichzeitig musste er Fürsprecher am Hofe haben, vielleicht sogar Fulrad selbst, um Bischof werden zu können. Diese hässliche kleine Sache konnte also zu einer hässlichen großen Sache werden … Einhards Laufbahn bei Hofe, die noch gar nicht richtig angefangen hatte, konnte daran zerbrechen. Alles wegen eines Burschen, der seine Fäuste nicht unter Kontrolle hatte?

Streng sah Einhard den Hessen an. »Wir müssen etwas klären, Arnulf … Hast du irgendeine Entschuldigung für den Übergriff auf den Paladin?«

Das Schnauben erinnerte Einhard an einen jungen Stier. »Thegan und der Baumeister, Notker … die haben uns reingelegt!«

»Was soll das heißen?« Esikos Tonfall war der, den er gegenüber jungen Soldaten anschlug.

»Ich habe für den Baumeister gearbeitet … Er hat mich und einen Kameraden zu Thegan geschickt. Wir sind mit der Leibwache gegen die Sachsen gezogen, das Tal runter …«

»Wir hörten davon«, sagte Einhard ungeduldig. »Ihr habt sie zurückgeschlagen.«

»*Nein*!« Wut und Resignation lagen in diesem Wort. »Die Sachsen haben *uns* verjagt – und wir Freiwilligen waren die letzten, die gekämpft haben. Wir, und der Blonde dahinten.« Er nickte in Geros Richtung, der verstohlen zu ihnen hinüberschaute.

»Dann hat Thegan gelogen?«, fragte Esiko unbewegt.

»Thegan hat eine Glasfracht nach Hause gebracht, die die Sachsen erbeuten wollten. Alles andere war ihm egal. Ob wir mit dem Leben davonkamen, das war ihm gleichgültig! Fragt doch Gero! Er wird alles bestätigen!«

»Er wäre dumm, das zu tun«, sagte der Königsbote nüchtern. »Sein Brotherr ist der, den du angegriffen hast. Hast du daran gedacht?« Arnulfs Augen, die eben noch so kämpferisch geglänzt hatten, wurden unsicher. »Nehmen wir aber an, es war so, wie du sagst – dann wolltest du dich an Thegan rächen?«

Die Knöchel von Arnulfs Faust, die den Bogenstab umklammerte, traten hell hervor. »Ich hab' die Beherrschung verloren …«

»Wer so kaltblütig im Kampf ist wie du, der verliert nicht einfach die Beherrschung«, warf Esiko ein. Auch Einhard war sicher, noch nicht alles gehört zu haben. »Was hatte Notker mit dem Paladin zu schaffen?«

Arnulf atmete hörbar ein und aus. »Er bekommt Aufträge vom Palas. Und …«

»Und was? Erklär dich endlich!«

»Er hat eine Tochter. Sie wird Thegan heiraten …« Seine Stimme brach.

Das war es also – eine Frau! Da stand er vor ihnen, und plötzlich wirkte er nur noch wie ein großer, trauriger Junge.

Esiko nahm Einhard beiseite. »Ihr könnt den Burschen nur wegjagen oder gefangen nehmen. Boso wird Childerich und Thegan alles zutragen. Die gehen damit zum König …«

Die Sonne war noch einmal durchgebrochen und hatte alles in goldenes Vorabendlicht getaucht. Einhard sah in den Himmel. Es war keine Frage der Vernunft, und das Abwägen von Argumenten war letztlich belanglos – es ging um Anstand. Um Mut. Würde der Herr ihm ein Zeichen senden? So sehr er es hoffte, so sehr war ihm klar, dass das einfältig war. Plötzlich bereute er, dass er in der letzten Nacht wieder einmal den Allmächtigen verflucht hatte. Hoch über ihnen hoben sich schwarz die Umrisse eines Raubvogels ab: ein Adler. Bei einem königlichen Jagdausflug in der Nähe von Aquisgranum, erinnerte sich Einhard, hatten sie einst lange einem Adler zugeschaut, der einen Auerhahn geschlagen hatte. ›König der Luft‹ hatte Karl ihn genannt und noch lange von der Majestät und Schönheit des Raubvogels geschwärmt.

Einhard fasste einen Entschluss. Er sah in Esikos Eisennägel-Miene und sprach: »Wir könnten ihn in Haerulfisfeld abliefern und uns wie Pontius Pilatus die Hände in Unschuld waschen«, sagte er.

»Sie werden ihn aufknüpfen«, sagte Esiko beiläufig.

»Aber Arnulf hat Tristan das Leben gerettet, nicht wahr?« Wortlos nickte der Scaraführer. »Gewiss, er hat eine Riesendummheit begangen, wegen irgendeiner hübschen Gans ...«, fügte Einhard hinzu.

Niemals mehr könnte er Tristan anschauen, ohne daran zu denken.

»Also: Wir nehmen ihn mit. Zumindest über die Gaugrenze. Dann muss er sehen, wo er bleibt.«

Esiko nahm das Tuch von der Wunde und betrachtete den Blutfleck im Stoff. »Feige seid Ihr nicht, bei Gott! Die meisten *Consiliari* würden ihren Schwanz einziehen und den Burschen ans Messer liefern.«

Einhard registrierte das unerwartete Lob ohne äußere Regung. »Wärt Ihr bereit, bei Hofe zu bestätigen, was heute passiert ist? Einschließlich Arnulfs Hilfe für meinen Schreiber?«

»Ich nenne die Dinge beim Namen, das weiß auch der König.« Er spuckte aus. »Ist eine lustige Gegend hier, was? Der Gaugraf liegt auf seinem Weib, anstatt für Ordnung zu sorgen, und sein Paladin ist ein verlogenes Großmaul. Kein Wunder, dass die von ihren eigenen Leuten verprügelt werden!«

Fast war Einhard jetzt nach Lächeln zumute. Er reichte dem anderen die Hand. »Ich schätze Euch, Esiko. Das solltet Ihr wissen.« Der Offizier grinste für die Dauer eines Herzschlags, dann drehte er sich abrupt um und brüllte einen Befehl zum Aufsitzen, den man wohl bis Haerulfisfeld hören konnte.

Kapitel VIII

Haerulfisfeld, Juni 722

Sollte er sich über Einhards Schutz freuen? Oder musste er befürchten trotzdem in Ketten gelegt zu werden? All seine Sinne waren angespannt, als Arnulf neben Tristan am Ende der Eskorte durch das Stadttor von Haerulfisfeld ritt. Er hatte heute dasselbe getan wie zwei Tage zuvor, Pfeile auf Sachsen abgeschossen. Aber, weiß Gott, das Ergebnis war ein anderes.

Satte Glockentöne klangen durch die Siedlung, als sie auf die mächtige Steinkirche im Zentrum zuritten. Sie hatte einen halbrunden Vorbau, in deren Glasfenstern sich die Abendsonne brach; ja, Konrad hatte bei ihrer letzten Begegnung von dieser Kirche geschwärmt, und nun verstand Arnulf, warum.

Kinder johlten. Etwa hundert Schritt vor der Kirche umlagerten sie den Schandpfahl, an den ein Mann im Halsjoch gekettet war. Eine Augenbraue war aufgeplatzt, halbgetrocknete Blutfäden machten sein Gesicht noch hässlicher. Hilflos versuchte er, Steinen und Dreckklumpen auszuweichen, die die Kinder warfen. Zwei Frauen mit Körben unter dem Arm beobachteten das Ganze, in eine lebhafte Unterhaltung vertieft.

»Was mag der ausgefressen haben?«, murmelte Arnulf mit einem unguten Gefühl.

»Vielleicht zu laut geblökt, als er sein Schaf bestiegen hat?!«, feixte Tristan. »Die Hessen, heißt es, stoßen sogar ihre ...«

»Halt den Mund, Mann! Ich *bin* Hesse!«

»Schon gut! War nicht bös gemeint.« Tristan warf dem robusten Kerl einen arglosen Blick zu. »Ich bin aus Kolna, am Rinahfluss. Da darf man auch Scherze vor Sonnenuntergang machen.« In nichts glich Tristans heitere Miene der verzerrten Fratze, die auf Arnulf in seinem Waldrandversteck zugelaufen war. »Kolna ist eine *richtige* Stadt, verstehst du? Der Kaiser der Römer hat sie erbaut, als es noch keinen Papst gab. Von unten bis oben aus Stein. Mit einer riesigen Mauer ringsum. Die kannst du nicht stürmen, auch mit zehntausend Sachsen nicht!«

»Deshalb habt Ihr auch keine Krieger, was? Nur Schwatz-köpfe und Schreiber, die vom Pferd fallen.«

Tristan lachte, als würde Arnulf jemand anderes meinen. »Du brauchst jedenfalls neue Kleidung, Hessenfaust! Selbst die Leute hier im Dorf sehen nicht so zerrissen aus wie du …«

Arnulf schaute an sich herunter. »Die Löcher kann man nähen. Waschen müsste ich mich mal …«

»Dein Mief fällt nicht auf«, grinste der Andere. Die Reiterko-lonne war zum Stehen gekommen, denn vor ihnen trieben zwei Halbwüchsige eine Horde Schweine über den Weg. Ein scharfer Geruch machte sich breit. Arnulfs Pferd drehte den Kopf nach hinten, und er klopfte sanft auf den Hals des Tieres.

»Wolke … ich werde dich Wolke nennen.« Er war vogel-frei – aber er hatte ein Pferd. Noch einen halben Tag zuvor hatte es einem sächsischen Krieger gehört!

Aus den Augenwinkeln heraus beobachtete Arnulf die in Kutten gekleideten Gestalten, die aus der Kirche kamen. Seinen Bruder würde er wiedererkennen. Aber was dann? Einhard hatte ihm unmissverständlich klar gemacht, dass er sich still verhalten musste. Hinter einem steinernen Amtsgebäude – der Abt oder der Vogt mochten hier residieren – stiegen sie vor einem höl-zernen Langbau ab, dem ein Webhaus gegenüber lag. Im Halb-dunkel der Fensteröffnungen nahm Arnulf weibliche Gesichter wahr. Eine stämmige Frau in flickenübersätem Kleid wuchtete einen Tuchstapel durch die Eingangstür und betrachtete die Ankömmlinge neugierig. Ansonsten schien ihre Ankunft keine besondere Aufmerksamkeit zu erregen; alles wirkte friedlich, kaum jemand ging bewaffnet.

Ein buckliger Bediensteter der Kirche wies ihnen Unterkünfte zu. Mit größter Selbstverständlichkeit ließ sich Tristan mit weißen Bettlaken ausstatten, um in der ersten Kammer des Langbaus die Nachtlager herzurichten. Arnulf beobachtete diesen Vorgang amüsiert, bis er in der Zimmerecke eine Waschschüssel entdeckte. Dankbar klatschte er sich das lauwarme Nass ins Gesicht. Prompt huschten Mäuse unter dem Schemel mit der Schüssel hervor und verschwanden unter den Betten.

»Gott sei's gedankt«, seufzte der Schreiber und strich mit der Handfläche über die Laken. »Keine Ratten. Mit Mäusen kommen wir aus … Hier, versuch mal!«

Er reichte Arnulf eine sauber zusammengelegte Tunika, die irgendwie anders roch – nach Kräutern? Als Arnulf Hände und Kopf durch die jeweiligen Öffnungen gezwängt hatte, sah er aus wie eine Wurst: Der untere Saum des Kleidungsstücks reichte nur bis zum Schritt, über den Schultern spannte der Stoff, und die Ärmel endeten etwa fünf Zoll über den Händen. Tristan lachte los und auch Arnulf musste grinsen. Dann hängte sich Einhards Helfer die Schreibzeugtasche über die Schulter und öffnete den Türriegel. »Rühr dich nicht vom Fleck, hörst du? Und nimm ruhig mein Rasiermesser. Am Hof tragen jetzt alle Schnurrbart, Spitzen weit nach unten, wie der König.«

»Alle? Und was ist mit deinem Ziegenbärtchen?«

Ein verschmitzter Ausdruck erschien auf Tristans Gesicht. »Ich bin weder Krieger noch Hofmann … Ich bin *Schreiber*.«

* * *

Verzweifelt drosch der junge Hesse mit dem Bogen auf ein Dutzend Krieger ein, die ihn umkreisten. An den Schandpfahl mit ihm!, schrie ein kahlköpfiger Mann mit Glubschaugen. Dreckklumpen flogen ihm ins Gesicht.

»Arnulf?« Er schreckte hoch. Zu sehen war fast nichts, aber die Stimme war unverkennbar.

»Konrad?«

»Komm. Und sei leise.«

Arnulf streifte die Decken beiseite. Mühsam konnte er die Türöffnung ausmachen. Kühle Morgenluft empfing ihn. Schemenhaft war Konrad vor ihm erkennbar. »Pass auf die Pfützen auf.«

Ja, nachts hatte es geregnet, und das kräftig! Prompt versank Arnulf mit dem rechten Fuß im Wasser. Ein Fluch entfuhr ihm. Worauf vor ihm ein altbekanntes Sprüchlein ertönte:

»Was nass ist, wird trocken,

was kalt ist, wird warm;

Vertraust du auf Gott,

bist du reich und nie arm.«

Erinnerungen an ihre Kindertage stiegen auf, aber er hatte keine Zeit, diesen Gedanken hinterherzuhängen. Schon erkannte er vor ihnen die Umrisse des Kirchengebäudes.

»Zieh den Kopf ein!«

Arnulf folgte seinem Bruder durch eine niedrige Türöffnung in einen nach kaltem Stein riechenden Gang. Der führte in einen mit Bänken und schmalen Tischen angefüllten Raum, in dessen Mitte jemand beim Schein einer Öllampe mit Tiegeln und Stößeln zugange war.

»So früh schon auf, Dudo?« Ein Männlein mit abstehenden Ohren und krausem Kinnbart sprang auf; der königliche Sichelschnurrbart war offenbar noch nicht in Haerulfisfeld angekommen. »Gott mit Euch, Herr Prior! Gestern ging den Brüdern die Tinte aus …«

Konrad sagte etwas, was lateinisch klang, worauf Dudo mit einem Kelch in der Hand beflissentlich nickend den Raum verließ. Konrad wies seinen Bruder an, am Tisch Platz zu nehmen. Vogelgezwitscher drang aus einem Innenhof herein und mit einem Mal fasste Arnulf wieder neue Hoffnung.

»Hat der dich wirklich mit ›Prior‹ angesprochen?«

»Ja. Unser Abt meinte es gut mit mir«, lächelte Konrad. Im Morgenlicht, das durch die Fensteröffnungen fiel, wirkte sein Gesicht noch länger und asketischer als bei ihrer letzten Begegnung vor einem Jahr. Ein helles Kreuz, es mochte Elfenbein sein, hing über dem dunklen Wollstoff der Kutte. »Als er nach Rom ging, um dem Heiligen Vater zu dienen, setzte er mich als Prior ein. Und das, obwohl ich eine junge *magad* an der Schule aufgenommen habe … das hat es noch nie gegeben.«

Arnulf schüttelte den Kopf. »Als Prior des Klosters bist du … du bist der *Herr von Haerulfisfeld*!?«

»Ja und Nein. Wir unterstehen dem Kloster Fulda. Und der kommende Abt von Fulda war gestern bei mir. Boso hat erzählt, dass du vor Thegan geflohen bist.« Konrad faltete seine Hände und sah Arnulf ernst an. » Er hat verlangt, dass ich dich … nun ja. Hast du wirklich Childerichs Paladin niedergeschlagen?«

»Ja«, stieß Arnulf grimmig aus. »Er hat mich übel gereizt …«

»Gereizt, ach ja? Kannst du dir vorstellen, in welche Verlegenheit mich das alles bringt?«

Arnulf musste schlucken. Wut und Enttäuschung stiegen in ihm auf. »Boso ist noch nicht geweiht, noch kann er dir nichts befehlen! Du musst ihm klar machen, dass … Verdammt, ich brauch' deine Hilfe, Konrad!«

»Dass du auch noch fluchst, wenn du um Hilfe bittest!« Konrads Stimme war kalt geworden. Er hob den rechten Arm, der Zeigefinger stand senkrecht. »Dort oben musst du um Hilfe bitten! Aber vorher solltest du um Verzeihung bitten! Du schlägst den obersten Gefolgsmann des Gaugrafen, wegen einer … wegen eines Weibs? Denkst du niemals nach, bevor du zuschlägst?«

Der letzte Satz wirkte wie eine Ohrfeige. Und er erinnerte Arnulf an ähnliche Sprüche Konrads, die Arnulfs Kindheit begleitet hatten. Verlegen rutschte er auf seinem Stuhl nach vorn. »Thegan hat uns den Sachsen zum Fraß vorgeworfen, Bruder. Niemand wusste, was da auf uns zukam …«

»Was gehst du auch freiwillig in solche Abenteuer?! Das ist doch alles wie früher: Ständig prügelst du dich herum wegen nichts und wieder nichts!«

»Wegen nichts?« Unwillkürlich ballte Arnulf die Fäuste. »Ja, für dich war es nichts … *harmknabo* haben sie mich immer genannt, weißt du noch? Aber natürlich, du hattest Besseres zu tun als mir zu helfen. Und jetzt willst du auch nichts für mich tun! Denn wenn du dich mit niemandem anlegst, dann kannst du auch irgendwann mal Abt werden, nicht wahr?«

»Du Narr!« Konrads Kehlkopf bewegte sich heftig. »Hast du mal an unsere Mutter gedacht? Thegan hat sie mit Dietmar aus der Stadt gejagt! Ja, dein frevelhaftes Tun hat nicht nur Folgen für dich, *kleiner Bruder*!«

Arnulf starrte den Älteren an. »Das habe ich nicht gewollt …«

»Vielleicht kann ich ihnen helfen, unser Kloster besitzt einige Höfe an der Adrana … Versteck dich irgendwo im Süden. Bete und faste einen Monat lang: Kein Bier, kein Fleisch. Und fass keine *magad* an in dieser Zeit … Die Weiber sind eine Verlockung, mit der der Herr unsere Willensstärke prüft! Du musst der Begierde widerstehen, Arnulf, sonst bringt sie dir neues Unglück!«

»Du tust gerade so, als ob … aah!« Arnulfs Faust schlug auf den Tisch. Und er sagte etwas, was er Augenblicke später bereute: »Begierde … du redest daher wie ein Apostel! Hast du schon mal neben einer Frau gelegen?«

»Schweig, bei Gott!«

Für einen Augenblick zitterte Konrads Stimme, doch sogleich hatte er sich wieder unter Kontrolle. Er stand auf, schwerfällig, wie ein Mann jenseits der vierzig oder fünfzig. »Du gehst jetzt besser. Bevor Boso aufsteht und den nächsten Amtmann mit ein paar Bewaffneten herbeiholt. Er wohnt nicht weit weg …«

Arnulf presste verächtlich die Luft durch die Nase. Er stieß den Stuhl zurück, voll Zorn und Enttäuschung. Der Raum war nun fast taghell, an einer Wand waren Tafeln mit Strichen und Kreisen zu erkennen – so rätselhaft wie das ganze Verhalten seines älteren Bruders. »Ich werde nach Franconofurt gehen.«

Mit Einhard – falls dieser ihn weiter mitnehmen würde. Doch davon erzählte er seinem Bruder lieber nichts. Wie die Dinge lagen, brachte Arnulfs Begleitung den Königsboten in ein schlechtes Licht …

»Ich hab' in den letzten Tagen ein halbes Dutzend Sachsen niedergemacht. Für dich zählt das natürlich nichts … Die Heiden haben Vater umgebracht, kannst du dich daran erinnern?«

»Ich bete täglich für seine Seele«, stieß Konrad aus. »Ich bitte Gott immer wieder, dass er ihn gnädig aufnimmt. Auch wenn Vater nicht auf Gottes Wegen wandelte …«

»Zur Hölle mit deiner Besserwisserei!« Arnulf ließ seiner Wut freien Lauf. »Du sitzt hier mit deinen Betbrüdern und malst Kringel an die Wand. Aber glaub' mir, wenn die Heiden einfallen, gehen eure schönen Pergamente und alles andere in Rauch auf! Dann werdet ihr Gott anflehen, dass euch ein paar Krieger mit Äxten und Schwertern heraushauen!«

»Was du ›Kringel‹ nennst, ist der zweite Buchstabe des Alphabets, in einer Form, die wir auf Geheiß des Königs für die Hofkanzlei entwickelt haben.« Konrad sprach nun so kühl und nüchtern, als würde er mit einem Fremden reden. »Auch wenn du es dir nicht vorstellen kannst: Diese Buchstaben wird es selbst dann noch geben, wenn Menschen sich nicht mehr mit Schwertern gegenübertreten!«

Ihr Händedruck fiel sehr kurz aus.

Kapitel IX

Franconofurt am Moyn-Fluss, Juni 772

Dreieinhalb Tage verbrachten sie im Sattel, bevor am Horizont eine Turmspitze auftauchte. »Franconofurt!«, rief Tristan ausgelassen. »Endlich!« Er preschte ein paar Pferdelängen nach vorn und stimmte ein deftiges Lied an. Es handelte von den Frauen am Moyn, die angeblich schöner, williger und knapper bekleidet waren als die anderen Weiber der fränkischen Lande. Die Scarakrieger lachten, bis Einhard seinen Schreiber zur Ordnung rief.

»Der Wachtturm ist das höchste Gebäude der Francia«, ließ Tristan seinen Retter wissen. »Noch höher als die Kirche in Fulda! Von da siehst du mindestens bis Friedeslar!«

Arnulf stellte sich in die Steigbügel, um besser sehen zu können. »Blödsinn«, knurrte er. Aber der Turm schien in der Tat gewaltig, deutlich höher als der Palas in Friedeslar.

»Der hat mehr als zweihundert Stufen. Die Wachen sehen ein feindliches Heer Stunden bevor es die Furt erreicht, stimmt's, Ansgar?«

»Was du nicht alles weißt, Schreiberling …« Der Kopf mit dem Stiernacken vor ihnen drehte sich ein wenig. Ansgar hatte eine nuschelige, aber gemütliche Aussprache. »Ja, bei Alarm verschwindet alles in der Umwallung des Königshofes. Dann ist da noch 'ne alte Römermauer, aber die ist nur noch Steinbruch für alles Mögliche …«

Sie schlossen zu dem Krieger auf, der Weg war hier breit genug für drei oder vier Pferde. Saftig grüne Weiden dehnten sich links und rechts, immer wieder sahen sie Pferdegruppen, bewacht von Hütejungen. Neugierig betrachtete Arnulf das Loch im Lederpanzer des Kriegers. »Ist es schon verheilt, Ansgar?«

Gleichmütig legte der Angesprochene zwei dicke Finger auf den Riss. »Zwirbelt noch ein bisschen … ich schulde den Kerlen was.« Er grinste. »In ein paar Wochen besuchen wir die Bastarde in ihren Wäldern, dann wird abgerechnet! Im Frühjahr haben sie eine Hundertschaft von uns massakriert, hinten am Rinah. Auch das werden wir ihnen heimzahlen, verlass dich drauf!«

Arnulf stutzte. »Dann müsst Ihr ja den ganzen Weg wieder zurück?«

»Na und? Wenn es nach Italien oder Aquitanien geht, dann bist du manchmal tausend Meilen unterwegs. Nichts für weiche Arschbacken!« Er lachte und freute sich über den Eindruck, den er auf Arnulf machte. »Heute Abend leeren wir erstmal ein Fass Wein im Kubabla. So ist's Brauch vor einem Feldzug!«

»Ihr meint wohl das *Cupa Bibila*?«, fragte Tristan gedehnt, als spräche er mit dem Scolar einer Klosterschule. »Das ist Lateinisch und heißt ›durstiges Fass‹.«

»Du Klugscheißer!« Ansgar schlug mit der Reitpeitsche nach Tristan, doch der hatte im selben Moment Abstand mit seinem Pferd gewonnen und grinste wie ein Heranwachsender. Danach raunte er Arnulf zu, dass die Schreiber sich in einer anderen Schenke trafen, wo weniger Soldaten verkehrten: »Im Roten Krug, mein Lieber, da gibt es sogar Schankweiber!«

Die Eskorte zügelte die Pferde. Von einer Anhöhe aus konnten sie in eine weite Ebene hinabsehen: Als breites, graublaues Band schlängelte sich unten träge der Moyn. Südlich des Flusses sahen sie Höfe, Weiden und einzelne Waldstücke, die in größerer Ferne wiederum in bewaldete Hügel übergingen. Franconofurt selbst, die Stadt an der Moynfurt, machte einen unübersichtlichen Eindruck: Zweihundert Schritt oberhalb des Flussufers

verlief eine Umwallung, innerhalb derer heller Putz von Stein-
gebäuden leuchtete. Umgeben, oder besser umwachsen, war
das Krongut von einem Gewirr stroh- und schindelgedeckter
Häuser und Hütten, die fast bis zum Wasser hinabreichten. Wie
eine zerstückelte Linie war im Durcheinander der Unterstadt
der Rest der Römermauer zu erkennen. Träge trieb der Rauch
von Herdfeuern und Werkstätten über die Stadt.

»Etwas größer als *Friedeslar*, nicht?« Tristan schien Arnulfs
Gedanken zu lesen. »Aber Kolna ist noch viel größer! Und
Kolna hat eine richtige Mauer, höher als ein Haus!«

Kurz darauf winkte Einhard Arnulf heran. Der Consiliarius
hatte sich täglich gefragt, ob er nicht zu weit ging, indem er Arnulf
nach Franconofurt mitnahm. Aber er hätte den Burschen kaum
daran hindern können, ihnen zu folgen; und Einhard redete sich
ein, dass es besser für alle Beteiligten war, wenn Arnulf hier unten
abtauchte und verschwunden blieb, als sich nahe Hae-rulfisfelds
wieder aufgreifen zu lassen. »Unsere Wege trennen sich jetzt,
Arnulf. Vor Thegan solltest du hier erstmal sicher sein. Aber
man kann nie genau wissen, auf wen man in Franconofurt stößt.
Erzähl am besten niemandem, wo du herkommst!«

»Ich werd' schon aufpassen. Wer ist der Gaugraf von
Franconofurt?«

»Es gibt keinen. Stadtherr ist ein Amtmann, der den königlichen *fiscus* innerhalb der Mauern verwaltet. Aber bleib ruhig
eine Weile in der Stadt, dort fällst du als Fremder kaum auf!«

Arnulf bedankte sich mit knappen Worten für Einhards Hilfe.
Ihm war plötzlich flau zu Mute, was der Consiliarius zu spüren
schien. »Im Zweifelsfall erst nachdenken, dann zuschlagen«, murmelte Einhard noch und drückte ihm ein ledernes Säckchen in
die Hand. Es war schwer – das beruhigende Gewicht von Silbermünzen. Als die Eskorte anritt, drehte Tristan noch eine kleine
Schleife und rief dem Zurückbleibenden verschwörerisch zu:

»Morgen nach Sonnenuntergang im Roten Krug – ich rechne mit dir, Hessenfaust!«

* * *

Arnulf tauchte in die Stadt ein wie in einen fremden Forst. Bestien oder Heilige, worauf würde er hier stoßen? Als Arnulf noch ein kleines Kind gewesen war, hatte ein Onkel ihn einmal mit nach Franconofurt genommen. Häuser aus Stein und eine Unzahl von Krüppeln waren das Einzige, was er von diesem Erlebnis erinnerte. Viele wurden hier angespült, die anderswo eine Heimat hatten, denn die Moynfurt war eine Schnittstelle der Fernstraßen von Ratisbon in Bayern nach Aquisgranum und von den Alpen zur Sachsengrenze und weiter bis zum Nordmeer.

Der Erste, den er vor einem sauber aussehenden Haus unterhalb des Walls nach Herberge fragte, verlangte drei Denare für die Nacht – und einen Denar für die Versorgung des Pferdes.

»Vier Denare? Ist das ein Scherz?«

»Wenn du's billig willst, geh an's Wasser. Einfach den Hügel runter, dem Lärm nach.« Und schon fuhr der Mann gemütlich pfeifend fort, Würfel aus einem Stück Hirschhorn zu schnitzen.

Alles war lauter, enger und irgendwie schmutziger als in Friedeslar. Immer wieder schaute er sich um, aber – es war merkwürdig – niemand beachtete ihn, den offensichtlich Fremden. Einhard hatte Recht gehabt, hier war so viel Volk unterwegs, dass er als fremder Besucher nicht auffiel. Immer wieder traten Bettler dreist in seinen Weg, hielten ihm pestzerfressene Handstummel ins Gesicht und verlangten nach Almosen: »Wir beten für Eure Seele, Herr!«

Es war Markttag: Da waren Kaufleute in seidigen Gewändern, die Früchte anboten, von denen Arnulf kaum eine kannte; hochgewachsene Händler aus dem Norden, die unter einem gespannten Segel Felle, Wachs und Honigmet verkauften; Metzger mit kehligem Lachen, die Schafe auf einem blutigen Holzblock in Viertel zerhackten, neben einem Stand, an dem Würste und Brot feilgeboten wurden, zusammen mit einer Paste, die die Farbe von Kamille hatte. Arnulf ließ sich ein bestrichenes Wurststück von einem gleichaltrigen Burschen aufdrängen. Es schmeckte großartig. »Mostrich, guter Mann! Einen besseren findet Ihr in der ganzen Stadt nicht!«

Und dann war da der Lärm der Ausrufer auf einem Podest aus Fichtenbohlen. Sie umkreisten kleine Gruppen von Frauen und Kindern, die Ketten an den Handgelenken hatten und mit leeren Augen ins Nichts starrten.

»Slawische Weiber! Gesund und stark!« Der Ausrufer war ein Glatzkopf mit der Figur eines Ringers. Mit einer Hand, an der zwei Finger fehlten, packte er den Oberarm eines Mädchens und rief in Arnulfs Richtung: »Dreißig Solidi[3], und sie gehört Euch!«

Arnulf konnte nicht anders, als das Mädchen zu betrachten – ihre schmutzige Tunika, die verfilzten Haare, die Augen, die Angst und Resignation gleichermaßen widerspiegelten. Sofort bereute er es. Der Glatzkopf riss ihr das Hemd von der Schulter. Eine Brust wurde entblößt – weiß, rund.

»Prächtige Stute!«, brüllte er Arnulf zu. »Mit der werdet Ihr Spaß haben!«

Arnulf wandte sich ab, Blut schoss in seine Wangen. Da spürte er eine Hand auf der Schulter. »Wartet!« Ein Mann Ende dreißig, mit fleckenfreiem Wams und einem schweren Schlüsselbund am Gürtel. »Das Mädchen und noch zehn Solidi drauf im Tausch für Euer Pferd – was sagt Ihr?«

»Steck dir die Solidi in den Arsch!«

---

3   Ein Solidus entsprach 12 Denaren.

Er fühlte die Blicke der Sklavenhändler im Rücken, als er sich einen Weg durch die Menschen bahnte. *Immer dem Lärm nach* ... Zwischen zwei langgezogenen Gebäuden, deren Holz noch hell war, hatten Tuchmacher und Schneider ihre Waren unter den Vordächern ausgebreitet. »Bester Stoff! Gute Preise!« Er kaufte eine Tunika, zum ersten Mal in seinem Leben. In Friedeslar hatte er Kleidungsstücke meist im Tausch gegen Wildbret erworben. Ob er nicht neue Schuhe brauche? Der Verkäufer flatterte mit kurzen Armen wie ein Vögelchen, bat ihn hierhin und dorthin und schaffte es, ihn solange aufzuhalten, bis ein anderer mehrere Lederstücke zu passenden Schuhen zusammengenäht hatte. Mit richtiger, dicker Sohle, nicht wie die alten, die seine Mutter gemacht hatte. Seine Laune stieg wieder. Alles hier ging wirr durcheinander, doch es war auf eine fremde, nie gekannte Weise auch aufregend. Die Welt war größer, als er gedacht hatte.

»Ein Bett? Kannst du haben.« Die Herbergsmutter wischte das Blut einer Knochenhaue nachlässig an ihrer Schürze ab. Misstrauisch musterte Arnulf das Haumesser und dann die verwachsene Knorpelnase, deren Spitze rot angelaufen war, wie in schwerem Frost. »Halber Denar die Nacht. Neues Leinen zweimal im Monat.« Es war eine feucht riechende Kammer mit einem breiten Bett, in dem bereits Leben war: Ein helles und ein tiefes Schnarchgeräusch drangen unter der Decke hervor.

»Und mach dich nicht so breit, hörst du? Da kommt noch jemand«, knurrte sie.

»Vier in einem Bett? Was soll das, Alte?!«

»Hättest du Silber, wärst du nicht hier! Was willst du überhaupt mit dem Bogen, hier in der Stadt?« Abschätzig starrte sie ihn an. »Bist vorm Heerbann davongelaufen, hm?«

»Das geht dich nichts an. Der *Rote Krug*, wo ist der?«

»Oben, hinterm Wall. Zu teuer für dich! Da trinken sie Wein.« Sie machte ein schnarrendes Geräusch, ihre Art zu lachen.

Er brachte Wolke in einem Stall am Rand der Siedlung unter; halbverhungerte Hunde patrouillierten vor den Pferdeboxen. Der Stallmeister hatte herabhängende Augenlider, sein Atem roch nach Bier, alles andere nach Pferd. Arnulf streichelte noch einmal Wolkes Kopf und erklärte der Schimmelstute, ganz als könnte sie ihn verstehen, dass er sie bald wieder abholen würde ... Am Flussufer stellte er erleichtert fest, dass ihn niemand beobachtete. Er kniete sich auf einen Steinblock, zog die Tunika aus – nur die Wachen auf dem Holzturm mochten ihm zusehen – und wusch sich. Als er sich das Gesicht abtrocknete, sah er einen bleichen Gegenstand vorbeitreiben. Es war ein menschlicher Arm. Arnulf bekreuzigte sich. Was würde sein Bruder Konrad zu dieser Stadt sagen?

Kapitel X

Der Königshof in Franconofurt, Juni 772

»Was für eine Anmaßung!« Die Augen des Königs hatten sich geweitet, über den Brauen waren zwei schräge Falten erschienen. Die flache Goldkrone, die er bei Empfängen trug, war ein Stück in die Stirn gerutscht. Ein Dutzend Königsboten, die im Halbrund auf Stühlen vor dem Thron saßen, hielt die Luft an.

»Tassilo will doppelt so viele Krieger ins Feld stellen, wenn ich ihm den Oberbefehl gebe?« Die hohe Stimme schnitt wie Metall durch den Raum. »Der Herzog der Bayern will dem König der Franken, dem Sohn König Pippins, Vorschriften machen … Wofür hält er sich?« Daumen und Zeigefinger strichen über den kräftigen Schnurrbart, der sich wie die Enden einer Sichel die Mundwinkel hinunterzog. »Bischof, welche Antwort hätte mein Vater ihm gegeben?«

Fulrads massige Figur zur Linken des Königs bewegte sich, er sog die merkwürdig dicken Lippen ein und stülpte sie wieder nach außen. Einhard wurde klar, warum er bei den Schreibern der Hofkanzlei heimlich ›Wels‹ genannt wurde. Obschon kaum größer als der Consiliarius, hatten Gottes Güte und das Wohlleben am Hofe dem Bischof zum doppelten oder dreifachen Körpergewicht Einhards verholfen.

»Er hätte sich zunächst einmal über einen Boten gewundert, der mit solcher Botschaft zurückkehrt!« Fulrads Blick bohrte sich in den Überbringer der schlechten Nachricht. »Wie konntet Ihr Euch so abspeisen lassen, Chlotar?«

Einhard wurde warm, der Gescholtene saß direkt neben ihm.

»Herr …« Chlotar war auf die Kante seines Stuhls vorgerutscht. »Natürlich habe ich klargestellt, dass Tassilo Euch Gefolgschaft schuldet. Aber er behauptet, dass der Heerbann für die Bayern nicht gelte. Und seine Hofgelehrten sagten uns ins Gesicht, dass seine Dynastie so viel Recht auf den Königstitel hat wie …«

»Genug! Kein Wort mehr!« Wütend winkte der König ab. Dicke, kräftige Finger trommelten auf die Armlehne seines Sitzes, laut klackte ein schwerer Rubinring auf das Holz. »Wann treffen wir mit Tassilo zusammen, Fulrad?«

»Seine Truppen müssten in wenigen Tagen den Moyn erreichen. Wollt Ihr ihn hier begrüßen, mein König?« Der Körper Fulrads neigte sich in Richtung des Königs, die großen, trüben Augen klebten geradezu am Herrscher.

»Nein! Wir ziehen schon ein paar Tage früher nach Fulda, segnen dort den neuen Abt und überprüfen die Truppen. Die Bayern sollen dann unterwegs zu uns aufschließen.«

»Das wird Tassilos Hochmut dämpfen«, pflichtete Fulrad sofort bei. Einhard sah sich ungläubig um: Die meisten Königsboten waren gestandene Hofleute mit Besitz und Ansehen – doch niemand hatte den Mut, darauf hinzuweisen, dass ein überstürzter Aufbruch Chaos erzeugen würde. So nickte der König ein-, zweimal, als gefiele ihm die Idee immer besser. Dann wandte er sich an den grauhaarigen Heerführer zu seiner Rechten:

»Haben wir endlich die neuen Brustpanzer, Graf?«

»Ja, heute traf eine große Ladung aus Ingilinheim und Wisabada ein.« Selbst im Sitzen wirkte Ruodberts Oberkörper massiv wie ein Baumstamm. Eine Goldkette lag auf der Brust, Auszeichnung für viele Schlachtensiege. »Die Männer warten draußen.«

»Gut. Zuvor noch ein Wort an alle …« Ernst blickte der König in die Runde; die Spannung war mit Händen zu greifen. »Ihr Herren wisst, dass mein Vater die Sachsen mehr als einmal niedergeworfen hat. Er hat sie zu Tributzahlungen gezwungen. Und doch heben sie wieder die Faust gegen uns.« Der König holte tief Luft, und für einen Moment überflog ein grausamer Ausdruck sein Gesicht. »Diesmal werden wir sie also *unterwerfen*, ein für alle Mal! Wenn dazu eine Schlacht nötig ist, dann soll es so sein! Sie sollen Schwerthieb für Schwerthieb spüren, dass wir ihnen *überlegen* sind. Ist jemand unter Euch, der das anders sieht? Er möge jetzt sprechen! Auf dem Feldzug möchte ich keinen hören, der über Blutvergießen jammert und ›Milde für die Besiegten‹ verlangt!«

Einhard versuchte mit möglichst geringer Kopfbewegung die anderen zu mustern, und die taten dasselbe. Lautlos gingen die Pupillen der Consiliarii hin und her – wer würde vor dem Herrscher aufstehen und widersprechen wollen?

Niemand. Der Herrscher hatte auch keine Wortmeldung erwartet, denn sogleich fuhr er fort: »Widukinds Heer steht am Rinah, im Westen, weil sie erwarten, dass wir von Aquisgranum aus losmarschieren – das berichten unsere Spione. Streifscharen der Engern machen aber auch den Hessengau unsicher. Möglich, dass sie die Flusstäler sperren.« Der König machte eine Pause und ließ den Blick über seine Gefolgsleute schweifen. »Wir greifen also weder im Westen noch im Osten an, sondern stoßen direkt in ihr Herz: Wir marschieren auf die Eresburg, die Grenzfestung, die das Gebiet der Engern schützt. Wenn wir die Burg genommen haben, liegt ihr Land offen vor uns.«

»Wie eine *magad* mit gespreizten Beinen«, ergänzte Graf Ruodbert und sah sich gutgelaunt um. Angewidert registrierte Einhard, dass der eine oder andere lachte. Doch nun entstand leises Murmeln, und es stellte sich heraus, dass nicht alle den königlichen Plan guthießen. Einer der älteren Ratgeber getraute sich anzumerken, dass die Sachsen mehr Berittene als die Franken hatten: Widukind könne in wenigen Tagen die Eresburg vom Rinah aus erreichen.

»Ja, sie sind schnell«, entgegnete der König ernst. »Aber selbst wenn sie versuchen, uns den Weg zu verlegen – wir sind besser gerüstet denn je! Den neuen Panzer durchdringt so leicht nichts! Graf Ruodbert?!«

Auf ein Signal Ruodberts stießen zwei Diener die Türflügel auf. Ein Dutzend athletisch bis bullig aussehender Männer in Hofkleidung trat ein, mit einem silbernen Reif am Handgelenk, der sie als Hundertschaftsführer kenntlich machte. Einhard entdeckte Esiko unter den Eintretenden. Der Krieger erwiderte das Kopfnicken des Consiliarius; der hässliche Streit mit Boso in Haerulfisfeld tauchte vor Einhards Auge auf, doch sofort verdrängte er das Geschehene wieder. Als Letzter trat Ansgar durch die Tür, mit leichter Röte. Alle Blicke richteten sich auf den stämmigen Soldaten: Sein Rumpf war von matt schimmernden Schuppen bedeckt. Graf Ruodbert näherte sich dem Krieger mit gezogenem Schwert. Die Schuppung erklärte er laut, bestehe aus hunderten von Eisenplättchen, Stück für Stück auf das darunterliegende Leder genäht. Der Panzer sei nicht so bequem wie ein Kettenhemd – hier grinste Ruodbert breit – aber er halte mehr ab. Der Befehlshaber führte einen plötzlichen Schwertstoß auf Ansgars Brust aus. Die Schwertspitze glitt ab und die Consiliarii raunten. Ansgar schnaufte erleichtert, ein schiefes Grinsen erschien auf seinem Gesicht. Der König nickte mehrmals mit zufriedenem Lächeln, bis er Esikos Miene wahrnahm. Laut fragte er den Scarahauptmann, was los sei, denn dies entsprach der direkten Art des Königs. Der Offizier zögerte, aber als er sprach, klang er so rau und selbstbewusst wie immer.

»Herr, diese Panzer sind wertvoll, sie werden einigen Kriegern das Leben verlängern ... Aber – wohin kehrt ein Krieger nach dem Feldzug zurück?«

»Zu seinem König, hoffe ich.« Karl konnte seine Überraschung nicht verbergen. »Worauf wollt Ihr hinaus?«

»Die meisten Offiziere würden lieber Land bekommen, zum Siedeln, oder besiedeltes Land, das einen guten Zins abwirft. Das käme Euch nicht teurer als die neue Brünne ...«

»Jetzt kommt der Hirsch aus dem Dickicht!« Der König schnaubte unwillig. »Seid gewiss, wer mir dient, wird auch dafür belohnt! Haben wir nicht nach dem letzten Feldzug in Aquitanien dreitausend Hufen an Krieger und Gefolgsleute verschenkt, Graf Ruodbert?«

»Das habt Ihr, mein König, gewiss doch«, stellte Ruodbert fest und strich sich mit einer Hand durch die Mähne – ein Zeichen der Verlegenheit, fand Einhard. Und schon flüsterte Chlotar von der Seite in sein Ohr: »Das meiste davon erhielt Ruodbert selbst!«

»Besiegt Widukind!«, rief der König laut. »Dann gibt es Land genug!« Und nun versprach er jedem Offizier, dessen Schwert Sachsenblut kosten würde, fünfzig Hufen mit Ackerland und Hörigen. Esikos Miene wurde heiterer, er zog sein Schwert aus der Scheide und reckte es mit einem lauten Heilsruf empor, als stünde ein Kampf am selben Abend bevor. Lautstark stimmten die anderen Offiziere mit ein, die Königsboten schlossen sich an. Doch dann hob Fulrad die Arme und bat um Ruhe. Mit einer wohlklingenden Stimme, die Einhard ihm nicht gönnte, rief er Gott den Herrn an, ihrem König den Sieg zu schenken – so wie einst David siegreich gewesen war im Kampf gegen die Feinde Israels. Die Consiliarii warfen sich Blicke zu, denn nun musste zwangsläufig eine biblische Verherrlichung des Königs erfolgen. Jeder am Hofe wusste mittlerweile, wie sehr Karl sich mit David, dem Heldenkönig des Alten Testaments, eins fühlte – oder sich eins fühlen wollte, indem er ihm nacheiferte … Und tatsächlich fuhr Fulrad im Predigtton fort:

»David besiegte die Philister, danach schlug er den König von Zoba, den Sohn Rehobs. Er nahm von ihm viele Reiter und 20.000 Mann Fußvolk gefangen. Und als die Syrer von Damaskus dem König von Zoba zur Hilfe kamen, erschlug David sie und setzte Vögte über die Syrer von Damaskus … So war David König über ganz Israel, *und er schaffte all seinem Volke Recht und Gerechtigkeit.*«

»Amen!«, rief der König, und alle stimmten ein. Mit glänzenden Augen dankte der Herrscher noch einmal seinen Gefolgsleuten; die Audienz war beendet. Einhard hatte die Tür erreicht, als der Herrscher seinen Namen rief. Aus den Augenwinkeln registrierte der Consiliarius Fulrads verkniffenen Gesichtsausdruck. Der Wels duldete nur kleine Fische in seinem See …

Wohlwollen glänzte in den Augen des Königs. »Ich möchte Euch ein Lob aussprechen, Einhard. Ihr habt dem Hessen beachtliche achthundert Mann abgerungen. Ich nehme an, Childerich hätte sich mit seiner Grenzwache gerne aus den Verpflichtungen befreit?«

»Es war nicht ganz leicht, Herr.« Einhards Hals wurde trocken.

»Wie es mit den Bayern steht, habt Ihr gehört … Wir behalten Tassilo im Auge, aber die Sachsen haben Vorrang! Ich weiß, dass Ihr häufig vor der bayerischen Untreue gewarnt habt. Seid also gewiss, Eure Stimme wird gehört!«

»Danke, mein König.« Die Schmeichelei klang so aufrichtig, dass Einhard sich in diesem Augenblick für den König hätte töten lassen.

»Da ist noch eine Sache …« Ein kleiner Holzgriffel war zwischen seinen Fingern aufgetaucht; angeblich lernte der König schreiben.

»Herr?«

»Ich selbst gebe nichts darauf. Aber die Leute fürchten sich nun einmal vor vielem ...«

»Das ist leider wahr.«

»Ihr wisst, dass man in den Grenzgebieten noch an alten Zauber glaubt. Es heißt«, – das Lächeln des Königs war jetzt angestrengt –, »dass die Zauberer und Waldgeister, die Bonifatius vertrieben hat, bei den Heiden im Norden untergekrochen sind. Sie wissen angeblich um das Geheimnis des Rabensteins.«

»Ich hörte davon, Herr.« Einhard atmete innerlich auf. Mit einem Seitenblick sah er Fulrad ein Dutzend Schritt entfernt Unterlagen auf dem Tisch zusammenraffen; seine Augen schienen böse Blitze auf Einhard zu schleudern.

»Widukind hat solch einen Rabenstein, behaupten unsere Kundschafter. Er und seine Krieger können sich damit unsichtbar machen und in unser Lager eindringen ...« Der Griffel rollte nervös zwischen Daumen und Zeigefinger.

Nüchtern, als spräche er über die Wahl der Feldzeichen auf den Schilden, erzählte Einhard, dass er noch nie einen Menschen getroffen hätte, der solch ein Verschwinden bezeugen konnte. Ein Rabenstein sei deshalb nicht mehr wert als irgendein Wolfszahn oder eine Eulenkralle ... Der König nickte und beeilte sich zu versichern, dass er das Ganze genauso sah – das Holzstäbchen war zum Stillstand gekommen. Als sich die Türflügel des Saals hinter Einhard schlossen, spürte er ein erstes Pochen hinter der Schläfe.

Kapitel XI

In der Unterstadt von Franconofurt, Juni 772

Der *Rote Krug* brodelte. An den langen Eichentischen war kein freier Platz mehr. Gelächter dröhnte durch den Raum, bierselige Flüche stiegen auf, schwitzende Mägde schleppten Schüsseln mit Wildbret und gebratenen Forellen durch die Reihen der Zecher, balancierten Weinkannen und große Krüge mit Bier.

»Vergiss dein Pferd!«, rief Tristan. »Wir stoßen auf die Tage an, als es dir gehörte!« Übermütig hob er den Becher und auch die beiden Gestalten auf der anderen Seite des Tisches rissen die Trinkgefäße hoch. Arnulf musste grinsen, er konnte nicht anders: Der süßliche, sündhaft teure Wein aus dem Rinahgau half Schluck für Schluck den Verlust von Wolke zu verdrängen. Als er mittags von vager Sorge getrieben zum Stall gegangen war, hatte er weder das tags zuvor abgegebene Pferd noch den Stallmeister angetroffen. Ein humpelnder Alter, dem Speichel aus dem Mundwinkel lief, erklärte ihm, Diebe hätten nachts einige Pferde gestohlen. Und der Stallmeister würde sie verfolgen …

Wutentbrannt war Arnulf zum Sitz des *iudex* marschiert: So ließ sich der königliche Amtmann von Franconofurt titulieren. Es war ein properes Steingebäude in der Oberstadt, mit Schwalbennestern unter der Dachkante. Ein gereizt wirkender Schreiber hatte ihn wissen lassen, dass der Stallmeister als unsolider Gesell bekannt war. Er schulde dem *fiscus* noch zwei Sack Hafer und drei Fuder Heu. Ob Arnulf nicht gewarnt worden sei?

Nun endlich löste sich die Enttäuschung des Tages im Weindunst auf; Tristan hatte zwei Freunde mitgebracht, auch sie Schreiber, mit feinen Händen und dem gleichen Ziegenbärtchen. Sie hatten einen Wettstreit um die beste Reisegeschichte begonnen, dem Arnulf mit wachsendem Gefallen lauschte. Doch dann mussten sie sich ducken: Rindsknochen flogen in ihre Richtung, gefolgt von einem Bierkrug. Mehrere Zecher gingen in der Mitte des Raumes aufeinander los, auf der Freifläche vor einem Wasserbottich, an dem man sich die Hände waschen konnte. Männer wälzten sich auf dem Boden, geifernde Hunde vervollständigten das Knäuel – die Menge grölte.

»Habt ihr gehört?« Der Ziegenbart gegenüber von Arnulf beugte sich vor. »Der Hof und das Gefolge marschieren schon übermorgen! Der König will in Fulda Station machen, sagen die Kanzlisten.«

»Vielleicht studiert der König noch die neuen Buchstaben«, grinste der andere und zeigte eine Reihe schiefer Zähne. »Dabei kann er selbst nicht richtig schreiben. Ich frage euch: Wozu brauchen wir neue Buchstaben?«

Arnulf überlegte kurz, ob die Kringel an den Wänden von Konrads Schreibstube gemeint sein konnten. Er leerte seinen Becher und beschloss, dass die Welt alles in allem ein merkwürdiger Ort war. Die Kanne war ebenfalls leer und Tristan rief schon lauthals nach dem Schankweib, das gerade mit einer Schüssel Bratfischen den Keilenden auf dem Boden auswich. Sie hatte Sommersprossen, und unter dem Kopftuch lugten ein paar rote Strähnen hervor. Wo nur hatte Arnulf sie schon einmal gesehen?

»Dieser Mann hier musste aus Friedeslar fliehen!«, klärte Tristan seine Trinkbrüder gerade auf. »Er hat nämlich …«, Kichern schüttelte ihn, »… dem großen Thegan, dem Paladin des Gaugrafen, das Gesicht zerschlagen. Der ist jetzt hässlich wie ein Frosch!«

»Halt die Klappe, Mensch!« Auch halbbetrunken war Arnulf klar, dass Tristan zu viel erzählte. In diesem Augenblick stellte das Mädchen krachend eine Trageplatte mit Weinkannen ab. Sie war großgewachsen und mochte achtzehn oder neunzehn Jahre alt sein. »Wein?«

»Her damit!«, prustete Tristan. »Niemals floss er in würdigere Kehlen!«

Sie nahm ein kleines Messer und machte einen Schnitt in das Kerbholz an ihrem Gürtel. Arnulf griff nach der Kanne, und für die Dauer von zwei Herzschlägen sahen sie einander an.

»Du bist aus Friedeslar, stimmt's?« Ihre Stimme klang fremd. Schön war sie nicht, aber sie stand selbstbewusst vor ihnen, mit Händen, die auf den Hüften ruhten, und das setzte Arnulfs Fantasie in Gang.

»Schon möglich«, sagte er unbeholfen. »Sind wir uns mal begegnet?«

»Kann sein.« Sie wischte sich mit einem Ärmel den Schweiß vom Gesicht, das eine Mischung aus Härte und Verwundbarkeit widerspiegelte. Ausgelassen fragte Tristan sie, wie lange sie noch in der Schenke auftragen müsse, doch sie beachtete ihn kaum. Schon setzte am Nebentisch ein Gebrüll nach Wein und Brot ein, und sie hob mit stoischer Miene ihre Platte an und eilte weiter.

Arnulfs Kumpane überzogen ihn mit frechen bis deftigen Sprüchen, niemand verstand, warum die *magad* ausgerechnet den Hessen angesprochen hatte. Tristan schenkte ein, viel zu viel, manches platschte auf den Tisch. Sie tranken, lachten und tranken aufs Neue. Es war ein heller Schrei und das Gepolter auf den Boden krachender Platten und Krüge, die sie noch einmal aus ihrem Weindunst rissen. Ein paar Schritt neben ihnen hatte sich jemand einen Spaß daraus gemacht, die Rothaarige an einer Hand über den Tisch zu ziehen, während ein Kerl auf der anderen Tischseite ihren Körper zu begrapschen begann, wollüstige Dinge lallend.

»Diese Wildschweine!«, rief Tristan aus.

»Man müsste ihr helfen!«, ergänzte der mit den krummen Zähnen voll Mitleid, bevor er abermals den Becher ansetzte.

Arnulf stand langsam auf. Ja, er konnte noch stehen, gehen – und zupacken. Den Peiniger der Frau nach hinten zu reißen, war nicht schwieriger als eine Pflaume vom Ast zu pflücken, denn der Mann war sturzbetrunken. Wie ein nasser Sack landete er auf den Dielen. Gejohle ertönte. Das Mädchen hatte sich losgerissen, doch bevor Arnulf eine Silbe sagen konnte, traf ihn etwas Hartes. Zwischen vollbesetzten Bänken krachte er auf den Boden, Knochen, Mäusedreck und Schuhe um ihn herum. Übelkeit durchlief ihn. Pferd – warum roch es so stark nach Pferd?

»Nicht der! Der andere!«, rief eine Frauenstimme.

Neues Getöse entstand. Arnulf rappelte sich hoch. Plötzlich stierte er in das Gesicht des Stallmeisters. Sofort packte er ihn an der Gurgel.

»Wo ist mein Pferd?«

Dem Wolkendieb fielen Brotbrocken aus dem Mund, seine Augen weiteten sich. Arnulf drückte den Oberkörper des Mannes mit dem eigenen Gewicht auf die Tischplatte. Bierkrüge kippten um, Wutschreie stiegen auf. Faustschläge von links und rechts trafen Arnulf, er musste die röchelnde Gestalt loslassen – schon bekam er den Arm eines Angreifers zu fassen, er verdrehte ihn, bis ein gellender Schrei ertönte. Prompt fielen andere über ihn her. Augenblicke später endete alles unter einem Regen mitleidloser Knüppelschläge. Die Holzkeule gehörte dem Wirt, einem stiernackigen Kerl mit Glatze und rotem Gesicht. Mit Schweißperlen auf der Stirn herrschte er ein paar Gestalten an, sofort zu verschwinden. Mit Mühe kam

Arnulf auf die Füße, die Fäuste schützend vor dem Gesicht; drei Kerle taumelten zwischen den Tischen Richtung Ausgang, wilde Drohungen ausstoßend.

Der Pferdedieb war nicht mehr zu sehen.

»Geh nicht raus! Die bringen dich um.« Neben ihm war das Mädchen aufgetaucht. Benommen stotterte Arnulf etwas. Seine Zunge schmeckte Blut. Blutig war auch seine Hand, als er die Stirn berührte. »Komm mit.«

Bereitwillig folgte er ihr über eine dunkle Stiege in das Obergeschoss. Sie öffnete die Tür einer winzigen Kammer, die von einem Bett fast ausgefüllt war, und entzündete ein Öllicht. »Setz dich hin.« Seine Unterlippe war aufgeplatzt, die linke Gesichtshälfte angeschwollen. Aus einer Platzwunde über dem Auge blutete es unentwegt und rann über seine Wange. Am Ärmelende war sein neues Kleidungsstück ein paar Zoll weit eingerissen.

»Das kann ich nähen. Zieh es aus.«

Mühsam entledigte er sich der ramponierten Tunika und sank auf einem Schemel nieder. Sie nahm ihr Kopftuch ab, drehte es zusammen und tauchte es in eine Wasserschüssel. Vorsichtig begann sie, die Wunde über seinem linken Auge zu reinigen. »Wulfram fragt nicht lange«, seufzte sie. »Er knüppelt alle nieder, die sich schlagen.«

»Dein Wirt?« Arnulf knurrte. »Der hat mir fast den Schädel zertrümmert ...«

»Ich glaube, dich kann niemand zertrümmern, Arnulf. Auch Blutmund hat es nicht geschafft.« Sie hielt inne und zum ersten Mal gingen ihre Mundwinkel ein wenig nach oben. Der Schneidezahn war noch genauso schräg wie früher. Arnulf zuckte zusammen.

»Ragla?«

* * *

Sie wollte alles wissen. Warum er ausgerechnet nach Franconofurt gegangen war; wie es zur Auseinandersetzung mit Thegan gekommen war; warum er an dem Spähtrupp teilgenommen hatte. Als Arnulf erzählte, wie Lothar gestorben war, weiteten sich ihre Augen, und ihre Hand ging zu dem Wolfszahn, der zusammen mit einem Amulett um ihren Hals hing. Doch schnell glätteten sich ihre Züge wieder, denn sie war nicht leicht zu erschrecken.

»Töten sie dich, wenn sie dich kriegen?«

»Wer weiß, vielleicht sticht Thegan mir nur die Augen aus … Was ist mit Blutmund passiert? Wie bist du ihm entkommen?«

»Willst du es wirklich wissen? Damals hatte ich gehofft, dass du …« Sie stockte.

»Was?« Er beugte sich vor und berührte ihre Hände. Sie waren hart und ledrig und sahen nicht so fein wie Tristans Hände aus. Plötzlich hatte er das Gefühl, sich rechtfertigen zu müssen. »Ragla, ich hab' mich oft gefragt, wie du … was aus dir geworden ist.«

Sie nestelte wieder an dem Wolfszahn und erzählte von den Wutanfällen und Schlägen, mit denen Blutmund sie regelmäßig überzogen hatte. Und wie sie irgendwann giftige Pilze in eine Kohlsuppe gemischt hatte. »Als er Schaum vor dem Mund hatte, wusste ich, dass es vorbei war. Wir waren damals in der Nähe von Milisunge unterwegs. Der Priester nahm mich auf. Ich hab' ihm das mit den Pilzen erzählt. Aber er wollte, dass ich bereue und den Herrn Jesus um Vergebung bitten sollte. Sonst käme ich nicht in den Himmel, sondern in die Hölle. Da sind die Teufel, hat er gesagt, die dich quälen und verbrühen und durchbohren …«

»Schon gut, ich weiß«, sagte Arnulf rau. Mit den offenen, kupferfarbenen Haaren sah sie älter aus, wie eine richtige Frau.

Eine Ewigkeit schien zwischen dem Jetzt und der Zeit bei dem Eulenfänger zu liegen. »Du betest das Kreuz an, nicht?«

»Ja.« Er verdrängte den Gedanken an Konrad.

Sie schob einen Ärmel ihrer Tunika nach oben und entblößte eine hässliche Narbe. »Da hat Blutmund mit einem Feuerscheit nach mir geschlagen. Was sollte ich bereuen?! Ich war froh, als er tot war. Ich musste in einem Spinnhaus arbeiten. Das hat mir nichts ausgemacht, aber der *maior* dort wollte, dass ich ihm gefällig bin. Da bin ich fort …«

»Vielleicht hätte er dich zum Weib genommen.«

Sie stieß ein bitteres kleines Lachen aus. »Er hatte ein Weib, du Narr … und noch eine Nebenfrau dazu. Ihre Kegel[4] kamen ständig zu uns ins Spinnhaus.« Sie strich sich eine Strähne aus dem Gesicht und sah ihn herausfordernd an.

»Du hast Mut, Ragla.«

»Eine Zeitlang hab' ich bei einem Honigsammler gelebt. Der war gut zu mir, ich habe noch nie so viel zu essen gehabt! Aber dann kam der Sommer, und die Immen gaben keinen Honig mehr. Da war ein Kräuterweib, mit der hatte der Honigsammler schlimmen Streit. Die Immen hätten sie gestochen, sagte sie. Dann hat sie alle verzaubert. Es gab keinen Honig mehr.«

Arnulf knetete verunsichert seine Hände. »Konnte sie wirklich zaubern?«

»Sie hatte den bösen Blick! Ihr linkes Auge war verschlossen, wenn das Rechte dich angeschaut hat … *onor, nonor, godor!*«

Es war einer der merkwürdigen Sprüche, die sie schon in der Zeit bei Blutmund manchmal gemurmelt hatte. »Der Immenmann wollte tiefer in den Forst, um neue Bienen zu finden. Aber ich ging nicht mit. Ich hatte Angst vor der Einsamkeit …«

4   ›Kegel‹ waren die Kinder der Nebenfrauen (›mit Kind und Kegel‹)

»Wie kamst du zu Wulfram?« Er wollte sie fragen, ob sie sein Lager teilte, aber er bekam es nicht über die Lippen. »Behandelt er dich gut?«

»Er ist grob, aber … er will nichts von mir. Wulfram hatte mal einen Unfall, vor langer Zeit. Bei der Jagd, weißt du …«

Sie saß auf der Bettkante, nur eine Elle von ihm entfernt. Er konnte sehen, wie sich ihre Brust hob und senkte. Ihm wurde warm, obwohl er immer noch mit nacktem Oberkörper auf dem Schemel saß. Sie ging mit den Fingerspitzen über sein Schlüsselbein, das von den Schlägen dunkel verfärbt war, und über die Wölbung der Brustmuskeln. Er machte einen Laut der Verlegenheit, und sogleich zog sie die Hand zurück. Stumm schaute Arnulf sie an.

»Du bist groß geworden, Arnulf«, sagte sie langsam. »Aber ich hab' dich gleich erkannt, als ich an eurem Tisch stand.«

Er nahm ihre Hände. Sie wich nicht zurück. Er konnte ihren eigenen Geruch unter dem Bier- und Bratengestank der Kleidung wahrnehmen. *Beten und fasten* – das hatte sein Bruder ihm auferlegt. Und keusch sein. Aber als er seine Lippen auf ihre drückte, stand fest, dass sein Bruder ein Narr war.

Kapitel XII

Der Königshof in Franconofurt, Juni 722

Einhard witterte Unheil, als ein Bote des *iudex* nach seinem
Schreiber verlangte. Sie waren dabei, Packlisten anzufertigen für
Verpflegung, Zelte, Schlafzeug, Waffen und Kleidung. Unauf-
hörlich kratzten Federn über Pergament, denn an einem halben
Dutzend weiterer Tische im Raum wurde ebenfalls gearbeitet.
Dass Tristan mit Verspätung zum Dienst erschienen war, hatte
den Consiliarius noch nicht beunruhigt; junge Leute schlu-
gen nach einer harten Reise über die Stränge, das war normal.
Doch dass der Amtmann Franconofurts eine Botschaft für den
Schreiber eines Consiliarius hatte, das war nicht normal.

Tristan war nach einem kurzen Gespräch an der Tür schnell
wieder auf seinen Platz zurückgekehrt. »Die zusätzlichen Huf-
eisen, Herr, brauchen wir nicht«, sagte er leichthin. »Wir können
beim Marschalk[5] beschlagen lassen ...«

»Schön. Und was wollte der Bote, das ich nicht wissen darf?«

Mit gesenktem Kopf ließ Tristan den Federkiel durch die
Finger rollen. »Es war eine Nachricht von Arnulf. Der Hesse,
der ...«

»Ich erinnere mich an den Namen.«

Tristan räusperte sich. »Er ist im Verlies. Sie haben ihn festge-
nommen. Im *Roten Krug* hat er gestern ein paar Leute verprügelt.«

»Warst du nicht selbst in dieser Schenke?«

5   Der Marschalk war für die königlichen Stallungen, Reisequar-
tiere u.a. zuständig.

»Ich war da, ja.« Er holte tief Luft. »Einem Rinahgauer hat er die Knochen gebrochen. Es ging um sein Pferd, diesen Sachsengaul.«

»Komm zum Punkt!«

Tristan zog an seinem Bärtchen. »Es waren Heerbannleute, mit denen er sich geschlagen hat. Der Gaugraf ist beim *iudex*.«

»Graf Hartmut? Hartmut vom Rinahgau?« Einhards Spannung stieg.

»Ja, Herr. Er will Ersatz für den Verletzten.«

»Ich verstehe. Arnulf zahlt so viel Silber, dass man einen Ersatzmann kaufen kann. Oder es trifft ihn selbst ...«

Tristans Gesicht hatte Farbe bekommen. »Arnulf hat gefragt, ob ... ob wir ihm helfen können.«

»*Wir*? Aha.« Einhard lehnte sich in seinem Stuhl zurück. Ärger stieg in seiner Brust auf. »Hatte ich dir nicht klar gesagt, dich von ihm fernzuhalten? Tölpel!« Einhard schlug mit den Fingerknöcheln auf den Tisch. Prompt drehten sich die Köpfe im Raum, das Kratzen der Federn setzte einen Augenblick aus. Verärgert holte er einen Beutel aus der Satteltasche zu seinen Füßen. Metall schlug an Metall, als er seine Hand hineinsteckte und einige Silberbarren hervorholte. »Dein Lohn bis Circumcisio[6], mein Junge. Du kannst ihn als Vorschuss haben. «

Tristan schluckte.

»Also?«

Er biss sich auf die Lippen. »Was würdet Ihr tun, Herr? An meiner Stelle?«

Einhard beugte sich vor und sagte mit gedämpfter Stimme: »Die Frage fällt dir reichlich früh ein, Junge. Erstens: Wenn der Hesse die falschen Leute verdroschen hat, trägt er dafür selbst die Verantwortung. Zweitens: Arnulf wird von den Hessen

6   Der 1. Januar des folgenden Jahres beziehungsweise der Tag der Beschneidung Jesu

gesucht, wie du sehr wohl weißt. Er ist wie ein Hund mit Tollwut, jeder kann ihn ungestraft erschlagen. Deshalb *halten wir uns von ihm fern*, Punkt!«

Tristan nickte heftig, froh, mit einer Belehrung davongekommen zu sein – doch das war ein Irrtum.

»Drittens ziehe ich zwei Solidi von deinem Lohn ab. Weil du dich leichtsinnig wie ein Kind verhalten hast!«

* * *

Zwei Tage später hatte Einhard die Verärgerung über seinen Schreiber längst vergessen. Nun gab es ernstere Dinge, über die sich ein gewissenhafter Consiliarius aufregen konnte, ja musste!

Der Marschalk hatte ihn mit der Musterung des Rinahgaus betraut. Zusammen mit den Truppen von Moyngau und Rodgau waren die Männer Graf Hartmuts auf den Uferwiesen aufmarschiert. Doch es blieb nur wenig Zeit für das Zahlen und Begutachten! Wenn Einhard feststellte, dass hier Proviant, dort dreißig Ersatzpferde, andernorts Waffen fehlten, hieß es immer wieder: All das träfe in den nächsten Tagen noch ein! Es seien Gespanne unterwegs, mit zusätzlichen Vorräten, Speeren und Schilden … aber wie sollte man das überprüfen, wenn man selbst wenig später aufbrach?

»Warum diese Hetze, Herr? Wozu?«

Tristan hatte eine Hand über die Augen gelegt, denn sie guckten in die Morgensonne. Berittene zogen an der Spitze einer lang und länger werdenden Kolonne über die Wiesen im Osten der Stadt, den Hügeln entgegen, wo die Straße Richtung Fulda und Haerulfisfeld abzweigte. Manch einer der Krieger hatte einen Sack mit Vorräten über die Schulter geworfen, der dort zwischen Schild und Mantelrolle hing; manche führten Esel an der Leine, die Zelte, Decken und Kochgeschirr trugen. Proviant für drei Monate forderte das Heerbannregiment. Doch meist hatten nur die Wohlhabenderen so viel dabei, ahnte Einhard. Wer wollte schon die Vorratskammer seiner Hütte plündern, wenn er die Familie allein zurückließ? Frauen winkten, Kinder liefen ein Stück des Weges mit. Halb Franconofurt war auf den Beinen, um den Abmarsch des Königs und des ersten Heerteiles zu verfolgen. Planwagen mit Ochsengespannen warteten darauf, die Nachhut zu bilden.

Tristans forsche Frage konnte Einhard nicht nur verstehen, er war selbst verärgert über das hastige Vorgehen. Mit einem schnellen Rundblick vergewisserte er sich, dass niemand von Belang sie hören konnte. »Tassilo hat den König gekränkt. Wenn der Bayer in den nächsten Tagen mit seiner Truppe ankommt, ist der König schon fort – damit zeigt er dem Herzog, dass er, der König, der Ranghöhere ist. Wenn Bären streiten, mein Lieber, dann leidet das Gras.«

»Tassilo ist des Königs Vetter, nicht wahr?«

»Ja. Und das macht es noch schlimmer. Natürlich werden uns die Bayern nicht nach Fulda folgen: Der Ort liegt abseits der eigentlichen Marschroute nach Amanaburg, wo die Gaukontingente sich zunächst sammeln, um dann gemeinsam zur Eresburg zu ziehen. Wir werden also wahrscheinlich erst nach den Bayern auf dem Aufmarschfeld eintreffen. Auch das wird Tassilo nicht gefallen, verlass dich drauf!«

Tristan grinste auf eine etwas unverschämte Art. »Erst laufen wir ihm davon, dann lassen wir ihn auf uns warten ... das kann lustig werden!«

Einhard überlegte einen Moment, ob er Tristan nicht über den Mund fahren müsste. Aber wozu? An der Schnoddrigkeit seines Schreibers würde es nichts ändern, und tatsächlich hatte er die Situation in treffende Worte gepackt. Im Übrigen ahnte Einhard – es hätte echten Mut gebraucht, dies gegenüber dem König zu sagen –, dass es Karl nicht unbedingt um das baye-

rische Hilfskontingent ging; in erster Linie wollte er Tassilos
Treue prüfen, in zweiter die eigene Überlegenheit herausstrei-
chen. Vernünftig betrachtet, war die Sachsengrenze ohnehin
zu weit entfernt vom bayerischen Stammesgebiet, um Tassilo
herbeizurufen …

* * *

»Weg da, zur Seite!«

Berittene preschten vorbei. Eilboten? Scara? Oder ein Bannerführer, der Abwechslung brauchte? Für einen wie Arnulf
war es egal, wer die Marschierenden an den Wegesrand drängte
und sie mit Staub überzog. Mit verbissenem Gesicht rückte
er die Deckenrolle zurecht, die sich um seinen Oberkörper
schlang. Wo sie auflag, war die Tunika schweißdurchtränkt.
Über Kreuz mit der Decke hing ein dünner Leinenbeutel mit
Brot, Salzfleisch und Bohnen, auf den wiederum Bogen und
Köcher gebunden waren. Wieder einmal spuckte er den Staub
aus. Seine Kehle war trocken, sein Trinkschlauch aus Ziegenleder war schon seit der Mittagstunde leer. Und doch – selbst das
dumpfe Vorwärtstrotten unter praller Sonne war nicht so übel,
wie zwischen dunklen Steinmauern im Dreck zu sitzen.

Das Verlies war ein Schock gewesen. Der Gestank, die Ratten, die nachts seine Füße anfraßen, die Schreie eines Verrück-
ten in der Nachbarzelle: wie ein Fußtritt in die Magengrube,
nach dem die Atmung nicht gleich wieder einsetzte. Und das
nur wenige Stunden, nachdem er sich auf dem warmen Körper Raglas im Vorhimmel gewähnt hatte … Seine Proteste,
dass er lediglich den Dieb seines Pferdes packen wollte, prallten
am iudex ab. Er und Gaugraf Hartmut hatten ihn wie einen
Verurteilten behandelt, als sie ihn nach einem Tag und einer
Nacht holen ließen. Doch wo war das Gericht? Verlies – oder
Heerbann!

Der iudex hatte eine gefurchte Stirn und durchdringende Augen, die schon alles gesehen hatten. Er hatte von »Gerüchten« gesprochen, nach denen ein Vogelfreier aus dem Hessengau in Franconofurt aufgetaucht sei. Ob er einen Bürgen hätte? Wenn nein, so würde Arnulf im Verlies bleiben. Solange, bis Auskunft aus Friedeslar hinsichtlich des Flüchtigen vorlag …

»Was habt Ihr damit zu schaffen?«, hatte Arnulf wütend gerufen. Er glaubte nicht einen Augenblick daran, dass man sich in Franconofurt dafür interessierte, warum ein Fremder hier eintraf. Aber es war offensichtlich, dass der als Kläger anwesende Gaugraf Männer brauchte. Graf Hartmut fuhr sich immer wieder mit der Hand über den Knebelbart, sah Arnulf streng, aber dann auch wieder wohlwollend an: »Du gehst mit dem Heerbann. Da stehst du unter meinem Schutz. Nach längstens drei Monaten bist du wieder hier und niemand fragt mehr, woher du gekommen bist und was du getan hast.«

Was blieb ihm übrig? Von Tristan, dem nutzlosen Schönling, kam keine Hilfe, nicht einmal eine Antwort. Nach zwei Tagen im finsteren Dreckloch hatte Arnulf dem Grafen tatsächlich Treue für die Dauer des Feldzuges gelobt. Er hätte alles zugesagt, nur um wieder ans Licht zu kommen.

»Feuerstein nenn' ich den da! Sprich ihn an, und es kommen Funken. Aber reden tut er nicht!« Ein Glucksen folgte. Arnulf wusste, dass er selbst gemeint war. Aus den Augenwinkeln sah er eine untersetzte Figur neben sich, die so breit wie hoch schien. Er beschleunigte seine Schritte. Was hatte er mit diesen Leuten zu schaffen? Es waren die Rinahgauer Hartmuts. Es erschien ihm wie eine Verhöhnung, dass diese Krieger aus derselben Gegend kamen wie der Wein, der ihn in diese Lage gebracht hatte!

Die Straße schlängelte sich einen langen Hang hinunter. Schnitter mit nacktem Oberkörper lehnten auf ihren Sensen und beobachteten den Heerzug aus schmalen Augen; Mägde mit großen Kopftüchern und Männerhosen, die Grasbündel zusammenrafften, warfen scheue Blicke auf die Vorbeiziehenden. Einen Herzschlag lang beneidete er die Menschen auf dem Feld: Ein Hitzschlag war die einzige Gefahr für sie. Doch gleich darauf verachtete er sich dafür. Nein, niemals würde ein Dietmar aus ihm werden! Und noch weniger ein Konrad …

Noch immer spürte er das Jesus-Amulett um seinen Hals. Hilde kam ihm in den Sinn, Hilde mit ihrer *ahta* … Wie hatte er so einfältig sein können? Sein schlimmster Traum im Verlies war, dass Hilde ihn dort im Elend sah. Was war denn ein Freier im Verlies? Ein Dreck! »Knecht« hatte Thegan ihn genannt – die schlimmste Beleidigung, die es für einen Freien gab.

Er betete im Stillen, dass seiner Mutter nichts zugestoßen war. Doch das Beten im Stillen fiel ihm schwer, und laut sprechen zwischen den anderen wollte er auch nicht. So gingen seine Gedanken unweigerlich weiter zu Ragla: Intensive Erinnerungen durchkribbelten ihn. Wir sehen uns wieder! Das hatte sie ihm zugerufen, als man ihn vor der Tür der Schenke aufgriff und fortschleppte.

Aber wo? Wann?

Er hielt sich am Straßensaum, denn die Wagenspuren waren tief eingegraben: Dort unglücklich hineinzutreten, konnte einen gebrochenen Knöchel bedeuten. Irgendwann lief er auf einen Pulk von Bannleuten auf. Die Straße war hier vertieft wie ein Hohlweg, ein paar störrische Esel hielten den Verkehr auf. Hundert Schritt weiter wurde die Böschung wieder flacher. Ein paar Reiter standen dort abseits des Weges, die matt glänzende Schuppenpanzer trugen. Arnulf schaute genauer hin – den Mann in der Mitte des Trupps erkannte er. Der Offizier betrachtete ihn reglos wie ein Reptil.

»He da, Hesse! Wo ist dein Pferd?« Spöttisch klang das, wenn nicht gar verächtlich.

»Wo ist Euer Zeigefinger?«, rief Arnulf zurück.

»Soll ich ihm aufs Maul hauen, Hauptmann?« Der Mann rechts von Esiko fragte das nüchtern wie ein Koch, der gleich einer Gans den Hals umdrehen wird. Statt einer Antwort ließ Esiko seinen Rappen direkt auf den Hessen zutraben, bis nur noch eine Schwertlänge Abstand zwischen Pferdekopf und dem Haupt des Hessen war.

»Ich hab' dich was gefragt, Mann.«

Arnulfs Zunge fuhr über die trockenen Lippen. Er ärgerte sich über die herablassende Ansprache, aber es war nicht der Ort, um Statusfragen zu klären. »Das Pferd wurde gestohlen. Jetzt wisst Ihr's. Und ich hatte den Dieb zwischen den Fingern …«

»Und dann hast du noch zwei anderen die Knochen zerschlagen, was? Oder waren es drei?«

»Euch kann es gleichgültig sein.« Arnulf wischte sich den Schweiß von der Stirn und lief weiter. Niemand konnte ihn zwingen, sich beleidigen zu lassen. Doch Esiko ließ sein Pferd im Schritt neben Arnulf herlaufen.

»Einhard hat deinen Arsch gerettet, Junge. Der hat 'n weiches Herz! Aber Thegan wird dir die Haut abziehen. Meinst du, der findet dich nicht?«

»Thegan ist in Friedeslar!« Die Schweißtropfen, die Arnulfs Schläfe hinabliefen, kamen nicht nur von der Hitze.

»Nicht mehr lange«, sagte der Offizier halblaut. »Mach dir ein paar Freunde, die nicht davonrennen, wenn jemand mit dem Schwert auf dich losgeht. Sonst erlebst du nicht mal die erste Schlacht mit den Sachsen.« Er schnalzte und gab seinem Pferd die Sporen.

Mit einem hohlen Gefühl im Bauch schaute Arnulf ihm und den aufsteigenden Staubwölkchen hinterher. ›Das Heer wird

nicht durch das Adranatal marschieren‹ – das hatte Graf Hartmut behauptet. Hatte er gelogen?

So oder so, irgendwann würden die Hessen zum Heer
stoßen …

Kapitel XIII

Auf der Straße zwischen Franconofurt und Fulda, Juni 772

Arnulf saß im Schatten einer großen Birke und betrachtete das Gewirr von Menschen, Pferden und Ochsen, die ihren Durst am Ufer eines flachen Wasserlaufs stillten. Am Nachmittag hatte er zwei Krieger über eine Frau sprechen hören: eine Rothaarige, auf einem der Marketenderwagen. Sein Herz hatte höher geschlagen, aber er traute sich noch nicht, auf ein Wiedersehen mit Ragla zu hoffen; sie hatte in der Nacht erzählt, dass Wulfram mit dem Heer nach Norden ziehen würde, um an der Grenze Handel zu treiben. Kehrte er heil wieder heim, konnte er riesige Gewinnspannen auf Honig, Wachs und Felle erzielen. Aber es hatte nicht so geklungen, als würde Ragla mitreisen ... Vielleicht hatte sie ihm einfach verschweigen wollen, dass sie Franconofurt bald verließ? Oder einer von Wulframs Dienstleuten war im letzten Augenblick davongelaufen, und nun musste Ragla die Lücke füllen. Oder – und dieser Gedanke fügte ihm Schmerzen zu – sie hatte gelogen und teilte doch sein Lager ...

Seit seiner Ankunft am Lagerplatz beobachtete er angespannt die Umgebung. Hinter dem Flüsschen lagen die Gebäude eines Fronhofs und ein paar Bauernhütten. Die Wiesen beiderseits des Ufers waren mit den ersten Kochfeuern und Giebelzelten bedeckt. Nahe dem Wasser erkannte Arnulf Männer seines Banners, die zwei Gänse rupften. Ein Banner, das waren die zwanzig, vierzig oder mehr Mann, die aus einer Siedlung oder einer Gemarkung kamen und unter Führung eines Edelmannes in den Kampf zogen.

Er stand auf, um das Treiben besser überblicken zu können. In hundert Schritt Entfernung entdeckte er einen massiven, kahlköpfigen Kerl, der gerade die Ochsen eines Planwagens abschirrte. Wulfram!? Arnulf hatte nicht erwartet, dass er sich freuen würde, diesen Grobian wiederzusehen. Als er den Wagen erreichte, drängte sich bereits eine Traube von Männern vor einer schlichten Theke, die aus zwei Fässern und einem Brett bestand. Entschlossen drängelte er sich durch nach Schweiß und Leder riechende Gestalten nach vorn. Tatsächlich, sie war dabei: Ragla hatte einen Sonnenbrand, keck stachen ihre Sommersprossen hervor. Sie trug ein langes Hemd über Männerhosen und überreichte einem blonden, hochgewachsenen Kerl ein Stück schwarzbraunes Salzfleisch. Als der Mann sich umdrehte, noch ein Grinsen im Gesicht, durchfuhr Arnulf ein Schreck: Es war niemand anderes als Gero, der Bogner aus Childerichs Leibwache. Und nun erkannte er zwei oder drei Armlängen neben sich noch einen von denen, die beim Kampf an der Adrana dabei gewesen waren. Verunsichert löste er sich aus der Ansammlung. Hatte der hessische Gaugraf dem König einen Teil seines Kontingents entgegengeschickt? Plötzlich ergaben Esikos Worte einen Sinn! Ratlos stand er für ein paar Augenblicke am Rand des Auflaufs. Dann schleppte er sein Bündel zu der Stelle, wo die Männer die Gänse zubereiteten, nicht ohne wachsame Blicke nach links und rechts zu werfen. Er musste auf eine andere Gelegenheit warten – aber wann würde das sein, inmitten so vieler Menschen?

Als er sich umdrehte, stellte er fest, dass ihm jemand folgte: Ein mittelgroßer Hund mit heraushängender Zunge, der die Rinahgauer seit Tagen umstreunte. Der helle Fleck auf dem braunen Kopf war wie ein Erkennungszeichen. Niemand wusste, wo das Tier herkam, doch dieser wusste immer, bei wem noch ein Stück hartes Brot zu finden war. Irgendwie mochte Arnulf den streunenden Köter. Das Tier winselte laut, als es über den Flammen schmorende Gänse roch. Die Männer ums Feuer beäugten den Hund misstrauisch. »Schick ihn in den Wald! Der soll sich ein Reh holen!«

Arnulf ließ sich mit knapp zehn Schritt Abstand von den Essern auf seiner Decke nieder. Langsam kaute er die letzten Bissen Trockenfleisch; nach nur drei Tagen Marsch waren seine mageren Vorräte fast aufgebraucht. Überrascht schaute er auf, als ihm ein vierschrötiger Kerl ein duftendes, braun gebratenes Gänsebein reichte. »Willst nichts von uns wissen, was? Aber Hunger hast du, wette ich!« Er grinste breit. In die Lücken zwischen seinen Stummelzähnen hätten Mohrrüben gepasst.

Arnulf schlang ein paar Stück fettes Fleisch hinunter, bevor er vor Streuners Blick kapitulierte und ihm etwas zuwarf. Schließlich setzte er sich zu den anderen. »Danke, Leute. Das tat gut.«

Gutmütiges Gebrumm und ein paar Rülpser antworteten ihm. Die meisten waren älter als er. Sie kamen aus Wisabada und den fruchtbaren Auen um Ingilinheim. Arnulf blieb wortkarg, als man ihn fragte, wie er als Hesse am Moyn gelandet war.

»Wo ist dein Schild?«, fragte schließlich der, der ihm Fleisch gegeben hatte.

»Ich hab' nur den Bogen und fünfundzwanzig Pfeile …« Zehn Pfeile davon hatte er vom Trossmeister des Gaugrafen Hartmut bekommen. Als Geschenk, wie man großmütig betont hatte.

»Wenn du die verschossen hast, sind alle Sachsen tot, was? Ich bin Bero.« Zahnlücken grinsten ihn an. »Grimbald, ohne Schild lebt man nicht lange, stimmt's?«

»Kommt drauf an.«

Der Angesprochene saß auf der anderen Seite des heruntergebrannten Feuers und schnitzte an einer Holzfigur von der Größe einer Kinderfaust. Sein Haar war kurzgeschnitten, wie bei Bauern, doch das Gesicht hatte etwas Feines, mit einer schmalen Nase und hohen Wangenknochen. »Gekämpft wird vorne. Überleben tust du hinten. Die meisten Bannleute stehen hinten, mit oder ohne Schild, klar? Aber wenn wir Glück haben, kommt es gar nicht zur Schlacht. Meistens verhandelt man, und dann geht man wieder nach Hause …«

Bedeutungsvoll raunte Bero zu Arnulf: »Er hat schon im skaron gekämpft!«

»Ach was! Ein paar Speere habe ich in die sächsische Schlachtreihe geworfen, mehr nicht. Kann nicht mal sagen, ob ich einen der Heiden getroffen habe!«

»Was meint Ihr mit skaron?«, entfuhr es Arnulf. Und er wunderte sich über sich selbst, dass er den Erzähler mit »Ihr« ansprach; er war ein Freier, ein Krieger des Heerbanns, wie Arnulf selbst. Aber der andere hatte die Ausstrahlung eines Wissenden, und das empfanden offenbar auch die übrigen Männer so. Es war ruhig geworden in ihrem Kreis, denn alle hörten nun zu. Obschon viele der Männer auf Feldzügen gewesen waren, hatten die wenigsten eine offene Feldschlacht erlebt, wurde Arnulf klar. Wie viele von den Kriegsgeschichten und Heldenerzählungen, die er in Friedeslar gehört hatte, waren wahr gewesen?

»Skaron, Hesse, so nennt man die Schlachtordnung, wenn das Heer aufmarschiert. Vor dem Zusammenprall. Wie bei einem Wisent: Vorne sind die Hörner, da ist das Biest am härtesten. Da stehen die Krieger, Leute mit *ahta*, Gaugrafen, Edle und Bannerführer.«

»Und die mit Kettenhemden!«, grummelte Bero. Neidisch klang das.

»Ja, und die Krieger der Scara. Schild an Schild stehen sie, zwischen ihnen ist nur so viel Abstand, dass der Schwertarm schlagen kann. Dahinter kommen die einfachen Bannkrieger mit Wurfspießen und Schwert oder Kurzschwert. Noch weiter hinten die Bogenschützen. Es ist zehn Jahre her, dass wir gegen die Sachsen gezogen sind, unter Pippin war das noch …«

»Erzähle, Grimbald!«

Der Schnitzer pustete ein paar Späne von seiner Arbeit und betrachtete sie kritisch. Er mochte Anfang dreißig sein. »Was wollt ihr hören? Alle haben angegeben wie ein Bock im Kräutergarten – bis es losging! Da wurden nur noch Gebete gemurmelt, sage ich euch. Und wer still war, der war noch besoffen vom Bier … Die Sachsen kamen einen Hang runter auf uns zu, wir – unser skaron – wir sind mehr oder weniger stehengeblieben … Die Heiden brüllten beim Angriff in die Innenseite ihrer Schilde, und ihre Hörner machten einen widerlichen Krach. Dann prallte ihre Schlachtreihe auf unsere, das war wie der Lärm der Hölle.«

Arnulf war gefangen in dem Bild, das Grimbald gemalt hatte. »Im skaron kämpfen heißt also, dem Feind ins Auge zu sehen?«

»Ja, aber wer bei Trost ist, drängt sich nicht vor!«, gab der Rinahgauer trocken zurück. »Bekommt meine Familie eine Entschädigung vom König, wenn ich sterbe? Nein! Und wenn ich verkrüppelt werde, wen kümmert's? Wir können zuhause höchstens damit prahlen, dass wir den Sachsen die Faust gezeigt haben, das ist alles. Die Beute teilen sich ohnehin die Großen …«

Arnulfs Neugier kannte kein Halten mehr. »Was ist dann passiert, als die Schlachtreihen zusammengeprallt sind?«

»Du willst es genau wissen, was?« Grimbald warf dem Hessen einen forschenden Blick zu. »Die haben sich auf uns gestürzt wie Wahnsinnige. Man sagt ja, sie fürchten den Tod nicht – weil sie zu ihren Göttern auffahren, wenn sie in der Schlacht sterben, in ihren Himmel Walhall. Da fressen und saufen sie dann nur noch … Aber vielleicht sind sie auch einfach nur – dumm?!« Der Sprecher zuckte die Achseln und sah sich im Kreis der Kameraden um. Der eine oder andere lachte verhalten, aber es war kein selbstsicheres Lachen. Alle hingen an seinen Lippen. »Am Schlimmsten, sage ich euch, am schlimmsten sind diese großen Äxte … Mit denen kannst du einen Ochsen erschlagen.«

»Aber wie habt ihr sie besiegt?«

»Es ging eine Weile hin und her … meine Kameraden und ich haben unsere Speere geworfen und unsere Bogner haben in die Bastarde hineingeschossen. Aber das hat die Kerle nicht sonderlich beeindruckt. Sie haben viele unserer Krieger niedergemacht, bis unsere Reiterei irgendwann von der Seite angriff und ihre Flanke zurückdrängte. Verfolgen, schrien die Bannerherren. Wir sollten ihnen nachsetzen, aber – wir hatten genug. Da lagen hundert oder zweihundert Mann in ihrem Blut, tot oder verstümmelt.«

In der Glut knackte es. Alle schwiegen einen Augenblick.

»Sie können sich unsichtbar machen«, sagte jemand. »Mit einem Zauberstein. Die Heiden könnten aus jeder Richtung auftauchen …«

»Ach ja? Und warum machen die dann so einen Krach beim Angriff?«

»Fragen wir den Hessen«, sagte Grimbald. »Du kommst von der Grenze, oder?«

Arnulf spürte jetzt Blut in den Wangen. »Wenn ihr Zauberei meint, daran mag ich nicht glauben … Aber ich hab' auch schon das Weiße in ihren Augen gesehen! An der Adrana! Da haben Sachsen unseren Erkundertrupp angegriffen …«

Bero pfiff durch die Zähne. »Dann bist du ein Kriegsheld, was? Ohne Schild und Schwert und Panzer?!«

Ein paar lachten, aber Grimbald musterte ihn nun mit offener Neugier.

»Du hast gekämpft? Womit?«

»Mit dem Bogen.« Arnulf hatte sich aufgerichtet, er konnte das nicht im Sitzen erzählen. »Wir haben eine Furt gesichert, mit einem halben Dutzend Bogner. Als der Paladin mit der Leibwache zurückkam, griffen uns die Sachsen an. Die waren ganz plötzlich da, bevor wir wussten, was los ist. Wir haben geschossen, was die Sehne hielt …«

»Hattet ihr keine Schwertkämpfer?«

»Die sind davon, sage ich euch, mit dem Paladin. Als sie durch den Fluss waren, sind sie alle wie der Blitz auf und davon. Es ging um eine kostbare Fracht mit Glas … Wir kamen nicht mehr hinterher. Mein Kamerad ist erschlagen worden.«

»Ich kenne keinen, der bei sowas mitgegangen wäre«, knurrte Bero, während er mit einem Wetzstein die Schneide seines Schwertes zu schärfen begann. »Wozu hat der Gaugraf Kriegsknechte? Hast du ihm die Meinung gesagt, als du wieder zurückkamst, ja?«

»Oh ja!«, stieß Arnulf auf und merkte, dass ihn nun sämtliche Männer ums Feuer herum anblickten. Langsam setzte er sich wieder hin. »Ich hab das Schwein … aah!« Er machte einen abrupten Fauststoß in die Luft, die den anderen mehr sagte als viele Worte.

»Du musstest fliehen«, stellte Grimbald ruhig fest. »So was kommt vor, wenn man sich nicht alles gefallen lässt … Sei's drum, halt dich bei uns, beim Banner aus Wisabada. Unser Bannerführer ist ein besoffener Grobian, aber kämpfen kann er; du wirst ihn noch kennenlernen. Und was dein Schild angeht: Du brauchst ein paar Bretter Lindenholz, ein Zoll dick. Es ist hart und doch leicht. Und gehämmertes Eisen für den Schildbuckel.«

Arnulf schnaubte. »Wozu soll ich einen Schild mitschleppen? Wenn ein Bogenschütze einen Schild braucht, dann ist die Schlacht verloren!«

»Das könnte man meinen …« Ein leichtes Lächeln umspielte Grimbalds Mundwinkel, als er sich etwas vorbeugte. »Aber ich will dir was verraten, Arnulf aus Hessen: Es kommt oft anders, als man denkt!«

Kapitel XIV

Fulda, Juli 772

Der Tag, an dem der Stern des königlichen Consiliarius Einhard verglühte, war ein Sonntag – und der Ort des Geschehens war ausgerechnet die Stadt, in der Einhard einst die Klosterschule besucht und sich die Fertigkeiten zugelegt hatte, die ein junger Mann im Dienst von Gebildeten brauchte: Fulda.

Der König hatte am Grab des Bonifatius in der steinernen Kirche Fuldas gebetet. Es war ein dreischiffiger Bau, beeindruckender noch als Haerulfisfeld. Die Gebeine des Heiligen waren unter einer Steinplatte vor dem Altar beigesetzt. Bunte Heiligenbilder an den Wänden zeigten die Leiden anderer Märtyrer, in deren Reihe sich Bonifatius einst durch seinen Missionarstod in Friesland eingereiht hatte: Laurentius auf einem glühenden Rost war da abgebildet und der von Pfeilen durchbohrte Sebastian, aber auch – dies war Einhards Lieblingsbild – der Heilige Hieronimus vor seiner Eremitenhöhle, wie er einem Löwen einen Dorn aus der Tatze zieht. So gründlich studierte er die Einzelheiten der prachtvollen, auf den Putz der Wand gemalten Bilder, dass er Boso erst spät bemerkte – der angehende Abt kniete direkt neben dem König! Als er die beiden durch eine kleine Seitentür verschwinden sah, spürte er eine erste Gänsehaut. Es lag nicht an der Temperatur – die Hitze der letzten Tage war in eine Schwüle übergegangen, die die Gemüter reizbar machte.

Der Schatten des Sonnenzeigers an der Südwand der Kirche zeigte eine Stunde nach Mittag; für die dritte Nachmittagsstunde war die Weihe Bosos auf der Ochsenwiese zwischen Stadt und Fluss angesetzt. Vom Wehrgang der Stadtpalisade konnte Einhard die Vorbereitungen überblicken: Ein Podest war gezimmert worden, Mönche und Bedienstete des Klosters schleppten Bänke für den Hofstaat herbei. Auf dem Podest war noch eine Erhöhung, auf der – es konnte gar nicht anders sein – der Herrscher sitzen würde. Einige hundert Schaulustige hatten sich bereits versammelt, auch Frauen und Halbwüchsige darunter, denn den König und seinen Hofstaat würden sie in ihrem Leben vielleicht kein zweites Mal zu Gesicht bekommen.

»Einhard! Herr!«

Einhard schreckte auf, wäre fast zwölf Fuß vom Wehrgang in die Tiefe gestürzt, denn er hatte im Stehen gedöst. »Herr, der König!« Tristan stand unter ihm, gestikulierte. »Er will Euch sofort sprechen!«

Trotz der Hitze spürte er wieder die Gänsehaut, als er zügig die nächste Treppe hinunterstieg. Tristan führte ihn zu einem verputzten Steinbau, den es zu Einhards Jugendzeit noch nicht gegeben hatte. Sonnenlicht brach sich in zwei Glasfenstern, die allein reichten, dem Gebäude eine Aura zu geben. Innen war es einigermaßen kühl; der Herrscher der abendländischen Christenheit saß auf einem Holzstuhl in der Mitte des Raums.

»Ich bin enttäuscht«, sagte der König.

Keine Begrüßung, keine Aufforderung, Platz zu nehmen – Einhard stand wie ein Sünder vor dem Richter.

»Mein König …?«

Im Hintergrund regte sich etwas. »Ihr habt Euch höchst unklug verhalten.« Erst jetzt sah er den Umriss von Fulrad in der Ecke hinter einem Tisch hervorkommen. »Childerich wird nur mit dreihundert Mann kommen, Consiliarius. Nicht mit achthundert. Und er hat großen Hader gegen Euch.«

Der König hatte den Kopf in die Hand gestützt und blickte an Einhard vorbei. »Childerichs Paladin ist eingetroffen: Thegan. Sie haben weitere Sachseneinbrüche, sagt er … Aber darum geht es gar nicht.«

Einhard hörte eine Fliege summen, dann war es einen Augenblick still.

»Ihr habt einen Mann vor der Festnahme bewahrt, der den Paladin des Gaugrafen öffentlich angegriffen hat?« Fulrads Stimme wurde scharf, als er langsam nach vorne trat. »Der für vogelfrei erklärt wurde?!«

Einhard wollte antworten, doch – er bekam keine Luft.

»Rechtfertigt Euch«, sagte der König mit gefährlicher Ruhe.

»Ja, ich habe ihm geholfen …« Einhard schluckte. »Er hat meinem Schreiber das Leben gerettet, als wir von Sachsen angegriffen wurden.«

»Eurem Schreiber, ja?« Fulrad packte Hohn in diese Frage, die keine war. »Da ist ein gesuchter Übeltäter, der einen der wichtigsten Gaufürsten bloßgestellt hat; den lasst Ihr laufen, weil er Eurem Bediensteten geholfen hat? Ihr wart als Königsbote unterwegs, Einhard, als *missus domenicus*. Würdet Ihr sagen, dass Ihr Eurem König einen Dienst erwiesen habt?«

Die Fliege umschwirrte Einhards Kopf. »Thegan … hat er sich beklagt?«

Der Schreibgriffel tauchte in der Hand des Königs auf. »Nicht nur er, auch Boso, der neue Abt.« Er hob den Blick und sah seinen Boten an, als spräche er zu einem uneinsichtigen Kind. »Der Hessengau ist die wichtigste Grenzmark im Norden. Wenn Childerich aus irgendeinem Grunde ein Stillhalte-Abkommen mit Widukind schließt, wenn er gar eine Verständigung mit den Heiden sucht, weil er sich von meinen Hofleuten schlecht behandelt fühlt – dann sind wir gescheitert, Einhard!« Er hob den Griffel und presste die Spitze flach auf sein Kinn. »Wieviel ist die Haut irgendeines hitzköpfigen Narren dagegen wert? Und warum muss ich das jemandem *erklären*, der so viel Verstand hat wie Ihr?«

Einhard wusste, er musste kämpfen. Und doch spürte er dieselbe heißkalte Leere wie zuvor auf der Palisade. »Es tut mir leid, Herr, dass wir …«

»Das Große gegen das Kleine abzuwägen«, fiel Fulrad ihm ins Wort, »das Interesse des Reiches gegen das Einzelinteresse: Das ist das Handwerk eines Diplomaten.« Seine Lippen waren jetzt wieder wie ein Fischmaul, er holte Luft – und biss zu. »Der König hat meinem Vorschlag zugestimmt, auf Eure Dienste zu verzichten. Ihr dürft Euch entfernen.«

Einhard zuckte zusammen.

Vor ihm saß der König, überflutet vom durch das Glasfenster fallenden Licht. Der Herrscher hatte ein Kästchen hervorgeholt und ritzte etwas in die eingeschlossene Wachsfläche. Lippen formten Worte – er war bereits mit einem anderen Thema beschäftigt!

Langsam ging er zur Tür, mechanisch einen Fuß vor den anderen setzend. Doch Fulrad wäre nicht Fulrad gewesen, wenn er dem Gestürzten nicht noch Häme hinterhergeschickt hätte. »Der Marschalk, Einhard, ist übrigens dankbar für Hilfe in den nächsten Wochen. Haltet Euch zu seiner Verfügung.«

Als er vor die Tür trat, blendete ihn die Sonne.

* * *

Einhard wollte allein sein. Doch dies war ein Bedürfnis, das in Fulda an jenem Tag schwer zu befriedigen war. Aus der gesamten Umgebung, ja aus Haerulfisfeld und anderen Orten waren die Menschen zusammengekommen, um der Abtsweihe beizuwohnen. Die Kirche quoll über von jenen, die die Gelegenheit für einen Besuch des Heiligengrabs nutzten. Die Berührung des Grabes würde Ausschläge, Knochenleiden und Darmschmerzen beenden und die Geburt gesunder Kinder bringen. Die

Fremdenunterkünfte waren überfüllt mit Hofleuten und den Bannerführern, die sich einen Platz in der Stadt leisten konnten.

So stieg der ehemalige Consiliarius wiederum auf den schattenlosen Wall hinauf. Seine Augen verfolgten die Bewegungen auf der Ochsenwiese, doch sein Geist war weit weg. Er musste an seine Kindheit auf dem königlichen Wirtschaftshof bei Babenberg denken, an die Zeit in der Klosterschule; er sah das stolze Gesicht seines Vaters vor sich, als Einhard seine erste Beschäftigung als Schreiber in einer Pfalz erlangt hatte; die Freude der Mutter, als er sich mit der Tochter eines Amtmannes, eines gottesfürchtigen *maiors*, vermählte. In der Liebe zu dieser so frohsinnigen wie frommen Frau fand er ein Glück, das er nicht für möglich gehalten hatte. Ihr Bauch zeigte bereits die Wölbung neuen Lebens, als ein Fieber sie dahinraffte.

Es war ein fürchterlicher Schmerz gewesen. Tag für Tag, Jahr für Jahr fragte er sich, warum der Höchste ihm das angetan hatte. War es die Strafe für Einhards Hochmut? Die eitle Zuversicht, allein mit eigenen Kräften sein Glück machen zu können, ohne die Hilfe einer einflussreichen Sippe, ohne einen alten Namen?

Nur durch eine glückliche Fügung hatte er schließlich eine Anstellung bei einem königlichen Ratgeber bekommen, der ihn mit nach Italien genommen hatte. Sein Dienstherr verhandelte mit päpstlichen Vertretern über den militärischen Schutz des Frankenkönigs für den Heiligen Stuhl, denn schon damals schob sich das Reich des Langobardenkönigs von Oberitalien aus bedrohlich nach Süden vor und drohte dem Kirchenstaat die Luft zu nehmen.

Freilich hatten die Römer eine eigene Art, Geschäfte zu machen. Niemals fühlte man sich unbeobachtet in den bröckelnden Palästen. »Trauen kannst du nicht mal den Wanzen im Bett«, warnte ihn sein Mentor. Aber immer wieder hatten ihnen die päpstlichen Kanzlisten Dokumente vorgelegt, die zeigten, dass der Langobardenkönig freundschaftliche Bande zu den Bayern knüpfte – die die Alpenpässe kontrollierten: Wenn Italien ein Weinkrug war, dann waren die Alpenpässe der Korken!

Zurück in der Francia, hatte Einhard eine Ausarbeitung über die Gefahr eines Bündnisses des Bayernherzogs mit dem Langobardenkönig Desiderius verfasst. Wie aufgeregt war Einhard gewesen, in Gegenwart des Königs seine Beobachtungen vorzutragen! Plötzlich hatten sich auch andere Consiliarii im Gefolge gemeldet, die die Scara nach Süden marschieren lassen wollten, um Tassilo zur Treue zu zwingen und die Langobarden zu züchtigen. Doch ausgerechnet Bischof Fulrad, stellte sich heraus, war ein Vertreter der »Nordpartei«: Für ihn hatte Sachsen Vorrang. Dort gab es neue Seelen für den Glauben zu gewinnen, dort würde man früher oder später Bistümer einrichten! Der Silberstrom des Kirchenzehnts sollte dort fließen, je eher, desto besser …

Nun spielte all das keine Rolle mehr. Er war gescheitert. Einhard war versucht, Schuld bei Tristan zu suchen. Oder bei dem Hessen, der wie ein junger Eber seinen Weg gekreuzt hatte. Unwillkürlich schüttelte er den Kopf – er selbst hatte entschieden, den Retter seines Schreibers nicht auszuliefern. Weil er zu *weich* gewesen war! Einhard musste sich eingestehen, dass er einer alten Schwäche erlegen war. Als er einst als Verwalter einer Pfalz zu milde Strafen gegen rebellische Hörige verhängt hatte, hatte ihm der Pfalzgraf das immer vorgeworfen: ›Versucht nicht, gerechter zu sein als Salomo!‹

Nun hatte ihn diese Weichheit mit fatalen Folgen abermals eingeholt.

Der anschwellende Gesang der Geistlichen auf dem Feld unterbrach seine Gedanken. In der Entfernung konnte er Fulrad mit erhobenen Armen sehen, dahinter den König. Das Podest war mit Altartüchern und silbernen Messkelchen bedeckt. Die

Menge stimmte einen Choral an, der breit und schwer wie eine Meereswelle über die Ebene lief.

Einhard lauschte dem Gesang und atmete tief ein und aus. Obwohl all seine Ambitionen heute zerstört worden waren, fühlte er sich allmählich wieder besser – und je stärker seine Kräfte zurückkamen, desto mehr fragte er sich, wohin mittags diese Kräfte verdunstet waren. Er hatte sich abschlachten lassen!

Der Henker seiner Laufbahn stand in vollem Ornat auf dem Podest, die Hände auf dem Kopf des knienden Boso. Die Masse des Volkes stand mit dem Rücken zur Sonne. Das Ganze war ungeschickt ausgerichtet, denn allein der König hatte die Sonne direkt im Gesicht. Tatsächlich schien der Herrscher in seinem Sitz erstarrt zu sein – oder spielten Einhards Augen ihm einen Streich? Er sah zum Himmel, blinzelte, sah nach unten, schaute dann wieder ans Firmament. Der Sonnenball war nicht mehr rund!

Einhard trat mit den Zehen gegen einen der Balken vor ihm, kostete den Schmerz und sah wieder zur Sonne: Es war kein Traum. Die Sonne wurde kleiner! Eine schwarze Fläche wuchs in die gleißende Scheibe hinein. Er sah den König am Sitz festgekrallt, den Kopf etwas erhoben – der Herrscher sah, was Einhard ebenfalls erblickte. Wann würde die mehr als tausend Köpfe zählende Menge es bemerken?

Erste Überraschungsrufe der Wachen auf dem Wall ertönten. Aufgeregt zeigten die Männer an den Himmel. Weiter und weiter fraß sich das schwarze Rund in die Sonnenscheibe hinein, als hätte der Schöpfer einen Pecheimer ausgegossen. Einhard umklammerte die Palisadenspitze mit beiden Händen und spürte eine kribbelnde Erregung wie noch nie zuvor in seinem Leben.

* * *

Arnulfs erstes Gefühl war Beklemmung. Dann griff die Angst der anderen auf ihn über. Was das sei, fragte er den nächstbesten. Es war Grimbald, der sich mit offenem Mund dreimal bekreuzigte. »Das Jüngste Gericht!« Finger zeigten in den Himmel, der Gesang hatte sich in entsetzte Schreie aufgelöst.

»Gott kommt!«

Schreckensrufe wanderten durch die Menge. Arnulf sah die Menschen um sich herum wogen wie ein Getreidefeld im Sturm. Eine Familie hatte sich samt der Kinder auf den Boden geworfen, heiser schrien sie Sünden und die Bitte um Erlösung hinaus. Eine Gruppe von Mönchen war in die Knie gegangen, gefaltete Hände hochgereckt, und stammelte mit geschlossenen Augen Gebete. Krieger der Scara hätten Arnulf fast niedergerannt, als sie sich einen Weg zum Fluss bahnten. »Feuer wird vom Himmel fallen«, schrie einer. Andere vergaßen selbst im Anblick des kommenden Endes nicht ihren Treueschwur und halfen dem König vom Podest. Ihnen gab Fulrad nach Luft schnappend die Richtung vor: »Zum Grab!«

Instinktiv lief Arnulf dem Herrscher hinterher, vorbei an weinenden Frauen, die ihre Kinder hinter sich her schleiften, und Pferden, die sich irgendwo losgerissen hatten. Fledermäuse schwebten über ihn hinweg, als er das Tor erreichte. *Die Kirche!* Menschen drängten sich mit aufgerissenen Augen vor dem Eingang – der Bau warf keinen Schatten mehr. Stattdessen hatte ein Wind eingesetzt, der nach Tagen stiller Luft umso gespenstischer war. Kreischend brach eine Frau zusammen, sofort gingen Füße über sie hinweg. Rücksichtslos drängten die Menschen in das Gebäude, um am Grab des Heiligen Schutz zu suchen. Wer stolperte, kam nicht wieder hoch. Auch die Mönche, die mit Fulrad in der Mitte das Kirchenportal erreichten, achteten nicht mehr darauf, wer da von der Menge und von ihnen selbst zertrampelt wurde.

Einhard war mit pochendem Herzen zu seiner Unterkunft gehastet. Als er endlich die Pergamentrolle im wasserdichten

Holzzylinder seines Reisegepäcks gefunden hatte, herrschte nur noch Dämmerlicht. Er musste die Seite direkt vors Gesicht halten, um etwas lesen zu können. Ein Schauder durchlief ihn, als er die entscheidende Stelle fand. Mit hämmerndem Herzen lief er nach draußen und bahnte sich einen Weg zur Kirche. Es schien eine Ewigkeit zu dauern, bis er sich mit den Ellenbogen soweit vorgedrängt hatte, dass er die Sandsteinplatte erahnen konnte – sie war bedeckt von Verzweifelten.

Wo war der König?

Es waren so viele Menschen im Kircheninnern, dass Einhard im Halbdunkel kaum mehr als ein paar Schritte weit sehen konnte. Er rief nach *Carolus Rex*, so laut er konnte, doch seine Stimme ging im Lärm unter. Endlich entdeckte er den Herrscher zusammen mit Fulrad in einem Alkoven, einer Ausbuchtung an der Kirchenwand. Beide knieten. Einhard verstand nur Wortfetzen. Rücksichtslos arbeitete er sich vor.

»Mein König! Die Sonne kommt zurück!«

Carolus Rex beachtete ihn nicht, vielleicht konnte er ihn auch nicht hören. Einhard beugte seinen Kopf an das Ohr des Mannes, der ihn vor wenigen Stunden aus dem Dienst entlassen hatte.

»Der Mond liegt vor der Sonne, Herr! Es ist kein Gottesgericht! In einer halben Stunde ist es wieder hell!«

Der Herrscher blickte auf. Todesahnung kämpfte mit Hoffnung. »Die Sonne kommt wieder? «

»Ja. Der Mond verdunkelt die Sonne …« Einhard schrie so laut er konnte. »Ein Grieche hat vor langer Zeit dasselbe beobachtet – eine Ellipse. In spätestens einer Stunde ist es wieder taghell, glaubt mir!«

Der Griff des Königs um Einhards Arm war wie eine Eisenzange. »Schwört bei allen Heiligen, schwört bei Eurer Gattin im Himmel, dass das wahr ist!«

Einhard schluckte und schwor – er hatte nichts mehr zu verlieren.

»Glaubt ihm nicht!« Fulrad richtete sich halb auf, bleich, aufgedunsen. »Am Tag des Jüngsten Gerichts verdunkelt sich der Himmel, Stürme gehen übers Land – so steht es in der Heiligen Schrift! Die Zeichen sind eindeutig!«

Doch der Herrscher hatte beschlossen, dass die Erklärung des *gilerito* ein würdigeres Verhalten ermöglichte, als mit den Untertanen dem Ende entgegen zu wimmern. Rücksichtslos bahnte er sich einen Weg ins Freie, den zwei Fuß kleineren Einhard hinter sich, wie ein mächtiger Stier mit einem Jungtier. Wer den König erkannte, wich zurück. Tatsächlich ließ die Starre des Erschreckens allmählich nach; am Himmel war nun eine schmale Sichel zu sehen, die gleißend hinter der dunklen Scheibe hervorkam. Verblüfft sah der König Einhard an.

»Heilige Mutter Gottes, Ihr habt recht!« Er bekreuzigte sich. »Was für eine grausame Täuschung!« Kopfschütteln. »Und was für ein Omen für den Feldzug!«

Einhards Hirn arbeitete fieberhaft. »Mein König, es ist so …«

»Wisst Ihr noch mehr? Redet!«

Die Hoffnung, die der Consiliarius in den Augen seines strengen Herrn sah, gab ihm neuen Mut. »Der Mondschatten … Die Sachsen, mein König, die Sachsen sind höchstens hundert Meilen entfernt – bei ihnen ist es immer noch dunkel, wahrscheinlich noch dunkler!« Einhard hatte keine Ahnung, ob er die Wahrheit sagte oder nicht. Doch er spürte, wie seine Worte den König mit neuer Kraft aufluden. Und wie diese Kraft sofort wieder zu ihm, zu Einhard, zurücklief.

Erregt nickte der König, seine Rechte strich immer wieder über den Schnurrbart. »Ein Zeichen für die Sachsen, meint Ihr …«

»Weil Ihr sie schlagen werdet, mein König! Ihr werdet ihr Heiligtum zerstören, die Irminsul.«

Im Gesicht des Königs arbeitete es. »Natürlich! Ein Zeichen für das, was die Heiden erwartet!«

Er sah sich um. Nach wie vor lagen und knieten Männer und Frauen wie geprügelte Hunde um sie herum, nur die Mutigsten warfen einen Blick an den wieder heller werdenden Himmel. Einhard wies zum Wall. »Geht hinauf und zeigt Euch den Menschen, Herr! Ihr werdet sie aufrichten!«

Der König der Franken verstand sofort, was sein ehemaliger Consiliarius meinte. Er lief zum nächsten Aufgang, nicht ohne Einhard über die Schulter zuzurufen: »Der Blitz möge mich treffen, wenn ich noch einmal auf Eure Dienste verzichte!«

Ein Lächeln erschien auf dem Gesicht des Beraters, als er seinen König zum Wehrgang hinaufeilen sah. Zum zweiten Mal an diesem Tag ging nun die Sonne auf. Mit ausgebreiteten Armen stand der König auf dem Wehrgang und rief seinen Untertanen zu, sich zu erheben. Er ließ sie wissen, dass der Herr auf ihrer Seite war. Sie hörten es und sahen die mächtige Gestalt des Königs über ihnen. Und sie wollten glauben, dass es so war.

»Heil dem König! Heil!« Der Ruf pflanzte sich fort wie ein Feuerbrand, und noch am Flussufer konnten die Geflohenen die dröhnenden Worte hören.

Kapitel XV

Fulda, Juli 772

Es war keine einfache Erklärung: Die Finsternis war ein göttliches Zeichen, aber eines an die Feinde des Frankenheeres. Kaum jemanden überzeugte das. Und dass das Ganze allein vom Mond herrühren konnte, mochten wiederum nur eine Handvoll der nüchternsten Beobachter gelten lassen.

Nicht nur Gaufürsten und Truppenführer zweifelten, auch die Geistlichen suchten nach tieferen Einsichten: Abends hatte der neue Abt Fuldas an der königlichen Tafel dargelegt, dass schlicht mehr Gottesfurcht nötig war. Bosos Finger stach unentwegt durch die Luft, als er mit brennenden Augen ein Verbot jeglicher Amulette und nichtchristlicher Zeichen forderte. Ein Heer, das gegen die Heiden zog, müsse das christlichste aller Heere sein! Selbst bei der Scara, der königlichen Leibwache, habe er an Gürteln und Zaumzeug heidnische Zeichen gesehen! Fulrad nickte düster zu diesen Ausführungen.

Graf Ruodbert hingegen schüttelte missmutig seine Silbermähne, wie ein Löwe, auf dem sich Stechfliegen niedergelassen hatten. »Der eine oder andere trägt Amulette … und wenn schon!«

Der König zog es in diesem Augenblick vor, in eine riesige Hammelkeule zu beißen.

Einhard verfolgte das Gespräch von seinem Sitz zwischen Fulrad und Graf Ruodbert aus. Karl selbst hatte ihn dort platziert. Der König, so schien es Einhard, wollte nicht nur Einhard schmeicheln, sondern auch den Hofkapellan ein wenig ärgern. Fulrad behandelte den alten und neuen Consiliarius einstweilen so höflich wie desinteressiert; kein Zweifel, der Bischof würde auf andere Gelegenheiten sinnen, um Einhard aus dem Feld zu schlagen.

Der König wirkte jovial und heiter. Das Licht der durchs Fenster flutenden Abendsonne ließ den Kronreif funkeln und die Rubine an Karls Fingern aufleuchten, als wäre er von einem heiligen Schein umgeben. »Unser Abt hat Recht: Es kann nur das Vertrauen auf den höchsten Gott geben oder blutiges Heidentum, aber nichts dazwischen. Mit den Halbheiten aus der alten Zeit muss Schluss sein. Wir ziehen gegen Heiden ins Feld, und ich darf Euch verraten, Ihr Herren, dass wir dort nicht nur zu Besuch sind ...«

Während Fulrad wissend den Kopf neigte, beugten die anderen Hofleute sich vor und wollten nun wissen, was das bedeuten sollte. »Wir werden die Eresburg erobern, danach zerstören wir die Irminsul. Das wird schlimmer für sie als eine verlorene Schlacht«, fuhr der König fort. »Stellt Euch vor, heidnische Heere würden Jerusalem zerstören!« Sicherheitshalber bekreuzigte sich Karl nach dieser schaurigen Vision. Niemand wagte mehr zu kauen oder gar ein Stück des Honigkuchens zum Mund zu führen, der aufgetischt worden war. Der Herrscher nickte Fulrad zu.

»Die Sachsen«, hub der Kapellan in feierlichem Ton an, »werden wie Pferde sein, die ihren Reiter verloren haben – und die bereit sind, sich an einen neuen Sattel zu gewöhnen. Wir werden nicht nur Soldaten an der Grenze zurücklassen, sondern auch einige unserer Geistlichen; wir werden Missionare in ihre Wälder schicken, die den wahren Glauben bei ihnen einpflanzen! Und irgendwann ...«, triumphierend blickte der Bischof um sich, »... irgendwann werden sie nicht mehr wissen, warum sie noch bei den Franken einfallen sollen.«

Graf Ruodbert stieß einen Rülpser aus und wischte sich mit dem Handrücken Weintropfen vom Schnurrbart. »Vielleicht, weil sie sich sonst langweilen?«

140

* * *

Es war schon dunkel, als Arnulf sich aus der Runde am Lagerfeuer löste und den Weg einschlug zu der Stelle etwas weiter uferaufwärts, wo die Wagen des Trosses aufgefahren waren. Wachsam sah er sich immer wieder um. Ungefährlich war es nicht: Der Marschalk hatte Wachen aufstellen lassen, die nicht viel Federlesens machten. Längst hatte sich eine Horde von zwielichtigem Gesindel dem Heerzug angeschlossen. Aasfresser oder Lumpensammler nannte man sie; von ›Flöhen‹ hatte Bero gesprochen. Er kannte sich aus.

Vor den Zelten der Bannerführer brannten Fackeln an Stangen. Auch manches Lagerfeuer glomm noch, und leise war es keineswegs, denn die Sonnenfinsternis beschäftigte die Gemüter. Überall beschworen die Bannleute in kleiner oder großer Runde das unerhörte Geschehen. Jeder hatte es erlebt, jeder musste etwas dazu sagen – es half, den Schrecken zu verarbeiten.

Er hatte eine Gruppe von mannshohen Zelten erreicht. Eine einsame Standfackel warf ein flackerndes Licht auf eine Frau im Zelteingang. Sie trug ihre Haare offen und ihr Kleid war so eng gearbeitet, dass die Brüste sich gegen den Stoff abhoben.

»Kommt näher, Kriegsmann!«

Er war zu weit gelaufen.

»Ihr sucht ein paar warme Schenkel? Vier Denare! Wenn Ihr sauber seid, mache ich es für drei!«

Arnulf spürte einen Teufel in sich. »Und wenn ich ein Priester bin?«

»Beten mit dem *faz*, was? Sechs Denare!« Sie grinste und eine Zahnlücke im Oberkiefer ließ sie verwegen aussehen. »Ich bin eine Nonne, wenn Ihr Priester seid!«

»Gott mit Euch, *magad*«, murmelte Arnulf und lief rasch den Weg zurück, den er gekommen war. Er umrundete eine Viehkoppel – marschierende Fleischvorräte –, bevor er endlich die Umrisse der großen Planwagen in der Dunkelheit erkennen konnte. Er hielt inne; Lampenlicht drang durch die Plane eines Wagens. Und klang das nicht wie eine gedämpfte Frauenstimme?

»Halt!« Er hatte sich dem Wagen auf vier Schritt genähert, als sich etwas Spitzes in die Haut seines Halses bohrte. Wie angewurzelt blieb er stehen. Aus dem Halbdunkel trat ein Mann mit einem Stoßspeer in der Hand. »Noch so ein Dieb …«

Starke Arme packten ihn, plötzlich war er umringt von Männern. »Schlagt ihn tot«, rief jemand aus dem Hintergrund. »Ein Lump weniger!« Einer hielt ihm eine Fackel so nahe vor das Gesicht, dass seine Wimpern verbrannten. »Heiliger Mist, du schon wieder?« Wulframs Stimme – für einen Augenblick war Arnulf erleichtert, sie zu hören. »Der gehört zum Bann. Lasst ihn los.«

Langsam lösten sich die Griffe um seine Oberarme und die anderen verzogen sich zwischen die Wagen. Wulfram musterte ihn mürrisch: »Nachts und ohne Licht … man müsste einen Feuerscheit an deinen Schwanz binden, Hesse!«

»Dir würde es nichts ausmachen, ich weiß«, gab Arnulf mit gespielter Ruhe zurück. »Und jetzt hol Ragla her, du Grobian!« Wulfram stieß einen leisen Fluch aus und ging zum vorderen Ende des Wagens. Arnulf hörte einen gedämpften Wortwechsel. Und noch etwas anderes hörte er, irgendwo zwischen den anderen Wagen: Wie das unterdrückte Stöhnen von Männern klang es, mit einem gequälten Wimmerlaut dazwischen. Mit der Hand am Messergriff starrte er in die Dunkelheit – dann erkannte er Raglas Umriss neben der mächtigen Wagendeichsel. Er wollte sie umarmen, doch sie wehrte ihn ab.

»Wieso kommst du von dahinten? Da ist das Vieh und die …«

»Ich hatte den Weg verloren. Freust du dich nicht?«

»Doch, ja.« Plötzlich klang ihre Stimme wieder weich, wie in der Nacht in ihrer Kammer. »Ich dachte, du wärst längst davongelaufen in den Wald! Hab‹ dich nirgendwo gesehen.«

Arnulf erzählte, wie er Gero entdeckt und kehrtgemacht hatte.

Ragla überlegte. »Der mit dem langen blonden Haar? Der erzählt jedem, der es hören will, dass ein Hauptmann ihn in seine Hundertschaft aufgenommen hat. Er gehört zur Scara.«

»Wirklich?« Arnulf stieß einen Seufzer der Erleichterung aus. Der Hauptmann konnte nur Esiko sein. Childerichs Truppen waren also noch nicht beim Heer. »Verflucht, ich träume schon von dem Mistkerl …«

»Von Gero?«

»Unsinn«, knurrte er. »Von Thegan …«

Sie drückte seine Hand. »Du bist ein Freier. Du glaubst ans Kreuz. Du kannst dich an den König wenden!«

»Der König wird dem helfen, der Land und Macht hat«, sagte Arnulf mit einem Anflug von Bitterkeit. »Auf *ahta* kommt es an, auf sonst nichts.«

»Der König ist groß«, sagte sie langsam, fast ehrfürchtig. »Ich habe ihn gesehen. Er stand auf dem Wall und flehte zum Himmel und es wurde wieder hell! Stimmt es, dass der König mit dem Herrn Jesus verwandt ist? Dass das Blut des Kreuzgottes in seinen Adern fließt?«

Arnulf schnaubte unwillig. »Wieso bist du überhaupt hier, beim Tross?«

»Einem unserer Leute ist ein Fass auf den Fuß gefallen«, antwortete sie gleichmütig. »Beim Bepacken des Wagens. Der konnte nicht mit.«

Sie hörten Wulfram im Wagen rumoren. »Genug geschwätzt, ihr beiden! Verschwinde, Hesse!«

In der folgenden Stille konnte er abermals das schwere Atmen irgendwo in der Umgebung hören. Ein Mann kicherte hässlich. Arnulfs Nackenhaare stellten sich auf. Bevor er sie fragen konnte, was sich hier abspielte, legte sie ihm eine Hand auf die Wange. Ihre

Augen waren groß und ihr Atem roch gut und ihr Kuss schickte eine warme Welle durch seinen Körper.

»Du hättest mitkommen sollen, Ragla, damals. Wir wären Blutmund entkommen …«

»Vielleicht …« Sie holte tief Luft, und doch war ihr nächster Satz kaum hörbar. »Diese Hilde, wegen der du den Paladin geschlagen hast – bist du ihr noch lieb?«

Er musste einen Augenblick überlegen. »Nein.«

»Pass auf dich auf, Arnulf.« Sie machte sich los. Lächelte sie? Im Dunkeln war es nicht genau zu erkennen. Einige Herzschläge später war sie im Wagen verschwunden.

Arnulf blieb zurück, reglos, wie ein verlassener Junge im Wald. Eine raue Stimme von rechts hieß ihn weiterzugehen – es war der mit dem Speer, der nur einige Schritt weiter in der Dunkelheit wachte. Unwillkürlich ging Arnulfs Hand zu dem Ritzer am Hals. Was das Gegrunze zwischen den Wagen zu bedeuten hatte, fragte er halblaut, ohne eine Antwort vom anderen zu erwarten.

»Sie haben eine Krähe gefangen. Vorhin, bevor du vorbeikamst.«

»Eine … einen Dieb?«

»Eine Diebin …« Der Wächter machte ein krächzendes Geräusch, irgendetwas zwischen Heiterkeit und Genugtuung. »Irgendwo aus der Umgebung. Sie wird's nicht überleben. Stehlen im Krieg, darauf steht der Tod.«

»Aber vorher …« Arnulf sog die Luft ein, er schmeckte etwas Schales auf der Zunge, als er verstand.

»Sie haben halt noch ein bisschen Spaß mit ihr«, grunzte der andere. »Wer weiß schon, ob man nach dem Feldzug noch mal dazu kommt! Und jetzt troll dich, Mann!«

* * *

Drei weitere Marschtage waren nötig, um endlich die Ebene vor der Amanaburg zu erreichen. Unterwegs entlud sich die Hitze in Wolkenbrüchen, die alle und alles durchnässten. Schlagartig wurde es kühler. Niemand verfluchte mehr den Staub …

Der Aufmarschplatz war geschickt gewählt: Hier kreuzte ein Verkehrsweg von Kolna nach Osten die große Nord-Süd-Straße, die von Warmatia am Rinah bis in das Sachsenland verlief. Die mit fränkischen Kriegern besetzte Mariburg jenseits der nächsten Hügelkette schützte diese Heerstraße; ältere Bannleute berichteten von früheren Lagern unterhalb der Mariburg am Ufer der Logana. Doch die Größe des Heeres und die Vielzahl der Menschen, die dem Tross folgten, machten die weite Ebene zwischen Mariburg und der Amanaburg zu einem besseren Lagerplatz. Die schiere Zahl an Kriegern, die aus den Reichsteilen zusammengeströmt waren, flößte Arnulf Respekt ein. Auch die Bayern waren eingetroffen, Fußkrieger zumeist, deren Gesänge abends durchs Lager klangen. Es war möglich, dass hundert Mal hundert Krieger hier versammelt waren. Oder doppelt so viel. Als Arnulf abends durch das Heerlager streifte, versuchte er die Zelte mit den bunten Wimpeln zu zählen, die den Bannerführern gehörten. Irgendwann gab er auf.

»Hast du schon mal so viele Leute auf einem Haufen gesehen, Streuner?« Aber die Menge war dem Hund gleichgültig. Er beobachtete vor allem die Kochfeuer mit den dampfenden Kesseln und den Bratspießen. Am Ende des Lagers unterhalb des Burghügels aber knurrte das Tier laut und sein Nackenfell sträubte sich. Hier waren die königlichen Trosswagen zu einem Kreis zusammengeschoben. In den Zwischenräumen sahen sie massige, kurzhaarige Hunde, die sie aufmerksam beobachteten.

»Die Hunde-Scara.« Arnulf lachte über seinen eigenen Witz. »Die wiegen fast so viel wie 'n Eber, mein liebes Hündchen …«

Das Hämmern eines Schmiedes drang aus dem Lagerring, Pferde wurden hinein- und hinausgeführt. Arnulf nickte den Wachen zu, die das Treiben beobachteten. Sie hatten geschupptes

Eisen auf ihren Körpern, das beeindruckend aussah. Schmerzhaft spürte der Heerbannsoldat die eigene Verwundbarkeit.

Auf dem Rückweg setzte leichter Regen ein, der Himmel hatte sich wieder grau gefärbt. Sorgsam hielt Arnulf nach den Umrissen Thegans Ausschau. Er hielt sich am Rande der Lagerstraße, die fünfzig Schritt breit durch das Gewirr von Zelten, Wagen und Pferdekoppeln führte. Würde der Herr ein Einsehen haben, und den Paladin im ersten Gefecht in die Hölle schicken?

* * *

Die Sachsengrenze war vier oder fünf Tage entfernt. Ganz genau wussten es auch die Männer nicht zu sagen, die hier im Loganagau zu Hause waren. Sicher aber waren sie sich, dass bis zum sogenannten Frankon Berg keine Gefahr drohe: Eine gut bemannte Steinfestung am Oberlauf der Adrana hielt dort die Sachsen auf Abstand. Arnulf blickte in die grauen Wolken, als er es hörte; nach langer Reise würde er wiederum an der Adrana ankommen – Spielte Gott mit ihm?

Der Bann des Rinahgaus hatte den Marsch ohne einen Priester angetreten. Graf Hartmut sorgte deshalb dafür, dass ein Geistlicher der Hofkapelle seine Männer vor dem Abmarsch nach Norden segnete. Dieser Mann namens Emmeran war eine wenig imponierende Erscheinung: Seine fettigen, braunen Haarsträhnen waren hinter die Ohren zurückgestrichen und sein weibisches Gesicht schien etwas vom Kreuzigungsschmerz Christi auszudrücken. Doch Emmeran hatte – als wolle er seine eigene Bedeutung unterstreichen – den Mantel des Heiligen Martins aus den königlichen Schatztruhen holen lassen, die den Zug auf mehrere Wagen verpackt begleiteten. Zwei Geistliche trugen die kostbare Reliquie vor den Reihen der Krieger entlang, die die Hände ausstreckten, um den Mantelsaum zu berühren. Emmeran ging vorweg und sprach die Knienden von Sünde frei.

Graf Hartmut hatte das »te absolveo« als Erster empfangen und beobachtete den Rest der Zeremonie aus dem Sattel seines Pferdes. Vielleicht weil er sich dadurch größer fühlte. Er hatte kurze Beine und schien die Füße nach den Steigbügeln zu strecken; das Kettenhemd hatte im Regen der letzten Tage einen rötlichen Schimmer angenommen. Ein unterdrückter Fluch Hartmuts war zu hören, als ein herbeistreunender Hund mit weißem Fleck auf der Stirn das Pferd nervös tänzeln ließ.

Die Männer bekreuzigten sich mehrfach, sprachen Gebete für eine gesunde Rückkehr und richteten sich wieder auf. Arnulf roch Bero hinter sich; der Rinahgauer kratzte sich mit gequälter Miene unter der Achsel, als müsste er sich von einer Hautschicht trennen. »Martins Mantel schützt wohl vor Pfeilen und vor Hagel. Aber nicht gegen kleine Tiere ...«

»Sich waschen hilft gegen die Biester«, bemerkte Grimbald trocken. »Wenn du auch die Kleidung wäschst!«

»Waschen? Werden wir nicht seit Tagen von oben durchgespült, oder träume ich das? Wer will sich da noch zusätzlich waschen?« Bero wandte sich grummelnd ab, nur um sich nun zwischen den Beinen zu reiben.

»Der König muss sich sicher sein, dass wir siegen«, sagte Arnulf in einem Anflug von Nachdenklichkeit. »Wenn die Sachsen uns schlagen, und Widukind bekommt den heiligen Mantel ...«

Grimbald kratzte sich am Kinn. »Wir siegen, *weil* wir den Mantel haben – das sagen jedenfalls die Priester.« Langsam lenkten sie ihre Schritte zum Lager zurück, in dem nun überall die Unruhe des Aufbruches zu fühlen war. »Mich wundert etwas anderes, weißt du? Es heißt, Martin hat an einem Wintertag einen Bettler vor dem Stadttor getroffen, der ihm leid tat. Er hat seinen Mantel mit dem Schwert durchtrennt und dem Bettler eine Hälfte gegeben ... Aber der Mantel im Kronschatz ist heil und unversehrt.«

Arnulf schüttelte den Kopf. Grimbalds nüchterne bis zweiflerische Sicht auf die Dinge ging ihm auf die Nerven – und manchmal erinnerte er ihn schmerzhaft an Lothar. »Der Heilige hat sich einfach einen neuen Mantel gekauft, oder? Wer will schon mit einem zerstückelten Mantel herumlaufen?«

* * *

Es dauerte, bis sich der Heerzug morgens in Bewegung setzte. Als die Fahrer auf den hintersten Wagen endlich die Peitsche über den Ochsen niedergehen ließen, waren die Scara-Reiter der Vorhut bereits hinter dem Horizont verschwunden. »Als ob du einem Tausendfüßler Schuhe anziehst« – Arnulf musste grinsen, als Bero diesen Vergleich anstellte.

Um zwölf Uhr war laut einem Befehl des Marschalks Mittagsrast, denn die langsam vorwärtskriechenden Ochsengespanne brauchten spätestens dann eine Pause. Doch wer auf dem offenen Feld im Regen stand, mochte keine Rast einlegen; überhaupt war es kaum möglich, ohne Sonne die Zeit festzustellen. So ruckte der Heerzug vor wie eine Schlange, deren Körper sich immer wieder an unterschiedlichen Stellen ausdehnte und zusammenzog. Die Straße verwandelte sich nach und nach in ein morastiges Band. Immer wieder mussten die größten Trosswagen, die die Schmiede und Pioniergeräte transportierten, von den Männern angeschoben werden.

Der Regen blieb ihnen treu. Bohnen und Mehl verdarben, Waffen rosteten, fiebrige Erkältungen machten die Runde. Der erträglichste Teil des Tages war das abendliche Trocknen der Kleidung am Lagerfeuer. Aber wenn es nachts regnete, wurde man auch in den schlichten Zelten nass.

»Der Regen ist schlimmer als die Heiden.«

Grimbalds Stimme zog ihn aus dem Halbschlaf. Irgendwann nach Mitternacht musste es sein, denn nach Stunden in einer klammen Decke war Arnulf ausgekühlt und begann zu zittern.

»Und doch kommt der Regen aus dem Himmel, und im Himmel ist Gott«, sagte Grimbald, als wüsste er, dass ihm jemand zuhört.

»Man kann es auch übertreiben mit dem Fragen stellen«, knurrte Arnulf. Aber nun dachte er selbst darüber nach, was Grimbald gesagt hatte. Und fand es schwer, wieder in den Schlaf hinüberzugleiten. »Gott will uns prüfen, schätze ich«, sagte er schließlich, um überhaupt etwas zu sagen.

»Aber warum? Wir ziehen gegen die Ungläubigen. Kommt das Wetter nun von Gott oder nicht?«

Arnulf wusste nichts darauf zu sagen, und aus Beros Kehle kamen nur harsche Sägegeräusche. Der Friedeslarer beschloss, dass Grimbald der richtige Mann war für eine heikle Frage. »Hast du vom Rabenstein gehört, Grimbald? Glaubst du, dass er wirklich unsichtbar macht?«

Als Grimbald nach kurzem Schweigen antwortete, sprach er leiser als zuvor. »Es soll einen Stein mit Zauberkräften geben, sagen die Leute. Er besteht aus einem Rabenauge. Aber die Leute erzählen so viel …«

»Widukind hat den Zauberstein, sagt man. Mit dem macht er sich und seine Leute unsichtbar, wie mit einem Tarnmantel … Was machen wir dann?«

Beros Schnarchen setzte aus, er röchelte.

Grimbald seufzte. »In unserem Gau gab es mal einen, der hat behauptet, er könne einen Rabenstein machen. Mit einem Rabenauge. Es muss bei Vollmond vergraben werden, in einem Ameisenhaufen. Nach sieben Wochen muss jemand, der zuvor menschliches Blut vergossen hat, den Stein …«

»Im Ameisenhaufen? Da bleibt nichts übrig?!«

»Schon möglich. Sie haben den Mann verbrannt …«

»Warum?« Jetzt war Arnulf hellwach.

»Die Leute im Dorf sagten, er sei ein Zauberer. Sie haben ihn auf einem Haufen Reiser verbrannt. Aber ich glaube, es war nur ein Betrüger. Sonst wäre er irgendwie entkommen …«

Arnulf starrte in die Dunkelheit, so klug oder unwissend wie zuvor. »Also gibt es Rabensteine? Oder nicht?«

Aber auch von Grimbald war nur noch das gleichmäßige Atmen des Schläfers zu hören.

$$* * *$$

Als die Sachsen zum ersten Mal kamen, schien die Sonne.

Der Heerbann kampierte unterhalb von Frankon Berg. Auf der Höhe stand eine steinerne Feste, in deren Halle der König Bittsteller aus der Umgebung empfing: freie Bauern und kleinere Grundherren, die über zu hohe Abgaben klagten und über Übergriffe des Burgherrn. Erkunder der Scara waren unterdes nördlich der Adrana unterwegs. Es war eine dieser von Esiko angeführten Trupps, der auf sächsische Reiter stieß. Doch diese Sachsen kamen nicht, um zu kämpfen …

Gegen Mittag lösten sich die Regenwolken auf. Erstmals seit einer Woche war blauer Himmel zu sehen. Arnulf gesellte sich zu anderen Bognern des Rinahgaus und machte Schießübungen auf Strohscheiben. Er hatte die ersten Pfeile von der Sehne schnellen lassen, als die Schaulustigen am Rande der Schießbahn plötzlich aufgeregt zusammenliefen. Eine dicke Traube von Menschen entstand.

»Die Sachsen kommen!«

Plötzlich schrie das jeder. Das Gerücht – oder war es eine Nachricht? – kam mit einigen scharf reitenden Erkundern ins Lager. Als wenig später eine Hundertschaft der *unfortha* in voller Rüstung in Richtung der Adranafurt an der zusammenlaufenden Menge vorbeigaloppierte, machte sich Furcht breit. Nervös schaute sich Arnulf nach den Männern seines Banners um. Konnte das ein Angriff sein?

»Herzog Widukind kommt!«, lautete die nächste Parole. Und dann, wie ein Stöhnen der Erleichterung: »Die Heiden unterwerfen sich!«

Kurz darauf kam ein edel gekleideter, schmächtiger Reiter von der Burg herab, dem einige königliche Dienstleute und ein paar Schuppengepanzerte folgten. »Consiliarius Einhard!«, rief Arnulf, aber niemand beachtete ihn. Der Ratgeber des Königs zügelte sein Ross und rief den zusammengelaufenen Bannleuten zu, dass sächsische Unterhändler unterwegs seien.

»Lasst die Schwerter stecken, Männer! Niemand darf ihnen ein Haar krümmen, im Namen des Königs!«

Ein wildes Stimmengewirr brandete auf. Mit Mühe drängte Einhards Trupp die Herumstehenden zur Seite und machte vor einem sechseckigen Zelt Halt. Die Aufregung wuchs, als etwa eine halbe Stunde später der König den Burgberg hinabritt, inmitten seiner engsten Getreuen. Die Menge erkannte ihn sofort am hohen Wuchs und der Krone. Heils-Rufe brandeten auf. Ein stämmiger Scarakrieger ritt mit dem Feldzeichen Karls vorweg, einem schwarzen Kreuz auf hellem Grund, und pflanzte es vor dem Zelt auf. Dort hatten sich mittlerweile einige Gaugrafen und Bischöfe eingefunden, die hofften, der Verhandlung beizuwohnen – oder zumindest den Sachsenführer aus nächster Nähe zu sehen. Bald hub unten an der Furt ein Geschrei an. Die Sachsen kamen.

»Widukind wird sich unterwerfen«, rief ein behelmter Reiter im Kettenhemd mit dünner Stimme den Umstehenden zu. Graf Hartmut war vom König nicht in das Zelt gebeten worden – umso größer war nun sein Bedürfnis, sich der Menge zu zeigen. »In zwei Wochen seid Ihr alle wieder zu Hause, Männer!«

Das ließ ein Raunen durch die Bannleute gehen, die sich vor dem Zelt drängelten. »Wieso verhandeln?«, knurrte jemand; es war Bero, und Arnulf konnte den Kameraden bereits riechen, als er sich durch die Menge nach vorne schob. Mit kriegerischem Grinsen sagte er halb zu Arnulf, halb zu allen hin: »Wenn wir diesen Heidenherzog jetzt erschlagen, ist alles vorbei, oder?«

»Für euch in Wisabada vielleicht«, murmelte Arnulf. »Aber nicht, wenn du im Hessengau lebst!«

Esiko ritt vorweg. Hinter ihm kamen einige Scarakrieger und eine mehrere Dutzend starke Gruppe langhaariger Reiter in Kettenhemden und Stiefeln. Sie hatten ungestutzte Bärte, was befremdlich auf die Franken wirkte, genau wie die breiten, fast panzerartigen Ledergürtel, an denen Schwerter und Dolche hingen. Es war der Reiter in ihrer Mitte, der die meisten Blicke auf sich zog: Er war kräftig, der über die Schultern zurückgeschlagene Mantel machte die Gestalt noch breiter; dickes Blondhaar fiel ihm in die Stirn und über die Ohren, der massive Kiefer war von drahtigem Haar bedeckt, und helle Augen musterten gleichmütig das Geschehen links und rechts der Gasse.

»Heidenbastard!«, schrie jemand aus der Menge, doch der Sachsenherzog zuckte nicht mit der Wimper. Seine Körperhaltung, sein ganzes Gebaren hatten etwas aufreizend Selbstbewusstes: Die Hände lässig auf dem Sattelknauf, ritt er in das fränkische Lager wie jemand, der absolut nichts zu fürchten hat – wie jemand, der gleich Befehle erteilen wird.

Zwanzig Schritt vor dem Zelt stiegen die Ankömmlinge aus dem Sattel. Esiko und seine Unterführer trieben die vordrängende Menge mit scharfen Worten zurück. Scarakrieger bildeten mit waagerecht gehaltenen Speeren einen beweglichen Zaun um die Sachsen. Graf Ruodbert erschien, begrüßte Widukind mit dürren Worten und geleitete ihn mit drei seiner Getreuen in das Zelt. Die anderen Heiden führte man zu einem Baldachin, der unweit des Zeltes aufgebaut worden war. Dort sahen sich die Besucher mit unverhohlenem Interesse um. Mit Beklemmung bemerkte Arnulf einen grauschwarzen Hund, der zwischen den Sachsen herumlief. Er war fast so groß wie ein Wolf, aber mit breiterem Brustkorb.

»Siehst du die Bestie, Grimbald?«

»Ja, mit der kannst du Bären jagen.«

»Ich hab' diesen Köter schon mal gesehen, ich könnte es schwören!«

* * *

Ein eilig herbeigeschaffter Tisch aus zwei Holzböcken und einer Tafel teilte das Zelt. Der König saß auf einem langbeinigen Stuhl etwas erhöht im Hintergrund, während Bischof Fulrad, Graf Ruodbert, der Gaugraf Childerich und Einhard direkt an der Tafel Platz nahmen. Im Hintergrund des Zeltes drängten sich königliche Leibdiener und ein paar Offiziere zusammen.

Einhard spürte in dem Augenblick, in dem sich die vier Sachsen auf ihren Stühlen niederließen und ihre Gegenüber mit stolzen, harten Gesichtern musterten, dass dies alles ein riesiges Missverständnis war.

Da war ein Schwarzhaariger mit eisenbeschlagenem Lederpanzer und eisernen Unterarmschienen, dem eine Flechte an Hals und Wange entlangwucherte; neben ihm saß ein Einäugiger, der mit einer kurzen, am Handgelenk befestigten Peitsche spielte und den Consiliarius im italienischen Stoff mit verächtlichen Blicken bedachte. Der Dritte war ein sehniger, in eine helle Tunika gekleideter Mann mit silbernem Haar, den Widukind als seinen Runenmeister vorstellte. Keiner der Franken wusste mit dem Begriff etwas anzufangen – er hatte offenbar Widukinds Vertrauen, das genügte. Seine wässrigen Augen verfolgten jede Bewegung und jedes Wimpernspiel der Franken.

Dann Widukind selbst: Er hatte die Arme eines Schmieds, die Muskeln füllten die Ärmel des Gewandes fast aus; die Fingernägel waren abgebrochen und dreckig wie bei einem Feldarbeiter. Ein Zittern durchlief immer wieder seine Kiefermuskeln, was auf Einhard wie gebändigte Kraft oder unterdrückte Brutalität wirkte. Grimmige Zufriedenheit huschte über die Züge des Herzogs, als er merkte, dass er tatsächlich dem König der Franken gegenübersaß. Der wirkte plötzlich befangen und überließ Fulrad die Eröffnung.

»Ihr erkennt den König als Euren Herrn an, Herzog Widukind?«

»Wir sind Sachsen, Bischof.« Widukind sprach die fränkischen Worte langsam, fast schleppend aus. »Wir sind unsere eigenen Herren.«

Nervös warf Einhard einen Seitenblick auf den König. Einhard hatte ihm lange zugeredet, bis er bereit war, Widukind selbst zu empfangen. Karl wollte die Unterhandlung zunächst Fulrad überlassen. Doch der Kapellan, das spürte Einhard, war zu sehr auf Krieg aus, um eine vielleicht nur halb ausgestreckte Hand der Sachsen trotzdem zu ergreifen. Auf dieses Argument hatte der König zunächst unwirsch reagiert. Dann aber entwarf Einhard das herrliche Bild einer friedlichen Eroberung: Geiselstellung durch die Sachsen, Rückgabe des Raubgutes und kräftige Bußeleistungen in Silber … Mit intakter Kampftruppe würde Karl an den Moyn zurückkehren und noch im selben Sommer nach Italien weiterreisen, um die Langobarden in ihre Schranken zu verweisen. So war der König letztlich gegen seine eigene Überzeugung Einhards Rat gefolgt und hatte, die Goldkrone auf dem Haupt, selbst im Zelt Platz genommen.

Aber was, wenn der Rebell sich gar nicht beugen wollte?

»Nehmt zur Kenntnis, Herzog, dass mehr als ein Dutzend Frankengaue aufmarschiert sind, um Euch niederzuwerfen«, sagte Fulrad mit einer gewissen Strenge. »Wenn Ihr aber das Knie beugt, ohne dass zuvor Blut fließt, sind wir bereit, Euch als Vasallen des Königs anzunehmen.«

»Die Falen und Engern haben mich zu ihrem Herzog gewählt. Ich führe sie in den Krieg. Vielleicht mache ich auch Frieden. Unterwerfen werden wir uns nicht.«

Für einen Augenblick war nur ein leises Klacken zu hören. Es kam vom Diamantring des Königs, als seine Finger auf die Armlehne des Stuhls klopften. »Was wollt Ihr dann, Sachse?« Der Herrscher gab sich keine Mühe, seine Verärgerung zu überspielen. »Ihr habt meine Pfalz in Sanctos geschändet und unsere Priester abgeschlachtet! Zu meiner Rechten sitzt Childerich, der Graf der Hessen. Eure Truppen haben in seinem Gau gemordet und geplündert. Wir hätten das Recht, Euch hier und jetzt den Kopf abzuschlagen!«

»Oder Gift in den Wein zu schütten«, sagte Widukind mit gebleckten Zähnen, wie ein Wolf, der zu lächeln versucht. Er nahm den Becher vor ihm und leerte ihn in drei Zügen; die anderen Sachsen hatten weder den Wein noch das Wasser auf dem Tisch angerührt. Geräuschvoll ließ Widukind den Becher auf die Tischplatte niederfahren. »Wie Ihr seht, König Karl, vertraue ich Euch. Was den Streifzug an der Adrana angeht – es stimmt, wir haben den Hessen ein paar Weiber geraubt. Wir sind bereit, sie zurückzugeben. Ehrlich gesagt, sind unsere eigenen Frauen kräftiger und gesünder.«

»Sonst würden sie in Eurem Hungerland nicht lange überleben«, sagte Childerich missmutig. Der Hesse sah aufgeschwemmt aus, seit der Begegnung mit Einhard in Friedeslar schien er deutlich gealtert.

Widukind zollte Childerich keine Beachtung. »Wir sind gekommen, um Euch ein Bündnis anzubieten, Frankenkönig. Sprecht, Idorich!«

Alle Augen richteten sich auf den Runenmeister. Seine braungebrannte Gesichtshaut war wie gespanntes Leder, er hätte vierzig oder sechzig Jahre alt sein können. Verblüfft lauschten die Franken seinem Vorschlag; sie hatten erwartet, dass Widukind taktieren und neue Tributzahlungen anbieten würde. Doch nichts davon.

Als Idorichs Stimme endlich verstummte, war es stickig geworden im Zelt. Der Herrscher drehte nachdenklich den Rubinring an seiner linken Hand – auch auf seiner Stirn standen erste Schweißperlen. Bischof Fulrad räusperte sich umständlich.

»Ihr bietet uns ein Bündnis gegen die *Slawen* an? Gewiss, unsere Stämme haben gemeinsame Grenzen zum Slawenland. Aber wir brauchen keinen Beistand, Herzog. Wir sind die stärkste Macht des Abendlandes, in Christi Namen! Und nur deshalb sitzt Ihr hier vor uns und bietet dem König Eure Schwester als Braut an.« Etwas Kaltes, Boshaftes klang in Fulrads Stimme mit. »Wisst Ihr nicht, dass unser König bereits verheiratet ist?«

Widukind drehte seinen Becher in der Hand. »Weiber kann man verstoßen. Auch fränkische Fürsten tun das. Und ein Herrscher tut, was für sein Reich das Beste ist, nicht wahr?«

»Belehrt mich nicht, Herzog!« Zwei schräge Linien waren über Karls Nasenwurzel erschienen. »Unser Gott mag es nicht, wenn ein Mann mehr als ein Weib hat. Aber als Heide könnt Ihr das nicht wissen.«

»Pah!« Verärgert funkelte der Herzog den Herrscher an. Rasch legte Idorich eine Hand auf Widukinds Arm. »Das Volk der Sachsen hat diesen Boden schon unter dem Pflug gehabt, als man vom Christengott noch nie etwas gehört hatte, und das wisst Ihr. Ihr gehorcht einem Hohepriester, der jenseits der großen Berge sitzt und trotzdem nennt Ihr Euch ›frei‹! Ihr mögt uns Heiden nennen, aber unser Glaube ist älter als Eurer!«

»Darum geht es uns gar nicht, Runenmeister«, hörte Einhard sich selbst sagen. *Eine Debatte über Religion würde alles zerstören.*

»Erklärt Euch: Würdet Ihr Eure Schwester nur dem König selbst zur Frau geben?«

Unwillig rutschte Widukind in seinem Stuhl nach vorn. Sein Blick traf Einhard, ging zum König und wieder zurück zu Einhard; zweifellos überlegte er, wie es sein konnte, dass sein Gegenüber mit zwei oder drei Stimmen sprach. »Wir sind bereit, meine Schwester mit dem fränkischen Königshaus zu vermählen … Ihr habt Brüder und auch Vettern; einer von ihnen führt die Krieger der Bayern an. Manche sagen, er kommt Euch an Macht nahe. Wir würden ihn als ebenbürtig akzeptieren.«

»Tassilo?« Entgeistert schlug Karl auf seine Stuhllehne. Ostentativ schaute er sich im Zelt um. »Der Bayernherzog liegt mit einer Magenkolik im Bett. Sonst könnte er Euch selbst antworten. Aber lasst uns unterbrechen, Ihr Herren. Ich möchte ein Gebet sprechen. Bischof Fulrad, Ihr und Einhard begleitet mich.«

Die Sachsen wirkten überrascht, doch sie sagten nichts. Karl erhob sich und wandte sich dem Ausgang zu, wobei er wie zufällig eine Hand auf den Schwertgriff legte. Der König war schon fast im Freien, als Widukind hinter ihm laut sagte: »Stimmt es, dass Euer Schwert Durendal heißt?«

»Ja, Herzog«, sagte Karl. »Es ist scharf. Ihr wollt es nicht kennenlernen.«

»Ich hatte einen Traum, dass es in unserer großen Ratshalle hängt.«

Mit finsterem Gesicht eilte der König hinaus. Fulrad und Einhard folgten ihm. Esikos Männer bahnten ihnen einen Weg durch die weiter angewachsene Menge. Als sie sich weit genug von dem Auflauf entfernt hatten – der dicke Kapellan hatte Mühe, mit Karl Schritt zu halten –, wandte sich der Herrscher an Einhard: »Ihr wart zu gutgläubig, Einhard! Der Bastard denkt nicht daran, das Knie zu beugen. Er redet vom Frieden und meint Frieden unter Gleichrangigen. Das ist beleidigend!«

»Es tut mir leid, Herr. Ich hatte die Hoffnung …«

»Ihr und Eure Hoffnungen«, ätzte Fulrad. »Er hat uns verhöhnt, uns, den Herrgott und die heilige Kirche! Niemand kann uns Vorwürfe machen, wenn wir sie in Ketten legen!«

»Nein, verflucht«, zischte der König. »Man würde später sagen, dass wir ihn in eine Falle gelockt hätten … Wir müssen sie niederwerfen, dazu sind wir hier! Wo ist ihr Heer? Wo stehen seine Krieger? Findet es heraus, jetzt sofort! Dann war diese Selbsterniedrigung nicht völlig umsonst.«

Einhard nickte zerknirscht. »Wir sollten zurückgehen, bevor sie Verdacht schöpfen …«

»Wir?«

Der Bischof vergewisserte sich mit einem kurzen Blick zu Karl, dass er im Sinne des Königs sprach. »Der König kann nicht in dieses Zelt zurück, und ich genauso wenig.« Hohn, wenn nicht gar Hass leuchtete aus Fulrads Augen, als er hinzufügte: »*Ihr* habt uns die Suppe eingebrockt, löffelt sie also auch aus.«

Zerknirscht machte sich Einhard auf den Weg zurück. Viele Augen folgten ihm auf dem Weg zum Zelt. Warum nur hatte er sich für diese Unterhandlung eingesetzt? *Um Blutvergießen zu verhindern.* Er konnte sich nichts vorwerfen. In irgendeiner Ecke seines Bewusstseins wusste er, dass er christlicher gehandelt hatte als der Bischof. Aber das half ihm jetzt nicht. Er musste die Sache zu Ende bringen, ohne die Würde des Königs zu opfern.

Im Zelt roch es nach vielen Leibern auf engem Raum, längst brannte die Sonne kräftig auf die Außenhaut nieder. Als Einhard eintrat, sprach Widukind halblaut mit seinen Leuten – im Stehen. Diener hatten neue Krüge mit Wein und Wasser gebracht, doch Childerich war der einzige, der davon Gebrauch machte. Ruodberts Hand strich über die Goldkapsel mit Chlodwigs Haar, als Einhard an den leeren Platz Fulrads trat – wo der König bliebe, knurrte der alte Kriegsmann.

»Im Gebet«, murmelte Einhard. Er bat die Sachsen, sich zu setzen. »Ich spreche im Namen des Herrschers. Wir werden Euer Bündnisangebot beraten …«

»Was soll das heißen?« Widukinds Augen wurden zu Eis. »Wo ist Euer König?«

Einhard hielt Widukinds Blick stand. »Er sucht den Bayernherzog am Krankenbett auf, Herzog. Um ihm Euren Vorschlag zu berichten …«

»Wollt Ihr uns zum Narren halten?«

»Keineswegs, Herzog. Ich bin Mitglied des Kronrates.« Einhard räusperte sich. »Somit spreche ich für den Herrscher.«

»Euer König macht sich zum Boten? Ich glaube Euch kein Wort!«

»So wagt Ihr mit uns zu sprechen?!«, brüllte Ruodbert. »Wenn Ihr nichts mehr zu sagen habt, sucht Ihr besser das Weite!«

»Beruhigt Euch, Ihr Herren«, sagte Einhard schnell, eine Hand auf Ruodberts Arm. »Wir werden morgen eine Antwort auf Euer Angebot geben. Wo können wir Euch finden, Herzog Widukind?«

»Bei unserem Heer«, sagte der Sachse verächtlich. »Wollt Ihr wissen, wo es steht?« Er blickte die beiden Kriegsleute neben ihm an, die hämisch grinsten. »Und wollt Ihr auch wissen, wie viel Krieger wir unter Waffen haben?«

Es war sinnlos.

»Egal wie viele es sind, unser Heerbann wird immer zahlreicher sein als Eure Aufgebote«, sagte Einhard mit erzwungener Ruhe. »Der König kann Dutzende Gaue heranziehen, wenn er will!«

»Pah!«, grunzte der Einäugige. »Eure Bauern fürchten den Kampf! Seht sie doch an: Sie scheißen sich voll, wenn sie uns von ferne sehen! Ich führe die Ostfalen an, meine Leute *wollen* kämpfen!«

»Genug!« Ruodbert schmetterte eine Faust auf den Tisch, ein Krug fiel um und entleerte sich über die Tafel. »Wir sind mit zehn Hundertschaften Scara hier, und die werden keinen von Euch am Leben lassen, Ost- oder Westfale, das schwöre ich Euch bei Gott dem Herrn!«

Einhard drängte sich an Ruodbert vorbei und stellte sich zwischen ihn und die Sachsen. »Geht jetzt«, rief er mit rotem Kopf Idorich zu, denn der schien noch am verständigsten. »Wir werden uns bei anderer Gelegenheit wiedersehen!«

»Ihr seid empfindlich«, stieß Widukind hervor und legte die Hand auf den Schwertgriff; er schien überrascht von Ruodberts Reaktion. »Wir kamen mit guten Absichten. Lebt wohl!«

Zwei Stühle fielen um, als die Sachsen mehr nebeneinander als hintereinander durch den Ausgang ins Freie traten.

Erschöpft wischte sich Einhard mit dem Ärmel den Schweiß von der Stirn. Als er wenige Augenblicke später ins helle Sonnenlicht hinaustrat, stiegen die Besucher schon auf ihre Pferde.

Esiko eilte herbei. »Sollen wir Geleitschutz geben?«

Einhard schüttelte den Kopf und merkte dann, dass die Frage nicht ihm galt. »Lasst sie ziehen«, knurrte Ruodbert hinter ihm. »In ein paar Tagen sehen wir sie wieder. Und dann reißen wir ihnen die Eingeweide raus, so wahr ich hier stehe!«

* * *

Die Bannleute studierten die Kettenhemden der sächsischen Krieger und machten Bemerkungen zum glänzenden Fell der Pferde. »Die Sachsen sollen Habenichtse sein«, raunte einer. »Die können nicht alle so gut ausgerüstet sein.«

»Die meisten haben nicht mal einen Lederpanzer«, entfuhr es Arnulf.

»Woher willst du das wissen?«

Das Auftauchen von Widukind und seinen Männern ersparte Arnulf eine Antwort. Im Nu saßen die Sachsen im Sattel und schwenkten im raschen Trab auf die Lagerstraße ein. Ein paar Verwünschungen aus den hinteren Reihen der Menge wurden laut, doch die meisten Beobachter blieben stumm.

Arnulf spürte einen Stoß.

Ein Junge hatte sich an ihm vorbeigedrängt. Mit einem kurzen Speer in den Händen rannte er auf einen der letzten vorbeiziehenden Reiter zu. Der Speer hätte wohl die Flanke des Pferdes getroffen, wenn der Sachse nicht die Speerspitze geistesgegenwärtig mit dem Fuß zur Seite getreten hätte. Dann war plötzlich der Hund da: Mit aufgerissenem Rachen begrub das riesige Tier den Jungen unter sich. Ohne zu überlegen sprang Arnulf vor, nur mit dem Bogen in der Hand. Keine Zeit zum Pfeilauflegen! Stattdessen schwang er den Bogenstab über den Kopf und ließ ihn auf den Nacken des Tieres sausen. Der ließ mit wütendem Knurren von seiner Beute ab und ging auf Arnulf los. Doch ein scharfer Pfiff des Sachsen ließ den Hund innehalten. Der Krieger, ein Mann mit schwarzem Haar und einer hässlichen roten Flechte am Hals, hatte sein Pferd herumgerissen und ließ es auf die Hinterbeine steigen – Arnulf konnte den Vorderhufen um Haaresbreite ausweichen. Rasch wich er drei Schritte zurück. Ihre Blicke kreuzten sich, und instinktiv hob Arnulf den Bogenstab wie einen Speer.

Aber schon erklang ein lautes Kommando Widukinds von vorn: Der Sachsenherzog wollte so schnell wie möglich das feindliche Lager verlassen; jede Reiberei konnte die Menge zu unkontrollierter Gewalt aufstacheln. So gaben die Sachsen ihren Pferden die Sporen. Erdklumpen wirbelten in die Luft, als sie über die Lagerstraße verschwanden, der Hund mitten unter ihnen. Erleichtert atmete Arnulf aus – das Ganze hätte anders enden können, wurde ihm klar. Er zog den Jungen vom Boden hoch. Außer kräftigen Schrammen am Hals und an einer Hand schien der Bursche unversehrt.

»Das Vieh hätte dich umbringen können!«

Der Junge schluckte. »Dieser Schwarze ...«

»Ein Sachse! Was hast du mit ihm zu schaffen?«

»Er hat meine Eltern erschlagen.« Tränen rannen seine Wangen hinunter – Tränen der Wut, weil der Anschlag nicht funktioniert hatte. Und mit einem Mal sah Arnulf wieder die Waldsiedlung vor sich: ein Sachsenkrieger mit schwarzer Mähne, der eine Frau am Strick abführte, und die Bestie von Hund.

»Euer Hof ist niedergebrannt worden? Nördlich von Haerulfisfeld?«

»Ja. Sie haben meine Schwester mitgenommen.« Er wischte sich Tränen weg und starrte Arnulf an. »Ich war im Kornspeicher versteckt. Ich hab' Euch gesehen, Ihr habt den Bogen meines Vaters genommen!«

Das Murmeln der Männer um Arnulf wurde von einer kräftigen Befehlsstimme unterbrochen. »Geht weiter, Leute!« Abschätzig betrachtete Esiko Arnulf, den Jungen und den halben Speer im Gras. »Das waren Unterhändler«, stieß der Offizier aus und griff dem Knaben ins kurzgelockte, rotblonde Haar. »Wer sie angreift, beleidigt unseren König. Willst du das?«

Der Junge schüttelte den Kopf. Sein Gesicht hatte die kaum behaarten, pickligen Wangen eines Burschen zwischen Kindheit und Jugend. Er konnte nicht älter als dreizehn, höchstens vierzehn sein.

»Der Kerl hat seine Eltern ermordet«, sagte Arnulf rasch. »Im Hessengau ...«

»Nicht nur das«, nickte Esiko, und klang nun weniger grob. »Es war der Bastard, der Ansgar fast durchbohrt hätte. Ich vergesse kein Gesicht!« Wer Ansgar war, wollte der Knabe wissen. Statt einer Antwort kniete Esiko nieder und drückte dem Jun-

162

gen eine Goldmünze in die Hand. »Das ist für deine Tapferkeit. Wäre ich dein Vater, ich wäre stolz auf dich.« Neugierig drehte und wendete der Junge das kostbare Geldstück in der Hand.

Der Offizier richtete sich auf. »Sorg dafür, dass der Bursche keinen Blödsinn mehr anstellt, Hesse, sonst lebt er nicht lange. Vielleicht kannst du auf andere besser aufpassen als auf dich selbst?!«

Arnulf zuckte trotzig mit den Schultern. »Was ist mit Widukind? Gibt es Krieg?«

»Was sonst?« Und mit einem verächtlichen Blick auf den Bogen in Arnulfs Hand fügte er hinzu: »Besorg dir eine richtige Waffe, mit der man nicht nur Hunde verscheuchen kann!«

Kapitel XVI

In der Festung auf dem Frankon Berg, Juli 772

Später berief der König den Kronrat ein. Die schlechte Laune des Herrschers war noch nicht verflogen. »Aus ihrem verfluchten Heidentum ziehen sie die Kraft zum Widerstand – wir müssen sie brechen, und wenn es Jahre dauert!«

Sorgenvoll wog der Marschalk den Kopf und machte sein übliches Faltengesicht; ›Zweifler‹ nannte man ihn insgeheim. Niemand mochte widersprechen, obschon jeder wusste, dass man im nächsten Jahr ein anderes Problem an einer anderen Grenze haben würde: Irgendein Nachbar des Frankenreiches war immer auf Krieg aus oder bot die Möglichkeit für fränkische Eroberungen … Ruodbert war ohnehin für Krieg, und der königliche Kämmerer, der die Schatzkammer beaufsichtigte, verwies lediglich auf die hohen Kosten eines ausufernden Krieges. Geld, das man für den Bau von Brücken und Heerstraßen im Süden gebrauchen konnte.

»Wir werden die Sachsen besteuern«, sagte Fulrad. »Zumindest das Land der Engern um die Eresburg herum müssen wir haben. Dort schürfen sie Gold.«

»Der Sachsenschatz? Ist das mehr als eine Sage, Bischof?« Der Marschalk rieb sich mit beiden Händen die Augen. Er hatte eine gelbliche Gesichtsfarbe, und seinem Mund entströmte ein Geruch, der Verwesung und Tod vorwegzunehmen schien. Einhard neben ihm vermied es, durch die Nase zu atmen. »*Gilerito*, was meint Ihr?«

»Sehr groß kann er nicht sein«, sagte der Consiliarius, ohne Fulrad anzusehen. »Sonst würden die Sachsen nicht regelmäßig bei uns einfallen.«

»So spricht ein Narr, Consiliarius!« Fulrad stülpte die Lippen vor und sah mehr denn je aus wie ein böser Fisch. »Die Sachsen sind so unersättlich wie Wölfe! Wißt Ihr wie viele silberne Altargeräte sie aus unseren Kirchen geraubt haben?«

Der König winkte ab, er verlor die Lust an diesem Austausch. »Wir werden die Gaugrafen heute Abend zu einem Bankett laden; sie sollen wissen, wie Widukind unseren Thron und unseren Glauben beleidigt hat. Niemand soll später sagen, wir hätten eine Schlacht vermeiden können.«

Der Blick des Königs verharrte gerade lange genug auf Einhard, um bei ihm noch einmal Verlegenheit hervorzurufen. Doch dann fuhr der Herrscher in aufgeräumtem Ton fort: »Damit Ihr in guter Laune für Braten und Wein seid, Ihr Herren, laden wir Euch für den Nachmittag zu einer Jagd. Der Burgvogt erzählte von prachtvollen Hirschen in den Wäldern, mit zwanzig Enden am Geweih und mehr!«

* * *

Es fehlte nicht viel, und die Jagd wäre die letzte des Königs gewesen.

Eine Stunde zu Pferd von der Burg entfernt lag ein kurzes, enges Tal. Dort trieben die Männer des Burgherrn mit ihren Hunden zwei Hirsche und eine Wildschweinrotte aus dem Wald. Draußen, auf den abgeernteten Feldern, warteten weitere Jäger mit Speer und Bogen, die die fliehenden Tiere auf die eigentliche Jagdgruppe hinlenkten: Hofleute mit starken Stoßlanzen, die um den König und seinen Jagdmeister herumstanden. Dieser schweigsame, breitschultrige Mann hatte schon für Pippin eine riesige Anzahl von Wild erlegt; sein Gürtel war mit

Dutzenden von Eberzähnen besetzt. Er handhabte den Jagd-speer geschickter als sonst irgendjemand.

Das Rufen der Treiber, das Bellen der Hunde und die Laute der gehetzten Tiere füllten die Luft – so fiel das aufgeregte Gebell in der Waldzunge nicht gleich auf, vor der die trichterför-mige Jagdaufstellung auslief. Dann aber erscholl ein aberwitzi-ges Jaulen. Plötzlich brach etwas Großes mit Urgewalt aus dem Unterholz. Die aufgeregten Schreie ließen die Bogner auf dem Feld zurückeilen. Doch es ging zu schnell, um in dem Durchei-nander einen Schuss anzubringen: Schon hatte der Wisentbulle einen der Jagdknechte niedergetrampelt. Blindlings stürmte das Tier weiter, in die Gruppe um den König hinein. Der Jagdmeis-ter stieß den Herrscher zur Seite und stellte sich selbst mit dem Jagdspeer dem Ungetüm entgegen. Es war Mut, der an Toll-kühnheit grenzte: Mit einer einzigen Kopfbewegung spießte das Tier den Jagdmeister auf und schleuderte ihn wie einen Knaben durch die Luft.

Panisch stoben die Gefolgsleute auseinander. Für einen Augenblick, hieß es später, stand der König dem braunen Unge-tüm allein gegenüber. Und der Herrscher lief nicht davon. Er schaffte es, seine Lanze in die Schulter des wütenden Tieres zu bohren. Der Stoß war nicht tödlich, aber er hinterließ eine blu-tige Wunde. Dann schlugen Pfeile aus nächster Nähe in den Bullen ein. Wie toll wirbelte er herum, wurde abgelenkt, wäh-rend die kühneren Jagdknechte ihn von mehreren Seiten mit Spießen angriffen. Einen weiteren der Männer wirbelte das Tier noch durch die Luft, bevor der Koloss vielfach verwundet in die Knie ging. Im Nu war er von geifernden Hunden umringt, die den Gestrauchelten binnen kurzem totbissen.

Einhard hörte die Rufe des sterbenden Bullen am Rand des Feldes. Mit weichen Knien hatten er und einige Edle verfolgt, wie das Tier wie aus dem Nichts aufgetaucht war und die Gruppe um den König zersprengt hatte. Hastig eilten sie zum Ort des Unglücks. Noch bevor sie die Traube von Menschen durchdringen konnten, hörten sie mehrfach »Gelobt sei Jesus Christus!«.

Der Herrscher lebte!

Einer der Hofjäger packte Einhard am Arm und zog ihn dorthin, wo die kräftige Gestalt des Jagdmeisters mit halbgeschlossenen Augen im Gras lag; schaumiges Blut kam aus dem Mund des Schwerverletzten. Einhard betastete mit dem Finger das Loch in der Lederweste, das das Wisenthorn hinterlassen hatte. Eine Handbreit unterhalb des Herzens war der Stoß erfolgt. Aus den Augenwinkeln sah Einhard einen Priester herbeieilen, einen von Fulrads Untergebenen. In diesem Augenblick schlug der Sterbende noch einmal die Augen auf. Er erkannte den Geistlichen und gurgelte einige unkenntliche Worte – letzte Sünden, die zu beichten waren oder letzte Verwünschungen – er trug ein Kreuz um den Hals, immerhin.

»Wie schlimm ist es, Einhard?« Der König schaute ihm über die Schulter, mit heftigem Atem, der die überstandene Gefahr verriet.

Einhard richtete sich ohne Hast auf und schlug ein Kreuz. »Die Verletzung ist tödlich, Herr. Wir können nichts tun.«

»Gott möge ihm gnädig sein.« Der König schlug ebenfalls das Kreuz, geradezu schwungvoll, und jetzt bemerkte Einhard, wie die Augen des Herrschers leuchteten. »Er hätte mir den ersten Stoß lassen sollen, bei Gott! Habt Ihr es gesehen, Einhard?«

»Ich war zu weit weg, Herr ... Ich wäre wahrscheinlich in Ohnmacht gefallen.«

Der König schnaubte und schlug Einhard freundschaftlich auf die Schulter, während der Jagdmeister zu ihren Füßen die letzten Lebensgeister ausatmete. Die zusammengeströmten Gefolgsleute, die den König mit einigen Schritten respektvollen Abstands umstanden, grinsten betreten. Dann beugte sich Karl mit gespanntem Gesichtsausdruck über den leblosen Körper.

»Warum tritt das Blut durch den Mund aus? Er verliert mehr Blut aus der Kehle, als aus der Wunde selbst, *gilerito*?!«

»Der Wisent hat seine Lunge getroffen. Sie ist voll mit Luft, aber gleichzeitig enthält sie Blut ...«

»Wie kann sie gleichzeitig Blut und Luft enthalten?«

»Niemand weiß es genau, Herr.« Sie gingen ein paar Schritte zur Seite, um nicht neben dem Leichnam weitersprechen zu müssen. Einhard fühlte die Neugier des denkenden Menschen im König und allein dafür liebte er den Herrscher. »Wenn man die Lunge eines Schafes herausschneidet und ins Wasser wirft, schwimmt sie ... Es ist seltsam. Doch im Körper, in einem gesunden Körper, da schaufelt dieses Organ wahrscheinlich Blut durch die Adern.«

»Aber das Herz pumpt das Blut, Einhard! Soviel wissen unsere Ärzte. Öffnet Eurem Schaf den Brustkasten, dann seht Ihr es!«

»Gewiss, Herr«, nickte Einhard und dachte mit leichtem Schauder an den Kadaver eines Bettlers, den er einst einem Totengräber in Rom abgekauft hatte; beim trüben Licht mehrerer Öllampen hatte er ihn aufgeschnitten, um die Organe zu studieren. »Es gibt eine Verbindung vom Herzen direkt zur Lunge, versteht Ihr? Ohne dass wir wissen, was wirklich in diesem Organ geschieht ...«

Fulrad kam angeschnauft, mit einigen Männern der Hofkapelle hinter sich. Er trug sein wallendes Bischofshabit in dunklem Blau mit goldenem Besatz. Sein Gesicht war rot angelaufen.

»Der Herrscher ist knapp dem Tod entronnen und Ihr disputiert über Organe des Körpers? Pfui, Ihr habt keinerlei Demut vor Gottes Schöpfung, Einhard!«

»Gerade das Nicht-Wissen macht mich demütig!«, raunzte der Gelehrte zurück. »Sind wir denn Schweine, dass wir nicht denken und fragen können?«

»Der Mensch ist nach Gottes Ebenbild erschaffen«, zischte Fulrad. »Warum maßt Ihr Euch an, seine Arbeit verstehen zu wollen?«

»Lasst es gut sein, Ihr Herren«, sagte der König freundlich. »Wir tun sicher nichts Unrechtes, wenn wir wissen wollen, wie Glieder, Haupt und Rumpf arbeiten. Wie könnten wir sonst Ärzte ausbilden? – Habt Ihr gesehen, wie ich das Wisent niedergeworfen habe, Fulrad?«

* * *

Später, kurz vor dem Bankett, rief der König Einhard zu sich. Der Herrscher hatte den Schmutz der Jagd abgewaschen und trug eine helle, schmucklose Tunika mit einem Überwurf aus dunkler Wolle. Das Schwert Durendal lehnte an einem Stuhl – Karl wirkte ein wenig nackt ohne die Waffe. Das Zimmer im Obergeschoss, in dem sonst der Burgherr selbst wohnte, war mit hellen Tischtüchern und Wandbehängen aus den Reisetruhen des Hofes verschönert worden. Der König der Franken kam Einhard entgegen und ergriff mit seinen riesigen Handtellern dessen zierliche rechte Hand, wie bei einem alten Freund – verblüfft nahm Einhard dies zur Kenntnis, und ebenso überrascht bemerkte er den Adler: Ein Jagdknecht stand mit dem Vogel in der Ecke des Raums, flankiert von zwei misstrauischen Leibdienern, denen das Tier offenbar nicht geheuer war. Auf ein Zeichen des Herrschers nahm der Vogler die Augenkappe des Adlers ab. Herausfordernd blickte er sich mit starren Augen um.

»Schaut Euch den Prachtkerl an, Einhard! Der nimmt vor niemandem Reißaus!«

»Ein schönes Tier«, sagte Einhard lahm.

»Unser Burgherr macht uns diesen Greif zum Geschenk. Die Sache mit dem Wisent war ihm wohl peinlich … Wollt Ihr ihn haben?«

»Das Wisent?«

»Den Adler!«, lachte der König. »Der Bulle schmort längst überm Feuer …«

»Ich fühle mich geehrt, Herr.« Die meisten Menschen liebten die Jagd. Sie sprachen mit größter Bewegung über Jagdfalken und Hunde und die Größe von Bärenfellen und berauschten sich an erfundenen oder tatsächlichen Jagdabenteuern. Einhard nicht. Aber glücklicherweise erwartete der Herrscher offenbar keine Antwort.

»Was würdet Ihr sagen, wenn wir Kopf und Schwingen in unser königliches Feldzeichen aufnehmen? Der König der Luft und der Herrscher auf Erden …«

»Kreuz und Adler? Ich mag den Gedanken. Ja, wenn man den Adler auf wenige Linien reduziert … aber der Kapellan wird es hassen, Herr. Er wird es Euch nicht zugestehen, das Christuszeichen mit einem Tier zu vermengen.«

»Nein? Ich bin der König«, sagte der Herrscher bedächtig. »Und er ist mein Hofkapellan.«

Einhard neigte den Kopf. Als er wieder aufschaute, strich sich der König nachdenklich über den Bart.

»Ihr versucht, dem guten Fulrad gerade eine Falle zu stellen, nicht wahr? Ihr seid gar nicht so harmlos, wie Ihr immer tut.«

»Meine Absichten sind nur die besten, mein König«, lächelte Einhard demütig.

»Ha! Beurteile einen Menschen nicht nach seinen Absichten, sondern nach seinen Taten! Ihr verzieht immer das Gesicht, wenn wir König David zitieren – meint Ihr, das sehe ich nicht? David war der größte Herrscher, den es je gab, *gilerito*! Wem sonst sollten wir nacheifern?«

»David war ein großer König, gewiss. Aber wir erinnern seinen Sohn Salomo für seine Weisheit.«

Karl machte eine wegwerfende Handbewegung. »Er war weise, aber geschaffen hat er wenig. Ehrlich gesagt, wenn ich Euch ansehe, dann sehe ich eine enorme Klugheit vor mir, der ebenfalls noch etwas Tatkraft fehlt. Aber Menschen entwickeln sich weiter … Was würdet Ihr sagen, Einhard, wenn ich Euch den Auftrag gäbe, die größten Gelehrten des Abendlandes an meinem Hof zu versammeln? Um die klügste Beraterrunde zu schaffen, die ein König je hatte?«

»Herr?« Einhard vergewisserte sich, dass dies kein Traum war – der Mann, der ihn mittags noch abgekanzelt hatte für seine Blauäugigkeit gegenüber den Sachsen, wollte ihn nun auf eine Art erhöhen, von der ein *gilerito* nur träumen konnte. »Habe ich … habe ich denn Euer Vertrauen, mein König? Manchmal bin ich mir nicht sicher!«

Mit einer Handbewegung verabschiedete der König den Vogler und schickte die Diener fort, um Wein und Rosinen zu holen.

»Ich würde Euch mein Leben anvertrauen, Einhard.« Der König setzte sich auf die Tischkante und nahm einen Apfel aus der Obstschüssel. Der Consiliarius verschränkte die Hände hinter dem Rücken und musterte etwas verlegen das graue Fell, auf dem er stand; es mochte einem Wolf gehört haben. Durfte er sich auch setzen? Nein, das wäre anmaßend gewesen.

»Einer von Fulrads Geistlichen spricht abends immer die Messe für unser Gefolge. Viele aus dem Heer kommen, um zuzuhören. Da war die letzten Male auch eine Rothaarige, die bei den Marketendern mitfährt, glaube ich … Wisst Ihr zufällig, wen ich meine?«

»Es mag sein, dass ich sie einmal aus der Ferne gesehen habe.« Es gab nicht viele Frauen, die unmittelbar zum Trosslager gehörten. Und nur ein oder zwei waren rothaarig …

»Sie ähnelt einer Zofe, die wir am Hof meines Vaters hatten ... Ich muss dreizehn oder vierzehn gewesen sein.« Der König verschluckte sich und prustete Apfelstückchen durch die Gegend. »Also, ich würde sie gerne einmal aus der Nähe sehen. Ich möchte, dass Ihr Folgendes tut ...«

Mit wachsendem Staunen hörte Einhard seinem Herrscher zu. Schon war der Gedanke an die ›größten Gelehrten‹ des Abendlandes wieder verschwunden, wie eine Rose, die sich nur für einen kurzen Augenblick öffnet.

* * *

Abends setzte der Regen wieder ein. Als die Bannleute am nächsten Morgen aus ihren Zelten kamen, stapften die Männer zwischen Pfützen und Tümpeln umher. Was man sich von Widukinds Besuch erzählte, drückte die Stimmung noch weiter: Der Sachsenherzog warte mit einer riesigen Armee irgendwo hinter den Wäldern. Zerstoben war die Hoffnung, bis zur Eresburg durchmarschieren zu können. Stattdessen erzählten die Älteren schaurige Geschichten von der Grausamkeit der Feinde: Die Ostfalen schnitten den Besiegten angeblich die Köpfe ab, um Bier aus den Schädeln zu trinken.

Arnulf ließ sich immer wieder zurückfallen, um den Wagen mit der Schmiede sehen zu können. Vom Kutschbock winkte ihm manchmal Bernhard zu, der Junge aus dem Hessengau. Erst hatte er versucht, ihn bei Ragla unterzubringen, die ihm sofort etwas von ihren heimlichen Wurstvorräten zusteckte. Wulfram jedoch wollte nicht noch ein Maul stopfen: »Der stiehlt doch nur!«, schimpfte der bärbeißige Schankwirt. So wie die anderen Elternlosen, die als Helfer beim Tross geduldet wurden.

Unter den tropfenden Ästen einer Eiche verfolgten Arnulf und Bernhard abends eine Schlägerei zwischen Bayern und

Rinahgau-Leuten. Es ging um trockenes Feuerholz. Endlich erschien ein kräftiger Mann mit schwarzem Reitermantel. Er sprang vom Pferd und schickte die Streithähne mit ein paar Fausthieben zu Boden. Danach war Ruhe.

»Der hat mir die Münze gegeben«, rief Bernhard beeindruckt. Erst dann erkannte Arnulf den Scara-Hauptmann. Esiko hatte sich glattrasiert. Und das wirkte tatsächlich wie ein Zeichen – bald würden sie mit den bärtigen Heiden die Schwerter kreuzen …

* * *

Als der Angriff kam, traf er die Franken trotz allem unerwartet. Obwohl später niemand behaupten sollte, dass der Feind unsichtbar gewesen wäre.

Zwei Tage nach dem Abmarsch am Frankon Berg setzte der Regen aus. Von einem Augenblick auf den anderen hoben sich die grauen Wolkenmassen und es wurde heller. Die Wiesen am Straßenrand dampften, und die Sonne war nun zumindest als milchige Scheibe zu sehen. Die Frommen überlegten, ob das die letzten Gebete bewirkt haben konnten; Menschen wie Bero setzten sich einfach auf ihr Bündel, wrangen Wams und Tunika aus und genossen die unerwartete Wärme. Was der Regen nicht bewirkt hatte, erreichte die Sonne: Der Heerzug kam zum Stillstand.

Die Rinahgauer waren fast am Ende des Zuges, hinter den Bayern. Die Trosswagen, das schwerfällige Schwanzende der Schlange, wurde von einer Hundertschaft Scara begleitet; nebenbei passten die Gepanzerten auf, dass Heerbann-Leute sich nicht einfach ins nahe Dickicht absetzten, um dem Heer den Rücken zu kehren. Zermürbt von der Nässe trottete Arnulf in einer Gruppe von Bannleuten auf eine Anhöhe am Ende der Straße zu, hinter der das nächste Tal lag. Sie sahen energische Scara-Offiziere am Kolonnenrand die Bannerführer antreiben, die, selbst zu Pferde, unwirsch auf die Ermahnungen reagierten. Alles in ihnen sträubte sich nun gegen die Eile. Die Sonne schien, man trocknete! Der Weg war ohnehin fast aufgelöst: Unter mehr als zehntausend Füßen und noch viel mehr Hufen hatte sich die Straße in einen Schlammkorridor verwandelt. Zur Rechten wurde dieser Streifen von Unterholz und einem angeschwollenen Bach begrenzt. Dahinter stand dichter Wald. Links dagegen zogen sich offene Wiesen einen Hang hoch.

»Machen wir Lager?«

Bernhard reichte ihm etwa bis zum Kinn. Sein Gesicht war noch schmutziger als bei ihrer ersten Begegnung, was an der Arbeit beim Schmied liegen mochte. Arnulf musste sich beherrschen, nicht dem Marketenderwagen zuzuwinken, den die stoischen Zugtiere im immer gleichen Tempo an den hintersten Marschgruppen vorbeizogen – einige hatten sich am Wegesrand niedergelassen und wurden überholt.

»He!« Grimbald zeigte den Hang hoch, breitbeinig auf seinen Speer gestützt. Er hatte die Augen zusammengekniffen: »Wer sind die?«

Aus dem Gehölz oben auf dem Hang kamen Reiter hervor. Hundert, zweihundert, dreihundert Berittene ergossen sich auf die freie Fläche und trabten durch Farn und Beerensträucher den Hügel hinab, als gehörten sie hierher.

»Scara?«, meinte Arnulf. »Die sind ja überall. Wie Brennnesseln.«

»Unfug«, entfuhr es Bero. »Die da oben haben keine Ordnung. Keine Schuppenpanzer ...«

Angespannt verfolgten sie, wie die Reiterwelle sich in drei, dann vier große Gruppen teilte. Der aus Arnulfs Sicht rechte Flügel war in Galopp übergegangen und hielt auf die Bayern zu; Speerspitzen blitzten im Licht der Sonne, die nun durch die Wolken brach. Die linke Hälfte der Schar aber ritt geradeaus den Hang hinunter – sie würden in kürzester Zeit auf die ersten Trosswagen und den Begleitschutz treffen.

Nervös sah Arnulf sich um: Merkten die Bannerführer nichts? Warum schrie niemand eine Warnung?

Der dumpf-träge Ton des Signalhorns kroch wie eine böse Wolke heran. Aus dem Tal vor ihnen musste das kommen. Einmal, zweimal – Arnulf hielt den Atem an – dreimal!

»Sachsen!« Ein heiserer Schrei tönte über die Straße. Es war seine eigene Stimme. »Steht auf!«

»Wo denn?«

Einige regten sich.

»Zum Henker!«

Das Grollen von mehr als tausend Hufen rollte jetzt über den Hang. Die Franken sprangen auf. Befehle schallten über das Feld, Bannerführer versuchten, ihre Leute zu sammeln. Doch die Marschgruppen waren weit auseinandergezogen. Arnulf begann mit noch klammen Fingern Knoten zu lösen, aufgeregt riss er den Bogenstab aus der geölten Lederhülle.

»Gibt es eine Schlacht?«

Der Junge!

»Lauf zu den Wagen, schnell!«

Bernhard schluckte und zog sein Messer aus der Gürtelscheide. »Ich will bei Euch bleiben!«

»Himmel, nein!« Arnulf packte ihn am Oberarm. »Sag Wulfram und dem Schmied, sie sollen mit den anderen eine Wagenburg bilden, sofort! Und dann verschwinde hinter den Bach, so schnell du kannst!«

Bernhard nickte widerwillig, warf noch einen Blick auf die herandonnernde Reitertruppe und rannte endlich los. Arnulf musste an Ragla denken, und sein Magen zog sich zusammen.

In fliegender Hast zog er die Sehne auf den Bogen. Mit Beros schartigem Schwert zerschnitt und zerriss er die Knoten, die den Pfeilköcher mit der Deckenrolle verbanden. Der bullige Rinahgauer hatte Wams und Gürtel wieder angelegt und murmelte etwas, das wie ein Gebet klang.

»Fater du der himila inthebis …«

Kapitel XVII

Nahe der Sachsengrenze, Juli 772

Wie eine Woge prallten die Sachsen auf die mühsam in Bewegung kommenden Franken. Der Angriffsschwung trieb die kleineren Trupps förmlich in das Unterholz und in den Bach; da, wo Männer sich um ihre Befehlshaber scharten und größere Haufen bildeten, schlossen sich die Reiterwellen zu tödlichen Ringen. Arnulf sah eine Gruppe von dreißig oder vierzig Bayern auf offenem Feld, die zu stolz war, zu fliehen – sie starben einen schnellen Tod. Und wütend mussten die Rinahgauer zusehen, wie ihre eigenen Reiter lieber davonritten, als sich dem Sturm entgegenzustellen.

»Verfluchte Brut!«, schrie Bero. »Sollen wir uns hier abschlachten lassen?«

Es war die Frage, die sich jeder stellte: Kämpfen – oder rennen? Denn auch von vorn, aus Richtung der Anhöhe zogen die sächsischen Reiterhaufen jetzt Richtung Tross. Viele Bannleute ließen alles fallen und flohen zum schnell strömenden Wasser, um ihr Leben im Wald dahinter zu retten. Andere liefen nach hinten, zu den noch halbwegs intakten Einheiten und den Ochsenwagen. So schwoll die Zahl der Krieger um Arnulf, Grimbald und Bero rasch auf ein Vielfaches an. Und genauso schnell wuchs die Verwirrung: Ein Bannerführer mit mehreren Leuten erreichte sie, fluchte gotteslästerlich und faselte etwas von skaron. Doch niemand reagierte, und schon lief auch er auf den Bach zu. Mehrere Bogner machten Anstalten ihm zu folgen – Arnulf erkannte einige der Männer, mit denen er am Frankon Berg auf Scheiben geschossen hatte.

»Hier rüber! Bleibt hier! Zu mir!«

Einzeln hatten sie keine Chance. Vier oder fünf Bogner eilten herbei, als hätten sie nur auf ein klares Kommando gewartet. Er sah Furcht in ihren Gesichtern, aber noch keine Panik. Vor ihnen hatte sich der Haufen um Grimbald und Bero zu einer groben Schlachtreihe formiert. Die ersten sächsischen Reiter fegten heran, die Speerspitzen voraus.

Arnulfs Finger ließen die Sehne schnellen, er sah den Pfeil fliegen und wusste sofort, dass etwas nicht stimmte. Die gefiederten Geschosse schlugen zwischen den Beinen der Gäule ein: Die Sehnen waren feucht, sie dehnten sich. Man musste beim Zielen viel höher anhalten!

Dann waren die Reiter mitten unter ihnen. Arnulf schoss ohne zu zielen, schneller als je zuvor. Ein Schrecken durchzuckte ihn, als er sah, wie Grimbald von einem riesigen Schimmel niedergeritten wurde. Schon versuchte der Reiter, den Gestürzten mit seiner Speerspitze an den Boden zu nageln. Aus kürzester Entfernung jagte Arnulf ein Geschoss in die Brust des Sachsen. Als er hastig einen neuen Pfeil auf die Sehne legte, spürte er etwas sein Ohr streifen. Der Wurfaxt folgte ein Fluch – der Werfer zog ein Schwert und ging brüllend auf den Bogenschützen los.

Arnulf riss abermals die Bogensehne nach hinten, doch schlagartig ließ der Widerstand nach. Der halbe Bogenstab krachte gegen seine Stirn. Er schlug auf dem Rücken auf, Dreckwasser spritzte.

Vorbei! Sein Leben würde mit zehn Zoll Eisen im Bauch enden.

Das Eisen blieb aus. Wie ein Eber den Jäger, so hatte Bero den Sachsen gerammt und ihm sein rostiges Schwert zwischen die Rippen gestoßen. Mit irrem Keuchen versuchte der Bauer vom Rinah, das Eisen wieder aus dem zuckenden Körper herauszuwinden.

Arnulf betastete seine Stirn; Blut lief ihm in die Augen. Der Bogen war zerbrochen, ein Tribut an die Nässe. Oder an den Hund, auf den er damit eingeschlagen hatte … Er hob das Kurzschwert des von Bero getöteten Sachsen auf und griff sich einen Schild, das neben einem zusammengekrümmten Körper lag. Grimmig stellte er sich auf neuen Kampf ein. Doch die Sachsen waren bereits dabei abzudrehen, angetrieben von einem athletischen Schwarzhaarigen: dem Mörder von Bernhards Eltern.

»Sie verschwinden!« Trotzig schüttelte Bero sein Schwert.

Doch aus Richtung der Wagen erklang ein Gebrüll wie aus der Unterwelt. Die Männer sahen sich an. »Die Dreckskerle massakrieren die Ochsen.«

»Männer, kommt raus und kämpft!«

Esiko kam durch den Bach gewatet, hinter sich Ansgar mit einem Hinkenden und daneben ein untersetzter Mann mit Kettenhemd und silberverziertem Helm. Er hatte Flecken auf den Wangen, seine Augen gingen nervös hin und her.

»Ruft Eure Leute zusammen, Herzog!«, herrschte Esiko ihn an. »Es ist noch nicht vorbei!«

Tassilo, der Herzog der Bayern, entgegnete etwas, das Arnulf nicht hören konnte.

»Wollt Ihr Schande auf Euch laden?«, dröhnte Esiko.

Der Herzog zerrte wütend an seinem Halstuch, das das Kettenhemd nach oben abschloss. »Ich bin verantwortlich! Wir warten auf Verstärkung von vorn, sage ich!«

Wortlos ließ Esiko ihn stehen, um den zerschlagenen Haufen der Rinahgauer in Augenschein zu nehmen. Was er sah, schien ihn nicht zu entmutigen. »Bildet eine Schlachtreihe, mit allem, was laufen kann, Männer! Die Sachsen wollen die Trosswagen zerstören, nur darum geht es ihnen!«

Arnulf wischte sich Blut von der Stirn. Ragla war auf einem der Wagen. Der Offizier zeigte sein Wolfsgrinsen, als er Arnulf erkannte. Sein linker Oberarm, der den Schild mit dem aufgemalten Kreuz hielt, war nass von Blut.

»Ich komme mit Euch, Esiko.« Fragend sah Arnulf die Kameraden an.

»Ohne mich«, sagte Bero grimmig. »Wenn ein Herzog nicht mitgeht, muss ein Bauer auch nicht mit!«

Auch Grimbald schüttelte müde den Kopf, ein Augenlid zuckte ohne Unterlass.

»Genug gequatscht, vorwärts!« Esiko zog einen Speer aus einem leblosen Körper. Einen zweiten riss er aus dem Bauch eines halbtoten Pferdes – sofort sammelten auch Arnulf und ein Dutzend anderer Wagemutiger herumliegende Speere ein. Dann eilten sie hinter Esiko her an das Ende des Zuges.

Die Wagen, die in ihr Gesichtsfeld kamen, waren von sächsischen Reitern fast eingeschlossen. Offenbar hatten die Fahrer es vor dem Angriff noch geschafft, die Gefährte zu einer Art Wagenburg zusammenzubringen. Beim Näherkommen sahen sie Getreidesäcke und Werkzeuge im Dreck verstreut. Sächsische Krieger schleuderten Fackeln über die Verteidiger hinweg auf die Wagen, gelbliche Rauchwolken quollen in den Himmel. Ein grausamer Nahkampf war im Gange, und mitten in diesen Kampf hinein führte Esiko nun seine Hilfstruppe.

Auf dreißig Schritt schleuderten sie die ersten Speere in die Rücken der Sachsenkrieger. Mehrere Heiden gingen gleichzeitig in die Knie, ohne zu wissen, was sie traf. Arnulf rammte einem Kerl, der einen Warnruf ausstieß, das Kurzschwert durch den Hals.

Mit wuchtigen Schwerthieben schlugen Esiko und Ansgar eine Schneise durch die Krieger vor ihnen. Das Wutgeheul der Sachsen mischte sich mit den Erkennungsrufen der Belagerten.

»Wo bleiben die Hundertschaften?«, brüllte ein Krieger, dessen Wange von oben nach unten aufgeschlitzt war.

Es war keine Zeit zum Antworten. Arnulf, dessen Rücken zu den Wagen zeigte, sah einen halbnackten Angreifer mit einer langen Axt auf sich zukommen. Mehrmals erzitterte sein Schild unter den wütenden Beilhieben, beim dritten Schlag schaffte er es, den Arm des Sachsen mit seinem Kurzschwert zu treffen. Doch dann krachte wie aus dem Nichts ein Wurfspeer in seinen Schild und ließ die Holzscheibe gegen seinen Kiefer schlagen. Benommen taumelte er zurück. Blut spritzte von links in sein Gesicht, unfassbar viel Blut: Der Rumpf des Mannes mit der zerschnittenen Wange stand neben ihm wie angepfählt, der abgetrennte Kopf rollte ihm vor die Füße. Sein Henker ging auf Arnulf los, ein Glatzkopf mit wildem Bart und einem Schwert, das mit Urgewalt auf den Hessen niederging. Scharfer Schmerz zuckte durch seinen Arm: Die Klinge spaltete die Lindenholzbretter fast bis zum Schildbuckel. Noch einmal holte der Sachse aus, doch die Bewegung endete mit einem Geräusch, das Arnulf vom Fleischhauer kannte: Ein Arm des Bärtigen flog durch die Luft, abgetrennt über dem Ellenbogen. Für einen Augenblick stierte Arnulf in die verzerrten Züge Esikos, bevor der Offizier den Verstümmelten mit einem weiteren Schwertstreich erledigte.

Arnulf lief nach hinten, in den Ring hinein und rief Raglas Namen. Er konnte kaum seine eigene Stimme hören, so laut war das Ächzen, Schreien und Heulen um ihn herum. Neben dem Hinterrad eines Wagens lag ein menschlicher Haufen – Wulfram?! Zwei Männer mit Fackeln und Schwertern sprangen auf den Kutschbock, um zu plündern und zu zerstören. Mit ein paar Sprüngen hatte Arnulf sie erreicht. Einen der beiden packte er am Fuß, riss ihn herunter und stieß mit dem Kurzschwert zu.

»Ragla!«

Der andere Krieger, der schon halb unter der Wagenplane stand, ließ die Fackel fallen. Einen Moment schwankte er wie ein Baumstamm, dann fiel er tot zwischen die Ochsen; ein Dolchgriff ragte aus einem Auge. Eine Frau erschien zwischen den Planen und warf Arnulf die Fackel fast vor die Brust. Er packte ihre Hand.

»Komm!«

Er riss sie förmlich vom Kutschbock. Direkt hinter ihr war Bernhard, der etwas Sperriges hinter sich herzog. An mehreren Stellen drangen die Sachsen jetzt in den Wagenring ein und trieben die Franken vor sich her. Halb zog, halb schleifte Arnulf die beiden zu dem Wagen, der dem Wasserlauf am nächsten stand. Nur der Gier der Angreifer nach Beute verdankten sie es, so weit zu kommen – Frachtladungen wurden auseinandergerissen und alles gemordet, was sich dort versteckt hatte. Er schob Ragla und den Jungen unter einen Wagen, zwischen die Räder.

»Lauft zum Wasser!«

Der Junge krächzte etwas und hielt ihm einen langen Stiel hin. Arnulf griff instinktiv zu.

»Pass auf!«, schrie Ragla.

Er wirbelte herum. Die Reiterlanze bohrte sich in die Wagenwand und riss Stoff seiner Tunika mit; kräftige Hände umklammerten den Lanzenschaft. Grunzend zog der Sachse die Spitze wieder aus dem Holz, um Arnulf mit dem nächsten Stoß zu töten. Doch der Hesse war schneller: Der Schlag mit dem Schmiedehammer traf den Sachsen vor die Brust. Er strauchelte, was Arnulf Zeit gab, auszuholen und nachzusetzen. Der einhändig geführte Schlag traf die unbewehrte Schädeldecke des Kriegers mit einer Kraft, die jahrelanges Bäume fällen hervorgebracht hatte; der Hammerkopf sank tief im blonden Haar ein und hinterließ eine klaffende Öffnung, die sich sofort mit Blut füllte, als der Körper leblos zu Boden fiel.

Was war das Kurzschwert dagegen?

Die Sachsen beeilten sich, soviel Zerstörung wie möglich anzurichten. Arnulf stolperte über einen mageren Körper im schlammigen Gras. Ein Mädchen mit schmutzigem Gesicht und durchtrennter Kehle: Ein Trossbalg, ausgelöscht wie eine Kerze. Er spürte einen Hass, der seine Kraft noch einmal verstärkte. Mit einem wuchtigen Schlag schlug er einen Schwertkämpfer zu Boden; Metall knirschte, als der Helm unter dem Hammerkopf barst. Dann hörte er über die Schreie der Verwundeten und das Triumphgeheul der Tötenden Esikos Hilferufe: Von mehreren Bärtigen umringt, kämpfte der Offizier um sein Leben. Arnulf dachte nichts mehr, er schlug nur noch zu, beidhändig, die linke Seite ungeschützt – Schilde splitterten, Eisenblech platzte, Knochen brachen.

»Hamar!«

Er selbst war es, vor dem die Sachsen Angst hatten! Ihre kehligen Schreie verliehen ihm zusätzliche Kraft. Dann war der Schwarze vor ihm. Und Esiko – auf den Knien, mit herunterhängendem Schildarm, der Panzer dunkel von Blut. Mit einem ersten Schlag traf Arnulf die Schulter des Sachsen. Als er erneut ausholte, warf sich der andere gegen ihn. Arnulf kämpfte ums Gleichgewicht, da knickte sein Gegner ein, als wolle er einen Kniefall machen – Esiko hatte ihm mit letzter Kraft das Schwert in die Kniekehle gestoßen. Für die Dauer eines Herzschlags blickte Arnulf in das ungläubige Gesicht des Sachsen, in eine von Hass und Schmerz verzerrte Fratze, dann holte er nochmals aus. Ein Winsellaut entrang sich der sächsischen Kehle – wollte er Gnade?

Der fünf Pfund schwere Eisenblock traf den Krieger unter dem linken Wangenknochen. Die Wucht des Schlages wischte seinen Kopf mit einem übelkeiterregenden Geräusch nach rechts, Zähne, Blut und Knochensplitter flogen umher. Dann sackte der Körper in sich zusammen.

Schlagartig ließ das Klirren der Waffen nach. Die Sachsen hasteten zu ihren Pferden, denn hunderte von Scarakriegern sprengten aus Richtung der Anhöhe herbei. Plötzlich waren überall Schuppenpanzer. Sie fanden ein Bild des Grauens vor: Innerhalb der Wagenburg wanden sich Verwundete im Dreck und schrien verzweifelt nach dem Priester, das Ende vor Augen.

»Hesse, komm her!«

Esiko atmete schwer. Zwei seiner Männer hatten die Verschlüsse seines Panzers geöffnet und versorgten die tiefen Schnitte in Schulter und Oberarm. Der Offizier verzog das Gesicht vor Schmerz und versuchte doch noch ein Grinsen. »Nur mit dem Hammer, ohne Schild ... Irrsinn! Hätte dich dreimal abstechen können, wäre ich ein Sachse.« Er ächzte, als ihm ein Metallstück aus dem Fleisch gezogen wurde.

»Davongelaufen sind sie!« Erst jetzt dämmerte Arnulf, was er wirklich getan hatte. »Der Schwarze hatte Euer Leben auf der Klinge ...«

»Zur Hölle, ja! Er war ihr Anführer.« Kopfschüttelnd betrachtete Esiko die rotblaue Masse, die aus dem zertrümmerten Haupt des Sachsenführers ausgetreten war. »Du hast ihm das Hirn rausgeklopft, *hamar* ... Seine Leute haben sich vollgepisst, man kann's noch riechen!«

Raues Gelächter kam von den Kriegern, die Arnulf respektvoll musterten. Er hob den Hammerkopf an und betrachtete die Haar- und Blutreste am Metall. Die Anerkennung Esikos war wie ein Nachglühen der Kampfhitze – wie ein Rausch war es gewesen!

Esiko wehrte weitere Verarztungen ab und schickte seine Leute zum Einsammeln von Waffen und der Versorgung der Verwundeten. Halbnackt trat er auf Arnulf zu. »Wenn das Blut singt im Kampf Mann gegen Mann, dann zeigt sich, aus welcher Faser einer ist. Du bist ein Kämpfer! Hätte der Heerbann mehr Leute wie dich, könnten wir bis zum Nordmeer marschieren!«

Arnulf bleckte die Zähne. »Wir haben es den Dreckskerlen gezeigt, oder?«

»Allerdings … Und jetzt schau dir den Schwarzen an, dem du die Fresse zertrümmert hast. Der hat einen Panzer. Vielleicht passt er dir!«

* * *

Aber die Leichen der Sachsen waren bereits umringt von Scara- und Heerbannkriegern, die rasch herbeigeströmt waren. Wer konnte, eignete sich Rüstungsteile an und erledigte ansonsten die Schwerverwundeten mit Lanzenstößen durch den Hals. Langsam, mit leerem Kopf und geschundenem Körper, machte Arnulf kehrt und schritt über das Kampffeld zum Bach. Herrenlose Maultiere mit Gepäck streunten herum, verfolgt von Bannleuten. Krieger bargen Äxte und Schwerter aus dem Schlamm. Er sah Eisenstücke aus Körpern ragen, stieg über Verstümmelte hinweg und er fühlte sich plötzlich unendlich lebendig. Es war wie beim Auftauchen aus der Adrana, bei seiner Flucht aus Friedeslar, nur hundertmal stärker.

Am Wasser kniete er nieder und wusch sich. Noch einmal flackerten die Bilder des Kampfes durch seinen Kopf: Er sah den Schwarzhaarigen auf sich zu taumeln, sah den Arm des Sachsen durch die Luft fliegen, sah den kleinen Mädchenkörper mit dem zerfetzten Hals im Gras.

»Du lebst!« Ragla war aufgetaucht wie eine Erscheinung – sie hatte ihr Kopftuch verloren, die Pracht der langen Haare glänzte kupferfarben in der Sonne. Arnulf richtete sich auf.

»Kleine Ragla …« Unbeholfen streckte er die Hand aus. Ragla ergriff sie, drückte sich kurz an ihn. »Du siehst … wild aus.«

»Wir haben sie zum Teufel gejagt.« Erst jetzt spürte er ein Pochen im Kinn, wo ihn die Schildkante getroffen hatte. Und die Schwellung an der Stirn vom zerbrochenen Bogen. Der linke Arm pulsierte vor Schmerz, als wäre er noch im Kampf. Er wusste nicht recht, wo er die Hände lassen sollte. »Du hast einen von ihnen getötet.«

»Erinnere mich nicht daran«, stöhnte sie und bekreuzigte sich umständlich.

Ungläubig verfolgte er ihre Handbewegungen. Früher, in der Zeit bei Blutmund, hatte sie niemals ein christliches Zeichen gemacht. Dunkle Formeln hatte sie manchmal gemurmelt, die aus ihrer slawischen Heimat stammen mochten. Sie erriet seine Gedanken. »Ich will die Taufe, Arnulf. Ich will dem Jesusgott gehorsam sein und in den Himmel ziehen, wenn ich sterbe … erzähl das mit dem Sachsen niemandem, hörst du?«

»Du meinst den Kerl mit dem Dolch im Auge? Skizan, das war ein Heide, ein Pferdefleischfresser!« Und ohne Rücksicht auf ihre Gefühle und ihre Vergangenheit schickte er grob hinterher: »Der Herr liebt uns, wenn wir Heiden umbringen.«

»Wirklich?« Ihr Gesicht drückte mehr Ekel als alles andere aus.

Mehr und mehr Männer erschienen am Bach, geflüchtete Bannleute kamen aus den Büschen jenseits des Wassers. Arnulf merkte, dass man ihn und Ragla musterte. Schließlich bat sie ihn mitanzupacken:

»Wulfram ist schwer verletzt. Hilf mir, ihn in den Wagen zu legen!«

Kapitel XVIII

Im fränkischen Feldlager, Juli 772

»Ich danke Euch, Paladin. Eure Hessen waren mir heute ein so guter Schutz wie meine Leibwache.« Der König musterte Thegan mit dem ersten freundlichen Blick, den Einhard an diesem Unglückstag bei Karl registrierte.

»Unser Gau, mein König, ist ein Fels, auf den Ihr allzeit bauen könnt.«

Selbstbewusst stand Thegan in der Mitte des Zeltes, wie einer, dem gelungen war, was andere nicht vollbringen konnten. Der massive, eisenverstärkte Lederpanzer ließ ihn schwer und füllig erscheinen. Hufeisenförmig waren ein Dutzend Stühle aufgestellt: Am schmalen Ende saßen der König selbst mit Bischof Fulrad und Graf Ruodbert, stehend dahinter Kanzlisten, während im Bogen – um einen Tisch mit einer Karte des Sachsenlandes – die Gaugrafen und Würdenträger versammelt waren. Der Rauch von Harzfackeln biss Einhard in die Augen.

»Ihr dürft Euch entfernen, Paladin«, näselte Fulrad. »Wir werden Gaugraf Childerich in unsere Gebete einschließen. Möge der Herr seine Genesung beschleunigen.«

»Er fiel vom Pferd«, raunte Tristan in Einhards Ohr; der Schreiber stand hinter dem Stuhl seines Herrn.

Der Paladin neigte knapp den Kopf. »Wenn ich noch etwas vorbringen dürfte, mein König … Ein Offizier der Scara, Esiko, hat einen Mann meiner Leibwache in seine Hundertschaft aufgenommen. Einen unfreien Bogner, er heißt Gero. Ohne um Erlaubnis zu bitten und ohne die Lossprechung zu erhalten.«

»Wirklich? Das müssen wir sicher nicht hier und jetzt klären.« Graf Ruodbert klang gequält.

»Er war einer meiner besten Leute«, sagte Thegan mit kaum verhohlenem Ärger. Zum wiederholten Mal berührte er mit der Hand den verbogenen Nasenrücken. Ohne die Einwilligung des Königs, das war klar, konnte Thegan nichts unternehmen.

»Wenn es so war, Paladin, werden wir Euch Genugtuung leisten«, sagte der Herrscher kühl. »Halten wir also fest: Die Sachsen haben uns an der Spitze des Zuges und am Ende angegriffen. Vorne waren unsere Verluste gering, hinten hoch … Mir ist nicht klar, wie die Heiden uns derart überraschen konnten. Das größte Heer, das jemals nach Norden marschierte!«

»Wo war Eure Leibwache, mein König?«, stieß Herzog Tassilo höhnisch aus. »Die Scara war für die Sicherung zuständig!«

»Die Scara hat gekämpft!«, sagte Ruodbert kalt. »Statt sich in die Sonne zu setzen und die Kleider zu trocknen wie Waschweiber!«

Tassilo funkelte den Heerführer an, als würde er gleich zum Schwert greifen. Einhard fiel auf, dass die kräftigen Brauen des Herzogs ineinander übergingen, was ihn zusammen mit dem kurzen Hals rabiat, ja finster aussehen ließ.

»Einhard!« Fulrad erhob die Stimme. »Ihr habt doch den Beginn des Angriffes auf die Nachhut miterlebt. Was ist genau passiert?«

Einhard räusperte sich. Es war eine Falle: Tassilo durfte er nicht zusätzlich ärgern, zu schwer hatten die Bayern geblutet. Und Graf Ruodbert zu reizen, wäre noch ungesünder …

»Das Hochtal war günstig für einen Hinterhalt«, sagte der Consiliarius langsam und sah sich dabei im Kreis der Gefolgsleute um. Hartmut, der Graf des Rinahgaus, war nicht unter den Anwesenden, warum auch immer.

Nüchtern fuhr Einhard fort: »Die Bayern wurden als erste angegriffen, und fast gleichzeitig stürzten sich die Sachsen auf den Tross … Der Rinahgau war dazwischen.« Einhard seufzte. »Er hätte vorne oder hinten helfen müssen. Aber es ging alles sehr schnell.«

Der König runzelte die Stirn. »Graf Hartmut also … Welche Hundertschaft hatte Trosswache?«

»Hauptmann Esiko«, knurrte Graf Ruodbert. »Er hat Verstreute gesammelt, um die Wagen vor der Vernichtung zu bewahren. Aber nicht jeder wollte sich dafür hergeben.«

Da stand Tassilo auf. Sein Gesicht war dunkel angelaufen. »Ich habe heute mehr als zweihundert Mann verloren«, grollte er. »Die Hälfte unserer Wagen ist zerstört. Ich vermisse die notwendige Ehrerbietung von Euren Gefolgsleuten, *Carolus Rex*!«

Der Kehlkopf des Königs war in Bewegung geraten, und seine Rechte ballte sich zur Faust. »Gewiss, Herzog. Aber vergesst nicht, dass auch *Ihr* mir Gefolgschaft schuldet.«

Selbst die Schreiber im Zelt schwitzten jetzt.

»Beruhigt Euch, Herzog«, sagte Fulrad mit aller Verbindlichkeit, derer er fähig war. »Ihr habt unsere volle Wertschätzung …«

»Die Opfer werden nicht umsonst sein«, unterbrach ihn der König. »Land, Herzog Tassilo, es wird viel Land zu verteilen geben, wenn die Sachsen niedergeworfen sind! Wir werden ihre Fürsten enteignen und die Ländereien unter unseren Vasallen verteilen. Was Eure Verluste angeht: Mein Berater Einhard wird Euch morgen besuchen. Nennt ihm die Zahl der Ochsen und das Gerät, die wir vor einem Weitermarsch ersetzen müssen. Wir werden so oder so einige Tage rasten müssen.«

Tassilo musterte Einhard und nickte grimmig. Seine Augen wanderten dabei so unruhig hin und her, dass er Einhard an einen Schauspieler erinnerte, den er einmal auf einer römischen Bühne gesehen hatte – er hatte den Part des Verräters gespielt.

Mit einem kurzen Gebet endete der Kriegsrat. Als Einhard zusammen mit den Gaugrafen das Zelt verließ, wollte er sich bei den Schreibern nach den Briefeingängen der letzten Tage erkundigen. Doch zu seiner Überraschung bedeutete ihm sogleich der Leiter der Hofkanzlei, in das Ratszelt zurückzukehren. Das Gesicht des blassen, pockennarbigen Mannes gab nichts preis; man sagte, seine Verschwiegenheit sei noch größer als seine Arbeitskraft. Beim Eintreten warf der Kapellan Einhard einen abschätzigen Blick zu.

Der König saß noch auf seinem Stuhl, das Kinn in die Hand gestützt. »Schenkt uns ein«, sagte der Herrscher.

Die Leibdiener waren nicht mehr da. Einhard selbst wurde zum Mundschenk …

Mit klopfendem Herzen ging er zu einem mit Elfenbein ausgelegten Tisch hinter dem Herrscherstuhl und füllte zwei schlanke Gläser aus einem Weinkrug. Der König nahm ein Glas aus seiner Hand und schlug die Beine übereinander.

»Ihr habt Euch fein aus der Schlinge gezogen, Einhard. Alle Schuld dem Grafen Hartmut gegeben …!« Er hob sein Glas an, als würde er Einhard zutrinken.

Einhard lächelte verlegen und nippte am Glas. Aus den Augenwinkeln beobachtete er Fulrad: Der verharrte mit unergründlichem Gesicht am Tisch mit der Karte, einen schlichten Wasserbecher in der Hand.

»Viele sagen, der Feldzug stehe unter einem ungünstigen Stern. Die Finsternis, der Wisentbulle …«

Der König hatte den Blick an die Zeltdecke gerichtet, als spreche er mit sich selbst. »Jeden Tag kommt einer meiner Gefolgsleute mit einem bösen Traum, den er gehabt haben will.«

»Umso wichtiger, mein König, dass Ihr standhaft seid.«

»Das sagt auch Bischof Fulrad.« Ein Lächeln verbreiterte die Bartsichel des Königs und der Kapellan neigte den Kopf zum

Herrscher hin. »Mein Hofkapellan hält Euch, um ehrlich zu sein, für zu weich. Und ich …«, der König nahm einen weiteren Schluck Wein und schmeckte ihn kurz auf der Zunge, »… ich teile seine Meinung, Einhard. Wir sprachen darüber … Habt Ihr schon mal jemanden getötet?«

»Mein König …?«

»Mit eigenen Händen, meine ich. Wie David, als er mit seiner Bande von Abtrünnigen in der Wüste lebte?«

»Nein.«

»Ich auch nicht. In meinem Namen freilich wurden viele umgebracht. Ich bete oft für die, die schuldlos gestorben sind.«

Einhard räusperte sich. »Spannt mich nicht länger auf die Folter, Herr.«

»Nun gut: Thegan war noch einmal bei uns. Der Vogelfreie, für den Ihr so viel riskiert habt, ist wieder aufgetaucht, im Rinahgau-Bann … Weiß der Teufel, wie und warum. Der Paladin will ihn tot sehen. Waren das seine Worte, Bischof?«

»Ja, Herr.« Fulrad stülpte die Lippen vor und schlug einen belehrenden Tonfall an. »Das Einzige, was jetzt zählt, ist der Zusammenhalt des Heeres! Die Hessen dürfen wir auf keinen Fall verprellen; mit Tassilo haben wir genug Ärger am Hals.«

»Erinnert Ihr Euch auch, wer immer wieder vor Tassilo gewarnt hat?«, schoss Einhard zurück. »Er ist ein Halbloyaler, und das nicht erst seit gestern!«

»Spielt bloß nicht den Rechthaber, Consiliarius!« Fulrad kniff die Augen zusammen, was ihn noch niederträchtiger aussehen ließ. »Probleme benennen kann jeder. Probleme lösen ist etwas anderes! Dass Tassilo selbst gerne König wäre, wissen wir nicht erst seit Euren langschweifigen Ausarbeitungen!«

»Ich wollte nur darauf hinweisen, dass …«

»Ihr lauft herum und stellt Fragen über Fragen: Will Widukind nicht eigentlich Frieden? Und was, wenn die Erde eine Kugel wäre wie der Mond? Ja, was dann? Dann fallen alle hinab in die Unterwelt, *gilerito*! Ihr verwirrt die Menschen doch nur mit Euren lästerlichen Gedanken, merkt Ihr das nicht? Verwirrung erzeugt Zweifel, und dem Zweifel folgt der Unglaube – und Ungläubige landen in der Hölle!«

»Lasst gut sein, Bischof«, sagte der König und stand auf.

Fulrad holte Luft und fuhr in einem sachlich-kalten Tonfall fort: »Es geht darum, Thegan und Childerich Genugtuung zu verschaffen. Wir erwarten von Euch, dass Ihr das vor dem Weitermarsch erledigt.«

Hinter sich hörte Einhard das Geräusch von Stoff, der zurückgeworfen wird – der König hatte das Zelt verlassen. Was nun kam, musste er nicht hören.

Einhard fuhr sich mit der Hand durch das dünne Haar. »Und was soll ich Eurer Meinung nach tun? Diesen Arnulf umbringen?«

»Wie Ihr vorgeht, ist uns gleichgültig«, sagte Fulrad schnell. »Ihr werdet vor allem so handeln, dass kein Makel auf den König fällt, versteht Ihr mich? Niemand wird Euch zur Rechenschaft ziehen – es sei denn, der hessische Haudrauf ist Ende dieser Woche noch am Leben …«

Einhards Handflächen wurden feucht.

»Ich nehme die Sache in die Hand, Euer Gnaden. Ihr könnt Euch auf mich verlassen.«

»Etwas Anderes habe ich nicht von Euch erwartet.« Fulrads Fischlippen deuteten jenes falsche Lächeln an, das Einhard hasste. »Schließlich seid Ihr ein Consiliarius mit Ehrgeiz, nicht wahr?«

* * *

Als Arnulf nach Einbruch der Dunkelheit in den Wagen stieg, hörte er den unruhigen Atem Wulframs. Im Dunkeln erahnte

Arnulf die hellen Binden um Wulframs Schädel. Ragla schien nicht überrascht, dass er kam. Sein Verlangen war so stark, dass ihn selbst die Gegenwart des Schwerverletzten nicht abhielt.

Sie liebten sich, und zum ersten Mal seit dem Kampf verschwanden die blutigen Bilder aus seinem Kopf. Lange lagen sie nebeneinander.

»Du hattest Glück.« Ihre Finger betasteten das verschorfte Ohr, das die sächsische Wurfaxt gestreift hatte. »Herr Gott hat auf dich aufgepasst.«

»Aber auf andere nicht. Du brauchst einen Schild, hieß es, sonst stirbst du. Ich hatte keinen. Fasten und beten, das hat mein Bruder immer gesagt … Ich hab' nicht gefastet. Gott ist das alles egal, glaube ich …«

Sie schwieg, und Wulframs Atemzüge schienen lauter zu werden. Als sie wieder sprach, klang sie wie das Mädchen, das sie einmal war: »Weißt du noch, wie wir zusammen weglaufen wollten? Du wolltest Blutmund ein Messer ins Bein rammen, hattest du gesagt …«

Er brummte. Seine Hand kam auf ihrer Brust zu liegen. »Du wolltest nicht mit …«

»Hm. Ich frage mich, was aus uns geworden wäre. Wenn wir zusammen geflohen wären …«

Arnulf fragte sich das nicht. Warum auch? Er lag neben Ragla und hätte mit niemandem tauschen mögen. Doch nun spürte er einen kleinen Kobold in sich. »Ich würde einen braunen Sack tragen und bei meinem Bruder Kringel auf Pergament malen. Aus dir hätte er eine Nonne gemacht und in ein Kloster gesteckt. Ohne Sünde, keusch, mit täglich drei Stunden Gebet …«

»Unsinn.« Sie schmiegte sich an ihn. Schließlich sagte sie leise: »Vorhin haben Leute nach dir gefragt. Es waren Hessen, sie dienen Graf Childerich.«

Seine Fingerspitzen unterbrachen das Kreisen auf ihrer Brust. »Die hat Thegan geschickt … den Hundesohn werde ich erst los, wenn er tot ist.«

»Er hat viele Krieger. Du musst dich an den König wenden …«

»Der hält zu Thegan und Childerich. Eben weil sie viele Krieger haben.«

Sie richtete sich auf einen Ellenbogen auf. »Der Gott herrscht im Himmel, und der König ist sein Vertreter auf der Erde. Der Priester hat es mir gesagt. Wer dem König nahe ist, ist auch Gott nahe.«

»Was erzählst du da?«

»Er hat mich getauft. Alles wird gut, sagte er. Und du …«

Er küsste sie. Doch als er ihre Lippen wieder freigab, waren ihre Gedanken schon wieder bei einem anderen.

»Hoffentlich kommt Wulfram durch. Er ist derb, aber auch anständig.«

»Ja«, raunte Arnulf. »Und hoffentlich wacht er jetzt nicht auf.« Er zog sie auf sich.

* * *

Noch lange nach Mitternacht wälzte sich Einhard hin und her. Es lag nicht nur an den übel riechenden Schaffellen und der dünnen Strohmatratze, aus denen sein Lager bei Feldzügen bestand. Fulrad hatte zweifelsohne im Namen des Königs gesprochen. Der Auftrag war eindeutig zweideutig – der Flüchtling und Zwangsrekrutierte Arnulf von Friedeslar sollte verschwinden. Niemand würde Anklage erheben, wenn man den Hessen morgens mit einem Messer im Rücken auffand. Jeder würde vermuten, dass der Mörder aus Thegans Lager kam … Ein erschreckend einfacher Gedanke. In der Dunkelheit war vieles denkbar.

Der Herr ist das Licht. Satan ist die Finsternis.

Böses verlangte der König nicht von ihm. Aber er war bereit, Böses zuzulassen ... Nur das Ergebnis zählte.

Wer war dieser Arnulf? Ein Freier, gewiss; aber ein freier Niemand ohne *ahta*. So arm, dass es nur zu einem Bogen reichte. Verfolgt von einem Gaugrafen. Kaum jemand würde seinen Tod zur Kenntnis nehmen. Geschweige denn den Täter zur Rechenschaft ziehen! Ein Bruder war da, aber auf Seiten der Macht, auf Seiten der Kirche. Nichts würde er unternehmen.

Eine Stimme in ihm klagte: Karl mutete seinem Consiliarius etwas zu, das ein christlicher Herrscher nicht verlangen darf. Aber sie wurde übertönt von einer kräftigeren Stimme, direkt an seinem Ohr: Der König hatte Vertrauen zu Einhard gefasst! Dazu gehörte vor allem das Vertrauen, Hindernisse überwinden zu können. Fulrads Unterschätzung von Tassilos Unstetigkeit war für jedermann offensichtlich geworden. War der Herrscher noch zufrieden mit seinem Kapellan? Der König schätzte die Bildung Einhards und seine Suche nach Erkenntnis, die Diskussion über die Lunge hatte es mehr als deutlich gemacht. Wenn Einhard nun tatsächlich härter zupacken würde – könnte er irgendwann das höchste Amt am Hofe erhoffen? Für den Fall, dass Fulrad in Ungnade fiele?

Er selbst kannte keinen, der als Meuchelmörder in Frage käme. Insofern musste er mindestens zwei Personen mit dieser Sache beauftragen: den eigentlichen Täter und den Mittelsmann. Aber – sie würden ihn künftig als Auftraggeber eines Verbrechens kennen ...

Entnervt setzte er sich auf und starrte ins Dunkel. Am liebsten hätte er Arnulf aufgefordert, in die Wälder zu flüchten. *Rette dein Leben, Hesse!* Aber das wäre Flucht, *harisliz*; Gaugraf Hartmut würde Scherereien machen, sollte etwas von Einhards Rolle durchsickern. Aber wog das schwer? Hartmut war kein Löwe, er würde sich letztlich fügen ... Doch der Gedanke war ohnehin nicht auszuführen: Der Hesse reagierte auf Ratschläge wie eine ölgetränkte Leinwand auf Regentropfen. Er würde nicht davonlaufen! Schließlich hatte er es geschafft, nur Tage nach dem Abschied vor Franconofurt wieder in der Jauche zu landen ...

Der Paladin will ihn tot sehen. Einhard hörte den Satz, als säße der König neben ihm. Draußen im Vorzelt erklang das Schnarchen von Tristan. Mit seiner Rettung vor den Sachsen hatte das ganze Elend angefangen ...

Ein ferner Hahnenschrei – wo gab es hier Hähne? Er stand auf und öffnete den Zelteingang. Da war eine Ahnung von Purpur im Osten. Und endlich kam er auf die Lösung. Eine Lösung, die das Recht nicht brach und die jedem seine Würde ließ, und dazu gehörte auch ein würdiger Tod – im Zweikampf.

Kapitel XIX

Im Lager des Rinahgaus, Juli 772

Das Heerlager zog sich über eine Meile das Tal entlang. Sicherheitshalber hatte Einhard sich vom Marschalk einen Reiter mitgeben lassen, der ihn und Tristan in den Abschnitt der Rinahgauer führte. In einem mit bunten Bändern geschmückten Rundzelt hatten sie Graf Hartmut und einem seiner Bannerführer mitgeteilt, dass unter seinen Bannleuten ein Flüchtling aus dem Hessengau war, auf den ein Zweikampf zukam.

»Einer meiner Leute?«

Hartmut spielte den Überraschten. Er sprach von seiner Schutzverantwortung für Arnulf, bis Einhard andeutete, dass »der Hof« bereits alles abgesegnet hatte. Tristan stand hinter seinem Herrn und studierte mit heimlichem Vergnügen das Gesicht des Gaugrafen. Dessen Pose der verschränkten Arme wandelte sich in verunsichertes Händekneten.

»Zweikämpfe, Consiliarius, sind bei Feldzügen verboten, soweit ich weiß. Aber wenn der Hof das Ganze billigt … hm.« Er stülpte die Lippen nach außen, als müsste er überlegen, ob er das Verhalten des Hofes gut hieße. »Was meint Ihr, Liudger?«

Ein Rülpser ertönte. Neben dem Grafen kippelte ein grobknochiger, stämmiger Mann in seinem Stuhl, der dem zuvor Gesagten ohne größere Regung gefolgt war. Ein wilder Schnurrbart von Ohr zu Ohr bildete eine Art Riegel in seinem Gesicht; Weingeruch ging von ihm aus.

»Der Kerl hat Childerichs Paladin angegriffen, sagt Ihr? Warum dann ein Zweikampf? Warum nicht eine Gerichtsverhandlung? Der König selbst könnte Recht sprechen!«

Mit unverschämter Heiterkeit grinste Liudger den Consiliarius an.

»Der Paladin Thegan ist einverstanden, weil ein Zweikampf ...« Einhard unterbrach sich. »Ein Zweikampf ist ein *Gottesurteil*, ganz einfach.«

»Nun gut, dann wollen wir auf Gottes Gerechtigkeit trauen und diesem Arnulf das Beste wünschen. Holt den Kerl her!« Zufrieden klopfte Hartmut auf die Armlehne seines Stuhls, und schon verließ ein Mann seiner Leibwache das Zelt, um sich auf die Suche zu machen. Hartmut lehnte sich zurück und erzählte übergangslos von seinem neuen Jagdfalken, den er in einem Nachbartal hatte jagen lassen. Dort war er auch Childerichs Gefolge begegnet. »*Die* haben einen Falken – alle Achtung! Wie ein Pfeil, sage ich Euch, wie ein Pfeil ...«

Als Arnulf schließlich erschien, ohne Wams, in einer verschwitzten Tunika, die noch Blutflecken des Kampfes aufwies, verspürte Einhard plötzlich vages Bedauern. Stürmisch, kraftvoll, roh – dieser Hesse passte zehnmal besser in die halbwahren Geschichten, die Tristan oft abends am Feuer in Verse goss. Besser, zweifellos, als der lächerliche Gaugraf vor ihm.

»Ihr, Einhard?« Die Überraschung war Arnulf anzusehen. Dann erläuterte der Gaugraf, was beschlossen worden war. Die Züge des Hessen versteinerten.

»Ein Zweikampf? Gegen Thegan?« Arnulf guckte ungläubig von einem zum anderen. Er bekreuzigte sich nicht; jeder andere, dachte Einhard, hätte das getan.

»Nein. Gegen seinen Schwertmeister, Rudolf.«

»Rudolf? Das Narbengesicht ...«, sagte Arnulf langsam. Das letzte Mal hatte er ihn an der Adrana gesehen, als finsteren

Antreiber. Seine Pfeilwunde würde längst verheilt sein. Arnulf atmete tief ein. »Ihr habt mir Schutz gelobt für die Dauer des Feldzugs, Graf.«

Hartmuts Hände rangen miteinander. »Da wussten wir auch nicht, dass du vogelfrei bist! Und dass du gesucht wirst ... Irgendwann muss sich jeder für seine Taten rechtfertigen, in dieser oder in der nächsten Welt, nicht wahr? Tue es wie ein Mann, Arnulf.«

Finster starrte Arnulf den Gaugrafen an. »Ihr habt mich gezwungen, in den Krieg zu ziehen. Um Sachsen zu töten. Ich hab' einige erschlagen. Und jetzt soll ich ...«

In Arnulfs Augen loderte eine Wut auf, wie Einhard sie noch nie bei einem Menschen gesehen hatte. Selbst Liudger setzte sich plötzlich aufrecht hin, seine Rechte näherte sich dem Schwertgriff. Einen Augenblick dachte Einhard, dass Arnulf auf Hartmut oder ihn selbst losgehen würde; der Graf krallte sich mit den Händen an den Armlehnen des Stuhls fest, als könnte ihn jemand packen und in die Ecke des Zeltes werfen. Kläglich rief er: »Der Hof will es so. Soll ich mich dem König entgegenstellen?«

»Euer ›Schutz‹ ist so viel Wert wie eine Sandale im Regen!«, schrie der Hesse. Dann starrte er Einhard an. »War das Eure Idee? Müsst Ihr es wieder gutmachen, dass Ihr damals Boso aufgehalten habt, vor Haerulfisfeld?«

»Was war denn da?« Hartmut war froh, dass die Hörner des Stiers nicht mehr auf ihn gerichtet waren.

»Nichts, das hier eine Rolle spielt«, sagte Einhard mit erzwungener Ruhe. »Übermorgen ist Sonntag. Am Montag darauf wird der Kampf stattfinden ...«

Wenn du bis dahin nicht so klug warst, wegzulaufen!

»Zum Henker! Womit soll ich überhaupt kämpfen? Gebt mir ein gutes Langschwert, jetzt sofort!«

Liudger stieß auf und grunzte: »Womit hast du denn die ganzen Heiden getötet, von denen du erzählt hast? Mit den Händen?«

»Mit dem Schmiedehammer.«

Verdutzte Gesichter.

»Du warst das?«, entfuhr es Tristan. Einhards Haupt drehte sich, ein böser Blick traf den Schreiber. Gleichzeitig spürte Einhard schmerzhafte Stiche des Zweifels: Der ominöse Krieger *sax hamar*, der angeblich zwei Dutzend Sachsen beim Hinterhalt erschlagen hatte, war niemand anderes als der Flüchtling Arnulf von Friedeslar. Er hatte die Geschichte für eines jener Heldenmärchen gehalten, die jeder Feldzug gebar.

»Liudger gibt dir ein Schwert.« Hartmut hatte seine Sprache wiedergefunden. »Ein Schwert meiner Leibwache. Und einen Schild. Du bist ... Ihr seid ein tüchtiger Krieger, Arnulf. Ihr werdet uns Ehre machen, ich weiß es!«

* * *

Auf dem Rückweg zum anderen Ende des Lagers bekam Tristan die Rüge für seinen Zwischenruf. Sie ritten im Trab nebeneinander her, umkurvten Gruppen von Kriegern und Ochsengespannen, die man irgendwelchen Bauern in der Umgebung weggenommen hatte. Wer sie sah, mochte sie ungeachtet des Altersunterschieds für Gleichrangige halten.

»Wenn du dich noch mal ungefragt zu Wort meldest, gibt es Ohrfeigen! Und zwar *coram publico*!« Ausnahmsweise klang Einhard, als würde er es ernst meinen. Aber wenig später musste Tristan sich dann doch mitteilen.

»Verzeiht, Herr, ist das nicht unglaublich? Der Flüchtling aus dem Hessengau, der Mann, der Paladine per Faustschlag in den Dreck schickt, schlägt ein Dutzend Heiden mit einem Hammer tot – wie Herkules oder David!«

»Lass David aus dem Spiel! Der war ein König.«

»Der als Schafhirte anfing!«

»Halt den Mund! Ein Kraftklotz ist dieser Arnulf, aber auch ein vollständiger Narr! Übermorgen ist er fahnenflüchtig oder tot. Es liegt in Gottes Hand!«

Es lag eine neue, unbekannte Härte in diesen Worten. Tristan wunderte sich insgeheim über den *gilerito*; Arnulf sollte sich von Rudolf töten lassen, darauf lief das Ganze hinaus. Schon fügten sich Wörter in seinem Kopf zu Versen, über einen *sax hamar*, der fünfzig Heiden an einem Tag erschlug. Was, wenn der Flüchtling wider Erwarten den Schwertmeister umbrachte?

* * *

»Bero sagt, du kannst noch weglaufen.«

»Ach ja?« Arnulf fing einen besorgten Blick des Jungen auf. Bernhard hielt den Speerschaft fest, auf den Grimbald eine neue, geradegehämmerte Spitze gesetzt hatte. Der Zimmermann stieß den Speer ein paar Mal mit dem stumpfen Ende auf den Boden, ohne Arnulf anzugucken. »Ein Zweikampf ist was für Schwertkämpfer. An deiner Stelle …«

»Du bist nicht an meiner Stelle.«

Arnulf hatte dem radförmigen Schleifstein Schwung gegeben und versuchte nun, die Schneide des Schwertes zu schärfen, so, wie es vor ihm ein Dutzend anderer Männer getan hatte. Hier, nahe der Schmiede, besserten Krieger ihre Waffen aus oder lungerten zwischen den Wagen herum, suchten Abwechslung beim Brettspiel oder beim Würfeln. Der Hammer, den Arnulf auf dem Amboss dröhnen hörte, hatte zwei Tage zuvor in seinen Händen gelegen. Nur einen Steinwurf entfernt hatten zwei Männer einen Hammel geschlachtet. Das Tier hing mit dem Kopf nach unten an einem Holzgerüst. Mit gekonnten Schnitten öffneten sie die Bauchhöhle, bläuliches und gelbes

Gedärm quoll hervor und landete im blutigen Tümpel unter dem Kadaver. Eine Horde Hunde lief aufgeregt jaulend um diese Köstlichkeiten herum, um sich ihren Teil zu sichern.

»Hast du Angst?«

Arnulf spürte Grimbalds Blick, als er eine Antwort auf Bernhards Frage überlegte. Es war schlimmer als Angst. Ein Gefühl von Ausweglosigkeit, das war es. Das Kampfgetümmel überlebt zu haben, hatte ein Gefühl in ihm wachsen lassen, jede Gefahr meistern zu können. Doch dieses Gefühl war verschwunden wie ein törichter Traum. Der Schwertmeister Childerichs zielte allein auf eine Sache ab, Arnulfs Tod. Kein Schwert eines Scarakriegers, kein Gefährte des Heerbanns würde ihm helfen.

»Ich schätze, mutig kannst du nur sein, wenn du Angst gespürt hast. Sonst bist du nur ein Tor.«

Fast schon trotzig stieß Bernhard hervor: »Du gewinnst, das weiß ich! Du kannst jeden töten.« Heftig drehte er den Schleifstein, Funken stoben wild davon. Bernhard wusste, dass der Mörder seiner Eltern tot war. Arnulf hatte es ihm erzählt. Der Junge hatte es mit Genugtuung aufgenommen.

»Arnulf?«

»Hm?«

»Meinst du, meine Eltern können uns sehen?«

Bevor er antworten konnte, ertönte die nuschelige Stimme Beros. »Da will jemand was von dir. Hinten, am Rabenbaum. Zwei Kerle …«

»Leute von Thegan?« Angespannt suchte Arnulf das Gesicht Beros nach Hinweisen ab.

»Glaube ich nicht. Die sehen aus wie *unfortha*. Aber keine Schuppenpanzer. Soll ich mitkommen?« Grinsend rieb sich Bero mit einer Hand unter der Achselhöhle, dann auf der Brust. Der Dauerregen hatte seinen kleinen Begleitern nichts anhaben können.

»Bleib hier, sonst macht Bernhard den Schleifstein noch kaputt. Ich rufe um Hilfe, wenn es eng wird.«

Achselzuckend ging Bero zum Stein, den Bernhard mit einer Kurbel herzhaft beschleunigt hatte. Er zog die schartige Klinge aus der Scheide, kratzte sich zwischen den Beinen und sagte: »Kannst dich auf mich verlassen, Arnulf. Solange du mich nicht zum Selbstmord einlädst.«

Arnulf packte sein Schwert, das er vom Gaugrafen bekommen hatte, und lief los. Nach wenigen Schritten jagte ein Köter an ihm vorbei, dem zu beiden Seiten eine dicke Schlange aus dem Maul hing: Ein Stück Hammeldarm. Zwei kleinere Kläffer verfolgten ihn. Arnulf zuckte zusammen. Für die Dauer eines Wimpernschlags sah er sich im eigenen Blut liegen und Hunde an seinen Eingeweiden zerren … Er verdrängte das Bild schnell wieder. Er selbst hatte eine Handvoll Heiden per *hamarslag* niedergemacht! Seit dem Gefecht sahen seine Kameraden ihn in neuem Licht. Gerne erzählten sie weiter, dass ein großer Sachsentöter in den Reihen des Rinahgaus kämpfte. Aber was würde all das helfen, wenn er einem Totschläger wie Rudolf gegenübertrat?

Der Rabenbaum war eine Kastanie, etwa hundert Schritt vor dem Waldrand. Ein Blitzschlag hatte den Baum verkrüppelt. Äste ragten wie nackte Knochen in den Himmel. Von hier aus erspähten Vögel essbare Abfälle und unbeerdigte Leichen. Misstrauisch folgten Arnulf die Blicke von Pferdewachen, die eine aus Seilen und Pfosten bestehende Koppel zwischen dem Baum und dem Lager bewachten.

Es war später Nachmittag und er musste die Augen mit der Hand gegen die Sonne abschirmen. Zwei Figuren machte er im Schatten des Baumes aus. Als Arnulf den Kopf drehte, stellte er fest, dass die Pferdewachen ihm hinterher sahen. Für einen Meuchelmord war es der falsche Platz.

»Gott mit dir, Arnulf.«

Ansgar! Und Gero. Gero hatte seine Haare gestutzt, ein Auge war violett angeschwollen. »Hinten am Waldrand wartet jemand auf dich«, brummte Ansgar.

Mit trockener Kehle folgte er ihnen. Sie tauchten zwischen Birken und Kiefern ein. Plötzlich stand Esiko vor ihnen. Er hatte eine knapp zwei Fuß lange Streitaxt in der Hand. Ausdruckslos sah er Arnulf an; nichts mehr war von der Vertrautheit unmittelbar nach dem Kampf zu spüren.

»Ich höre, dass Childerichs Paladin dich zum Zweikampf fordern lässt?«

»Das stimmt.«

»Ich hab' mich erkundigt, Hesse. Sein Schwertmeister hat mindestens fünf Leute im Zweikampf getötet. Der macht dich zu Hundefutter.«

»Und was soll ich Eurer Meinung nach tun?«, fragte Arnulf heiser. »Weglaufen?«

Esiko runzelte die Brauen. »Selbst wenn du an meinen Männern vorbeikommst, irgendwann kriegt Thegan dich doch.« Er zeigte auf den Schwertgriff an Arnulfs Seite. »Zeig mal her.«

Widerwillig zog der Hesse die Klinge hervor. Esiko ging mit dem Finger über einige am Heft eingravierte Zeichen, seine Lippen wurden noch schmaler. Dann warf er Ansgar die Waffe zu, mit der Klinge nach unten. Der stämmige Krieger fing sie wie einen Holzstecken auf. Er ging zwei Schritte zur Seite, holte aus und schlug mit voller Kraft gegen den Aststumpf eines Baums. Vögel stiegen über ihnen auf.

»Was soll das?«

»Willst du nicht wissen, welcher Waffe du dein Leben anvertraust?«

Bei den ersten drei Schlägen stoben Holzsplitter davon. Beim vierten zerbrach die Klinge. Ansgar griente zufrieden als hätte er etwas repariert. »Und jetzt – sticht der andere dich ab.«

Wütend schüttelte Arnulf den Kopf. »Das verdammte Schwert hab' ich vom Gaugrafen ...«

»Das Ding hat er dir sicher freiwillig gegeben.« Esiko hielt ihm den Griff seiner Kriegsaxt hin. Es war eine schön anzusehende Waffe, falls Waffen schön sein können. »Die hier habe ich mal einem Langobarden abgenommen. Und der hat sie *nicht* freiwillig hergegeben.«

Der ledereingefasste Griff schmiegte sich geradezu in Arnulfs Hand. Der Stiel aus dunklem Holz war unterhalb der Klinge mit Eisen beschlagen. Die Klinge selbst war breiter als die Holzäxte, die er früher benutzt hatte. Ein silberfarbener, gleichmäßiger Streifen am Rand zeigte, dass die Axt mit Sorgfalt geschliffen worden war.

»Du hast Bäume gefällt, nicht? Wenn du um dein Leben kämpfst, dann tu es mit einer Waffe, die dir vertraut ist.«

»Sie ist leichter als ich dachte«, murmelte Arnulf, unsicher, was die Krieger von ihm hören wollten.

Ansgar nickte. »Damit durchschlägst du keinen Schild. Aber du kannst schnell zuschlagen. Und sie fliegt wie ein Habicht! Auf zwölf Schritt treff' ich damit 'nen Käfer am Baumstamm.«

»Warum gebt Ihr mir das Beil nicht unten im Lager?«

Esiko und Ansgar tauschten einen Blick. »Weil du keine Freunde bei den hohen Herren hast, Junge.« Esiko stemmte die Hände in die Hüften, drehte den Kopf zur Seite und spuckte aus. »Alle, die dich kennen, wollen deinen Tod. Kapiert?«

Auch Einhard? Ja, wahrscheinlich auch er ... Arnulf biss sich auf die Lippen. Mit hohler Zuversicht stieß er hervor, dass er niemanden fürchte. Worauf der Offizier nur harsch lachte.

»Ein Wisentbulle hat auch keine Angst! Am Ende verblutet er mit drei Jagdspeeren im Leib. Also, hör mir jetzt genau zu ...«

Kapitel XX

Eine Waldlichtung nahe dem fränkischen Lager, Juli 772

Einhard hoffte, dass es schnell gehen würde. Er hatte die Hände hinter dem Rücken verschränkt und musterte unauffällig seine Umgebung. Die Lichtung – ein runder Kessel voll Sonnenlicht – hatte sich eine Stunde vor Mittag mit Menschen gefüllt. Man hatte es als schicklich empfunden, den Kampf ein Stück außerhalb des Lagers auszurichten. Gleichwohl hatten zahlreiche Schaulustige den Weg zum Kampfplatz gefunden.

Penetrant hämmerte irgendwo ein Specht. Mit einem Ohr hörte Einhard, wie Graf Ruodbert ein paar Schritt weiter mit seinen Hauptleuten über die Aussichten der Kämpfer plauderte. Ruodberts Männer hatten einen fünfundzwanzig Schritt großen Kreis in der Mitte der Lichtung mit Speeren ausgelegt. Auf der Südseite des Kreises stand das Gefolge Hartmuts. Auf der Nordseite, zur Rechten von Einhard, warteten die Männer Childerichs. Childerich selbst war bleich und aufgedunsen. Er schien sich nur mit Mühe auf den Beinen halten zu können. War es wirklich nur ein Pferdesturz gewesen? Einhard hatte nicht die Muße, darüber nachzudenken. Thegan jedenfalls wirkte umso lebendiger. Immer wieder sprach er auf einen robusten Kerl im Kettenhemd mit wilden Narben im Gesicht ein: Rudolf, Ausbilder seiner Leibwache, verlässlicher Töter in vielen Kämpfen. Er lauschte seinem Herrn mit unbewegtem Gesicht, die Hände auf ein langes Schwert gestützt.

Direkt gegenüber von Einhard und Ruodbert stand Arnulf, die Augen auf den Boden gerichtet. Nachdenklich? Das Wort passte nicht recht, dachte Einhard. Reuevoll, vielleicht … Ein großer Schild bedeckte Arnulfs linke Seite, ein rohes Rund aus gesägten Lindenholzstücken. Der vorspringende Eisenbuckel in der Mitte hatte rostige Flecken. Die herunterhängende Rechte des Hessen hielt eine Streitaxt.

Hatte er nicht ein Schwert erhalten?

Die beiden schlicht gekleideten Männer neben Arnulf trugen keine Waffen außer ihren Gürtelmessern: Ein derber, fast quadratischer Kerl mit riesigen Pratzen und ein schlanker, kurzhaariger Mann, auf dessen wachem Gesicht Einhards Blick kurz verharrte. Er beschloss, dass sie halbwegs rechtschaffen aussahen. Vielleicht war Arnulf sogar ein netter Bursche; es spielte keine Rolle mehr. In einer halben Stunde würde er tot sein. Thegan wäre zufrieden. Und somit der König … Umso mehr konnte Einhard mit sich selbst zufrieden sein.

Aber er war es nicht. Die verdammte Weichheit! Sie ließ ihn immer noch nicht los. Er hatte sie von seinem Vater geerbt, es konnte nicht anders sein: Der hatte sich stets geweigert, ihm auch nur eine Ohrfeige zu geben, selbst wenn er Eierstehlen ging mit anderen Kindern. Lieber redete ihm sein Vater ins Gewissen: Diebstahl sei eine schwere Sünde!

»Auf wen setzt Ihr, Einhard?« Ruodbert klang wie ein Zuschauer beim Ringkampf.

»Auf die Gerechtigkeit des Herrn.«

Ruodbert nickte, die Arme über der Brust verschränkt. »Wohl wahr, der kann niemand entkommen.«

»Childerichs Mann sieht wie ein wahrer Totschläger aus«, sagte Einhard, nur um etwas zu sagen.

»Wie ein *Krieger*, meint Ihr wohl … Es wird nicht lange dauern, und das ist gut. Wir sind schließlich hier, um Heiden zu bekämpfen.« Mit diesen Worten trat er vor bis zur Kreismitte; zwei Dutzend Scarakrieger in voller Ausrüstung hatten um den Kreis herum Aufstellung genommen. Mit kräftiger Stimme verkündete Ruodbert die Regeln für das kommende Blutvergießen.

»Die Gegner kämpfen miteinander bis zum Tod. Wer den Ring verlässt, bevor der Kampf zu Ende ist, verwirkt sein Leben. Möge der Bessere gewinnen und möge der Verlierer Gnade vor dem Herrn finden!« Ruodbert bekreuzigte sich. Kämpfer wie Zuschauer taten es ihm nach.

Einhard schloss für einen Moment die Augen und nahm nur den Geruch von Kiefernnadeln wahr. Er hatte sich vorgenommen, keinerlei Regung zu zeigen, was immer auch passierte.

Doch schon schlug sein Herz schneller, als die Kämpfer aufeinanderprallten und sich sofort wieder abstießen, wie der Hammer vom Amboss zurückprallt. Sie umkreisten einander. Warteten darauf, dass der andere sich eine Blöße gab. Rudolfs Schwertspitze beschrieb Kurven in der Luft, die Arnulf auf Abstand hielten. Er war geschickt mit dem Schwert, handhabte die lange Klinge so schnell und beweglich wie andere Leute einen Stock. Arnulfs Axtschläge wirkten dagegen plump.

Einhard hielt die Luft an, als die Schwertspitze nur knapp das Haupt des Hessen verfehlte. Dann prallten Axt- und Schwertklinge direkt aufeinander, ein Raunen ertönte. Wieder lösten sich die Streiter. Deutlich konnte man ihren Atem hören.

Plötzlich ging der Herausgeforderte einige Schritte rückwärts. Schon war sein Fuß den Speerschäften im Gras nahe. Einen Augenblick sah es aus, als denke er an Flucht.

»Kindermörder!«, schrie Arnulf.

Er schüttelte den Schild, bis sein Arm frei war, und warf die Holzscheibe zur Seite. Ganz so, als wäre der Kampf vorbei. Das Raunen der Zuschauer wurde lauter. Einhard schluckte. Der Hesse war verrückt geworden!

Arnulf zuckte zusammen, als die Schwertklinge über ihn hinwegzischte. Es war anders als im engen Kampfgetümmel: Hier war Platz für einen Schwertkämpfer, seine Reichweite auszuspielen. Er musste auf keinerlei Gefahr von links oder rechts achten. Machte Rudolf keinen groben Fehler, würde er Arnulf früher oder später töten.

Reize ihn! Das waren Esikos Worte gewesen. Die Friedeslarer, aber auch die Zuschauer am Kreis hielten Rudolf für einen großen Streiter. Und doch war der Letzte, den er getötet hatte, nur ein Bursche von sechzehn Jahren gewesen, der sich zu viel auf seine Schnelligkeit eingebildet hatte.

Reize ihn, bis er etwas Dummes tut!

Arnulfs Herz klopfte bis zum Hals, als er seinen Schild zur Seite warf.

»Hast du schon mal gegen Männer gekämpft, Feigling?« Rudolf verharrte in leicht gebückter Stellung und verfolgte Arnulfs Tun ungläubig.

»Ich haue dich in Stücke, Schwertmeister, dafür brauch' ich keinen Schild!«

Arnulf winkte ihm mit einer Hand, als lockte er einen Hund. Aufgeregtes Gemurmel lief um den Kreis. Rudolf blickte sich um. Er schien dieses Murmeln aufzunehmen, als er fassungslos verfolgte, wie Arnulf den Schild wegwarf. Verunsicherung erschien in dem Narbengesicht. Dann richtete er sich zu voller Größe auf – und ließ ebenfalls den Schild fallen. Es galt auch den Männern am Kampfkreis zu zeigen, dass er keinen Vorteil gegenüber dem Unverschämten brauchte!

Grunzend stapfte er los, um Arnulf die gerechte Strafe zu erteilen.

Arnulfs Nerven waren zum Zerreißen gespannt. Er drehte die linke Schulter nach vorne und holte mit der Axt auf halber

Höhe Schwung: *ein ansatzloser Wurf,* hatte der Scaraführer gesagt. Ruckartig brachte er die rechte Schulter nach vorne und schleuderte die Axt.

Zweimal, dreimal drehte sich die Waffe.

Mit einem hässlichen Geräusch schlug der Axtstiel unter der linken Augenhöhle des Schwertmeisters auf. Sein Schrei war mehr Schock als Schmerz, so schnell ging alles. Arnulf sprang auf ihn zu. Instinktiv machte Rudolf einen halbblinden Schlag, der Arnulf um Haaresbreite verfehlte. Er rammte dem Gegner die Faust in das Gesicht. Rudolf stolperte, immer noch das Schwert in der Rechten. Arnulf warf sich nun mit seinem ganzen Gewicht gegen Thegans Schwertmeister, so dass sie dumpf auf den Boden prallten.

Das Publikum brach in laute Rufe aus, Anfeuerungen wurden geschrien. Selbst die Wachen der *unfortha* machten ein oder zwei Schritt nach vorn. Krampfhaft versuchte Arnulf, Rudolfs Gurgel mit der Linken zu packen. Er schlug nochmals zu, doch der starke Körper unter ihm verlor nicht an Kraft.

»... *der Dolch!*«

Irgendwie drangen die Worte von außen durch das Fieber des Kampfes. Arnulf drehte den Kopf nach links und sah die Messerspitze in seine Tunika eintauchen. Eine glühende Nadel ging über seine Rippen, als er sich drehte und nun das Handgelenk Rudolfs zu fassen bekam. Angst schoss durch Arnulfs Adern, denn der Arm des anderen war wie der Ast einer Eiche. Keuchend drückte er mit seinem rechten Unterarm auf Rudolfs Kehle. Ein Röcheln stieg auf. Die Augen schienen aus den Höhlen zu treten. Nach endlosen Augenblicken erlahmte die Messerhand – Arnulf entriss ihm die Waffe und stieß den Stahl in Rudolfs Hals. Blut strömte heraus, färbte das Kettenhemd und den Waldboden rot. Ein gewaltiges Zucken lief durch den Körper des Schwertmeisters – es war vorbei.

Der Sieger richtete sich zitternd auf. Er hörte das Herz in seiner Brust hämmern. Die Rufe der Zuschauer waren wie ein Rauschen um ihn herum. Er war davongekommen. Noch einmal!

Ein von den Jahren gezeichneter Mann mit kräftigem Grauhaar und Goldringen in den Armbeugen kam auf ihn zu. Laut verkündete er, dass Arnulf Sieger des Zweikampfes war. Dann beugte sich der Oberbefehlshaber über den Körper Rudolfs, um dessen Kopf sich ein blutiger Tümpel gebildet hatte.

»Der steht nicht mehr auf … Es war Gottes Wille!«

Arnulf hob die Streitaxt auf und ließ sie mit zittrigen Fingern in die Halteschlaufe am Gürtel rutschen.

Der Habicht hatte seine Sache gut gemacht.

Bero und Grimbald klopften ihm auf die Schulter. Sie lachten vor Erleichterung, bis sie die Verwundung bemerkten. Als sei er ein Medicus, zog Bero den Stoff der Tunika zur Seite, um die Verletzung zu mustern. »Nur ein Ritzer, gut zum Angeben … Du hast ihn besser erwischt.« Er streifte den Sterbenden mit einem Blick und bekreuzigte sich.

»Holzknecht!«

Hasserfüllt musterte ihn der Paladin, die Arme leicht angewinkelt am Körper, als würde er gleich zum Schwert greifen. Der schwarze Haarkranz war so sorgfältig geschnitten, wie Arnulf es in Erinnerung gehabt hatte; die Augen aber leuchteten voll böser Kraft, und der Nasenrücken machte in der Mitte einen Knick.

In dieses Gesicht hatte Arnulf sich eingetragen. Mit der Schrift, die er beherrschte. Und nun hatte er den besten Kämpfer Thegans zerstört.

»Du hast dreckig gekämpft, Bursche. Es gibt Regeln! Nur Halunken halten sich nicht dran!«

»*Ihr* wolltet diesen Kampf, zum Teufel!«

»Fluch über deine Sippe!« Sein Kiefer bewegte sich, als zerkaue er etwas. »Deine Mutter und deinen Oheim haben wir liegen sehen, am Wegesrand hinter Friedeslar. Die Sachsen sind über sie hinweg, Junge.« Ein satanisches Lächeln erschien. »Aber du wolltest es nicht anders ...«

Plötzlich spürte Arnulf Dornenranken im Hals. »Wenn ihnen etwas passiert ist, dann ...«

»Sie waren so tot wie Schweine, über die Jagdhunde gegangen sind.«

In Arnulfs Brust schien etwas zu zerreißen. Er hob die Axt, schlagartig stob die Menge auseinander.

»Nicht!« Grimbalds Hände umschlossen fest seinen Unterarm.

Graf Ruodbert und einige Offiziere drängten die Feinde energisch auseinander. »Der Zweikampf muss genügen, um geschehenes Unrecht zu tilgen!«, dröhnte der Heerführer. »Wer erneut die Waffe hebt, ist des Todes!«

Grimbald und Bero zogen Arnulf fort. Grimbald redete auf ihn ein, erklärte für Lüge, was Thegan gesagt hatte. Aber wie konnte er das wissen?

Weitere Rinahgauer umringten ihn, riefen Anerkennung, klopften ihm auf die Schulter. Aufgewühlt ließ er sich vom Kampfplatz führen.

Da hörte er Esikos Stimme hinter sich.

»Hier!« Der Offizier reichte ihm Rudolfs Schwert. »Die Waffen gehören dem Sieger, so ist der Brauch.« Esikos Wolfsgrinsen kündete von stillem Triumph, und nur Arnulf wusste ihn zu deuten.

Auf dem Rückweg ins Lager war der Sieger von einer Traube von Männern umgeben. Die, die wegen des bloßen Nervenkitzels gekommen waren, ließen ihn am lautesten hochleben. Arnulfs Gefühle schwankten zwischen Triumph und Düsterkeit; dass seine Mutter, dass Dietmar tot sein konnten, tot wegen ihm, war wie ein kalter Ring um sein Herz.

Als sie sich dem Rabenbaum näherten, wurden die Männer still. Die Äste waren schwarz vor Vögeln. Unter ihnen, vier Fuß über dem Erdboden, baumelten zwei Körper an Hanfstricken. Mehrere Raben hatten sich auf Kopf und Schultern der Toten festgekrallt und rötliche Öffnungen in die Wangen gehackt.

»Spione«, sagte jemand. »Der Marschalk hat sie aufhängen lassen.«

»Recht so!«

»Spione?« Grimbald verzog das Gesicht. In diesem Augenblick begann ein riesiger, schwarzglänzender Rabe das Augenlid einer Leiche mit kurzen Schnabelstößen zu zerfetzen. »Der Rechte da mit dem Vogel im Gesicht, der war ein Pferdeknecht beim Moyngau.«

»Na und? Kann trotzdem ein Spion gewesen sein!«

»Er konnte nicht sprechen«, sagte Grimbald gedämpft. »Er hatte keine Zunge mehr.«

* * *

Der königliche Ratgeber gestand sich ein, ratlos zu sein. Hatten sie der Gerechtigkeit des Herrn beigewohnt? Der Allmächtige schien es nicht gut mit Einhard zu meinen.

»Wo nimmt der Bursche solch einen Trick her?« Ruodbert sah ausnahmsweise einmal nachdenklich aus. »Nicht schön, aber wirksam.«

»Unergründlich sind die Wege des Herrn, sagen die Priester.«

»Das aus Eurem Munde, *gilerito*? Ihr habt doch sonst kluge Erklärungen für alles und jedes …«

Massiv wie ein Baumstamm stand der Vasall des Königs vor ihm, die Arme über der mächtigen Brust verschränkt, die Löwenstirn gekräuselt. Einhard sah geplatzte Äderchen in den Augen des Kriegsführers, und noch etwas anderes: Flecken, trübe Stellen – oder war das nur das Licht, hier, unter den Bäumen?

»Ich frage mich«, sagte Einhard, bemüht um einen halbwegs verbindlichen Ton, »wie sich die Hessen jetzt verhalten werden.«

Achselzucken. »Sich damit abfinden, was sonst.«

Wie konnte solch ein gewöhnlicher Geist Heerführer des Königs sein?

Ganz in der Nähe hörte Einhard wieder den Specht. Oder hatte er die ganze Zeit lang gehämmert? Schlechtgelaunt winkte er Tristan heran, der fünfzig Schritt weiter auf die Pferde aufpasste. Der Junge schien sein Winken nicht wahrzunehmen. Er schrieb etwas auf eine Wachstafel.

»Übrigens …« Ruodbert kratzte sich am Hinterkopf. »Beim Rinahgau soll es einen Wunderkrieger geben, *hamar slag* oder so ähnlich. Habt Ihr von ihm gehört?«

Für einen Moment hatte Einhard das Bedürfnis, Ruodbert ins Gesicht zu lachen. Aber seine Laune war so schlecht, dass der Anfall rasch vorbeiging. »Wenn Eure Offiziere ihn nicht kennen …« Der Consiliarius hüstelte und machte mit der Hand einen Abschiedsgruß. Zügig lief er los.

Tristan ritzte immer noch Notizen.

»Schreiber!«

Tristan sprang auf, Röte schoss in sein Gesicht. Ihn am Waldrand warten zu lassen, ohne dem Kampf zuzusehen, war eine kleine Strafe für seine letzten Verfehlungen gewesen.

»Der Schwertmeister ist tot, nicht wahr?« Einhard nickte knapp. »Ich wusste es!«, prustete Tristan hervor. »Arnulf ist …«

»Sei still!«

Einhard schwang sich in den Sattel. »Die Liste mit den Verlusten der Bayern, die du gestern angefertigt hast, ist unleserlich. Schreib sie noch mal! Wenn du das erledigt hast, schreibst du die ersten zehn Seiten von Salomos Sprüchen ab und steckst sie in meine Satteltasche, so dass ich sie griffbereit habe.« Er überlegte. »Danach ölst du noch meinen Lederpanzer ein und säuberst unsere Waffen. Und trödele nicht!«

Als Einhard los ritt, sah er, dass Ruodbert in seine Richtung schaute. Einhard nickte ihm noch einmal zu und hob die Hand, aber der Heerführer schien es nicht zu bemerken. Er war dabei zu erblinden, ahnte Einhard. Er hatte es an den trüben Flecken in Ruodberts Augen gesehen.

Gott sei auch dir gnädig, Graf.

Kapitel XXI

Im fränkischen Feldlager, Juli 772

Fünf Tage nach dem Überfall machte sich das Heer daran, den Marsch fortzusetzen. Die Stellmacher und Wagner des Trosses hatten beschädigte Wagen ausgebessert, und die Befehlshaber hatten die Landstriche entlang der Straße nach frischen Zugtieren absuchen lassen. Man war im Grenzgebiet: Wo die Besitzer der Ochsen Franken waren, warfen die Männer des Marschalks ihnen ein paar Silbermünzen für ihre Tiere zu; wo man meinte, ein sächsisches Gehöft vor sich zu haben, spannten die Soldaten den Eigentümern die Tiere aus und zahlten mit Prügel, wenn sich Proteste regten.

Einhard kam mit den Einzelheiten der neuen Marschordnung vom Zelt der Hofkanzlei, als Tristan, den Kopf über dem Schreibpult, ihm das Gerücht zurief, der Führer der Hessen sei getötet worden.

Childerich war tot?!

Sofort gingen Einhards Gedanken zu Arnulf. Konnte er etwas damit zu tun haben? Nein, selbst der tollwütige Hesse hätte das nicht gewagt. Unabhängig davon musste Einhard herausfinden, ob der Gaugraf wirklich tot war: Ein führerloses Bann-Kontingent konnte sich auflösen; es war schon vorgekommen, dass die Krieger eines Gaus sich absetzten oder sich in langwierigen Begräbniszeremonien verloren. So machte sich der Consiliarius sofort auf zum Lagerplatz der Hessen talaufwärts, vorbei an herumlungernden Männern und vielen Kochfeuern, die schwarze Aschekreise in Moosflächen und Gras gefressen hatten.

Es war nicht schwer zu finden. Vor dem größten Zelt im hessischen Lager hatte sich eine etwa hundert Mann starke Menge um die aufgebahrte Leiche Childerichs versammelt. Der Priester aus Friedeslar sprach mit gefalteten Händen Gebete, die den Weg des Grafen in den Himmel ebnen würden. Das Gesicht des Toten war wachsfarben, mit verzerrten Zügen. Childerich, hörte Einhard, war beim Essen mit dem Kopf auf die Tischplatte geschlagen und zusammengebrochen. Er hatte das Bewusstsein nicht wiedererlangt. Abseits zwischen den anderen Zelten standen kleinere Gruppen zusammen, Männer mit Reiterstiefeln und guter Kleidung, manche im Kettenhemd, die im gedämpften Tonfall miteinander sprachen. Hier wurde bereits die Nachfolge besprochen!

Einhard spürte ein Kribbeln in sich wie am Tag der Finsternis. Er ritt zurück zu den Zelten des königlichen Gefolges in der Mitte des Lagers. Dort herrschte ungewöhnlich starkes Kommen und Gehen: Eine Gesandtschaft aus Rom war angekommen, hieß es, ferner Boten aus königlichen Pfalzen … Fulrad war nicht zu sprechen, der Marschalk ebenso wenig. Doch Einhard schaffte es, Markus, den pockennarbigen Cancellarius, für ein paar Momente zur Seite zu ziehen – er war in Haerulfisfeld aufgewachsen, erinnerte sich Einhard, und vertraut mit den Rivalitäten unter den hessischen Großen.

Mit der Einhard eigenen Gründlichkeit fragte er den Leiter der Hofkanzlei aus. Wer kam für das Grafenamt in Frage? Welcher Familie schuldete der König eine Gunst? Wen durfte man nicht aussuchen, um nicht eine wichtigere Sippe zu verärgern? In kürzester Zeit lieferte Markus seine Sicht der Dinge, und wieder einmal bewunderte Einhard das Gedächtnis dieses Mannes, der die Verwandtschaftsverhältnisse jeder wichtigen

Adelssippe parat hatte. Als der Consiliarius sich verabschiedete, reifte bereits ein Plan in ihm heran. Zuerst galt es, einen offenen Kampf um die Führung und damit eine Lähmung der hessischen Truppen zu verhindern. Die von Childerich ins Feld geführten Krieger waren nach Meinung aller eine der schlagkräftigsten Gautruppen des Heers: Ein neuer Gaugraf musste im Stande sein, sie zusammenzuhalten, damit sie beim Entscheidungskampf mit Widukind auf fränkischer Seite fochten. Doch genau der Mann, der hier in Frage kam, war zuletzt durch ein Duell mit überraschendem Ausgang bloßgestellt worden – Thegan. Hasste er Einhard? Es durfte keine Rolle spielen! Genauso wenig wie die Abneigung, die Einhard für Thegan empfand ...

* * *

Der Paladin war jagen gegangen – das zumindest behaupteten Männer der hessischen Leibwache, die Einhard als Königsboten wiedererkannten. Es war das kleine Hochtal, das Graf Hartmut beschrieben hatte. Zu Einhards Überraschung hatte Tristan sich die Wegbeschreibung gemerkt; sie ritten über einen Höhenrücken nach Osten, dann auf engem Pfad durch ein verfilztes Waldstück. Vielleicht hatte Hartmut es schlecht beschrieben, vielleicht hatte Tristan auch mehr an seine Heldenverse gedacht – bald fanden sie sich in einem fast weglosen Dickicht wieder.

»Bist du sicher, dass es jenseits dieser Höhe ist?«

»Ich denke ja, Herr ...«

»Du denkst?! Aber sicher bist du dir nicht ...«

»Ich glaube, Herr, wir hätten das Angebot der Leibwache annehmen und einen Führer mitnehmen sollen!«

»Tölpel! *Du* hast behauptet, du kennst den Weg!«

Schließlich stießen sie auf Erkunder der Scara. Die Krieger wussten, wo die Grafen ihre Falken aufsteigen ließen. Sie brachten den Consiliarius und seinen Schreiber auf den richtigen Pfad zurück und begleiteten sie, bis sich das Gelände öffnete. Am Himmel sahen sie einen Raubvogel. Mit schnellen Flügelschlägen stieg er hoch und höher, flog ein paar Kreise und hielt dann auf eine Gruppe von Menschen und Pferden inmitten einer sumpfigen Wiese zu.

Thegan lehnte an einem dicken Baumstumpf. Er war im Gespräch mit zwei anderen, nicht mehr ganz jungen Männern. Während Einhard und Tristan sich der Gruppe näherten, flog der Vogel über sie hinweg und landete auf dem Lederhandschuh des Falkners. Es war ein ungewöhnlich großes Tier mit glänzendem Gefieder.

»Gott mit Euch, Thegan.« Einhard warf die Zügel seiner Stute Tristan zu und hieß ihn ein paar Schritte abseits zu warten.

»Und mit Euch«, antwortete Thegan ohne Regung. »Noch ein Bote vom Hof …?«

Einhard lächelte die Unhöflichkeit weg. »Ich hörte, dass Graf Childerich zum Herrn gegangen ist. Ihr habt mein Mitgefühl.«

Thegan nickte ausdruckslos.

»Ich hätte Euch im Zelt des Kapellans vermutet, Paladin, nach solch einem Ereignis …«

»Nun liege ich dem Hof plötzlich am Herzen, was?« Thegan lächelte dünn. »Ich weiß, warum Ihr hier seid. Ihr sorgt Euch, dass wir erst die Nachfolge klären, bevor wir die Sachsen bekriegen!«

Von Diplomatie hielt er nichts – umso besser.

»Wer ist denn Euer Kandidat, Paladin?«

Der Paladin warf den beiden anderen Männern einen schnellen Blick zu; sie verfolgten das Gespräch mit gespitzten Ohren. »Einige Große machen sich Hoffnungen. Aber keiner bringt genug Gewicht auf die Waage … Es kann schmutzig werden.« Ein Messer mit einer etwa sieben Zoll langen Klinge erschien in Thegans Hand. Er holte ein dickes Stück Schinken aus einem Lederbeutel, schnitt ein Stück ab und warf es dem Falken zu. Im Nu war es im Schnabel des Vogels verschwunden. Der Falkner grinste. Fasziniert bemerkte Einhard, dass dessen Gesicht mit spitzer Nase, starren Augen und fliehendem Kinn dem des Vogels ähnelte.

»Der König schaut nicht nur auf alte Namen, sondern auch auf persönlichen Verdienst, Thegan. Was er jetzt braucht, ...«

»Mit dem Verdienst meint Ihr Euch selbst, ja? Ich hab' gehört, Euer Großvater war Knecht, Consiliarius. Und doch reitet Ihr herum, als wärt Ihr des Königs rechte Hand!«

Einhard spürte Blut in die Wangen steigen. »Euer Großvater war, wenn ich mich nicht täusche, ein Bannerführer. Im Frieden übte er an den Nachbarn, was er im Krieg dem Feind antat, nicht wahr?«

Thegans Augenbrauen zogen sich zusammen, und er berührte die verunstaltete Nase mit der Messerhand. »Hört zu, Consiliarius: Der Bruder meiner Mutter war selbst Gaugraf. Childerichs Familie hat nicht mehr Anrecht als meine!«

»Ich weiß, Thegan. Deshalb bin ich hier ... Der König ist bereit, Diener emporzuheben, die ihm absolut treu sind. Und die dafür sorgen, dass der Hessen-Bann beim Heer bleibt, anstatt nach Friedeslar zu verschwinden. Ihr habt gut gefochten im Hinterhalt. Der nächste Gaugraf muss mindestens so gut fechten, wenn sich die Sachsen zur Schlacht stellen!«

Thegans Augen konnten seine Hoffnung nicht mehr verleugnen. »Heißt das, Ihr werdet beim König für mich sprechen?«

»Ihr könnt auf meine Unterstützung zählen«, sagte Einhard eindringlich. »Und ich zähle auf Eure.«

»Ich könnte noch ein paar Dutzend Bewaffnete von meinen eigenen Ländereien nachziehen, Consiliarius. In wenigen Tagen könnten sie hier sein, glaubt mir ...« Beim Grinsen entblößte Thegan spitze Eckzähne. Dieser Mann würde vor ein paar Morden nicht zurückschrecken, wenn es seinem Aufstieg frommte, schon gar nicht vor falschen Versprechungen. Aber dieses Risiko musste Einhard eingehen. Mit bemühter Freundlichkeit lehnte er das Angebot ab, noch der Jagd beizuwohnen. Rasch schwang sich Einhard wieder in den Sattel. Er hatte im Namen des Königs gesprochen, als hätte er in direktem Auftrag gehandelt. War er zu weit gegangen? War es der Ausgang des Duells, der ihn dieses Risiko eingehen ließ?

Er erschrak, als eine Wachtel direkt vor ihm aufstieg. Mit sprungartigen Flugbewegungen suchte sich der Federbalg in Sicherheit zu bringen. Schon musste Einhard lächeln, doch dann hörte er einen Schrei der Jäger und im selben Augenblick schlug der Falke in der Wachtel ein. Federn stoben, ein jämmerliches Todeskrächzen erklang – der Raubvogel trug die Beute mit kräftigen Flügelschlägen davon.

* * *

Je länger er auf einem winzigen Schemel zwischen den Kanzlisten und Schreibern wartete, desto größer wurde sein Ärger. Zweimal hatte Einhard versucht, zu Fulrad oder dem König durchzudringen; bei beiden Gelegenheiten wurde er abgewiesen: Gesandtschaften aus Rom und Boten aus Aquisgranum nahmen den Herrscher in Anspruch. Mit Groll im Herzen zog er sich in sein Zelt zurück.

Tristan packte bereits zusammen, was sie an diesem Tag nicht mehr benötigen würden. Schließlich sollte es am nächsten Tag endlich weitergehen. Einhard setzte sich an seinen zusammenklappbaren Reisetisch und holte einen Smaragd aus dem kleinen Beutel, den er um den Hals trug. Die glatte Oberfläche des Edelsteins in der Handfläche zu spüren, hatte eine beruhigende Wirkung. Den Stein hatte er einst seiner Frau zum Geschenk gemacht. Wenn sein Daumen über den Stein streichelte, spürte er sie wieder neben sich sitzen und hörte ihre helle Stimme. Er schloss die Augen und erzählte ihr von den Erlebnissen des Tages, ohne die Lippen zu bewegen.

»Herr?« Einhard schreckte hoch – es dämmerte bereits.

»Ihr habt Besuch.« Tristan klang dringlich.

»Thegan?« *Oder seine Rivalen* …

»Nein, Herr …«

»Gott mit Euch, Consiliarius.« Eine durchdringende, wenig angenehme Stimme, die Einhard auf krude Weise in die Gegenwart zurückholte. »Verzeiht, mich habt Ihr wahrscheinlich nicht erwartet.«

»Seid willkommen«, brachte der königliche Berater hervor. Er bot dem Gast einen Stuhl an und hoffte, dass niemand ihn beim Betreten des Zeltes beobachtet hatte.

* * *

Bei Einbruch der Dunkelheit war das gaugräfliche Schwein nur noch ein Gerippe mit ein paar verbrannten Fleischfasern. Der Inhalt der Bierkrüge war ebenfalls weitgehend in den Kehlen der ungefähr zwanzig Bannleute verschwunden, die sich um das Lagerfeuer ausgestreckt hatten. Bero führte das Wort. Die Flammen zeichneten wilde Muster auf sein Gesicht, als er immer wieder seine Rolle bei dieser Siegesfeier erklärte.

»Da kommt also Liudger, der Bannerführer vom Grafen Hartmut rüber und fragt nach dem Schwert, das sein Herr dem Arnulf für den Kampf überlassen hat – ganz wie mein Nachbar, wenn ich seine Pflugschar geliehen hab'! Guter Mann, sag' ich, unser Kamerad hat überlebt. Aber Euer Schwert ist gestorben. Und zwar schon beim Üben! Ein Ast so dick wie mein Finger war härter als Euer Stahl!« Bero grinste in die Runde mit einem abgespreizten Zeigefinger.

»So dünn wie dein *faz*, meinst du!« Der Zwischenrufer erntete grölendes Gelächter.

Kurze Zeit nach dem überraschenden Ausgang des Kampfes hatte sich die Stimmung gegen Graf Hartmut gewendet. Männer des Rinahgaus fluchten auf den Grafen, weil er seiner Schutzpflicht nicht nachgekommen war. Und dass das Schwert schon vorher zerbrochen war, dass Arnulf mit einer Axt hatte antreten müssen – all das richtete sich gegen den Gaugrafen. So hatte Hartmut seinen Bannerführer Liudger vorgeschickt, um die Wogen zu glätten. Der beschenkte den Sieger kurzerhand mit einem gebratenen Schwein und reichlich Bier aus den gräflichen Beständen. Niemand wäre auf den Gedanken gekommen, Hartmut dies anzurechnen.

Arnulf lag aufgestützt auf einem Ellenbogen, die Beine übereinandergeschlagen, und blickte schläfrig ins Feuer. Er war zufrieden, für den Augenblick. Durch die Schuhsohlen spürte er die Hitze der Flammen. Neben ihm wog Grimbald nachdenklich seine Schnitzarbeit in der Hand.

»Bernhard hat recht. Du kannst fast jeden umbringen. Aber deine Triebe im Zaum zu halten, das ist schwieriger.«

»Thegan wollte mich reizen, um mich töten zu können. Wäre ihm fast gelungen.« Er warf dem Kameraden einen dankbaren Blick zu.

»So wie du deinen Gegner gereizt hast … das war listig. Hätte ich dir nicht zugetraut.«

»Esiko hat mich auf die Idee gebracht. Ein Offizier der Scara. Irgendwie mag er mich, glaube ich.«

»Auch solche Leute muss es geben«, grinste Grimbald.

Arnulf grinste zurück und ihn wärmte das Gefühl, dass der andere sein Freund war. Auch Lothar war ein Freund gewesen. Aber das schien ihm nun im Rückblick wie eine Kinderfreundschaft.

Arnulf leerte seinen tönernen Bierkrug und warf Streuner ein paar Schweinerippen zu. Der Hund lag zu Füßen von Bernhard, begierig erprobte er seine Zähne an den Knochen. Der Junge rief Arnulf etwas zu, er lallte, Arnulf verstand kein Wort.

»Hast du immer in Friedeslar gelebt?«, fragte Grimbald, während er bedächtig schmale Streifen vom Holzstück schnitt.

»Ja. Und ich sage dir, das Adranatal kam mir früher richtig groß vor. Im Sommer haben wir oft am Fluss gespielt. Da war eine seichte Schleife, die haben wir mit Steinen eingedämmt. Das war unser Badeplatz. An warmen Tagen konntest du dich auf den Rücken legen und wie ein Floß treiben, die Sonne auf dem Bauch. Du hast in den Himmel geguckt und alles war Frieden. Fast alles … *harmknabo* haben mich die anderen genannt, wenn sie mich ärgern wollten.«

»Warum?«

»Als ich geboren wurde, brannte unsere Kirche ab, in derselben Nacht. Die war aus dem Holz der Donareiche, weißt du? Ein Blitzschlag … Und ich hatte ein Mal am Kopf.«

Grimbald pfiff durch die Zähne. »Bei uns hätten sie so ein Neugeborenes an den nächsten Waldrand gelegt.«

»Wozu denn?«

»Wenn es am nächsten Morgen nicht mehr da ist, dann hat es der Teufel geholt. Ganz einfach.«

»Oder ein Fuchs«, murmelte Arnulf. *Oder eine Eule.*

»Ihr hattet einen milden Priester.«

Überrascht schaute Arnulf zu dem Kameraden auf. »Er hat mich gemieden wie einen Aussätzigen. Hat mich nicht in die Kirche gelassen …«

Das Messer verharrte in der Luft. »Du bist nicht getauft?«

Arnulfs Leichtigkeit ließ nach. »Meine Mutter hat mich irgendwann zu einem Alten gebracht, der bestand nur aus Falten und

Bart. Er hat mich in der Adrana untergetaucht. Man sagte, er hätte schon Taufen in Friedeslar gemacht, als Bonifatius noch lebte.«

Krachend explodierte eine Harzblase in einem Feuerscheit. Vom Kreis um Bero kam lautes Lachen, jemand äffte Graf Hartmut nach.

Arnulf versuchte Grimbalds Gesichtsausdruck zu lesen.

»Wenn's keine richtige Taufe gewesen wäre, hätte Gott mich längst verrecken lassen, oder?«

»Gut möglich«, brummte Grimbald.

Arnulf schwieg eine Zeit lang, dann kamen heftig die Erinnerungen zurück. »Du kommst in die Hölle, wenn dir was passiert, sagten die anderen immer. Ich glaube, ich hatte immer Angst. So wie man atmet und Hunger hat und abends müde wird.«

»Das ist nicht recht, Menschen solche Angst zu machen.« Grimbald schüttelte den Kopf. »Fürchte den Herrn, heißt es, aber nicht die Menschen.« Schweigend schaute er ins Feuer. Schließlich fuhr er mit gedämpfter Stimme fort: »Manche sagen, dass nur das Gebet zu Gott zählt. Adam und Eva waren ja auch nicht getauft: Die hatten keinen Priester!«

Arnulf sah den anderen mit offenem Mund an. Es war ein beunruhigender und irgendwie großartiger Gedanke. Im Paradies hatte es auch keinen Gaugrafen und keinen Paladin gegeben …

»Ich wusste immer, dass Gott bei uns ist«, sagte Grimbald unvermittelt. »Meine Eltern waren sehr fromm. Aber als ich so alt war wie du, wurde mein Vater von einem Baum erschlagen, beim Holzmachen.«

»Das kommt vor«, sagte Arnulf mit vagem Mitgefühl. »Wenn der Baum in die falsche Richtung fällt, oder ein Wind weht. So was hab' ich schon gesehen.«

»Meine Mutter kam im Sommer darauf mit dem Fuß unter ein Wagenrad. Seit dem Tag humpelt sie. Kein Tag ohne Schmerzen.« Er räusperte sich. »Ich frage mich, ob Gott uns einen Vorrat an Glück gibt. Du brauchst ihn allmählich auf, wie Nägel in der Werkzeugtasche. Und dann …«

Arnulf richtete sich auf und setzte sich im Schneidersitz neben Grimbald. »Und dann? Rede weiter!«

Doch Grimbalds Mitteilungsbedürfnis war schlagartig versiegt. Er stand auf, klopfte sich Dreck von der Hose und steckte sein Messer in den Gürtel. »Es ist spät«, sagte er. Und mit einer achtlosen Bewegung warf er die Schnitzarbeit in die Glut.

»Was soll das? Die sah so echt aus …« Fassungslos sah Arnulf die hölzerne Frauenfigur in der Glut aufflammen.

»Zu echt … Gute Nacht.«

* * *

Einhard hatte sich bereits für die Nacht entkleidet und reagierte ungehalten, als drei Soldaten vor dem Zelt erschienen. Kurz und bündig erklärten sie Tristan, dass sein Herr im Zelt des Königs erwartet wurde – auf Geheiß von Bischof Fulrad. So blieb Einhard nichts anderes übrig, als rasch wieder Tunika, Hose, Wams und Gürtel anzulegen und das Kurzschwert zu gürten, das auch ein Consiliarius in Kriegszeiten zu tragen hatte. Die drei Schwerbewaffneten nahmen ihn in die Mitte. Käuzchenrufe drangen vom Waldrand herüber. Erste Sterne waren am Himmel erschienen – der König hätte um diese Zeit längst ruhen müssen. Nervös ging Einhard mögliche Katastrophenszenarien durch, als sie auf die gelblich leuchtende Zeltkuppel zuliefen. Er spürte, es würde um die Hessen gehen. Wie hatte er Thegan im Namen des Königs auch Zusagen machen können? Was, wenn Fulrad einen anderen Favoriten für Childerichs Nachfolge auserkoren hatte? Plötzlich erschien ihm sein Tun als wahnwitzige Selbstherrlichkeit.

Öllampen warfen flackerndes Licht auf die Gesichter der Schreiber im Vorzelt. Ruodberts Stimme war nicht zu überhören. »… sie einholen, stellen und ihnen Gehorsam einprügeln, bei Gott!«

Einhard neigte den Kopf zum König, als er eintrat. Der Herrscher saß vorgebeugt in seinem Eichenholzstuhl, die Rechte strich heftig über die Bartspitzen. Wut hatte das königliche Antlitz entstellt. Der Kanzler des Königs kauerte neben ihm auf einem Hocker. Einhard meinte Mitleid in seinem Blick wahrzunehmen. Vor Karl saßen Bischof Fulrad, der Marschalk und Graf Ruodbert mit misstrauischen Gesichtern um einen Kartentisch. Fulrad musterte den Eintretenden wie einen, der gleich auf dem Scheiterhaufen brennen wird.

»Ihr seid noch da, Consiliarius, immerhin.«

»Was wollt Ihr damit sagen?«

»Tut nicht so unwissend, großer *gilerito*!«

Einhard spürte Schweiß ausbrechen. »Worum *geht* es, Euer Gnaden?«

Ruodbert knurrte: »Der Bayernherzog ist verschwunden. Mit seiner Reiterei und den Fußtruppen. Heute Abend.«

»Abmarschiert, meint Ihr? Nach Süden?«

»Nach Norden sicher nicht, da sitzt der Feind!«, grollte Ruodbert. Dumpf schlug seine Faust auf den Tisch. »*Harisliz*, Einhard! Tassilo hat sich schlicht und einfach abgesetzt. Und weil die Bayern am Ende des Lagers saßen, haben wir es nicht gemerkt …«

Der König funkelte ihn an. »Ihr habt Tassilo heute Abend empfangen, Consiliarius! Warum?«

»Nun … er war bei mir, aber …« Einhard rang die Hände – eine Situation wie aus einem Albtraum. Wie Peitschenhiebe trafen ihn die nächsten Sätze Fulrads. »Was hattet Ihr wohl zu bereden, eine halbe Stunde vor seinem Aufbruch? Den schnellsten Weg in die Heimat vielleicht?«

»Meint Ihr wirklich, er hätte mich eingeweiht? Keine Silbe hat er gesagt!«

»Was wollte er von Euch?«, stieß der König aus.

Alle starrten ihn an, und auch der Kanzler neben dem Herrscherthron machte keinen Hehl mehr aus seiner Neugier. »Der Herzog, mein König, wollte wissen, ob ich … ob ich auf Dauer am Hofe gebunden bin.«

»Wie?«

»Er bot mir an, in seine Dienste zu treten.«

»Der Bastard wollte Euch abwerben?« Der König war aufgestanden und starrte von der Höhe seiner sechseinhalb Fuß auf Einhard hinab. »Warum geht er ausgerechnet zu Euch?«

»Um Verwirrung zu stiften? Ich habe häufig genug vor seinen Intrigen gewarnt.« Einhards Blick ging über die ungläubigen Gesichter vor ihm. Bei Fulrad blieb er hängen. »Aber meine Warnungen wurden immer missachtet.«

Der Kapellan griff mit der Linken nach dem silbernen Kreuz, das auf seiner Brust lag. Einhard meinte, das Wort *horkind* auf seinen Lippen zu lesen.

»Ich nehme ein paar Hundertschaften und bringe ihn zurück!« Ruodbert war ebenfalls aufgestanden. »Wenn wir ihn ziehen lassen, wird er als nächstes Schutz bei den Langobarden suchen!«

Carolus Rex massierte mit der Rechten sein Kinn. »Und wenn es länger dauert? Wie weit ist das sächsische Heer entfernt?«

Ruodbert sah zum Marschalk. »Wann kommt der Spähtrupp wieder?« Der Marschalk strich sich mit der Hand über den fast kahlen Kopf und öffnete den Mund. Ein fauliger Geruch breitete sich aus. »Sie hätten längst da sein müssen …«

»Graf Ruodbert …« Einhard räusperte sich. »Warum sollte sich Tassilo ausgerechnet jetzt den Langobarden anschließen?«

Der König ließ sich wieder in seinen Sitz fallen. »Wir haben verlässliche Nachrichten, dass ihm Desiderius seine Tochter zur Frau gibt. Er wird *Schwiegersohn* des Langobardenkönigs! Der Heilige Vater zittert jetzt schon vor Desiderius' Truppen …«

Stille. Einhard setzte sich auf einen Stuhl neben den Marschalk, den ihm ein Diener hereingetragen hatte. »Wenn die nächste Gesandtschaft aus Rom kommt, wäre ich gerne zugegen, Euer Gnaden.«

»Wenn Ihr auffindbar seid, gerne!«, warf Fulrad zurück. »Wir ließen nach Euch schicken, aber Ihr wart ja unterwegs und hattet Wichtigeres zu tun.«

Einhard schüttelte verärgert den Kopf – so schwerfällig der Körper des Kapellans war, so beweglich war sein Geist, mit dem er stets den anderen ins Unrecht setzte. »Gaugraf Childerich ist gestorben, am Schlag. Die Hessen sind führerlos …«

»Das ist mir bekannt.« Der König sah Einhard an, als wäre der für den Tod des Gaufürsten verantwortlich. »Ein böser Streich, gerade jetzt … Also, was habt Ihr unternommen?«

»Ich habe Gespräche geführt …«, hob Einhard an und merkte, dass es wie eine Verteidigung klang. Seine Finger streiften über den Smaragd-Anhänger, der unter seiner Tunika zu spüren war. Er musste jetzt absolut zuversichtlich wirken, wenn er die Billigung des Königs haben wollte. »Thegan, der Paladin, brennt vor Ehrgeiz. Er hält den Hessenbann zusammen, wenn Ihr seine Erhebung zum Grafen stützt. Ferner wird er zusätzliche Krieger aus dem Hessengau holen.«

Der König runzelte die Stirn. »Könnten wir uns auf ihn wirklich verlassen, Consiliarius?«

»Ja. Er hat Kraft und Ehrgeiz, Herr. Er kann führen.«

Fulrad schnaubte verächtlich. »Wenn wir Thegan zum Grafen machen, gibt es zehn Jahre *feuda* im Hessengau! Seine Vorfahren waren Strauchdiebe und Wegelagerer!«

»Und wenn?« Ruodbert pochte mit schwerer Faust auf den Tisch. »Die *feuda* kommt später! Wir brauchen jetzt jeden, der kämpfen kann!«

Alle blickten auf den König.

Der Leiter der Hofkanzlei hatte den Kopf zum Herrscher geneigt, Einhard verstand nur wenige Worte – in gedämpftem Ton gingen sie die Familienverhältnisse im Hessengau durch. Würde der Cancellarius dem König zu erkennen geben, dass Einhard bereits seinen Rat gesucht hatte? Er selbst hatte Thegan zu den wichtigsten Anwärtern gerechnet ... Doch nun kam Lärm im Vorzelt auf, das Klirren von Rüstungsteilen und Waffen mischte sich mit aufgebrachten Stimmen. Ein Kopf erschien im Zelteingang: Die Erkunder waren wieder da. Der König unterbrach den Austausch mit seinem Vertrauten und nickte. Gleich darauf schob sich ein kräftiger Krieger in voller Ausrüstung in das Zelt, den Helm unter dem Arm. Ein Geruch von Pferdeschweiß und Leder machte sich breit. Esiko verneigte sich zum König hin. Sie hatten das Sachsenheer aufgespürt, erklärte er ohne Umschweife, anderthalb Tagesmärsche im Norden. Die Heiden hielten einen Höhenrücken, über den die Straße zur Eresburg führte, dreißig mal hundert Mann und ebenso viele Pferde.

»Mehr nicht?« Die Schultern des Königs wurden straffer, Hoffnung leuchtete in seinen Augen auf. Sofort fragte Graf Ruodbert, wo die Fußtruppen des Feindes steckten.

Die Brust unter dem Schuppenpanzer hob und senkte sich. »Aus Nordwesten und Norden, Graf, kommen ständig neue Gruppen hinzu, viele von ihnen zu Fuß.«

»Das heißt, je schneller wir da sind, desto schwächer sind sie, richtig?« Der König klang wieder zupackend.

»Ja, mein König.« Esiko wischte sich mit dem Handrücken Schweiß von der Stirn.

»Zur Hölle!«, schnaubte Ruodbert. »Dann war diese verfluchte Unterhandlung ein reines Verzögerungsmanöver! Ich wusste es!«

»Anderthalb Marschtage, sagt Ihr?« Der König stemmte sich aus seinem Stuhl hoch. »Die Männer sind ausgeruht! Wir marschieren die Strecke morgen an einem Tag und liefern ihnen übermorgen die Schlacht!«

Diese Worte schickten einen Energiestoß durch die Anwesenden, so wie ein plötzlicher Wind Segelschiffe vorwärts treibt. Als wäre es abgesprochen, standen alle auf. Nur einer, der Marschalk, hatte noch Zweifel: Die Ochsenwagen würden nicht so schnell mitkommen.

»Dann trifft der Tross eben nach der Schlacht ein, es spielt keine Rolle! Und was den Bayern angeht – wir werden uns später um ihn kümmern. Als erstes heißt es, den Wolf vor unserer Haustür zu erschlagen, und der heißt Widukind!«

Während die Runde sich auflöste, winkte der König Einhard zu sich. Die Bartenden des Herrschers waren spitz wie Messerklingen gezwirbelt. »Teilt Thegan mit, dass ich seinen Heerbann vorne im *skaron* sehen möchte. Dann machen wir ihn zum Gaugrafen – falls er die Schlacht überlebt. Wenn nicht, setze ich bis auf weiteres einen Königsboten als Statthalter im Hessengau ein … Was meint Ihr, würdet Ihr mit den Hessen zurechtkommen?«

»Ich diene Euch, so gut ich kann, Herr. Aber lasst mich bitte in Eurer Nähe!«

»Man wächst an seinen Aufgaben!«, stellte der König fest und klang dabei fast freundlich. »Ihr habt heute beherzt gehandelt, gut so. Deshalb will ich darüber hinwegsehen, dass Ihr unseren letzten Auftrag verbockt habt: Mit dem Ausgang des Zweikampfes habt Ihr die Hessen abermals gedemütigt!« Einhard neigte stumm den Kopf. »Man könnte fast meinen, Ihr habt Childerich selbst das Licht ausgeblasen, um von dieser Schlappe abzulenken. Aber dafür kenne ich Euch zu gut … Solche Dinge denkt man höchstens im Dunkeln, nicht wahr?«

Kapitel XXII

Südlich von Curbeki, Juli 772

Verhärmte Gestalten ohne Schuhe und mit kurzgeschorenen Haaren kamen ihnen entgegen: Franken, die irgendwann in sächsische Sklaverei geraten waren. Die Kunde vom anrückenden Heer hatte sie die Flucht wagen lassen. Sie erzählten, dass Kämpfer aus allen Teilen des Sachsenlandes unterwegs waren, um den Franken den Weg zur Eresburg zu versperren.

Bernhard fragte die Entlaufenen nach den verschleppten Mitgliedern seiner Familie. Niemand hatte von ihnen gehört. Ob er seine Schwester wiederfinden würde, fragte Bernhard seinen neuen Beschützer Arnulf. Der Junge hatte die Daumen hinter den Gürtel gehakt und bemühte sich, nicht so wie der Dreizehn- oder Vierzehnjährige zu klingen, der er war.

»Natürlich«, sagte Arnulf ohne zu zögern. »Die Sachsen werden die Schlacht verlieren, dann müssen sie die verschleppten Christen ausliefern.«

»Bero sagt, die Sachsen kämpfen nicht. Weil wir zu viele sind.«

Arnulf hatte das zuletzt häufiger gehört: Mit hundertmal hundert Mann können sie nicht fertigwerden, tönte es immer wieder, als wollten sich die Leute Mut machen. Selbst Sachsen, hieß es, waren nicht so dumm, in eine sichere Niederlage zu laufen. Aber warum hatte Widukind dann nicht am Frankon Berg ernsthaft verhandelt? Schon hieß es, man würde im nächsten Jahr nach Italien marschieren, gegen die Langobarden ...

Arnulf war während der Mittagsrast zurückgelaufen, um Ragla zu sehen. Er war nicht der einzige Besucher: Ein schmaler Kerl mit hübschem Gesicht stand mit ihr zehn Schritt vom Wagen entfernt unter einem Baum. Seine Arme bewegten sich, er sang – und sie sah aus, als gefalle ihr das. Arnulf stutzte. Das Lied handelte von einem Krieger, der schneller lief als die Pferde des Königs und – mit einem Hammer – dreißig der schlimmsten Feinde niederschlug. Und die Königstochter liebte.

»Wenn du kämpfen würdest, wie du singst, könntest du eine ganze Schenke alleine aufmischen«, raunzte Arnulf. Ein Hauch Röte überflog Raglas Sommersprossengesicht. Sie zog das Tuch über ihren Schultern fester, obwohl es warm war. Tristan schien Arnulfs Worte als Kompliment zu nehmen und grinste selbstgefällig. »Ehrlich, ich hatte Angst um dich bei dem Zweikampf!«

»Dass du dein Geld auf den Falschen setzt?«

»Dass er dich erschlägt!« Tristan räusperte sich. »Schließlich mache ich Lieder über dich. Sonst mache ich nur Verse über Edelleute.«

Doch die Schmeichelei verfing nicht. Arnulf baute sich in einer Weise vor dem zarten Dichter und Sänger auf, die unmissverständlich war. Der ließ Ragla gegenüber noch ein paar wohlklingende Sätze hervorperlen, bevor er den Rückzug antrat. Sie sah ihm hinterher.

»Er singt gut! Und er kann gut erzählen.«

»Ein Schwatzkopf ist er! Bei der Schlägerei in eurer Schänke hat er sich feige verdrückt ...«

»Kann ich mir vorstellen«, nickte sie, als wäre solches Verhalten vernünftig. »Er hat so etwas ... etwas Feines.«

»Den hätte Rudolf mit einem Schlag massakriert ...« Er erzählte ihr vom Zweikampf. Sie berichtete von Wulframs allmählicher Genesung. Ihre Sommersprossen waren noch kräftiger geworden, schien es; er mochte ihren Geruch. Und wenn sie lächelte, war sie schön.

»Hörst du mir eigentlich zu?«

»Ja … Bernhard hat euch mit den Ochsen geholfen? Gut.«

»Aber er redet fast nur vom *sax hamar*. Du bist jetzt ein Held, ja?«

»Auch Helden leben nicht ewig.« Er legte ihre Hand auf seine Brust. »Wenn du hören könntest, wie mein Herz schlägt …«

Sie lächelte kurz und zog ihre Hand wieder zurück. »Du überlebst, das spüre ich. Bist du mir gut?«

Die Frage traf ihn unvorbereitet. »Natürlich. Du bist doch meine Ragla«, sagte er lahm und fühlte seine Feigheit als heißen Stich im Magen und – hinter dem Ohr, ausgerechnet, *warum dort?* Seine Finger gingen zu dieser Stelle, als könne er das plötzliche Pochen wie eine Kerzenflamme ausdrücken. Sie stopfte sich eine Strähne unter das Kopftuch und ging ohne ein Wort zum Wagen. Als sie wiederkam, hielt sie eine armdicke Rolle Leder in den Händen.

»Hier, das ist für morgen. Ein Krieger hat es bei uns getauscht, gegen einen Krug Wein.«

Es war ein Halskoller, das den halben Oberkörper und die Schultern bedeckte. Weniger als ein Lederpanzer, aber mehr als eine Tunika. Arnulf küsste sie auf die Wange. Doch in diesem Augenblick kam Wulfram herbeigehumpelt, einen schmutzigen Verband wie eine Wintermütze auf dem Kopf.

»Schluss damit! Haben die Ochsen Wasser bekommen?«

* * *

Eine nervöse Spannung lag über dem Heer, als es dem Ort der Entscheidung entgegen zog. Wenige Schritte abseits der Straße hatte der König mit seinem Gefolge im Schatten hoher Buchen Halt gemacht. Der Consiliarius Einhard hielt sich so nahe bei Karl, als wäre sein Platz nie woanders gewesen. Aus dem Sattel heraus betrachteten die Hofleute die vorbeiziehenden Soldaten. Schneeweiße Wolken segelten über ihnen dahin, es war ein warmer Sommertag; in der Heimat würde man das letzte Getreide auf den Feldern sicheln, um es vor den nächsten Gewitterregen ins Trockene zu bringen. Der König interessierte sich für die Bewaffnung des Heerbanns. Trupps zogen an ihnen vorbei, die weder Schwert noch Schild noch Axt mit sich trugen, nur Speere und ein paar Bögen. Unwillig winkte der König einem dicklichen Reiter mit Kettenhemd und Helm, und wenige Augenblicke später zügelte der Graf des Rinahgaus sein Pferd vor Karl.

»Sind das da nicht Eure Leute, Graf? Die sind bewaffnet, als würden sie zur Hasenjagd ziehen.«

»Herr?« Mit einem Finger den Helmriemen lockernd studierte Hartmut verlegen die nächsten Marschierenden. »Das ist ein hartes Urteil, mein König.«

»Das Gebot des Königs war, Bannleute auszurüsten, die keine eigenen Waffen haben«, knurrte Ruodbert, mit beiden Händen auf den Sattelknauf gestützt. »Auch, wenn es Euer *Silber* kostet!«

Einhard war sich sicher, dass Hartmut sich mit dem überstürzten Aufbruch aus Franconofurt herausreden würde. *Geschwindigkeit, Geschwindigkeit!* Doch aus irgendeinem Grund wählte Hartmut lieber das Naheliegende.

»Mein König, die Krieger dort: Sie sind doch bewaffnet und ausgerüstet, wie befohlen!«

Ruodbert grummelte blinzelnd etwas. Karl aber rief scharf: »He, du! Komm einmal her.«

Auf den ersten Blick unterschied sich die Dreiergruppe kaum von den Trupps vor und nach ihnen. Ein breitschultriger Bursche mit zerstrubbeltem Haar, offenem Blick und einer Deckenrolle über der Schulter kam auf sie zu.

»Gott mir dir, mein Sohn. Ich bin dein König.«

Der Angesprochene blieb ein paar Schritte vor dem Schimmel des Herrschers stehen. Er neigte kurz den Kopf.

»Heil, König Karl.«

Die anderen beiden waren auf der Straße stehengeblieben, auch sie neigten den Kopf, aus sicherer Entfernung. Einhard musterte Arnulfs Gepäck; er vermutete das Schwert Rudolfs in einem länglichen Bündel, das auf die Deckenrolle geschnallt war. Dass der König ausgerechnet den Hessen herausgepickt hatte unter den Hunderten, die vorbeizogen, schien wie ein Scherz. Arnulf! Noch war dieser Kelch nicht bis zur Neige geleert ... Einhard packte die Zügel fester und wappnete sich.

»Wo hast du denn den Schild her, guter Mann?«

»Den Schild, Herr?« Die mit Lederriemen befestigte Holzscheibe hing irgendwo zwischen Schultern und Gesäß. »Er hindert beim Laufen ... vom Grafen Hartmut.«

»Gut ... Wo sind deine Waffen?«

Der Rinahgauer griff wider Willen an die rechte Seite und zog eine Streitaxt aus dem Gürtel. »Hier.«

Dem König gefiel die Antwort. »Eine gute Waffe hast du da. Ein Langobardenbeil, richtig?« Arnulf nickte. »Wie die Klinge am Schaft befestigt ist, das erkenne ich gleich ... Dann warst du beim letzten Feldzug gegen Desiderius dabei?«

Mit einem Schlag der flachen Hand tötete Arnulf eine Mücke an seinem Hals. »Wer ist Desiderius?«, fragte er ernst.

»Ein Unruhestifter, hinter den Alpen. Nun, jedenfalls hat dein Graf dich vernünftig ausgerüstet!«

»Herr, die Axt gab mir ein Scarakrieger. Er wollte nicht, dass ich sterbe.« Arnulfs unverkrampfte Körperhaltung strahlte Selbstbewusstsein aus, Einhard jedoch wurde nun sehr warm.

»Niemand hier will, dass du stirbst. Wie ist dein Name, Freund der Scara?«

»Arnulf, Herr.«

»Ein guter Name … Der Adler und der Wolf[7], das sind starke Tiere. Bist du aus Wisabada?«

»Nein, Herr, aus Friedeslar. Im Hessengau.«

Der Herrscher zuckte zusammen. Stirnrunzelnd blickte er sich unter seinen Getreuen um. »Dann bist du … du bist dieser Flüchtling? Der Feind Thegans?«

Arnulf fuhr sich mit der Zunge über die Lippen. Sein Blick streifte Einhard, dann blickte er wieder zum König im Sattel auf.

»Der Kerl hat mir seinen Schwertmeister auf den Hals geschickt! Ich hab' ihn getötet. Hätte Thegan Mut …« Er brach ab.

Der König war rot angelaufen. »Und wer hat dir die Axt gegeben?«

Ruodberts Sattel knarrte, als er unruhig das Gewicht verlagerte; Einhard seufzte lautlos. *Wer zum Teufel hatte diesem Hitzkopf geholfen?*

»Ein Krieger.« Arnulf fuhr sich mit der Hand über die Bartstoppeln. »Wir haben zusammen gekämpft, in dem Hinterhalt. Den Namen weiß ich nicht mehr.«

Der König blickte Einhard an. Kurz nur, so lange wie eine Ohrfeige dauert. Dann musterte er mit grimmigem Lächeln den Hessen. »Gott hilft den Gottesfürchtigen, Arnulf. Und der König hilft denen, die sich im Recht befinden. Nichts geschieht ohne Grund. Nun geh mit Gott!«

* * *

Die Sonne stand tief über dem Horizont, als das Frankenheer endlich den sächsischen Edelhof Curbeki erreichte. Curbeki – hier sollte es Gold im Boden geben, dieses Gerücht lief seit Tagen durch das Heer. Und hatte Widukind nicht einen gro-

---

7   ›Ar‹ ist die alte Bezeichnung für Adler, ›ulf‹ steht für den Wolf

ßen Schatz bei sich? Einhard gab nichts auf all diese Behauptungen. Als er mit dem Marschalk und seinen Quartiermachern auf dem menschenleeren Anwesen eintraf, hatten sie andere Sorgen: Ihr Tross mit den Zelten und dem Proviant hing weit zurück; die Bewohner Curbekis aber hatten sich längst mit ihrer beweglichen Habe und allen Vorräten in Sicherheit gebracht. Stallungen, Obstwiesen und die verstreut liegenden, strohgedeckten Gebäude: Alles wurde nach Essbarem abgesucht. Während der Marschalk das Herrenhaus für die Unterbringung des Königs in Beschlag nahm – würde es den Ansprüchen seines Herrn genügen? –, ließ sich Einhard mit einigen Kanzlisten im Spinnhaus nieder. Es roch nach gebrochenem Flachs, Mäuse huschten in den Ecken herum.

Nach und nach traf das erschöpfte Heer ein. Schon wateten Heerbannleute im Fischteich herum: Findige Kerle holten mit Keschern aus Weidenruten Forelle um Forelle aus dem Wasser. Die Männer des Marschalks versuchten, dem Treiben ein Ende zu setzen: Schließlich stand alles dem König und seinem Gefolge zu! Doch immer mehr ausgehungerte Bannleute strömten herbei. Eine Schlägerei oder Schlimmeres lag in der Luft.

»Consiliarius! Helft uns!«

Einhard lenkte seine Stute näher an den Tumult heran. Würde seine Stimme das Geschrei übertönen? Mit ernstem Gesicht, die Linke am Griff seines Schwertes, befahl er den Streitenden, die ersten fünf Dutzend Fische beim Marschalk abzuliefern, alles andere dem Heer zu geben. *Befahl?* Er legte alle Autorität, zu der er fähig war, in seine Stimme. Und stellte mit Genugtuung fest, dass die vierschrötigen, robusten Kerle um ihn herum seine Anweisung sofort akzeptierten. Als er weiterritt, holte ihn Tristan auf seinem Falben ein.

»Das war gut geschlichtet, Herr! Esiko hätte ein paar Kinnladen zertrümmert, um das Volk auseinander zu bringen!«

238

»Die Waffen des Verstandes wirken oft stärker als kräftige Arme … Was gibt es?«

»Graf Ruodbert und der Marschalk erkunden die Stellungen der Sachsen, ein oder zwei Meilen von hier. Der König will, dass Ihr Euch anschließt.«

Wollte Karl, dass er sein Verständnis für Dinge des Krieges verbesserte? Seine gute Laune machte einer nervösen Anspannung Platz. Und er hatte einen ungewöhnlichen Geruch in der Nase.

»Hast du dich gewaschen?«

»Herr, dazu war noch keine Zeit.«

»Dann warst du bei einer der Trossfrauen.«

Tristan protestierte lautstark, nicht ohne zu erröten.

Kapitel XXIII

Nordwestlich von Curbeki, Juli 772

Im schnellen Trab folgten sie der Straße in Richtung der Eresburg. Einhard roch die Erde, das kräftige Sommergras, und er fragte sich, wodurch diese Gerüche sonst überlagert waren. Er bildete sich ein, den Wald zu riechen, der ein paar hundert Schritt entfernt war; ähnliches hatte er bei früheren Feldzügen erlebt, kurz vor dem Augenblick, wenn alles Geistige bedeutungslos wurde und allein das Körperliche zählte.

Einige Offiziere und zwei Dutzend Kundschafter der Scara waren dabei. Über eine leicht ansteigende Ebene von Feldern und Weiden ritten sie auf einen bewaldeten Höhenzug zu, der quer zum Weg lag. Den weiteren Verlauf der Straße konnte man durch eine gewundene Einkerbung auf der Höhe erahnen. Etwa eine halbe Meile vor der Höhe erwartete sie eine kleine Gruppe von Schuppenpanzern.

Weiter, wurde Einhard klar, ging es nicht: Die Sachsen waren über den gesamten, halbmondförmigen Waldsaum verteilt. Auf einer Breite von drei- bis vierhundert Schritt am Fuß der Höhe waren Bewaffnete zu sehen. Die Aufstellung der Heiden hatte die Form einer Sichel: Auf der rechten Seite lief diese Sichel in einer Höhenzunge aus, die ein Stück weit in die Ebene vorsprang. Ein verwitterter Baum ragte auf ihrer Kuppe empor; weithin sichtbar erschien er Einhard wie ein Künder von Stürmen der Vergangenheit.

Oder wie ein Mahnmal für das Kommende.

»Sie schlagen Holz, Herr«, rief einer der Späher. »Seit gestern schon.« Hier und da leuchteten im grüngrauen Halbrund die Schnittstellen frisch geschlagener Bäume.

»Holz?« Ruodbert kniff die Augen zusammen.

Zufällig streifte Einhards Blick in diesem Moment Esiko. Für einen Augenblick erkannte der Consiliarius in den Zügen des Kriegers die Besorgnis, die er selbst empfand. Ruodbert blinzelte, schlug nach einer Mücke und blickte dann seine Offiziere an, als erwarte er ihre Vorschläge.

Konnte er überhaupt noch etwas erkennen?

»Wer sich so verschanzt, will den Feind angreifen lassen«, sagte Esiko.

»Wo sind all die Pferde, die der Spähtrupp gesehen hat?«, fragte der Marschalk mit zerfurchter Stirn, wie ein Kanzlist, der das Versprochene nicht in seinen Listen findet. »Ich sehe nur Krieger, die Verhaue errichten …«

»Sie müssen die Pferde versteckt haben«, sagte Esiko und kratzte sich mit dem Fingerstummel am Hals. »Rechts von der Höhenzunge vielleicht, wo sich der Waldsaum wieder zurückzieht …« Er zeigte vage in Richtung des Wetterbaums.

Tatsächlich schloss sich an die größere Sichel rechts der vorspringenden Höhe eine kleinere an. Von ihrer Warte aus freilich konnten die Offiziere nicht erkennen, was sich dort abspielte.

Ruodbert kniff abermals die Augen zusammen. »Was schätzt Ihr? Fünftausend, sechstausend Mann?«

»Und wenn's nur dreitausend sind«, näselte der Marschalk, »solange sie nicht rauskommen und kämpfen, könnt Ihr da lange anrennen!«

»Was erwartet Ihr?«, grunzte Esiko. »Dass sie weißes Tuch schwenken, weil ein Haufen schlecht bewaffneter Bauern kommt?«

»Ruhe!« Graf Ruodbert hob verärgert die Hand. »Sie versuchen uns den Weg zu verlegen, das macht Sinn. Werden sie kämpfen? Ich hoffe es, bei der Jungfrau Maria! Aber ich glaube nicht dran. Wenn wir hier mit dem ganzen Heer aufmarschieren, verlieren sie den Mut. Schlagen können sie uns nicht!«

»Sie können uns wehtun«, bemerkte Esiko tonlos. »Die meisten Bannleute haben doch nie im *skaron* gekämpft ...«

»Fangt nicht wieder damit an, Hauptmann!«

»Mit fünf Hundertschaften, Graf, könnte ich die Stellung umgehen und den Heiden in den Rücken fallen, während Ihr mit dem Heer ihre Truppen hier festnagelt!«

Ruodbert klopfte mit einer Reitgerte auf die Kante seines Sattels. »Kennt Ihr das Gelände? Nein. Und wissen wir, wo ihre Reiterei steckt? Wenn tausend von ihnen hinter der Höhe liegen und Euch abfangen ... zu gefährlich.« Er spuckte ins Gras und sah sich um. »*Gilerito*, wolltet Ihr etwas sagen? Dann tut es jetzt. Aber verschont uns mit Euren Griechen und Römern!«

Einige Hauptleute grinsten.

»Ich weiß nicht, ob Widukind sich auf eine Schlacht einlässt«, sagte Einhard. »Aber erinnert Euch an seinen Auftritt im Parlamentärszelt: Wie stolz er war, dass er die Engern und die beiden Falenstämme hinter sich hat!? Sie *wählen* ihren Herzog.«

Ruodberts Löwenhaupt nickte. »Und was sagt Euch das?«

»Vielleicht ist Widukind gar nicht so wagemutig, wie er tut. Wenn er sich auf offenem Feld von uns schlagen lässt, werden ihn die Stämme wahrscheinlich stürzen. Vielleicht bringen sie ihn sogar um ... Deshalb verschanzt er sich mit seinem Heer dahinten. Und wenn sie es wirklich schaffen, ein- oder zweitausend von uns zu töten, wird das seinen Ruhm gewaltig erhöhen – selbst wenn wir am Ende durchbrechen und glauben, dass wir gesiegt haben.«

Ruodbert fuhr sich zwei-, dreimal über den silbrigen Schnurrbart. »Gar nicht dumm gesprochen, *gilerito*. Morgen werden wir es wissen … So oder so, unsere Hundertschaften werden ihn aus diesen Büschen holen, nicht wahr, Esiko?«

Der Offizier nickte. »Stimmt es, dass der König ein Kopfgeld auf Widukind aussetzt?«

Ruodbert spuckte aus. »Wenn Ihr ihn *lebend* beim Herrscher abliefert, dann überschüttet Euch der König mit Silber, dessen könnt Ihr sicher sein!« Mit trotzigem Grinsen strich er über die Kapsel am Oberarm, die das Haar Chlodwigs enthielt. »Und wahrscheinlich macht er Euch zum nächsten Befehlshaber. Aber erst, wenn ich auf einer Wolke mit Petrus Rinahwein trinke!«

Der greise Kriegsmann kicherte, was mehr ein Krächzen war, und plötzlich spürte Einhard fast so etwas wie Zuneigung für diesen Alten in seiner schlichten und ehrlichen Art.

Aber schon fuhr Ruodbert in seinem Kommandoton fort: »Stellt heute Nacht doppelte Wachen auf, Esiko. Ich will, dass die Wachfeuer die ganze Nacht hindurch brennen!«

Düster nickte der Angesprochene. »Die Bastarde haben uns einmal überrascht, das genügt … Ich sorge dafür, dass die Hundertschaften morgen zwei Stunden nach Sonnenaufgang voll gerüstet bereit stehen.«

»Gut so«, knurrte Ruodbert. »Wir müssen die ersten sein. Es wird Zeit brauchen, bis die Gautruppen hier alle versammelt sind. Ich jedenfalls werde heute Abend beten, Männer.« Er sah sich im Kreise seiner Offiziere um und streifte auch Einhard mit einem seltsamen Blick. »Ich werde beten, dass die Heiden morgen ernst machen. Und nicht noch klein beigeben. Oder wollt Ihr alle paar Jahre wieder in diese Drecksgegend reiten, um für Ordnung zu sorgen, Einhard?«

Einhard flüchtete sich in ein falsches Lächeln. Und ohne diese Worte selbst zu glauben, sprach er: »Die Weisheit des Herrn, Graf, wird uns den Weg weisen …«

Ruodbert lachte rau. »Die göttliche Weisheit, natürlich! Möge der Herr Euch einen festen Schlaf schenken; ich selbst schlafe vor einer Schlacht immer am besten!«

* * *

»Arnulf sax hamar!«

Esikos Stimme trug mühelos über die Vielzahl der Häupter hinweg. Heiß und kalt durchfuhr es Arnulf – der Scarakrieger hatte ihn gesehen, irgendwo in der neunten oder zehnten Reihe zwischen schwitzenden Bannleuten.

»Was willst du da hinten? Dich verstecken?«

Gemurmel entstand. Die Kämpfer weiter vorn drehten die Köpfe. Die Hitze schien sich unter Arnulfs Lederkoller zu stauen, und dies lag nur zum Teil an der Sonne.

Esiko visierte ihn aus den Augenhöhlen des Helms an wie ein Raubvogel, der Beute ausgemacht hat. Der Kriegsmann hatte Armschienen angelegt, und auch die Beine waren mit Eisenblech geschützt. Das Pferd des Offiziers tänzelte nervös vor der ersten Schlachtreihe auf und ab. Arnulf bewegte den Schildarm und stieß an den Speerschaft des linken Nebenmannes. Er atmete tief durch und sah in den Himmel – ein Adler kreiste weit oben.

»Hier vorne wird gekämpft, Mann! Dahinten schläfst du ein.«

Was willst du von mir?, rief eine Stimme in ihm. Es war die Stimme von Arnulf aus Friedeslar, einem Holzhauer, der noch vor wenigen Wochen ein ruhiges, eintöniges Leben geführt hatte.

»Bleib hier!«, raunte Grimbald hinter ihm. »Er hat keine Macht über dich!«

Aber genau das hatte Esiko.

Arnulf drückte Grimbald die Hand und klopfte Bero auf die Schulter. »Narr!«, zischte der vierschrötige Rinahgauer. »Vorne stirbst du!« Arnulf versuchte zu grinsen, aber es wurde nur eine Grimasse. Langsam bahnte er sich einen Weg durch die Leiber, Schilde und Schwertgehänge. Neugierige Augenpaare folgten ihm, erneutes Raunen war zu hören.

Zwei Männer im Schildwall traten zur Seite und machten Platz für den Hessen. Esiko zügelte sein Pferd direkt vor ihm; weit hinten, auf dem Hang, sah er in einer Entfernung von etwa fünf Pfeilschüssen die Reihen der Sachsen. Dicht an dicht standen sie vor dem Waldsaum.

»Du schuldest mir noch etwas, *sax hamar.*«

Ungläubig hob Arnulf das Streitbeil. »Meint Ihr das hier?«

»Nein. Denk an den Zweikampf, Mann! Behalte die Axt und zerknack' ein paar Schädel damit!« Der Helm, der das Gesicht einrahmte, ließ ihn finster aussehen, doch seine Augen hatten ein kriegerisches Leuchten. »Du bist kein Niemand mehr, der nur sein Leben zu verlieren hat. Die Leute werden auf dich schauen. Heute kannst du unsterblich werden!«

Er riss sein Pferd abrupt nach links, wo sich ein waffenstarrendes Viereck der *unfortha* an den Rinahgaubann anschloss. Mit nervöser Erregung betrachtete Arnulf das große Halbrund der feindlichen Stellung gegenüber, und zum ersten Mal an diesem Tag fuhr die Angst wie ein Stück Eisen durch seinen Körper. Der Waldsaum starrte vor Männern und Waffen, und zwischen den vielen Leibern waren sternförmige Holzhindernisse zu erkennen. Überall leuchtete das erdige Rot der Schilde. Aber das Beunruhigendste war das Gebaren der Heiden: Breitbeinig, herausfordernd standen sie herum, wie Menschen, die nicht nur freiwillig gekommen waren, sondern die sich auf das Kommende freuten.

»Zähe Bastarde …« Der Mann rechts von ihm trug einen eisenbeschlagenen Lederpanzer und hatte eine Hautfarbe wie Leute südlich der großen Berge. »Angeblich ist ihnen ihr Leben egal … Wo ist Euer Hammer?«

»Beim Schmied. Er wollte ihn zurück.«

Von rechts kam etwas, das wie Hohnlachen klang – nur wenige Schritte neben ihm begannen die Schuppenpanzer der königlichen Leibwache. Ein untersetzter Kerl mit einer feuerroten, senkrechten Kerbe zwischen Auge und Kinn schaute zu ihnen hinüber, eine schwere Streitaxt in den Händen, feixend. *Über wen lachten sie?* Die Furchtlosigkeit, spürte Arnulf, war nicht gespielt, die *unfortha* trugen ihren Namen zurecht. In den ersten Reihen hatten viele Helme, selbst wenn es nur Halbkugeln aus Blech waren. Auch die Schuppenpanzer würden Einiges abhalten – jedenfalls mehr als sein Koller. Er berührte das grob gegerbte Leder mit den Fingern der Schildhand. Der Geruch war durchdringend. Ja, in den hinteren Reihen waren viele, die nur ihre Tunika auf der Haut trugen. Die beten mussten, dass man das Feld ohne Blutvergießen wieder verlassen würde; dass es noch im letzten Augenblick zu einer Verständigung mit dem Feind käme.

»Da ist der König«, sagte jemand. Alle Blicke folgten nun drei Reitern, die über zertrampelte Wiesen hinweg auf die Sachsen zuhielten; aus der sächsischen Stellung kamen ihnen drei berittene Gestalten entgegen, um sich in der Mitte zwischen den Heeren zu treffen.

Arnulfs Rechte krampfte sich um den Griff des Habichts. Abzug oder Schlacht, Frieden oder Krieg?

* * *

Widukind natürlich, und der Einäugige – den Dritten kannte Einhard nicht. Aber dieser dritte Mann, der ein Kettenhemd trug und schwarzlederne Armschienen, sah auch nicht aus, als würde er über Frieden reden; eine tiefe Narbe am Kinn schien den rechten Mundwinkel nach unten zu ziehen, was ihm einen bösartigen Ausdruck gab.

»Idorich ist nicht dabei«, raunte Einhard dem Herrscher zu.

Karl nickte. »Krieg, also.«

Der Sachsenherzog trug einen schlichten Lederpanzer über der Tunika und saß mit derselben Lässigkeit im Sattel, mit der er eine Woche zuvor ins fränkische Lager geritten war.

»Vielleicht liegt es an meinen Augen«, – Widukind ließ den Blick über die fränkischen Truppen wandern –, »aber ich kann Eure Bayern nirgendwo sehen. Liegt Herzog Tassilo immer noch mit der Kolik danieder?«

Der Frankenkönig holte tief Luft. Sonnenstrahlen brachen sich auf den polierten Platten des königlichen Panzers; ein dunkelrotes Seidentuch schützte den Hals vor der Reibung des Metalls. »Vielleicht haben Euch die Bayern umgangen, Herzog. Und schneiden Euch nachher den Rückzug ab.«

Widukind lächelte kalt. »Einen Rückzug wird es nicht geben. So wenig wie Schneefall.«

Der König hob erneut an. »Wir haben doppelt so viele Krieger wie Ihr, Herzog. Wir müssen uns auch nicht hinter Stöcken und Balken verschanzen! Ich bin bereit, den Angriff auf unseren Tross zu verzeihen. Aber Ihr werdet uns dafür mit Pferden und Silber entschädigen. Und vor allem, Herzog, werdet Ihr mir huldigen.«

»Ihr Franken glaubt, Ihr könntet Euch zu Herren der Welt aufschwingen? Neben mir ist Brun, der Fürst der Ostfalen. Er hat vierzig Schiffe die Wisera hinaufgeführt, um uns beizustehen! Und Rato hier ist der größte Kriegsherr der Engern. Niemand hat mehr Franken getötet als er!«

Der Schiefmund nickte bedächtig und spuckte dann neben sein Pferd. »Und heute werden es mit Donars Hilfe noch mehr. Habt Ihr Priester dabei? Sie schreien sehr laut, wenn sie sterben. Das ist nicht schön, aber unterhaltsam.«

Ruodbert machte das Geräusch eines Wisentbullen vor dem Angriff. »Ich werde Euch die Zunge rausschneiden, Sachse!«

Widukinds Körper straffte sich. »Ich hatte Euch auch ein Angebot gemacht. Ihr seid uns eine Antwort schuldig geblieben.«

»Über Heiratsbündnisse sprechen wir, wenn Ihr mir Gefolgschaft in die Hand geschworen habt.« Unbewegt sah der König den Herzog an. »Tut es, oder die Waffen werden entscheiden.«

»Werdet der mächtigste Gefolgsmann des Königs!«, rief Einhard beschwörend. »Ihr rettet damit tausenden von Menschen das Leben!«

Der Sachsenherzog schüttelte den Kopf. »Ihr Franken sprecht fortwährend vom Himmel und Eurem Himmelsgott – warum dann solche Angst, dort hinzukommen? Ihr seid nicht aufrichtig, Euer Glaube ist nicht wahr!«

»Gott der Herr ist mit uns und unseren Waffen«, sagte der König und schien es nun eilig zu haben. »Ihr werdet es heute noch erleben – oder Ihr huldigt mir, hier auf der Stelle!«

Widukind bleckte die Zähne. »Fragen wir meine Krieger!«

Er riss sein Pferd am Zügel, und die Franken bekamen das Hinterteil des Gauls zu sehen. Der Sachse legte beide Hände an den Mund und schrie seinen Truppen mit dröhnender Stimme etwas zu. Ein Wort konnten die Franken verstehen, das im Sächsischen fast so klang wie im Fränkischen: »Kampf«.

Für die Dauer von zwei oder drei Herzschlägen lag überraschte Stille über der Sachsenstellung. Dann gingen die Schwerter und die Fäuste nach oben und wüstes Kriegsgeschrei setzte ein. Das Pferd Einhards scheute und tänzelte, bevor es sich wieder beruhigte – nein, ein Kriegspferd war seine Stute ganz sicher nicht!

Widukind wandte ihnen wieder die Front zu. »Meine Leute sagen Nein.«

»Dann soll Gott entscheiden«, rief König Karl.

»Allerdings.« Und mit verhaltenem Hohn fügte Widukind hinzu: »Für den Fall, dass Ihr Euer Schwert nicht nur als Schmuck tragt – Ihr findet mich vorne in der ersten Schlachtreihe, dort, wo Blut fließt!«

* * *

Noch bevor der Herrscher und seine Begleiter hundert Schritt weit gekommen waren, stieg hinter ihnen abermals ein Ruf wie Donnerhall auf – Widukind war wieder bei seinen Kriegern eingetroffen. Umso stärker spürte Einhard nun die dumpfe Nervosität ihrer eigenen Truppen, auf die sie zuritten: Die Gesichter der Edlen und der Bannerführer in den ersten Reihen waren angespannt, wenn nicht verkrampft. Ein ominöses Murmeln hing über dem riesigen Heer. Es war ein beunruhigender Gegensatz. Der König schien dies ebenso zu empfinden, seine Züge waren düster. Einhard fragte sich, ob die Sachsen schlicht mutiger waren – oder ob sie einfach so wenig zu verlieren hatten? Nein, sie würden für ihre Freiheit kämpfen, für ihre Unabhängigkeit von fränkischer Oberherrschaft! Einhard konnte nicht anders als stillen Respekt für die Heiden zu empfinden, die sich hier mit der stärksten Macht des Abendlandes messen würden.

»Ich will ihn lebend«, knurrte Karl, während sie im Trab auf ihre Reihen zuhielten. »Hundert Pfund Silber für den, der ihn mir bringt! Sagt das den Hundertschaftsführern, Ruodbert!«

»Was habt Ihr vor mit ihm?«, fragte Einhard schnell.

»Er soll öffentlich seinen Göttern abschwören und die Taufe nehmen. Das müsste so viel Wert sein wie drei gefällte Donareichen! Dann stecken wir ihn in ein Kloster, bis ans Ende seiner Tage.« Einhard bemerkte ein kleines grausames Leuchten in den Augen des Herrschers.

Die Gauführer stießen mit den Scara-Offizieren zu ihnen. Überrascht stellte Einhard fest, dass Fulrad sich unter die

Heerführer gemischt hatte. Der fränkische Hofkapellan, der Beichtvater des Königs – was wollte er hier? Mit dem riesigen Lederpanzer über dem Leib sah er aus wie ein unförmiger Holzklotz.

Einhard ignorierte den Kapellan. »Können wir die Sachsen nicht umgehen, Herr?«

»Dann hätten wir sie im Rücken.« Ein grimmiges Lächeln huschte über die Züge des Herrschers. »Sie wollen wissen, *wer der Stärkere* ist«, fuhr der König laut fort. »Sie sollen merken, dass ihre Götter sie im Stich lassen. Erst dann werden sie bereit sein, sich zu unterwerfen!«

Zustimmendes Gemurmel entstand, und Bischof Fulrad rief mit erhobenen Händen, als wäre dies ein Gottesdienst: »Der Herr ist mit Euch, mein König! Wie König David einst die Syrer niederschlug, so werdet Ihr heute mit Gottes Hilfe die Heiden bezwingen! Amen!«

Während Priester vor den niederknienden Schlachtreihen der Franken den Herrn anriefen und die Streiter von ihren Sünden lossprachen, ging Ruodbert die Aufstellung des *skaron* mit den Gaufürsten durch. Begriffe wirbelten durch die Luft, jeder verbunden mit dem Schicksal von Hunderten von Männern. »Rinah, Moyngau und Hessen vorne ... Warmatia und Logana dahinter ... drei Scara-Hundertschaften rechts ...«

Heilsrufe ertönten, als der König mit den engsten Gefolgsleuten wenig später vor der ersten Schlachtreihe entlanggaloppierte. In einer Lücke zwischen Rinahgau und den ersten Schuppenpanzern schwenkten sie ein, um den Königsstand zu erreichen: Karl hatte sich eine kleine Erhebung ausgesucht, nicht vielmehr als ein Buckel, von wo er die Schlacht beobachten würde; es war die Stelle auf der rechten Seite der grasigen, leicht ansteigenden Ebene, von der sie am Abend zuvor das sächsische Heer beobachtet hatten. Der Consiliarius spürte wie seine Finger taub wurden. Und die Füße kalt – es war absurd, denn es war ein milder Sommertag, nicht zu warm, die Luft war erfüllt vom Geruch des Grases und der Wildblumen, von Samen; Bienen schwirrten umher, und wäre er in der heimischen Pfalz gewesen, so hätte er sicherlich das Schreibpult in den Garten stellen lassen und an den Taten Pippins weitergeschrieben und über die Siege von Pippins Vater, der ebenfalls Karl geheißen und die Sarazenen mit eiserner Faust aus der Francia geworfen hatte. Ein Sieg heute würde *Carolus Rex* nicht nur Ruhm bringen, er würde ihn als ebenbürtigen Herrscher in dieser Ahnenreihe ausweisen.

Plötzlich blickte er in ein allzu bekanntes Gesicht vor sich: Arnulf, mit einem Lederkoller, das Brust und Schultern abdeckte. Er hatte sich einen kurzen Kinnbart wachsen lassen, der ihn fünf Jahre älter aussehen ließ, wie einen gestandenen Krieger. Einhard glaubte, Kraft und Zuversicht in den hellen Augen des Hessen zu erkennen, aber vielleicht war es nur das, was er an sich selbst vermisste. »Gott mit Euch!«, rief er, viel zu laut – das war die Aufregung.

»Und mit Euch, Einhard!«, kam es mit einer Verzögerung zurück, die nichts anderes war als Überraschung.

Kapitel XXIV

Auf dem Schlachtfeld, Juli 772

»Wer war das?« Der Dunkle neben ihm schien beeindruckt.

»Ein Berater des Königs.« Arnulf sah ihnen nach, aber Karls Gefolge verschwand bereits wieder aus seinem Blickfeld. Neid durchzuckte ihn: Einhard war in Sicherheit, in nächster Nähe des Herrschers, geschützt durch die Leiber der Scara vor jedem Angriff!

»Was meint Ihr, wann kommen sie?« Anspannung schwang in den Wörtern seines Nebenmannes mit. Er hatte Angst. *Jeder hatte Angst.*

»Ich weiß es nicht.« Arnulf merkte, dass er nicht mehr normal atmen konnte. Ein Riemen schien um seine Brust gespannt, der allmählich enger wurde. Wenn Furcht Rauch erzeugte, könnte man bei einer Schlacht nichts sehen – Bero hatte das gesagt. Er war betrunken gewesen.

Der Mann links von ihm rammte immer wieder die Schwertspitze in den Boden, rhythmisch fast, mit schwerverständlichem Murmeln auf den Lippen. Seine Augen waren starr nach vorne gerichtet. Das Kettenhemd reichte bis zu den Knien und knirschte bei jeder Bewegung. »Warum greifen sie nicht an?«, krächzte er endlich.

Sie würden nicht angreifen. Berserker, die sich mit Kriegsgeheul durch den fränkischen Schildwall hackten – das blieb Fantasie. Die Sachsen würden bleiben, wo sie waren: am Hang, gestaffelt in langen Linien vor dem Waldrand; am dichtesten standen sie links und rechts der Straße, die zur Eresburg führte. Das schien das Rückgrat ihrer Stellung zu sein; von dort breitete ihr Heer gleichsam die Flügel aus, nach links – aus fränkischer Sicht – entlang des Waldsaums, und nach rechts, bis zu der in die Ebene vorspringenden Höhenzunge. *Hatten sie dort Bogner?*

Metall klirrte: Die Scara-Krieger hatten die Schwerter gezogen und schlugen die Spitzen aneinander. Einige raunten Gebete, dann sahen sie sich um, wie Menschen, die mit sich im Reinen sind. Es war nicht ihre erste Schlacht, und es würde nicht ihre letzte bleiben.

In diesem Augenblick knirschte ein Kettenhemd. Der Mann ruckte nach vorn und übergab sich. Sofort verbreitete sich ein süß-säuerlicher Geruch. Die Bannleute verharrten regungslos, während der Krieger würgte und röchelte.

Gott, lass es losgehen!

Mächtiges Gebrüll stieg auf der anderen Seite auf. »Auf der Höhe da – das ist Widukind«, stieß Arnulf hervor. Der Sachsenherzog war mit einigen seiner Leute auf einer kahlen Stelle der Höhenzunge aufgetaucht, unter einem meterhohen Banner, das einen braunen Pferdekopf zeigte. Rechts von ihm, unterhalb des Vorsprungs, entstand Bewegung. Der Waldrand machte hier ebenfalls eine sichelartige Ausbuchtung in den Hang hinein, in der Arnulf Reiter auftauchen sah. Etwa hundert Berittene lösten sich mit schrillen Schreien vom Waldrand und galoppierten auf den rechten Flügel des Frankenheeres zu.

Was sollte das werden?

Arnulf hörte lautes Rufen der Befehlshaber. Eine wütende Stimme war deutlich zu hören: Esiko.

»Platz!«, schrien die Scara-Männer, wie Grobiane, die bei einer Dorfversammlung die anderen beiseite stießen. Der ganze Block der dicht stehenden Schuppenpanzer bewegte sich nach links, in den Rinahgau hinein. Arnulf fand sich fortgeschoben wie von einer mächtigen Welle. Flüche wurden laut, Beschimpfungen vom anderen Ende des Rinahgaukontingents, wo unklar war, was passierte. Von rechts außen hörte Arnulf das dumpfe Getrappel vieler Pferde, die sich an der Scara vorbeidrängten. Er geriet ins Stolpern, jemand stieß ihm einen Ellenbogen ins Gesicht.

Ein Strom gepanzerter Franken-Reiter donnerte den Angreifern entgegen. Die Sachsenkrieger – selbst auf die Entfernung war das zu erkennen – sahen ungewöhnlich jung aus, manche Gesichter waren bartlos. »Jungmänner«, stieß Arnulfs Nachbar mit dem geleerten Magen hervor. »Die wollen ihren Mut beweisen …«

Arnulf hatte davon gehört, dass die jungen Krieger einen Kampf eröffneten, um sich vor allen anderen auszuzeichnen. Aber ein oder zwei berittene Hundertschaften der Scara würden sie schnell zurücktreiben, es konnte nicht anders sein – nichts als ein kurzer *hariskild* wäre der erste Zusammenprall.

»*Pfeile!*«, brüllte jemand. Aber von wo? Die *unfortha* rissen die Schildrunde nach oben, als gelte es, sich gegen Regen zu schützen. Es sah seltsam aus, doch umso eiliger tat Arnulf es ihnen gleich.

Wock! Wock! Wock! Geschosse schlugen ein.

Hinter sich hörte er einen gellenden Schrei: Ein Pfeil war in den Oberschenkel eines Kriegers eingeschlagen. »Rechts, am Waldrand!«, schnaufte der Dunkelhäutige, den Schild nun ebenfalls über dem Haupt. »Die müssen zwischen den Bäumen stecken!« Weitere Einschläge erfolgten, wie schwere Hagelkörner, die noch Schlimmeres ankündigten.

Arnulf spähte nach rechts, über die Scarakrieger hinweg. Kiefern, Eichen und Haselnuss konnte er in zweihundert Schritt Entfernung erkennen. Sächsische Bogner hatten sich im Schutz der Bäume vorgearbeitet, während der König noch mit Widukind verhandelte. Esiko würde ein paar Männer hineinschicken und dem Spuk ein Ende machen …

Tatsächlich endete der Beschuss so plötzlich, wie er angefangen hatte. Schon drängten von hinten wieder Bannleute nach vorne, die sich vor den Pfeilen in Sicherheit gebracht hatten. Mit klopfendem Herzen verfolgten die Fußsoldaten, wie die fränkische Reiterei die Angreifer zurücktrieb. *Es ging zu leicht!* Posaunen lärmten. Ein Ruf wurde nach vorne getragen, der ein Zittern in Arnulfs Körpermitte schickte.

»Angriff!«

Doch wer griff an? Die ersten Reitereinheiten kamen zurück, drängten die Banntruppen wiederum zusammen. Aber die Fußtruppen mussten vorgehen … Arnulf sah kurz Grimbalds Kopf in der Menge auftauchen. Dann drängte sich ein Bannerführer mit einem halben Dutzend Krieger an ihm vorbei: Liudger. Auf seinem Schild leuchtete ein frisch aufgemalter Adlerkopf, daneben ein Kreuz. Für einen Moment roch Arnulf den Weinatem, als der Mann vom Rinah brüllend sein Schwert in die Höhe reckte:

»Im Namen des Herrn, schlagt die Kerle tot! Vorwärts!«

Der Heerbann setzte sich in Bewegung. Langsam zunächst, einen Schritt nach dem anderen – das elendige Warten hatte ein Ende! Von hinten waren wieder die Posaunen zu hören, lauter, wütender denn zuvor. Links von ihnen marschierten die Hessen. Ab sofort konnte er jederzeit auf Thegan treffen … Doch mit jedem Schritt spürte Arnulf den Riemen um die Brust lockerer werden, konnte er freier atmen. Alles war besser, als herumzustehen und an den Tod zu denken! Er blickte nach rechts – das Geviert der Gepanzerten war halbrechts von ihnen zurückgeblieben, holte aber auf. Vorweg lief mit rotem Gesicht Esiko, das Schwert in der Rechten, den Schild in der Linken.

Sie marschierten direkt auf die große Sichel zu, die die Sachsenstellung am Hang darstellte. Die Höhenzunge mit Widukinds Banner kam wie ein Arm auf sie zu. »Das sind Bogner!«, rief Arnulf und zeigte mit der Streitaxt auf die

Gestalten, die sich aus den Büschen am Fuß der Höhenzunge hervorschälten.

»Scheiß der Bär drauf!«, schrie der Bannerführer. »Tausend Solidi zahlt der König für Widukinds Kopf! Holen wir uns den Kerl!« Arnulf sah die ersten sächsischen Schützen Pfeile auflegen und wünschte sich, er wäre ebenfalls betrunken. Die Entfernung war noch zu groß für gezielte Schüsse, so hielten die Sachsen die Bogen schräg nach oben, als wollten sie Vögel vom Himmel schießen. Das Schlagen der Sehnen wurde zu einem einzigen Lärm, als ob Hunderte von Stöcken gegen Baumstämme gedroschen werden.

In dem folgenden Augenblick der Stille stapften die Franken weiter vorwärts, ängstlich den Himmel beobachtend. Arnulf wischte sich mit der Axthand den Schweiß aus den Augenhöhlen, trat mit einem Fuß in ein Loch und geriet ins Stolpern. Er fing sich, fluchte und riss den Schild hoch: Keinen Augenblick zu früh! Klatschende Einschläge liefen durch die Reihen. Automatisch drängten die Heerbannleute nach links, weg von dem Beschuss, doch dort liefen die Hessen, die wiederum vom Moyngau bedrängt wurden. Binnen weniger Augenblicke brach der Angriffsschwung zusammen. Die Haufen des Heerbanns drängten sich in der Mitte der schmalen Ebene zusammen, wie Vieh, das von einem Hagelsturm überrascht wird.

»*Huorkinda!*« Der Bannerführer schickte hilflose Flüche in Richtung der Bogner. Sächsische Schützen lösten sich vom Waldrand, kamen von der Höhe hinab und liefen ihnen dreist entgegen, um auf kürzere Entfernung schießen zu können. »Wo ist unsere verdammte Reiterei?«, schrie der Mann, der kurz zuvor noch Widukind im Alleingang stellen wollte. Das Trommeln von Pfeilen, die sich in Schilde bohrten, war durchsetzt mit schmatzenden Geräuschen, wenn Pfeilspitzen in Fleisch und Knochen eindrangen. Schreie der Wut, der Ohnmacht und des Schmerzes klangen über das Feld und übertönten die anhaltenden Posaunenstöße.

Arnulf kniete sich hin und versuchte mit dem gesamten Körper hinter der vierzig Zoll breiten Holzscheibe zu verschwinden. Jemand fiel gegen ihn, schwer wie ein Mehlsack. Es war der Dunkelhäutige, ein Pfeil ragte aus seiner Brust.

»Zurück!« Der Ruf pflanzte sich wie ein Brand fort. Der Verwundete regte sich, streckte Arnulf eine Hand entgegen. Prompt schlug ein weiterer Pfeil im Bein des Gepeinigten ein und ließ ihn aufbrüllen. Arnulf packte dessen Handgelenk, sandte ein Stoßgebet zum Himmel und griff mit der anderen Hand nach dem Nächstbesten, den er packen konnte. Er starrte in die geweiteten Augen von Liudger. Speicheltropfen hingen am Schnurrbart, er keuchte Arnulf ein wütendes *zurft skizan* ins Gesicht, gepflügter Mist! Doch bereitwillig griff der Bannerführer das andere Handgelenk des Verwundeten, und sie zurrten und rissen ihn über das Gras nach hinten, jeden Augenblick einen Pfeil im Nacken erwartend. Um sie herum stolperten Verwundete zurück. Ein Geschoss bohrte sich neben Arnulfs Fuß ins Gras.

»Die kommen hinterher!«, schnaubte Liudger. Tatsächlich sah Arnulf ein Stück hinter ihnen einen älteren Mann mit einem langen Bogen, der zwei Halbwüchsigen Kommandos zurief. Ein Vater mit seinen Söhnen? Die Jungen hatten ebenfalls Bogen in der Hand – und zu dritt ließen sie eine Serie von Pfeilen auf die beiden Franken mit dem Verwundeten los. Ein Geschoss zischte zwischen ihnen hindurch, bohrte sich schräg zwanzig Schritte vor ihnen ins Gras. Endlich blieben ihre Verfolger stehen. Wie hinkende Wildschweine hatten sie als Ziel hergehalten für einen, der Knaben das Schießen beibrachte!

Im gestreckten Galopp fegten fränkische Reiter an ihnen vorbei und auf die Bogenschützen zu. Ein schweißglänzender

Rappe galoppierte vorweg, Arnulf sah die Schwertspitze des Reiters in der Sonne blitzen. »Jesus!«, entfuhr es ihm, doch Thegan hatte vorerst Besseres zu tun. Binnen kurzem jagte die Reiterei die Sachsen zurück.

Schwer atmend stieß Liudger mit der Fußspitze in die Rippen des Verwundeten. Ein leises Stöhnen war die Antwort, ein Auge öffnete sich einen Spalt. »Gott sei Dank, der Kerl lebt.« Der Bannerführer wischte sich mit dem Handrücken über den Schnurrbart. »Der wohnt in meiner Nachbarschaft, und weißt du was? Er schuldet mir noch zwei Fohlen!«

Arnulf starrte Liudger mit dumpfem Staunen an. Er verstand nicht, wie jemand jetzt an Dinge des friedlichen Lebens in der Heimat denken konnte. *Dumm wie Vieh waren sie gegen die Bogner angerannt* ... Verwundete knieten und lagen um sie herum, schrien ihre Schmerzen in einen wolkenlosen Himmel.

»Wasser! Gebt uns Wasser!«

Die Unverletzten standen ratlos herum, fluchten lautstark oder schwiegen verbissen. Ein Halbwüchsiger eilte herbei und reichte Liudolf respektvoll einen länglichen Beutel aus Ziegenleder. Nach mehreren Zügen verschluckte er sich, spuckte aus und warf Arnulf den Beutel zu.

Wein! Er schmeckte säuerlich, aber Arnulf trank mit tiefen Zügen, so durstig war er. Immermehr Rinahgauer strömten zusammen: Männer von Luidgers Banner und andere, die ihre Führer verloren hatten. Und die nicht zu weit hinten aufgegriffen werden wollten, wo sie als Feiglinge gelten würden.

»Du lebst?!« Grimbalds schlanke Figur tauchte vor ihm auf und sein Gesicht spiegelte Erleichterung wider. Arnulf musste grinsen, als er ihn sah. Dann spürte er einen Maultiertritt, Bero klopfte ihm auf den Leib. »Zum Igel taugst du nicht, Bursche.«

An die zehn Pfeile steckten in Arnulfs Schild. Entnervt schüttelte er den Kopf. »Ihr und eure Geschichten vom Kampf und vom *skaron* ... So ein Dreck!«

»Reg dich nicht auf, Mann! Dieser Tag hat gerade erst angefangen ...«

* * *

»Seit wann laufen Schwerbewaffnete vor Bogenschützen davon?«

Ruodbert und seine Offiziere machten verbissene Mienen. Niemand wagte es, dem Herrscher in die Augen zu sehen. Einhard spürte Schweißperlen den Nacken hinablaufen, denn die Haselnusssträucher auf der kleinen, etwa zehnmal zehn Schritt großen Erhebung spendeten kaum Schatten. Um sie herum mischten sich zurückflutende Reiterabteilungen mit Pulks von Heerbannleuten; alle Ordnung schien sich aufgelöst zu haben. Rufe zum Sammeln klangen über das Feld, durchmischt von den Schreien der Verletzten.

»Die Sachsen haben sich eingeigelt, Herr.« Ruodbert breitete die Arme aus, wie um die sächsische Stellung zu beschreiben. »Normalerweise greifen die Heiden zuerst an, immer!«

»Normalerweise«, unterbrach der König ihn, »hinkt die Reiterei auch nicht hinter der Fußtruppe her, verdammt!«

»Mein König«, rief einer der Hundertschaftsführer, »Esikos Truppe war zu breit aufgefächert! Sie nahmen uns den Platz!«

»Schweigt!« *Tack tack tack* – der König schlug mit einer Gerte gegen seinen Unterschenkel. »Ruodbert, Ihr hättet Euch besser selbst an die Spitze gestellt.«

Ruodbert öffnete den Mund – und sagte nichts.

Ihr bleibt bei mir, Ruodbert! – Einhard erinnerte den Befehl des Königs Wort für Wort. Denn von hier aus, wo das Banner des Königs schlaff von einem in den Boden getriebenen Pfahl hing, von hier aus wollten sie die Schlacht leiten. Und konnte der alte Kriegsmann überhaupt noch etwas sehen?

Einhards Atmung hatte sich beruhigt, die Taubheit der Hände war fast verschwunden; in seinem Lederpanzer, mit dem Kurzschwert an der Seite, hätte man denken können, er sei zum Kämpfen hier.

»Heil!« Eine hochgewachsene, schwere Gestalt kam mit großen Schritten durch die Schutzkette der Scarakrieger geschritten, schob den Marschalk mit der Schulter zur Seite, scheinbar ohne es zu merken. »Mein König, wir haben sie zurückgedrängt!« Thegan zog den Helm ab und wischte sich mit der Hand über die Stirn.

»Hättet Ihr nur unseren *Angriff* richtig unterstützt!«, knurrte der König und bog die Gerte zwischen beiden Händen zu einem Halbkreis. »Den nächsten Sturm führt Ihr aus dem Sattel an, Graf Ruodbert. Versucht, die Bogner niederzureiten! Esiko, Ihr folgt der Reiterei mit fünf Hundertschaften zu Fuß. Attackiert die Höhe, auf der ihr Banner steht, von links und rechts! Thegan, Ihr drängt die Reiterei der Sachsen ab.« Der König stutzte. »Wo zum Teufel ist Graf Hartmut?«

»Bei der Reiterei …« Thegan zeigte mit dem Daumen über die Schulter, als erklärte er einem Jäger, wo die Treiber standen. Mit einem kleinen Knall zerbrach die Gerte in Karls Händen.

»Deshalb haben wir ihn nicht gesehen! Anstatt mit seinen Leuten vorneweg in den Kampf zu marschieren!« Grollend blickte der König Thegan an, dann Einhard.

Automatisch trat der Consiliarius zwei Schritt vor und hatte noch die Beweglichkeit, seinen Fuß nicht auf einen Käfer mit einem hornartigen Fortsatz am Kopf zu setzen, der sich durchs Gras arbeitete.

»Consiliarius, Ihr geht zu Hartmut! Er soll neben der Scara angreifen, *zu Fuß*! Das Signal sind drei Posaunenstöße.« Der

Zorn war aus seiner Stimme geschwunden, und als er nun die Runde seiner Gefolgsleute musterte, bemühte er sich, Zuversicht auszustrahlen. »Wisst Ihr noch, was der Sachse zu Euch gesagt hat, Einhard?«

»Er sagte, wir hätten Angst vor … vor einer Schlacht.«

»Zeigt mir, dass er sich geirrt hat, Ihr Herren!« Der König ballte die Faust. »Zeigt ihm, dass Ihr *Franken* seid, bei Gott!«

* * *

»Hebt an! Vorsichtig!«

Die Bannleute hatten angefangen, die Schwerverletzten auf Karren zu legen, die sie in das nahe Curbeki bringen sollten. Die Toten blieben liegen, wo sie waren, und die Leichtverletzten liefen selbst nach hinten.

»Bringt Wasser nach vorn!«, rief Arnulf den Trossknechten zu.

Grimbald war einer der wenigen, der einen Wasserschlauch mitgenommen hatte; das Nass schmeckte brackig und reichte kaum für ihn selbst. Die Gefahr, von einem Sachsenspeer durchbohrt zu werden, hatte alle Gemüter beschäftigt. Dass man vorher Durst leiden würde, hatten sie übersehen.

»Die können nicht genug kriegen«, grunzte Bero und spuckte angewidert eine Mücke aus. Unweit von ihnen überprüften Scara-Krieger ihre Waffen, andere versorgten mit Leinenbinden leichtere Wunden der Kameraden. Esiko versuchte schimpfend, Ordnung in die Reihen zu bringen: Ein neuer Angriff stand bevor.

»Da kommt der Graf«, raunte Grimbald. Die Männer richteten sich auf, mehr aus Neugier denn aus Respekt. Graf Hartmut stieg in voller Kriegsmontur vom Pferd und warf die Zügel einem Knecht zu, der ihm zu Fuß gefolgt war. Der rundliche Helm schien zu klein für den Kopf und ließ den Schädel eiförmig aussehen. Das Kettenhemd hingegen hätte auch einem normal großen Mann gepasst, ein eisenbeschlagener Gürtel hielt es in der Körpermitte zusammen; die Schwertscheide berührte das Gras. Er sah sich um, die Hände in den Hüften.

»Bannerführer!«

Arnulf sah Liudger und einige andere von denen herbeikommen, die sonst die Führung übernahmen. Hartmut zog sein Schwert und zeigte auf die Höhenzunge, die dicht mit sächsischen Bognern besetzt war. »Wir greifen wieder an, dort, wo das Banner weht! Bildet eine Schlachtreihe!«

Für zwei oder drei Atemzüge vernahm Arnulf keinen Laut und keine Bewegung. »Und die Bogner?« Die Stimme kam aus der Menge. »Die mähen uns nieder wie Getreide!«

»Wir gehen im Laufschritt vor.« Hartmut schien irritiert, dass er den Rufer nicht erkennen konnte. »Haltet die Schilde hoch!«

»Das haben wir vorhin auch gemacht, Gaugraf.« Arnulf wunderte sich, dass er so laut klang. »Dahinten liegen hundert von uns, tot oder verwundet!«

»Wer bist du denn … Ah!« Hartmut fuhr sich mit der Hand durchs Gesicht, seine Züge waren für einen Moment wie schmerzverzerrt. Dann sah er Liudger an, als müsste der jeglichen Widerspruch mit einem Schlag ausmerzen. Der Bannerführer aber scharrte nur missmutig mit der Fußspitze im Gras.

»Der König will es, Hesse!«, rief Hartmut.

»Der König will, dass wir die Sachsen schlagen! Aber er will nicht, dass wir uns abschlachten lassen!«

»Recht hat er!«

»Gut gesprochen! Wir wollen nicht verrecken!« Die Zurufe kamen jetzt von den Heerbannleuten um sie herum.

»Wollt Ihr Euch auflehnen?« Hartmut schwitzte. Wie auf einen unhörbaren Befehl hin machten die Krieger den Raum zwischen Hartmut und Arnulf frei.

»Das ist *sax hamar*!«, dröhnte eine Stimme aus der Mitte der Männer. »Der war in der ersten Reihe! Wo wart Ihr, Gaugraf?«

Liudger spuckte ins Gras. »Haltet Euer Maul, oder …«

»Oder was?« Arnulf blieb breitbeinig stehen. Er hörte die gezischten Warnungen von Grimbald und Bero. Doch er hatte einen Beschluss gefasst, der sich so gut und fest anfühlte wie der Griff seiner Streitaxt: *Nie mehr für die Dummheit anderer sein Leben riskieren!*

»Die Scara greift gleichzeitig an. Mit uns!«, krächzte Hartmut. Rüstungsteile knirschten, als die schlachtbereiten Männer der königlichen Truppe zu ihnen hinüberblickten, mit abfälligem Gemurmel.

»In die Pfeile der Sachsen zu laufen, ist *dumm*!« Laut hinausgeschrien hat Arnulf das – nun gab es kein Zurück mehr.

Neues Gemurmel lief durch den Rinahgau. Arnulf sah in gespannte und gleichmütige, in mutige und ängstliche, in kluge und dumpfe Gesichter: Männer, die für ihren König kämpften, weil es so Brauch war; die die Sachsen hassten oder auch nicht, die vielleicht mehr Angst vor dem nächsten Winter hatten als vor dem Feind. Männer, die man nicht einfach opfern durfte wie Hunde bei der Jagd …

»Tötet ihn!« Der Gaugraf redete wütend auf Liudger ein, der Hartmut um einen Kopf überragte. Arnulf hörte Bero hinter sich das Schwert ziehen. Blut schoss ihm in den Kopf. Für einen Rückzieher war es zu spät!

»Hört mich an, Leute!«, brüllte er so laut er konnte und hob die Axt auf Kopfhöhe. »Über die offene Ebene anrennen kostet nur Blut! Gehen wir rechts am Waldsaum entlang ein paar hundert Schritte vor, überraschen wir die Heiden von hinten!«

Wilde Rufe der Zustimmung, aber auch der Schmähung kamen nun aus der Menge. Der Gaugraf fuchtelte mit den Armen, redete auf Liudger ein, der sich mit grimmiger Miene seinen riesigen Schnurrbart zupfte.

Arnulf hatte das Gefühl, den letzten Strunk eines Baumes durchgehauen zu haben – ohne zu wissen, ob der Stamm ihn selbst erschlagen würde.

»Liudger!« Er ging direkt auf den Schwankenden zu, als stünde Hartmut nicht daneben. »Wir packen Widukind von hinten – kommt mit und der König wird Euch mit Silber überschütten!"'

»Du *arswisk* willst mir was von Silber erzählen?« Der halbbetrunkene Bannerführer funkelte den Hessen an und zog das Schwert ein paar Zoll aus der Scheide. Arnulf reagierte nicht und starrte einfach zurück – bis endlich ein Grinsen auf Liudgers Gesicht erschien, so breit wie der Schnurrbart selbst. In diesem Augenblick erklangen drei Trompetenstöße – Bewegung kam in den Rinahgau.

Arnulf füllte seine Lungen, wies mit der Axtklinge auf den nahen Waldrand und brüllte: »Wer folgt uns?«

Kapitel XXV

Auf dem Schlachtfeld, Juli 772

Einhard sah die neugierigen Augen der Leibwache auf sich gerichtet, als er sich dem Befehlsstand des Königs näherte. Was er eben erlebt hatte, würde dem König nicht gefallen – es war nicht einmal wirklich erklärbar. Der Herrscher trug einen mattsilbernen Helm, der nur Augenhöhlen und einen schmalen Ausschnitt von Nase und Mund freiließ. Neben ihm stand der Marschalk. Alle anderen Gefolgsleute standen drei oder vier Speerlängen entfernt, als hätten sie Angst vor einem Wutausbruch.

»Was war das denn, Einhard?«, stieß der König aus. »Eine Massenflucht?«

»Herr, Graf Hartmut hat die Kontrolle verloren …«

»Das sehe ich, seine Leute laufen davon!«

»Arnulf, der Hesse – er führt einen Teil der Männer am Waldsaum entlang, in den Rücken der Sachsen.«

»Der Bastard mit der Langobardenaxt? Der meint, er könne jetzt den Heerbann führen?« Der Herrscher der Christenheit blickte kurz nach oben, in das unermessliche Blau über ihnen. »Wie ist das möglich?«

Der Consiliarius hob instinktiv die Hände. »Herr, die Verluste durch die Bogner haben die Männer rebellisch gemacht …«

»Zum Teufel, sie müssen gehorchen! Ich bin ihr König und Herr, ich bin Gottes Stellvertreter, immer noch! Fünfzig Schritt neben dem Rinahgau stand meine Leibwache! Wenn Ihr ein

Kerl wärt, hättet Ihr Euch zehn von denen genommen und dem Hessen den Kopf abschlagen lassen!«

Er blickte an Esiko vorbei nach vorn, wo die Masse der Scara abermals vorrückte, gefolgt von einer großen Zahl Bannleute. Karl machte dem Marschalk ein Zeichen; der winkte dem Pferdeknecht und hielt dann selbst die Zügel des Schimmels fest, als der Herrscher sich in den Sattel schwang. Die Mähne des Pferdes war seidig und besser gekämmt als das Haar der meisten Gefolgsleute.

»Nach vorne!«, rief er über die Köpfe des Gefolges hinweg. »Unsere Krieger sollen wissen, dass der König bei ihnen ist.« Plötzlich – es mochte ein Wespenstich sein – wieherte das Pferd laut und stieg auf die Hinterbeine. Erschrocken beobachteten Einhard und die Umstehenden, wie der König es mit Mühe wieder unter Kontrolle brachte.

»Einhard?«

»Herr?«

»Lasst Euch ein paar Mann vom Marschalk geben und holt diese Waldläufer ein. Nehmt die Rädelsführer fest! Ich lasse lieber ein paar Leute aufhängen, als noch mal etwas wie die Flucht der Bayern zu erleben!«

* * *

Liudger setzte den Weinbeutel ab und rülpste. »Wie willst du da rüberkommen, du Angeber?«

Arnulf und der Bannerführer hatten die anderen weiter im Waldesinnern halten lassen und waren bis zum Fuß einer mächtigen Fichte am Waldrand vorgekrochen, deren tief herabhängende Zweige Sichtschutz boten. Sie blickten auf den Ausläufer der grasigen Ebene, der sich rechts von der Höhenzunge hinzog und weiter hinten irgendwo in die Waldhügel überging; direkt gegenüber wehte der Pferdekopf auf der kleinen Kuppe.

Sie war etwa drei Pfeilschusslängen entfernt. Schwärme sächsischer Reiter preschten von rechts kommend vorbei, dem fränkischen Angriff entgegen. So dicht ritten sie vorüber, dass man die Narben in ihren Gesichtern erkennen konnte.

»Himmel, wo kommen die alle her?«

»Direkt aus der Hölle«, knurrte Liudger, nahm einen letzten Schluck aus dem Lederbeutel und warf ihn ins Gras. »Die meisten Männer hat Widukind auf der anderen Seite, da, wo wir uns 'ne blutige Nase geholt haben. Seine Reiterei steht hier vorne und kommt den anderen nicht ins Gehege. Und wenn alles schiefgeht, kann er mit einem Pferd verschwinden.«

Tatsächlich schwoll der Kriegslärm zu ihrer Linken an – der Ausläufer der Höhe war bereits bedeckt von ineinander verkeilten Franken und Sachsen. *Das Sterben hatte wieder begonnen …*

»Alle Sachsen unter Wodans Himmel können uns sehen, wenn wir aus dem Wald kommen. Ist dir das klar, du Großkotz?« Aus wässrigen Augen blickte Liudger den jungen Krieger an, dessen Auftreten selbst ihn mitgerissen hatte. »Mich braucht der Graf noch, aber dich … dich lässt er aufhängen, *sax hamar*!«

»Zum Teufel mit ihm«, zischte Arnulf. »Alle Sachsen sehen uns, aber genau deshalb werden sie uns nicht für Franken halten!« Er winkte Grimbald, Bero und den anderen. Krachend näherten sich die sechs oder sieben Dutzend Männer, die das Ungewisse einem weiteren Frontalangriff vorgezogen hatten. Dichtgedrängt kauerten sie unter den letzten Bäumen, die vorderen schon fast im Freien, die hinteren noch im Halbdunkel der Baumkronen.

Es musste weitergehen, rasch!

»Haltet auf das Pferdekopf-Banner zu! Habt keine Furcht vor den Reitern, Männer!«, rief Arnulf mit fester Stimme, als würde er glauben, was er sagte. »Sie werden glauben, dass wir zu ihnen gehören!«

»Und wenn nicht?«, knurrte Bero. Tannennadeln steckten in seinen Haaren und die Tunika klebte nass vor Schweiß an seiner Brust.

»Dann fragst du sie, wo ihr Herzog ist«, rief Liudger rau. »Der König will ihn sprechen!«

Das Gelächter war befreiend, aber nur für die Dauer von zwei oder drei Herzschlägen.

Grimbalds Augenlid zuckte. »Wie lange können wir uns auf der Höhe halten, mit so wenigen Leuten?«

»Lange genug, um Widukind zu finden!« Arnulf spürte, sie durften nicht anhalten und lange wägen, so wenig wie ein junger Falke, der nur fliegen oder in die Tiefe stürzen kann. Er sah in die Gesichter der Männer um ihn herum und wusste, dass sie ihm folgen würden. Entschlossen richtete er sich auf.

»Worauf warten wir noch?«

Sie brachen hinaus ins Freie. Nach wenigen Schritten jagten die ersten Sachsengäule an ihnen vorbei, die Reiter beachteten sie nicht! Arnulf wagte kaum zurückzublicken. Folgten alle? Bernhard lief hinter ihm mit dem Kurzschwert in der Hand, das Arnulf ihm nach dem Zweikampf geschenkt hatte. Der Junge hatte sich unter die Bannleute gemischt, ohne jemanden zu fragen. Nun war es zu spät, ihn wegzuschicken.

Die Höhe war noch einen Pfeilschuss entfernt, als Arnulf die Bewaffneten sah: Mehrere Dutzend Bogenschützen und Speerträger kauerten am Fuß der Höhe, im Schatten. Sie starrten nach vorn, in Richtung des Kampfes. *Die Richtung ändern?* Nein, rechts der Sachsen war ein Dornengestrüpp.

Noch fünfzig Schritt. Ein Kerl mit roter Mähne und nacktem Oberkörper brüllte ihnen etwas entgegen. Arnulf packte den Habicht fester und fasste den Kopf des Mannes ins Auge. Von schräg oben, ein Hieb musste reichen – wenn er schnell genug war!

Zwanzig Schritt. Ein Warnruf – Bewegung kam in den Haufen, die Rinahgauer liefen zu schnell, so rannte niemand, der es gut meinte!

Sie fielen über die Sachsen her. Eisen traf auf Fleisch und Knochen – für die Dauer von zwanzig Atemzügen war die Luft erfüllt von schmatzenden Geräuschen der Verstümmelung, von gurgelnden Lauten des Sterbens. Der Speer des Rothaarigen knirschte über Arnulfs Schildbuckel und brachte den Heranstürmenden fast aus dem Tritt. Er stieß einen schmächtigen Bogner mit einem wuchtigen Stoß des Schildes zur Seite und ging direkt auf den Rothaarigen los. Der wollte sich noch zur Seite wegdrehen, aber der Habicht war schneller: Die Axtklinge schrammte über Schläfe und Kiefer und zerschmetterte das Schlüsselbein. Ein zweiter Hieb, und der Kerl stürzte ächzend zu Boden.

Verrecke endlich!

»Achtung, Reiter!« Grimbalds Klinge war noch trocken, doch er passte auf. Ein Schwarm Sachsen sprengte auf sie zu, der von ersten Gefechten mit der Frankenreiterei zurückkehren mochte. Und obwohl sie abgekämpft waren, ritten die Männer mit den Speerspitzen voran in die Franken hinein. Aber sie waren nicht zahlreich genug, um Arnulfs Männer einfach niederzureiten. Die Rinahgauer spritzten auseinander und versuchten, die Reiter von links und rechts in die Zange zu nehmen. Pferde stolperten über die Leichen niedergehauener Sachsen und gingen zu Boden; Liudger wehrte mit wilden Schwertschlägen einen Reiterspeer ab, geschickt wich seine kantige Gestalt der Speerspitze und dem Pferd aus, während Bernhard von der anderen Seite auf den Sachsen losging, ihm das Kurzschwert ins Bein stieß, schreiend – »Jesus, Maria …« Das Ross stieg auf die Hinterbeine, der Reiter konnte die Zügel nicht festhalten – schwer wie ein Sack schlug er rücklings auf dem Boden auf.

»Weg da!«

Arnulf schlug sofort zu: ein kurzer Schmerz im Handgelenk war es, als würde die Klinge auf einen knotigen Buchenklotz prallen. Blut quoll aus dem Loch in der Stirn des Sachsen, er zuckte nicht einmal mehr.

Bernhard zog das steckengebliebene Kurzschwert aus dem Oberschenkel, Blut bedeckte seine Hände und Arme. Er trat dem leblosen Körper in die Rippen, seine Lippen waren zurückgezogen, Triumph und Schrecken mischten sich in seiner Miene.

»Er ist tot!«

»Toter geht nich', Bursche«, grunzte Liudger und zog ihn von der Leiche weg.

Arnulf fischte einen Schild aus dem Gebüsch, eine schartenübersäte Scheibe, die er Bernhard in die Hand drückte. »Hier, *sturiling*. Aber bleib *hinter* mir!«

Die überlebenden Reiter waren verschwunden, um Verstärkung zu holen. Die war nicht weit weg, denn hunderte von Sachsen hatten dieses Scharmützel hinter ihren eigenen Reihen mitverfolgen können! Für zwei, drei Atemzüge betrachteten die Männer die Blutspritzer auf den verzerrten Gesichtern der Kameraden und ihren Anführer mit der rot gefärbten Axt. Arnulf spürte ihre Anspannung, aber auch ihr Vertrauen: den Glauben, dass er das Richtige tun würde. Die Muskeln um seinen Bauchnabel wurden noch härter.

Sie eilten die Höhe empor, halb geduckt, zwischen Ginster, Birken und Haselsträuchern. Viele Pfade liefen hier oben, in friedlichen Zeiten vom Vieh und den Hirten getreten. Liudger rief Arnulf etwas zu. Er hörte ihn nicht, denn der Lärm schwoll nun gewaltig an. Das Getöse kam nicht nur von links, es kam von überall! Wenig später waren sie oben, fünfzig oder sechzig Fuß über der Ebene.

»Heiliges Kreuz!«

Unten, auf der anderen Seite der Höhe, tobte die Schlacht. Die ganze Breite der Sichel war zum Kampfplatz geworden. Die Schuppenpanzer der Scara hatten sich kurz vor dem Waldsaum mit den sächsischen Abwehrketten verkeilt, dahinter: tausende von Heerbann-Männern, die die Krieger des Königs willentlich oder unwillentlich nach vorne schoben. Hier war kein Platz für die Reiterei der Franken! Mit schlichten Pfahlverhauen und klugem Abwarten hatte Widukind die Franken gezwungen, zu Fuß und auf vergleichsweise engem Raum anzugreifen; die zahlenmäßige Überlegenheit der Christenstreiter war nichts wert. Ein Donner wie am Tag des Jüngsten Gerichts hing über der Ebene – mit jedem Wimpernschlag ließen mehrere Seelen ihr Leben, fuhren auf zu Gott, in die Hölle oder sonst wohin.

»Siehst du ihn?« Liudger keuchte, der Atem war Weindunst.

»In dem Getümmel? Wie denn?« Aber Widukind war irgendwo da unten, das ahnte Arnulf wie ein Wolf, der den Bären im Forst wittert. Vor ihnen, nur eine Pfeilschusslänge entfernt, stand der Pfosten mit dem sich träge windenden Pferdekopf. Bewaffnete standen da herum, einige Dutzend nur, manche mit Helm, einige zu Pferde; Arnulf sah Läufer den Hang hinauf- und hinabeilen.

»Holen wir uns ihr Banner«, brüllte er über die Schulter. »Dann kommt Widukind von alleine!« Er stürmte los.

»Dem Bären in die Eier greifen?«, krächzte Bero. »Du bist irre!«

Sie hielten direkt auf den dünnen Fichtenstamm zu, den man als Fahnenstab in den Boden gebohrt hatte. Arnulf hörte die Männer hinter sich, sie folgten ihm tatsächlich mit wilden Kriegsschreien auf den Lippen. Die verblüfften Sachsen liefen auseinander, die Mutigeren jedoch griffen zum Schwert und blieben stehen:

»Woodaan!«

Die Franken stürzten sich auf sie, fielen über sie her, andere rissen an dem gut sechs Fuß langen Tuch. Mit den Schwertklingen zerfetzten sie die Bänder, die den Stoff mit der Fichtenstange verbanden. Arnulf wurde klar, wie nah sie dem Herz der Sachsenstellung waren: Von hier führte eine von Bäumen befreite Trasse links zur Sichel hinunter; vor ihnen streckte der Wetterbaum zerzauste Aststümpfe in den Himmel. Es schien wie ein natürlicher Befehlsstand für die sächsischen Schlachtenlenker. Ein Weißhaariger stand da vor dem Stamm, wie angewachsen, die Hände weit ausgebreitet, als beschwöre er eine Gottheit. Oder den Mut seiner Krieger: Tatsächlich eilten weitere Sachsenkrieger herbei, ein Dutzend, zwei Dutzend, mit Wolfskopfschildern und dem grässlichen »Woodaan!« auf den Lippen.

Ein Schwert grub sich in die Fahnenstange, als Bernhard das letzte Stück herunterreißen wollte, einen Zoll neben seinen Fingern splitterte Holz. Liudger stieß dem sächsischen Schwertkämpfer die Klinge ins Gesicht.

»Kommt und verreckt, ihr Bastarde!«

Und sie kamen und opferten sich. Arnulf schlug wie ein Schnitter waagerecht nach einem sächsischen Hals, doch der Habicht fraß sich im Schildrand fest. Fluchend griff er nach dem Schwert, das sperrig und ungewohnt an seiner linken Seite baumelte. Bevor er die Klinge hervorgezogen hatte, rammte Grimbald seinen Speer durch die Kehle des Sachsen. »Wir müssen zurück!«, brüllte der Gefährte mit zuckendem Augenlid. Immer mehr Sachsen strömten ihnen nun entgegen. Arnulfs Blick sucht Liudger – für einen Moment spürte er lähmende Unsicherheit. »Es sind zu viele!« Bernhard half Bero auf die Beine, dem ein sächsischer Schildbuckel das halbe Gesicht zerschlagen hat. Er spuckte Blut und Zähne aus und drosch mit seiner Rostklinge erneut auf die sächsischen Krieger ein.

Hastig sah Arnulf sich um. Er glaubte Esikos behelmten Kopf zu entdecken, im Gewühl vor den Pfahlverhauen; ein irrsinniges Würgen und Morden tobte dort unten. Dann sah er den Block von Pferdekopfschilden. Ruhig und ohne Kriegsgeschrei kamen diese Krieger am Wetterbaum vorbei direkt auf sie zu, Raubtieren gleich, die sich ihrer Beute sicher sind. In ihrer Mitte war eine kräftige Gestalt mit blonden Haaren. In seinen Händen lag eine riesige Axt: Eine Waffe, die den Tod brachte.

»Da kommt dein Silber, Liudger.«

»Der Bullige, in der Mitte?« Der Bannerführer wischte sich mit dem Handrücken über den Mund, wie ein Esser, der unsicher ist, ob das Fleisch auf dem Tisch genießbar ist. »*Skizan* ... Der hat nicht mal 'n Helm?!«

»Der braucht keinen.«

Sie rissen die Schilde hoch bis zu den Augen, denn ein Schauer von Speeren flog ihnen entgegen. Die hinteren Sachsenkrieger warfen die Speere, die vordersten schlossen noch enger zueinander auf, ihre Schilde bildeten eine Holzwand, die mit dem Geräusch eines Schiffsrumpfes auf die Frankenschilder prallte.

Keine Zeit für Furcht ...

Eine Speerspitze kam aus dieser Schildwand auf Arnulfs Augen zu. Sein Kopf ruckte zur Seite, Stahl ritzte seine Wange. Gleichzeitig hörte er einen Todesschrei – der Mann zwischen Arnulf und Liudger sackte zusammen, der Inhalt des Schädels lief ihm blau und rot über das Gesicht.

Keine Zeit zu Erschrecken ...

Arnulf schlug seine Axt dorthin, wo die Speerspitze herkam, doch die Kerle standen dicht an dicht. Erst der zweite Schlag saß. Der Sachsenspeer zerbrach und Arnulf wuchtete sich in sein Gegenüber hinein, blickte in ein Gesicht aus Bart und Narbenhaut, Flüche und Speichel flogen ihm entgegen.

Gleichzeitig drängte Liudger neben ihm nach vorne, eine Öffnung im Schildwall der Sachsen entstand – doch es war das Maul eines Drachens, das sich auftat. Wie eine Feuerzunge kam ihnen die Langaxt entgegen, die schwere Klinge zertrümmerte Arnulf die Schildkante auf halber Höhe. Er taumelte zurück. Auch Liudgers wuchtige Schläge über Kopf blieben wirkungslos: Sofort drängten die Schilde wieder von links und rechts zusammen, die Bestie atmete ein. Drei Herzschläge später fuhr der tödliche Stahl wieder in die Frankenreihe hinein. Ein weiterer Krieger ging zu Boden, nur noch einen Atemzug von Gott entfernt.

Nur ein paar Schritte vor ihm sah Arnulf Widukinds Gesicht: Etwas unbändig Wildes leuchtete aus seinen Zügen. Einer, der keine Gnade gewährte und keine wollte! Vor allem seine Axthiebe waren es, die Arnulfs Männer in Richtung der Böschung drängten. Die Sachsen würden sie in den Kessel hinabtreiben – wenn niemand den Drachen erschlug.

* * *

Sie folgten den abgebrochenen Ästen und den Trittspuren, knapp hundert Mann gingen nicht spurlos durch einen Forst. Nervös warf Einhard immer wieder einen Blick nach links, auf die hellen Stellen, wo der Wald aufhörte. Er hörte die Männer in seinem Rücken mit den Waffen an Äste stoßen und nach Mücken schlagen. Er hatte einen Kurzspeer mitgenommen, der eigentlich nur ein Stab mit Eisenspitze war. Draußen, auf der Ebene, galoppierten Schemen vorbei, gingen Menschen einander an die Kehle; im Halbdunkel des Unterholzes schien der Schlachtenlärm aus allen Richtungen zu kommen.

Vor ihm lief der Unterführer, den der Marschalk ihm mitgegeben hat. Ein ernster Mann mit Königs-Schnurrbart. Etwas Bitteres war in seinen Augen. Einhard war diesem Mann schon zuvor begegnet, aber wo? Tristan könnte es wohl auf Anhieb sagen, aber seinen Schreiber hatte er in Curbeki bei der Kanzlei gelassen. Zu ärgerlich wäre es, ihn durch einen verirrten Pfeil zu verlieren.

Die Fährten vor ihnen wurden schmaler, das Grün einer Weide schien vor ihnen zwischen den Bäumen hindurch: Angst durchzuckte Einhard, als er Krieger und Pferde voraus erkannte.

»Zu weit!« Ihr Fährtensucher drehte den Kopf, sein Kehlkopf zuckte. »Die Rinahgauer sind längst weg …«

»Sie sind nicht weg«, widersprach Einhard, seiner Ahnung folgend. »Dieser Arnulf …« Da sahen sie zwischen ein paar Ebereschen bärtige Männer auftauchen, bewaffnet.

»Zurück! Schnell!« Ihr Führer griff nach dem Schwert. *Zurück?* Einhards Füße waren mit dem Boden verwurzelt. Angst drückte ihm die Luft ab. Mit Mühe schaffte er es, den Spieß in seiner Hand zu heben. Schon war der erste Heide auf zehn Schritt heran, einen Speer über dem Kopf: Er konnte sie unmöglich verfehlen.

Zwischen Einhard und dem Tod war der Unterführer. Er hatte sie zum Flüchten aufgerufen und war doch selbst mit gezücktem Schwert stehengeblieben. Nicht mehr als ein Ächzen kam von ihm, als der sächsische Stahl seine Brust durchbohrte; er war tot, als er auf dem Boden aufschlug. Der Speerwerfer riss eine kurze Axt aus dem Gürtel und ging direkt auf den Consiliarius los. Einhard sah die Hand nach oben gehen, während der Ausholbewegung verdeckte der Kopf des Heiden die Klinge für einen Augenblick: Mit größter Wucht würde sie Einhard treffen. Und doch konnte er nicht weglaufen. Nur schreien.

Dann schlug das Gesicht des Sachsen gegen seine Brust. Einhard fiel nach hinten und roch Schweiß und verfaulte Zähne. Etwas Warmes sprudelte dem Gelehrten über Hände und den Oberkörper. Es war Blut – ein schrecklicher Moment verging, bevor Einhard erkannte, dass das Blut aus dem Hals des Sachsen kam. Gurgelnde Geräusche ertönten, wie bei einem Ertrinkenden … Die Starre des Gelehrten löste sich, mit panischer Hast arbeitete er sich unter dem Sterbenden hervor. Er riss den Kurzspeer aus dessen Hals. Die *halsadra* verlief dort, registrierte er wie nebenbei. Weitere Blutstöße färbten den Waldboden tiefrot. Einhards Augen fanden die Baumwurzel: Sie ragte nur ein paar Zoll aus dem Boden, aber das hatte gereicht, um den anderen in die Unterwelt stolpern zu lassen. Besudelt wie das Opfer eines Höhlenbären sah er dem zweiten Sachsen in die Augen: ein junger Kerl, der mit dem Kurzschwert fuchtelte – und weglief.

Der Consiliarius rannte ebenfalls los. Seine Lungen saugten gierig Luft ein, als er zwischen den Bäumen hindurchjagte – wo waren seine Leute? Davongelaufen. Vor zwei sächsischen Pferdewachen. Und mit einem brennenden Gefühl die Erinnerung: Der Mann, dessen Leib ihn gerettet hat, war einst Pfalzverwalter des Königs gewesen!

»Danke!«, keuchte Einhard beim Laufen. Und noch einmal dankte er laut, denn Gott hatte ihn gewarnt, das war so klar, als stünde es mit Blut an den Bäumen geschrieben.

Ich will dich nie wieder verfluchen, Herr! Niemals wieder!

* * *

Einhard steuerte den Platz an, wo er den König verlassen hatte, als ihm einfiel, dass der Herrscher irgendwo vorne sein musste, in der riesigen Menge, die gegen den Waldrand drängte. Das Heer war auf beiden Seiten des Höhenzuges vorgerückt, aber es war keine einheitliche Bewegung: Wie die Wogen der aufgewühlten See fluteten manche Haufen vor, andere zurück, und je weiter er mit festen Schritten auf das Gemenge zuhielt, desto zerfaserter und richtungsloser wirkte alles. Die ersten, die ihm entgegentaumelten, waren selbst blutverschmiert, manchen fehlte eine Hand oder der halbe Arm. Menschen mit entstellten Gesichtern und leerem Blick wurden von Kameraden gestützt, die nichts dagegen hatten, selbst dem Blutbad zu entkommen.

Dann entdeckte Einhard das Königsbanner. Mit ein paar Gefolgsleuten und zwei Dutzend Scarakriegern ritt der Herrscher in Richtung des Höhenzugs, auf dessen Flanken Einhard kaum noch Sachsen erkannte. Der Helm des Herrschers leuchtete in der Sonne, der lange Körper erschien riesig im Pferdesattel.

»Herr! Wartet!«

Karl musste zweimal hinschauen, um in diesem blutverschmierten Kerl ein Mitglied des Kronrates zu erkennen. »Einhard, bei allen Heiligen! Seid Ihr schwer verletzt?«

»Nein.« Plötzlich fehlten dem Consiliarius die richtigen Worte. »Die Rinahgauer sind verschwunden ...«

»Ja, ich weiß.« Der König winkte ab. »Seht Ihr die Höhe? Das Sachsenbanner dort weht nicht mehr! Das kann nur heißen, dass sie sich zurückziehen!«

»Wirklich? Dann meint Gott es gut mit Euch ...«

Wock! Ein Pfeil schlug in dem Schild ein, den der Krieger neben dem König hochgerissen hatte.

»Er meint es gut, fürwahr!«, lächelte der Herrscher erleichtert und legte seine Rechte auf das silberne Griffband des Schwertes Durendal. »Wir gehen da hoch und pflanzen das Kreuz auf, Einhard! Es ist der Platz, der dem Sieger gebührt.«

Ein Geschoss bohrte sich neben Einhards Fuß ins Gras. Er zuckte zusammen. »Ihr seid ein großer Feldherr, mein König.«

»Geht zu meinen Dienern, Einhard. Sie geben Euch Wasser!« Der Herrscher gab seinem Pferd die Sporen.

Einhard sah der Gruppe nach. *Wasser ...* Seine Hände waren mit einer rotbraunen Kruste von Dreck und Blut überzogen. Aber sie zitterten nicht mehr. Wieder musste er an seine Frau denken.

Ihr Tod war es, der ihn immer wieder an Gott hatte zweifeln lassen. Verflucht hatte er den Herrn! Aber er, Einhard, lebte noch immer. Auch dabei musste sich Gott etwas gedacht haben. Es war schier unmöglich, dass die Baumwurzel zufällig dort aus dem Boden gewachsen war. Aber woher hatte der, der die Wurzel einst hatte wachsen lassen, gewusst, dass Einhard genau dort … seine Gedanken drehten sich im Kreis. Verunsichert starrte er in Richtung der Sichel: Der Strom von Verwundeten hielt an, das Sterben ging weiter – und er lebte. Für einen Augenblick nahm er die Hölle um ihn herum wahr wie durch ein Glasfenster, das die Hitze abhält. Dann ging er los. Nach vorne, nicht nach hinten. Es war der erste Moment in vielen Jahren, in dem er etwas tat, ohne zu wissen, warum. Schon wurde das Gedränge dichter, der Gestank schwitzender Leiber drang in seine Nase. Doch nach hundert Schritten wusste er, warum er hier war.

Der Junge mit der Stoffrolle über der Schulter kam direkt auf ihn zu. Ein Krieger mit blutüberströmter Grimasse hielt sich an seiner Schulter fest.

»Wie steht es vorn, Junge?« Der Halbwüchsige blieb stehen und der Verwundete blinzelte wie ein geschundenes Tier.

»Wir haben ihr Banner!« Die Augen des Knaben glänzten wie schwarze Kieselsteine. »Ich war auf der Höhe mit Arnulf und Liudger! Wir haben den Pferdekopf geholt!«

»Auf der Höhe? Ihr habt …«

»Widukind wollte ihn zurück! Aber wir haben gekämpft!«

»Sag, Junge, ist Widukind noch da oben?«

»Ja. Aber sein Banner gehört jetzt uns!«

Schlagartig spürte Einhard die Hitze wieder, stärker als zuvor.

Kapitel XXVI

Auf dem Schlachtfeld, Juli 772

Unaufhaltsam wurden die verbissen kämpfenden Rinahgauer die Böschung hinuntergetrieben. Schließlich löste sich ihr Haufen vollends auf, einzeln oder in Gruppen flohen sie, um Widukinds Leibwache zu entkommen. Schmähungen und Speere flogen ihnen hinterher, doch die Sachsen folgten ihnen nicht. Denn unten wimmelte es von Frankenkriegern. Viele trugen den Schuppenpanzer und hatten ein Kreuz auf dem Schild. Sie richteten sofort die Waffen gegen die Männer, die die Böschung hinabstolperten.

»*Carolus Rex*!«

Esiko tauchte vor Arnulf auf. Sein Helm hatte Kerben, das Gesicht war von Blut- und Schweißfäden durchzogen. Ein abgebrochener Pfeilschaft ragte aus dem Schulterstück des Brustpanzers.

»Arnulf!?« Esiko zog den Kopf ein, als ein Geschoss über ihn hinwegzischte. »Wo kommst du her, verdammt?«

»Da oben ist Widukind«, rief der Hesse heiser. »Mit seiner Leibwache ...«

»Und du lebst noch? Schließ dich an, los!«

Prompt brüllte Esiko seinen Männern zu, sich abermals gegen die Sachsenreihen zu werfen, die zwischen Pfahlverhauen vor dem Waldrand standen. Die Schuppenpanzer rückten vor, und auch Arnulf und Liudger und viele der Rinahgauer folgten ihnen; andere blieben einfach stehen oder gingen zurück, mit echten und eingebildeten Verwundungen. Tatsächlich entdeckte Arnulf das rote Gesicht Graf Harmuts im Gewühl, doch sofort wurde er wieder von anderen Kriegern verdeckt. Dann erfolgte ein sächsischer Gegenstoß, auf einer Breite von etwa dreißig oder vierzig Schritt. Wieder sah Arnulf die sächsischen Langäxte in Kopfhöhe die Luft zerteilen; die meisten freilich hatten Schwerter, mit denen sie unter durchdringendem Gebrüll auf die vordersten Franken einschlugen. Die Urgewalt, mit der sie sich den Scarakriegern entgegenstürzten, trieb Esikos Männer wieder zurück. Prompt wurde Arnulf mit seinen Kameraden von der Woge erfasst und zwanzig Schritt nach hinten getrieben. Doch dort lagen überall blutende Krieger, Sachsen und Franken, Lebende wie Tote. Grimbald stolperte und fiel. Arnulf wollte ihm eine Hand reichen, da rutschte er selbst mit dem Fuß auf einem blutverschmierten Schild aus. Sein Herz blieb für einen Moment stehen. Er wollte sich hochstemmen, weg von dem starren Gesicht des Bärtigen, der mit verdrehten Gliedern unter ihm lag. Doch die Axtklinge hatte sich im halbzerfetzten Kettenhemd eines stöhnenden Scarakriegers verhakt, der neben der sächsischen Leiche lag. Plötzlich hatte Arnulf einen giftigen Geruch in der Nase – so roch der Tod.

»Jesus!« Er riss mit der Schildhand am Stiel des Beils, gleichzeitig sah er, wie Esiko sich drei Schritt vor ihm in den Boden stemmte und mit einem Tiefschlag des Schwertes einen Sachsen von den Beinen holte. Endlich! Die Axt kam wieder frei, schon war er neben Esiko und zwang einen Angreifer mit einem Streich auf die obere Schildkante in Deckung. Etwas zuckte durch die Luft, unsichtbar fast – dann ruckte Esikos Kopf nach hinten, und Splitter eines zerborstenen Pfeilschafts flogen in Arnulfs Gesicht. Der Helm hatte den Offizier gerettet, nicht zum ersten Mal an diesem Tag. Esiko schüttelte den Kopf wie ein Stier, der von einem Stein getroffen wurde. »Ich hasse Bogner«, keuchte er mit einem halbirren Blick. »Ich bringe sie um, alle!« Damit stürzte er vor und trieb mit seinen Schlägen die Spitze des sächsischen Keils zurück, der den Gegenstoß begonnen hatte. Im Nu schlossen Arnulf und einige der tapfersten Scarakrieger zu ihm auf. Langsam drängten sie die Sachsen wiederum auf ihre Verhaue zu.

Doch auch diesmal reichte ihre Kraft nicht aus, um durchzubrechen. Weiter links zur Straße hin kämpfte man schon unter den ersten Bäumen, aber auch dort war kein wirkliches Durchkommen. War es eine Stunde, die dieses Hin und Her währte, oder nur ein Bruchteil dieser Zeit? Arnulf hätte es nicht sagen können. Er zerrte einem Toten den Schild vom Arm, denn sein eigener war halb zerhackt und mit einem halben Dutzend Pfeilen gespickt; das Handgelenk pulsierte vor Schmerz, als er den Handriemen ergriff. Ein Pferdekopf war auf die Holzscheibe gemalt, doch er konnte jetzt nicht wählerisch sein.

Aus dem höhergelegenen Dickicht hinter den sächsischen Verschanzungen schossen Widukinds Bogner fortwährend auf die Angreifer. Die wenigsten Pfeile fanden ihr Ziel, doch sie zwangen die Angreifer, ständig den Schild auf Augenhöhe zu heben, was enorme Kraft kostete. Dann kamen endlich die Seile von hinten; fränkische Pioniere hatten sie herbeigeschafft, ihre Wagen waren erst spät mit dem Tross eingetroffen!

Arnulf sah Ansgar und ein Dutzend anderer die in den Boden gebohrten Pfahldreiecke mit Hilfe der Seile wegzerren, geschützt von den Schilden ihrer Kameraden. Der Weg war frei. Rachedurstige Scarakrieger strömten durch die Lücke und warfen sich auf die Sachsen. Ein fürchterliches Geheul hob an: Der Opfergang der *unfortha* war beendet, nun kam die Vergeltung. Einige der Sachsen flohen in die Tiefe des Waldes, doch viele kämpften mit dem Mut der Verzweifelten weiter. Benommen beobachtete Arnulf das Gemetzel um sich herum. Vom ›Gesang des Schwertes‹ hatte er die Alten manchmal sprechen hören – der Gesang bestand aus Brüllen, Ächzen und Grunzen wie beim Schlachten von Tieren.

Keine Spur von Widukind.

Jemand zerrte von hinten an seinem Lederkoller. Arnulf drehte sich um – Bero sah furchterregend aus, die rechte Gesichtshälfte war völlig aufgequollen. Grimbald hinter ihm sah aus wie jemand, der dem Wahnsinn nahe ist. Erst dann entdeckte er Einhard, blutverkrustet und mit den kurzen Armen wedelnd wie ein Verirrter.

»Hört mich an, Arnulf!« Er zeigte aufgeregt nach rechts auf den Buckel, von dem Arnulf und seine Männer vertrieben worden waren. »Die Scara muss die Höhe stürmen!«

»Warum? Was soll das?«

»Der König ist in Gefahr!« Einhard gestikulierte und sprach auf ihn ein und endlich verstand er. Wo waren die *unfortha*?

Die vordersten Krieger hatten die sächsischen Bogner unter dem Schwert und hackten sie regelrecht in Stücke. Eine Hand landete vor Arnulfs Füßen, der Knochen leuchtete weißlich aus dem Rot des Fleisches. Er stieß sie achtlos zur Seite.

»Verflucht, Esiko ist irgendwo da vorne … Sie hören Euch nicht!« Die Krieger waren im Blutrausch, das verstand auch Einhard. Er schlug mit seiner kleinen Faust gegen Arnulfs Schild, noch erregter als zuvor:

»Himmel, tut etwas, Arnulf!«

Der Krieger wischte sich mit der Axthand den Schweiß aus den Augenhöhlen. Erschöpft blickte er hinauf zur Höhe und musterte Grimbald und Bero, als sähe er sie zum ersten Mal.

»Bleib beim Consiliarius, hörst du?«

Beros Grimasse verzog sich. »Kerl, was hast du vor?«

»Widukind das Beil wegnehmen … falls der König noch lebt.«

Du hast keine Nägel mehr!, sagte Grimbalds Blick. Und doch folgte er Arnulf. War sein Glück nicht längst aufgebraucht? Der Hesse wusste es nicht, aber er spürte eine Schwere in den Gliedern, die vorher nicht dagewesen war. Sie entdeckten Liudger im Gewühl. Mit ein paar anderen Kriegern schnitt er einem toten Sachsen die Finger ab, an denen goldene Ringe leuchteten; gleichzeitig versuchten andere, der Leiche das Kettenhemd auszuziehen. Arnulf schrie ihnen ins Gesicht, was Einhard erzählt hatte. Liudgers Mund öffnete sich, Arnulf roch Wein und fragte sich, wie betrunken ein Mann in eine Schlacht gehen konnte.

Mit ein paar Leuten schloss sich der Bannerführer an. Sie wählten den direkten Weg über die Trasse, die nach rechts zur Höhe führte. Wenn es noch einen letzten Gegenangriff der Sachsen geben sollte, dann würde er dort erfolgen! Doch nur Trupps von dreien und vieren rannten an ihnen vorbei, ohne sie zu beachten – auf der Flucht?

Sie erreichten den Wetterbaum, ohne kämpfen zu müssen. Sie sahen die letzten sächsischen Bogner auf Reiter schießen, die jetzt die andere Seite der Höhe erklommen. Immer mehr Franken kamen von dort, das Pendel schlug endlich zugunsten des Christenheeres aus.

»Gepflügter Mist, wo ist der König?!« Liudger sah Arnulf an, als hätte er ihn betrogen.

Heftige Hornstöße kamen aus einem Handgemenge, das etwa eine halbe Pfeilschussweite entfernt stattfand. Haselnusssträucher behinderten die Sicht der Franken, doch ein verletzter Krieger kam ihnen aus jener Richtung entgegen, humpelnd.

»*Kunig Karel!*«, krächzte er – auch er hatte ein Schild mit aufgemaltem Pferdekopf. Hielt er sie für Sachsen? Sie liefen los und erkannten endlich eine Horde Heidenkrieger, die dabei war, ein halbes Dutzend Schuppenpanzer niederzukämpfen. Arnulf schlug den Verwundeten im Vorbeieilen mit einem Axtstreich nieder, ohne sich noch einmal umzusehen.

Bärtige Kriegergesichter blickten ihnen entgegen, nahmen Maß – krachend schlug etwas in Arnulfs Schild ein. Fast wäre er dem Ersten ins Schwert gelaufen, die Spitze zeigte auf Arnulfs Unterleib. Doch Grimbalds Speer bohrte sich in die Schulter des Sachsen. Der Mann stürzte nach hinten und gab den Blick frei auf einen wankenden Turm, einen Schwertkämpfer mit blutbespritztem Silberhelm: Der König.

In diesem Augenblick drängte sich ein bulliger Krieger aus dem Getümmel nach vorne, eine Langaxt über dem Kopf. Der Stahl zischte durch die Luft und grub sich in Liudgers Schulter. Während der Bannerführer brüllend zu Boden krachte, holte Arnulf blitzschnell aus, der Habicht zielte auf den Ellenbogen des Sachsenherzogs. Doch der Schild eines anderen Kriegers fing den Schlag auf. Ein zweiter stürzte sich mit dem Schwert auf ihn. Die Klinge kreischte über den Helmbuckel, Schmerzwellen entstanden. Wie ein Berserker schlug Arnulf mehrmals um sich.

Sie würden mit dem König sterben.

Wieder sah er den Tod auf sich zukommen. Keuchend wich er dem schräg geführten Hieb des Riesenbeils aus – doch die durchschwingende Klinge traf Grimbalds Leib und ließ den Gefährten sofort zusammenbrechen.

Arnulf rammte die Schildkante in ein Gesicht und schlug mit dem Habicht hinterher. Eine Schwertspitze traf seinen Oberarm, dort wo das Lederkoller auslief. Er machte einen Schritt zurück und schlug halbblind nach links, ein Schwert klirrte zu Boden. Ein Hieb nach rechts – fast hätte er den König getroffen, denn Karl war vorgesprungen oder vorgestolpert, Durendal steckte mit der halben Klingenlänge im Körper eines Sachsen. Ein einziger Schuppengepanzerter hielt neben dem König noch aus, ein anderer lag im Gras, die Langaxt hat seinen Kopf wie einen Kürbis geöffnet. Plötzlich hielt der Sachsenherzog inne und sah sich um – und machte mit einem Seitschritt Platz für ein Geschoss: Ein Pfeil surrte zwischen den Kämpfenden hindurch, zwei Zoll Eisen und anderthalb Ellen Holz durchbohrten den Hals des letzten Scarakriegers.

Zum Teufel mit allem.

Arnulf setzte den rechten Fuß vor und erwischte Widukind in der Ausholbewegung. Die Klinge des Habichts grub sich in die Armbeuge des Herzogs, ein urtümlicher Schrei entwich der Kehle des Sachsen. Der nächste Schlag traf Widukind über der Stirn. Fast schien das Beil zurückzuprallen; ein hellroter Riss erschien im Haaransatz des Kriegsfürsten, er ging in die Knie und binnen eines Atemzuges hatten die Lebensgeister ihn verlassen. Widukind war tot – doch kein Moment zum Jubeln! Mit einem Hasslaut stürzte sich Widukinds überlebender Mitstreiter auf den Hessen. Und bekam einen Pfeil in die Brust, der nicht für ihn, sondern für Arnulf bestimmt war.

Atemlos kreiste Arnulfs Blick. Der Schütze war keine zwanzig Schritt entfernt, halbverdeckt von jungen Bäumen. War er kaltblütig genug, würde sein nächstes Geschoss Arnulf oder den König niederstrecken … Und während Gottes Stellvertreter auf Erden den angeschossenen Heiden vor ihm mit einem Schwertstoß zu Tode brachte, jagte Arnulf auf den Bogner zu: Mit zittrigen Fingern fummelte der den nächsten Pfeil auf die Sehne. Arnulf war schon fast in Schlagweite, als der Schütze alles fallen ließ und fliehen wollte. Mit einer Hand erwischte ihn der Hesse am Oberarm und riss ihn herum. Ein verzerrtes Knabengesicht starrte ihn an, der Mund ein schwarzer Kreis, Flaum auf der Oberlippe, die Augen angstvoll aufgerissen.

War der älter als Bernhard?

Die Klinge des Habichts fuhr nach unten, der Todesschrei verstummte.

Arnulf starrte schweratmend auf den leblosen Körper vor sich. Ein halbwüchsiger Sachse, dem es nicht gereicht hatte, auf

Wild zu schießen. Und plötzlich erkannte er in dem Burschen einen der beiden, die beim ersten Angriff auf sie geschossen hatten.

»Lasst ab!«, sagte eine Stimme hinter ihm mit festem Ton. »Er ist Euer nicht würdig.«

Der König hatte seinen Helm abgenommen. Das Gesicht war in Schweiß gebadet. »Die Langobardenaxt, nicht wahr?«

Arnulf brachte nur ein Nicken zustande.

»Ihr seid einer der besten Kämpfer, die ich je sah!«

Es war plötzlich still. Arnulf konnte sein eigenes Keuchen hören. Krieger mit Kreuzschilden eilten auf sie zu.

Arnulf blickte nach oben. »Vater im Himmel …«

Der König nickte wissend. Er nahm den Ausruf als Zeichen von Arnulfs Frömmigkeit. In Wirklichkeit hatte der *sax hamar* genannte Krieger seinen eigenen Vater angerufen, den er irgendwo da oben im grenzenlosen Blau wusste, der auf ihn und den König inmitten des Blutfeldes hinabsah. Arnulf hatte das Gefühl, als würden alle Ereignisse seines Lebens an diesem einen Punkt, hier auf der leichenübersäten Höhe zusammenlaufen. *Seine* Axt war es, die *Carolus Rex* gerettet hatte! Die Axt eines Flüchtlings …

Nichts geschieht ohne Grund.

»Der Sachsenherzog.« Arnulf deutete mit dem Habicht auf den blondhaarigen Toten, von dessen Stirn Blut auf den Boden sickerte. »Wir haben ihn …«

Einhundert Pfund Silber.

Der König wischte sich über das Gesicht mit einem Tuch, das er unter seinem Panzer hervorgezogen hatte. Ein leichtes Lächeln, ungläubig fast, erschien auf seinem Gesicht.

»Wo kamt Ihr her? Wart Ihr ihm gefolgt?«

»Der Consiliarius Einhard wusste, dass Ihr in Bedrängnis seid, Herr … er kam bis nach vorne, um die Scara zu rufen.«

»Einhard? Wirklich?« Karl schüttelte den Kopf. Bewegt betrachtete er den mächtigen Körper des Toten, die Langaxt neben ihm, und bekreuzigte sich.

»Gott bringt das Beste in jedem von uns hervor! Amen!«

Ein Stöhnen brachte Arnulf in die Wirklichkeit zurück. Grimbald versuchte sich aufzurichten. Mit schwacher Stimme bat er um Wasser. Arnulf kniete nieder und nahm den Kopf des Gefährten in seine Hände. *Wo gab es hier Wasser?*

Menschen eilten herbei. Auf ihren Lippen waren die Worte vom Sieg und der Flucht der Sachsen.

»Gelobt sei Jesus Christus!«

Heilsrufe auf den König folgten, mit inbrünstiger Lautstärke. Die Spannung eines mörderischen Tages brach sich nun Bahn in Heils- und Jubelrufen. Mehr und mehr fränkische Krieger kamen herbei, Edle und Gemeine, Scara und Heerbann. Der Marschalk war aufgetaucht, mit schweißglänzender Stirn reichte er dem König einen Lederbeutel mit Trinktülle. Der König öffnete den Verschluss, nahm einen Schluck, sah sich im Kreise der Getreuen um und reichte dem vor ihm knienden Krieger das Gefäß. Bewegt gab Arnulf als erstes Grimbald zu trinken. Mit jedem Schluck kehrte er weiter ins Leben zurück, doch auf dem Brustkasten breitete sich eine dunkle Stelle aus. »Die Rippen«, ächzte der Verletzte. »Sind nur die Rippen. Ich spür's.«

Der Herrscher sah sich um und fragte nach Graf Ruodbert.

»Er war vorn, mitten im Gewühl!«

»An der Straße hab' ich ihn gesehen, wo die Ostfalen kämpften …«

»Esiko kommt!«

Einer Gruppe von zwanzig oder dreißig Mann vorweg kam Esiko in einem Sturmschritt, der noch kein Rennen war, aber auch kein Marschtritt mehr. Sein Schuppenpanzer wies dunkle Stellen auf, wo sich Metallplatten gelöst hatten; noch immer ragte der Pfeilstumpf aus der Schulter hervor. Tiefe Furchen verliefen von den Nasenflügeln zu den Mundwinkeln.

»Heil, mein König! Der Weg zur Eresburg ist offen!«

»Mit Gottes Hilfe! Ihr befehligt die besten Streiter der Welt, Esiko!«

Doch das Strahlen des Königs prallte am Krieger ab.

»Graf Ruodbert … er ist zum Herrn gegangen.«

»Mein Ruodbert!?« Bestürzt schlug Karl ein Kreuz über der Brust. Seine Lider schlossen sich, und für einige Augenblicke murmelte er lautlos ein Gebet.

»Er ritt mitten in die Kerle hinein – wir konnten nichts tun.« Esikos heisere Stimme klang bewegt. »Wir haben den Leichnam geborgen.«

Der König hob den Kopf. »Ich werde heute Abend für ihn beten. Aber bei Gott – er ist gerächt worden! Hier liegt Widukind!« Mit kaltem Triumph musterte er die Leiche und zog einen goldenen Ring von der linken Hand. »*Sax hamar* hat ihn erschlagen. Ab heute, Arnulf, seid Ihr mein Gefolgsmann!«

Als die Hand des Königs die seine berührte, schien eine neue Hitzewelle durch seinen Arm in den Körper zu gehen. Männer mit und ohne Schuppenpanzer reckten ihre Waffen und riefen seinen Namen und den des Königs.

»Das ist nicht Widukind!«

Ein gedrungener Mann mit schütterem Haar und blutverschmiertem Oberkörper hatte sich über den Leichnam des Mannes mit der Langaxt gebeugt. »Der Herzog hatte keine Narbe unter dem Auge. Sein Gesicht war ohne Makel, Herr.«

Der König schob mehrere Männer beiseite und trat neben ihn. »Seid Ihr sicher, Einhard?«

»Er hatte dieselbe Langaxt wie Widukind«, rief Arnulf wie ein Jäger, dem man die Beute wegnehmen will. »Er hat viele getötet!«

»Das ist der Bruder des Herzogs.« Der Marschalk hatte sich nach vorne geschoben. Mit einem knochigen Finger zeigte er auf die Leiche. »Sein Name ist Witigo. Ich hab' ihn vor Jahren bei einer Mission im Sachsenland gesehen.«

»Na und?«, knurrte Arnulf. »Er wollte den König umbringen!«

Der König strich sich über den Schnurrbart und stieß einen leisen Fluch aus. Enttäuscht fragte er den Marschalk, ob er sich sicher sei. Der nickte heftig.

»Platz! Macht Platz!« Die Stimme ließ Arnulf sofort nach der Axt greifen. Hartmut drängelte sich mit ein paar seiner Leute nach vorne, ein Tuchbündel landete auf dem Boden, zwischen Toten und Halbtoten. »Widukinds Banner, mein König!« Nach einigem Ziehen und Zerren wurde ein Teil des Pferdekopfs sichtbar. Schlagartig heiterte sich die Miene des Königs wieder auf.

»Es waren *meine* Leute, die das Banner vom Pfahl gerissen haben!«, schnaubte Arnulf. Erst jetzt sah Hartmut den Aufrührer hinter der Gestalt des Königs, den Mann, der ihn vor aller Augen getrotzt hatte. Und der dort herumstand, als sei er selbst ein Teil der Königsfamilie!

»Ihr gehört in Ketten!« Hartmut fuhr sich erregt mit der Hand durchs Gesicht, er hatte als Einziger noch einen Helm auf.

Der König hob beschwichtigend die Hände. »Begrabt den Hader. Die Schlacht ist vorbei.« Auch Einhard war vorgetreten, er rief laut, wie tapfer Hartmuts Männer gekämpft hätten: Er könne stolz auf sie sein! Arnulf fand das lächerlich, aber er bemerkte den anerkennenden Blick, den der König dem Consiliarius schenkte. Was konnte der König an solchen Lügen finden? Esiko unterbrach diese Gedanken mit einer Stimme, die heiser war vom Kampf.

»Du brauchst einen Schuppenpanzer, *sax hamar*.« Der Offizier legte ihm die Hand auf die Schulter, und jetzt erst spürte

Arnulf die Wunde, die die Schwertspitze hinterlassen hatte; sein Ärmel unter dem Lederkoller hatte sich rot gefärbt.

»Geh zu unserem Medicus. Er wird das flicken.«

Plötzlich war Arnulf Mittelpunkt wohlmeinender Menschen. Der Consiliarius dankte ihm ausgiebig. Bero wollte ihm auf die Schulter klopfen, denn alle sollten sehen, dass er ein Gefährte von Karls Retter war. Dann kamen Arnulfs Rinahgauer, um ebenfalls ihren Teil des Ruhms für sich zu reklamieren. Sie packten den halbzerschmetterten Liudger auf eine Trage. Trotz der schweren Verwundung war er noch bei Bewusstsein.

»Hundert Pfund Silber … *skizan*, seid vorsichtig, ihr Bastarde! Gebt mir Wein, verflucht!«

Kapitel XXVII

Curbeki, Juli 772

Vom König bis zum Pferdeknecht wusste jeder, dass die Entscheidung gefallen war. Gott hatte den Franken den Sieg geschenkt. Doch jeder konnte Kameraden benennen, die tot auf dem Feld geblieben waren: Es war ein Triumph ohne Hochgefühl. Zehnmal hundert Verwundete, erzählte man später, schleppten sich zurück nach Curbeki; viele, die nicht mehr laufen konnten, wurden in Tragen aus Zeltbahnen und Lanzenschäften geschleppt. Erst allmählich, in der Kühle des Abends, machte das Gefühl der Erschöpfung und des Schmerzes der Genugtuung Platz: Man hatte die Heiden zerschmettert! Niemand wusste von einem ähnlichen Gefecht zu berichten. Die Älteren, die schon unter Pippin ausgezogen waren, hatten stets mit ihren Kriegstaten geprahlt. Doch nun relativierten sie all die Geschichten über Langobarden, Slawen und Sarazenen mit der Feststellung: So schlimm, so blutig war es niemals gewesen.

Wie ein verwundetes Tier in seiner Höhle, so verharrte das Heer für einige Tage im Lager um Curbeki. Die Eresburg war von Vorausabteilungen der Scara eingeschlossen worden, erzählten die Männer des Marschalks am nächsten Tag; einer Belagerung würde sie kaum standhalten. So glaubte man zumindest.

Die wenigen Priester und Trossleute, die sich auf das Wundhandwerk verstanden, waren umlagert von Kriegern. Beeindruckt verfolgte Arnulf aus dem Schatten eines Apfelbaumes heraus, wie die Verwundeten der Scara unter den Dächern des

Werkhofes von Curbeki aufgebettet wurden. Die zwei oder drei Ärzte der königlichen Leibwache legten Verbände an, wo Verbände halfen, und sägten zerschmetterte Glieder ab, um die Gefahr des Wundbrands zu verringern. Die Schreie der derart Behandelten rissen nicht ab. Der Geruch von verbranntem Fleisch hing über dem Gebäude der Wundheiler, denn die Wunden wurden mit glühenden Eisen ausgebrannt. Arnulfs Schulter schmerzte, und mehr noch das linke Handgelenk, das er mit nassen Lappen umwickelt hatte. Aber je länger er den Schreien der Verarzteten lauschte, desto weniger Bedürfnis spürte er, selbst den Medicus aufzusuchen.

Beros rechtes Auge war völlig zugeschwollen, sein Gesicht sah gespenstisch aus. Und doch war der Rinahgauer einer der wenigen, der innerlich unberührt schien vom Gemetzel und sich bald aufrichtete wie ein niedergetrampelter Wegerich. »Wenn ich das meinen Jungen und meinem Weib erzähle! Grimbald, du hast aus demselben Beutel wie der König getrunken?!«

»Jeder konnte es sehen.« Der Verletzte lächelte gequält. Er lag ausgestreckt auf dem Boden und atmete flach. »Deshalb hat sich der Herrscher herabgelassen. Die Leute mögen es, wenn der König mit seinen Kriegern teilt ...«

»Rede nicht so!«, sagte Arnulf ungehalten. »Ich ...wir haben ihn gerettet! Er musste uns danken!«

»*Gefolgsmann* – Kannst du als Gefolgsmann jetzt an der Tafel des Königs essen?« Beros entstelltes Gesicht leuchtete auf.

»Gewiss doch. Und den Wein des Königs werde ich saufen, kannenweise ...« Sie lachten, und Arnulf drehte stolz an dem goldenen Ring, den er über den Mittelfinger gestreift hatte. Er war kein Flüchtling mehr. Er war ein Gefolgsmann des Frankenkönigs. *Was genau durfte ein Gefolgsmann vom König verlangen?*

»Die Rothaarige war hier«, sagte Grimbald halblaut. »Als ihr die Gräber für die Toten ausgehoben habt.«

Arnulf grinste und sah auf den Boden. Zwei- oder dreimal hatte er Ragla zwischen den Schwerverwundeten gesehen, zwischen den einfachen Bannleuten, nach denen kein Arzt sah. Sie reinigte Wunden, verband verstümmelte Gliedmaßen und hielt die Hand von Sterbenden; im Gegenzug würden die Gefährten dieser Männer ihre letzten Denare bei Wulfram ausgeben. Arnulf dachte an das Lächeln mit dem schiefen Zahn, das sie ihm zwischendurch zugeworfen hatte, und ein Kribbeln setzte unterhalb seines Bauchnabels ein. Er musste sie wiedersehen!

* * *

Als die Sonne zum zweiten Mal über dem Schlachtfeld unterging, hatten die Krieger der Scara längst ihre Toten geborgen. Die Hundertschaftsführer sorgten dafür, dass ihre Gefallenen ein christliches Begräbnis bekamen; es gehörte sich so, und im Übrigen waren die Panzer der Toten zu teuer, um sie einfach den Plünderern zu überlassen. Diese Beutemacher – im Heer sprach man von ›Krähen‹ – schienen aus allen Richtungen zu kommen: Von ihren Lagerfeuern außerhalb der Umwallung Curbekis sahen die christlichen Streiter abends immer wieder Gestalten, die nach Norden in Richtung des Schlachtfeldes unterwegs waren. Zu den vielen Hundert Vagabunden und Entwurzelten, die dem Heer seit Wochen gefolgt waren, kamen nun ebenso viele Sachsen aus der Umgebung auf der Jagd nach Waffen, Silber und Rüstungsteilen hinzu.

»Wenn du Glück hast, sammelst du ein Schwert ein, das die anderen übersehen haben«, fabulierte Bero. »Das tauschst du zu Hause gegen eine Kuh, und schon hast du jeden Tag Milch.«

Sie hatten die Gottesdienste für die Toten abgehalten und Dankgebete für den Sieg gesprochen. Der Hofkapellan hatte dem Heer noch einmal den Mantel des Heiligen Martin gezeigt, die siegmächtige Trophäe, die den König näher an Gott heranrückte als jeden anderen. Nur die hartnäckigsten Heiden unter den Kriegern zweifelten daran, dass der Besitz des Mantels den König vor Pfeilspitzen geschützt hatte. Fässer mit Bier und Wein tauchten auf, der König verteilte Vorräte an seine tüchtigsten Gaufürsten. Das Gerücht ging um, die Männer des Marschalks hätten im Boden eines Vorratshauses riesige Krüge mit Met ausgegraben. Sogleich versammelten sich vom Kampf gezeichnete Heerbannleute vor dem auf Stelzen errichteten Gebäude, nur um enttäuscht festzustellen, dass die Scara bereits alles in Beschlag genommen hatte.

»Arnulf ist Gefolgsmann des Königs! Sprecht ihn nur mit ›Herr‹ und *sax hamar* an!« Bernhard zerschnitt mit seinem Kurzschwert die Luft. »Widukinds Bruder haben wir getötet, Leute! Fast wären wir dabei draufgegangen …«

Er hatte eine Traube von Trossbälgern um sich versammelt, ein paar Schritt vom Feuer entfernt, an dem die Recken des Rinahgaus eine gebratene Ziege zerteilten. Beeindruckt folgten die Halbwüchsigen der dramatischen Erzählung von der Eroberung der Pferdekopf-Fahne.

»Darf ich noch Arnulf sagen?«, presste Grimbald hervor. »Und deinen Köter füttern?« Der Verwundete warf dem aufgeregt jaulenden Streuner ein Stück Ziegenbein zu.

»Sieh zu, dass du selbst was isst!«, sagte Arnulf mit einem Anflug von Verlegenheit.

Grimbald lehnte sitzend mit dem Rücken an einen Holzklotz. Er hatte mindestens zwei gebrochene Rippen und eine tiefe Fleischwunde. »Der Proviant reicht nicht«, sagte er mit flacher Stimme. »Der König wird einen Teil des Heeres entlassen, ich sag's euch. Hier ist alles kahlgefressen.«

»Bei der Scara haben sie zwei Ochsen geschlachtet, da gibt's reichlich!« Ein Mann mit struppigem Bart gab das zum Besten. Der Besucher war vom Loganagau herübergekommen oder vom

Warmatiagau, Arnulf erinnerte sich nicht; vieles schien sich zu vermischen an diesem Abend. Sie alle hatten zusammen gekämpft und geblutet und eine neue Art der Verbundenheit wurde spürbar. Doch immer wieder musste er an den lächerlich jungen Bogner denken, den er getötet hatte. Das von Todesangst gezeichnete Gesicht wich auch nach reichlich Bier nicht aus seinem Kopf. Wie von selbst hatte der Habicht auch jenes Leben genommen – vielleicht das Letzte, das an dem Tag auf dem Blutfeld erlosch.

* * *

Einhard betrat die Halle des Herrenhauses mit der Verlegenheit des Nüchternen, der zu einer Runde von Angetrunkenen stößt. Es war kein normales Königsbankett, denn die Tafeln waren kreisförmig zusammengeschoben, niemand wusste, wessen Idee das gewesen war – wollte der König die Verbundenheit mit seinen Edlen unterstreichen? Diener mit riesigen Fleischplatten und Weinkannen schoben sich durch die Durchlässe zwischen den Tischen. Bratengeruch hing schwer in der Luft. Der König saß ebenerdig zwischen Geistlichen, Gaugrafen und Offizieren: würdig und huldvoll, stark und siegreich. Tatsächlich hatte Bischof Fulrad seinen Herrn einige Stunden zuvor bereits höher erhoben als körperlich möglich war: Auf den ›neuen David‹ hatte Fulrad den Segen des Herrn herabgerufen und die Unterwerfung der Sachsen in eine Reihe gestellt mit der Eroberung der biblischen Länder. An der Wand über dem Kamin hing die Stoffbahn mit dem schwarzen Kreuz, die für den Gottesdienst aufgehängt worden war. Widukinds Banner hatte man über ein paar Holzklötze geworfen, obenauf lagen Schwert und Helm Graf Ruodberts, zusammen mit der Locke Chlodwigs des Heiligen. Beim Eintreten Einhards hatte der König gerade mit geröteten Wangen einen Trinkspruch auf den toten Heerführer ausgebracht.

Einhard steuerte direkt auf *Carolus Rex* zu, doch der König beachtete ihn nicht sogleich: Er stand auf und drückte Fulrad ein Stück Schweinshaxe von der Größe eines Kinderkopfes in die Hand. Die begleitenden, zweifellos bissigen Worte des Königs ließen die Umsitzenden laut auflachen. Dann gewahrte er seinen Berater.

»Einhard *gilerito*! Willkommen!«

Die Augen des Herrschers hatten einen leichten Glanz, Weintropfen zeichneten ein dunkles Muster auf die Tunika.

»Bischof Fulrad sagte gerade, Ihr könntet nicht kommen!«, rief der Herrscher. »Weil Ihr heute Abend das System der Weltgeschichte seit dem Untergang Babylons studiert …« Die Lacher wurden lauter. Einige hoben die Becher in Einhards Richtung – er empfing Sympathie, wenn auch als Zielscheibe.

»Verzeiht, Herr, es galt noch einige Listen abzuschließen. Die Gesamtzahl der Verluste …«

»Wirklich? Wir feiern den Sieg, und Ihr füllt Pergamente mit Zahlen und Buchstaben! Das Einzige, was noch mehr beeindruckt als Eure Belesenheit, ist Eure Freudlosigkeit!« Der Herrscher schaute ihn spöttisch über den Rand eines Weinglases an, das zierlich in seiner Hand wirkte. »Niemand hat je gesehen, wie Ihr Euch vergnügt, beim Bonifaz. Habt Ihr ein Weib?«

»Ich bin verwitwet, Herr.«

»Witwer sein ist keine Krankheit! Wisst Ihr, was man sich in meinem Gefolge erzählt? Dass selbst unsere Bischöfe mehr *samantwist* haben als Ihr!«

Mit offenem Mund lachten die Ranghöheren, hinter vorgehaltener Hand alle anderen. Am lautesten brüllte Thegan, der am Nachmittag vom König zum Gaugrafen erhoben worden war – der von ihm geführte Reiterangriff auf der rechten Seite der Höhe hatte den Sieg gesichert, hieß es.

Einhard straffte sich. »Ihr tut mir unrecht, Herr. Gestern hatte ich *große* Freude, als Arnulf mit seinen Kameraden auf den Hügel eilte, in Eure Richtung!«

»Gut pariert!« Der König legte ihm die Hand auf den Arm, nicht im Geringsten verlegen. »Ihr habt Euch verhalten wie ein Befehlshaber, Einhard. Ich bin *sehr* zufrieden mit Euch!«

Der König nickte seinem Leibdiener zu, der mit Kanne und Weinglas herbeikam. Einhard empfing ein gefülltes Glas mit langem Stiel, in dem die Flüssigkeit in herrlichen Gelbtönen leuchtete. Sein Herz machte einen Sprung, denn aus diesen Gläsern tranken sonst nur der König und seine Frau.

»Der Wein schmeckt etwas sächsisch«, lächelte der König und verzog kurz die Lippen. »Der Grundherr der nächsten Siedlung hat ihn gebracht, ein Sachse, angeblich ist er ein Christ. Zusammen mit ein paar reizenden, gut gebauten Geschenken ... Wie ist Wieland gestorben?« Völlig unvermittelt kam diese Frage.

»Wer?«

»Der Unterführer des Marschalks; er diente mir früher. Ist er ehrenhaft gefallen?«

Einhard seufzte. »Er schickte seine Begleiter weg, blieb aber selbst stehen, um zu kämpfen. Dann traf ihn ein Speer.«

Der König murmelte etwas Unverständliches. Einhard spürte die Blicke vieler Gefolgsleute auf sich, die sorgfältig registrierten, wie viel Zeit der König jedem der Consiliarii einräumte.

»Hat ihn jemand gerächt?«

Einhard leerte sein Glas und hoffte, dass ihm der Schauder der Erinnerung nicht anzusehen war. »Der Speerwerfer ging auf mich los, aber Gott war auf meiner Seite.«

»Ihr konntet entkommen, gelobt sei der Herr!«

»Der Sachse nicht. Er starb. Sein Blut ...«

»Ihr habt ihn getötet? Ihr selbst?!« Unter den dunklen Brauen des Königs erschienen kurz die Schrägfalten, und sein Daumen drehte am Rubinring der rechten Hand. Er schüttelte den Kopf. »Seid ehrlich, Einhard, hättet Ihr Euch das zugetraut? – Merkt Ihr, wie Ihr bei diesem Feldzug über Euch selbst hinauswachst?« Karl verstummte für einen Augenblick. »Wielands Frau ... Sie ist von besonderer Anmut. Ihr solltet es ihr selbst sagen, Einhard, wenn wir wieder in Aquisgranum sind.«

Einhard nickte mechanisch, und sein Glas wurde neu gefüllt. Wollte der König ihn verkuppeln? Oder hatte er selbst ein Auge auf die Witwe geworfen? Hatte er sie womöglich schon einmal auf seinem Lager gehabt?

In diesem Augenblick erschienen auf dem hölzernen Rundgang im ersten Stock über der Halle einige junge Frauen. Sie trugen dunkle Kleider mit goldverzierten schmalen Gürteln und Kopftücher, die kunstvoll geflochtenes Haar umschlangen.

»Die Rechte hat etwa Eure Größe«, lächelte der König. »Ihre Haare sind wie Seide und ihr Lachen, glaubt mir, ihr Lachen ist erfrischend wie Weintrauben an einem heißen Tag.«

Einhard schwankte zwischen Verlegenheit und einem albernen Stolz, dass der König sich in seiner Gegenwart gedanklich entkleidete. Beiläufig fragte er: »Kennt sie das Vaterunser?«

»Wollt Ihr erst beten, bevor Ihr sie stoßt? Überlasst das den Priestern!« Karl schlug Einhard auf die Schulter, warf den Kopf in den Nacken und lachte hemmungslos, Speicheltropfen trafen Einhard. »Der Rothaarigen neulich – Ihr erinnert Euch – musste ich erst die Dreifaltigkeit erklären und die Pracht des Herrn und dann haben wir noch Weihrauch verbrannt. Ja, wir haben richtigen Aufwand betrieben ...«

Entnervt schüttelte Einhard den Kopf. »Sie ist so weit unter Eurem Stand, mein König!«

»Das weiß ich selbst, *gilerito*. Gerade darin kann das Vergnügen liegen ... Macht nicht solch ein Gesicht! Meint Ihr, Abraham hatte Skrupel, als sein hutzeliges altes Weib ihm die junge Sklavin geschickt hat? – Thegan! Graf Thegan von Friedeslar!«

Der Gerufene kam gemessenen Schrittes, die Linke locker hinter den Gürtel gehakt, in der Rechten einen Becher, als wäre er hier Gastgeber. »Thegan, sagt die Wahrheit!«, bellte der König. »Habt Ihr schon mal ein Heidenmädchen beglückt? Wir überlegten gerade, ob es sich irgendwie anders anfühlt!«

»Herr, in meinem Gau gibt es genug Weiber mit dem rechten Glauben …« Thegan lachte hässlich. Das Geräusch passte zu der verbogenen Nase, dachte Einhard, und suchte Zuflucht im Weinglas.

»Natürlich … Ich hörte – von wem hörte ich das eigentlich? Einhard, von Euch?« Der König nahm genüsslich einen großen Schluck Wein. »Ich hörte, dass es um so ein Täubchen ging, Graf, bei der Auseinandersetzung zwischen diesem Heißsporn namens Arnulf und Euch … Das Mädchen soll die Tochter eines Baumeisters sein.«

Die Gesichtszüge des Hessengrafen gefroren. »Sie ist mir versprochen, das ist wahr.«

»Einhard, habt Ihr schon mal von einem Grafen gehört, der die Tochter eines Baumeisters zum Weib nimmt?«

Abermals sah Einhard auf den Boden des Glases. »Liebe ist ein starker Antrieb, Herr.«

Thegan starrte den König misstrauisch an. »Was wollt Ihr damit sagen, mein König?«

»Warum nicht eine bekehrte Sächsin von Geblüt heiraten, Graf? Ihr werdet der stärkste Fürst an der Grenze sein, und Widukind hat eine Schwester. Die hatte er uns angeboten, Ihr erinnert Euch? Wenn er sich unterwirft, können wir …«

»Er wird sich nicht unterwerfen, mein König.« Esikos Gesicht war vom Trunk weicher gezeichnet, aber in Einhards Augen sah er immer noch furchteinflößend aus. Ohne ein Zeichen der Respektbekundung war er an die Gruppe um den König herangetreten.

»Und das hat Euch wohl der Heilige Geist eingegeben, Hauptmann?« Der König klang nun nicht mehr frivol.

»Er ist ein wilder Bär. Zehn oder zwanzig von uns hat er mit eigenen Händen erschlagen. Man kann ihn nur umbringen, aber nicht an die Leine legen!«

Der Herrscher musterte Esiko mit einem kalten Blick. »Zum Umbringen haben wir ja Euch, Hauptmann. Ihr werdet ihn zur Strecke bringen.«

Der Offizier schwankte leicht, wie die Krone einer Buche in starkem Wind. »Mit Verlaub, ich habe drei Hundertschaften vorausgeschickt, um die Zugänge zur Eresburg zu sichern. Falls sie sich nicht ergeben wollen ...«

»Und wer gab Euch den Befehl dazu, Hauptmann?«

»Herr, wenn Graf Ruodbert krank war, wenn er Gicht hatte, habe ich immer die Führung übernommen.«

»Bis ich einen Nachfolger ernenne, werde *ich selbst* die Scara führen, Hauptmann Esiko. Sind meine Worte deutlich genug?«

Der König ließ sie stehen. Esikos Hände öffneten und schlossen sich, und Einhard befürchtete, dass er etwas Unbedachtes tun würde. Das Gesicht des Offiziers war rot angelaufen. »Die *unfortha* haben die Schlacht gewonnen«, knirschte er mit mühsam gezügelter Wut. »*Meine* Männer, und niemand sonst!«

* * *

Die Marketenderwagen standen in einem Halbkreis nahe der Viehtränke außerhalb der Umwallung. Von ihrem Feuerplatz aus konnte Arnulf erkennen, dass sich die Menge um die Wagen gelichtet hatte. Arnulf hielt es schließlich nicht mehr aus. Er klopfte sich den Staub von der Hose und murmelte, dass er zum Wasser gehe.

»Sie ist in dem Verschlag, in dem mit der schiefen Wand.« Grimbald guckte schräg in den Himmel, sein Gesicht wirkte milde. »Hab' sie vorhin reingehen sehen.«

Tatsächlich hatten die Marketender sich ein paar primitive Schuppen als Unterkunft sichern können, dreckige Löcher, die sonst von den Viehknechten bewohnt wurden. Erleichtert sah Arnulf, dass Wulfram noch vor dem Wagen stand und aus einem Kessel mit Getreidegrütze schöpfte. Eine Handvoll Hungrige konnte sich nichts anderes mehr leisten. Streunende Hunde beäugten Arnulf, als er näher kam. Er zog den Kopf ein und trat unter den über der Tür aufgehängten Mistelbüscheln in den Verschlag. Er hörte ihre Stimme. Es war ein zärtlicher Tonfall!

Fast wäre er über Tristan gestolpert. Verblüfft packte er ihn am Halsausschnitt. »Was willst du hier?«

»Was geht's dich an?!« Der Schreiber zappelte hin und her, unfähig, sich zu befreien. Schlimmer als seine Anwesenheit schien Arnulf der besorgte Gesichtsausdruck Raglas. Sie schnellte von einer kleinen Holzbank empor.

Arnulfs Linke landete auf Tristans Wange. Die Ohrfeige genügte, um den Nebenbuhler aufschreien zu lassen. Und sie sandte gleißenden Schmerz durch Arnulfs Handgelenk.

»Er hat mir nur etwas vorgetragen!«, rief Ragla besänftigend. »Hör auf!«

»Verstehe. Also, trag jetzt woanders etwas vor …« Mit einem kräftigen Stoß beförderte er Tristan durch die Türöffnung nach draußen. Dann zog er Ragla auf die Bank hinunter und versuchte, seine Gedanken zu ordnen. »Der König …« Wie ein Strom brach es aus ihm heraus: Wie er den Herrscher gerettet hatte, wie er mehrfach dem Tod entronnen war, und fast hätte er noch erzählt, wie er den sächsischen Jungbogner ins Jenseits geschickt hatte.

»Ein Gefolgsmann des Königs bist du jetzt?« Sie klang nicht so beeindruckt, wie er erwartet hatte. Er zog sie an sich.

»Das hat er gesagt, vor allen Kriegern ... Was ist das?« Er hatte etwas golden blitzen sehen, dort, wo sonst der Wolfszahn zwischen den Bändern des Kleidersaums hervorlugte, die den Halsausschnitt zusammenhielten.

Ihre Rechte ging zum Hals. Doch seine Hand war schneller. Ein daumengroßes Kruzifix aus Gold hing da einträchtig neben dem Zahn und einem dunklen Stein.

»Woher hast du das?«

»Der Bischofkaplan hat es mir gegeben ...«

»Du meinst den Dicken, der uns den heiligen Mantel gezeigt hat? *Skizan*, was wollte der von dir?«

Vorsichtig entwand sie das an einem Lederband befestigte Kreuz Arnulfs Fingern und stand auf. »Nichts ... er hat mir Wasser über die Stirn gegossen und Sachen in einer fremden Sprache gemurmelt. In der Gott spricht.« Ihre Stimme klang plötzlich belegt. »Ich glaube an den Herrgott und an den Sohn Jesus und den Geist. Ich bin getauft.«

»Und warum verschenkt der goldene Kreuze, dieser ... dieser Fisch?« Arnulf war ebenfalls aufgesprungen. Der Gedanke, dass der feiste Kirchenfürst mit den merkwürdigen Lippen Ragla zu nahe gekommen war, verursachte ihm Übelkeit.

»Es ist eigentlich vom ... vom Herrn Karl. Vom König, weißt du ...«

»Nein!« Verwirrt und verärgert stand er vor ihr, seine ausgestreckten Hände auf ihren Schultern. Er war *sax hamar*, er hatte den Herrscher gerettet; er war gekommen, um bei ihr zu liegen, der Marketenderin Ragla. Aber diese Trossfrau war vom König ...

»Hat er dich berührt?«

Sie machte ein Geräusch, irgendwo zwischen Seufzen und Schnauben. »Und wenn? Herr Karl ... der König ist Gottes Stellvertreter, und er ist mehr als jeder Bischof und Graf und … ach, ich schulde dir keine Rechenschaft, verdammt!«

Draußen hörte Arnulf Betrunkene vorbeiziehen; jemand klapperte mit Töpfen. Ein Ochse brüllte. Arnulf packte ihre Hand, ohne es zu wollen. »Himmel, ich hab' Widukinds Bruder erschlagen! Ich habe die Männer angeführt …!« Sämtliche Wunder schienen im Moment bedeutungslos.

»Gibt der König dir Land? Wo du dein eigener Herr bist?«

»Ich weiß nicht. Es ist mir gleich!«

Sie hatte sich auf den Schemel gesetzt. Er kauerte sich neben sie, mit einer Armlänge Abstand. Doch sogleich stand er wieder auf. Deckenbündel lagen auf dem Boden, ein paar schmutzige Kuhhäute, eine Gepäcktruhe mit einer Öllampe, um die die Mücken kreisten. Abermals tauchte ein weißes, von Todesangst gekennzeichnetes Knabengesicht vor ihm auf.

»Ich hab' einen erschlagen, Ragla, der war ganz jung. Ohne Barthaar. Ich hätt' ihn mit einer Ohrfeige zu Boden hauen können … hast du Bier da?«

»Nein.«

Er strich ihr über den Kopf. Das Tuch löste sich. Er musste an ihre erste Nacht in Franconofurt denken, nach der Schlägerei, als sein altes Leben sich aufzulösen begann. Dann das Verlies … Jetzt war er jemand mit *ahta*. Jemand, von dem man sprach.

Ein Held musste verzeihen können.

Er küsste sie heftig auf den Mund.

* * *

»Warum hat der König ihn so gedemütigt?« Einhard nahm einen großen Bissen Lammfleisch, warmes Fett lief über seine Hände und in die Ärmel.

»Das Wort ist zu hart, Consiliarius.«

Beiläufig schob sich der Leiter der Hofkanzlei ein paar Rosinen in den Mund. Er hatte einen kurzen Hals, und die Arme schienen zu eng an den Körper gesetzt. Auch der dünne Schnurrbart im von den Pocken verunstalteten Gesicht wirkte wenig beeindruckend. Doch dies war der Mann, der nüchtern blieb zwischen all den Großen; als ›Gedächtnis des Königs‹ bezeichnete man ihn. Einhard hatte den Kanzler noch nie lachen gehört, er hatte ihn aber auch nie bedrückt gesehen.

»Esiko, müsst Ihr wissen, hat den Herrscher oft belehrt, sogar vor den Truppen«, sagte der Kanzler mit gedämpfter Stimme. »Über die beste Angriffstaktik und so weiter. Auch Pippin hat er mindestens einmal in Zorn versetzt, in den Pyrenäen. *Harto* war ein blutjunger Hundertschaftsführer, der Jüngste von allen! Und er meinte, dass er wegen der Gefahr eines Hinterhalts die Marschroute ändern müsse …«

»Aber so viel Verstand wie Ruodbert hat Esiko allemal«, entgegnete Einhard.

»Der König sagte neulich …« Der Kanzlist des Königs sah sich um, doch Stimmengewirr und Gelächter von zwei oder drei Dutzend Zechern übertönte ihr Gespräch. »Er sagte: Wenn ich *harto* zum Heerführer mache, erklärt er mir morgen, wie ich regieren soll. Und einen Hausmeier[8] kann ich nicht gebrauchen.«

»Verstehe. Dann ist Thegan also des Königs neuer Favorit?«

»Vielleicht, ja; er hat immerhin die sächsische Reiterei geschlagen.« Der Vertraute des Königs wurde nun so leise, dass Einhard ihn kaum noch verstand. »Aber deshalb bekommt er noch lang nicht Curbeki mit den umliegenden Ländereien.«

»Sondern wer?« Einhard hatte die Frage laut ausgesprochen, schamlos – *in vino veritas.*

---

8   Der Starke Mann am Hof der schwächelnden Merowinger-Könige, die Karls Dynastie vorausgingen.

»Ich dachte, Ihr wüsstet es längst ... Wer hat den Herrscher gerettet?«

»Arnulf aus Friedeslar? *Sax hamar* soll ...?« Trotz des lähmenden Weins spürte er den Neid wie eine Nadel durch seinen Brustkorb gehen.

»Verzeiht, Consiliarius, aber wenn es um Euch selbst geht, habt Ihr zu wenig Fantasie.«

Kapitel XXVIII

Curbeki, Juli 772

Als Arnulf spät am Abend noch einmal zum Lagerfeuer zurückkehrte, lagen und saßen immer noch Männer um die Glut. Betrunkene Stimmen erzählten vom Marsch in den sächsischen Pfeilhagel und dem Niedermetzeln der Sachsen in der Sichel; Heldengeschichten wurden gesponnen, Kriegsabenteuer erfunden, Wahres mischte sich mit nur Gefühltem, das Erlittene verband sich mit Befürchtetem – schon wollten Dutzende von Männern die Klinge mit Widukind selbst gekreuzt haben. Arnulf ahnte, dass selbst diese Geschichten noch Kälber waren, die nach der Rückkehr in die Heimat zu ausgewachsenen Stieren werden würden. Zu gewaltigen Stieren ...

Ein bulliger, untersetzter Mann im Schuppenpanzer rief Arnulfs Namen und hob den Bierkrug wie eine Axt zum Gruß.

»Warum seid Ihr nicht beim König, *hamar*? Die Fürsten trinken guten Wein dort, sagt Esiko! Und zu fressen haben sie ohne Ende!«

Arnulf grinste, er war sich nicht sicher, ob die Frage ernst gemeint war. »Musste noch etwas erledigen ...«

»Etwas, das lange Haare hat und zum Pinkeln in die Hocke geht?« Ansgar röhrte laut über seinen Scherz und herzte Arnulf wie einen alten Freund. Mehrere Metallstücke fehlten auf der Brustpanzerung des Kriegers; seine Aussprache war durch den Alkohol noch unverständlicher geworden.

»Esiko wird der neue Oberbefehlshaber, ich sag's euch ... Einen besseren findet der König nicht. Manche finden, er ist zu hart. Ich sage euch, er ist gerecht. Nur Gott ist gerechter! Aber der steht nicht immer mit einem Schwert neben dir!«

Ansgar nahm einen tiefen Schluck Bier, und zwei Rinnsale flossen links und rechts das Kinn hinunter. Arnulf gab einer spontanen Regung nach und fragte den Streiter, was es bedeutete, ein königlicher Gefolgsmann zu sein.

»Gefolgschaft? Das ist eine Ehre.« Er rülpste laut. »Wir sind alle des Königs Männer. Aber ich bin Esikos Gefolgsmann, das sollt ihr ruhig wissen! Hab' ihm geschworen. Wir alle haben das getan. Wir können uns aufeinander verlassen, und wenn der Himmel auseinander kracht! Hast du ihm geschworen, dem König?«

»Nein. Aber er – Karl hat mir einen Ring gegeben.« *Und meiner heimlichen Braut ein Kreuz und noch mehr …*

Ansgar zuckte die Achseln. »Wenn du dem König schwörst, schuldet er dir Schutz bis zum Tod. Und du dienst ihm, wenn er dich an den Hof ruft. Wenn dir dann ein Edler an die Eier will, dann bist du nicht allein … denkst an Thegan, was? Der Hundesohn ist jetzt gut gelitten bei unserem Herrn.«

»Er kann mir nichts mehr anhaben«, sagte Arnulf und wollte glauben, was er sagte.

»Red keinen Mist, *hamar*. Der Kerl ist nicht wie der alte Childerich, dem reichte es, auf seiner *magad* zu liegen und ab und zu eine Wildsau abzustechen.« Er rülpste, sah sich um und knurrte: »Es gibt das Gerücht, dass Thegan den Herzogtitel will …«

Arnulfs Laune kühlte schlagartig ab. »Herzog von wem!?«

»Herzog der *Hessen*!«

* * *

Ein halber Mond warf gerade ausreichend Licht, um nicht auf Leichen zu treten. Bernhard hielt sich dicht neben Arnulf, dichter noch als während der Schlacht. Schemenhaft erkannten sie

Hunde über den Kadavern. Das Geräusch gieriger Kiefer ließ sie schaudern. Als sie sich schließlich der Höhe näherten, strich etwas über ihre Köpfe hinweg – sie zuckten zusammen. »Ein *bubo*«, keuchte Bernhard.

Lange zurückliegende Erlebnisse mit Blutmund stiegen in Arnulf auf. Es waren böse Erinnerungen, die er nach wenigen Augenblicken niederkämpfte. Er spürte plötzlich die Hand des Jungen in seiner. Bernhard murmelte unablässig das Vaterunser.

»Herr, riecht Ihr das?«

Am Fuß der Höhe lagen die Toten dicht an dicht, schwerer Verwesungsgeruch hing in der Luft. Die Seelen der Toten, überlegte Arnulf, mussten anderswo sein. Zumindest die der Christen. Sie würden den Gestank ihrer Kadaver nicht mehr erleben. *Aber die Sachsen …*

Arnulf erahnte den Pfad, den er mit den abtrünnigen Rinahgauern hochgestürmt war. Ein leichter Wind war oben spürbar. Bernhard schrie laut auf: Sie blickten in das Gesicht eines Wolfes. Das Tier knurrte einmal und verschwand mit ein paar Sprüngen in die Nacht.

»Fater unseer, thu pist in himile …«

Es dauerte, bis sie die Stelle fanden, an der Arnulf dem König zur Hilfe gekommen war. Die toten Scarakrieger waren längst geborgen, doch ein halbes Dutzend sächsischer Leichen lag noch herum, einige mit abgefressenen Gliedern. Arnulf maß die Entfernung, die ihm schrecklich lang erschienen war – zwanzig Schritt. Er lag noch da, wie Arnulf sich an ihn erinnerte: auf dem Rücken, eine Hand nahe dem blutverklebten Schädel, die andere abgestreckt, das Gesicht auf der Seite. Dunkle Stellen auf der Wange zeigten, wo Vögel sich gütlich getan hatten; eine Wolke schob sich vor den Mond und ersparte ihnen, die ganze Wahrheit sehen zu müssen.

»Heb eine Grube aus! Und dann weg hier.«

»Herr, ist das nicht einer von den Heiden?!« Bernhards Stimme zitterte.

»Ja. Aber er hat's nicht verdient, wie Aas gefressen zu werden!«

»Aber …«

Ungeduldig riss Arnulf seinem Begleiter den Spaten aus der Hand und fing an, ein Loch auszuheben. Doch sein Handgelenk schmerzte zu stark, Bernhard musste weitergraben. Ohne noch ein Wort zu sagen, stieß er den Spaten immer wieder in die harte, trockene Erde. Seine ganze Furcht schien sich nun in Kraft zu verwandeln. Als sie eine Grube von etwa fünf Fuß Länge gegraben hatten, hoben sie den Toten hinein. Es wurde mehr ein Hineindrücken, denn die Totenstarre hatte eingesetzt, und das Grab war nicht tief genug. Arnulf musste seine ganze Kraft aufbieten, um die Arme der Leiche auf die Brust zu drücken. Als sie den Körper wieder mit Erde bedeckten, entstand ein kleiner Hügel. Lose Erde, die ein Fuchs wegscharren konnte … Müde sammelten sie noch ein paar Steine, die das Grab abschlossen.

Und doch fühlte er sich besser, als sie den Rückweg antraten. Sorgfältig wählten sie ihre Schritte, um nicht auf menschliche Überreste zu treten. Immer wieder zuckte Bernhard zusammen, wenn vor ihnen ein dunkler Schatten aufsprang.

»Der war so alt wie ich.«

»Höchstens.«

»Ich habe das Banner runtergerissen, Widukinds Banner! Direkt neben meinen Fingern fuhr ein Schwert ins Holz, habt Ihr das gesehen?!«

»Ja, du hast mehr Mut als viele der Älteren … *almahtigan*! Was ist das?«

Arnulfs Hand ging zum Griff der Streitaxt. Etwas kroch von rechts auf ihre Wegrichtung zu, langsam und schwerfällig – zu langsam für ein Tier.

* * *

»Wir werden dem Grafen Ruodbert eine Kirche weihen, Einhard, hier in Curbeki.« Der König bekreuzigte sich mit einer trägen Handbewegung und schob seinem Consiliarius ein paar der Feigenküchlein zu, die die Diener auf der Tafel vor dem König abgeladen hatten. »Man wird dort täglich für seine Seele beten und sonntags zweimal! Ihr, Einhard, Ihr werdet den Kirchenbau überwachen – hört Ihr, was ich sage?«

»Herr, ja, Herr, die erste Kirche im Sachsenland … Amen.« Er saß neben dem König inmitten fröhlich grölender Zecher. Einhard war ebenfalls betrunken. Doch es bescherte ihm keine Ausgelassenheit, es verlangsamte einfach nur sein Denken. Das Herz und die Eingeweide Ruodberts waren wenige Stunden zuvor unweit des Herrenhauses beigesetzt worden. Fachkundige Dienstleute des Hofes hatten den Leichnam dann fünf Stunden lang in einem Metallbecken gekocht, bis sich die Knochen vom Leib lösten – Einhard verspürte Übelkeit, wenn er an den dabei entstandenen Geruch dachte. Die Knochen würden später in Ruodberts Heimat im Spiragau beigesetzt werden, zwischen den Gräbern seiner Familie. Es war kein angenehmes Verfahren, aber die Leichenverwesung durch die Sommerhitze ließ kaum einen anderen Weg zu.

»Welche Reliquie werdet Ihr dieser Kirche übergeben, Herr? Etwas Besonderes, sicherlich?«

»Seht, Einhard! Der *homunculus*!«

Der Marschalk – der Wein hatte seine schlimmsten Falten geglättet – ließ einen Affenführer aus Italien auftreten, den Einhard nie zuvor gesehen hatte. Sein langschwänziges Tierchen begeisterte die Feiernden mit seinen Possen und Sprüngen. Jemand hatte ihm eine Karotte gegeben, vielleicht war es auch ein länglich geformtes Brotstück, von dem das Tier abbiss, um es sich danach wie einen Sporn an die Stirn zu halten – begeistert klatschte der König in die Hände, und andere stampften wild mit den Füßen. Sächsische Weiber saßen mittlerweile zwischen den Franken und wurden schnell Teil eines Treibens, das man in nüchternem Zustand als höchst unzüchtig empfunden hätte.

Warum nicht einmal die Wahrheit sagen?

»Graf Ruodbert, mein König …« Einhard musste sich auf seine Aussprache konzentrieren. »Ihr habt ihn nach vorne in den Kampf geschickt. Zum Sterben!?«

»Was? Sprecht lauter!«

»Er war fast blind! Seine Augen hatten den grauen Schleier. Ihr habt ihn in den Tod geschickt!«

»Wie denn?« Der König starrte seinen Berater an, als hätte er sich als Jünger Wodans zu erkennen gegeben. »Ruodbert war nicht mehr der Schnellste, aber …«

»Er war fast blind, Herr! Ich habe das bei einem Knecht meines Vaters gesehen und bei dem Consiliarius, dem ich diente. Die Linse trübt sich ein wie Nebel, immer mehr, und am Ende …«

Der König bekreuzigte sich. »Es stimmt, auf die Ferne konnte er keinen mehr erkennen … aber hätte ich ihm deswegen das Schwert aus der Hand nehmen sollen?«

Fleischreste hingen an den Bartstoppeln des Königs. Über der Brust war die Tunika befleckt von den zehn Gängen des Mahls, aber der Kronreif saß fest und gerade auf dem Haupt. Der König mochte angetrunken sein, auf Vorwürfe oder gar Anschuldigungen hatte er umso weniger Lust.

»Ihr sagt, er wäre vollständig erblindet? Ein alter Löwe wie Ruodbert, blind unter hungrigen Jungtieren – der Tod wäre ihm Erlösung geworden! So ist er einen ehrlichen Schlachtentod gestorben. Ich frage Euch, muss ein treuer Christenstreiter den Tod fürchten?«

Der Consiliarius dachte an den Sachsen, der über ihm verblutet war, und die Angst, die er empfunden hatte. So hob er statt einer Antwort seinen Weinbecher und rief dem König ins Gesicht: »Auf Ruodbert und die *unfortha*!«

Der König trank und schmetterte sein Glas so heftig auf die Tischplatte, dass es in hundert Scherben zerbrach.

* * *

Wasser – das war das einzige Wort, dass der Verletzte noch krächzen konnte. Aber auch dieses eine Wort verriet den sächsischen Zungenschlag. Auf allen vieren kroch der Kerl heran, wie ein sterbender Hund. Es war zu dunkel, um das Gesicht erkennen zu können; der Mann mochte etwa so alt sein wie Arnulf, vielleicht jünger; ein Arm schien deformiert, ein Lederkoller hing in Fetzen herab.

»Wie hat der so lange überlebt?«, entfuhr es Bernhard.

Unschlüssig ging Arnulf um den Sachsen herum. Ein Ohr war halb abgerissen, schwarzes Blut klebte an der Seite des Schädels. Langsam hob der Verwundete den Kopf. Im trüben Mondlicht erkannten sie ein Gesicht, das aussah wie entzweigeschlagen. »*Skizan*«, sagte Arnulf mit einem gewissen Mitgefühl.

»Soll ich ihn erledigen?« Zögernd hob der *sturiling* den Spaten. Arnulf packte Bernhards Arm. »Du kannst einen Krieger nicht mit dem Spaten erschlagen, Junge!«

Bernhard seufzte. »Hauptsache, wir müssen ihn nicht auch noch begraben …«

Arnulfs Rechte streifte den Kopf des Habichts. Er ärgerte sich, dass sie stehengeblieben waren. Warum den Kerl nicht hier verrecken lassen? Er blickte zum milchigen Flecken des Mondes. Dann spürte er etwas hinter seinem Ohr, ein feines Pochen, das ihn erschrecken ließ.

»Lasst ihn liegen, Herr!«, sagte Bernhard zaghaft. »Warum gehen wir nicht einfach zurück, zu den anderen?!«

Arnulf hob einen Fuß und gab dem auf allen Vieren kauernden einen Stoß mit dem Fußballen gegen die Rippen. Ein Stöhnen ertönte, doch der Sachse brach nicht zusammen.

»Ach, zur Hölle! Los, fass an!«

Energisch packten sie den Halbtoten an den Armen und schleiften ihn wie eine Jagdbeute in Richtung des fernen Feuerscheins vor Curbeki.

* * *

Am nächsten Tag erschienen Boten des Marschalks im Lager des Rinahgaus. Sie ließen dort wissen, dass Arnulf im Herrenhaus von Curbeki erwartet werde – vom König. Der Hesse wollte sofort los eilen, doch dann besann er sich: Er wusch sich und spülte seine Tunika solange in einem Waschtrog, bis die Blutspuren nur noch Flecken waren. Er wrang das Kleidungsstück aus und ließ es kurz in der Sonne trocknen.

Es war noch ziemlich feucht, als er mit kräftigen Schritten auf die mannshohe Umwallung zuhielt, die die Hofgebäude vom Umland abgrenzte. Zuversichtlich passierte er das von Gepanzerten bewachte Tor und lief über einen belebten Hof auf das Haus zu. Er spürte Blicke von allen Seiten, und er genoss sie.

Vor der Halle war ein Raum abgeteilt. Dort hieß es warten. Ein Geistlicher mit der spitzen Mütze der Bischöfe saß ebenfalls auf einer Bank und würdigte den Krieger keines Blickes. Arnulf massierte vorsichtig sein linkes Handgelenk. Auf dem Mittelfinger saß der Ring des Königs. Zwei Zeichen und ein Christuskreuz waren auf eine viereckige Fläche geritzt. Er musste an seinen Bruder denken. *Wenn Konrad ihn hier sehen könnte!*

Was würde der König von ihm wissen wollen? Würde er sich rechtfertigen müssen, dass er einen halbtoten Sachsen vom Blutfeld geschleppt hatte? Der Kerl war nicht gestorben, er hatte fiebrige Dinge gefaselt und immer wieder sehr viel Wasser getrunken. Mittlerweile kannten sie seinen Namen: Samo. Ob er ihn als Sklaven verkaufen wolle, hatte Bero gefragt. »Nein? Bursche, was willst du dann mit einem kaputten Heiden?«

Arnulf wusste es selbst nicht. Aber ihm gefiel der Gedanke, ein Beutestück, ein lebendes, zu besitzen. Die Schlacht hatte viele Leben beendet – seins hatte sie verändert, das war gewiss.

»Arnulf *sax hamar*?« Der breitschultrige Scarakrieger vor der Tür machte eine auffordernde Handbewegung. »Der König erwartet Euch.«

Das Ende der Schwertscheide schlug gegen den Türrahmen, als Arnulf über die Schwelle ging. Er hatte im letzten Augenblick beschlossen, den Habicht im Zelt zu lassen: Alle Menschen in der Nähe des Königs trugen ein Schwert. Vielleicht, weil ein Schwert teurer war als eine Axt.

Der König saß in einem mit Fell ausgelegten, erhöhten Sitz vor einer gemauerten Feuerstelle. Neben ihm hing ein dunkler, schmuckloser Mantel über einem Holzgestell – die Reliquie des Heiligen Martin. Es roch nach schalem Wein und Essensresten.

»Wie geht's dem Handgelenk?«, fragte Karl, als würde er täglich Besuch von Arnulf bekommen.

»Besser«, sagte der Hesse überrascht. »Woher wisst Ihr, Herr, dass …«

»Wir hören so manches, Arnulf.« Er warf einen gutmütigen Blick zu dem Mann mit Denkerstirn, der an einem Tisch vor einer Fensteröffnung stand, ein Buch in den Händen. Einhard lächelte tapfer, doch Arnulf sah ihm den Kater deutlich an.

»Wo ist denn die berühmte Axt?«

»Sie hat ihre Pflicht getan, Herr.« Arnulfs Hand berührte den Schwertgriff. Er wusste nicht, wer oder was ihm diesen Satz eingegeben hatte, aber er war sehr zufrieden damit.

»Männer wie Euch brauche ich, Arnulf«, sagte der König und fuhr sich mit der Hand über den sichelartigen Schnurrbart.

»Krieger mit Gottvertrauen. Krieger, die andere mitreißen können, wenn Furchtsame zaudern.«

Arnulf hatte das Gefühl, größer zu werden.

»Ihr habt Hauptmann Esiko und selbst meine Ratgeber beeindruckt … Arnulf, Ihr habt das Zeug, Truppen zu führen. Vielleicht werdet Ihr sogar eines Tages mein Oberbefehlshaber sein!«

»Mein König …« Arnulf war sprachlos.

»Meine Leibwache hat einen hohen Blutzoll gezahlt.« Der Herrscher senkte die Stimme. »Die Scara braucht frische Krieger, vor allem *Führer*. Wir werden neue Hundertschaften aufstellen, wenn wir die Eresburg genommen und uns hier eingerichtet haben. Kann ich auf Euch zählen, *sax hamar*?«

»Meine Axt gehört Euch, mein König!«, strahlte Arnulf, der in diesem herrlichen Augenblick vergessen hatte, dass er mit dem Schwert da war.

»Natürlich gibt es da noch andere, die zum Zug kommen möchten: Gaugrafen und Edle wollen für ihre Söhne eine Hundertschaft, damit sie dem Hof nahe sind; selbst ein Bischof schickte uns neulich einen jungen Mann, den er vermutlich selbst gezeugt hat, nun ja …« Der König warf Einhard einen Blick zu, der milde Kritik an den fränkischen Großen ausdrückte. Einhard spitzte die Lippen und nickte mit gekräuselter Stirn.

»Ich werde Euch immer und überall dienen, Herr!« Arnulf spürte das Blut in den Wangen.

»Brav gesprochen, *sax hamar*!« Der König stemmte sich aus seinem Sitz hoch und trat zu Arnulf hinab. »Haltet Euch einstweilen in unserer Nähe. Einen Rat will ich Euch noch geben …«

»Herr?«

Carolus Rex drückte ihm drei graubraune, schrundige Kugeln in die Hand. »Nehmen wir an, diese Walnüsse stehen für drei Männer. Vielleicht Thegan, vielleicht Graf Hartmut und – Abt

Boso, ja, auch der würde Euch gerne den Beelzebub austreiben.«
Ein helles Lachen des Königs: *Ein Scherz, nichts weiter!*

Unsicher grinste Arnulf, die Augen auf dem König.

»Und nun sage ich Euch, *sax hamar*, öffnet einen dieser Schädel – aber tut es mit so wenig Blutvergießen wie möglich!«

»Nichts leichter als das, Herr«. Schon schloss sich die Holzhauerhand, die einst Thegans Gesicht zerstört hatte. Ein Knacken erfolgte. Arnulf öffnete die Faust und präsentierte dem König zwei intakte und eine eingedrückte Nussschale.

Der König betrachtete das Ergebnis mit Interesse. »Sie ist offen, aber die Frucht ist beschädigt, seht Ihr?«

»Herr, das machen wir immer so.«

»Im Hessengau, ich weiß.«

Der König steckte nun eine Walnuss in einen kleinen Holzzylinder von der Größe eines Apfels, den er aus seinem Wams gefischt hatte. Dann drehte er langsam an einer Schraube, die seitlich aus dem Holzkörper hervortrat. Wenig später war das erste Reißen der Schale zu hören. Karl hielt inne, warf Arnulf einen vielsagenden Blick zu und drehte das Gewinde noch zweimal. Dann schüttelte er die Nuss aus dem Öffner, warf die Schalen auf den Boden und gab Arnulf das ovale, hellbraune Innere in einem Stück.

»Wendet nicht mehr Kraft an als nötig. Umso hübscher fällt das Ergebnis aus.«

Hellwach begutachtete der Gefolgsmann das Ergebnis des königlichen Ansatzes. Der Nussöffner musste das Geschenk einer Frau sein, vermutete er. Doch er war vorsichtig genug, dies nicht zu äußern. Stattdessen sagte er grinsend: »Ich verstehe – niemanden umbringen, wenn eine Tracht Prügel reicht!«

Der König lachte, doch Einhard, der das Ganze aufmerksam verfolgt hatte, hörte etwas Bemühtes in diesem Lachen. Nicht so Arnulf: Er ballte aufs Neue die Faust, als würde er wieder die Streitaxt schwingen.

»Mit Verlaub, Herr, Widukinds Bruder ...«

»Ja?«

»Den habe ich nicht mit einem Holzbohrer erschlagen!«

* * *

»Ich hatte es Euch gesagt.« Der König gähnte. »Unser Held ist für das Schlachtfeld zu gebrauchen, ansonsten ...«

Einhard massierte mit einer Hand seine Schläfe, um die Kopfschmerzen loszuwerden – es war, als würde er einen Schädelbruch wegstreicheln wollen. »Herr, an Schlachtfeldern wird es Euch nie mangeln. Aber wollt Ihr ihm wirklich eine Hundertschaft geben?«

»Wer spricht denn davon?«

»Nun, so hat er Euch verstanden! Und wenn Ihr ehrlich seid – so sollte er Euch verstehen.«

Der König hatte sich auf seinen Thron sacken lassen, und als er jetzt aufschaute, sah Einhard die dicken Lider vom Gelage am Vorabend. »Wofür haltet Ihr mich – für einen Rosstäuscher?«

»Für einen Menschenkenner halte ich Euch«, sagte Einhard hastig. »Ihr wisst, jeden an den richtigen Platz zu stellen ...«

»Jetzt schmeichelt Ihr mir wie Fulrad!« Karl lachte auf. Hart, ja verächtlich klang es. »Arnulf von Friedeslar macht sich leider ständig Feinde und zwar mehr als ein Wolf, der im Badehaus erscheint! Gebe ich ihm die Verantwortung, hätte ich bald sämtliche Fürsten des Reiches gegen mich. Früher oder später bringt ihn jemand um ... Aber vorher soll er für uns noch ein paar Sachsen aufschlitzen. Also, habt ein Auge auf ihn!«

Der König biss kräftig in einen Apfel, ein großes Stück Fruchtfleisch verschwand im Mund des Herrschers. ... *Erinnerte sich Karl noch an den letzten Auftrag, Arnulf zu beseitigen?*

»Herr, draußen wartet noch der Bischof von Ratisbon und ein sächsischer Edling, der Euch huldigen will.«

»Sie können warten. Unser Gottesdiener kann dem Heiden schon mal den ersten Katechismus verabreichen ...« Er lächelte über seinen Scherz. »Sie kommen, Einhard, Ihr werdet es sehen: Wenn wir die Führer der Heiden auf unsere Seite ziehen, haben wir auch das Volk.«

»Zumindest die Engern, Herr; Widukind ist Westfale. Die Stämme sind sich selten grün. *Divide et impera*, nicht wahr?«

»Ja, Einhard, teilen und herrschen, damit kannten sich die Römer aus. Sonst hätten sie nicht Jahrhunderte lang unsere Vorväter herumbefehlen können!« Der Mund des Königs bildete beim Gähnen ein großes schwarzes Loch. Schlaff ließ er sich auf dem Fellthron zusammensacken. »Lest mir vor, Einhard. Ihr wisst schon, was ...« *Das zweite Buch Samuel.*

Einhard legte die goldverzierte Bibel auf ein Lesepult und begann im Stehen vorzulesen. Der König lauschte mit halbgeschlossenen Augen, seine Finger drehten langsam den Rubinring an der Linken. Mit dem Bemühen um eine feste Stimme las Einhard, wie David vom Bandenhäuptling zum Heerführer wurde und vom Heerführer zum Herrscher. Als er vortrug, wie der König nach seinen sieben Ehefrauen auch die schöne Gattin eines Offiziers schwängerte, erhob sich der König plötzlich, trat zum nächsten Fenster und blickte einen Augenblick hinaus.

»Er war ein Mann mit Appetit.«

Als Einhard sich verlegen räusperte, fügte der Herrscher hinzu: »Er hat den Mann dieser Frau bei der nächsten Schlacht in die erste Schildreihe stellen lassen, nicht wahr?«

»Ja, Herr. Dort starb der Offizier. Wie geplant.«

Der König schüttelte den Kopf. »Was für ein Geschrei gäbe es heute, wenn ich so handeln würde! Was die Bischöfe sagen würden … Manchmal denke ich, die Alten hatten es leichter als wir heute.«

Einhard verlagerte das Gewicht von einem Fuß auf den anderen. »Er tat später viel Buße dafür, sagt die Schrift. Gott verzieh ihm … irgendwie.«

Der König wendete sich seinem Vorleser zu. Plötzlich hatte der Herrscher wieder den Glanz in den Augen, ein Strahlen aus der Tiefe, das sich nur in Augenblicken größter innerer Bewegung einstellte. Nur anderthalb Ellen Abstand trennten ihre Gesichter voneinander. Es war wenig mehr als Flüstern, was Karl nun zu seinem Vertrauten sprach: »Die Römer beherrschten die Welt, aber es war eine Heidenherrschaft! David vereinte Israel, aber er ging nicht über das Heilige Land hinaus … Warum schreibt niemand die Bibel fort? Wir bauen an einem Werk, das größer ist, an einem Werk, das es noch niemals zuvor gegeben hat!«

»Ihr hättet die besten Chronisten verdient, Herr.«

»Deshalb werdet Ihr unsere Bibel schreiben: Das Karlsbuch!«

Einhards Kopfschmerz verschwand schlagartig. Lebenssaft schoss durch die Bahnen seines Körpers, er fühlte sich plötzlich Gott nahe, ohne dafür sterben zu müssen: Im Stillen hatte er doch längst mit seiner *Vita Caroli* begonnen!

»Ihr werdet der Herold einer neuen Zeit sein, Einhard! Euer Name wird verbunden sein mit diesem goldenen Zeitalter der Christlichkeit, Einhard *von Curbeki!*«

Und nun eröffnete ihm der König, dass Einhard den Edlingssitz Curbeki mit sämtlichen Ländereien und abhängigen Dörfern erhalten würde, gut zwei tausend Hufen insgesamt: so viel, wie manch alte Familie in des Königs Diensten besaß.

»Es ist keine wohlhabende Gegend, sehr viele Abgaben werdet Ihr aus den Leuten nicht herausbekommen. Deshalb werden wir Euch noch einige Ländereien am mittleren Moyn vermachen, bei

Mulinheim; den alten Besitzer haben wir nach der Schlacht beerdigt. Er hatte keine Kinder, versicherte mir mein Cancellarius.«

Bewegt küsste Einhard dem König die Hand. Es schien zu viel, eine leichte Benommenheit befiel den Consiliarius.

»Hier!« Der König griff ein Stück des groben Wollstoffs, der magische Kraft hatte. »Der Mantel Martins – wir werden ihn der Ruodbert-Kirche übereignen! Er wird Pilger anziehen, fromme Christen, die diesen dumpfen Heiden Vorbild und Anregung sein werden! Schwört mir, Einhard, dass Ihr gut auf den Mantel Acht gebt!«

Übermannt von der Großzügigkeit des Königs und dem beispiellosen Vertrauensbeweis fiel Einhard auf ein Knie nieder, drückte seine Lippen abermals auf den Rücken der Königshand, hob die Rechte und schwor bei Gott und allen Heiligen, für den Schutz der Reliquie zu sorgen.

»Wegen Curbeki …« Der König näherte sich der Tür einer Kammer im hinteren Teil des Raumes. »Ihr werdet Neider haben. Aber die Tüchtigen haben Neider, so ist das nun mal!«

Dann verschwand der König für eine *interruptio* in dem Nebenraum. Sein Consiliarius hingegen besänftigte die Wartenden im Vorzimmer und strich in stiller Freude über den Hof und um das stattliche Gebäude. Als er auf der Rückseite vorbeikam, hörte er aus einer mit gespanntem Leder verdeckten Luke fröhliche Seufzer: Der Herr des Frankenreiches, der zweite König David, erklärte einer sächsischen Gespielin die Größe und Herrlichkeit des kommenden Reiches.

Kapitel XXIX

Vor der Eresburg, August 772

Die Luft erhitzte sich wie in einem Backofen, als das Heer schließlich über die freigekämpfte Straße zur Eresburg weiterzog. Eilboten hatten den Besuch von Gesandtschaften aus dem Süden angekündigt, und dem König gefiel der Gedanke, sie bald in der Sachsenfestung empfangen zu können. Nichts würde den Erfolg des Feldzugs deutlicher machen.

Die gute Laune des Hofes schien sich auf die Truppen der Gaue auszuwirken: Nicht mehr lange, und man würde nach Hause zurückkehren. Nur die Scarakrieger ritten schweigend auf der staubigen Straße dem Ziel entgegen. Die *unfortha* hatten einen hohen Blutzoll gezahlt und auch noch ihren Befehlshaber beerdigen müssen; Graf Ruodbert war beliebt gewesen. Die Edlen hingegen dachten an die Ausgaben, die sie gehabt hatten, und hofften umso mehr, dass die Eroberung der Burg noch die versprochene Beute bringen würde; an der Verteilung sächsischer Güter, so drang es über die Kanzlisten nach außen, sollten vor allem enge Gefolgsleute des Königs beteiligt werden.

So sehr Arnulf seine neue *ahta* auskostete, so sehr fragte er sich, ob er mehr als nur Ansehen gewonnen hatte. Bero hatte die Frage laut gestellt, wie ein Aufkäufer auf dem Viehmarkt: »Bekommst du einen Sold? Oder Land? Isst du an Karls Tafel?« Sein Bauernschädel verstand einfach nicht, wie zuvorkommend, ja brüderlich der Herrscher Arnulf behandelt hatte! Selbst Grimbald hatte nur skeptisch dreingeschaut, bis Arnulf schließlich einen Beutel mit Münzen hervorgezogen hatte, den ihm einer der Höflinge gegeben hatte: »Sie geben mir auch ein Pferd!«

Bei Esiko hoffte Arnulf auf mehr Anerkennung. Er fand ihn auf einer kleinen Anhöhe südlich des Burgberges, der steil und abweisend aus der Umgebung aufragte. Oben, über mächtigen Holzwällen, wehte ein Banner mit einem Pferdekopf.

»Glaub nicht alles, was man dir erzählt, *hamar*«, sagte Esiko.

»Der König stellt neue Hundertschaften auf. Ihr braucht neue Offiziere!«

»Das hat er dir gesagt?« Der Krieger hatte die Arme über der Brust verschränkt, frische Kerben waren auf dem silbernen Armreif zu sehen, Andenken an die Schlacht. Kopfschüttelnd blickte er über die trägen Schleifen der Dimella, die den Burgberg zur Linken passierte. Die ersten Trosswagen hatten dort unten am Wasser Quartier gemacht, und etwas weiter weg wurden viereckige Zelte mit gelben Bändern errichtet. »Das Hurenquartier dahinten«, stieß Esiko aus, »das ist zu nahe! Was soll das? Alle glauben, dass die Sache gewonnen ist und wir nur noch saufen und stoßen!«

»Warum geben die Sachsen nicht auf?«

»Weil sie dumpf wie Eichenklötze sind. Zehnmal musst du mit der Axt dreinschlagen, bevor sie platzen. Aber der König braucht ja keinen Oberbefehlshaber …« Er brach ab und ging davon, hundertachtzig Pfund Kraft und Groll.

* * *

Drei Parlamentäre ritten die Rampe hinauf, die in Kurven zum Südtor führte. Zwei gedrungene Gestalten und ein großgewachsener, massiger Mann: Der Consiliarius Einhard, ein Geistlicher der Hofkapelle, der Fulrads besonderes Vertrauen besaß, und Gaugraf Thegan. Tausende fränkischer Augenpaare folgten ihnen, als sie vor dem mächtigen Tor stehenblieben und, die

Köpfe im Nacken, die Männer auf dem Wehrgang zur Überchabe aufforderten. Allerdings antworteten die bärtigen Kerle nur mit Hohngelächter. Ein älterer Mann mit Kettenhemd, der fast wie ein Franke klang, verlangte den freien Abzug mit Waffen, Pferden und allen Insassen der Burg. Es war eine lächerliche Forderung: Die Angreifer ahnten, dass auch Frauen und Halbwüchsige in der Eresburg waren, darunter wahrscheinlich versklavte Franken, also sächsische Kriegsbeute … Also brüllte Thegan hinauf, dass man allein die Männer abziehen ließe: zu Fuß, ohne Pferde. Oben schüttelte der mit dem Kettenhemd drohend die Faust. Dann kam eine Rinderblase geflogen, die unter den drei Männern vor dem Tor zerplatzte. Ihre Pferde stiegen auf die Hinterbeine, Einhard krallte sich fest wie ein Affe, um nicht aus dem Sattel zu fallen. Er roch Urin und Schlimmeres.

»Die Schweine werden Eure Eingeweide fressen!«, schrie Thegan. In diesem Augenblick hätte selbst Einhard wenig Mitleid mit den Besiegten gehabt. Es folgte ein Kriegsrat unter einem Baldachin, den Männer des Königs im Schatten einiger Kastanien ostwärts des Burgbergs aufgebaut hatten. Argumente für und wider einen Sturmangriff wurden ausgetauscht. »Spätestens in zwei oder drei Wochen«, fasste der Marschalk die Meinung der Mehrheit zusammen, »haben sie nichts mehr zu fressen. Dann müssen sie aufgeben.«

»Geht das nicht schneller?«, fragte der König missmutig. Alle wussten: In den nächsten Tagen würden die Byzantiner eintreffen, griechische Diplomaten mit dem hochmütigen Auftreten eines alten Kaiserreiches an der Grenze zum Morgenland. Vor den Augen dieser Fremden mehr oder weniger erfolglos gegen eine Heidenfestung anzurennen, war ein unschöner Gedanke.

»Warum ist das Belagerungsgerät noch nicht hier, Marschalk?«

Der Marschalk runzelte die Stirn, seine Hand fuhr durch den dünnen, grauen Bart. »Wir mussten den schweren Pionierzug zurücklassen, am Ort des Hinterhalts …« Es stellte sich heraus, dass nach dem ersten sächsischen Angriff Ochsen fehlten, um alle Fahrzeuge auszurüsten. Prompt rieb Esiko Salz in die Wunde: »Die große Wurfmaschine zusammenzubauen, dauert noch mal ein paar Tage … Warum nicht mit dem Heerbann stürmen?«

Der König drehte gereizt am Rubinring, als er versuchte, die verärgerten Gaufürsten wieder zu besänftigen. Einhard wurde in diesem Augenblick klar, wie sehr Graf Ruodbert fehlte: Der alte Polterer hatte etwas Ausgleichendes gehabt, das man erst bemerkte, als es nicht mehr da war.

Als das Hin und Her zu keinem Ergebnis führte, hob der König schließlich beide Hände und befahl mit einem Blick auf Esiko und die anderen Hundertschaftsführer: »Zieht alle Bogner des Banns zusammen und beschießt die Burg mit Brandpfeilen! Es hat seit Wochen nicht geregnet, und da oben sehe ich vor allem Holz! Gleichzeitig stürmen wir mit Rammböcken das Tor – Thegan wird die Scara mit seinen frischen Truppen unterstützen. Esiko, kommt zu mir.«

Mit missmutigem Gesichtsausdruck baute sich der Offizier vor dem König auf. Ohne ihn anzusehen, sagte der Herrscher: »Habt Ihr die verfluchte Heidensäule gefunden, Hauptmann?«

»Mein König, wir hatten noch keine Zeit …«

»Aber ich.« Der König lehnte sich in seinem Sitz zurück. »Gestern war ein Sachse bei uns. Er sagt, er sei getauft. Mein Leben würde ich ihm nicht anvertrauen, aber – er kann uns zur Irminsul führen. Sie ist nur zwei Stunden von hier entfernt.«

»Ich verstehe …« Esiko kratzte sich mit dem halben Zeigefinger am Hals. »Geht die Burg nicht vor, Herr?«

»Eben drum! Euch brauche ich ja auch hier, Esiko. Ihr werdet Eurem Freund *sax hamar* ein paar Soldaten an die Hand geben. Der soll losziehen und das Götzenbild dem Erdboden gleichmachen.«

Esikos Augen wurden schmal. »Mein *Freund*, Herr? Warum betont Ihr das?«

Der König zuckte die Achseln und warf einen Blick zu Einhard. »Ihr habt ihm damals doch die Axt gegeben, nicht wahr? Vor dem Zweikampf … Das war etwas eigenmächtig. Ohne Euch wäre er längst tot!«

»Und Ihr auch, mein König!« Ein Zittern lief durch Esikos Kiefermuskeln. »*Euch* hat er vor Witigo gerettet! Ihr hättet nicht allein mit einem Dutzend Männer auf die Höhe gehen sollen …«

»Genug davon!« Der Herrscher sprang auf. »Sammelt Eure Männer und stürmt endlich das Tor, kreuzverdammt! Graf Ruodbert hätte diesen Dreckshügel längst eingenommen!«

Sie erhitzten Pech, schnitten Leintücher in Streifen und wickelten sie um die Pfeilschäfte. Am nächsten Tag arbeiteten sich hunderte von Bogenschützen auf den Bergflanken nach oben und schossen Brandpfeile über die Wälle und in die Wachtürme. Die Sachsen wehrten sich mit schweren Feldsteinen und Baumstämmen, die die Abhänge hinunterdonnerten. Gleichzeitig liefen mehrere Dutzend Schuppenpanzer auf das Tor zu, so gut man eben mit einem gespitzten Kiefernstamm auf den Schultern bergauf laufen kann. Weithin war das Krachen zu vernehmen, als der Stamm zum ersten Mal gegen die Torflügel stieß. Doch sogleich bohrten sich gut gezielte Pfeile der Verteidiger in die Körper der Sturmabteilung und herabgeschleuderte Steine zertrümmerten die Schilde und Knochen der Mutigen vor dem Tor. Niemand war unter den Franken am Fuße des Burgberges, der das Geschehen nicht mit banger Anteilnahme betrachtete.

Am Nachmittag verdüsterte sich der Himmel und schwarzgraue Wolken zogen von Norden heran. Bald zuckten die ersten Blitze, und in Strömen stürzte der Regen hinab. Die Angreifer zogen sich in ihre Zelte zurück, wo sie die Schmährufe der vom Wetter geretteten Sachsen nicht hören konnten.

Kapitel XXX

Nordöstlich der Eresburg, August 772

Bleigrauer Dunst hing über dem Land, als die fünf Dutzend Reiter den Weg am Ufer der Dimella verließen und auf einen Holzbohlenweg einschwenkten. Was im Herbst und im Frühling ein mit Weiden und Pappeln durchsetzter Sumpf sein mochte, war durch die Sommerhitze halbwegs ausgetrocknet; der letzte Regen aber hatte die Planken rutschig gemacht. Der Führer der Gruppe, ein Mann mit nackenlangem Haar und Filzmütze, stieg vom Pferd.

»Noch eine halbe Meile, Bischof. Besser, wir laufen, bevor die Pferde sich die Beine brechen ...«

Fulrad von Metz, der schwergewichtige Kapellan des Königs, verzog das Gesicht. *Und was ist mit meinen Beinen?*, sagte sein Blick. Seufzend hievte er seinen Körper aus dem Sattel, während sein Diener das Pferd am Zügel hielt.

Arnulf kam schneller aus dem Sattel. »Aufsehnen!«, befahl er mit kräftiger Stimme. Gero und die anderen Bogner ihrer Eskorte spannten die Bogenschäfte und befestigten die Sehnenschlaufen in den knöchernen Nocken der Bogenenden. Sie nahmen die Waffen mit jeweils zwei Pfeilen in die Linke und die Zügel in die Rechte. Langsam, mit aufmerksamen Blicken nach links und rechts, bewegte sich die Kolonne weiter.

Unwillkürlich berührte Arnulf den Kopf des Habichts in seinem Gürtel. *Er hatte das Kommando!* Er war verantwortlich dafür, dass sie die Irminsul sicher erreichten. Um sie zu zerstören … Die Säule, hieß es, war die Verbindung der Heiden mit ihren Göttern – auf ihr ruhte der Himmel. Diese Säule zu vernichten, würde sie von ihren Göttern abschneiden, ihre Seelen blind und taub machen für den Unglauben: So hatte Bischof Fulrad es erklärt. Karls höchster Kirchenfürst würde bei dem Zerstörungswerk anwesend sein. Einerseits war das beruhigend, denn ganz geheuer war den Kriegern bei dieser Mission nicht; andererseits wirkte der unförmige Geistliche wie ein Fremdkörper unter den robusten, sehnigen Kriegern. Dass er Arnulf mit übertriebener Freundlichkeit behandelte, machte den Hessen instinktiv misstrauisch. Auch das dauernde Lächeln ihres sächsischen Führers verursachte Arnulf gemischte Gefühle. Er nannte sich Skerva. Die Haut seines Kinns leuchtete rot, wo er sich offenbar kurz zuvor einen Bart abgeschabt hatte; ein kleines Holzkreuz baumelte an Skervas Gürtel, neben dem Schwert. Am liebsten hätte Arnulf ihm die Waffe abgenommen.

»Wir erreichen gleich die Hütten der *harugari*«, rief der Sachse. »Das sind die Hüter der Irminsul. Sie tragen keine Waffen, sie werden nichts tun.«

»Das wäre besser für sie«, antwortete Arnulf.

Ein Regenschauer ging über sie hinweg. Vorsichtig, auf die Löcher zwischen den Bohlen achtend, folgte Arnulf den beiden Pferden, die Fulrads Diener am Zügel führte. Der Bischof selbst ging vor ihm auf einen Stab gestützt, daneben der Sachse. Wenn das eine Falle war, hatte Arnulf zuvor Skerva wissen lassen, würde er ihm als allererstes den Hals umdrehen. Daraufhin hatte der Sachse vergessen zu lächeln.

Ein krächzender Ruf erklang voraus, als hätte eine Kehle Rost angesetzt. Sie näherten sich einer Gruppe niedriger Giebelhäuser, die auf Stelzen standen. Unter einem der Strohdächer sahen sie zwei langbärtige Männer, die die Herannahenden reglos beobachteten. Sie trugen erdfarbene Gewänder, ohne die überbreiten Gürtel, die die Sachsen sonst hatten. Dafür hatten sie noch mehr Haar im Gesicht. Angespannt sah Arnulf sich immer wieder um: Jetzt war ein Angriff möglich – wenn es einen Hinterhalt gab, wenn ihr Führer sie ins Verderben führen wollte.

Doch die *harugari* verharrten in sicherer Entfernung. Der Untergrund wurde fester, sie passierten einen Hain alter Eichen. Erschrocken erkannte Arnulf die Reste eines menschlichen Körpers, den man an einen Stamm genagelt hatte. Am Fuß des Baumes war ein verrosteter Schuppenpanzer befestigt, der der Rüstung der Scara glich. Die Krieger fluchten leise, als sie an dem schaurigen Zeugnis vorbeizogen.

Dann standen sie vor der Himmelssäule.

Aus irgendeinem Grund hatte Arnulf erwartet, dass der Pfeiler des Himmels auf einem Hügel stehen würde. Doch er war von Wasser umgeben: Ein kurzer Damm führte in einen See hinein, der nicht vielmehr war als ein großer Teich, halb bedeckt von Wasserpflanzen. Inmitten einer etwa fünfzig Schritt breiten Halbinsel ragte ein vier oder fünf Ellen dicker Baumstamm in den Himmel, so gleichmäßig, dass er tatsächlich wie eine Säule wirkte. In einer Höhe von dreißig oder vierzig Fuß teilte sich der Stamm in zwei auseinanderlaufende Einzelbögen. Bleiche Tierschädel mit mächtigen Hörnern steckten auf den beiden Enden. Über und über war der Stamm mit heidnischen Zeichen bedeckt.

»Keine Furcht, Männer!«, rief Fulrad laut. »Wir tun Gottes Werk! Wir schaffen dem wahren Glauben Platz, so wie es einst der Heilige Bonifatius tat, als er die Donareiche fällte!«

Einige der Krieger bekreuzigten sich mit kleinen, hastigen Bewegungen. Arnulf schluckte, seine Kehle war trocken; etwas Gespenstisches umgab die Säule. Für einen Augenblick war nur das Schnauben der Pferde und das Quaken von Fröschen zu hören. Dann machten sich vier Männer mit langen Äxten

daran, auf den Stamm einzuschlagen. Bilder aus den Friedeslarer Wäldern stiegen vor Arnulfs Auge auf, aus der Zeit bei
Notker – damals war er stolz gewesen, wenn der Baumeister
ihm auf die Schulter klopfte …

Schnell zwang er sich wieder in das Jetzt zurück. Er ließ die
Krieger am Ufer einen Halbkreis bilden, mit den Waffen zum
Hain. Nichts regte sich dort, und so ging er zurück zu Fulrad
und den Hauern. Unter seinen Füßen knirschte es wie Kies. Er
hob etwas Grauverwittertes auf: Es war zu leicht für einen Stein.
Arnulf wurde nicht schlau daraus, ebenso wenig wie aus den
abgeflachten Felsblöcken, die die Säule in vier Himmelsrichtun-
gen umstanden. Der hüfthohe Stein in östlicher Richtung war von
rotbraunen Farbspuren überzogen, wie ein alter Schlachtblock.

Wieder und wieder krachte der Stahl der Äxte auf die Baum-
säule. Doch die Axtköpfe prallten zurück vom Holz, als wäre tat-
sächlich ein Zauber am Werk. Obwohl der Kapellan mit seinem
Diener in Hörweite stand, fluchten die Hauer laut und lauter.
Es würde einen ganzen Tag brauchen, grunzte einer von ihnen.
Fulrad stülpte nachdenklich die Lippen nach außen – Arnulf
musste an einen Fisch denken, den sein Vater einmal aus der
Adrana gezogen hatte.

Unruhe entstand unter den Männern. Mittlerweile näherte
sich eine Wand aus Nordwesten, dunkel und gewaltig. Gebannt
starrte Arnulf an den Himmel: War das Donars Zorn, der dort
Gestalt annahm? In südöstlicher Richtung hatte sich gleichzeitig
eine schmutzig-gelbliche Wolkenwalze aufgetürmt. Beide For-
mationen bewegten sich aufeinander zu … Arnulfs Nackenhaare
richteten sich auf. Er warf einen Blick zu den Kriegern am Ufer
und merkte, dass sie ihn beobachteten. *God almahtigan* … Er unterdrückte den Trieb, sich zu bekreuzigen – man sollte ihn nicht für
ängstlich halten. Umso nervöser machte es ihn, dass die sächsischen *harugari* unter den Bäumen hervorkamen. Sie näherten sich

dem Halbkreis der Scara bis auf dreißig oder vierzig Schritt und stießen urtümliche Laute voller Hass und Empörung aus.

Einer, hochgewachsen, weißhaarig, der Bart mehr als einen Fuß lang, war über allen anderen zu hören:

»*Fluohhon kurit! Fluohhon!*«

Ein ferner Donnerschlag ließ alle zusammenfahren. Das Gewitter knisterte förmlich in der Luft. Fulrad schickte seinen Diener zu den Pferden zurück. Mit einem nervösen Lächeln berührte er Arnulf am Arm. »Mit Feuer wurde Sodom vertilgt, mein Sohn. Mit Feuer und Schwefel, nicht mit der Axt ...«

»Den Baum verbrennen? Womit?«

»Wir sind nicht unvorbereitet gekommen, *sax hamar*! Haltet uns die Heiden vom Hals, hört Ihr?«

Zwei Packpferde wurden nach vorne geführt mit gefüllten Pecheimern und Feuerholzbündeln in wasserdichter Leinwand. Die Hauer ließen die Äxte fallen, griffen zu Feuerstein und Stahl und schlugen Funken. Bald züngelten grelle Flammen am Himmelsbaum empor. Der Bischof zeigte auf die Langbärte, die Knüppel aufgenommen hatten und heisere Verfluchungen schrien. Ein feiner Schweißfilm erschien auf Fulrads Stirn.

»Diese Götzendiener wollen unseren Tod, seht Ihr nicht?«

Arnulfs Rechte berührte den Habicht. Der Geistliche hatte Angst. War er dem Herrn doch nicht so nah, wie er behauptete? »Wir könnten sie niederschießen, Euer Gnaden, aber ...«

»Warum tut Ihr es dann nicht?«

Arnulf holte Luft und dachte an den Nussknacker in den Händen des Königs. »Euer Gnaden, sie können uns nichts anhaben!«

»Tun sie Euch leid, ja? Seht Ihr, was hier herumliegt? Das sind Fingerkuppen, tausende! Sie schneiden sie ihren Opfern ab.«

Arnulf sah zu Boden und wusste, dass der Kapellan recht hatte. »Glaubt mir, ich hasse sie auch! Die Sachsen haben meinen Vater getötet.«

Der Kapellan nickte, als wäre das eine passende Antwort. Dann überraschte er Arnulf mit der Frage nach ihrem Führer – wo war Skerva?

»*Skizan* …«, zischte der Hesse. Hatte Skerva nicht mitgeholfen, das Feuer zu entzünden? Warum hatte er nicht auf den Kerl aufgepasst? Ein Schilfgürtel zog sich am Ufer des Sees entlang, und wie ein Vorhang hingen die langen Zweige von Weiden in das Wasser. Skerva war verschwunden … *Holte er sächsische Krieger herbei?*

Ein Donnerschlag ließ die Luft erzittern. Arnulfs Ohren dröhnten. Auch Fulrad konnte nicht anders, als nach oben zu schauen, seine Lippen bewegten sich stumm. Arnulf spürte einen ersten Anflug von Angst. *Donar mit dem Hammer* – er rang da oben mit … Petrus? Mit Gott? Die schwarze Wand und die schwefelig gelben Wolkentürme standen sich nun gegenüber wie zwei Mächte, die nicht gleichzeitig sein können.

Funkenflug von der Brandsäule erreichte sie: Die Irminsul hatte sich in ein loderndes Mahnmal verwandelt. In ohnmächtigem Zorn schüttelten die *harugari* die Fäuste; jüngere Männer waren zwischen ihnen aufgetaucht, Leute in schlichter Tunika und mit breitem Gürtel, die begannen, Erdklumpen und Steine in Richtung der Krieger zu werfen. Die ersten Würfe waren lächerlich kurz, doch schon kamen wütende Warnschreie aus dem Haufen der Schuppengepanzerten. Arnulf und der schwergewichtige Bischof liefen mit eiligen Schritten auf dem Damm zurück. Fulrads rotbäckiger Leibdiener folgte ihnen, mit einer Hand das Holzkreuz auf der Brust festhaltend.

»Unsichtbare Feinde sind die gefährlichsten.«

Der seltsam vertrauliche Ton alarmierte Arnulf. »Was wollt Ihr damit sagen?«

»Der Consiliarius gibt sich als Euer Beschützer, nicht wahr? Aber dass er Euch umbringen lassen wollte, wusstet Ihr das?«

Es war schlimm, was Fulrad sagte. Schlimmer noch, dass keine Zeit war, auf seine Worte einzugehen. Denn immer mehr und besser gezielte Wurfgeschosse gingen jetzt nahe den Scarakriegern nieder. Ein junger, bartloser Kerl ließ den Wurfriemen einer Schleuder kreisen. Arnulfs Nackenhaare richteten sich auf – Blutvergießen hing in der Luft.

»Arnulf?!« Er fing einen Blick von Gero auf. Der Bogner hatte einen Pfeil auf der Sehne und zielte bereits. »Sollen wir die Schweine fertigmachen?«

»Wartet!«, brüllte Arnulf. Ein Ross wieherte laut, als es am Hals getroffen wurde. »Was redet Ihr, Bischof? Einhard will mich für seine Leibwache! Ich soll sie führen!« Nur einen Tag war es her, dass der Consiliarius ihm dies angeboten hatte; überrascht hatte Arnulf um Bedenkzeit gebeten. Er wollte Grimbalds Meinung dazu hören, vielleicht auch Esikos … Ein Stein zischte über seinen Kopf hinweg. Ein paar Zoll tiefer, und er wäre nicht mehr auf den Beinen …

»Schießt!«, brüllte er den Bognern zu. Pfeile zischten in die Langbärte. Arnulf sah den weißhaarigen Schreier zusammenbrechen. Fulrad rief etwas, doch ein Donnerschlag von oben übertönte seine Worte. Der eben noch so ängstliche Kapellan schien den Tumult wenige Schritte vor ihnen gar nicht wahrzunehmen.

»… meine Warnung, Arnulf! Wegen Euch hat Einhard sich bei Thegan verhasst gemacht, erinnert Ihr Euch? Thegan wird der mächtigste Fürst an der Grenze sein. Einhard muss als Herr von Curbeki mit ihm auskommen, versteht Ihr?!«

Arnulf verstand kein Wort.

»Warum massakrieren wir sie nicht allesamt, *hamar*?«, rief ein Truppführer mit grimmiger Miene und zog sein Schwert aus der Scheide.

»Bleibt stehen! Bleibt zusammen!« Er sah die meisten Sachsen vor den Pfeilen Reißaus nehmen, in den Schutz der Bäume.

Wie viele hatten sich im Hain versteckt? Und wo war Skerva hingelaufen?

Am liebsten hätte er den Bischof angeschrien, das Maul zu halten. Doch wie ein unsichtbares Gift wirkten die Worte des Geistlichen bereits.

»Der Zweikampf, das war Einhards Idee!?«

»Nein, die des Königs!« Fulrad stand nun so dicht neben ihm, dass er Arnulf praktisch ins Ohr sprach. »Damit kamen wir Graf Hartmut entgegen, Ihr wart ja unter seinem Schutz. Einhard wollte Euch im Schlaf erdrosseln lassen, um sich bei Thegan lieb Kind zu machen ...«

Nichts in Fulrads Gesicht deutete darauf hin, dass er log. Nur diese wulstigen Lippen hatten etwas, das Arnulf nicht geheuer war.

»Warum ... Vorsicht!«

Zuerst hatte er die Gestalt für ihren zurückkehrenden Führer gehalten. Aber der Mann am Ufer, der zwischen dichten Zweigen hervorkam, hatte nicht Skervas grauen Umhang mit der silbernen Fibel. Er rannte, und das Kurzschwert in seiner Hand zeigte mit der Spitze nach vorn. In dem Gesicht mit den aufgerissenen Augen war etwas, das Arnulf schlagartig an die Verfolgung durch Blutmund zurückdenken ließ, Jahre zuvor; ein Wahnsinniger, der töten will. Mit Mühe wich Arnulf dem Schwertstoß aus, riss an der Streitaxt im Gürtel – und rutschte aus. Auf dem Rücken liegend, sah er das Schwert des Sachsen in den Bauch von Fulrads Diener fahren.

Der Angreifer hätte als nächstes den erstarrten Fulrad niederstechen können. Doch stattdessen jagte er dem sterbenden Diener die Klinge noch ein weiteres Mal in den Brustkasten und in die Seite, als sei ein Franke so viel wert wie der andere. Dann war Arnulf über ihm, der Habicht grub sich tief in die Schulter des Sachsen. Der zweite Schlag zertrümmerte seine Schläfe.

Arnulf hatte zum dritten Mal ausgeholt, aber der Angreifer lag mit verzerrtem Gesicht auf dem Körper seines Opfers und bewegte sich nicht mehr.

Noch eine Seele für Walhall.

»Herr, wir danken dir!« Fulrad schlug ein Kreuz. »Ist er tot?«

»Ja. Beide.«

»Dann werden wir nicht erfahren, wer ihn geschickt hat!«

»Euer Diener ist abgestochen worden!«, schnaubte der Krieger. »Er hat sich für Euch geopfert!«

»Friede seiner Seele!« Traurig wölbten sich die Lippen Fulrads, und die Mundwinkel gingen nach unten, als hätte er erst jetzt den Verlust seines Knechts bemerkt.

Ein Fisch, der alles sieht und nichts fühlt.

Arnulf eilte zu den Scara-Kriegern: angespannte Gesichter hinter schussbereiten Bögen. Doch die Horde der Langbärte hatte sich nach den ersten Schüssen zurückgezogen, sie sahen die letzten dieser unheimlichen Gestalten im Hain verschwinden.

»Aufsitzen, Männer! Wir verschwinden! Den Götterbaum löscht keiner mehr!«

Die Irminsul hatte sich in eine lodernde Feuersäule verwandelt, die sich gespenstisch gegen den schwarzblauen Himmel abhob. Blitze durchzuckten das Firmament, und ein Donner nach dem anderen rollte über die Franken hinweg. Einige der Krieger stießen Stoßgebete aus, als sie auf die Pferde stiegen. Regentropfen gingen auf sie nieder, fette schwere Tropfen. Nein, Wodan und Donar hatten ihr Heiligtum nicht kampflos preisgegeben …

So schnell wie möglich ritten sie durch den Eichenwald und den Sumpf, ohne auf die Pferdebeine Rücksicht zu nehmen. Zurück blieben die Leiche eines namenlosen Attentäters und die von Pfeilen durchbohrten Körper langbärtiger Heidenpriester.

Wollte Einhard ihn wirklich töten lassen?

Kapitel XXXI

Vor der Eresburg, August 772

»Die Scara leckt ihre Wunden, und der Heerbann hat Angst vor dem Sterben.« Der Kopf des Königs verschwand im Leinenhemd, das ihm sein Diener überzog, und schon war die kräftige Brustbehaarung von Gottes Stellvertreter auf Erden von sauberem Tuch verdeckt. »Esiko sieht mich an wie … wie hieß der Mann, der Troja einnahm?«

»Odysseus«, sagte Einhard ohne zu zögern. Und berichtigte sich sogleich: »Odysseus hatte die Idee mit dem Pferd, König Agamemnon hatte den Oberbefehl.« Er fischte ein paar Kirschen aus einer Obstschale.

Unwillig schüttelte der Herrscher den Kopf. »Achill, so hieß der Unbesiegbare! Der hasste Agamemnon, stimmt's?«

Einhard nickte und wog seine nächsten Worte ab, während die Ankleidung des Königs rasch voranging. Der Tunika folgte ein robustes, von fränkischen Mägden aus Marderfellen genähtes Wams, eingefasst mit roten Seidenbändern. Der König setzte sich wieder hin. Sogleich begannen die flinken Finger des Dieners die Lederriemen um die Unterschenkel zu schnüren, so dicht, dass sie beim Reiten Schutz bieten würden vor Dornen und Zweigen.

»Achill, Herr, wollte nicht mehr kämpfen, als Agamemnon ihm die Kriegsbeute wegnahm, eine schöne Priesterin.«

»Höre ich da einen Unterton, Einhard? Ich habe Esiko immer wieder Silber gegeben, reichlich Silber! Nach jedem Kampf und jedem Feldzug. Und ein paar Weiber, nun ja, werden auch darunter gewesen sein … Aber ich kann nicht jedem einen Königshof schenken. Verdammt, meine Füße sind geschwollen!« Er verzog das Gesicht, als er den rechten Fuß in den Stiefel bohrte, den sein Leibknecht ihm mit demütiger Miene hinhielt. »Meine Jäger haben einen Bären gesehen, Einhard! Ein riesiges Vieh! Wann habt Ihr zum letzten Mal in Aquisgranum einen Bären gesehen?« Die Augen des Königs leuchteten.

»Das ist eine Weile her ….«

»Ein paar Wisente sollten wir auch finden … Es kann zwei oder drei Tage dauern. Stellt Euch vor, meine kleine Sächsin will mitkommen! Die Frauen hier oben sind anders als unsere.«

»Gewiss, Herr – aber die Ankunft des byzantinischen Großfürsten …«

»Ihr vertretet mich. Mit diesen bemalten Affen könnt Ihr ohnehin besser umgehen.« Der König stand auf und stampfte mit einem Fuß auf. Dann grinste er wie ein großer Junge.

»Nehmt *sax hamar* dazu! Vielleicht schicken wir ihn mal nach Byzanz, um den Kaiser zu erschrecken!? Was meint Ihr?«

Einhard lächelte pflichtgemäß. »Ich denke, in ihm steckt noch Einiges, das wir gebrauchen können. Was nun die Byzantiner angeht …«

»Habt Ihr mich nicht gehört?«, unterbrach ihn der König mit überraschender Schärfe. Er hatte die Schwertscheide in die Linke genommen, die Rechte schloss sich fest um den Griff. »Wir wissen, was sie wollen, diese Griechen! Wir sollen ihr Hab und Gut in Italien verteidigen, weil ihnen ihre eigenen Krieger zu kostbar sind! Vielleicht haben sie auch gar keine, ich weiß es nicht … am liebsten töten diese Leute doch mit Gift!«

»Wir könnten …«

»Schweigt!«, knurrte Karl und stieß die fünf Zoll weit hervorgezogene Klinge heftig zurück in die Scheide, nur um dies einige Male energisch zu wiederholen. »Die Byzantiner halten sich für das Salz der Erde und für die ersten Menschen nach Adam und Eva und *sagen* das auch jedem … Ihr Kaiser hat meinen Vater immer wieder gedemütigt, er wollte sein Königtum nicht anerkennen. Und heute kommen sie mit ihren goldenen Schuhen hier angekrochen und wollen unsere Kriegsmacht ausleihen … Zur Hölle mit ihnen!«

Einhard neigte den Kopf, überwältigt von so viel altem und gleichwohl lebendigem Groll. »Ich werde sie höflich, aber nicht freundlich empfangen, mein König.«

»Gut!«, sagte der Herrscher in halbwegs ruhigem Ton. »Genau das habe ich sagen wollen. Fallt ihnen nicht gleich um den Hals, nur weil sie Euch ein paar staubige Bücher als Gastgeschenk mitbringen!«

* * *

Arnulf war einerseits froh, dass er eine neue Tunika angelegt hatte; Einhards Idee war das gewesen. Auch hatte er sich die Haare stutzen lassen und das Kinn rasiert. Doch nach einer halben Stunde unter dem zeltartigen Baldachin fragte er sich, was das alles sollte.

Die Byzantiner waren mit der enormen Zahl von über hundert Personen eingetroffen. Mehr als ein Dutzend Fahrzeuge hatten die fränkischen Krieger zu Füßen der Burg gezählt, viele davon mit sorgfältig geschnitzten Holzaufbauten und vergitterten Fenstern, ganz anders als die wuchtigen Planenwagen der Franken. Zwei oder drei Dutzend prächtig gekleideter Griechen standen nun vor Einhard und einigen der höchsten Würdenträger des Königs. Eine imposante Figur in purpurrotem Mantel – der Senator Philagatos, laut dem Übersetzer ein Vetter des Kaisers Konstantin – leitete die Begrüßungszeremonie auf griechischer Seite. Leitete? Er selbst sprach offenbar nicht zu Normalsterblichen. Dies tat vielmehr sein Untergebener, dessen golden glitzernder Seidenumhang hier im Süden des Sachsenlandes wohl noch niemals zuvor gesehen worden war. Diese unglaublichen Farben waren es, die das Schauspiel für Arnulf halbwegs erträglich machten.

Der Übersetzer war ein wieselartiger Mann. Ein dunkler Bart lief wie ein Kreis um seine Lippen. Er übertrug die Worte des Diplomaten ins Fränkische, mit einem auf- und abschwellenden Ton, der an Bienen im Flug erinnerte. Es war ermüdend: Der Mann im Seidenmantel wusste immer noch einen weiteren Landstrich zu nennen, den die höchste Majestät beherrschte. Und immer neue Titel: Fürst von Kapadokien und Erlöser von Mösien und Wächter des Heiligen Grabes und ...

Wie ein Eichhörnchen, das Nüsse sammelt ... Aber wozu?

Der ferne Kaiser, dessen Senator hier so groß tat, brauchte die Hilfe des Frankenkönigs! Warum sonst hätte er seine Getreuen den weiten Weg in die sächsische Wildnis machen lassen?

Unauffällig blickte der Krieger zu Einhard hinüber. Der Consiliarius stand kerzengerade in einem blauen Prachtmantel da, mit einer Goldkette um den Hals. Er hatte einen würdig-ernsten Gesichtsausdruck, ganz so, als sei jeder dieser Titel eine Sache von Bedeutung, die die alles überragende Stellung des alten Ostroms unterstrich.

»Warum fangen wir nicht an?«, grummelte Arnulf halblaut. Den Purpurnen selbst konnte man nicht ansprechen, sein Blick war geradeaus gerichtet an den unteren Rand des Baldachin, er war mit höheren Wesen in Verbindung – oder verfolgte er lediglich das Arbeiten der Wurfmaschine, die einige Hundert Schritte entfernt ihre tödliche Last in den Himmel wuchtete? Mit ein paar Herzschlägen Verzögerung hörten sie die Einschläge oben in der Burg: Ein dumpfes Geräusch, wenn der Felsblock über den Burgwall hinwegschwebte und sich dort in den Boden bohrte; ein vernehmbares Krachen, wenn der Wall oder eines der Gebäude dahinter getroffen wurde. Arnulf war unbeweglich auf seinem Platz stehengeblieben, die Arme über der Brust verschränkt. Tatsächlich wusste Arnulf in groben Zügen, worum es ging: Die byzantinischen Besitztümer in Italien wurden von den Langobarden bedroht. Ein paar dieser Provinzen und eine byzantinische Prinzessin wollte man dem mächtigen Frankenkönig anbieten, um ein Bündnis zwischen dem Ostreich und der größten Macht im Westen zu schmieden. Das Hofprotokoll der Byzantiner, hatte Einhard mit einem Seufzer bemerkt, sei das komplizierteste der Welt. Darin drücke sich auch das Selbstverständnis aus, das wichtigste – und christlichste – Reich auf Erden zu sein. Eine Vorstellung, die die Franken schwerlich teilen mochten.

Einhard zahlte den Fremden die Titelei nun so gut es ging heim: Alemannien und Burgund, Aquitanien und Bayern, Septimanien und Friaul … auch er brauchte Zeit, um all die Gebiete aufzuzählen, die unter die Herrschaft von *Carolus Rex* fielen. Immer wieder bewegte der Goldene den Oberkörper zwei oder drei Zoll nach vorne, wobei er einen vergoldeten Holzstock mit einem Haarschweif wie ein Zepter bewegte, als würde er das Gesagte auf irgendeine Weise anerkennen. Die Augen des Byzantiners waren mit schwarzen Linien umrandet, schwarz wie Holzkohle, was ihn unheimlich aussehen ließ und zugleich ein bisschen wie die Frau, auf der Arnulf letzte Nacht gelegen hatte – freilich, die Gesichtshaut des Griechen schien deutlich reiner. Mit stillem Staunen hatte Arnulf ferner festgestellt, dass die Sandalen, die unter dem Saum des Gewandes sichtbar wurden, mit Edelsteinen besetzt waren.

Endlich war Einhard selbst dran: »Der Herr von Curbeki, mit allen umliegenden Höfen und Siedlungen, Herr der Grenzmark und königlicher Prokurator im südlichen Engern, Mitglied des Kronrates, Erster Consiliarius zu italienischen Angelegenheiten …«

Der Übersetzer begann sein Summen, das Schweifzepter bewegte sich, und dann merkte Arnulf, dass Einhard ihn selbst anblickte. Das Summen war verstummt.

Arnulf räusperte sich. Einhard hatte ihm erklärt, was er sagen sollte, doch er hatte nicht wirklich hingehört. Die ganze Zeremonie erschien ihm wie ein einziges Schauspiel. Was hatte er darin zu tun? Seine Hose war fleckig vom Pech der Brandpfeile, das wusste er, und die verschlissenen Wadenbänder hätte er längst wegwerfen müssen. Neue Schuhe hatte er sich nähen lassen, immerhin; Stiefel hätte er sich leisten sollen, aber – er hatte Geld bei den Huren gelassen, seitdem Ragla seine Lust nicht mehr befriedigen wollte; dann hatte er um seiner *ahta* willen ein fettes Schaf gekauft für das Lagerfeuer der Rinahgauer, und er hatte Bernhard Geld gegeben für neue Kleidung.

»Ich bin Arnulf von Friedeslar!« Er rief es so laut, dass dem Schwarzäugigen fast der Stockschweif aus der Hand gefallen wäre.

»Man nennt mich *sax hamar.*«

Stille. Arnulf spürte alle Augen auf sich. Der Übersetzer strich sich über den unteren Rand seines Bartkreises, er schien auf etwas zu warten. *Was wollten diese komischen Vögel hören?*

»Ich habe Widukinds Bruder erschlagen!«

Und Eure Titel sind ein Dreck dagegen.

Da regte sich plötzlich der Senator selbst, der Blutsverwandte des oströmischen Kaisers Konstantin, dem Herrn über viele Länder und Inhaber von noch viel mehr Titeln. Keinem anderen als *sax hamar* war es gelungen, eine Regung bei ihm auszulösen! Er murmelte seinem Diplomatendiener etwas zu. Der Schwarzäugige wiederum beugte sich zum Übersetzer hinab, worauf der, nach einem Räuspern, Arnulf ansah und mit seiner merkwürdig eintönigen Stimme fragte:

»Wer ist Widukind?«

* * *

Am nächsten Tag fiel die Burg.

Die Sachsen hätten besser früher aufgegeben, sagte man später. Wie zur Entschuldigung. Die Steinblöcke der Wurfmaschine hatten Tor und Wälle soweit zerstört, dass die Erstürmung nur noch eine Frage von Stunden war. Doch dann öffnete sich am späten Vormittag eine Luke im Wall, ein älterer Mann mit Kettenhemd und einem weißen Lumpen erschien. Wollte er noch Zugeständnisse erbitten?

Sofort packten ihn ein paar Hitzköpfe der Scara und warfen ihn den Hügel hinab. Die Luke schloss sich nicht schnell genug wieder, vielleicht weil die sich anschließenden Balken vom Beschuss beschädigt waren; im Nu waren mehr als hundert Krieger in die Burg eingedrungen. Sachsen, die nicht schnell genug ihre Waffen fallen ließen, wurden einfach niedergehauen. Man nahm ihnen die silbernen Armreifen und das bisschen an Münzen, das sie bei sich trugen, und drang in die Gebäude ein. In den Lärm der eingeschlagenen Türen und auseinandergerissenen Kisten mischten sich Schreie von Frauen. Waren es Sachsenweiber oder verschleppte Fränkinnen? Die Eindringlinge fragten nicht danach.

Als Esiko und Arnulf endlich in diesen Tumult stießen, wurde nicht mehr gekämpft, nur noch geplündert. Der Offizier postierte Ansgar und einige der verlässlichsten Krieger vor den Gebäuden und ließ die überlebenden Sachsen am Brunnen in der Mitte der Burg zusammentreiben. Als Einhard etwas später Tote und Lebende zählen ließ, kam er nur auf hundertachtzig Mann: Sie hatten ausgereicht, um die Frankenarmee zwei Wochen lang zu beschäftigen.

Auch der König verzog das Gesicht, als Einhard ihm die Zahl nannte. Vielleicht lag es aber auch am muffigen Geruch von Zwiebeln, Mäusedreck und ungewaschenen Körpern, der in den Räumen des Haupthauses hing. Der Marschalk hatte im Namen seines Herrn sofort von der sechseckigen Festung aus dunklen Eichenbalken Besitz ergriffen. Die Fenster waren klein, wie Öffnungen in einem Schildkrötenpanzer. Ein Strom von Trägern und Maultierführern förderte das königliche Mobiliar, Teppiche, Decken und Kissen auf den Burgberg und vergrößerte das Durcheinander auf dem Burghof.

»Keine zweihundert Mann – die Byzantiner werden es in ihre dicken Bücher schreiben und ihr Kaiser wird sich darüber lustig machen …« Der Ton des Königs wurde beißend. »Kaiser Konstantin verhandelt übrigens selbst mit den Langobarden, lieber Consiliarius, während sein Senator uns hier schöne Augen macht. Warum höre ich das vom Bischof, wenn Ihr doch die italienische Korrespondenz führt?«

»Der Kapellan, mein König, hat einige Gesandte an der Kurie in Rom, die für ihn spionieren«, sagte Einhard so höflich wie möglich. »Auf eigene Rechnung …«

Auf Rechnung der Heiligen Kirche …

»Wirklich? Dieser Fuchs!« Anerkennend schüttelte Karl den Kopf. Und darin, wurde Einhard gewahr, lag mehr Wahrhaftigkeit als in vielem anderen, das der König sonst von sich gab.

Eine größere Kammer, die zur Halle ging, hatte Tristan für den Consiliarius sichern sollen, doch statt dessen rangelte er mit einigen Hofleuten – nein, er tauschte mit ihnen Plündergut!

»Schaut einmal, Herr! Was machen die Barbaren mit solchen Schalen?« Tristan hielt eine menschliche Schädeldecke in der Hand, die zu klein war, um von einem Erwachsenen zu stammen. Der Rand war mit einem Goldband eingefasst.

»Sachsenbier trinken, vielleicht? Jetzt eile und richte die Kammer her!«

* * *

Durch ein Loch in der Decke fiel helles Tageslicht auf den Feldstein, der Tage zuvor eine Bank und eine Holztruhe unter sich begraben hatte: Die Wurfmaschine hatte ganze Arbeit geleistet. Arnulf betrat den Raum mit einer schlanken, sichtbar erregten Frau an seiner Seite, die ungefähr zwanzig Jahre zählen mochte.

»Consiliarius? Sie sagt, sie sei eine Edelfrau. Sie behauptet, etwas für den König zu haben …«

Einhard schaute von der Metallkiste auf, die zwei Männer mit einem Schmiedehammer aufgebrochen hatten. Silber schimmerte aus dem Inneren hervor. *Kein Goldschatz.*

»Wer seid Ihr, *magad*?«

Die Frau, die Arnulf am Oberarm festhielt wie ein störrisches Fohlen, funkelte Einhard an. Ihre Augen sprühten grünes Feuer; die schwarzen Haare waren in mehreren Zöpfen hinter dem Kopf zusammengebunden.

»Wer seid *Ihr* denn? Stellt man sich nicht vor, wenn man ein Haus betritt? Eine meiner Zofen ist von Euren Männern geschändet worden! Ihr habt meinen Oheim vor der Burg erschlagen, mit dem weißen Tuch in der Hand! *Carolus Rex* ist ein König der Barbaren.«

»Wer fällt hier ein Urteil über den König?« Eine Gestalt in schlichter Jagdkluft kam mit tief geneigtem Kopf durch den Türrahmen. Dahinter folgten Fulrad, ein Priester und zwei Scara-Offiziere.

»Eine unverschämte Person, Herr«, sagte Einhard schnell. »Bringt sie hinaus, Arnulf!«

»Wartet!« Der Herrscher fuhr sich über den Schnurrbart. »Habt Ihr dem König etwas auszurichten, *magad*?«

Für einen Augenblick verstummte die Furie. Misstrauisch blickte sie zu der mächtigen Gestalt auf und bemerkte die Edelsteinringe an dessen Hand. »Ich bin Erika aus dem Geschlecht der Hermanduren! Meine Zofe ist von Euren Männern geschändet worden! Ich will, dass der Täter bestraft wird!«

»Ihr habt nichts zu fordern, Edelfrau! Ihr seid der Gnade des Frankenkönigs ausgeliefert, Ihr und Euer Gefolge.«

»Ihr selbst seid der König?!«

Der Herrscher lächelte byzantinisch. Einhard nickte, denn peinliche Situationen dieser Art waren ihm verhasst. Doch sie zeigte keinerlei Respektsbekundung, im Gegenteil. »Wenn Ihr mich nicht anständig behandelt, wird mein Stamm mich rächen! Unsere Krieger werden kommen ...«

»Euer Heer ist vernichtet.« Der Ton des Königs war der, den man gegenüber einem trotzigen Kind anschlägt. »Gottesurteil – diesen Begriff kennt Ihr auch im Sachsenland, nicht wahr? Was Euch bleibt, ist *Unterwerfung* – auf Gedeih und Verderb! – Lasst sie los, Arnulf.«

Arnulf löste seinen Griff. Wütend rieb sie mit der Rechten die Druckstelle am Oberarm. »Meine Familie ... mein Bruder wird mich befreien!«

»Wie heißt denn Euer Bruder?« Fulrads Stimme klang erstaunlich freundlich, geradezu vertrauenerweckend.

»Witigo«, murmelte sie, ohne jemanden anzusehen. »Er wird Euch bestrafen ...«

»Dann seid Ihr die Schwester des Herzogs Widukind?!«

»Er ist mein Halbbruder, wir haben denselben Vater.« Sie hob den Kopf, das Kinn nach vorn. »Und sprecht mich mit Edelfrau an!«

Der König hatte sich auf eine Holzkiste gesetzt, auf der blutbefleckte Tücher lagen; in dem Raum mochten Verwundete gelegen haben. Er verschränkte die Hände vor der Brust und sah Erika an wie ein widerspenstiges Pferd, das den Sattel abgeworfen hat.

»Als ich Witigo das letzte Mal sah, lag er in seinem Blut. Weder er noch Widukind wird Euch retten noch sonst jemand.«

Sie stand stocksteif da, nur ihre Unterlippe zitterte – und langsam füllten sich ihre Augen mit Tränen.

»Der Herzog bot mir übrigens Eure Hand an, um eines Bündnisses willen. Seid also etwas höflicher gegenüber dem König der Franken und seinem Hofkapellan!«

»Das hat er nicht getan!«, zischte sie. »Er hätte mich nie zu den Kreuzanbetern geschickt!«

»Mein Rat an Euch, wilde Edelfrau«, sagte Karl. »Lasst Euch von meinem Kapellan Fulrad im wahren Glauben unterweisen, nehmt die Taufe und findet Euch mit den Gegebenheiten ab.«

»Niemals!«

»Ihr könnt stolz auf Witigo sein«, sagte Arnulf unbeholfen, auf der Suche nach einem tröstlichen Wort. »Er war ein großer Krieger.«

»Bis Ihr ihn erschlagen habt«, ergänzte der König gleichmütig.

Sie starrte Arnulf ungläubig an. Ihren sächsischen Fluch verstand niemand, doch ihre Fingernägel kamen Arnulfs Augen nahe, sehr nahe. So überrascht war der Krieger, dass es drei oder vier Herzschläge dauerte, bis er sie unter Kontrolle hatte.

»Fügt Euch, Erika!«, rief Fulrad scharf. »Die Himmelssäule ist in Flammen aufgegangen! Eure Götter sind Asche, sie vermögen nichts mehr!«

»Meint Ihr, Ihr zerstört damit meinen Glauben? Ihr könnt unsere Götter nicht töten!« Verblüfft über die Kraft dieses schmalen, biegsamen Körpers wagte Arnulf nicht mehr, sie loszulassen. Der König nahm Fulrad beiseite und zog Einhard mit einem Kopfnicken dazu.

»Sie kann uns zu Widukind bringen – oder Widukind zu uns. Passt gut auf sie auf!«

Kapitel XXXII

Auf der Eresburg, August 772

In den nächsten Wochen richtete sich der Hofstaat auf der Burg ein. Die Zimmerleute des Königs reparierten die von der Steinschleuder zerstörten Dächer und Wände der Gebäude, Krieger der Scara richteten nach und nach die Wälle neu auf. In nur zwei Wochen entstanden geräumige Baracken entlang der Rückseite des Walls für die künftigen Burgtruppen. Ferner entstanden auf Geheiß des Königs zusätzliche Wachtürme, die die Anlage sicherer gegen einen Überfall machen sollten.

Für all das zog man mehr als hundert sächsische Männer und Halbwüchsige aus der Umgebung heran, denn die *unfortha* murrten, wenn die Arbeit von Handwerkern von ihnen verlangt wurde. Die Sachsen waren vor allem Halbfreie, die man Liten nannte, und Hörige; in den Arbeitspausen, bemerkte Einhard, blieben beide Gruppen für sich. Ihre Grundherren schickten sie, die dafür die Freundschaft des Königs empfingen, zumindest aber mit Gold belegte Holzkreuze und silberne Leuchter in Form eines Kreuzes. Manche von ihnen ließen sich von Fulrads Geistlichen taufen. Die wenigsten freilich verstanden, dass sie damit die Donarhämmer ablegen mussten.

»Wir werden sie taufen oder kaufen«, spöttelte der König gegenüber Einhard. »Am besten beides. Im Zweifelsfall handelt doch jeder nur nach seinem Vorteil, da sind Sachsen nicht anders als wir. Unser Kapellan freut sich schon auf den Kirchenzehnt, den wir von den Bekehrten eintreiben werden …«

»Ihr klingt zynisch, Herr«, sagte Einhard und mahnte sich innerlich, keinesfalls Fulrad in Schutz zu nehmen. Zweifellos hatte das Gelage vom Vorabend einen Kater beim König hinterlassen. In solch einer Stimmung neigte er zu harschen Aussprüchen, wusste Einhard. »Wir gewinnen neue Seelen für Christus. Wir helfen den Sachsen, den Götzenglauben zu überwinden …«

»Ach was.« Der König rülpste. Sie standen auf der Plattform eines neuen Wachturms, von dem man auf die sächsische Siedlung eine halbe Meile nördlich der Burg hinuntersehen konnte. An der Siedlung schlängelte sich die Dimella vorbei. Dahinter kamen Äcker und Weiden und dann Wald bis zum Horizont. »Wir wollen ihren Gehorsam, Einhard. Das verstehen sie auch: Jeder Edling, der das Kreuz nimmt, unterwirft sich damit auch! Natürlich bleiben sie Heiden, im Innern.«

Einhard zuckte mit den Schultern. »Große Dinge erfordern Zeit, mein König. Denkt an David …«

Der König presste Daumen und Zeigefinger auf die Nasenwurzel und schloss für einen Moment die Augen. »Lasst die Schlacht weg, Einhard. Wir müssen uns damit nicht rühmen.«

»Was meint Ihr, Herr?«

»In der Chronik, *gilerito*. Ihr werdet sie schreiben … Aber dieses Gemetzel lasst weg! Wir haben sie geschlagen und ihre Festung gestürmt und Widukind in die Wälder getrieben, oder wo immer er ist; aber dass die Heiden so viele wackere Christenstreiter bei Curbeki getötet haben, das müssen wir nicht hinausposaunen … Es würde diese Holzschädel nur unnötig stolz machen! Es reicht, wenn man weiß, dass wir ihnen die Grenzfeste genommen und ihr Heiligtum zerstört haben.«

»Natürlich, mein König«, sagte Einhard nachdenklich. »Dann bliebe aber auch Witigos Tod unerwähnt. Und wie er Euch …«

»Ihr habt mich verstanden, Einhard. – Gott, seht Ihr diesen Ozean von Baumkronen? Ob das bis zum Nordmeer so weitergeht?«

»Nun, irgendwo da draußen leben ein paar mutige Missionare, Herr. Wir werden sie befragen, wenn sie einmal bei uns vorbeikommen ...« Einhard hielt inne, und die Vertrautheit des Moments ließ ihn aufseufzen. »Wie ich mich auf Aquisgranum freue! Auf die heißen Quellen und die Sammlung mit römischen Pergamenten. Selbst Franconofurt ist ein Hort der Zivilisation gegen diese Wildnis hier!«

»Wer könnte hier besser für die Verbreitung unserer Kultur sorgen, als ein Mann wie Ihr, Einhard?« Es war leichthin gesagt, ein halber Scherz. Aber Einhards Lächeln sah mühsam aus.

»Ich muss in Eurer Nähe sein, Herr. Und in der Nähe der Hofbibliothek ... Das große Werk, das ich schreibe ...«

»Jaja, schon gut ...« Der König winkte ab, und Einhard redete sich sogleich ein, dass Karl es sowieso nicht ernst gemeint hatte. Herr von Curbeki, was war es mehr als ein Titel? Ein Besitztitel vor allem, ein Signal, dass es Ländereien gab, aus denen er ein Einkommen bezog ...

Als der König wieder sprach, klang er ernst. »Skerva, dieser sächsische Edling, hat angeboten, mit seinen Leuten die Burg für uns zu sichern ...«

Einhard lachte unfreiwillig. »Ihr traut ihm?«

»Pah!«, der König schnaubte, und Einhard roch abermals den schlechten Atem des Herrschers. »Er würde Widukind zwei Tage nach unserer Abreise das Tor öffnen, meine Priester ermorden und manches mehr. Nein, wir lassen drei Hundertschaften hier zurück, und einen Statthalter als Burgherrn, der den Schutz von Curbeki und der Kirche übernehmen wird; nebenbei wird er den Menschen hier zeigen, wie ein Räderpflug funktioniert, um nur eine Sache zu nennen. Habt Ihr gesehen, wie viele Bauern hier nach alter Weise pflügen? Kein Wunder, dass dieses Volk darbt ... Auch von der Dreifelderwirtschaft haben sie noch nichts gehört. Und Wassermühlen? Ich habe bisher keine einzige gesehen!«

»Warum setzt Ihr nicht Esiko als Burgherrn ein? Ihr habt Euch oft über ihn aufgeregt, Ihr wärt ihn damit erst einmal los.«

»Ganz unbeobachtet möchte ich ihn nicht hierlassen. Dafür ist er mir zu eigenmächtig. Ich will einen ordentlichen Statthalter haben, der gegenüber diesen sächsischen Edlingen etwas darstellt und ihnen die Überlegenheit unserer Zivilisation vor Augen führt!«

»Und an wen denkt Ihr dabei, mein König? An Thegan?«

»Der ist mächtig genug. Bekommt er noch mehr Macht, wird er uns gefährlich …« Dann schlug er dem Consiliarius plötzlich auf die schmächtige Schulter. »Kommt, setzen wir uns ans Kohlebecken in die Halle. Erzählt mir noch einmal die Geschichte vom Trojanischen Krieg. Niemand kann das schöner als Ihr, Einhard!«

* * *

Der Abschied kam so plötzlich wie der erste Frost im Herbst. Der König entließ die Mehrzahl der Gautruppen, und die Gesandtschaften, die noch am Hofe weilten, machten sich auf den Rückweg in ihre Heimatländer. Niemand wollte während der Herbstregen unterwegs sein, wenn viele Straßen kaum noch passierbar waren. Nach wie vor trafen sächsische Edlinge ein, um dem Frankenkönig zu huldigen und ihn mit Geschenken friedlich zu stimmen. Doch die meisten waren Engern, kein Falenfürst von Bedeutung zeigte sich.

»Wo ist Widukind?«

Mit dieser Frage trieb der König Esiko und seine Männer immer wieder zu Streifzügen über die Hochebenen im Norden. Arnulf war einer von ihnen. Er war Teil der *unfortha* geworden – in einer Zeit, in der sich für ihn sogar noch andere Möglichkeiten auftaten. Tatsächlich hatte es einer gewissen Überredung durch Esiko bedurft. Irgendwann hatte ihn *harto* zu der Offiziersbaracke der Scara gerufen, einem hölzernen Rechteck mit flachem Dach, das man neben dem Hauptgebäude der Burg errichtet hatte. An der Stirnseite waren mehrere dicke Holzpfosten in den Boden gerammt, an dem die Rekruten den Schwertkampf übten; zehn Zoll dicke Sägescheiben eines Baumstammes dienten als Ziel für den Axtwurf.

Von den Bänken unter dem überhängenden Dach aus sah Esiko den Übenden zu. Er stand auf, als Arnulf erschien. Wie üblich verschwendete der Offizier keine Zeit auf Höflichkeiten.

»Die Rinahgauer sind weg, auch der Moyngau und die Hessen. Du bist noch da. Suchst du eine neue Heimat?«

»Und wenn?«

»Ich will, dass du einer von uns wirst, *sax hamar*.« Esiko blickte Arnulf an, als wäre das die Adelung. »Der König heißt es gut. Ich vertraue dir einen Trupp mit drei Dutzend meiner besten Leute an.«

»Ich will es überlegen«, antwortete Arnulf steif. Und ärgerte sich insgeheim, dass Esiko ihn trotz allem weiter mit Du ansprach. Einen Freien, der nun auch ein Kriegsheld war!

»Als Scaraführer brauchst du Thegan nicht mehr zu fürchten«, unterbrach ihn Esiko. »Denn dann würde er es mit einer ganzen Hundertschaft zu tun bekommen, danach mit allen anderen!«

»Da ist noch eine andere Sache, Esiko ...« Arnulf erzählte, wie Einhard ihn gebeten hatte, tüchtige Männer für seine Leibwache zu suchen. Schon bald wollte er mit dem König nach Süden ziehen. Von warmen Quellen in Aquisgranum hatte der Consiliarius erzählt ...

Arnulf hatte erwartet, dass Esiko gereizt oder beleidigt reagieren würde. Doch der Offizier legte nur den Stummelfinger an die Unterlippe und sagte mit ruhigem Ernst: »Du bist ein

Krieger, Arnulf! An den *gilerito* verschwendest du dich! Willst du vielleicht dessen Bücher bewachen, was? In ein oder zwei Jahren befehligst du eine Hundertschaft, das spür' ich! An meiner Seite wirst du ein Kriegsführer, von dem noch deine Enkel und Urenkel erzählen!«

Esikos Worte waren wie Honigtropfen. Unschlüssig strich Arnulf mit der Rechten über die kühle Klinge der Streitaxt. »Einhard gehört zum Kronrat. An seiner Seite könnte ich selbst nach Friedeslar gehen, in den Hessengau …« Vielleicht lebte seine Mutter doch noch? Er hatte Bannleuten aus dem Adranatal eine Botschaft an sie mitgegeben, ohne wirklich Hoffnung, dass sie ankam.

»Der Consiliarius bleibt *hier*, Arnulf!« Esiko beugte sich etwas vor, vertraulich schon, und tippte mit dem halben Finger auf die Brust von Arnulfs Lederpanzer. »Der König setzt ihn als Statthalter ein. Ich weiß es vom Marschalk! Und meine Männer werden es sein, die die Burg schützen. Also, wenn du den kleinen *gilerito* so magst – du wirst ihm nahe sein, hier, auf sächsischer Erde!«

War es möglich, dass der kluge Einhard nicht einmal sein eigenes Geschick kannte? Und wieder musste Arnulf an die bösen Einflüsterungen Fulrads denken – hatte er vielleicht doch recht gehabt?

»Der Kapellan – was haltet Ihr von ihm? Vertraut Ihr ihm?«

»Ja, so wie ich einem Arsch vertraue, dass er furzt.« Esiko spuckte aus. »Er hat sich bei mir beschwert. Die Bartpriester, diese *harugari*, haben seinen Diener abgestochen. Weil du nicht aufgepasst hast, sagte er.«

»*Skizan*«, entfuhr es Arnulf. »Dieser fette Mistkerl …«

Esiko lachte, als hätte Arnulf einen Scherz gemacht. »Vertrauen kannst du niemandem am Hofe, das solltest du wissen.«

»Und wem vertraut *Ihr*?«

»Meinem Schwert. Und meinen Männern. Das genügt!«

Keine Rede vom König.

Esiko streckte die Hand aus, als wäre Arnulf ein Gleichrangiger – und mittlerweile, fand Arnulf, war er das auch. Er schlug ein. »Ich will Euch Gefolgschaft schwören, *harto*. Und ich bringe noch ein paar Leute mit. Sie haben ebenfalls einen Schuppenpanzer verdient!«

* * *

Die Abreise des Hofes nach den Pfalzen im Süden rückte näher, Einhards Stimmung verbesserte sich zusehends.

Aus dem fernen Moguntia hatte er mittlerweile durch die Vermittlung von Fulrads Geistlichen einen Baumeister herbeigezogen, Gernot, der den Kirchenbau in Curbeki mit kundigem Auge vorantrieb. Neben den Handwerkern, die er mitgebracht hatte, arbeiteten geübte Werkleute aus Friedeslar und Haerulfisfeld auf der Baustelle und ungeübte Arbeitskräfte aus den sächsischen Dörfern der Umgebung.

Wenn der König jagte, legte er manchmal einen Halt in Curbeki ein. Dann prüfte er den Fortgang des Werkes, aber vor allem besprach er mit Gernot Bauprojekte, die er für die weitere Verschönerung Aquisgranums plante. Nebenbei – dies vermutete Einhard im Stillen – wollte der König ihn mit solchen Aufenthalten nötigen, selbst mehr Zeit auf seinem neuen Besitz zu verbringen. Tatsächlich machte Einhard mehrfach in der Woche den gut zweistündigen Ritt nach Curbeki, um dort nach dem Rechten zu sehen. Doch nur selten übernachtete er im Herrenhaus. Der König, ließ er Gernot immer wieder einmal wissen, der König brauche Einhard um sich, auf der Eresburg; schließlich trat auch der Kronrat immer wieder im Burgsaal zusammen! Der Baumeister war nicht nur ein gradliniger, sondern auch ein höflicher Mensch. Deshalb nickte er bei solchen Gelegenheiten nur und gab mit keiner Miene zu erkennen, ob er Einhard schlicht für ängstlich hielt.

Die Palisade des Herrenhofes mit dem Kirchenfundament war von sieben auf zehn Fuß erhöht worden, ein Graben war davor gezogen worden, und mehr als eine Handvoll Bewaffneter hielten hier Tag und Nacht Wache; aber Einhard wusste so gut wie jeder andere: Eine entschlossene sächsische Streifschar, die mit Bogen, Speer und Brandfackeln im Dunkeln angriff, konnte das Anwesen in Flammen aufgehen lassen. Was anderes als den Tod hätte das für die Franken dort bedeutet? Einhard konnte die Angst davor nicht überwinden, zu tief saß sie in seinem Innern. Vielleicht wollte er sie auch nicht überwinden: Zu sehr genoss er die Abende mit dem König in der Sicherheit der mächtigen Burgwälle, geschützt von mehreren hundert Scarakriegern. Oft genug versammelte sich der König nach Bankett und reichlich Wein noch zu einem vertraulichen Gespräch mit den engsten Getreuen, und Einhard war darunter. Immer wieder war er es, dem die Ehre zufiel, dem König vorzulesen. So auch am Abend des Tages, als Karl nach einem wilden Tag im Forst aufgekratzter war denn je. Er hatte einen Keiler von der Größe eines Kalbs erlegt und noch dazu einen Hirsch, dessen Geweih vierundzwanzig Enden aufwies. Vierundzwanzig, das war zweimal die Zahl der Monate eines Jahres. Der König würde in spätestens zwei Jahren wieder hier sein, behauptete der Marschalk mit wissendem Faltengesicht, während Fulrad die zwölf Apostel anführte, um der Zahl einen Sinn zu geben. Karl hatte mehr Künder seiner Macht als einst Jesus …

Zur Überraschung bat die sächsische Geisel Erika den Jagdmeister um die Eberzähne. Wozu? Für einen heidnischen Ritus in der Kammer, in der sie mit ihren beiden Zofen gefangen gehalten wurde, vermuteten die Franken. Doch gutgelaunt hatte der König dem Wunsch stattgegeben. »Erzählt dem Kapellan nichts davon, hört Ihr!« Später hatte er Erika zum Bankett hinzugebeten. Jeder der Anwesenden spürte, dass diese Edelfrau eine gewisse Wirkung auf den Frankenherrscher hatte, obschon sie eher höflich als freundlich auftrat. Später, als die Reste des Mahls beiseite geräumt worden waren und die Halle sich geleert hatte, hieß der König Einhard seine Lieblingskapitel vorzulesen.

»Samuel oder die Könige. Gefällt Euch die Sächsin?«

»Nun, sie ist ...« Einhard blätterte rasch im Evangeliar. »Sie hat eine ausgeprägte Persönlichkeit.«

»Wer passt eigentlich auf sie auf?«

»Arnulf und ein paar der *unfortha*, Herr ...«

Ein boshaftes Lächeln umspielte die Lippen des Königs. »Der Hesse hat meinem Offizier geschworen und Euch einen Korb gegeben, ist das richtig?«

Einhard nickte.

»Macht Euch nichts draus. *Harto* weiß, wie man aus dem Jungen das Beste rausholt. Arnulf in Eurem Dienst, Einhard, da hätte ich immer Sorge gehabt, dass Ihr irgendwann mit eingeschlagenen Zähnen im Kronrat erscheint!« Der König warf den Kopf in den Nacken und lachte fröhlich, während Einhards Finger endlich den Beginn des gesuchten Kapitels aufschlugen. Er brauchte einen Augenblick, um sich auf die Wörter zu konzentrieren, denn er fühlte einen bereits überwunden geglaubten Ärger wieder aufsteigen: Arnulf, der ehemalige Flüchtling, der Vogelfreie, hatte die Leibwache des Königs dem Dienst für Einhard vorgezogen.

Mit belegter Stimme begann er zu lesen: Wie David Gott versprach, ihm einen Tempel zu bauen, und wie der Allmächtige dem Hause David ewigen Bestand versprach; er las von der Volkszählung, mit der David den Herrn reizte und wie er später die Syrer und die Ammoniter schlug. Er las, wie die Macht endlich auf Salomo überging und dieser Herrscher eine andere Art von Königtum lebte, nämlich ein Königtum der Weisheit.

»Doch als ich meine Werke ansah, die meine Hände gewirkt hatten, und die Mühe, die ich damit gehabt, sieh, da war alles nichts und ein Haschen nach Wind.«

»Haschen nach dem Wind?« Der König merkte auf. »Lässt er denn nur die Weisheit gelten, bei allen Heiligen?«

»Ja, mein König. Die Weisheit war das Gut, das der König am höchsten erachtete.«

»Weise mag er ja gewesen sein. Aber er war vor allem *schwach*!« Die eben noch freundliche Miene hatte sich in einen kämpferischen Gesichtsausdruck verwandelt. »Sein Vater, König David, hat ihm ein vereintes Großreich Israel übergeben. Und was macht der ach so kluge Salomo damit? Er vergnügt sich hier und da, vernachlässigt die Pflichten eines Herrschers, er schmiedet unendlich viele Sprüche und schon sein Sohn verliert alles wieder. Und doch redet er uns ständig von Weisheit und Gerechtigkeit. Wenn er nicht gerade das Lustquartier seines Palastes besuchte ... dass er tausend Frauen hatte, habt Ihr nicht vorgelesen, Einhard! Tausend! Stellt Euch vor, ein Frankenkönig nähme auch nur zwanzig Weiber mit auf einen Feldzug!«

Der Vorleser neigte höflich den Kopf, mit leicht geröteten Wangen. »Salomo war Philosoph und König, möglicherweise beides nicht immer zur rechten Zeit.«

»Schön gesagt: ein Phi-lo-soph! David dagegen war ein Kämpfer! Ein Aufbauer! Der packte zu und riss sein Volk dabei mit! Der predigte nicht, sondern schlug den Nachbarvölkern aufs Haupt und machte sie tributpflichtig. Was ist mehr wert, frage ich Euch? Der König David machte die Grenzen sicher, so wie ein Herrscher das nun einmal tun muss. Selbst die Königin von Saba hat ihm noch Tribute gebracht ... Bei all dem blieb er demütig und gottesfürchtig. Deshalb half ihm der Herr!«

Ein Wirbel von Sätzen war das, einem Speerhagel gleich, der Einhard in Deckung zwang. »Gewiss, mein König.«

Der König hatte sich aufgerichtet, die Rechte war zur Faust geballt, er schien nach einem Gegner für einen Kampf zu suchen. »Und dann kommt Salomo, sein Sohn. Sein Vater hat ihm das fertige Haus Israel übergeben, er musste sich nur in die weichen Kissen setzen! Aber weil er – nehmt's mir nicht übel – weil er auch so ein richtiger *gilerito* war, hat er dann sein Leben lang nach Weisheit gesucht und schöne Sprüche gemacht. Pah!«

»Niemand würde anzweifeln, dass David der größere Herrscher war.«

Die Brust des Königs hob und senkte sich, er hatte sich regelrecht verausgabt. »Jetzt seid Ihr auf dem Rückzug, Einhard, was?! Gott im Himmel, warum lest Ihr Eurem König dann mit so viel Inbrunst von der Weisheitssuche vor?«

»Ein weiser Herrscher ist ein beliebter Herrscher. Und ein Mann, an den sich die Menschen sehr lange erinnern.«

Der König ging ein paar Schritte auf und ab. »Mein Vater, Einhard, hatte einmal einen Vasall, so einen richtigen Kraftkerl, der konnte einen Ochsen mit einem Axthieb töten. Er fürchtete allein Gott und sagte immer und überall, was er dachte. Er konnte gar nicht anders! Und an den langen Winterabenden im Palas, da hörte er den Hofpriester die gesamten Könige und die Chronik vorlesen. Und wisst Ihr, was dieser Bursche über den großen Weisen Salomo sagte?«

Einhard räusperte sich. »Sicher etwas sehr Feinsinniges ...«

»Er sagte: ›Bei Moses' Bart, dieser Salomo war ein Kissenfurzer!‹«

Der König lachte so laut, dass selbst die beiden Leibdiener zu grinsen begannen.

Kapitel XXXIII

An der Sachsengrenze, Oktober 772

Arnulf lernte, in Kolonne zu reiten, in Galopp überzugehen und einen Feind mit dem schweren Reiterspeer der Scara aus dem Sattel zu stechen. Er lernte, ein Schwert zu führen. Esiko selbst gab ihm Unterricht. Ihm und den anderen zehn Mann, die Arnulf mitgebracht hatte. Zuerst war der Hesse erleichtert und auch etwas stolz gewesen, dass seine Leute Esikos schmaläugige Musterung überstanden hatten; dann erfuhr er, dass von den angeblich drei Dutzend Kriegern seines Trupps ein Dutzend gar nicht mehr existierte: Sie waren bei Curbeki verblutet oder so schwer verletzt worden, dass sie einen anderen Broterwerb suchen mussten. Trotzdem waren nicht für alle der Neuen Schuppenpanzer da. Warum? Esiko konnte oder wollte es nicht erklären.

Grimbald bekam einen der Panzer. Arnulfs Gefährte hatte den alten Kameraden Bero alleine nach Hause ziehen lassen, denn Grimbald graute vor der Heimkehr – es ging um eine Frau, wusste Arnulf, mehr nicht. Bernhard bekam den alten Lederpanzer Arnulfs, der ihm noch etwas zu groß war; der *sturiling* glühte vor Ehrgeiz, ein vollwertiger Krieger zu werden. Dann war da Samo, der Sachse, der endlich von den Verletzungen des Kampfes genesen war und seinem Retter Arnulf bei sämtlichen Heidengöttern ewige Treue gelobt hatte. Samo war leicht unter den anderen auszumachen: Ein Axthieb hatte die Stirn über der Nasenwurzel eingedrückt, eine Verletzung, die die wenigsten Menschen überlebten. Zurück war ein regelrechter Spalt im Gesicht geblieben. Die Verletzung stammte nicht einmal aus der Schlacht, vielmehr hatte er sie irgendwann in seiner sächsischen Heimat erlitten. Sein Dorf lag einen Tagesritt entfernt im Osten, sagte er, doch er schien wenig Anlass zu verspüren, die Heimat aufzusuchen.

»Diese Hackfresse da, das ist doch kein Franke?!« Esiko hatte die Hände in die Hüften gestemmt und beobachtete misstrauisch, wie Samo die Riemen des Schuppenpanzers schloss. Es war mild, die letzten Mücken tanzten im Sonnenlicht. Doch längst roch die Luft nach feuchtem Laub.

»Stimmt«, antwortete Arnulf mit betontem Gleichmut. »Wir haben ihn halbtot auf dem Blutfeld aufgelesen. Glaubt mir, er kann mit jeder Waffe umgehen. Ihr wolltet Krieger, richtig?«

»Wird er gegen Heiden fechten, wenn er selbst Wodan anbetet?«

»Er bringt jeden um, der mir an den Hals will. Er ist ein Halbfreier, sagt er. Sein Grundherr zog in den Krieg gegen uns. Jeder Halbfreie sollte volle Freiheit erlangen, wenn er einen Christen auf dem Blutfeld tötet – und sie den Krieg gewinnen.«

Esiko spuckte aus. »Na und?«

»Ich hab' ihm erzählt, dass der Heerbann nur aus Freien besteht. Das hat ihn beeindruckt. Ich glaube, er will kein Halbfreier mehr sein …«

»So … Und woher weißt du, dass er nicht irgendwann davonläuft?«

»Sagtet Ihr nicht, Ihr vertraut Euren Männern? Ich auch.«

Unter den anderen Neukriegern waren auch ein paar Hessen, deren Familien mit Thegan über Kreuz lagen: Sie mussten nach Thegans Erhebung auf der Hut sein und vertrauten sich einstweilen lieber Arnulf und Esiko an. Auch drei oder vier der jüngeren Rinahgauer wollten nicht in die Heimat zurück: Zweitgeborene, Söhne ohne Erbrecht, die zu Hause nur ein Acker voller Arbeit erwartete, ohne Hoffnung, den Boden einmal zu besitzen. Das Schwert für den König zu führen, versprach dagegen Silber und vielleicht Ruhm.

* * *

Ein Sonntag Anfang des Monats Oktober zerstörte Einhards Träume. Seit Tagen waren die Kanzlisten und die Leibdiener des Königs dabei Kisten zu verpacken und Truhen zu befüllen; man sprach davon, bis Sankt Severin[9] wieder am Rinah einzutreffen; nach dem Gottesdienst in der Burgkapelle war der König mit seinem Gefolge in straffen zwei Stunden nach Curbeki geritten, um abermals den Baufortschritt der Kirche zu überprüfen. Plötzlich sprach der König nur noch von der Martinskirche: Sie würde die einzigartige Mantelreliquie beherbergen.

Der Baumeister war begeistert. Mit einem Stück Kohle entwarf er auf einer abgeschabten Tierhaut sofort einen Altar mit einer abschließbaren Kammer, die den Mantel aufnehmen würde. Die Freude Gernots wirkte wiederum auf den König zurück, der Herrscher hieß Einhard, zwei Schweine für die Arbeiter zu schlachten. Dass es Sonntag sei und die Arbeit ruhe, wendete Einhard ein.

»Eben weil es Sonntag ist, Einhard. Zeigt den Heiden, die hier arbeiten, dass dies der Tag des Herrn ist! Der Baumeister soll die Leute zusammenrufen! Eine Predigt und zwei gebratene Schweine wirken stärker als nur die Predigt, meint Ihr nicht auch?«

Der König selbst wollte nicht warten, bis die Braten gar waren. Er nahm mit seinen Getreuen eine einfache Mahlzeit aus Suppe, Brot, Schmalz und Käse im Herrenhaus ein, das Einhard in den letzten Wochen so wohnlich wie möglich ausgestaltet hatte. Schließlich trat der Herrscher zu einem Fenster und

9   22. Oktober

klopfte anerkennend gegen eine winzige Glasscheibe. Schon fürchtete Einhard, dass der Herrscher wissen wollte, woher das Glas kam – es waren zusammengestückte Reste, die Gernot ihm überlassen hatte –, als der Marschalk eine schwerwiegendere Frage aufwarf.

»Was wollt Ihr mit Widukinds Schwester machen, Herr? Nehmt Ihr sie mit nach Süden?« Der Gefolgsmann hatte seine Stirn in Falten gelegt, als wäre die Edelfrau eine Sendbotin Saxnoths.

»Eine Rose mit reichlich Dornen ...« Der König blickte sich um und setzte sich wieder. »Was meint Ihr, wessen Haut ist ledrig genug, um gleichwohl Gefallen an der Blüte zu finden?«

Sie saßen an einer Tafel aus schweren Brettern, die man über mehrere Böcke gelegt hatte.

Der Blick des Königs blieb an Einhard hängen.

»Mein König, sie ist ... ich bin zu alt, um solch eine Wildkatze zu bändigen!«

»Ihr würdet Eure Jugend in ihr wiederfinden, Einhard!«

Sie lachten, und Einhard lachte ebenfalls, aus Erleichterung. Aber die verging ihm beim nächsten Satz.

»Wir lassen Erika in Eurer Obhut, Herr von Curbeki, bis wir einen geeigneten fränkischen Edelmann gefunden haben.« Karl blickte Einhard mit feierlichem Ernst an, wie einen Auserwählten.

»Aber ich möchte ...« Einhard wurde heiß und kalt. »Ich gehöre zum Kronrat ...«

»Ja, und das zeigt allen, wie ernst wir unser Aufbauwerk im Sachsenland nehmen! Ihr werdet hier als mein Statthalter die Autorität des Reiches vertreten!«

»Mein Platz ist in Eurer Umgebung, Herr!« Einhards Eingeweide zogen sich zusammen. Er nahm Fulrads hässliches Feixen wahr und Hass auf den Kapellan loderte in ihm auf. »Eure Vita, Herr, mit der ich begonnen habe ...«

»Die könnt Ihr hier in aller Ruhe schreiben, Einhard! Ihr werdet den Kirchenbau vorantreiben und den Sachsen zeigen, was fränkische Zivilisation bedeutet. Esiko lasse ich Euch mit dreihundert Mann hier. Sollten die Sachsen einen Aufstand wagen, schickt Ihr sofort Boten an Graf Thegan. Friedeslar ist nicht weit entfernt! Er wird Euch Unterstützung schicken.«

Kronrat in der Wildnis.

Fulrads Stimme hatte die Süße einer fauligen Frucht. »Boso, der Abt von Fulda, wird Euch früher oder später Gesellschaft leisten. Aus dem südlichen Engern soll kurz oder lang eine neue Kirchenprovinz werden. Der Erzbischof von Moguntia hat bereits Ansprüche erhoben, wie auch andere … Ihr seht, Ihr werdet ein wichtiger Mann sein!«

»Ich brauche Boso hier nicht, Kapellan«, sagte Einhard kalt. »Er ist ein Fanatiker, der mehr Schaden als Nutzen stiftet.«

Krampfhaft versuchte er, seiner Enttäuschung Herr zu werden. Die Schenkung von Curbeki – war das von vornherein Fulrads Idee gewesen? Um Einhard loszuwerden?

* * *

Kissen, Decken und Wandbehänge aus dem Frankenland hatten aus den Gebäuden der Eresburg halbwegs erträgliche Wohnstätten gemacht. Arnulf hatte eine kleine Kammer neben Einhard bezogen, in der auch Bernhard schlief. Einen Raum weiter war das Gemach von Erika und ihren Zofen.

Die Edelfrau blieb kühl bis feindselig. Wenn sie den Töter ihres Bruders ansah, waren ihre Augen wie grünes Gletschereis. Die dicken Zöpfe erinnerten ihn etwas an die Haare von Hilde. Doch sonst hatte diese energische junge Frau nichts gemeinsam mit seiner ehemaligen Liebschaft. Die Nase war eher spitz als rund, wie ein kleines Dreieck, das aus dem Gesicht hervorstach. Manchmal bebten die Nasenflügel, wenn sie sich aufregte. Das kam häufig vor, zumindest, wenn sie in Gesellschaft der Franken war. ›Feuerkopf‹ nannte Bernhard sie mit reichlich Respekt, wenn er mit Arnulf alleine war – sie machte ihre Bewacher auch für das Wetter verantwortlich, wenn es regnete.

Nur Einhards milde, verständnisvolle Art schien besänftigend zu wirken. Manchmal spielte der Statthalter ein fremdartiges Brettspiel mit ihr. Es war mit viereckigen Feldern bedeckt, auf denen beinerne Krieger hin- und herzogen wie auf einem Kampfplatz. Einer der byzantinischen Gesandten – der Goldmantel? – hatte es Einhard geschenkt. Jeder Krieger durfte nur in eine bestimmte Richtung, wenige Felder weiter, und kaum hatte er sich bewegt, konnte er wiederum von den feindlichen Kriegern getötet werden; man wusste gar nicht, wo man hinsehen sollte, so schnell verlor man seine Truppen, fand Arnulf. Wütend hatte er nach der dritten Niederlage gegen Einhard alle Figuren vom Brett gefegt. Die Edelfrau hingegen stellte sich ungleich geschickter bei diesem Kräftemessen an. Wenn sie gewann, warf sie die Arme hoch und scheute sich nicht, Heidnisches auszurufen. Nahm Einhard aber eine Figur von ihr aus dem Spiel, kreuzte sie die Arme vor der Brust und schob trotzig ihre Unterlippe vor.

Eines Tages bat Einhard Arnulf, Erika zu einem Ausritt mitzunehmen. Einige Meilen flussaufwärts gab es nahe der Dimella eine Quelle, an denen die Sachsen ihre heidnischen Riten vollzogen. Das zumindest vermuteten die Franken.

»Ihre Verwandten sind an diesem Born beerdigt, sagt sie«, erklärte Einhard. Als Arnulf später daran zurückdachte, erkannte er, wie klug Erika die Sache angegangen war: Die Sachsen verbrannten ihre Toten, nur war das den Franken nicht geläufig. Ihm war nicht ganz wohl bei dieser Sache, aber auch Esiko, der sein Einverständnis geben musste, zuckte nur mit den Achseln.

»Pass gut auf das Hühnchen auf. Und sei zwei Stunden vor Sonnenuntergang wieder zurück. Wir wollen dich nicht im Dunkeln suchen …«

Aus dem Ausritt wurde fast ein Vergnügen. Erika erwies sich als geübte Reiterin. Gekleidet in Hosen, eine lange, schwere Tunika und einen hellen Umhang gab sie sich Arnulf gegenüber erstmals freundlich; gleich nach dem Besuch des Borns, den sie nur mit einer ihrer Zofen besuchte, überredete sie ihren Bewacher, zu den Biberseen weiterzureiten. So nannte man eine Kette von Teichen, die Biber mit Dämmen aus Hölzern und Zweigen aufgestaut hatten. Es war ein ungewöhnlich warmer Tag geworden nach einem frostig kalten Morgen, wie ein letztes Erbarmen der Natur mit dem Menschen, bevor sie ihm die Kälte des Winters schickte. Arnulf kannte die Biberseen von Erkundungsritten. Der Gedanke, dort noch einmal baden zu können, hatte etwas Verheißungsvolles. Weit und breit war keine Menschenseele zu sehen, und so ließ Arnulf die Frauen an einem der oberen Teiche ein Bad nehmen. Birken und Weiden sorgten für den notwendigen Sichtschutz – und die Befehle, die Arnulf seinen Leuten gab. Ein Fischreiher überflog die Neuankömmlinge immer wieder, bis Samo zum Bogen griff und einen Pfeil auflegte.

»Lass das!« Arnulf fiel ihm in den Arm. »Du triffst am Ende die Weiber!« Das merkwürdig gefurchte Gesicht war in ein Grinsen übergegangen, und der Sachse hatte den anderen Kriegern etwas Unkeusches zugerufen, was Glucksen und Gelächter auslöste. Arnulf musste an einen Ausspruch von Ragla denken: Dass Männer überall gleich waren.

Abends klopfte es etwa eine Stunde nach ihrer Rückkehr an seiner Tür. Es war Erika – mit Bernhard neben sich, er wachte über ihre Kammer. Sie habe mit ihm zu sprechen, sagte sie. Etwa so, als sei *er* ihre Geisel. Er schickte Bernhard weg, und er jagte auch Streuner aus dem Raum, denn Arnulf hatte sich am

See gewaschen, doch der Hund roch nach Aas, das er am Ufer gefunden hatte.

Sie schritt zur offenen Fensterluke und sah auf das Dimellatal hinab. Dann ließ sie ihren Blick mit aufreizendem Selbstbewusstsein über das kurze Bett wandern, über das Decken-und-Stroh-Lager Bernhards, die mit Fellen überworfenen Hocker und den gefüllten Wassereimer in der Ecke. Die Waffen und Schilde an den Wandhaken beachtete sie nicht.

»Nun, *Edelfrau*?« Er stand in der Mitte des Raumes, die Daumen in den Gürtel gehakt, und spürte plötzlich selbst eine gewisse Befangenheit. Erikas Wangen hatten noch Röte vom Ausritt, und ein Strahlen schien ihr Haupt zu umgeben, wie auf Kirchenbildern von Heiligen. »Was wollt Ihr wissen?«

Anstatt zu antworten, griff sie nach einer etwa faustgroßen Schnitzarbeit. Sie stand neben der Öllampe auf einer dünnen Steinplatte, die Arnulf zwischen zwei Wandbalken gerammt hatte. Erika betrachtete die Frau auf dem Pferd, die so lebendig wirkte, als würde sie gleich losreiten.

»Habt Ihr das selbst gemacht?«

»Nein, ein Freund. Warum sollte Euch das interessieren?«

»Ich will Euch etwas anbieten …« Sie hob das Kinn und drehte die Holzfigur in ihrer Hand, als hätte sie es sich plötzlich anders überlegt. »Wer ist diese Frau?«

Arnulf wusste nicht, ob er verärgert oder belustigt sein sollte.

»Die Frau des Schnitzers.«

»Und deshalb steht sie bei Euch und nicht bei ihm?«

›*Was geht es Euch an?*‹, hätte er sagen können. Aber er sagte es nicht.

»*Firinlust* … Sie betrügt ihn.«

»Darauf steht die Todesstrafe, nicht wahr? Ist Euer Freund nicht Manns genug, sie zu vollstrecken?«

»Ihr seid ein vorlautes Weib!«

Für einen Augenblick schob sich die Unterlippe vor, und ihre Rechte berührte eines der grünen Bänder, die ihr dickes Haar zusammenhielten. »Edelfrau, Arnulf. Sprecht mich standesgemäß an!«

»Dann benehmt Euch auch so«, knurrte Arnulf und stellte verärgert fest, dass Blut in seine Wangen stieg. »Der Ehebrecher ist sein eigener Bruder. Und beide, seine Frau und sein Bruder, sind ihm lieb. Nun wisst Ihr's, *Edelfrau*.«

Das letzte Abendlicht flutete durch das Fenster. Es schien, als hätten ihre Wangen noch mehr Röte bekommen. Sie hatte ihre Tunika des Ausrittes gegen ein Kleid getauscht, das um die Hüfte von einem schmalen Lederband mit goldener Schließe zusammengehalten wurde. Das Kleid war nicht besonders weit, der Ausschnitt ließ ein gutes Stück unter dem Schlüsselbein frei und ihre Brüste zeichneten sich schwach unter dem Stoff ab. Für einen Augenblick sah Arnulf noch einmal den weißen, makellosen Oberkörper im Wasser des Teiches; wie ein Halbwüchsiger hatte er durch das Unterholz gespäht.

»Wäre er ein Sachse, würde er beide töten.« Sie atmete hörbar ein. »Mein Bruder würde es tun. *Sax hamar* nennt man Euch? Widukind wird Euch finden, glaubt mir. Finden und töten! Weil Ihr Witigo umgebracht habt. *Faida*, kennt Ihr das? Es ist das Gesetz der Rache an denen, die einen von unserem Stamm getötet haben.«

Arnulf spürte Wut aufsteigen über diese Drohung aus dem Mund einer Frau. »Eure Gesetze sind mir gleichgültig. Und Widukind – er hat versucht, mich zu erschlagen, bei Curbeki. Er hat es nicht geschafft!« Er hielt inne. Plötzlich verspürte er wieder etwas wie Mitleid für die junge Frau, die sich so stolz gab und doch nur Spielball in den Händen der Franken war. »Heraus mit der Sprache, was wollt Ihr von mir?«

Sie machte einen Schritt auf ihn zu und klang nun fast vertraulich: »Es gibt nur einen Weg, sich der Rache meines Bruders zu entziehen. In dem Ihr Euch unsichtbar macht!«

»Was seid Ihr – eine Hexe?«

»Ich besitze einen Rabenstein. Er gehört Euch, wenn Ihr mich freilasst!«

»Warum seid Ihr dann noch nicht aus der Burg verschwunden? Niemand würde Euch bemerken!«

»Der Stein dient nur denen, die mit eigener Hand Blut vergossen haben. Wusstet Ihr das nicht?«

Arnulfs Nackenhaare richteten sich auf. »Ich diene dem König!«, sagte er. »Ihr könnt mich nicht auf Eure Seite ziehen!«

Sie hob das Kinn und verschränkte die Arme über der Brust. »Vielleicht fände ich es schade, wenn Ihr sterbt. Nun, jemand anderes wird den Stein nicht zurückweisen!«

»Was, wenn wir einfach Eure Kammer durchsuchen? Habt Ihr daran gedacht? Irgendwo finden wir diesen wunderbaren Stein!«

Spöttisch gingen ihre Mundwinkel nach oben. »Der Stein liegt nahe dem Born, an dem ich heute war. Unter einer Baumwurzel, gut versteckt. Der Geist meines Vaters und meines Großvaters leben in diesem Baum weiter. Nur Widukind, Witigo und ich kennen die Stelle des Verstecks.«

»Witigo ist tot«, sagte Arnulf brutal. »Widukind wird sterben, wenn er sich der Burg nähert, ohne seine Waffen abzulegen! Der Stein wird noch lange dort liegen, Edelfrau!«

* * *

Arnulf schlief schlecht in der Nacht. Am folgenden Tag ritt er mit Grimbald und Samo unter dem Vorwand, etwas verloren zu haben, noch einmal zu dem Quell, der sich einige Meilen südwestlich des Burgbergs in die Dimella ergoss. Sie fanden einen Hain aus turmhohen Buchen und schrundigen Eichen, zwischen denen das Wasser aus dem Boden trat; direkt an der Quelle war eine zwei Ellen breite Steinplatte, die kein Moos aufwies. Zackige, blitzförmige Zeichen waren in den Stein eingeritzt. Aber wo konnte der Zauberstein versteckt sein? Arnulf weihte seine beiden Begleiter ein. Samo, der ein paar Tage zuvor nach mehreren Krügen Bier die Taufe genommen hatte, war das Ganze unheimlich. Er stierte auf den Boden und murmelte einen unverständlichen Singsang. Grimbald hingegen reagierte unwillig:

»Welche Farbe hat der Stein? Wie groß ist er? Ist er in etwas anderem verpackt?«

»Woher soll ich das wissen? Macht die Augen auf! Schaut euch um!«

Sie untersuchten die wulstigen, kniehohen Wurzelstränge einiger Bäume, ohne irgendwelche Höhlungen zu finden. Der Nieselregen wurde unterdessen kräftiger, und ein unangenehmer Wind fuhr zwischen den Bäumen hindurch.

Hatte sie ihn nur genarrt?

»*Skizan*«, knurrte Grimbald und zog sich die Kapuze seines Umhangs über den Kopf. »Das ist doch alles Geschwätz. Es gibt keine Zaubersteine. Sie versucht dich hinters Licht zu führen!«

»Als ich dich letztes Mal danach gefragt habe, warst du dir nicht so sicher!«

»Ach was … Warum fragst du nicht Einhard?! Er ist der klügste Mann weit und breit. Aber du hast Angst, dass er dich auslacht, stimmt's?«

»Halt den Mund!« Es störte ihn nur selten, wenn Grimbald ihn wie einen Gleichrangigen behandelte. Aber jetzt ging Arnulf die Direktheit des Rinahgauers auf die Nerven. »Erzähl Einhard lieber, warum du nicht den Schneid hast, in deinem Haus für Ordnung zu sorgen und deinen Bruder endlich …«

»Lass ihn aus dem Spiel«, rief Grimbald aufgebracht. »Das geht dich nichts an! Niemanden!«

Tropfende Wasserfäden landeten auf Arnulfs Haupt und plötzlich bereute er, dass sie hergekommen waren. Er seufzte kopfschüttelnd. »Mit meinem Bruder hatte ich auch nur Ärger, habe ich das erzählt? Ach, lasst uns zur Burg zurückkehren!«

Sie nahmen die Pferde am Zügel und trotteten am Lauf des Baches entlang Richtung der Dimella. Bei einem Blick nach hinten bemerkte Arnulf, dass Samo ein Dutzend Eicheln mit einem Faden verbunden hatte und sich das Ganze im Laufen an den Gürtel band.

»Heidenzauber? Amen!«

»Das schützt gegen Seuchen und Blitzschlag, Herr! Ich hab' sie in den Quell getaucht.«

* * *

Unter den letzten, die nach Süden loszogen, waren die Marketender. An einem frischen, klaren Vormittag ritt Arnulf am Fahrweg südlich des alten Heerlagers entlang, um Wulframs Wagen zu finden. Seit zwei oder drei Wochen hatte er Ragla nicht mehr zu Gesicht bekommen; und es war deutlich länger her, dass sie ihn auf ihr Lager gelassen hatte. Er konnte nicht sagen, woran das lag, außer an weiblichem Wankelmut. Frauen waren merkwürdige Wesen, darin immerhin stimmte Grimbald ihm zu. Trotzdem, er wollte sich zumindest von ihr verabschieden. So staunte er nicht schlecht, als er sie auf dem Kutschbock sah, und der Wagen in die entgegengesetzte Richtung rollte, auf die Eresburg zu. Wulfram lief voraus und führte die Ochsen am Joch. Auf seinem kahlen Schädel war eine wulstige Narbe zurückgeblieben, wie eine Schlange unter der Haut sah es aus. Er winkte und grunzte etwas, als Arnulf aus dem Sattel und dann auf den Kutschbock sprang. Ragla blitzte ihn an, blickte weg und nestelte an ihrem Kopftuch. Ihr Gesicht war voller geworden, schien es Arnulf.

»Gott mit dir, *magad*. Franconofurt ist in der anderen Richtung!?«

»Das weiß ich auch«, antwortete sie trocken. »Willst du mitfahren?«

»Ich? Nein … Wir bleiben hier. Ich diene jetzt Esiko.«

»Dem *König* dienst du«, verbesserte sie ihn.

Etwas an ihr war anders.

»Wir bleiben bis Sankt Martin, Arnulf. Wulfram will noch ein paar Bündel Wolfs- und Otterfelle kaufen, und er braucht noch mehr Bienenwachs. Das verkaufen wir in Franconofurt an die Priester, sie machen Kerzen daraus.«

»Er wird ein Vermögen machen«, sagte Arnulf leichthin. Der Händler und Schankwirt tauschte seit Wochen Seide, Emaille-schmuck, Nadeln und kupferne Töpfe gegen jene Waren aus den Wäldern, die am Moyn vier- oder fünfmal so hohe Preise erzielen würden.

»Wie geht es Bernhard?«

»Wird immer großmäuliger. Gestern wollte er sich mit mir schlagen.«

Sie lachte, und er merkte, wie er dieses kleine, freundliche Lachen vermisst hatte.

»Was ist?«

Arnulf hatte den Kopf verdreht, in ihre Richtung zwar, aber sie hatte es sofort gemerkt. Einige Offiziere der Scara ritten vorbei.

»Du schämst dich, mit mir gesehen zu werden?«

»Unfug!«

»Diese Sächsin, von der alle reden – bist du ihr lieb?«

»Sei nicht dumm«, sagte er schnell und wollte ihre Hand greifen. »Sie ist die Geisel des Königs.«

»Ich hab' euch neulich gesehen. Wie ihr vor der Linde gestanden seid, in der Burg. Du hast sie so angesehen …«

»Hummelhonig!« Und er ärgerte sich, dass er noch nicht abgesprungen war. *Nahtsang*, sein rotbrauner Hengst, lief am langen Zügel neben dem Wagen her und sah seinen Herrn mit klugen Augen an.

»Ich bin schwanger.« Ein Anflug von Röte verdunkelte die Sommersprossen.

»Wirklich?« Arnulf biss sich auf die Zunge, denn ein Fluch lag ihm auf den Lippen. »Von wem?«

»Von dir, Mann!« Erregt funkelte sie ihn an, die Linke war zur Faust geballt.

Arnulf sah sich um, doch außer dem Pferd hatte sie niemand gehört. Verunsichert starrte er auf das Muskelspiel der Ochsennacken vor ihm.

»Du warst beim Herrscher, hast du erzählt … Wie oft?«

»Mach mich nicht zur Hure des Königs!« Sie stieß ihn kräftig mit der Linken, so dass er fast das Gleichgewicht verloren und vom Bock gefallen wäre.

»Warst du bei ihm oder nicht?«

»Hau ab! Verschwinde! Und bilde dir bloß nichts auf deine *ahta* ein!«

Kapitel XXXIV

Auf der Eresburg, Oktober 772

Vor der Abreise des Hofes übergab der Kanzler Einhard noch eine lange Liste mit Dingen, auf die der Statthalter gemäß königlichem Wunsch Acht zu geben hatte. Neben größeren Projekten wie dem Ausbau des Burgwalls waren dort viele vermeintliche Kleinigkeiten aufgeführt, sogar die Anzahl an Kisten mit Wachs war vermerkt, die – verkehrsfähige Straße vorausgesetzt – alle zwei Monate nach Süden geschickt werden sollte.

»Es kann nichts schaden, Einhard, wenn Ihr einen Briefboten an Tassilo schickt.«

»Den Bayern? Ihr scherzt, Herr!?«

Der König beugte sich etwas im Sattel vor, mit wollenem Wams und Reitermantel erschien er riesiger denn je. Hundert aufgesessene Scarakrieger füllten den Platz zwischen dem Haupthaus und dem Tor, Pferde stampften und wieherten ungeduldig, und Krieger hauchten ihre Atemluft in erkaltende Hände.

»Soll ich ihn einladen, mich hier zu besuchen?«

Der König knurrte verächtlich. »Schreibt ihm einen Brief mit dem Inhalt, dass ich ihm verziehen habe. Und dass ich ihn beim nächsten Hoftag im Frühjahr erwarte. Behauptet, dass wir ihm hier ein paar Landstriche zugedacht haben …«

»Ihr wollt ihn in Sicherheit wiegen?« Einhard verzog das Gesicht. »Er wird kein Wort glauben. So eine Finte wäre Euer nicht würdig, mein König.«

Der Herrscher kniff die Augen zusammen, als müsste er bei seinem ehemaligen Consiliarius neues Maß nehmen. »Ihr kennt Euch mit meiner Würde besser aus als ich selbst?«

»Ich stelle mir vor, was David zu Euch gesagt hätte.«

»Pah!« *Carolus Rex* schlug sich mit der Rechten auf den Schenkel und ein Grinsen huschte über sein Gesicht. »Ihr bleibt ein rechter *gilerito*, bei Petrus' Bart! Lebt wohl! Und gebt auf den Mantel Martins Acht!«

Einhard nickte wie ein Junge, dem der scheidende Vater letzte Anweisungen gab. Der Mantel lag in einem Nebenraum des Burgsaals, zwei Krieger hielten dort Tag und Nacht Wache. Bis zur Vollendung der Kirche in Curbeki irgendwann im nächsten Jahr würde der Mantel auf der Burg bleiben – musste er der Besatzung nicht Glück bringen? Tatsächlich empfand Einhard eher Angst, dass der Reliquie etwas zustieß …

Beim Anreiten drehte der König noch einmal den Kopf. »Eines noch … seid nicht so hart gegen Euch selbst! Ich freue mich auf mein Weib, Einhard, und die Königin freut sich auf mich! Ihr wisst, was ich meine!«

Die letzten Worte waren mehr geschrien als gesprochen, unterdrücktes Gelächter lief durch die Reihen der Krieger in ihrer Nähe. Für einige Augenblicke roch es durchdringend nach Pferd und Sattelleder. Dann verschwanden die letzten Reiter der Eskorte durch das Tor. Einhard war allein – Grenzstatthalter in der ersten Sachsenprovinz des Frankenreiches.

Er stieg auf den Wehrgang und beobachtete, wie die Doppelreihe der Königseskorte den Berg hinabritt und auf die Straße nach Süden einschwenkte, der Zivilisation entgegen. Ein kalter Wind fegte über die Palisaden, und er zog den Kopf ein. Das Gefühl von Einsamkeit überkam den Statthalter wie ein körperlicher Schmerz. Als der Wind abebbte, spürte er fiebrige Hitze in der Stirn und in den Ohren. Niedergeschlagen

stieg er die Treppe hinab, ging zurück in die Halle des Haupt-
gebäudes und ließ Tristan Kohlebecken um seinen Stuhl herum
aufstellen.

»Drei Becken, Herr?«

»Ja. Ich werde krank.«

»Dann will ich beten, dass Ihr bald wieder gesund seid.«

Einhards Hand fischte in seiner Tunika nach dem Edelstein
seiner Frau. »Beten kostet nichts«, murmelte er mürrisch. »Und
es wird auch nichts helfen.«

Tristan musterte seinen Herrn überrascht, und Einhard
wurde klar, dass er laut gedacht hatte. Aber er fühlte sich bereits
zu krank, um sich noch dafür zu schämen.

* * *

Das Fieber warf den Statthalter nieder. Er träumte, dass ein
riesiger Fisch in der Dimella auftauchte und ihn verschlang;
dann sah er sich an eine brennende Irminsul gefesselt und ver-
brannte mit ihr zusammen – wollte Gott ihn an das Höllenfeuer
erinnern?

Sobald er wieder bei Bewusstsein war, verlangte er nach
Feder und Pergament, beseelt von dem Wunsch, seine Vita des
Königs fortzusetzen. Doch er musste feststellen, dass er nicht
ein vernünftiges Wort zuwege brachte.

Erst Wochen nach der Abreise des Königs war Einhard
wieder kräftig genug für einen größeren Umritt. Als Statthalter
hätte er sich längst den Sachsen in den umliegenden Landstri-
chen persönlich zeigen müssen – schließlich galt es, den fränkischen Herrschaftsanspruch zu unterstreichen. So ritt er schließlich an einem grauen, kalten Herbsttag mit Esiko, Arnulf und
gut drei Dutzend weiteren Kriegern von der Burg aus los. Doch
noch vor dem Aufbruch kam es zur ersten Reiberei mit dem
eigenwilligen Scaraführer.

»Zwanzig Mann reichen! Sollen die Sachsen uns für feige halten? Wenn Ihr Euch nur mit einer halben Hundertschaft aus der Burg traut, dann heißt das, wir fühlen uns nicht sicher!«

»Belehrt mich nicht, *harto*! Wir zeigen Stärke, das ist alles. Sind wir sicher da draußen? Das weiß keiner, auch Ihr nicht!«

»Bei *mir* seid Ihr sicher«, hatte Esiko mit der aufreizenden Überheblichkeit geantwortet, die er sich Einhard gegenüber herausnahm. »Ich war bisher immer nur mit einer Handvoll Leuten unterwegs. Niemand hat mir ein Haar gekrümmt! Übrigens, der Baumeister lässt Euch grüßen …« Es war klar, was dieser Satz bedeutete – Gernot verbrachte Nacht um Nacht in Curbeki hinter einer lächerlichen Palisade, mit nicht mehr als zwanzig oder dreißig Bewaffneten zur Hand. Einhard hingegen, des Königs Statthalter, traute sich kaum, die sichere Festung zu verlassen …

Verärgert und beschämt hatte Einhard sich damit zufrieden gegeben, einen verstärkten Trupp mitzunehmen, also zwischen dreißig und vierzig Mann. Einhard spürte, dass er sich auf kurz oder lang gegen Esiko durchsetzen musste, wollte er seine Autorität vor den eigenen Leuten nicht verlieren. Er sah den König vor seinem geistigen Auge, wie er feixte – weil er wusste, was sich zwischen Einhard und Esiko hier auf dem Außenposten abspielen würde … Es war mit den Händen zu greifen, warum der König *harto* nicht zu seinem neuen Befehlshaber ernannt hatte. Und der nächste Gedanke war wie eine Schwertspitze zwischen den Rippen: Auch er selbst, der so geschmeidige Gelehrte, hatte dem König oft widersprochen, wenn auch auf eine feinsinnige Weise. Und so war Einhards Schicksal nun an diesen widerspenstigen Kriegsmann am Rand der Heidenwildnis gekettet …

Schon nach den ersten Meilen war Einhards blauer Mantel mit Dreckspritzern bedeckt. Es waren nicht nur die Pfützen auf den vom Regen aufgeweichten Wegen: Esiko setzte sich vielmehr immer wieder selbstherrlich an die Spitze, dann schleuderten die Hufe seines Rappen Dreck und Erdklumpen nach hinten. Arnulf blieb vorsichtshalber auf Einhards Höhe; der Statthalter versuchte Arnulf in trockenen Sätzen seine Politik einer selbstbewussten, aber auf Versöhnung hin orientierten Politik gegenüber den Sachsen zu erläutern. Dabei hüpfte die schwere Silberkette – das Zeichen seiner Amtswürde – auf Einhards Brust hin und her, wenn sie auf abschüssigen Abschnitten in Galopp übergingen.

Arnulf freilich bekam kaum etwas mit von dem, was Einhard erzählte.

Ragla erwartet ein Kind. Gestern hatte sie Arnulf aufgesucht. Noch ein oder zwei Wochen, dann würde Wulfram mit Ragla und ein paar neu gewonnenen Helfern den Heimweg antreten – falls Arnulf sie vorher nicht zum Weib nahm.

Auf einer Hügelkuppe machte der Trupp Halt. Einhard zeigte anhand von Bachläufen, Waldrändern und Rodungen, wo die Grenzen zwischen Curbeki und den angrenzenden Grundherrschaften sächsischer Edlinge verliefen. Esiko nickte gelangweilt, war er all diese Höfe doch längst selbst abgeritten.

Es kommt vor, dass Kinder ohne Väter geboren werden. Bei Knechten häufiger als bei Freien. Über solche Weiber wurden böse Bemerkungen gemacht. Ihre Kinder konnten keine *ahta* erwerben, sie galten als rechtlos und mussten sich meist schon im Kindesalter als Knecht verdingen … Arnulfs Kindern durfte das nicht passieren.

»Hinter diesen großen Kalkfelsen da vorn beginnt *mein* Land«, rief Esiko, als sie die Pferde am Ende einer größeren Weidenfläche zügelten. »Ein Großdorf, zwei Hofsiedlungen und ein Forst mit Jagdrecht. *Ihr* wart dem König mehr wert, Einhard!«

»Beschwert Euch nicht!« Einhard zog die Kapuze seines Mantels über den Kopf, denn kalte, schwere Tropfen gingen nun nieder. »Die meisten Offiziere haben überhaupt kein Land erhalten oder nur einen Flecken Wildnis an der Straße nach Süden.«

Ragla hatte auch des Königs Lager geteilt ... Wie konnte man nur sicher sein? Arnulf hätte seine Gefühle für den König unmöglich in Worte fassen können. Verehrt und respektiert hatte er den König wie jeder Freie; seit der Schlacht aber, seit der Errettung des Herrschers vor Witigos Beil hatte er Karl geradezu geliebt – und damit seine eigene Heldentat. Und eben dieser Mann hatte Ragla ...

»Niemand beschwert sich«, sagte Esiko trotzig und wischte sich mit dem Stummelfinger Dreck aus der Augenhöhle. »Meine Sachsen werden mir zehn Pferde und zwanzig Rinder im Jahr zinsen, ein paar Dutzend Schweine ... und ein bisschen Gold, wer weiß.«

Schlimmstenfalls würde ich Vater eines königlichen Bastards. Würde er dieses Kind hassen? Vielleicht. Hasste er den König? Nein, es war mehr – Wut. Wie konnte sich der Herrscher anmaßen, einfach irgendein junges Weib in sein Bett zu ziehen?

Einhard stellte sich in die Steigbügel, um sein Sitzfleisch zu entlasten. »Wer ist für die Verbesserung dieser miserablen Wege verantwortlich? Seht Ihr die ausgespülte Rinne da vorne, quer über den Weg? Da kann man sich in der Dunkelheit alle Knochen brechen!«

»Die Sachsen haben ihre eigenen Regeln für den Wegebau«, knurrte Esiko und sah sich unter den Kriegern der Eskorte um. »*Sax hamar*! Wo ist der Engernkrieger, dieser Samo?«

Arnulf schreckte aus seinen Gedanken hoch. »Er ist ... er hat heute Wache auf dem Wall.«

Es war eine glatte Lüge. Tatsächlich war Arnulfs sächsischer Krieger seit zwei Nächten verschwunden, nicht zurückgekehrt vom Besuch bei »Verwandten«. Keinesfalls konnte Arnulf das zugeben! Rasch wiederholte er deshalb, was er von Samo zuvor gehört hatte: Bis drei Meilen außerhalb einer Siedlung hatte der größte Grundherr aus diesem Dorf für solche Arbeiten zu sorgen. Aber auf dem freien Land war niemand zuständig.

»Weil sie keinen König haben«, sinnierte Einhard. »Arnulf, hattet Ihr einen bösen Traum? Ihr seht betroffen aus!«

»Nein … Verzeiht, ich war in Gedanken.«

Sie ist eine halbe Heidin. Sie ist stolz. Und stur.

»Der denkt an die Edelfrau, seht Ihr das nicht?« Esiko trabte bereits weiter. »Seit dem Lustbaden an den Biberseen hat er einen *hamar* in der Hose …« Der Offizier lachte, ein Geräusch wie zerbrechende Tonscherben.

Ich muss sie zur Frau nehmen. Aber ich will nicht.

Der Regen wurde von einem kalten Wind abgelöst, der durch die Kleidung der Reiter schnitt. Arnulf war dankbar für den Schuppenpanzer, der ihm sonst eher unbequem war, denn die Schulterpartie war nicht weit genug. Er hatte sich lederne Unterarmschienen machen lassen, die billiger und vor allem wärmer waren als metallene. Über dem Panzer trug er einen leichten Mantel, dessen Kapuze beim Reiten immer wieder vom Kopf rutschte. Ohnehin spottete Esiko *harto* gnadenlos über Krieger, die Kapuzen oder Mützen trugen.

Durch gelblich eingefärbten Wald ritten sie auf einem Rumpelweg in die Sachsensiedlung, die bei den Einheimischen Aroldis hieß. Die Häuser – Langhäuser mit nach außen gewölbten Wänden, die Dächer von Außenpfosten gestützt – waren sternförmig angeordnet, zwischen den Lücken konnten die Franken im Hintergrund weitere Häuser sehen. In der Dorfmitte bildeten längs halbierte Baumstämme und abgeflachte Felsblöcke einen kruden Versammlungsplatz. Schweine und Hühner liefen hier herum, und ein halbes Dutzend magerer Hunde kam den Reitern mit giftigem Bellen entgegengesprungen.

»He da!«, brüllte Esiko. »Im Namen des Statthalters: Holt Buddo herbei!«

Einhard wies Esiko noch einmal darauf hin, dass er vor Einbruch der Dunkelheit zurück auf der Burg sein wollte; ihm war nicht wohl bei dem Gedanken, hier länger als absolut notwendig zu verweilen. Schon kam ihnen eine Gruppe bärtiger Männer entgegen. Ein älterer Mann in ihrer Mitte, der dicke Silberringe in den Armbeugen trug, hob die Hand zum Gruß. Eisgraue Haare durchzogen den kurzen schwarzen Bart. Seine wachen, graublauen Augen schienen die Ankömmlinge in kürzester Zeit abzutasten.

Er neigte den Kopf zu Einhard hin, nur für zwei oder drei Zoll, und Arnulf spürte, dass dieser Mann nicht häufig das Haupt neigte. Zwei jüngere Männer traten vor und reichten den Franken dunkles, krustiges Brot und Stücke von Honigwaben. Esiko, stellte sich heraus, hatte ihr Kommen durch einen vorausgeschickten Melder angekündigt.

»Seid mein Gast, Herr Einhard!« Die tiefe Stimme des Sachsen und seine selbstbewusste Art gaben der Einladung Nachdruck. Einhard zögerte gleichwohl, während Esiko schon vom Pferd gesprungen war und sich die Hände rieb, als gehe es einem guten Mahl entgegen. »Hauptmann«, raunte Einhard halblaut, »wir betreten sein Haus nicht, das wäre zu leichtsinnig!«

»Wollt Ihr sie beleidigen? Ich hab' schon mit ihm getrunken«, grunzte Esiko unwirsch.

»Wir brauen ein gutes Bier, Herr«, dröhnte der Sachse leutselig. »Bitte, seid mein Gast!«

Einhard fügte sich mit leisem Ärger; sicherheitshalber forderte er Arnulf auf, ihm mit zwei weiteren Kriegern in das Haus Buddos zu folgen. Die anderen Krieger warteten im Hof, beäugt von Mägden, Kindern und Hunden. Das etwa zwanzig Schritt lange und sieben Schritt breite Gebäude des sächsischen Edlings stand etwas erhöht und die Wände schienen robuster gefügt als die der anderen Häuser. Am Dachfirst prangten gekreuzte Pferdeköpfe aus Holz, und Arnulf musste an das Banner Widukinds denken – ein leichter Schauder lief ihm den Nacken hinab, als sie in das Halbdunkel eintraten. Durch die Wölbung der Wände nach außen wirkte der Raum, den sie betraten, noch größer. Im Hintergrund erkannte Arnulf mehrere Frauen in weit ausgeschnittenen Kleidern, als wär Sommer; sie hantierten mit Kesseln und Krügen vor einer Feuerstelle. Durch den Rauchabzug über dem Feuer drang spärliches Tageslicht ins Innere. Buddo hieß sie an einem riesigen Tisch Platz nehmen. Brot, Quark und gegartes Fleisch wurden aufgetischt, jeder der Franken bekam einen tönernen Bierkrug. Ein halbes Dutzend kräftiger Kerle setzte sich ebenfalls, die Buddos Söhne zu sein schienen, ähnelten sie dem Alten doch in ihren Bewegungen und Gesichtszügen. Unterdessen waren weitere Männer eingetreten, die Gefolgsleute oder Hörige von Buddo sein mochten. Ihre Gesichter wirkten wenig freundlich. Arnulfs Blick blieb an den vielen Kurzschwertern und Messern an ihren Gürteln hängen und plötzlich empfand er Einhards Vorsicht nicht mehr als bloße Ängstlichkeit eines Gelehrten.

Die Franken waren hungrig und langten kräftig zu. Sie wunderten sich insgeheim, ob man ihnen hier Pferdefleisch vorsetzte, das die Sachsen als Leckerei verzehrten. Doch selbst Esiko wollte nicht danach fragen. Nachdem sie einige Belanglosigkeiten ausgetauscht hatten, fragte Einhard – das dunkle, etwas bittere Bier hatte ihn ruhiger werden lassen – ihren Gastgeber, ob er getauft war.

Mit undurchdringlicher Miene erklärte Buddo, dass man hier noch keinen Priester gesehen habe.

»Früher oder später müsst Ihr das Kreuz nehmen, Buddo. Wer unseren Schutz haben will gegen andere sächsische Edlinge, der muss das Kreuz nehmen. Versteht Ihr?«

»Und wenn alle Edlinge das Kreuz nehmen – wen schützt Ihr dann vor wem?«

»Dann schütze ich als erstes die, die Curbeki nahe sind. Euch, zum Beispiel.«

Buddo nickte mit gerunzelter Stirn. Es war für Einhard wie Arnulf gleichermaßen deutlich, dass der Sachse abwog, was ihm eine Taufe an Vorteilen bringen würde. Nicht ein Funken von Gottesglauben würde notwendig sein, nur das Nachbeten eines Taufgelöbnisses …

»Bewaffnete waren hier, ein ganzer Haufen«, sagte Buddo unvermittelt. »Kreuzanbeter, wie Ihr. Aber sie kamen aus dem Südosten, aus dem Land der Hessen.«

Esiko stellte den Bierkrug krachend auf dem Tisch ab. »Leute von Graf Thegan? Was wollten sie?«

»Sie haben ›Abgaben‹ verlangt, als würden sie dieses Land besitzen … es waren üble Gesellen. Skerva war dabei.«

»Wer ist das?«, fragte Einhard kalt, obschon er die Antwort kannte.

»Ein Edling, der hier früher Besitz hatte. Aber nach einer *feuda* musste er zu den Ostfalen fliehen. Bald nach … dem Triumph Eures Königs über Herzog Widukind ist er wieder aufgetaucht.«

»Ich kenne ihn!«, sagte Arnulf. »Er hat uns den Weg gezeigt zur Säule …«

»Ihr – *Ihr* habt den Himmelsbaum zerstört?« Der Mann neben Buddo stieß das hervor, er mochte ein paar Jahre älter sein als Arnulf, seine schwarzen Brauen zogen sich gefährlich zusammen. Es war plötzlich so still in dem Raum, dass sie das Blubbern in den Kochtöpfen und das Rumoren eines Rindes hinter der nächsten Holzwand hören konnten. Arnulfs Hand ging zur Streitaxt. Plötzlich roch es nach Blut und Gewalt.

»Dieser Krieger hat einen Befehl des Königs ausgeführt«, sagte Einhard ohne Zittern in der Stimme. »Lasst die Waffen stecken, Leute! Was geschehen ist, ist geschehen!« Einen Moment lang war nur das schwere Atmen von Buddo und seinen Söhnen zu vernehmen. Dann räusperte sich Esiko laut und scharrte mit dem Tonkrug über die Tischplatte. »Mein Krug ist leer, wollt Ihr Euren Grundherrn dursten lassen?«

Ein kaum hörbares Seufzen ging durch die Sachsen und Arnulf merkte, wie sich die Züge wieder entkrampften. Langsam atmete er aus. Die Krüge wurden von einem der jungen Männer erneut mit dem dunklen Bier befüllt. Esiko warf Arnulf einen vernichtenden Blick zu, dann wandte er sich an Buddo: »Ich glaube kaum, dass Thegan hier den Kirchen-Zehnt eintreiben will! Wonach haben diese Leute wirklich gesucht?«

Buddos geballte Fäuste lagen auf der Tischplatte. »Fragt sie selbst, wenn Ihr Herr der Grenzmark seid! Es waren mehr als hundert und ich schwöre, dass sie noch in der Gegend sind!«

»Hundert? Das ist mehr als nur eine Räuberbande.« Einhard strich sich über den dünnen, ringartigen Kinnbart, den er nach seiner Erkrankung nicht mehr abrasiert hatte. Er betrachtete die dicken Silberreife an Buddos Armen und folgte einer Eingebung. »Man spricht viel vom Schatz der Sachsen, Buddo. Ihr habt davon gehört?«

Der Sachse bewegte sich nicht, doch die Augen wurden schmal. »Man hört vieles …«

»Manche sagen, dieser Schatz wurde auf der Eresburg bewacht. Nach der Schlacht, heißt es, haben Edlinge das Gold zusammengerafft und irgendwo versteckt, nicht weit von der Burg entfernt … Ich habe es für eine Lagerfeuergeschichte gehalten – bis heute.«

Buddo zuckte die Achseln. »Das ist nur Gerede, Herr.« Doch die angespannten Gesichter der Söhne sagten etwas anderes.

Falten erschienen auf Einhards Stirn. Er ließ einen langen Blick durch den Raum schweifen, musterte noch einmal die

Frauen im Hintergrund und stand dann abrupt auf. »Danke für Eure Gastfreundschaft. Wir sehen uns wieder, bald.«

* * *

Einhard zügelte sein Pferd, als sie das Kläffen der Hunde hinter sich gelassen hatten. Scharf blickte er Esiko an.

»Der Sachsenschatz – ich hab' es für Geschwätz gehalten! Aber einige der Frauen hatten Goldschmuck an den Ohren! Und noch etwas fiel auf …«

Esiko zuckte unmutig die Schultern. »Ach ja?«

Einhard nickte Arnulf zu. Erleichtert, dass Einhard ihm seine vorschnelle Bemerkung in Buddos Haus nicht übelgenommen hatte, sagte er: »Keiner der Männer hatte eine Narbe … ich hab' jedenfalls keinerlei Kampfzeichen an ihnen gesehen. Sie waren bei Curbeki nicht dabei, oder sie sind sofort davongelaufen.«

Einhard nickte, sein Gesicht hatte eine kräftige Farbe angenommen. »Der Herr von Curbeki war ihr alter Grundherr, und der ist in der Schlacht gefallen – womit waren Buddos Leute derweil beschäftigt?«

Esiko funkelte Einhard an. »Falls sie den Schatz haben, umso besser. Dann werden wir ihn finden, bevor Skerva es tut.«

»Oder Widukind … früher oder später wird er kommen und dieses Gold einfordern.«

»Noch besser«, knurrte Esiko. »Dann kriegen wir ihn endlich!«

»Nicht, wenn unsere Eskortenstärke bei zehn Leuten liegt, Hauptmann. Damit muss Schluss sein!«

Esiko stülpte die Lippen vor, kratzte die Bartstoppel und zuckte mit den Achseln. Einhard sah zum Himmel. Es hatte aufgeklart, und weit über sich hörten sie die letzten Kraniche in einer gezackten Formation nach Süden ziehen. »Erreichen wir die Burg noch bei Tageslicht? Diese löchrigen Wege …«

Einhard wollte auf keinen Fall im Haus eines Sachsen übernachten. Sie hielten einen kurzen Kriegsrat. Anderthalb Stunden südwestlich von Aroldis lag Curbeki – der Weg dorthin war besser, das Gelände offener und vor allem nahezu eben. Einhard entschied, dort die Nacht zu verbringen; insgeheim war er froh, auf dem eigenen Besitz einmal wieder Flagge zu zeigen. Esiko schickte Arnulf mit zwei Mann voraus, damit den Statthalter ein warmes Mahl und eine geheizte Halle erwarteten. Bissig rief der Offizier seinem Krieger hinterher: »Erzähl unterwegs keinem Pferdefleischfresser, dass du die Säule abgefackelt hast, verstanden?«

Mit gefrorenem Grinsen drückte Arnulf seinem Rappen die Hacken in die Flanke.

* * *

Sie wechselten zwischen Trab und Galopp. Wenn der Weg breit genug war, um zu zweit nebeneinander zu reiten, ritt Grimbald auf Arnulfs Höhe, ohne dass sie ein Wort wechselten; dachte er an seine untreue Frau? Arnulf versuchte, die Gedanken an Ragla abzuschütteln, aber es ging nicht. Es war wie eine ablaufende Sanduhr: Er musste sich in den nächsten Tagen entscheiden, sonst würde sein Kind irgendwann in Franconofurt zur Welt kommen, vaterlos, rechtlos …

Blickte Arnulf nach hinten, sah er die zusammengepressten Lippen Bernhards, sein gekräuseltes Kinnhaar und Augen, in denen wilde Entschlossenheit zu sehen war. Als vollwertiger Krieger behandelt zu werden, hatte seinem Selbstvertrauen einen Schub gegeben.

Der Weg verlief an Wasserläufen entlang, zwei- oder dreimal kamen sie an größeren Höfen vorbei, die zurückgesetzt von der Straße lagen, umgeben von Palisaden, die nicht viel mehr als kräftige Zäune waren. Arnulf sah sich immer wieder um: Sie durften sich nicht verirren, jetzt nicht.

Der Schreck fuhr ihm in die Knochen, als zur Linken Reiter auftauchten. Sie kamen aus dem Wald, auf einem Weg, der nicht viel mehr als ein Pfad sein konnte. Ein halbes Dutzend Männer, dunkle Bartgesichter, bewaffnet mit Schwertern und Lanzen.

»Sachsen!«, zischte Grimbald.

»*Skizan* ...« Arnulf riss das Schwert aus der Scheide – es würde ihm größere Reichweite als die Axt geben. »*Carolus Rex*!«, schleuderte er den Fremden entgegen.

»*Sax hamar*? Heil!«

Mit einem Lachen der Erleichterung rammte Samo sein Schwert in die Scheide zurück und lenkte sein Pferd direkt an Arnulfs *nahtsang* heran.

»Verdammt, du bist spät!« Arnulf versuchte, streng auszusehen, aber es gelang nicht.

»Meine Familie ließ mich nicht fort, verzeiht, Herr! Ich bringe Verstärkung.« Ein weiterer Reiter hatte sich von der Gruppe gelöst und kam näher. Er trug eine zerschlissene Jacke aus Schaffell und hatte dieselbe gedrungene, kompakte Statur wie Samo. »Das ist Rogan, der Sohn meines Vaterbruders. Er will Euch dienen.«

Arnulf musterte den vierschrötig wirkenden Vetter Samos mit einer Mischung aus Misstrauen und Gönnertum. Das Pferd, auf dem er saß, sah alt und räudig aus und erinnerte ihn an den Gaul, mit dem er ein halbes Jahr zuvor Thegan zur folgenschweren ›Erkundung‹ gefolgt war.

»Bist du deinem Herrn davongelaufen, Rogan? Hast du etwas Schlimmes getan?«

Hast du einen Edling niedergeschlagen, der deine Braut wollte?

»Ich bin Christ, Herr.« Seine Finger strafften die Schnur eines Anhängers, den er um den Hals trug. Es war ein Kreuz aus Knochen, doch der Querbalken war unten, nicht oben. »Mein Herr ist in der Schlacht gefallen. Und sein Sohn – er sinnt auf Rache gegen die Franken. Er ist mit der Sippe von Herzog Widukind verwandt. Sie sammeln Männer …«

»Wirklich? Dann könntest du zu *ahta* kommen, wenn du ein paar von uns erschlägst …«

»Herrgott und Jesus sind stärker als Wodan, das weiß ich!«, sagte er hastig und machte eine ungeschickte Bekreuzigung. »Und unser neuer Herr – er lässt uns kaum genug zum Leben. Wir zinsen ihm ein Drittel der Ernte …«

Arnulf und Grimbald tauschten Blicke aus. »Wir müssen weiter«, murmelte der Rinahgauer.

»Rogan kann sich erstmal anschließen«, sagte Arnulf. »Schick die anderen nach Hause.«

Mit knappen Worten verabschiedeten sich die Sachsen voneinander. Zu fünft setzten die Krieger des Königs ihren Weg fort. Ragla war schlagartig aus Arnulfs Gedanken verschwunden. Er lenkte sein Pferd neben das von Samo und fragte ihn nach den Gerüchten über einen sächsischen Aufstand.

Der Krieger bleckte die Zähne. »Es heißt, dass fünfhundert Falen hierher unterwegs sind, Edlinge mit ihren Gefolgsleuten, alles Krieger. Sie wollen die Engern aufwiegeln, sagt Rogans Vater. Widukind hat geschworen, die Eresburg zurückzuerobern!«

»Das wird Einhard nicht gefallen«, knurrte Arnulf und fuhr mit der Reitpeitsche über *nahtsangs* Kruppe. Es waren nur noch zwei oder drei Meilen, und er erkannte nun Felsen und einzelne Bäume, die als Wegmarken dienten.

»Da! Habt Ihr das gehört, Herr?« Im Dämmerlicht sah Samos zerspaltenes Gesicht noch unheimlicher aus.

»Was?«, schnauzte Arnulf. »Den Kauz?«

»Die *holzmugga*! Ruft sie dreimal vor der Dunkelheit, verheißt das Unglück!«

»Habe ich dir nicht gesagt, du sollst keine Furcht verbreiten mit diesem Heidenzeug?«

Trotzig schwieg Samo, den Blick starr nach vorne. Hinter ihm hatte Samos Vetter zu Grimbald aufgeschlossen, und deutlich hörte Arnulf dessen Frage.

»Stimmt es, Kamerad, dass jeder Krieger des Königs Schwert, Schuppenpanzer und zwei Pfund Silber bekommt?«

»Oh ja«, antwortete Grimbald. »Und ein Pferd, das fliegen kann. Und Ziegen, die sich selbst braten.«

* * *

Endlich sahen sie die Fackeln der Torwächter von Curbeki. Arnulf ritt das letzte Stück im Galopp. Das Tor war noch nicht geschlossen; sie erkannten beim Näherkommen Menschen, Pferde und Zelte vor der Umwallung. Doch niemand sprach sie an, als sie durch die wagenbreite Öffnung in der Palisade ritten, direkt auf das Herrenhaus zu. Sie mussten ihre Pferde zwischen Lagerfeuern auf dem Hof hindurchsteuern, um die Dutzende Bewaffnete kauerten.

»Die sind nicht von hier«, murmelte Grimbald. »So viele Leute hat der Baumeister nicht!«

Arnulf war es einerlei. Er befahl den Kameraden, die Pferde zu versorgen und steuerte das Haupthaus an, um den Statthalter anzukündigen. Fast prallte er auf der Schwelle mit einer breiten Gestalt zusammen, die ihm entgegenkam. Den Pelzüberwurf erkannte Arnulf sofort und auch den Geruch des Mannes von Ölen und Tinkturen, die es wohl in Moguntia, jedenfalls nicht bei den Engern zu kaufen gab.

»Willkommen!« Der Baumeister Gernot gab Arnulf die Hand, was er noch nie getan hatte – er schien erleichtert, als er hörte, dass Einhard und Esiko eintreffen würden. »Wir haben Besuch, mehr als wir brauchen können …«

»Die Kerle da draußen?«

»Die auch. Der Abt von Fulda ist angekommen.«

»Priester Kahlkopf?« Arnulf grinste. »Gott sei bei uns, der Abt ist so etwas wie ein alter Freund!« Der Baumeister wollte noch etwas hinzufügen, aber schon durchquerte Arnulf mit kräftigen Schritten den kleinen Vorraum – hier hatte er einst auf die Königsaudienz gewartet! Dann stand er in der Halle. Öllampen und erstaunlicherweise auch einige der teuren Kerzen erleuchteten den Raum. Ein Dutzend Menschen stand um den großen Tisch herum, im Hintergrunddunkel nahm Arnulf weitere Gestalten wahr. Neben dem Kamin, wo einst das königliche Banner nach der Schlacht gehangen hatte, sah er eine Tafel mit Pergamentbespannung. Die darauf gemalten Linien hatten die Form eines Kirchenbaus: Gernots Bauplan.

»Im Namen des Statthalters …«, rief Arnulf forsch. Seine Augen suchten den kahlen Kopf des Abtes; er würde ihm nicht mehr als den gebotenen Mindestrespekt zollen, hatte er beschlossen. Er war schließlich einer von Esikos Hundertschaft …

Die Gespräche erstarben. Die Männer, die ihn anstarrten, trugen Lederpanzer und Kettenhemden und eisenbeschlagene Gürtel, an denen Schwertscheiden bis auf den Boden hingen. Nicht eines dieser Gesichter unter schmutzigen Haarfransen kam Arnulf bekannt vor – bis ihm ein Mann entgegentrat, dessen bloßer Gang heftige Erinnerungen bei ihm auslösten. Der Bart war nachgewachsen, aber das falsche Lächeln, das so wenig zu den kalten Äuglein passte, ließ keinen Zweifel zu: Skerva, der angeblich königstreue Edling, der Buddos Siedlung heimgesucht hatte. Skerva, der sie in den Säulenhain der *harugari* geführt hatte …

Arnulf hakte die Daumen hinter seinen Gürtel. »Als ich Euch das letzte Mal gesehen habe, Skerva, seid Ihr davongelaufen wie ein Hund, der nicht angebunden ist.«

»Vorsicht, *hamarslag*«, sagte der Sachse, ohne dass die Mundwinkel nach unten gingen. »Ich habe Freunde hier. Und sie mögen Euch nicht …«

Der Gaugraf der Hessen stand plötzlich neben Skerva. Er trug ein Wams aus Otterfell über der Tunika. Seine Augen funkelten hasserfüllt und seine Finger zuckten, als würde er Teig kneten.

»Was wollt Ihr hier, Thegan?«

»*Graf* Thegan, du Lump ...« Sein Gesicht war fülliger geworden seit dem Sommer, aber das Haar war genauso sorgfältig gestutzt. »Du bist allein unterwegs, Bursche? Das ist gefährlich, hier im Sachsenland ...«

Mit der rechten Hand berührte der Gaugraf die Unterarmschiene des anderen Arms und ein kurzer Dolch erschien in seiner Hand.

»Wo ist der Abt?«, stieß Arnulf hervor.

»Nicht nahe genug, um dir zu helfen!« Und dann, in einem fast vertraulichen Tonfall: »Jeder Mann in diesem Raum wird bezeugen, dass du mich angegriffen hast!«

Arnulfs Rechte schwebte über dem Kopf der Streitaxt. Aber zur Waffe zu greifen, spürte er, wäre sein Todesurteil – kräftige Kerle standen nur wenige Schritt entfernt und verfolgten jede seiner Bewegungen. Die Klinge des Dolches zeigte in seine Richtung, in Höhe des Bauches.

Wieviel würde der Schuppenpanzer abhalten?

»Der Statthalter trifft gleich ein.« Arnulf zwang sich, normal zu atmen. »Und er hat dreißig Krieger dabei.«

Aber was, wenn er dann tot war?

In diesem Moment knirschte eine Tür im Hintergrund der Halle. Eine Gestalt mit spitzer Mütze trat aus dem Halbdunkel. Hager, ernst und mit starrem Blick näherte sich Abt Boso. Er trug einen weiten, schwarzen Überwurf, der in der Mitte von einem goldverzierten Gürtel zusammengehalten wurde. Einen Augenblick lang herrschte gespenstische Stille, als der Kurzsichtige an Thegans Seite trat, um zu erkennen, wer da gekommen war.

»Im Namen des Herrn«, sagte Boso nur und legte Thegan eine Hand auf den Arm, wie zur Beschwichtigung. Dann schlug er ein Kreuz, als wäre Arnulf der Leibhaftige.

»Wir sind hier, um Heiden zu bekehren. Vielleicht fangen wir mit Euch an, Arnulf von Friedeslar!«

Arnulf spürte, wie ihm das Blut in den Kopf stieg. Sein Blick aber war allein auf die Klinge in Thegans Hand gerichtet. Da hörte er hinter sich das Geräusch eines Schwertes, das aus der Scheide gezogen wird. »Da bin ich, Herr«, knurrte Samo. »Werdet Ihr freundlich behandelt?«

Kapitel XXXV

Curbeki, November 772

Für Unbeteiligte hätte das abendliche Treiben im Saal nicht anders als ein normales Ess- und Trinkgelage zwischen mehr oder weniger derben Menschen ausgesehen; einige mochten bedeutsamer sein als ihre Gegenüber, doch nach einigen Humpen Bier und einem gebratenen Lamm vertrug man sich mehr als ordentlich. Kräftige Scherze wurden gemacht, als würde man einander schon lange kennen.

Boso und Thegan behaupteten, den Segen König Karls und des Kapellans für ihr Vorhaben zu besitzen – Einhard blieb nichts, als die Besucher anständig zu bewirten und so zu tun, als seien die Franken an der Sachsengrenze eine einzige Gemeinschaft.

Arnulf aber beherrschte noch Stunden später die Beklemmung, die auf überstandene Furcht folgte. Irgendwann hatte er den Platz am oberen Ende der Tafel neben Esiko verlassen und sich zu Grimbald, Bernhard und Samo gesellt, die auf einer Bank an der Wand saßen und mit Brotstücken Fleischsuppe aus hölzernen Schüsseln löffelten.

Rogan saß vor ihnen auf seinem Deckenbündel, das er mitgebracht hatte. Er hatte seinen Napf als erster geleert und kratzte sich nun mit ausdauernden Bewegungen auf der Brust und unter den Armen. Für einen Moment musste Arnulf an Bero denken, der mitsamt seinen Läusen längst wieder bei den Seinen weilte.

»Sie wollen das gesamte Umland missionieren«, raunte er den Kameraden zu. »Als wären hier nur friedliche Heiden, die darauf warten, das Kreuz zu nehmen.«

»Boso wäre nicht mit Thegan gekommen, wenn er glaubte, dass es friedlich wird«, raunte Grimbald zwischen zwei Bissen.

»Ihr müsst ihn umbringen, Herr«, stellte Samo fest, als rede er vom Beschlagen eines Pferdes. »Thegan bringt Euch Unheil, ich hab' es gesagt …«

»Schweig!« Arnulf musterte den Krieger wie ein Jäger seinen an der Leine zerrenden Hund. Der Sachse hatte ohne Erlaubnis die Halle betreten, getrieben von einer Ahnung; er war nicht imstande, drei und drei zusammenzuzählen, doch die Lage Arnulfs hatte er auf einen Blick verstanden. Sein schneller Griff nach dem Schwert hatte Thegan womöglich von Schlimmerem abgehalten.

»Bei uns«, fuhr Samo ungerührt fort, »da wo ich herkomme, da würde man Thegan im Schlaf erdrosseln. Sollen wir es tun, Herr? Ich und Rogan?«

Der Sachse auf dem Boden blickte Arnulf gespannt an und unterbrach das Dauerkratzen. Er schien überrascht, aber nicht erschreckt.

»Du Verrückter«, sagte Arnulf langsam. »Keiner von uns würde das Echo überleben.«

»Warum haben sie es denn so eilig mit dem Taufen?«, murmelte Grimbald, das letzte Brot zerkauend.

»Boso will Curbeki und Engern als neue Kirchenprovinz für die Abtei von Fulda. Er hat Angst, dass ihm der Bischof von Moguntia zuvorkommt. Aber das ist nicht das Einzige, was sie wollen …«

»Skerva soll sie zum Gold führen, nicht wahr?« Grimbald blickte Arnulf erwartungsvoll an, mit etwas schräg gelegtem Kopf – Verstand hatte er, wenn auch nichts von Samos Verwegenheit. Arnulf fuhr sich über den kurzen Kinnbart, räusperte sich und sagte:»Boso will die Seelen und Thegan das Gold.

Skerva wird seinen Teil für sich herausschlagen. Und wenn sie den Schatz wirklich finden, kann Thegan seine eigene Scara aufstellen. Dann wird ihm das Gesindel aus nah und fern zulaufen … er wäre bald mächtiger als der Statthalter selbst. Er hätte genug Truppen, um einen eigenen Feldzug gegen Widukind zu führen.«

»Oder gegen andere Gaufürsten«, raunte Grimbald. »Zum Beispiel gegen uns.«

»Thegan müsste wahnsinnig sein, das zu tun …« Arnulf knetete seine Finger, ohne es zu wollen. Grimbald hatte genau das ausgesprochen, was ihm durch den Kopf ging. Aber es war widerwärtig, über solche Sachen nachzudenken. Dann schoss ihm ein anderer Gedanke durch den Kopf und er griff Grimbald am Arm und zog ihn in Richtung der Tür. Der Raum war mit drei Dutzend Männern gefüllt, doch an der Türschwelle waren sie für die anderen nicht zu hören. Gelächter vom oberen Ende der Herrentafel dröhnte durch den Raum. Arnulf sah die schwarze Öffnung von Thegans Mund. Esiko, einen Becher in der Hand, erzählte etwas, Wortfetzen drangen zu ihnen hinüber.

»Ragla …«, hob Arnulf mit rauer Stimme an. »Du kennst sie … Ragla zieht mit Wulfram, dem Händler, in den nächsten Tagen nach Franconofurt zurück.«

»Die Marketenderin?« Grimbald kniff die Augen zusammen. »Die will dich nicht mehr, oder?«

»Nein. Doch. Aber … Ich will, dass sie hierbleibt.« Arnulfs Knöchel knackten, er konnte seine Hände nicht ruhig halten. »Aber wenn es zu einem Angriff auf die Burg kommt, weißt du, dann …«

»Lass sie ziehen, Mensch.« Grimbalds Stimme klang plötzlich fremd. »Wenn sie dich liebt und dich will, dann wird sie dich auch in Franconofurt wollen oder sonst wo. Und wenn sie dich nicht will …«

»Schon gut. Hör auf!« Grimbald verstand nichts. Warum hatte Arnulf ihn überhaupt gefragt?

* * *

Wenige Tage nach der Rückkehr Einhards und seiner Gäste auf die Eresburg machte sich in Einhard eine schreckliche Gewissheit breit: Der Edelstein seiner Frau war verschwunden. Normalerweise trug er den Smaragd in einem ledernen Beutel in einer Tasche seiner Tunika mit sich. Nach seiner Wiederauferstehung hatte er zunächst geglaubt, dass Tristan das Kleinod in einem Kirschholzschränkchen neben Einhards Bett verstaut hatte, in dem Einhard auch seine wertvollsten Pergamente und Schriftrollen aufbewahrte. Doch auch eine abendliche Durchsuchung der Schubladen im Licht von Wachskerzen brachte kein Ergebnis: Der Stein war weg. Ein übler Verdacht nagte nun an ihm, und mit kaltem Groll ließ er nach seinem Schreiber schicken. Es war längst dunkel, doch Einhard war sich sicher, dass Tristan noch auf war. Trotzdem dauerte es, bis sich der schlaksige, in wollene Kleidung gehüllte Jüngling endlich in der Kammer seines Herrn einfand.

»Vor einer halben Stunde hatte ich nach dir geschickt!«, herrschte Einhard ihn an, denn auf dem Tisch lief die Sanduhr. Tristan wand sich, streichelte die Laute, die er unter dem Arm trug und behauptete, dass er Graf Thegan noch hatte vorsingen müssen, ein Lied über die Schlacht …

»Gibt er dir Silber dafür, unser großer Gast?«

»N…Nein, Herr. Aber ich bekam Wein …«

»Ja, *meinen* Wein! Es sind *unsere* Vorräte, die die Hessen verprassen! Wo ist der Smaragd? Du kennst ihn, ich habe ihn dir oft genug gezeigt!« Hilfloser Zorn stieg in Einhard auf: über die unerwünschten Gäste, die sich wie die Besitzer der Burg gebärdeten, über den Verlust der Gemme und die kindische Disziplinlosigkeit seines Schreibers.

Tristan räusperte sich und stand nun etwas aufrechter als zuvor. »Ich habe heute noch einmal die Halle abgesucht, zusammen mit drei anderen, wie Ihr befohlen hattet. Wir haben nichts gefunden, Herr.«

»Die Halle hast du abgesucht, ja?« In Einhards Stimme war jetzt etwas Höhnisches, das ihm selbst zuwider war. »Hinter der Küche habe ich dich vorhin gesehen. Mit einem sächsischen Mädchen, das mit dem langen Hals und dem grünen Kopftuch. Ihr seid in den Schuppen mit der Getreidemühle gegangen.«

Der Schreiber blickte verlegen zu Boden. »Sie hilft in der Küche ...«

»Es war nicht das erste Mal, stimmt's? Wieviel gibst du ihr dafür?«

Tristans Gesicht war rot angelaufen. Mit fahrigen Bewegungen zwirbelte er sich das Ziegenbärtchen, seine Augen wanderten hin und her. »Ihr tut mir Unrecht, Herr ...«

»Du Taugenichts! Bist du plötzlich reich geworden? Du trägst einen wollenen Wams, eine wollene Tunika, du hast dir eine Laute machen lassen, und wenn du Lust hast, besteigst du eine *magad* im Mühlenschuppen!« Speicheltropfen flogen von Einhards Lippen, und er fühlte sich, als würde eine Welle des Zorns ihn forttragen.

»Ihr glaubt, ich habe Euch bestohlen?« Tristan sah so erschrocken aus wie ein Kind, es konnte nicht geschauspielert sein. Oder doch?

»Wer denn, wenn nicht du? Wer hätte während meiner Krankheit ... Also, woher hast du das ganze Silber? Wieviel bekommt die Sächsin, damit sie ihre Schürzen hebt? Einen Denar? Zwei?«

Tristan zog den Kopf ein, er schien regelrecht zu schrumpfen. »Einen Beutel Mehl, Herr.« Er klammerte sich geradezu an die Laute, als könne sie ihm Schutz vor Einhards Wutausbruch gewähren. »Roggenmehl, drei Pfund ... für ihre Kinder.«

Einhard fragte nach dem Vater dieser Kinder und ahnte die Antwort: Er war in der Schlacht von Curbeki getötet worden. Tristan nutzte also die Witwe eines sächsischen Kriegers aus, die vermutlich von den Küchenresten lebte und das Mehl mit nach Hause nahm, damit ihre Kinder überlebten ... Neue Wut stieg in Einhard auf. Wie oft führten sie, die fränkischen Eroberer, ihre Heiligen im Mund! Wie oft war die Rede von Barmherzigkeit! Und wie niedrig handelten selbst die Menschen in unmittelbarer Nähe Einhards! Er musste tief Luft holen. »Heimlich Mehl abzuzweigen ist Diebstahl. Ich müsste dich durchprügeln lassen wie einen Knecht, Tristan aus Kolna!«

»Der Koch überlässt mir das Mehl, Herr, es gehört mir!« Tristans Stimme war nur noch Flehen. »Ich schreibe ihm Botschaften dafür, Herr. Er hat ein Liebchen in Mariburg ... Sie kann lesen.«

»Dann bestehlt ihr uns *beide* ... Ich werde das alles mit Esiko besprechen, er wird wissen, wie man solch einen Diebstahl bestraft.«

»Verzeiht, Herr, aber ...« Tristan hob den Kopf wie ein geprügelter Hund, der hofft, dass der letzte Streich erfolgt ist. »Der Hauptmann hat auch eine *magad*. Die nimmt Wurst mit nach Hause, richtige Wurst, nicht nur Mehl!«

Einhard verkniff sich einen Fluch. Wütend hieß er Tristan, zu Arnulf zu gehen und ihn auf den Wehrgang zu schicken. »Und jetzt verschwinde!«

* * *

Einhard warf sich einen Mantel über und lief hinaus auf den Burghof. Der Himmel war sternenklar. Dieselben Sterne zu denen König Salomo, der Heilige Bonifatius und auch Einhards Frau aufgeschaut hatten. Der Gedanke tröstete ihn für einen kurzen Moment. Er sog die frische, feuchtkalte Luft ein und musste plötzlich an die Schwüle von Rom denken, an die Zeit der Verhandlungen mit den päpstlichen Advokaten: Ein geistiges Kräftemessen war das gewesen, ein Kampf mit Finten und Täuschungen, bei dem mitunter Pergamente gefälscht und Kanzlisten bestochen wurden. Wenn er über die bösartige Zähigkeit der Italiener klagte, hatte sein Herr ihn milde getadelt: »Es sind Leute mit geschliffenem Geist: Selbst wenn sie lügen, dann sind es intelligente Lügen, die wahr sein könnten. Wieviel Dumpfheit und Mittelmäßigkeit findet Ihr dagegen an unseren Höfen im Norden!«

Dumpfheit und Mittelmäßigkeit schienen in dieser Festung eingeschlossen zu sein; er war der Statthalter, er hatte die Macht, und doch – nie liefen die Dinge so, wie er wollte.

»Heil, Statthalter.« Respektvoll wichen die Wachen zur Seite, die am Fuß der Stiege zum Wehrgang standen. Einhard murmelte einen Gruß und lief die Stufen hinauf. Eine Harzfackel auf der Innenseite des Walles spendete gerade genügend Licht, um nicht fehlzutreten.

Der nächste Morgen würde eine weitere Prüfung bringen: Eine Massentaufe von Sachsen stand an. Boso selbst würde sie durchführen. Thegans Männer hatten mit Skervas Hilfe und der halb-freiwilligen Unterstützung der Burgtruppen genügend Menschen in den umliegenden Siedlungen eingeschüchtert, die angeblich bereit waren, das Kreuz zu nehmen. Doch längst hatte es sich herumgesprochen, dass Thegan und Skerva auf Gold und Silber aus waren; das Perfide war, dass diese Apostel der Gier zusammen mit einem Kirchenoberhaupt an der Grenze erschienen waren.

Esiko hatte Einhard kurz und hart geraten, den Abt wieder nach Hause zu schicken und seine hessischen Helfer mit ihm; doch Esiko musste nicht mit der Kirche, er musste nicht mit dem Machtapparat des Hofkapellans auskommen, den Fulrad von jeglichem Punkt des Reiches aus in Bewegung zu setzen wusste. Und Fulrad stand offensichtlich hinter Bosos Missionierungsplänen … Sollte Einhard den Dingen ihren Lauf lassen? Wem würde die Schuld zufallen, wenn es zu einem Aufstand käme?

Vor dem Turm mit der über die Mauer hinausragenden Beobachtungsplattform brannte ebenfalls eine Fackel. In ihrem Licht nahm Einhard einen stämmigen Krieger wahr, der seine Hände über einem Kohlebecken wärmte.

»Gott mit Euch, Herr«, grummelte der Krieger. Zwei Gestalten im Hintergrund nickten dem Statthalter ebenfalls zu.

»Und mit Euch, Ansgar.« Einhard wusste, wie es den Unterführern schmeichelte, wenn er sie mit Namen anredete. »Ist alles ruhig?«

»Nein … Geht besser aus dem Licht!« Ehe Einhard verstand, was Ansgar meinte, der die Turmfackel aus der Halterung nahm und sie einem der beiden anderen Männer gab. »Vorhin hat jemand von unten über die Mauer geschossen. Zwei oder drei Pfeile. Irgend so ein sächsisches Dreckschwein …«

»Weiß Esiko davon?«

»Ja, Herr … die Pferdefleischfresser haben etwas vor, sage ich. Gestern sind zwei Mann erschlagen worden, unten vor der Rampe zum Tor. Sächsische Christen, aus der Siedlung.« Ansgar nickte in Richtung der winzigen Lichtpunkte, die das Sachsendorf im Norden des Burgberges markierten. »Die zeigen uns, was sie von der Taufe morgen halten …«

Einhard hatte plötzlich das Gefühl, als wäre die Dunkelheit etwas Festes, Massives, das sich auf seine Schultern legte und ihn zu Boden drückte. *Boso will morgen mehr als hundert Heiden in einer großen Zeremonie dem rechten Glauben zuführen …*

Er musste sich räuspern. »Haben wir genügend Wachen aufgestellt?«

»Doppelte Wache, wie von Esiko befohlen.« Die kräftige Stimme Arnulfs ertönte hinter Einhard. »Ihr wollt mich sprechen, Statthalter?«

»Ja ... Heil, mein Freund.«

Der Hesse stutzte. Breitbeinig stand er vor Einhard, mit ernstem, wenn nicht gar mürrischem Gesichtsausdruck – in der Dunkelheit war es nicht genau auszumachen. Die vertrauliche Ansprache hätte beim König großmütig geklungen, bei Einhard klang es anbiedernd.

»Esikos Hundertschaft wird den Abt morgen begleiten, Arnulf. Thegan wird wahrscheinlich dabei sein ... Lasst Euch nicht von ihm reizen, hört Ihr? Und schon gar nicht von seinen Leuten.«

»Müssen wir die Kerle überhaupt begleiten? Esiko meinte, wir sollten uns raushalten ...«

Ein Schrei zerriss die schwarze Stille unter ihnen – ein schriller, erbärmlicher Laut, der klang, als würde ein Leben enden. Einhard zuckte zusammen und hoffte, dass die anderen es nicht bemerkten. Angespannt starrten sie ins Dunkel hinab. »Wölfe vielleicht«, murmelte Arnulf. »Haben sich ein Schaf geholt ...«

»Kommt mit, Arnulf.« Einhard stieg die wenigen Stufen zur Plattform hinauf und trat an die Brüstung aus Eichenholz. Es war der höchste Punkt der Burg, kein Licht brannte hier. Der kalte Wind ließ Einhard frösteln. Er bereute es, seine Filzkappe in der Kammer gelassen zu haben.

»Vor ein paar Wochen stand ich genau hier mit dem König. Wir sprachen auch über Euch, Arnulf.«

Arnulf presste Luft durch die Nase, es klang wie Trotz. »Der König hat mich längst vergessen. Ich diene Esiko.«

»Und Esiko untersteht meinem Befehl. Also dient auch Ihr mir! Und wenn ich gewollt hätte, dass Ihr meinen Leibschutz übernehmt, hätte ich es Esiko befehlen können.«

»Warum habt Ihr es dann nicht getan?«

Einhard lächelte. »Weil es nicht nötig war. Ihr passt auf die Edelfrau auf, Ihr seid ohnehin in meiner Nähe, und ansonsten – ich *vertraue* Euch, *sax hamar*.«

Arnulf versuchte, die Gesichtszüge der schmächtigen Gestalt neben sich zu lesen. Es war das erste Mal, dass Einhard ihn mit seinem Kriegsnamen angesprochen hatte.

»Warum sagt Ihr mir das, Einhard?«

»Wir halten die Grenze gegen ein paar tausend Heiden … Wir müssen uns aufeinander verlassen können! Ihr habt Vorbehalte mir gegenüber, ich spüre es. Da ist eine Frau, die Ihr heiraten wollt – wolltet Ihr mir nichts davon sagen?«

Die kurze Stille verriet Einhard die Überraschung des anderen. Es war kaum einen halben Tag her, dass Arnulf Ragla mit ihrem Bündel – viel besaß sie nicht – von Wulframs Wagen geholt hatte. Dass sie ihm in den Arm fliegen würde, hatte er erwartet; dass sie in Tränen ausbrechen, dass sie ihm irgendwie dankbar sein würde … Aber nichts davon. Natürlich wollte er sie in seiner Kammer unterbringen. Wo auch sonst? Schließlich würden sie Mann und Frau sein … Er hatte sogar frisches Bettzeug besorgt, denn er wusste, dass Frauen Wert auf Reinlichkeit legen. Umso mehr staunte er, als seine Braut nach einer Musterung der Kammer feststellte: Sie könne erst mit ihm zusammenleben, wenn ein Priester sie zu Mann und Frau gemacht hätte! ›Ich bin jetzt eine Frau mit *ahta*, Arnulf. Ich will verheiratet sein wie eine fränkische *magad*. Und danach will ich dein Lager teilen.‹

»Hat Esiko Euch die Erlaubnis für die Ehe gegeben?«

»Er hat … es ist ihm gleichgültig.« Nach einer kurzen Pause fuhr Arnulf fort: »Er sagte, ich soll Euch fragen.«

»Und?«

Arnulf räusperte sich und trommelte mit den Fingern auf die Balken der Brüstung. Als er wieder zu sprechen anhob, unterbrach Einhard ihn sofort.

»Ich bin einverstanden, Arnulf! Die Ehe wird Euch gut tun, glaubt mir. Sie erwartet ein Kind, nehme ich an?«

»Im nächsten Frühjahr ist es so weit«, murmelte der Krieger und lief rot an. Arnulf ahnte, dass der Consiliarius von Karls Techtelmechtel mit Ragla wusste. Neuer Zorn auf den König loderte in ihm hoch. Aber keinesfalls wollte er darüber mit Einhard reden … »Die Edelfrau – hat sie sich beschwert?«

»Allerdings«, lächelte Einhard. »Eine Marketenderin von ungewisser Herkunft – das ist natürlich weit unter Erikas Rang. Außerdem gelten Schwangere bei den Sachsen als unrein. Also, wir sollten Euch möglichst schnell zu Mann und Frau machen. Soll Boso Euch trauen? Nein, das mute ich Euch nicht zu … wir nehmen den Diakon in Curbeki. Und jetzt will ich von Euch wissen, warum Ihr mir nicht traut. Streitet es nicht ab!«

Einhard hörte den Atem des anderen. Der Krieger verschränkte die Arme und ließ sie sogleich wieder herabhängen. »Die Leute sagen, dass Ihr Gott und den Heiligen nahe seid und auch dem König …«

»Viele sind dem König nahe, Arnulf«, antwortete Einhard überrascht. »Und der Kapellan sollte dem Herrgott mindestens so nahe sein – aber Ihr drückt Euch um eine Antwort herum wie ein römischer Kanzlist!«

Arnulf scharrte mit einer Fußspitze über die Dielen des Plattformbodens. »Der Bischof ist mir unheimlich.«

»Fulrad? Warum?«

»Ihr wolltet mich umbringen, hat er gesagt. Damals, auf dem Marsch. Vor dem Zweikampf.«

Einhard fühlte Wut das Rückgrat hochlaufen, in den Hinterkopf, bis zur Stirn. Arnulf erzählte von der Zerstörung der Heidensäule, als die harugari sie angriffen und Fulrads Diener erstochen wurde. In all dem Durcheinander dann die Mitteilung, dass Einhard seinen Tod geplant hatte …

»Skizan, ich hab' erst nichts verstanden, alles passierte gleichzeitig ... Thegan wollte meinen Kopf, nicht wahr? Und der König wollte Thegans Truppen nicht verlieren.«

»Bei allen Heiligen, deshalb lasse ich niemanden ermorden!« Einhard wendete sich zu Arnulf hin und versuchte, dessen Augen im Dunkeln zu erkennen. »Ich habe Graf Hartmut – erinnert Euch! – für den Zweikampf gewonnen. Alles andere wäre schändlich gewesen!«

»Fulrad behauptete, er selbst hätte den Zweikampf veranlasst. Um nicht unchristlich zu handeln.«

»Schande über ihn! Pfui!« Einhards Finger gingen zu seinen Schläfen. Kobolde hatten begonnen, mit ihren Knüppeln den Schädelknochen zu bearbeiten. Wo war das Weidenextrakt, das Tristan ihm besorgt hatte? Es half tatsächlich gegen Kopfschmerz. »Fulrad hasst mich!« Mit einer fahrigen Handbewegung betastete Einhard die Seite seines Schädels, übte leichten Druck mit den Fingerspitzen aus. »Für den Kapellan bin ich ein Emporkömmling. Als ich erstmals Kanzleischreiber eines königlichen Ratgebers wurde, war meine Familie völlig unbekannt bei Hofe. Und ich besaß nicht mehr als die Kleidung auf dem Leib, meinen Verstand und ein paar Pergamente. Kommt Euch das bekannt vor?«

»Ich habe früher Bäume gefällt und Balken zugehauen«, knurrte Arnulf. »Das war nichts Ehrenrühriges.«

»Ich habe es nicht vergessen, *sax hamar*. Nun seid Ihr ein Krieger des Königs, aber an Eurem inneren Wert hat das nichts geändert! Äußere Ehren werden wohl kaum den Ausschlag geben, wenn wir vor den höchsten Richterstuhl treten ... Ich will Euch etwas sagen, Arnulf – der Vater meines Vaters war ein Schmied. Da sind keine großen Vorfahren, die ich nennen könnte! Deshalb empfinden die Edlen meinen Aufstieg als Verhöhnung.«

»Ein Schmied? Man sieht es Euch nicht an, Herr«, sagte der Krieger ohne nachzudenken, doch Einhard spürte, dass das nicht respektlos gemeint war; der Jüngere schien sich endlich zu öffnen. In einem fast schon beschwörenden Ton fuhr Einhard fort »Ein König, behaupten die Priester, ein König ist Gott näher als ein Schmied oder ein Holzhauer. Das mag so sein, aber am Ende kann das nur Gott selbst wissen. Der Herr ist bei Euch und in Euch, wenn Ihr es wollt! Den Heiligen Benedikt hat einmal ein junger Mönch gefragt, wer Gott am nächsten sei. Die Gänse, hat er geantwortet.«

»Wie?«

»Sie fliegen über den Himmel. Und manchmal klingt ihr Geschnatter wie ein zu lautes Gebet. Damit wollte er sagen: Es kommt nicht auf das Wo an, und auch nicht auf das, was wir von uns geben ...«

»... sondern auf das, was wir tun. Mein Bruder sagte einmal so etwas zu mir. Aber gleichzeitig hielt er mir vor, zu wenig Demut zu haben. Das macht keinen Sinn!« Knackende Knöchel waren zu hören, als er seine Finger durchknetete.

»Ein Zuviel an Demut ist jedenfalls kein Fehler, den ich Euch ankreiden würde«, lächelte Einhard. Das Pochen in den Schläfen war wieder abgeflaut, und er schickte ein Dankgebet nach oben. »Ich bin froh, einen so mutigen Mann in meinen Reihen zu haben wie Ihr es seid.«

»Es gibt verschiedene Arten von Mut«, sagte Arnulf langsam. Schwer klatschten seine Handflächen auf den Brüstungsbalken, als wolle er ihn fortschieben.

»Einen Feind vor sich kann man erschlagen, wenn es sein muss. Aber das Unsichtbare, das, was du nicht greifen kannst – das ist schlimm ...«

Bewegt nickte Einhard. »Könnt Ihr glauben, dass es mir genau andersherum geht? Dass ich vor dem Dunkeln nicht mehr Respekt habe als vor dem Tageslicht? Aber wenn so ein Sachse brüllend über mich herfällt, Arnulf, bleibt mir nichts als Zittern! Gott hat seine Gaben unterschiedlich verteilt.«

Drei helle Schläge auf eine Eisenschiene wehten vom Hauptgebäude herüber. Es war das Signal für die Nachtruhe. Nur noch Burgwachen hielten sich jetzt im Freien auf. Der Burgherr reichte dem Krieger die Hand. »Was immer auch passiert, Arnulf, folgt den göttlichen Geboten – und Eurem Verstand!«

Kapitel XXXVI

Im Grenzgebiet, November 772

Später erzählten die Sachsen, dass an jenem Tag der Himmel brannte.

Es war Heidenart, die Dinge zu übertreiben. Aber auch die Franken erinnerten sich, dass in den ersten Morgenstunden eine Wolkendecke wie aus Feuer im Osten hing: Aus ihren Erhebungen ragte ein Gebilde auf, mit einer Öffnung, die gelbrot leuchtete wie ein Schmiedefeuer. Dort oben wirkten Mächte, das ahnten Christen wie Heiden, denen der Mensch nichts entgegenzusetzen hatte.

Die Sachsen wussten, dass ein großer *harugari* der Kreuzanbeter an diesem Tag einer Vielzahl von ihnen das Gelöbnis abverlangen würde: einen Schwur, der einer Unterwerfung gleichkam. So hatten sie vor allem ihre Frauen, Kinder und Alten geschickt zu dem Platz an der Dimella flussabwärts von der Siedlung nördlich der Eresburg, wo ein Wasserlauf mit flachen Ufern in den Fluss mündete. Die Geistlichen aus Bosos Gefolge hatten dort ein Gerüst mit einem tropfenförmigen, bronzefarbenen Eisenhut aufgebaut, den die Sachsen mit Interesse wie Misstrauen musterten. Die Frauen und Kinder zogen widerspruchslos die weißen Taufgewänder über, die die Priester ihnen gaben, während die wenigen Männer dazu überredet oder auch gezwungen werden mussten … Als einer der schwarz gekleideten Geistlichen auf Bosos Zeichen die Glocke schlug, verstummte das Gemurmel der Menge. Solch einen Klang, wurde Arnulf klar, hatte man hier noch nie gehört; selbst die Scarakrieger, die mit einigem Abstand von den Sachsen auf ihre Speere gelehnt herumstanden, betrachteten die Glocke mit einer Art stillem Respekt, manche gar mit einem kindlich wirkenden Lächeln. Doch als Arnulf seinen Blick nach rechts schweifen ließ, wo die Dimella in einer Biegung zu einer weiten Schleife ansetzte, spürte er abermals die Beklommenheit der letzten Tage: Dort standen in einem wilden Haufen, zu Pferde und abgesessen, Thegans Leute, insgesamt so viel wie eine Hundertschaft. Zwei oder drei Dutzend von ihnen trugen die volle Kriegsausrüstung wohlhabender Gefolgsleute. Sie stammten zweifellos aus hessischen Familien, die mit Thegans Sippe verbündet waren oder die ihm direkte Gefolgschaft schuldeten. Beunruhigender aber wirkte der Rest: Räudige Kerle waren das, viele in zerschlissenem Aufzug, einige mit verstümmelten Ohren oder Brandmarken im Gesicht – Menschen, die sich eines Verbrechens schuldig gemacht hatten. Der Gaugraf selbst – unter seinem mit Goldborten verzierten Mantel war das Metall eines Kettenhemdes zu erkennen – unterhielt sich mit Skerva, der Schwert und Streitaxt im Gürtel trug. Ständig blickte der sächsische Edling umher, als suche er etwas.

»Arnulf?« Unwillig drehte er den Kopf nach Erika um.

»Die Kerle um Skerva sehen aus wie Diebe und Wegelagerer. Seid Ihr sicher, dass sie den Glauben Eures Herrn bringen?«

Mindestens ein halbes Dutzend der Krieger um ihn herum konnten ihre kecken Worte hören – die meisten von ihnen dachten dasselbe! Erika hatte ihn morgens mit der Forderung überrascht, mitzukommen, um selbst einmal zu sehen, wie eine Taufe vor sich ging. Kurioserweise hatte sie dieses Verlangen auch an den Abt Boso selbst gerichtet. So hatte Einhard das Ganze mit einer Geste der Ratlosigkeit bewilligt, und nun stand Widukinds Schwester, die Geisel des Königs, am Rande der

Zeremonie zwischen Arnulfs Männern. Sie solle sich ruhig verhalten, raunte er ihr zu. Was sie natürlich nicht tat.

»Gegen diesen Haufen von Halsabschneidern sehen Eure Leute richtig anständig aus.«

Seltsamerweise war das in geradezu freundlichem Ton gesprochen. Sein Blick richtete sich wieder nach vorn, aber nicht schnell genug, um etwas in ihren Augen zu sehen, was er bisher noch nicht gesehen hatte – wollte dieses Weib ihn verwirren?

Boso stand nun auf einem niedrigen Podest aus Feldsteinen, blickte zum Himmel und murmelte etwas. Er trug ebenfalls einen hellen Überwurf, der bis zu den Schuhen reichte und von einem gold- und silberverzierten Gürtel zusammengehalten wurde. Abermals klang die Glocke, lauter als zuvor, und mit Spannung lauschten die Anwesenden dem Verklingen des Tones.

»Der Herr ruft nach seinen Streitern«, flüsterte Samo beeindruckt.

Boso breitete die Arme aus und hob mit der Front zu den Täuflingen weithin hörbar an: *»Forsahistu unholdun?«*

Und sein nächster Satz gab die Antwort vor, der Momente später aus hundert sächsischen Kehlen zurückklang:

»Ih fursahu.«

»Glaubistu in got fater almahtigan?«

»Ih gilaubu.«

»Gilaubistu in Christ gotes sun nerienton?«

»Ih gilaubu.«

»Gilaubistu in heilagan geist?«

»Ih gilaubu.«

Arnulf blickte nach links: Es war kein Irrtum, Samos Lippen formten ebenfalls die Antworten mit, die Hand war um den Schwertgriff gekrampft.

»Gilaubistu einan got almahtigan in thrinisse inti in einisse?«

Stoßartig atmete Samo aus. »Herr?« Erst als er Arnulf die Hand auf den Unterarm legte, merkte der Hesse, dass er selbst gemeint war. »Sind Jesus und der Geist so stark wie der Herrgott?«

»Woher ... sicher nicht.«

Aus den Augenwinkeln bemerkte er, dass plötzlich Bewegung in Thegans Schar kam. Doch Boso war noch nicht fertig.

»In den Fluss steigt ihr als Ungläubige. Als Christen verlasst ihr das Wasser! Fort spült das Wasser eure Sünden.« Unter Schnaufen und Husten wurden die Sachsen nacheinander von kräftigen Diakonen in das Wasser gedrückt und wieder aufgerichtet. Ein Kind fing an zu schreien.

Samo räusperte sich. »Jesus ist der Sohn; der Geist – wer ist das?«

»Frag die Priester!«, gab Arnulf unwirsch zurück.

Langsam schüttelte Samo den Kopf. »Ich muss nicht klüger sein als mein Herr ... Gott ist stärker als Wodan, nur das zählt!«

* * *

Nach dem Ende der Zeremonie verteilten die Priester unter den sächsischen Neuchristen einige Brotlaibe – nicht genug für alle, aber genügend, um in Erinnerung zu bleiben. Boso betrachtete die Ausgabe mit selbstgefälligem Lächeln und biblischen Worten auf den Lippen: »Denn dies ist das Brot Gottes, das vom Himmel kommt und der Welt das Leben gibt ...«

Das Korn für diese Brote war nicht vom Himmel gekommen. Wenige Tage zuvor hatten die Franken es als »Steuer« eingetrieben, zusammen mit einigen Dutzend Schafen und Ziegen, und zwar auf den Höfen, auf denen niemand das Kreuz nehmen wollte. Schließlich sollten die Getauften auch spüren, dass ihre Herren es gut mit ihnen meinten. So sprach Boso ... Zumal er im nächsten Jahr an die Eintreibung des Kirchenzehnts gehen würde.

Die Taufe war ohne Zwischenfälle verlaufen. Die Hundertschaft Scara mochte Unruhestifter abgeschreckt haben – falls der Bewachungsaufwand nicht ohnehin übertrieben war. Letzteres las Arnulf in Esikos Miene. Beide saßen wieder im Sattel, um Boso und sein Gefolge zu einem weiteren Taufplatz weiter flussabwärts an der Dimella zu geleiten. Dorthin würden Sachsen aus weiter entfernten Siedlungen kommen, auch die Männer von Buddo in Aroldis: Auf Einhards Drängen hatte Esiko dem Sippenoberhaupt so lange zugesetzt, bis er sich mit zahlreichen Leuten zur Taufe bereiterklärt hatte, und zwar auch mit den Männern. Abt Boso hatte es abgelehnt, über den nächsten Höhenrücken nach Aroldis zu ziehen. So kamen die Heiden zu ihm …

Kurz nach dem Aufbruch zügelte Esiko mit beunruhigter Miene sein Pferd. »*Hamar*, wo sind diese Hessen, verdammt? Die waren doch vor uns!«

Arnulf sah sich um. Nur noch Scarakrieger und Bosos schwarz gekleidete Gefolgsleute waren in der Kolonne, die sie in nördlicher Richtung anführten. Offensichtlich war Thegan nach Süden abgeschwenkt, in Richtung der Burg und der großen Nord-Süd-Straße; der Wald entlang der Straße war dicht, so dass selbst eine größere Reitertruppe nach einigen hundert Schritt vom Grün-Braun der Fichten und Buchen verschluckt wurde. Esikos Stummelfinger fuhr über die Bartstoppeln am Hals. Der Blick, den er mit seinem Truppführer austauschte, ersparte viele Worte: Sie mussten wissen, was Thegan und Skerva vorhatten, wollten sie keine böse Überraschung erleben. Es konnte sein, dass sie auf die nahe Eresburg zurückkehrten – aber dann hätten sie kaum bei der ersten Taufe dabei sein müssen. Oder sie wollten weiter nach Curbeki oder auch zu einer der Sachsensiedlungen … Arnulfs halbherziger Vorschlag, Boso selbst zu fragen – er war schließlich mit Thegan zusammen gekommen –, prallte an *harto* ab. Den ›blinden Betbruder‹ zu fragen, hätte

Esiko Überwindung gekostet. Und es war zweifelhaft, ob Boso die Wahrheit sagen würde. So befahl Esiko seinem Truppführer, den Hessen mit zehn Mann möglichst unauffällig zu folgen. »Das Edeltäubchen schickst du unterwegs auf den Berg zurück. Die hatte genug frische Luft!«

Arnulf wählte seine verlässlichsten Leute aus, gab der Edelfrau einen Wink und ritt mit ihnen auf der von vielen Hufen zerwühlten Straße zurück, um die Kavalkade des Gaugrafen einzuholen. Er solle sich in die Büsche verdrücken, wenn er Widukind zu Gesicht bekäme: Das war Esikos hinterhergerufene Aufforderung, sich auf keinen Fall in Gefechte einzulassen. Oder gar zu versuchen, Heldentaten zu begehen ... Arnulf wusste, wie sehr es Esiko kränkte, dass er den Sachsenherzog noch nicht gestellt hatte. Und wie sehr der größte Krieger Karls hoffte, den Sachsen bald vor seinem Schwert zu haben.

Thegans Schar hatte einigen Vorsprung gewonnen. Erst auf den Freiflächen östlich des Burgbergs erblickten sie die Hessen wieder, nahe genug, um die von den Hufen hochgeschleuderten Dreckklumpen zu sehen. Arnulf zügelte sein Pferd und befahl Bernhard und Samos Vetter Rogan, die Edelfrau zurück auf die Festung zu bringen und dort auf seine Rückkehr zu warten. Doch ausgerechnet Erika war damit nicht einverstanden. Ihre Wangen waren von der Kälte gerötet, und ihre grüne Augen schienen heller denn je; gleichzeitig lag ein Ernst auf ihren Zügen, der wenig mit der Bissigkeit zu tun hatte, die Arnulf sonst an ihr kannte.

»Ich mache mir Sorgen«, sagte sie. Als spreche sie mit einem Vertrauten unter der Linde auf dem Burghof.

»Was? Dass es bald regnet? Wir müssen weiter, aber ohne Euch!«

»Ihr verfolgt Thegan und Skerva ... ich kann Euch sagen, was sie vorhaben!«

Die Sonne war durchgebrochen, und ihre warme Atemluft hüllte sie wie ein Schleier ein. Arnulf hatte noch nie eine schönere und anmutigere Frau gesehen – und er ärgerte sich, dass er den Gedanken in diesem Augenblick zuließ. In harschem Ton wollte er wissen, was sie zu sagen hatte. Statt zu antworten, bat sie ihn um ein Zwiegespräch. Unwillkürlich tauschte Arnulf einen Blick mit Grimbald, der genauso überrascht aussah wie Arnulf selbst. So stieg er vom Pferd und ging mit ihr ein paar Schritte abseits.

»In Curbeki bauen Eure Leute ein Haus für ihren Gott …«, begann sie ohne Hast.

»Das weiß ich«, stieß Arnulf aus.

»Da liegt ein heiliger Umhang, nicht wahr? Thegan will ihn nach Friedeslar bringen. Der Priester mit der Glatze weiß, dass Herzog Widukind bald hier sein wird. Er hat es dem Grafen aufgetragen …«

»Woher wollt Ihr das wissen?«

»Weil ich selbst mit dem Glatzköpfigen sprach. Gestern erst! Ich habe ihm gesagt, dass unsere Leute mit einer großen Zahl Krieger kommen. Und dass die Priester bei lebendigem Leibe geröstet werden.«

Arnulf blickte die Straße hinunter. Längst waren die letzten Reiter Thegans um die nächste Biegung verschwunden. Wie so oft zweifelte er, dass sie die ganze Wahrheit sagte. Einhard hätte davon wissen müssen! Kein Abt, kein Bischof konnte sich erlauben, die kostbare Reliquie aus des Königs Kirche zu entnehmen … geschweige denn ein Gaugraf.

»Waren das Eure ›Sorgen‹, Edelfrau? Der heilige Mantel?«

Sie rieb die erkaltenden Hände aneinander und zog die Pelzkapuze ihres Überwurfs ein Stück ins Gesicht. Ihre Hosen steckten in kurzen, pelzgefütterten Schuhen, aber die Kälte durchdrang an diesem Tag alles. »Ich fürchte, Thegan und Skerva haben noch etwas anderes vor …«

»Dann redet endlich!«

Sie sah ihm direkt in die Augen. »Ich habe Euch genug erzählt. Wenn Ihr Augen hättet zum Sehen und Ohren zum Hören …« Plötzlich war da wieder ein Anflug von dem spöttischen Ton, mit dem sie ihn rasend machen konnte. Sie drehte sich um und ging zu ihrem Pferd zurück, als hätte er das Gespräch beendet. Mit rotem Gesicht betrachtete er seine Männer, dann wieder die leere Straße.

War Widukind wirklich so nahe?

Mit einem Sprung landete er im Sattel. »Bernhard, Samo, ihr nehmt sie zwischen euch! Vorwärts, mir nach!« Arnulfs Männer sahen überrascht aus, aber niemand sagte etwas. War da ein Lächeln auf ihrem Gesicht? Am liebsten hätte er ihr ein paar Ohrfeigen gegeben. Während ihnen Thegans Männer davonritten, verwirrte sie ihn mit immer neuen Geschichten! Aber eine innere Stimme sagte ihm, dass sie ihnen heute noch helfen konnte. Beim Anreiten rief er Grimbald zu, was sie erzählt hatte. Sofort schlug der Gefährte vor, einen Melder an Einhard zu schicken: Der Burgherr könnte notfalls eine ganze Hundertschaft nach Curbeki schicken, um den Mantelraub zu verhindern!

»Und wenn sie gelogen hat, verflucht?« Wie ein Trottel würde Arnulf aussehen … Er trieb *nahtsang* zu größerer Geschwindigkeit an.

Kapitel XXXVII

Südöstlich der Eresburg, November 772

Er ging ein großes Risiko ein, indem er Erika mitnahm. Aber er spürte auch, dass sich binnen kurzem etwas von der Gewitterspannung lösen würde, die über dem Land hing; wenn dieser Wetterschlag ein sächsischer Angriff auf die Burg wäre, dann könnte ihm niemand einen Vorwurf machen.

Nach einigen Meilen mussten sie die Pferde zügeln und am Waldrand Schutz suchen. Die etwa hundert Reiter vor ihnen hatten an einer großen Weggabel angehalten. Als sich das Knäuel endlich auflöste und Arnulfs Männer wenig später die Gabelung erreichten, erlebten sie eine Überraschung.

»Da lang«, sagte Grimbald ungefragt, als er die vielen Hufabdrücke im Boden betrachtete, die in östlicher Richtung verschwanden – dort lagen Aroldis und andere Sachsensiedlungen. Nur wenige Reiter waren in südlicher Richtung abgebogen, auf Curbeki zu. Arnulf unterdrückte einen Fluch. Erika hatte sie getäuscht! Thegan und Skerva hätten sich kaum von der Masse ihrer Männer getrennt, um den Mantel des Heiligen an sich zu nehmen … Ein paar Stunden hinter Aroldis lag vielmehr eine Straße, auf der man in ein bis zwei Tagen nach Friedeslar gelangte.

»Vielleicht hat Thegan wirklich Angst vor Widukind, und er will Friedeslar für einen Sachsenangriff vorbereiten«, überlegte Arnulf laut. Doch Grimbalds Einwurf zerstörte diese schwerfällige Erklärung: Noch nie waren die Sachsen im Herbst in das Frankenland eingebrochen. Arnulf sah zur Edelfrau hinüber, die wie die Krieger die Spuren in der Erde studiert hatte. »Sie wollen zu Buddo«, sagte sie mit einer Sicherheit, die nicht gespielt sein konnte. »Sie holen sich den Schatz!« Er ging zu ihrem Pferd, fasste sie am Unterarm und beschimpfte sie, weil es wie eine neue Räubergeschichte klang. Rasch warf sie ihm entgegen: »Vor der Schlacht haben Buddo und der Herr von Curbeki drei Kisten mit Gold, Silber und Geschmeide in Aroldis vergraben. Witigo war dabei, er hat es mir erzählt!« Kein Vorwurf lag in ihrer Stimme, als sie ihren Bruder erwähnte. Er war tot, wie auch der Herr von Curbeki.

»Sagt Ihr ausnahmsweise die Wahrheit, Erika?«

Sie funkelte ihn trotzig an – es musste stimmen. Buddo war somit der Einzige, der wusste, wo der Schatz genau lag. Es sei denn, Skerva hatte es irgendwie in Erfahrung gebracht. »Zuzutrauen ist es ihm …«, murmelte Grimbald. »Buddo ist bei der Taufe mit seinen Kriegern.« Das Dorf war schutzlos. Esiko bewachte die Taufzeremonie, und Einhard war auf der Burg und ahnte nichts …

»Herr, wir verlieren sie!«, rief Samo ungehalten. »Wollt Ihr umkehren?«

»Nein! – Warum erzählt Ihr ausgerechnet mir von dem Gold, Edelfrau?«

Sie musterte ihn mit ruhiger Würde und wirkte plötzlich zehn Jahre älter. »Weil Skerva ein Verräter ist und Thegan ein Franke, der eine Horde von Halsabschneidern anführt. Sie dürfen das Gold nicht bekommen!«

Zum ersten Mal waren ihre Worte vollkommen klar und glaubwürdig. Wäre Thegan nach Curbeki gezogen, hätte sie das Geheimnis gar nicht erst offenbaren müssen … Er drückte *nahtsang* die Hacken in die Flanke und setzte sich an die Spitze der Schar. Nach Osten! Weniger als eine Stunde Wegstrecke war es bis zu Buddos Haus. Thegan würde den Schatz nach Friedeslar entführen, daran zweifelte Arnulf keinen Moment. Aber das Gold stand dem König zu und seinem Statthalter – ließ sich also dem Räuber nicht etwas rauben?

* * *

Eine Waldzunge schob sich in die unkrautüberwucherten Äcker vor, die das Dorf umgaben. Von ihrem Platz zwischen einigen Fichten konnten sie die Rückseite und einen Teil der Seitenwand von Buddos Haus erkennen. Was in dem Gebäude vorging, war leicht zu erraten: Die Schreie gequälter Frauen waren weithin zu hören.

»*Unholdun*«, flüsterte Samo. »Sie foltern die Weiber.«

Erikas Züge hatten sich verhärtet. Sie murmelte etwas Sächsisches und umklammerte dabei einen Anhänger am Hals. Als Arnulf ihr kurz – wie zufällig – die Hand auf den Arm legte, fing er sofort einen misstrauischen Blick von Grimbald auf: Er ahnte, dass diese Frau seinen ohnehin zu kühnen Kameraden zu etwas Gefährlichem verleiten würde …

Aber Arnulf schwieg, und beklommen verfolgten sie alle das Geschehen zwei- oder dreihundert Schritt vor ihnen. Wie toll kläfften Hunde zwischen den Fremden herum, die sich mit gezogenen Waffen um Buddos Haus aufgebaut hatten. »Sie können uns jederzeit entdecken«, presste Grimbald schließlich hervor.

»Ich weiß«, knurrte Arnulf.

»Dann lass uns ein Stück zurückgehen, unter die Bäume …«

»Angst?«

Grimbald verstummte. Arnulf strich über die scharfgeschliffene Klinge des Habichts. Wie konnten sie eingreifen, ohne sofort niedergemacht zu werden? Auf einem Anger oberhalb der Häuser, in Richtung von Arnulfs Gruppe, hatten die Plünderer einige Esel und Pferde zusammengetrieben, die eher zum Tragen als zum Reiten dienen mochten. Einer der Hütejungen

414

war noch rechtzeitig in den Wald geflohen, ein anderer lag mit zerschlagenem Schädel in seinem Blut. Die Schreie waren mittlerweile verstummt, abgelöst von den Geräuschen schweren Werkzeugs und brechendem Holz. Nach einem Moment der Stille, der sich für Arnulf zu einer kleinen Ewigkeit dehnte, kam ein halbes Dutzend schwer bepackter Männer aus Buddos Haus. Sie hatten lederne Tragesäcke über den Schultern. Die beiden letzten schleppten eine Eisenkiste. Ihnen voran ging Skerva, der Sachse, der nun ein Christ war – er musste es sein, Arnulf glaubte, das Grinsen auf seinem Gesicht zu sehen.

Buddo hatte den Schatz in seinem eigenen Haus vergraben.

»Ihr seid ein großer Krieger, Arnulf!« Erikas Stimme klang heiser. »Tut etwas, ich flehe Euch an!«

Arnulf wurde warm. Kaum zwei Pfeilschusslängen von ihnen entfernt war der größte Goldschatz, den man je gesehen hatte. Bernhard schien vor Aufregung – oder Kälte? – zu zittern. Samos Kiefer arbeitete, als würde er Nüsse kauen, rot leuchtete die riesige Narbe in seinem Gesicht. Neben ihm stand Rogan, der sich immer wieder mit der Zunge über die Lippen fuhr. Sie warteten auf Arnulfs Entscheidung.

»Wir können sie nicht einfach ziehen lassen«, sagte ihr Anführer, und jedes Wort war schwer wie ein Axtschlag.

Grimbald starrte ihn an. »Wir sind zehn, und die hundert!«

»Schweig!«, zischte Arnulf. Und eben in diesem Moment packte ihn eine Hoffnung: Auf der Straße von Westen näherten sich Reiter. Buddo und die Seinen kehrten zurück, in gemächlichem Schritt, noch hatten sie nichts bemerkt! Ein Warnposten der Plünderer aber hatte die Sachsen ebenfalls entdeckt, und nun entstand heftige Bewegung unter Thegans Leuten. Die Hälfte von ihnen machte Anstalten, mit der auf Packtiere verladenen Beute auf der Straße nach Osten zu verschwinden, während die andere Hälfte – Bogenschützen waren darunter – sich halbkreisförmig aufbaute, um einen Angriff von Buddos Leuten abzuwehren; auf einigen ihrer Schilde konnte Arnulf noch das schwarze Kreuz König Karls erkennen. Zusammen mit diesen Räubern hatte er im Sommer gekämpft, Seite an Seite …

Arnulf streckte den Zeigefinger aus: Fast am Ende der kleinen Packtierkolonne, die nun eilig aufbrach, war ein gedrungenes Pferd. Schwer hingen auf beiden Flanken die Enden eines Packbeutels herab. Rasch weihte Arnulf die anderen in seinen Plan ein. Er sah in ihren Augen, dass sie ihm folgen würden – es waren seine Männer, sie würden ihm überall hin folgen!

Grimbalds Lid zuckte im Takt des Herzschlags, aber er wagte nichts mehr zu sagen. Alles kam darauf an, wie der Blitz zuzuschlagen – und dann auf dem Pfad zu verschwinden, der sich auf halber Höhe zwischen den Hessen und heranstürmenden Sachsen in den Forst nach Süden schlängelte. »Wir reiten mit eingelegter Lanze. Es reicht, die hinteren von ihnen wegzustechen! Lasst euch auf kein Gefecht ein!«

Es würde wie der Raub von Widukinds Banner werden – zu Pferde …

Sie brachen aus ihrem Versteck hervor und stürmten über Unkrautfelder pfeilgerade auf das Ende der abziehenden Plünderer zu. Mit einem Ohr hörte Arnulf die wütenden Schreie der heimkehrenden Sachsen, er selbst starrte nur auf das halbe Dutzend Reiter, das hinter dem Lastenpferd mit der kostbaren Fracht her ritt. Sie holten die Plünderer etwa hundert Schritt vor dem dichten Buchenwald ein, in dem die Straße Richtung Osten verschwand; Thegans Männer mochten glauben, dass ihre eigenen Gefährten hinterherkamen. Arnulf klemmte den schweren Speer zwischen Armbeuge und Brustkasten ein und rammte die Spitze im Galopp zwischen die Schulterblätter des hintersten Hessen. Der Stoß ließ den Mann nach vorne abkippen, er fiel nach rechts aus dem Sattel, während Arnulf links von ihm weiterritt und dabei fast die Waffe verlor, weil die Spitze sich im Lederpanzer des anderen verfangen hatte. Der nächste Reiter wurde von Rogan getroffen, auf dieselbe Weise; es gab Arnulf Zeit, den Speer neu auszurichten und den dritten anzugehen. Der drehte sich im Sattel um und riss den Schild hoch. Arnulf jagte ihm die Speerspitze beim Vorbeireiten in den Oberschenkel. Der Stahl drang so tief ein, dass ihm die Lanze aus der Hand gerissen wurde. Der Verwundete riss an den Zügeln, und das Ross bäumte sich auf. Einen Augenblick sah es aus, als würden sie sich festkämpfen. Doch Samo war längst an Arnulf vorbei, schlug einem der Hessen die Schwertklinge in den Nacken und griff nach den Zügeln des Packpferdes. Bemerkten die vorderen Reiter überhaupt, was hinten geschah? In der Überraschung des Angriffs lag Arnulfs Erfolg. Wilde Flüche kamen von vorne, einige Hessen rissen ihre Pferde herum. Doch Arnulfs Männer waren zu schnell. Einer der schwerverletzten Hessen konnte sich ins Unterholz flüchten, ein anderer wurde von Samo niedergeritten; mit seinem Kopf tief über dem Pferdehals preschte der Krieger zurück, das Pferd mit dem Gold hinter sich am langen Zügel.

»Zurück, Rogan!«

Auf Arnulfs Ruf hin sprang der Sachse in den Sattel, das halb in den Gürtel geschobene Hessenschwert, das er in der Eile aufgerafft hatte, klirrte dabei wieder zu Boden. Arnulf jagte Samo hinterher. Im Nu hatte er ihn überholt – das Packpferd mit dem Schatz war beängstigend langsam! Alle seine Männer saßen noch im Sattel, wie durch ein Wunder war niemand getötet worden! So rasch wie eben möglich hielten sie auf den Weg zu, der vor den ersten Hütten zwischen hohen Fichten und Buchen ins Halbdunkel führte. Aufgeregt winkte ihm Bernhard: Hier hinein! Neben ihm war die Edelfrau, im Vorbeireiten nahm Arnulf ihre aufgeregten Züge wahr, die aufgerissenen Augen. Die Waldluft war schlagartig feuchter, die Kälte unangenehmer noch als im Freien. Nach zwanzig Pferdelängen sah Arnulf sich um. Durch die

Baumstämme konnte er undeutlich Kampfgetümmel am Rand der Siedlung sehen. Dann musste er sich tief über *nahtsangs* Hals ducken, um einem Ast auszuweichen. Kurz darauf stürzte Grimbald auf den Waldboden, als sein Pferd in ein Loch trat. Weiterreiten war Wahnsinn! Zumal ihr Packpferd offenbar lahmte ...

»Absitzen!«, schrie Arnulf. Sie zerrten die Gäule hinter sich her und eilten im Laufschritt tiefer in den Wald. Samo setzte sich an die Spitze. Sein zerpflügtes Gesicht sah aus, als würde er lachen. Arnulf fand Mut in diesen nach oben zeigenden Mundwinkeln: Irgendwo, irgendwie würden sie aus dem Forst herauskommen und auf die Straße nach Curbeki stoßen! Ja, Gott selbst schien ihm aus diesem Mund eines halbheidnischen Kriegers anzulachen – der Herrgott, beschloss Arnulf, liebte ihn. Er, *sax hamar*, hatte Thegan einen Teil des Sachsenschatzes entrissen!

Es mochten zwei oder drei Meilen sein, die sie auf dem armseligen Weg zurücklegten. Der Pfad verlor sich endlich in einer mit hohen Gräsern spärlich bewachsenen Fläche. Sumpf! Samo führte sie am Rand des Moores entlang in höher gelegenes, festes Gelände. Dann musste auch der Sachse innehalten, um sich gründlich umzusehen. Erschöpft, mit roten Gesichtern betrachteten die anderen das fahlgelbe Pferd mit dem schweren Packsack quer über dem Rücken. »Der Gaul lahmt«, murmelte Grimbald. Arnulf nickte, aber der Triumph sprühte aus seinen Augen. Die Edelfrau schenkte ihm ein müdes Lächeln. Ihre Hosen und die fein gearbeiteten Stiefel waren vom Marsch durch den Forst durchnässt, ein kleiner Tropfen hing an ihrer Nase. Sie strich ihrer Stute beruhigend über den Hals und fragte Arnulf ohne jeden Spott: »Wisst Ihr noch, wo wir sind?«

»Kein bisschen«, grinste er. Er rief Samo und nickte in Richtung einer alleinstehenden, mächtigen Tanne in ihrer Nähe. Dort kletterte der Sachse wenig später wie ein Wiesel hinauf. Kopfschüttelnd sah ihm Arnulf aus der Entfernung zu.

»Der ist unzerstörbar«, sagte Bernhard. Arnulf lachte befreit auf. »Zäh wie ein Wolf! Ich hab's ihm angesehen, damals auf dem Blutfeld!«

Sax hamar würde Einhard mit dramatischen Neuigkeiten gegenübertreten. Und einem kleinen Schatz, der ein großer Schatz war, wenn man sonst nichts hatte … Die Idee lockte ihn, den Packsack auf dem Pferderücken zu öffnen und die Kostbarkeiten in Augenschein zu nehmen. Aber das Verschnüren würde wiederum Zeit kosten … Erst jetzt bemerkte er, dass einer der Männer Feuer gemacht hatte. Trockene Rinde und halbfeuchtes Holz erzeugten mehr Qualm als Hitze, aber die Edelfrau stellte sich sofort dazu und ermutigte die Krieger, mehr Holz aufzulegen. Bald brannten die Flammen zwei bis drei Fuß hoch, dunkler Rauch schraubte sich in den Himmel und trieb in östlicher Richtung davon. Arnulf fühlte, dass sie weiterziehen mussten; aber auch er spürte jetzt eine Trägheit – da war diese Zufriedenheit mit sich und der Stolz auf die Beute … Er blickte zum Wipfel der großen Tanne hinüber, ohne Samo zu entdecken. Auch zwischen den mageren Birken auf dem Boden war er nicht zu sehen. Der Wald war hier ausgedünnt wie von einem Brand, verkohlte Stümpfe ragten hier und da auf. Während die anderen sich um das Feuer drängten, lief Arnulf auf eine kleine Kuppe mit einer vom Blitz verschmorten Kiefer zu. Rogan heftete sich an seine Fersen.

»Ihr seid ein ruhmreicher Krieger, Herr. Samo hatte es gesagt!«

Arnulf grinste. Er wusste, was Rogan wollte. »Sag mir lieber, wo der Bursche abgeblieben ist, Rogan.« Er roch den Rauch, der von hinten auf sie zutrieb.

»Gebt mir einen Schuppenpanzer, Herr. Ich hab' mein Leben für Euch eingesetzt.«

»Du hast ihn verdient«, sagte Arnulf nüchtern und betrachtete Rogans abgewetztes Wams aus Schaffell. »Morgen weise ich den Waffenschmied an, für dich eine Brünne zu fertigen.« Ein kurzer Triumph leuchtete in Rogans Zügen auf. Er hatte eng zusammenstehende Augen und Arnulf war sich bis zu diesem Augenblick nicht klar gewesen, ob er diesem Vetter Samos vertrauen konnte. Doch nun spürte er eine Verbindung zu dem christlichen Sachsen. In größter Gefahr hatte er sein Leben gewagt, um ein Schwert einzusammeln! Rogan legte eine Hand auf den schwarz verkohlten Stamm der Kiefer und wandte sich Arnulf erneut zu. Nun würde es um ein Schwert gehen …

»Herr, …«

Da waren Bewegungen hinter dem Sachsen – etwas zuckte durch die Luft, dann ragte Eisen aus Rogans Brust, der Körper des Sachsen wurde nach vorne geschleudert. Arnulf sprang zur Seite. Ein Wurfspeer steckte im Rücken des Kriegers.

Links und rechts des schwarzen Baums erschienen Bärtige mit rot bemalten Schilden. Mit riesigen Sätzen eilte Arnulf zurück und schrie aus voller Kehle Alarm. Die Männer am Feuer starrten ihn verwirrt an. Nach einem ungläubigen Zögern erst spritzten sie auseinander, zerrten ihre Waffen hervor – und erkannten, dass die Sachsen in Rudeln von drei Seiten kamen. Ohne Eile, mit ein paar Zurufen, wie Jäger, die ein paar Wildschweine im Wald gestellt haben: Sie würden mit gezielten Lanzenstößen töten, ohne sich auch nur eine Schramme zu holen …

Arnulf nahm die Axt in die Rechte, das Schwert in die Linke und bat Gott um die Vergebung seiner Sünden. Sein Schild, die Schilde der Männer hingen an den Sätteln, doch die Gäule standen zwei Dutzend Schritt hinter ihnen – es hätten genauso gut hundert Schritt sein können! Drei seiner Krieger, die die Pferde erreichen wollten, wurden sofort von Wurfgeschossen gefällt. Ein Sachse sprang mit einer Holzkeule in der Hand vor und zerschmetterte den Schädel eines Verwundeten, der sich aufrappeln wollte. Zwei Mann drangen mit Schwertern auf Arnulf ein, er wich nach hinten, bis er Rücken an Rücken mit zwei oder drei anderen stand.

Fater almahtigan ...

Die Sachsen kreisten die letzten Aufrechten ein. Nüchtern musterten die Bärtigen die Panzer der Franken, ihre Kleidung und Waffen und sie überlegten, was man am besten davon gebrauchen könnte. Ein gewaltiger Schwertstreich beendete das Leben des Rinahgauers neben Arnulf. Verzweifelt schlug der Hesse mit der Axt zu – und prallte am hochgerissenen Schild ab. Etwas traf ihn seitlich am Kopf, hart wie Eichenholz. Seine Knie wurden zu Brei, er sank nieder, langsam wie im Traum. Raglas heilende Hand tauchte als Schemen vor seinem Auge auf. Wulfram ... Wulfram hatte ihn niedergeschlagen.

Ein Stiefel krachte in seine Rippen. Er krümmte sich und roch das feuchte Gras. Über ihm war etwas Dunkles.

»Lasst ab, Herzog.«

»Was? Seit wann bittet eine sächsische Fürstin für das Leben eines Christen?«

»Ihr seid mein Bruder, Herzog. Und der da ...«

»Er gehört zu den verfluchten Panzerkriegern.« Eine befehlsgewohnte Stimme, herrisch.

»Er ist kein richtiger Kreuzanbeter. Und er ist kräftig. Ich will ihn als ... als Sklaven.«

»Ha!« Belustigung lag in diesem Ausruf. Eine Fußspitze schob sich unter Arnulfs Wange und drehte seinen Kopf, so dass er nach oben blickte, in die Augen Widukinds.

»So gewaltig sieht der gar nicht aus ... Also gut. Bringt die anderen um!«

ENDE

Historisches Nachwort

An der einen oder anderen Stelle unserer Geschichte werden Sie, lieber Leser, überlegt haben, ob sich das Drama des ersten Sachsenfeldzugs so zugetragen hat. Die Reichsannalen des Jahres 772 beschreiben die Unternehmung nur in dürren Zeilen: König Karl, heißt es da sinngemäß, marschierte mit einem Heer ins Sachsenland, eroberte die Eresburg, zerstörte die Irminsul und kehrte nach Friedensverhandlungen mit sächsischen Großen wieder nach Hause zurück. Dass das so reibungslos ging, wie es klingt, dürfen wir bezweifeln: Der sich langsam nach Norden wälzende Heerwurm der Franken kann die Sachsen kaum überrascht haben. Die Eresburg war die wichtigste und somit auch bald die am stärksten umkämpfte Grenzfestung; die sagenumwobene Irminsul war offenbar in mittelbarer Nähe. Erfüllte die Burg eine Schutzfunktion für das Heiligtum? Ich halte es für wahrscheinlich, dass sich sächsische Stammesverbände dem drohenden Unheil in den Weg stellten. Ihre Kriegslust war berüchtigt, sie werden ihr Gebiet nicht kampflos preisgegeben haben. Wandert man von Korbach nach Obermarsberg (Eresburg), findet man auf den waldigen Höhenzügen einige Stellen, die für ein Abwehrgefecht geeignet sind. Um einen harten Beleg dafür zu finden, müsste man freilich größere Grabungen vornehmen.

Ein Kampf gleichstarker Gegner wird es nicht gewesen sein: Die Mobilisierungsmöglichkeit des Frankenkönigs war ungleich größer als die der locker organisierten Sachsenstämme. Ich habe versucht, in Grimbald und Bero das Denken und Fühlen der Heerbannkrieger lebendig werden zu lassen. Die meisten dieser Männer werden nur widerwillig zu den Waffen gegriffen haben, denn Familie und Hof blieben ohne den Schutz des Hausherrn zurück. Tatsächlich hat Karl mit seinen dauernden Feldzügen nicht nur ein riesiges Reich zusammengefügt, sondern auch die Schicht der freien Grundbesitzer mehr oder weniger verschlissen. Viele begaben sich schließlich lieber in Abhängigkeit und Unfreiheit, als jedes Jahr wieder zu einem Abenteuer mit ungewissem Ausgang aufzubrechen.

Im Roman stehen erfundene Helden und Heldinnen wie Arnulf, Esiko, Ragla und Erika an der Seite »echter« Persönlichkeiten: Frankenkönig Karl, den man später »den Großen« nannte, Einhard, der der Nachwelt die berühmte Biographie Karls (»Vita Caroli Magni«) hinterlassen hat, Widukind, der in Niedersachsen noch heute in der volkstümlichen Erinnerung verwurzelt ist, und Tassilo, der Bayern-Herzog. Die Namen hessischer Gaugrafen sind erst ab Anfang des neunten Jahrhunderts überliefert, insofern gehört Thegan zum willkürlich erschaffenen Personalstamm; fest steht, dass solch ein Gaufürst an der unmittelbaren Grenze zum Sachsenland kein zimperlicher Charakter gewesen sein kann. Kommen wir zu den Geistlichen: Unter Karls Hofkapellanen gab es einen Fulrad von St. Denis und einen Angilram von Metz; da beide in der Periode der Sachsenkriege wirkten, zog ich sie schlicht zu Fulrad von Metz zusammen. Boso als Abt von Fulda ist erfunden, nicht jedoch der Gründerabt Sturmi, auf den wir in der Geschichte anspielen: Jener zog den Kürzeren in einem Machtkampf mit dem Erzbischof von Mainz und musste für einige Jahre ins Exil ausweichen. Boso besetzt in unserer Geschichte den leeren Abtstuhl.

Die Bayern erscheinen ein wenig als die *bad guys* dieser Geschichte; das liegt vor allem daran, dass die Ereignisse aus Sicht der Franken geschildert werden, also aus Sicht der Zentralmacht. Mit der lagen die Bayern – jawohl, damals schon! – häufig über Kreuz. Zumal Tassilo seine Dynastie als ebenbürtig mit der

Karls empfand. Die angebliche Fahnenflucht des Bayern ereignete sich laut der Reichsannalen bereits im Jahr 763: Karls Vater, König Pippin, wollte damals mit Tassilos Hilfe einen aquitanischen Fürsten im Westen unterwerfen. Doch der Vorwurf ist vermutlich erst viel später in die Reichsannalen hineingeschrieben worden, als nämlich Karl Munition für den Machtkampf mit Tassilo und die Aneignung Bayerns brauchte. Verbürgt ist, dass Tassilo die Tochter des letzten Langobardenkönigs Desiderius heiratete. Sein Treiben diente mir im Roman zur Skizzierung der Machtverhältnisse in Italien. Denn eben dies war ein Merkmal der Karlschen Herrschaft: Wo immer er auch im Sommer unterwegs war und kämpfend und köpfend für Ordnung sorgte, beobachten musste er stets mehrere Fronten zugleich.

Am Feldzug im Jahr 772 dürften vor allem Hessen teilgenommen haben sowie einige der sich westlich und südlich anschließenden Gaue an Rhein und Main. Dies ist schon aus geographischen Gründen naheliegend: Ein größeres Heer im frühen Mittelalter legte kaum mehr als 15 bis 20 Kilometer pro Tag zurück, auf miserablen Straßen, die anders als heute oft über Höhenrücken führten – dort konnte sich das Regenwasser nicht zu Sümpfen stauen. Der Tross mit den Ochsenwagen war der langsamste Heeresteil. Wenn der Heerbann eine Dienstpflicht von etwa 12 Wochen bedeutete, spricht Einiges dafür, dass auf An- und Abmarschweg nicht mehr als die Hälfte dieser Zeit entfielen. Sonst bleibt im eigentlichen Einsatz- bzw. Kriegsgebiet nicht viel Zeit. Das würde uns einen Radius von etwa drei Marschwochen geben, ausgehend von Korbach/Eresburg. Insofern markiert meines Erachtens Worms, vielleicht noch Speyer den mutmaßlich südlichen Punkt des damaligen Rekrutierungsgebietes für den Feldzug, im dünner besiedelten Osten war es vermutlich der Thüringgau bis nach Unterfranken hinein.

Chronologisch gesehen ist der Feldzug von 772 der zentrale Pflock, der alles zusammenhält. Andere Figuren habe ich an diesen Pflock herangerückt: Der historische Einhard (ca. 770 bis 840 n.Chr.) erschien erst 794 am königlichen Hof, genauer an der Hofschule, die damals vom großen Gelehrten Alkuin geleitet wurde. Später übernahm Einhard dies und stieg zum Berater Karls auf. Er begleitete den Herrscher immer wieder auf ferne Reisen bis nach Rom und wurde schließlich eine Art Minister für die Bauten des Herrschers. Natürlich hätte ich meiner Figur einfach einen anderen Namen geben können, der nicht verifizierbar ist. Ich huldige mit »meinem« Einhard jedoch einem eher gebrechlichen Gelehrten aus unbedeutender Familie, der dank seiner Geistesgaben, Zähigkeit und diplomatischer Geschmeidigkeit an Karls Hof zu höchsten Ehren aufsteigen konnte. Die Figur Einhards steht im Roman für den moralisch empfindenden Intellektuellen inmitten einer Welt von Halbbarbaren – ein aus meiner Sicht reizvolles Thema (selbst wenn dabei ein Arnulf fehlte!).

Die Quelle für das sächsische Taufgelöbnis ist das von Wilhelm Braune herausgegebene »Althochdeutsche Lesebuch« (Halle / Saale, 1928).

Noch eine kurze Erläuterung zu den Handlungsorten. Generell ist das Bild der damaligen Städte nur wenig bekannt. Man baute vor allem mit Holz, das irgendwann verrottete. Ohne eine gewisse Fantasie stehen wir hier also vor leeren Räumen, was nicht der Sinn eines Romans sein kann. Bei den Eingangsszenen in Aachen habe ich deshalb auch einige Jahre vorgegriffen: Die karolingischen Prachtbauten entstanden genau genommen erst Ende des 8. Jahrhunderts. Und Frankfurt? Es wurde urkundlich 794 zum ersten Mal erwähnt, doch heißt das nicht viel. Im Schutz des alten Königshofes (seit Merowingerzeiten) werden sich an der verkehrstechnisch wichtigen Mainfurt schon lange Zeit vorher

Menschen angesiedelt haben. Bei der Beschreibung der Szenen in »Franconofurt« habe ich mich von der vorzüglichen Ausstellung im Historischen Museum der Stadt inspirieren lassen.

Fulda hatte dank der Bonifatius-Reliquien einen Nimbus von heiligem Glanz, der erst im Lauf des 19. Jahrhunderts verblasste. Wenig bekannt ist, dass der »Apostel der Deutschen« ein Engländer war; Kirche war damals stärker noch als heute eine übernationale Angelegenheit. Im nordhessischen Fritzlar – auch dort wird Bonifatius noch hochgehalten – errichtete der Missionsbischof mit Migrationshintergrund ein Kloster bzw. ein Bistum: Büraberg. Erwähnt haben wir im Roman lediglich die alte Fluchtburg Büraburg, die Fritzlarer mögen es mir verzeihen. An dieser Steinfeste brachen sich übrigens zwei Jahre nach der Eroberung der Eresburg die Angriffe sächsischer Truppen, die Rache für 772 nehmen wollten – und bekamen. Aber damit sind wir schon fast in der Fortsetzung … Danken möchte ich an dieser Stelle noch meiner Frau Anke für ihre Geduld mit mir und dem Manuskript! Und Dank verdienen auch mein Sohn Henrik, mein Bruder Martin und mein Freund Thorsten Bode für ihr kritisch-konstruktives Coaching. *Valete in Christo semper!*

Robert Focken, Januar 2015

Der Autor

Robert Focken wuchs in Holz-
minden an der Weser auf. Den
schulisch-akademischen Über-
druss baute er nach dem Abi-
tur als Zeitsoldat in Northeim
(nahe Göttingen) ab; damals
begann er auch regelmäßig für
eine Lokalzeitung zu schreiben.
Ein Volontariat bei der Frank-
furter Allgemeinen Zeitung
schloss sich an, gefolgt von
Streifzügen durch Afrika und

andere entfernte Ecken. 1990 bis 1994 studierte er Mittelalter-
liche Geschichte in Bonn. Seit 1994 arbeitet Robert Focken in
der Finanzindustrie und lebt mit seiner Familie im Vordertaunus.

Weitere Titel im acabus Verlag

Robert Focken

Arnulf
Kampf um Bayern

ISBN: 978-3-86282-715-2
332 Seiten
Paperback

Karl der Große greift nach dem Herzogtum Bayern

Der Krieger Arnulf hat es als Truppenführer des Frankenkönigs
Karl zu Ruhm gebracht. Einst unfreiwillig in das Heer Karls geraten, wird Arnulfs Schwert nun überall gefürchtet.

Folglich wählt der König Arnulf für einen verwegenen Plan aus,
um seinen letzten Rivalen, den Bayernherzog Tassilo, in die Knie
zu zwingen. Tassilo hat, angetrieben von seiner rachsüchtigen Frau
Leutberga, einen Trumpf in seine Hand gebracht: einen totge-
glaubten Neffen Karls, der seinen Thron stürzen könnte. Arnulf
stößt mit wenigen Gefährten in das Herz Bayerns vor und riskiert
alles, um den Karolinger-Prinzen zu fassen. Unterdessen aber ist
Arnulfs Frau den tödlichen Intrigen bei Hofe schutzlos ausgeliefert. Ein Wettlauf gegen die Zeit beginnt, an dessen Ende eine
Katastrophe droht.

Angelehnt an die tatsächlichen Ereignisse des Jahres 787/788 lässt
der Historiker Robert Focken ein schicksalsträchtiges Drama der
bayerisch-deutschen Geschichte lebendig werden, dessen Folgen
bis heute nachwirken.

Holger Weinbach

Die Eiswolf-Saga
Teil 1: Brudermord

ISBN: 978-3-86282-006-1
340 Seiten
Paperback

Im Jahr 956 herrscht wieder Frieden im ostfränkischen Reich, nachdem im Vorjahr die ungarischen Horden dort ihr Unwesen getrieben haben. Doch die vermeintliche Ruhe trügt. Die noch vor wenigen Monaten einig hinter König Otto stehenden Fürsten trachten danach, ihre Macht im Reich zu festigen. Kaltblütige Intrigen werden geschmiedet, selbst gegen die eigene Familie!

Der Verrat seines Bruders kostet Graf Farold und dessen Gemahlin das Leben. Einzig ihrem Sohn Rogar gelingt die Flucht. Traumatisiert und ohne Kenntnis über seine wahre Identität, wird er als Waisenkind unter dem Namen Faolán in das Noviziat eines Benediktinerordens aufgenommen, wo ihn der Abt vor den meuchelnden Fingern des Verräters zu bewahren versucht.

Als der Jüngling Faolán aber eines Tages das Mädchen Svea kennen lernt, beginnt sich sein Leben auf dramatische Weise zu verändern. Sein bisheriges Weltbild gerät ins Wanken und seine Häscher wittern nach all den Jahren die Gelegenheit, ihren einstigen Verrat für immer vollkommen zu machen.

Jörg Olbrich

Der Winterkönig
Geschichten des Dreißigjährigen Krieges. Band 1

ISBN: 978-3-86282-528-8
476 Seiten
Paperback

Wie durch ein Wunder überlebt der Sekretär Philipp Fabricius zusammen mit zwei Statthaltern den gewaltsamen Fenstersturz aus der Prager Burg. Philipp macht sich schwer verletzt auf den Weg nach Wien, um den Kaiser über die protestantischen Aufstände zu informieren. Mit Hilfe der schönen Magdalena erreicht seine Botschaft die Residenzstadt, doch die Lage zwischen Katholiken und Protestanten spitzt sich weiter zu und Philipp gerät ins Visier der gegnerischen Parteien.

Der Krieg lässt sich nicht mehr aufhalten …

Währenddessen tritt in Pilsen der Schmied Hermann den kaiserlichen Truppen bei. Als Söldner in Tillys Armee begeht und erleidet er die Schrecken des Krieges. Die Chronik eines jungen Schreibers in Wien dokumentiert die Gräuel.

Verwüstung, Hungersnöte, Armut und Pest kosteten zwischen 1618 und 1648 rund sechs Millionen Menschen das Leben. Die mehrbändige Romanreihe „Geschichten des Dreißigjährigen Krieges" überzeugt mit historischen Fakten und einer spannungsgeladenen Entwicklung.

Unser gesamtes Verlagsprogramm
finden Sie unter:

www.acabus-verlag.de
http://de-de.facebook.com/acabusverlag